耿峥 著

周瑜别传

中国文史出版社

图书在版编目（CIP）数据

周瑜别传 / 耿峥著 .— 北京：中国文史出版社，2018.6

ISBN 978-7-5205-0557-4

Ⅰ.①周… Ⅱ.①耿… Ⅲ.①长篇历史小说—中国—当代 Ⅳ.① I247.5

中国版本图书馆 CIP 数据核字（2018）第 222616 号

责任编辑： 卜伟欣

出版发行：中国文史出版社

网　　　址：www.chinawenshi.net

社　　　址：北京市海淀区西八里庄 69 号院　　　邮　　编：100142

电　　　话：010-81136606　　81136602　　81136603（发行部）

传　　　真：010-81136655

印　　　装：廊坊海涛印刷有限公司

经　　　销：全国新华书店

开　　　本：16 开

印　　　张：26.75

字　　　数：368 千字

版　　　次：2019 年 5 月北京第 1 版

印　　　次：2019 年 5 月第 1 次印刷

定　　　价：68.00 元

目　录

1

一 避江东乔玄遇强人，探名士周郎救弱女

初平二年（公元 191 年），天下大乱，社稷丘墟。淮河以北，各路豪杰拥兵一方、相互兼并。这缘于汉室之末，建宁年及光和年间，桓灵二帝宠信宦官、禁锢善类、苛横征暴，豪强地主大量兼并土地、为富不仁，遂使天下民不聊生，于是有了中平元年（公元 184 年）张角等人发动黄巾起义。此后，朝廷催动各路官军和州府义兵倾尽全力方才扑灭黄巾主力，但黄巾余部仍然在北方各地活动。而汉室经此一击，已是残喘吁吁，朝廷对各地的制约之力空前削弱。

中平六年（公元 189 年），灵帝驾崩，灵帝所宠幸的十宦官擅权朝中，诛杀了大将军何进。司隶校尉袁绍、典军校尉曹操等人领兵扑杀十常侍。素有不臣之心的西凉刺史董卓借着平定宦官之名领大军杀入京城，从此控制了朝政，横行京都。董卓擅自废除天子刘辩，另立董太后之子刘协为天子，是为汉献帝，改年号初平。后又令人将刘辩及何太后一并杀死，又自立为相国，赞拜不名，入朝不趋，剑履上殿，威福莫比，顺之者昌，逆之者亡。一时天下震惊，忠义之士莫不愤慨。

司隶校尉袁绍愤然悬节东门，奔冀州而去。董卓原要遣人捉拿他，因顾虑他家世代公卿、门生遍布，恐物极必反，遂改打压为招抚，表奏献帝授他以渤海太守之职。典军校尉曹操欲行刺董卓，被董卓觉察，仓皇逃出京城，在陈留投奔友人，然后招募义兵，檄文四方，率先起兵讨伐董卓。各州刺史、各郡太守纷纷响应。

一时间，十七路大军浩浩荡荡云集洛阳四周，共赴国难。联军推袁绍为盟主，乌程侯、长沙太守孙坚为先锋，直奔汜水关，向董卓挑战。孙坚是春秋武圣孙武之后，雄烈过人，一战而斩董卓名将华雄，此后双方各有胜负。相持多日后，董卓自思无法取胜，遂一把大火，烧了洛阳南北两宫，劫持汉献帝并洛阳数十万口百姓迁往长安。讨董联军趁机攻入洛阳。曹操建议一鼓作气西追董卓，即使不胜，也可占据险要，高垒森壁，与董卓对峙，则天下可顺势而动，董卓势必灭亡，但袁绍等各路诸侯却以将士疲困为由拒绝。曹操只好领本部军追击，因力量悬殊，在荥阳一带被董卓部将徐荣打败。曹操仅带数十骑得以生还。回到洛阳后，曹操

见袁绍等诸雄杰毫无进取之心，孙坚等雄烈之人又受袁术等人牵制，于是愤然离去，领所部往扬州募兵，以图再起。此后，各路诸侯也纷纷散去，各自拥兵自重，开始争夺地盘。一时间，北方群雄割据，陷入战乱。百姓流离失所、饿殍遍野。而长江流域一带和江南、江东地区，却相对安宁。于是，冀州、徐州、青州、南阳及扬州北部一带不堪战火之苦的士人及官吏纷纷往江东、江南躲避战乱。

这是深秋的季节，尚未被战乱光顾的一望无际的江淮平原上，落叶萧萧，秋风瑟瑟，一片秋意绵绵风景。黑沉沉的没有五谷稼穑的土地静静地寂寞地裸露着。

从庐江郡的舒城县往九江郡历阳县的官路上，两个未及弱冠的翩翩少年正纵马奔驰。一个骑着白马，身着白色薄棉长袍，腰束一条黄色绣花腰带，身上背着一个黄色的绸布包袱，腰带上悬一把宝剑。宝剑的棕色剑鞘上镶着一颗深绿色翡翠，剑把上缀着红色的流苏。他年约十六七岁，因为奔驰多时，俊美如玉的脸蛋上红扑扑的，好像还冒着热气。一双乌溜溜的丹凤眼黑宝石一般。眼珠转动，如秋波荡漾，目光深邃又充满力度。眉毛浓密又亮，刀裁一样齐整。鼻梁挺拔俊俏，紧闭着的嘴唇棱角分明、红润动人。头发绾起，扎着一条青巾，显得简洁利落。虽然年少，身材颀长挺拔，约有八尺四五，比一般的成年人要高。骨架匀称挺拔，虎臂狼腰，既有少年郎君的青春气息，又有成年男子的阳刚之气，一望便知是习武之人。身材颀长，又匀称健壮，宽肩细腰，且束着腰带，所以，看上去潇洒飘逸、丰姿秀丽，既玉树临风，又英武非凡。再配上那秀丽无比的脸蛋、眉眼，堪称绝世美少年。谁都看得出这是一位家世不凡、读书习武的翩翩公子。

他旁边的少年骑着一匹枣红色的马，年纪看上去长他二三岁，个头和他差不多。穿一身藏青色薄棉袍，也束了腰，腰上也悬了剑。但那剑明显要短些，剑鞘也不如白衣少年的讲究。他方正面庞，虽比不上如白袍少年俊美，但也算一表人才，个头也和白袍少年差不多高。但只是骨架大而已，体形却显得单薄，远不如白袍少年健壮潇洒，一望便知是很少习武的人。他头上戴着一只青色的船形帻，因为纵马奔驰，被风吹歪了，这使他显得有些滑稽。身上也背着个黄色绸缎包袱。

两人在官道上飞快奔驰着。一枚秋日的落叶从道边的樟树上飘落，悠悠地朝正疾驰着的白袍少年面前飘来。他目不斜视，猛地一挥手，将落叶抓住，轻轻拈在手中，用凝重的目光看一眼这枯黄的落叶，叹道："山河破碎，帝室蒙难，百姓流离，恰如这秋叶之飘零！"

青袍的少年听见了，慢慢勒住马头，喘息着哈哈笑道："公瑾！人道你风流无双，哪里知道你如此迂腐不堪！汉室气数将尽，你却还唠叨不已！哈哈哈！"

白袍少年眉头皱起，朗星般的目光闪了一闪，猛地勒住缰绳。白马嘶鸣一声，缓缓放下步子。青袍少年也赶了上来。两匹马并肩走在一处。

"子翼兄！"白袍少年微蹙眉头，正色道："董卓擅权，汉室蒙难，我辈理当慷然奋发，岂有幸灾乐祸之理？"

青袍少年不屑地笑着摇头："迂腐！气数已尽，实属天意，匡扶又有什么用？就是你崇拜的曹孟德兴了义兵又怎样？如今不也落得个四分五裂，各自拥兵自重了！哈哈！"

白袍少年默然了，扫视一下原野，又凝望远方，不吭声了。然后，他将拈在手中的那枚落叶用食指一弹，落叶如一支飞镖一样飞了出去。又一拍胯下白马，喝道："驾！"那马四蹄生风，奔跑开来。

青袍少年也拍一拍马喊："公瑾！你跑慢点！你知道我追不过你的！"跟着追了上去。

两匹马踏起一阵烟尘，载着一白一青两团轻雾一般的人影，风一般朝前奔驰而去。

这个被称作"公瑾"的白袍少年姓周名瑜字公瑾，庐江郡舒城县人，这年十七岁。旁边那个青袍的少年是他的同窗好友，姓蒋名干字子翼，庐江九江县人，年长周瑜二岁。周瑜出生官宦世家。叔祖父和伯父都做过朝中太尉。父亲周异，曾任洛阳令，现为朝中侍郎，和献帝一道在董卓的卵翼下求生。周瑜自小喜读《左传》《春秋》《孙子》《六韬》，也习武击剑，练得一身武艺。

这年代的子民，特别是书香门第之家和官宦之家的公子，多是抱着齐家治国平天下的雄心修身养性读书习武的，身上都浸润着不少的汉代风骨。而周瑜在这方面更为出色。虽只是十几岁的少年，学识却远胜于当地儒生、士人，剑术骑射更是一般武夫所不能比。此外，他自小喜爱音律，弹得一手好琴，并搜集整理了散佚的乐府诗，装订成册。听人弹琴，无论此曲他听没听过，但有一丝走音，就会觉察，并回首示意。即使是酒过三爵，微有醉意，也会半醉半醒之间觉察。故在当地有"曲有误，周郎顾"一说。此外，他聪明有礼、豁朗大度、礼贤他人、孝敬母亲。见过他或与他交往过的人都说，以他的才学和品德，日后必会成为朝中安邦定国的重臣、名臣，远甚于他在朝中做过太尉的叔祖父和伯父。可惜，偏偏时运不济，赶上天下大乱、汉室倾颓，像祖父和父辈们那样凭借学识和忠诚入朝为官、辅佐皇上，安邦定国的机会显得很渺茫了。但天下大乱的另一个好处便是乱世出英雄，忠义之士正好振奋壮志匡扶汉室！所以，此前，庐江郡府曾举他为孝廉，并辟他为舒城县尉，被他婉拒了。

他想一面埋头读书习武，一面打探天下形势，结交天下英雄，一当年龄稍长或机会成熟，便联合有识之士，兴起义兵，匡扶汉室，像中兴汉室的吴汉、邓禹等英雄一样立不世之功业。他认为汉代近四百年基业，成就了博大精深的儒家文化，是不会一夕毁灭的。当今天下大乱，并不表明大汉从此气尽。想昔日王莽篡位之时，汉室连国号都被王莽改掉了，不也有了光武中兴？但，他的这个想法却遭到同窗蒋干的嘲笑。蒋干以为，汉室历经近四百年风雨，气数已尽，难再中兴，识时务者为俊杰，当今之时，只管期待明主，做一新朝的开国之勋臣，何苦死抱着汉室这一行将就木的王朝去做什么邓禹、吴汉？那么，汉室到底气数有没有消亡？到底会不会有中兴之日？作为大汉子民，到底又当如何去做？有时候，他自己也有些迷茫，有些苦闷。

这年，虽然北方及中原为战火侵袭，但江东江南一带，除了有些山贼外，相比之下仍是一块宁静的避难之地，不少北方名士都往江东避难。周瑜自然不会放过机会，但听说有北方名士路过舒城附近，他便前往探访，找他们打探北方战事，讨教天下形势及自己的困惑。可惜的是，此前拜访了几位，多是二三流的名士，有的令他失望，不够尽兴，有的嫌他年龄太小，竟不屑与他谈论，所以，也未有多少收获。昨日，蒋干来到舒城他的家中，告诉他说徐州名士张昭避难江东，据说已到了历阳，行将过江往曲阿等江东之地。周瑜大喜。他久闻张昭大名，此人博览群书，忠烈刚直，少有才名。弱冠之时被举孝廉，不就。此后徐州刺史陶谦举他为茂才，请他做官，也不应，惹怒了陶谦，被陶谦关了数月，幸得友人救出。不久前，袁术占了淮南，也要请他做官，又为他所拒。现在，他竟然南下江东了。周瑜怎会放过这个机会？于是，他立马就和蒋干直奔历阳来了。

周瑜、蒋干两人纵马奔驰一阵，蒋干喘着气说撑不住了，要求放慢速度。周瑜笑了笑，就依了他。蒋干虽然身材也比较高大，却不爱习武。经史之书自是读了不少，可谓饱学之士，口才也十分了得，自称是当世张仪。周瑜多次告诉他，大丈夫读书习武当齐头并进，但蒋干向来不以为然，总以为入朝为仕的人只需腹有诗书再加上一张纵横天下的嘴，就足够了。在他看来，习武乃是下等武夫所为，纵使天下大乱，也是如此。西汉开国之际，张良、萧何、陈平等辈皆非习武之人，而位在众武将之上。就是韩信，也只通兵法、懂韬略，并不习武，所以受了胯下之辱，却统百万雄兵！而况，他自以为天性怯懦，不喜打杀，纵使习武，也无益处。因为不爱习武，他的骑射自然也不精，哪里敢长途纵马奔驰？

忽然，前面传来救命的呼喊声。周瑜的耳朵竖了起来，剑眉耸动，目光如炬，直刺前方，道："前面定有盗贼出没！"然后，双腿一夹马肚，箭一样朝前冲去。这匹马叫"白雪飞"，以毛色雪白、健步如飞而名，时年三岁。

蒋干气喘吁吁地跟了上去。

没跑几步，只见前面拐弯处连滚带爬地滚出一个家奴打扮的男子，看见周瑜，如见救星，连喊："公子！快救救我家主人！快救救我家主人！"

周瑜打马从他身边飞奔而过，拐过弯口，只见前面停着两辆马车，一辆带着布缦的篷，想必是坐人的。一辆没带布缦，堆着木箱等杂物。马车下蹲着数十大户人家打扮的人。男女老少都有。有的跪着，有的趴着，有的搂成一团。都面无血色、战战兢兢。两个强盗手里拿着大砍刀押着他们。刀片上闪着寒光。地上有一具血淋淋的家奴的尸体。还有三个强盗在那辆没有带车篷的马车上翻检着东西。

一个瘦长个、单耳、头目模样的强盗从箱中提出一包显得很沉的黄色绸缎裹着的包裹，打开，一道金黄、银白的光芒立刻照亮了他贪婪的惊喜的面孔和瞪大了的小眼睛。他赶紧扎好包裹，将包裹斜挂在肩上。他的腰带上，已经绑了一个小的包裹。然后他用得意的淫邪的目光在跪在地上的人群中搜索。目光停在一个少妇怀中两个小女孩的身上。这两个小女孩模样长得极像，都是十多岁的样子。脸蛋如花一样娇嫩美丽，眼睛如湖水清澈透明。头目脸上绽开了狰狞的邪笑，朝她们走去。少妇旁一个三四十岁的身着紫色官服、头戴方正的博士冠的男人似乎意识到了什么，面色苍白又竭力镇定地对强盗头目道："你们要拿东西尽管拿！不要伤害我家里人！"

头目对他笑道："两个小美人坯子正可以卖个好价钱！哈哈哈！你夫人风韵犹存，就给本大王享受！"

他好像听见了周瑜的马蹄声，转过脸来，只见周瑜已纵马奔到面前。他脸色大变，横起手中的刀。

与此同时，周瑜勒住马，拔剑出鞘，指着头目，大喝道："光天化日之下，竟敢拦路抢劫！还不速速受擒！"

头目打量了一下周瑜，对身后的强盗道："哪里来的乳臭未干的小孩！杀了他！"

身后三个强盗喊叫着挥着刀朝周瑜冲了过来。

周瑜身后，蒋干勒住马头，双腿微微发抖，脸色苍白、表情紧张，他对周瑜喊："公瑾老弟！为兄有侠义之心，却无侠义之胆！与人厮杀非吾之所长！为难足下了！"拨转马头，往后跑。

一个强盗扑上来照着周瑜的马腿挥刀就砍。

周瑜举剑拦住。

另一个强盗挥刀照周瑜头部砍下来，周瑜又挥剑拦住。

宝剑与砍刀空中对撞，发出咣当的声响。周瑜趁势一挥剑，一道寒光在空中闪过。这个强盗惨叫一声，首级飞出，无头的颈上喷出一股鲜血，跟着，身子痉挛，直直地栽倒在地。

砍马腿的强盗一愣，手中举起的刀还没落下，周瑜一夹马肚，从他身边冲了过去，迎头朝奔上来的第三个强盗砍去，那个强盗举刀接住。这时，后面砍马腿的强盗一刀砍在周瑜马的后腿上，周瑜的"白雪飞"嘶鸣一声，扑倒在地，将周瑜颠下马来。

这两个强盗紧跟着逼了上来，两把砍刀直朝周瑜砍来。

周瑜在地上一滚，避开刀锋，就势爬了起来，挥剑与他们格斗。

瘦长个的强盗头目领着剩下一名强盗也举刀冲了上来。

周瑜挥剑与四个强盗拼打，打得有些吃力，但毫不畏惧，闪展腾挪、左砍右挡、挥洒自如。他额头上沁出了汗珠，抿着嘴唇，黑宝石般的大眼睛闪烁着从容、镇定还有打杀的欢愉与顽皮，俊美的脸蛋泛着红晕，挺拔匀称的身材洋溢着青春气息与矫健潇洒的风姿。

蒋干往后奔跑几步后，就停下了，拨转马头，看着周瑜厮杀。他恨恨地举着剑，对着空气乱砍一气，似在砍强盗，又似在恨自己的软弱。枣红马团团打转，踢起一阵尘埃。

周瑜与强盗格斗多时，双方均无法分出胜负。周瑜看了看地上蹲着的面无血色的众人，眉头掀了一下，眼珠忽然一亮，闪出智慧与兴奋的光芒，他边与强盗格斗边扭头对蒋干喊："子翼兄！县尉领兵在后，怎还未过来！速催他们上前杀贼！"

蒋干一愣，莫名所以。

周瑜继续喊："这帮县府兵，走得也忒的慢些了！还不唤他们过来！"

蒋干恍然大悟。他拨转马头，边往回跑边朝远处喊："弟兄们！快过来！杀贼！杀贼啊！"

与周瑜格斗的几个强盗愣了一下，都朝蒋干那边望去。

周瑜趁他们这一愣之机，一剑又刺中一个强盗的肚子，强盗呻吟一声，倒地。

瘦长个的强盗头目恼羞成怒，大喝："杀了这小子再走！"

于是三个强盗又围着周瑜力拼。对付三个强盗，周瑜轻松多了，三个强盗渐渐招架不住了，更何况，三人都有些心慌，他们似乎相信后面还有官军杀过来。

强盗头目因身上背着金银珠宝，也有些力不从心，此刻脸上也挂起惊慌、紧张与焦虑，他小眼睛转动一下，对周瑜虚晃一刀，趁周瑜一闪之际，跳出去，转身就跑。另两个强盗见他跳开，也乱了刀法，周瑜大喝一声，一剑砍倒其中一个，另一个转身撒腿朝路旁的林中狂奔。周瑜不理睬他，提着剑追赶强盗头目。

独耳的强盗头目原要上马的，因周瑜赶得快，他来不及跨上马，只好背着包裹沿着马车打转转。周瑜则围着马车追赶。

跑了一阵，头目又累又怕，自知不敌，喘着气拍着肩上的包裹哀求道："公子！放了在下！这里面的金银，你我一人一份！"

周瑜凛然道："你速速就擒方是上策！"

强盗头目哀求道："公子！大路朝天，各走一边，你何苦管闲事？"

周瑜道："光天化日，岂容你杀人越货？"

强盗头目脸上的肌肉颤动一下，露出恼羞、愤怒又恐惧的表情，此时，他正转到那个搂着两小女孩的妇人身边，忽然眼珠一转，一把从妇人怀中抓住两个女孩中年龄偏小的一个，抱在怀里，眼露凶光，瞪着周瑜，恶狠狠道："把马牵过来！放我走！不听话我就杀了她！"

说完，用刀背在小女孩身上拍了拍。

小女孩哇地大哭开来，两手乱抓，对旁边的中年男人哭喊："阿爹！救我！阿妈！救我！"

妇人一边搂着另一个女孩一边跪在地上心疼地哭喊："小乔！小乔！救我的小乔！"

周瑜用剑指着强盗头目，逼过去："把人放了！"

强盗头目边往后退边吼："不要过来！过来我便杀了她！"

少妇放开怀中的大女孩，跪在地上爬向他，边爬边喊："我的孩子！不要伤了我的孩子！小乔！呜……求你放了她……"

妇人身边的大女孩也跪在地上哭喊道："妹妹！妹妹！不要抓走我的妹妹！"

周瑜犹豫了，站着不动了。

半晌，他用剑指着强盗头目道："你上马走吧！把小孩留下！"

强盗头目眼睛露出狡猾的光芒，如释重负地退到一匹红色的马旁，抱着小女孩就上了马。

少妇哭喊着爬过去："放下我的女儿！"

中年男人含着眼泪拉着她，一面对强盗喊："强盗！放你走了，为何还要抢走我儿？"

强盗头目不理他，抱着孩子，勒过马头，一夹马肚，打马奔跑。此时，周瑜也纵身飞上一匹马，一夹马肚，追了上去，边追边大喝："速将小孩留给我！若言而无信，便死于我剑下！"

强盗头目不理他，继续奔跑。

周瑜挥剑纵马急追。

强盗头目因背了财物，又抱了小孩，渐被周瑜追上。他看着周瑜快追了上来，就将抱着的小女孩往周瑜身上一扔。

周瑜轻舒猿臂，接住小女孩。

与此同时，强盗头目拨转马头冲过来，大喝一声，狠狠地挥刀直朝周瑜砍过来。

周瑜左手抱住小女孩，右手挥剑相迎。两马相交，剑与刀在空中相撞发出锐利的撞击声。

周瑜一手抱住小姑娘，一手挥剑与强盗头目格斗。

战不两合，强盗头目抵挡不过，拨转马头就跑。

周瑜举起剑，朝他掷去。

缀着流苏、镶着翡翠的宝剑带着寒光像流星飞出，又如闪电划过去，直插进强盗头目后背。

强盗头目惨叫一声，从马上栽下来。

周瑜上前，下马，将小女孩放在马上，要她抓着马鞍坐好。从死去的头目身上拔出宝剑，放回自己的剑鞘。又摘下强盗身上装满金银的包裹，挂在身上，然后牵着两匹马，往回走过来。

刚才蹲在地上的几十口人在身着官服的中年男人和那妇人带领下全部围了上来。周瑜将肩上的两个包裹取下交给他。

那身着官服、头戴博士冠的中年人接过包裹，交给身后的家奴，眼含热泪扑通拜倒在地，向周瑜谢道："多谢小壮士救命之恩！"

那妇人显然是他的妻子，跑上前，从马上抱过周瑜救下的小姑娘，含着眼泪抱在怀里亲了一下，放下，又拉过大女孩，面对着周瑜一同跪下，对两女孩道："儿啊！快快跪下谢恩人救命之恩！"

两个姑娘一同跪下，那大一点的姑娘给周瑜叩头："谢恩人救命之恩！"

小一点的姑娘却不跪，站了起来，一边揉着胳膊，一边仰起秀丽的挂着泪痕的脸蛋，瞪着亮晶晶的眼睛，噘着嘴看着周瑜。

妇人搋一搋她的肩："我儿！快给恩人磕头！"

周瑜跳下马，行个作揖礼，请他们起身，道："拔刀相助，理所应当！请不要多礼！"

众人都起了身子，那少妇却仍要被周瑜救下的小一点的姑娘给周瑜行礼，姑娘瞪着清澈的大眼睛，噘着红润的小嘴，歪着头，带有几分怒气与不满的口气道："恩人刚才弄疼了我的胳膊！"

众人都笑了。

妇人嗔怒地瞪一瞪她："小乔！不得无礼！是这位恩人救了你！"

"虽然救了我，却也弄疼了我的胳膊！"小女孩不依不饶地噘着嘴道。

周瑜笑了，弯一弯腰，怜爱地看着她，拱一拱手，笑道："大哥给你赔不是了！"

"嗯！"小乔亮晶晶的眼睛看着他，对他做个鬼脸，笑了。

众人也笑。

然后，中年男人命家奴从包裹中取出一锭银子，捧到周瑜面前，道："感谢公子搭救之恩！一点微薄之礼，望公子笑纳！"脸上溢满感激与诚挚。

周瑜推开他的手，正色道："先生多礼了！路见不平，拔刀相助，乃大汉读书之人侠义本色，岂有图报之理？先生如此，是陷我于不义了！"

中年男人执着道："公子身冒刀刃救在下一家于大难，若不收，乔某我过意不去！"说完，又要将银子往周瑜怀里塞。他夫人也在一旁劝周瑜收下。

周瑜仍然执意不收。早已走过来并站在周瑜身边的蒋干对中年男人道："先生！

周公子断然不会收的！你自留下吧！"

那中年男人见周瑜铁了心不收，又有蒋干这样说，也就不再勉强了，叹了一声："江东果然民风多侠气！我乔某不虚此行！"便将银子交还家奴，对周瑜道："但请公子留下大名！"

周瑜未及开口，身旁的蒋干笑道："哈哈！你等恩人姓周名瑜，字公瑾！庐江舒城人氏！其父曾为洛阳令，现为朝中侍郎！"跟着又指指自己的胸口，笑道："在下姓蒋名干！九江人氏，字子翼！与公瑾乃同窗好友！"

那中年男人听完，拱手对周瑜高兴道："原来是洛阳令周大人的公子！果然气度不凡、少年英雄！我也曾与令尊有过一面之交！周公子！失敬了！"

周瑜高兴道："那先生何处高就？"

中年男人："某姓乔名玄！济南人氏。也曾在朝中做过小官。后因朝纲混乱，就辞官回故里济南，经营祖上留下来的千亩良田。不料北方战火纷起，自思难以安身，就变卖了家财良田，领着一家人往江东来避难了！刚从历阳辗转过来，欲要往皖城去，那里有我一位相交多年的友人！"

他又将身边人一一介绍给周瑜，旁边的妇人是他的妻子，两位姑娘是他的女儿，大的唤作大乔，小的就是周瑜刚才救的那位，唤作小乔。还有十来个同族亲戚。其余的是家奴和使女。

周瑜听他说与父亲相识，脸上露出欢喜的微笑，便向他打听了一下北方的情况，抬头看看天色已晚，就同他一家告辞。乔玄见周瑜的"白雪飞"被砍伤了，正趴在地上喘息，就要家奴牵过一匹马给周瑜骑。

周瑜道："不可！你们长途跋涉，自需要马！而况，我也舍不得我的'白雪飞'！"

乔玄劝道："公子何必拘执！你的马我帮你养着，日后有缘相见，再还给你！"

周瑜想了想，点头："好！那就有劳先生了！"然后，从身上解下包袱，取出金疮药，敷在马腿的伤口处。那伤口约有一掌多长、白骨森然。又从包袱中取出一件白色的内袍，将马腿受伤处裹好，然后抱着马头亲了一下，又拍拍它的头："宝贝！后会有期！"

那"白雪飞"似乎听懂了他的话，眼含热泪，昂头轻轻哀叫了一声，咬住了他的衣袖。周瑜轻轻用手揩去它眼中的泪，又抱住了它的脑袋。半晌，他叹了口气，站了起来，果断地对乔玄道："在下实在舍它不下！就带着它好了！"

"你带着它？莫非要它骑你？"蒋干愕然道。

周瑜扭头看着他的样子，笑了："既非我骑它，也非它骑我！我俩人都骑你的马！再牵着它走，岂不两全其美？"

蒋干大吃一惊，瞪着眼，头摇得像拨浪鼓，"兄弟！如此岂不把我的马压个半死！而况，牵着受伤的白雪飞，需走到何时？"

"丢了我的马，就如同丢了你这个朋友一样！你要不许，便先行，我只好牵了马自往前行！"周瑜故意虎着脸，做着怪相道。

"你这家伙！素来在我面前使机灵！"蒋干愕然，然后故作生气地板一板脸，耸耸肩，气哼哼道："由你好啦！只怪我俩人朋友一场！"

周瑜对他眨眨眼，笑了。众人也都会意地笑了。

然后，周瑜蹲下，拍拍"白雪飞"的头，轻轻吆喝一声，"白雪飞"用力地站了起来，尾巴自豪地摇动几下。周瑜起身，牵着"白雪飞"，骑上蒋干的枣红马，对蒋干一摆头。蒋干气哼哼地斜他一眼，摇摇头，嘀咕道："喧宾夺主！岂有此理！"也上了马，坐到周瑜后面，将手中的"白雪飞"的缰绳牵了过来。然后两人同乔玄一家拱手道别。"白雪飞"被蒋干牵着，珊珊地但坚定地一瘸一拐地往前走去。

乔玄一家也自收拾了被害家奴的尸体，继续往前赶路。

二 大江边周郎抒豪情，历阳城张昭荐孙策

当历阳城门出现在他们眼前时，已经是第二天下午了。

历阳是长江江北的一个县城，隶属扬州的九江郡。此前曾为扬州刺史治所。长江在距其三十公里的西南方折而往北。从此处渡江往南可达牛渚、秣陵，往北可到江南重镇曲阿。因长江在其南面折而往北，呈西南东北向流淌，故在此过江被称为"东渡"。它不仅是过江重镇，也是连接南北东来西往的交通枢纽。北接扬州现治所寿春，南往江东数郡；西连庐江、豫章，东达大海之滨。从徐州等地南下江东、江南的人士多要经过此城，再由此城过江或往东西方向而去。因此，历阳城人口稠密、十分繁华，客舍旅店一时兴盛。

周瑜、蒋干抵达历阳城后便一个客店一个客店地打探。他俩想，张昭乃是江北名人，但凡住店，店主一定知道。果不其然，找到城南一家旅店时，店主告诉他们，有个从淮南往江东去避难的张先生住进来后，本地不少名士都来拜访过他，就是历阳县令也来看过他，不知是不是他们要找的那位张昭张子布先生。周瑜一听大喜，掏出一两银子给店主，说明来由，请他照看好马。店主见了银子自然高兴，赶紧令伙计将马牵到后槽喂食，便领周瑜与蒋干径往后院去。周瑜特意叮嘱伙计好生调理受伤的"白雪飞"。

进了后院，没走几步，便听得西南角的房中传来一阵悠扬的琴声。周瑜凝神听了一下，微微笑了，用手往那里一指道："子布先生一定住在那里！"

店主惊讶地看着周瑜，问他如何知道。

蒋干撇撇嘴道："这位公子闻音乐之声便知了！"

周瑜笑道："正是！其所弹乐曲为北方之音，调琴拨弦用力可知弹琴人年岁在四十上下，且个性刚直果敢，心中有郁闷之气腾跃，发乎指间，传诸音乐，十有八九是刚直的张先生！"

店主连称周瑜高人，道那位姓张的先生便正住在那里。周瑜笑了，请店主留步，自与蒋干走了过去。

一个家奴拦在门口，问他们找谁。蒋干兴冲冲地道："快去告诉你家主人，舒城周瑜、九江蒋干前来拜访子布先生！"

家奴上下打量他二人一下后就进了屏风后面的里屋。不一会儿，里面琴声停下了，一个很洪亮的带有几分怒气的声音传了出来："我没空见乳臭未干的公子哥儿！"

蒋干显然听见了这句话，鼻子里哼出声来，气呼呼小声道："岂有如此待客的？"

周瑜摆手止住了他。

不一会儿，家奴出来了，对周瑜、蒋干道："对不起！两位公子，我家主人不见客！"

里面的琴声又响了起来。

周瑜微微一笑，笑出几分丰神飘逸。他提高嗓门对家奴道："这位大哥！麻烦你转告子布先生！他现在所弹曲名为《昭君出塞》，是王昭君远嫁匈奴单于之时，含泪请乐师为其谱的曲，之后就带此曲远去他乡。因曲子为昭君带走，所以在宫中和坊间并未流传，会者寥寥无几。子布先生果然名士，竟能如此娴雅弹奏此曲，只是子布先生所弹不惟有三处走音，且多处音质沉闷，宫音过激，徵音黯淡，想必是多日劳累所致，又或许是忧虑国事心神不宁！"

屋里的琴声戛然中断。

里面传出近似怒喝的声音："门外何许人？进来！"

周瑜莞尔一笑，对蒋干做个鬼脸，和蒋干一道往里屋走去。

转过屏风，走过过道，进入内屋，只见屋中央架着一架朱红色的焦尾琴，张昭席地抚琴而坐，正冷冷地看着他们。他是一个三十五六的人，身材高大，面容清瘦，目若朗星，炯炯有神。头戴博士方冠，身着青色麻棉夹袍，表情几分严肃而倨傲。

周瑜、蒋干拜倒施礼。

张昭眼皮抬了抬，威而不怒怒而不威的语气道："请起！两位有何贵干？"

周瑜和蒋干起身，在一边的席上恭敬地跪坐。周瑜恭敬道："当今朝纲废弛，汉室倾颓，周瑜自幼熟读汉书，深知齐家治国平天下之道，欲有所作为，却不知当如何作为，更不知天下竟欲何往，久闻子布先生大名，特来讨教！"

张昭眼睛直直地从上到下打量周瑜片刻，倨傲而不屑的口气道："送客！"

周瑜愕然，和蒋干面面相觑。

张昭又喊一声："送客！"然后低下头，手指在琴丝上抹出一串刺耳的旋律。

侍立一旁的家奴上前，躬身对周瑜道："公子！请吧！"

蒋干喊："子布先生！怎可以如此待我们！我蒋子翼虽然年少，却也博学多才，江淮之间也见了不少名士，足可与先生一辩！"

张昭眼一瞪，对家奴喊："送客！"

周瑜看了看张昭，拉了拉蒋干："算了！走！"

蒋干扭头瞪了他一眼，悻悻跟着他起身，两人退了出去。

走到院子里，蒋干愤然道："这算什么？他竟如此打发了我们？未免太端架子了！有何了不起？我蒋子翼到他那把岁数，不知强出他多少！"

周瑜道："算了！以刚才情形，你就是暴跳如雷也无办法！逼急了只会使他更厌恶我二人！不如先住下，再做打算！"

蒋干依然愤愤道："哼！我蒋干找他讨教是敬他名士！你当我蒋干真的服他？"

周瑜笑道："不需如此！既是求教，我等总得虚心一点才是！足下不是素有辩才吗？要是以足下三寸不烂之舌说服张昭，我周公瑾算服了你！哈哈！"

此时已近日入，太阳往西倾斜，秋日余光如炉火洒在院子里，拴在马桩上的马的影子被拉得悠长，如同忧郁凄凉的旋律。二人找店主要了一间客房，又去马厩里看了马。周瑜"白雪飞"被伙计刷了毛，又重新裹了伤口，正在马厩闭目养神。周瑜欣慰地用手拍拍它的头。蒋干也拍了拍他的枣红色的马的头。然后两人就在这家旅店用饭。张昭的酒饭是家奴来叫，店主派人送过去的。蒋干见了，愤愤道："不过如此！我若到他岁数，并不比他差多少！"

不一刻，酒足饭饱，周瑜提议往历阳之南去看大江。蒋干赞同。于是，蒋干乘自己的马，周瑜使银子找店家租了一匹马，两骑马穿过历阳城，直往城南而去。

到了江边，已近夜半。一轮圆月当空，银辉播撒大地。长江如巨剑一般划破大地的胸膛，直往东北去。正是深秋，大江两边蔓延着万顷芦苇。芦花瑟瑟，一片银白。江风骀荡，一阵一阵掠过波涛，在芦苇中掀起白色的波涛。

"果然好气势！"周瑜充满豪情地叫一声，打马冲入芦苇，直抵江边，勒住马缰，临风而立，凝望江水。只见江涛鼓动着、涌动着，有节奏地拍击着两岸，以永远如一的声音和永远如一的力度往东奔流而去。江对岸，几星渔火闪烁。

"子翼兄！这便是养育我两岸数百万生灵的长江！壮哉斯江！伟哉长江！"

周瑜立在马上，激动道。秋风吹起他的衣袍，使他身材更显挺拔，月光下如临风之玉树。小时探亲，他见过长江，但那毕竟是儿时的记忆。此时，再见大江，已是翩翩少年，又正逢乱世之秋，自是别有一份情愫，奔放之情直如一江之水决堤而出。

蒋干是九江县人，自幼常见长江，此刻见了，虽无周瑜的奔放，但也是叹赏不已。

"哈哈！大哉大江！西接岷、峨，南控三吴，北带九河。汇百川而入海，历万古以扬波，盖夫鬼神之所依凭，英雄之战守也！"蒋干在马上摇头晃脑道。

周瑜笑道："子翼兄好记忆！古人的《大雾垂江赋》开首几句用在此处恰到好处！"跟着，他下了马，将马缰绳拴在身边一株叶片落尽的小杨树上，伫立江边，看着月夜下的大江风景。蒋干也下了马，如他一样，将马缰绳系在树上。

"气势磅礴、一泻千里！多少英雄，多少是非成败，都随这浪花淘尽！"周瑜叹道。

"听公瑾语气，人生当无所追求才是？"蒋干不解道。

"非也！人生在世，无论英雄或枭雄，都免不了转头成空。唯其如此，人方才有所重，有所不重。忠君爱国、守正恶邪，泽被当时，虽如大江东去，但名流后世，英雄之业仍为后人传颂，当重之！逆天而行、好乱乐祸、残贤害善、追欢逐乐、骄奢淫逸，纵使欢乐一时，仍免不了转头成空，反落下千古骂名，当弃之！"周瑜慨然道。

"原来如此！"蒋干笑了，"我以为公瑾是看淡了功名，原来是说立不世之英名！哈哈哈！"

周瑜又舒一口气，极目远眺，望望对面沉沉原野，又将目光放向东面，溶入夜色深处的奔流的江面，再收回目光，凝望眼前宽阔的鼓荡不已的江面，如同要尽情将大江的一切收入眼底，永存记忆一样。浓眉微蹙、目光沉静，胸膛起伏如大江之波涛。半晌，叹道："真是壮美之至！我周公瑾生不在大江之上，但愿死在大江之上，更愿今生如同惊涛拍岸，在历史长河留下些许微名与声响！"

"有道理！我蒋子翼也如公瑾一般，但愿人生在历史长河留下些许声响！如若不成，便独步江河，行游江畔，倚江而眠，乐做个江中隐士！反正此生以大江为友也！"蒋干笑道。

然后，两人相视对望，哈哈大笑开来。

两人回到历阳城中的客栈时，已是三更时分。

走进后院，往马厩里拴了马，周瑜和迎上来的"白雪飞"亲热了一下，就同蒋干往客房里走。忽然，西南角张昭客房里传来一阵喊叫声："什么人？干什么？"话还没说完，就听见一声惨叫："啊！"跟着传来女人的尖叫声和惨叫声，还有噼里啪啦的茶几被打翻的声音。

"不好！"周瑜轻声叫了一下，拔出宝剑，冲了过去。蒋干也赶紧跟上。

张昭客房的大门仍然关着，周瑜一脚踹开大门，借着明月之光，他看见客厅屏风旁倒着先前领他们见张昭的那个家奴。他从家奴身上跳了过去，直入卧室。只见里面正打成一团，两个蒙面的剑客正挥剑追赶身穿睡衣的张昭。张昭惊慌地将手中的厚书砸向刺客，又抓起床上的玉石枕头砸向刺客。一个看着像张昭之妻的女人搂着小儿惊恐地缩在墙角发抖，不停地喊救命。一个丫鬟也缩在他们身边喊救命。还有一个婢女横尸地上。在另一个角落，一个婢女抱着头缩在墙角一动不动，月光映照着她惊恐万状、惨白的脸。

看见周瑜冲进来，一个矮个刺客猛地转身。

周瑜喝道："你们是什么人？敢来行刺？"

矮个刺客不答话，举剑朝周瑜砍来。周瑜挥剑迎了上去。

另一高个的刺客直奔张昭，举剑就要朝张昭砍去。

张昭夫人尖叫一声，松开怀里的孩子，扑向高个刺客，抱着他的腿："不要杀他！不要杀我丈夫！"

高个刺客一翻手腕，就要朝跪在地上的张昭夫人捅去。正与矮个刺客搏斗的周瑜看见了，趁对手闪身躲他的剑之机，将剑朝高个刺客掷去，正插到他背上，他身子一颤抖，一手抓住从胸口捅出来的剑锋，一手提着剑回转身子，垂死的目光恶狠狠地瞪着周瑜。此时，与周瑜对打的矮个剑客见周瑜掷剑杀伤同伴，就举着剑朝周瑜连连进招，周瑜连闪过二剑，顺手抓起一个小案几，抵挡着对方的剑。那一边，中剑的高个刺客提着剑转过身举着剑用尽最后力气要朝张昭砍去，张昭此时已镇静下来，或者是看见刺客已命悬一线，胆也大了，抓起被踢倒在一边的焦尾琴，大骂一声："竖奴！找死！"举起琴砸在高个刺客身上。高个刺客惨叫一声，倒在地上，插在胸口的周瑜那把剑的剑锋上仍然滴着血。

此时，蒋干也冲了进来，在周瑜身后大叫："有刺客啊！抓刺客啊！"

与周瑜对打的矮个刺客心中一慌，被周瑜一案几打在手上，手中的剑被打落。

然后，周瑜飞起一脚踢在他的肩上，将他踢得连连后退几步。此时蒋干喊一声："公瑾！接剑！"将手中剑朝周瑜扔过来，周瑜空中接剑，顺势一翻手腕，剑指刺客胸口。刺客既已领教周瑜的剑法，此刻手中无剑而周瑜手中又有剑，哪里敢动？只好跪了下来。此时，外面传来喧嚷声，店老板和几个伙计拥了进来。张昭令人在房间四处点上灯蜡，房间顿时大亮。

周瑜一剑挑开刺客蒙在面上的黑纱，却不认识。

"为什么行刺子布先生？"周瑜用剑指着他问。

刺客跪地不语。

周瑜晃一下手中剑喝道："不说我砍死你！"

店里伙计们拥上来，拿刀架住刺客，吼道："快说！"

刺客低着头依然不语。

周瑜又道："你行刺既已不成，回去必死无疑！何不招来？可保你不死！"

刺客看了看周瑜和众人，眼神黯淡了，伏地一拜道："在下是袁术将军所派！袁术将军欲请张昭先生为官，为张先生所拒！恐先生为他人所用，故令在下二人前来追杀，务要带张先生首级回去请功！"

张昭怒道："可恶袁术！何其毒也！"他对周瑜作揖施礼道："周公子！谢你救张某一命！"周瑜赶紧收了剑，还礼道："拔刀相助，理所应当！"

几个店伙计嚷着要押着刺客去报官。

周瑜道："此人已从实招来，若报官，枉送他一条性命！不如放他回去向袁术报个信！"

一个店伙计恶声道："你是什么人？你说放他就放他？"

张昭不高兴道："我张子布也说放了此人！"

蒋干上前对店伙计道："你等也太无礼了！周公子帮你们拿了刺客，你们非但不谢，还口出恶语！可知周公子是何许人？他乃是当今朝中侍郎周异之子，庐江舒城周瑜周公瑾！"

几个店伙计未必知周瑜大名，但听说是朝中侍郎之子，就恭敬地看着周瑜，不敢吭声了。店老板赶紧上前点头哈腰对周瑜拱拱手，道："既是张先生和周公子吩咐，我等哪敢不依？"于是，令店伙计们拿开了架在刺客身上的刀和棍。

刺客跪拜在地，对周瑜行了个大礼，谢了不杀之恩，起身离去。

当下，店主人叫几个伙计帮忙收拾了屋子。一个丫鬟并一个家奴被砍死。另一个刺客也被周瑜的剑捅死。张昭出钱托店主人领伙计一同抬出去埋了。周瑜也从被刺死的刺客身上取回自己的剑。待收拾完毕，天已放亮。张昭客气地邀周瑜和蒋干到另一房里坐下叙话。周瑜和蒋干欣然领命。

寒暄一番后，张昭脸上露出了难得的笑容，道："哈哈！原来周公子令尊乃是洛阳令周异大人？公子的从祖父和伯父都曾做过朝中太尉！哦！怪不得如此少年英雄！前一次失敬了！"

周瑜谦恭道："哪里！是我两人年少无知，多有冒犯！"

张昭道："周公子拜访张某，意欲如何？"

"当今汉室不振，各路诸侯，拥兵自重，小生特来向先生讨教天下之势！"周瑜道。

张昭摇头道："当今形势，路人皆知，何需讨教？"

周瑜想了想，道："若我等有匡扶汉室之心、平定天下之志，请问先生，当何以实现？"

张昭打量他一下，叹一口气道："周公子志气非凡！只可惜汉家气数已尽，岂是几个所谓忠义之士所能匡扶得了？识时务者为俊杰，公子如有志气，不妨静观时势，以待明主！"

蒋干高兴地拊掌道："先生之言太好了！我与先生所见略同！"

周瑜看着张昭，不快道："这……先生身为大汉名士，何以有如此言语？"

蒋干对张昭以幸灾乐祸的口气道："子布先生！周公子就是如此食古不化！"

"我哪里是食古不化？"周瑜瞪了蒋干一眼，又对张昭道："董卓固然专权，但天子犹在！近四百年的汉威犹在，岂可另择明主？如果我等大汉子民，都做忠义之士，扶助汉室，清理奸邪，又如何不会重振文景之治，再现光武中兴？"

张昭脸上现出几分不快，跟着冷笑道："公子主意已定，何需讨教？"

周瑜低下头，困惑道："如今，天下英雄各怀私心，就算小生有匡扶汉室之心，又何来同道之人？而况，诸多名士，皆以某为迂腐之论，故特向先生讨教！"

张昭冷冷道："公子志存高远，张某不敢苟对！公子请回吧！"

周瑜失望地看着他："这……莫非小生对先生多有得罪之处？"跟着又恭敬地拜伏在地道："小生赔礼了！万望先生为小生答疑解惑，以开教益！"

张昭看着周瑜，拈着胡须沉吟一下，不快的语气道："道不同，不便久谈！公子少年高志，与长沙太守、乌程侯、破虏将军孙坚孙文台的长子，孙策公子颇有相似之处！孙策公子字伯符，年方十七！英气逼人，抱负远大，刚烈果敢，小小年纪便四处结交拜访当地贤达人士，有领袖之才，住在离此地三百公里的寿春！张某以为，周公子不妨结交与你同龄的孙公子，或可增广教益！"

周瑜道："先生说的孙坚，莫不就是虎牢关前力斩华雄的孙坚孙文台将军？"

张昭拈着胡须道："正是！孙坚领军驻在南阳，与袁绍、公孙瓒相对峙，便将两位夫人和子女托付给弟弟孙静，一同住在袁术占据的寿春。周公子不妨前往结交！纵使道不同，也不负彼此英雄相惜！老夫这里无可奉告了！"

周瑜拱手："谢谢先生告我以孙公子事！但仍需向先生讨教！"

张昭脸上露出自负的不易觉察的微微一笑，然后，板起脸对一家奴道："送客！"

周瑜、蒋干赶紧起身，拜辞了张昭。

三　扮乞丐周郎入孙府，论国事奴仆斥主人

　　两天后的一个下午，周瑜与蒋干骑着马赶到了寿春城。

　　蒋干仍骑自己的马，周瑜将"白雪飞"寄养在那家旅店，又租了旅店一匹深红色的马。然后，他们便直奔寿春。

　　寿春原是扬州刺史治所所在地，不久前，北方势力最大的豪杰袁绍的同父异母弟弟、后将军袁术从南阳领军过来，杀扬州刺史陈温，占了扬州，寿春便成了袁术的将军府所在地。因未经战火，加上一直是扬州刺史治所，故城中很是繁华。两人入城之时，已是晡时，夕阳将城门楼的影子斜斜地拉长甩在大街上。干冷的秋风吹起发黄的樟树叶、杨树叶在街市上飞舞。街上的摊贩三三两两开始拆卸摊位。偶尔有袁术的军士三三两两从摊子边走过。有的顺手从小贩摊子上抓走一只鸡和几只水果什么的，而小贩们大多也只嘀咕两声，未敢较真儿。

　　走到街市中心，两人打听到孙策一家住在城北郊外，就径往城北赶去。到孙府门前时，已是夜色苍茫。蒋干要叩门，周瑜将他拦住了，将嘴附到蒋干耳边嘀咕说他不想这样直接就见孙策！他要乔装打扮以真实地了解孙策其人！蒋干不解道："何须如此？"周瑜笑道："不如此何以见其真面目？又如何结为知己之交？"蒋干笑着用手指点点他的额头，答应了。于是两人离去，在附近一村庄找一富户讨一间房住下了。

　　第二天，周瑜出现在孙府大门前，穿一身破烂的麻衣，披头散发，脸上抹着污泥，一手里拿讨饭棍，一手里拿着一个破的陶碗，立在门口不轻不重地拍打厚重的朱漆楠木大门。门前立着两个虎虎生威的大石狮子，怒目金刚似的瞪着远方。

　　门开了，一个二十来岁的家奴打开门，上下打量周瑜。他身材结实、相貌粗俗。

　　周瑜："大哥！给点吃的吧！"

　　家奴瞪了周瑜一眼，转身进了院子。

　　周瑜从门缝看见宽广的大院里面，一帮家奴和几个公子正在习武，一个身材

颀长的公子居中指点着。

不多一会儿，这个家奴出来了，将两个饼塞到周瑜手里，恶声道："走吧！走吧！"

周瑜拿过饼，装着可怜的样子道："大哥行行好！让我进去喝口水吧！"

家奴一愣，瞪眼训斥道："快滚开！给你吃的就不错了！你还要喝水？"

周瑜故意提高声音嚷："怎了？怎了？凭什么赶我？都说孙公子礼贤士人，怎么可以这样待人？"

家奴冷笑："好个叫花子，不知好歹！只有我家公子吩咐给你饼吃，别人家里，哪有得吃！再说，我家公子礼贤的是士人，不是下人叫花子！快走快走！"

周瑜不满地大声嚷："不对啊！兄台！你家公子原来是嫌贫爱富啊！徒有虚名嘛！叫你家公子出来！出来！出来！"

一个声音传了过来道："吵什么？"

跟着，家奴身后闪出一个人来。

家奴回头一看，脸上换上恭敬讨好的表情，赶紧闪到一边。周瑜看清就是刚才指点家奴们习武的那个公子。

"公子！我给了这个叫花子一点吃的，他却不走，口称要到里面喝水歇息！"家奴躬身对这个公子道。

家奴说话时，周瑜不动声色打量着这个公子。只见他年约十六七岁，估计与自己年龄相仿；高约八尺有二，略比自己矮一点，身材挺拔。有一张年轻英俊刚毅的脸。浓眉大眼，目光炯炯有神，鼻梁高挺，既英俊，又有几分刚毅豪放气色。身穿浅黄色束腰长袍，头上用黄色头巾束着发，腰里悬着宝剑。周瑜想此人或许就是孙策。

家奴说话时，这个公子也上下打量着周瑜。

他好像被周瑜无法遮盖的不卑不亢、俊朗飘逸的气质神态和破衣污垢遮盖不住的不俗的外形所打动，眼里流露出似曾相识的关注的光芒。

看了半晌，这个公子收回目光，对那个家奴道："让他进来歇息！给他水喝！"然后，转身离去。

家奴顺从地打开门，将周瑜放了进去。

周瑜见这孙府，和自己家有几分相似：里面有前院和后院。前院宽约五六丈，长约七八丈。两边院墙下是两排厢庑。庑前有长长的游廊。前院尽头是高大的正堂屋，五六级台阶拾级而上可进得屋去。正屋两边由高墙连着两边院墙，和正屋一道将整个孙府分成前后两半。两边开了圆穹形角门，穿过角门，可以抵达后院。后院里排列着有数十间房，还有后花园。当然，从正屋里也有后门直通后院。时下大户人家府宅多是如此构造规模。后院里自然少不了有亭、有假山、有后花园，还有数十间房屋。前院两边有庑和游廊。不同的是：孙家大院前院种的是海棠树，而自家里种的是樟树。孙家大院前院有一排放兵器的架子，上面陈列着各种兵器，而自家的兵器架放在后花园，因他喜在后花园里习武。

周瑜在院子里站定后，令他进来的那个公子对站在游廊下正看着家奴们练剑的一个婢女模样的女孩道："草儿！去给这人端碗水来！"就继续带众人练武。

那个叫草儿的丫鬟应了一声，走进院右的庑房里。不一会儿，端出一碗水，客气地送到周瑜手里。这女孩年约十三四岁，模样清纯俊俏，有两个小酒窝。她把水递到周瑜手里时，不经意地笑了一下，两个小酒窝里的一丝善意便笑了出来。周瑜接过碗，卑微又恭敬地点头致谢，然后一手拿着饼，一手端着碗，做饥饿状地站在一边边吃饼边喝水，边看那个孙公子教众人习武。

一共有十多个家奴和三四个小公子在习武。一个十来岁的碧眼少年公子亮出一个白鹤亮翅的招式。周瑜一看便知，架子很花，着力不够。方才要周瑜进来的那个公子走了过去，把着碧眼公子的肩道："权弟！此动作着力不够！来！我教你重做一遍！"于是便抓着那个碧眼公子的手教他做。

周瑜于是猜定了，这个要他进来的定是孙坚的大公子，他要找的那个孙策孙伯符。而那个碧眼的公子自然是二公子孙权。还有两个年龄更小点的小孩，想必是三公子孙翊、四公子孙匡或者孙坚之弟孙静的儿子们了。

家奴中，一个长得黑壮如塔的，年约二十来岁，拿一把大砍刀很卖劲地喝哧喝哧地舞得像风轮一样，边舞边大声叫唤。孙策对他笑道："李柱子！不需如此大声！只管将力使在刀刃上便可！还有，需照我教你的刀谱练！"

这个被称作李柱子的家奴停了手，挺胸收腹，声若洪钟道："是！公子！"跟着又舞开来。

这时，碧眼的孙权收了剑势调皮地对孙策道："大哥！我们都练得累了，想看大哥给我们舞一回剑！"

众公子与家奴一齐道："是啊！我们想看公子舞剑！"

周瑜也在一旁笑嘻嘻道："是啊！是啊！久闻孙公子武艺高强，我等虽为行乞之人，也很想见识一下！"

将周瑜放进来的那个家奴吼道："住嘴！要饭的！这里哪里有你说话的份儿？"

周瑜一撇嘴，故作委屈："要饭的也是人嘛！再说，这里也没有你说话的份儿啊！"

那家奴气得脸色铁青，吼："臭小要饭的！"

跑过来便要打周瑜。

"张平！住手！"孙策喝住这个家奴。

这个叫张平的家奴住了手，悻悻地："是！公子！"

"日后不许以臭要饭的称呼他人！"孙策又道。

张平又恭敬地应诺了。

周瑜看着孙策，眼里闪出一缕欣赏的目光。

张策对众人道："我今日给你们舞一回失传已久的张良刺秦剑！相传是汉初开国功臣张良发明的！这剑柔中有刚，刚中有柔，很是精彩！我也是学了多日，方才悟得其中之一！"

说完，他一挥手中剑，拉开架势。

周瑜大叫："嗨——等等！"

众人都愕然看着他。

孙策也愣住了，奇怪地看着他。

张平吼道："你又要怎样？"

周瑜不理他，挤眉弄眼地对孙策顽皮地笑道："孙公子一个人舞剑，太过于乏味！小人为公子伴奏怎样？"

说完，对张平喊："拿琴来！"

张平："臭要饭的！你叫谁拿琴来？"

孙策奇怪地打量一下周瑜，对张平道："去吧！"

孙权还有那个叫草儿的丫鬟也用奇怪的目光打量周瑜，似乎不明白这个叫花子在堂堂孙府竟如此大胆放肆。

那个张平悻悻地进了堂屋，将一台错金焦尾琴搬了出来，搁在院中，琴下扔一张小座席。周瑜坐了上去，双腿盘起，轻舒十指，从容而又优雅地用手指一抹琴，一串音符从琴上跳起，清脆悦耳，原是《高山流水》的曲子。

孙策和众人都被琴声打动了，呆呆地望着他，打量他。

周瑜停了手，对孙策莞尔一笑，道："孙公子！我要弹一曲汉武帝的《秋风辞》！此曲气势恢宏，想必配得上公子淋漓剑法！公子请！"

说完，一抹琴弦，琴声响起，如一片瀑布飞泻而出。弹的是汉武帝的《秋风辞》。那声音时而如楼船浩荡逆行江中，时而如大风骤起、白云翻滚、草木凋零、大雁南归！时而如风暴骤起，时而如和风细雨，时而如江南燕呢喃，时而如铁马金戈，时而如荆轲刺秦，时而如沙场点兵。而孙策在琴声中亮一个姿势，挥剑舞起来。矫健潇洒，身手不凡，剑式娴熟，柔中有刚，刚中有柔，一招一式都与琴声配合得天衣无缝。

孙策舞完了，收式，周瑜的琴声也恰到好处地戛然而止。

"妙极了！"孙权大喊一声，鼓掌，众人一起鼓掌。那个叫草儿的丫鬟脸色绯红，痴痴地看着周瑜。而一边的张平的目光一会儿落在草儿身上，一会儿恨恨地落在周瑜身上。

孙策插剑入鞘，走了过来，好奇地对周瑜道："你一手琴弹得可算是惊天动地！谈吐也有不凡之处，你到底是什么人？怎落得这一地步？"

周瑜故作难受道："奴仆以前也是书香门第！只因战乱，父母病故，独剩小奴一人，只得四处流浪以行乞为生了！"

孙权同情的语气道："真是不幸！哥哥！我们就留下他吧！他弹得一手好琴，日后也可教我们弹琴了！"

孙策看了看孙权，微微一笑，对周瑜道："日后你就留在我府上，专门陪我诸弟弟练琴，如何？"

周瑜扑通跪拜在地，做受宠若惊状道："太好了！谢谢公子了！"

孙策令他起来，问："你唤作什么名字？"

周瑜起了身，叹口气道："小人自小爱琴如命，家里没有遭变故时，就被唤着琴痴，公子就叫我琴痴好了。"

孙策哑然失笑："琴痴！呵呵！我孙策也被家人唤着武痴呢！你我二人都有痴迷处，有缘！"

此后周瑜就留在了孙府。他就住在前院庑房里，和李柱子、张平等家奴住在一处。周瑜的活儿就是教孙权几个兄弟练练琴，有时跟着李柱子和张平做些杂事。他渐也知道，李柱子、张平都是看家护院兼打杂的家奴。那个叫草儿的丫鬟是孙策母亲吴太夫人的贴身丫鬟，年十三岁，因为聪明又善解人意，很讨太夫人喜欢。

周瑜很满意以这种方式接触孙策。有一次他借机溜出去见蒋干，蒋干一直催着他快些亮出身份，他们好与孙公子一起喝喝酒，谈些天下大事，但周瑜总是眉飞色舞地说起在孙府做奴仆实在有趣，称还未到亮出身份的时候，蒋干只得依他。

这日，周瑜和几个家奴与婢女在厨房内围桌吃饭。张平忽然放下碗对周瑜道："新来的！给我端碗水去！"

周瑜抬头，本能道："你自己不可以去吗？"

张平："臭要饭的！老子叫你去！"

周瑜不服气道："兄长怎可骂人？"

张平一伸手，在周瑜头上拍了一掌："骂你怎么啦！老子还要打你！"

周瑜平静地瞪着张平。

张平瞪着眼珠："你会弹琴就恁不得了？到这里就得听我的。快去！"

草儿生气地将碗往桌上一蹾："张平！凭甚欺侮人家新来的！"

张平见草儿帮他说话，火更大了："欺负又怎样？要不是我开门领他进来，他现时都不知在哪里要饭！"

"要饭又怎样！我们若不是在公子家做活，不都得去要饭啊！"草儿反驳。

张平冷笑："草儿！你是不是看上这个臭要饭的！他长得是一张小白脸哦！"

草儿脸红了："你胡扯什么？"

张平沮丧地瞪着周瑜，一把抓起周瑜的衣领，恶狠狠道："小子！你要打我草儿的主意！我就揍你！"

一个丫鬟跑进来，对周瑜道："琴痴！太夫人请你去一下！"

周瑜应了一声，挣脱张平的手，站了起来。张平眼一瞪，悻悻地又要动手。身边的李柱子拍了拍他的肩："算了！太夫人找他！你不要找事了！"

张平只好悻悻地恨恨地瞪着周瑜道："臭要饭的！"

门口那丫鬟又对草儿说："太夫人叫你吃完了赶快去替换我！"

草儿高兴地放下碗："好啊！我这就去！"然后她走过来，拉着周瑜的胳膊："走啊！我带你去！"

周瑜和草儿走进孙策母亲吴太夫人卧室，只见吴太夫人正抱着哇哇地哭个不停的两岁的女儿孙尚香端坐在椅上。吴二夫人坐在太夫人一旁，孙权侍立在她另一边。

对于吴太夫人，周瑜已有所知。吴太夫人本姓吴，与孙坚同为吴郡人，早年丧父母，和弟弟吴景相依为命。因父母留下颇多资产，加上亲戚们多为读书做官之人，所以生得知书达理，聪明温婉。孙坚时为吴郡司马，要娶她为妻，她众多亲戚都因孙坚个性强悍而不同意。而她怕给吴家惹祸，自作主张同意了。不料两人成亲后，相处甚好，也算恩爱。她为孙坚生了四子一女，这女儿最小，就是她怀中的孙尚香。弟弟吴景则随孙坚征伐，屡立战功，现在正做着丹阳太守。吴太夫人旁边的二夫人是孙坚不久前才纳的一个小妾，亦姓吴，尚未有生育。

见周瑜和草儿进来，孙权忙对太夫人介绍："母亲！他就是琴痴！"

周瑜赶紧躬身施礼："琴痴听从夫人吩咐！"

太夫人打量一下周瑜，温婉口气道："哦！听说你弹得一手好琴？"

周瑜谦恭道："小的只是略会而已！不敢称好！"

太夫人道："也无妨！我这小女儿，性情暴躁，稍有不如意就哭啼不休。听权儿说，一日你弹琴曲时，曾令孙匡、匡儿悄然入梦，我想以此法哄哄香儿如何！你且试试看吧！"

"遵命！"周瑜躬身受命。

一个丫鬟将他引到一边的琴旁。周瑜从容又恭敬地坐下，抚弄一下琴弦，轻轻弹起《幽兰》一曲。

只弹了一小段，太夫人就悄然动容，她一面哄着怀抱里仍然啼哭不已的香儿，一面入神地凝听。

不多一会儿，太夫人怀中的香儿就不再哭闹了，肥嫩的小手抓着太夫人的衣襟，小嘴咂吧着，一双大眼睛呆呆地看着周瑜。在太夫人旁边站着的孙权见她这样子，得意地笑了。

在这同一时刻，蒋干叩开了孙府大门，给他开门的是李柱子。

"江东名士蒋干来拜访孙策公子！"面对李柱子打量的目光，他昂首挺胸自报家门。

李柱子显然被他的"名士"头衔打动了，恭敬地将他迎了进去。到了正屋台阶下，他要蒋干稍等，然后上了台阶，进了大厅。不一会儿，他出来了，恭身对蒋干道："公子请！"将他引着直入孙策书房。孙策在书房门口迎接他，彼此寒暄一阵，入书房分宾主坐下。婢女上了茶水。孙策此前并未听说蒋干其人，但对慕名来访的公子或名士一向礼待，自然十分客气。两人就谈了些天下大事，以及曹操、袁绍等当今英雄，也谈孔融、张昭等名人。蒋干素来喜欢高谈阔论，且素有辩才，此刻谈得更是神采飞扬。

就在这时，周瑜的琴声传了过来。

蒋干笑道："好听的音律！不知是孙公子府上哪位高人在弹奏？"

孙策道："是本府刚收的一位家奴，原是一个乞丐，因弹得一手好琴，就留他下来！有时做些杂活，有时教我诸弟弟弹琴！大概此刻在我母亲房里弹曲吧！"

蒋干故作高兴地："哦！那请来让在下欣赏一下如何？"

在太夫人卧室里，周瑜一曲又终。太夫人怀里的孙尚香已酣然入睡。太夫人看了看怀里的香儿，高兴道："够了！够了！琴痴啊！真是弹得好啊！恰如天上仙乐一般！"

周瑜恭敬地欠身："谢夫人夸奖！"

太夫人对草儿道："赏他一两银子！"

草儿高兴地从怀中取出一两银子，走过来放在周瑜手上，多情的热烈的目光朝他射了过来。

太夫人又对周瑜道："你先出去吧！以后若要听曲就叫你！"

周瑜："是！夫人！"

施个礼告退。

刚走出太夫人卧室，一个家奴已候在门口，要他到孙策书房里。周瑜跟了他去。书房与太夫人的卧室同在正屋，拐了两拐便到了。一走进书房，他愣住了，只见蒋干正与孙策席地而坐，高谈阔论。见他进来，蒋干对他偷偷挤个眼，然后问孙策道："这便是贵府那个会弹琴的奴仆？"

孙策高兴地对周瑜指着蒋干介绍道："这位蒋公子乃是江东名士！适才听见从太夫人房里传出的琴声，连声夸奖！很想听你弹上一曲！"然后他令周瑜在蒋干对面坐下。

周瑜趁孙策不注意时，狠狠瞪了蒋干一眼。

蒋干挤眉弄眼得意道："孙公子果然不同凡响，就是家奴弹的琴，竟也胜过舒城周瑜！"

孙策看着他："舒城周瑜？哦？你认识周瑜周郎？"

蒋干故作惊讶："公子也听说过周瑜周郎？"

"有所耳闻！听说此人年岁与我相当，志气高远、为人宽豁！且喜读书、善击剑、通音律，方圆一带有'曲有误，周郎顾'一说！本公子一直想去拜访！他现在可还在舒城？"孙策几分神往的表情道。

蒋干拍着手掌挤眉弄眼哈哈大笑："哦！你们真是心心相印！这个周公子啊！他此刻便在——"正要指周瑜，猛然见周瑜愤怒地瞪着自己，赶紧住了嘴。

孙策眼睛一亮："在哪里？"

蒋干嬉笑道："呵呵！就在舒城！以孙公子的名望，招之即来可也！"

孙策正色道："岂敢！周郎风流倜傥、少年有为，某岂敢招之即来？待有机会！孙某前去拜访他！"又意犹未尽地问蒋干："蒋公子看来与周公瑾颇为友善了？可否说说周公子人品风度？"

蒋干笑道："这个周郎确实风流倜傥、才华出众，只是迂腐顽固、食古不化，恐怕与公子你我背道而驰！"

孙策吃惊地瞪起了眼："哦？迂腐顽固、食古不化？可否说来听听？"

周瑜气恨恨地瞪着蒋干，当孙策的目光不经意扫过来时，他又立刻低眉顺眼，做出恭敬的表情。

蒋干得意地瞥一瞥周瑜，趁孙策不注意时冲周瑜眨眨眼，然后对孙策道："譬如，你我都以为，汉朝气数将尽，就是有高祖在世、光武重生，也难有回天之力了，故，识时务者为俊杰，大可不必死抱大汉僵尸食古不化！"

孙策点头："正是！"

蒋干揶揄道："那个周瑜却自以为读过几部汉书，祖父辈又食过汉朝的俸禄，便时刻想着要为汉家去残除秽，重现大汉的荣光！嘻嘻！你说他迂腐不迂腐？"

孙策听蒋干说完，笑道："哦！我等都是汉朝的子民，自小都受忠君报国的教诲，周郎有此想法，果然是忠义之人！"停了停，又摇摇头道："只是，势移时易，汉朝气数已尽，偌大天下，也并非刘家私有，何苦定要抱着汉家天子食古不化！"

周瑜脸色呼的变了，喉咙咕噜一下，好像一口愤懑涌上喉管。他想真是知人知面不知心，幸亏他乔装打扮化着家奴，要不，贸然拜访孙策，却志向不合，那才叫退不可退，进不可进了！"公子！"他涨红了脸打断了他们："汉朝今日为奸臣董卓把持，各地刺史郡守拥兵自重，正是我等忠义之士励志奋发，为汉家除残去污之时！怎可以身怀异心，以识时务自励？"

孙策转过脸愕然地看着他，眼里先是流露出惊讶，也流露出赏识，好像没有想到一个奴仆会说出这种话来似的，也没有想到奴仆会插话顶撞他。"琴痴！你倒有些忠义之心！本公子原谅你的不礼！"孙策笑道："只是，你只知其一，不知其二。汉家到这一步，已是无可挽救。正如一个人病入膏肓，无论如何用药，已是不济！而况否极泰来，盛宴必散，荣辱自古周而复始，世上哪有不衰的江山！"

周瑜："未必！昔日王莽篡位，不也有邓禹、吴汉等人扶保刘秀中兴汉室？今日董卓之祸，尚不足以与王莽相提并论！"

孙策笑道："今日董卓固不可与王莽相提并论，但今日之形势，也不可与王莽之时相比！王莽之时，人心思汉，天下豪杰皆恨王莽暴政，故光武以神武英姿拔地而起，天下豪杰竞相拥附，遂有汉室中兴！如今，各路诸侯拥兵自重，名为尊汉，实则视汉室为招牌而已！又有几个还把天子放在眼里？纵使果有能攘除董卓，平定天下之人，又为何定要奉刘氏为天子？哈哈哈！"说完他豪爽地笑了。

周瑜此时已完全忘了自己的身份，愠怒道："孙公子竟可说出如此谋逆不道的话！倘为那个周郎所知，又岂会与你交友？"

"大胆！"孙策见周瑜如此顶撞自己，也有些愠怒了。

周瑜一愣，意识到自己的身份，赶紧拜伏在地谢罪。

"算了！起来吧！"孙策皱着眉，挥挥手。周瑜又坐了起来。

"就算那个周郎食古不化，就冲他这番忠义之心，我孙某也定要结交他！"孙策目光炯炯地看着蒋干，语气坚决地说。

就在这时，前院传来乱哄哄的喧哗声，其中有怒骂声、刀剑铿锵声，还有婢女们尖声大叫声。

喧哗声中，一个男人粗暴凶恶的喊叫声格外刺耳："孙策！给我滚出来！"

孙策眼睛一瞪，浓眉掀起，跳了起来，抓起挂在墙上的剑就冲了出去。

周瑜也立马站起，跟着冲了出去。

四　申大义周瑜挥刀，泄羞愤袁术兴兵

院中，一群身披甲胄的军士正手执兵器气势汹汹地站在院中，要往堂屋冲，李柱子带着十几个家奴拿枪执棍拦着他们，与他们对峙着。门口，一个家奴已经横尸血泊之中。为首的一个军官模样的军人二十几岁，个不高但很壮，满脸的胡须，模样凶恶蛮横。他全身贯甲，手提一把滴着血的剑恶狠狠地对拦在他面前的李柱子道："蠢奴！快叫孙策出来！否则老子要你做剑下之鬼！"

李柱子横一横手中习武用的木棍，道："这是孙坚将军的家！孙将军和你们袁将军是结盟兄弟！你不要乱来！"

那军官冷笑："老子今天就是要来踹你孙府！"

说完，他举起剑就朝李柱子砍去。李柱子挥棍将他的剑打开。

此时，孙策已走出堂屋大门，他站在台阶上大喊一声："住手！"

那军官看见孙策，收了剑，怒气冲冲用剑指着孙策："孙策！你做的好事！快还我兄弟彭二毛的命来！如若不然，我彭大毛今日见人杀人，见鬼砍鬼！"

"原来是彭二毛之兄？"孙策从台阶上走了下来，边走边冷笑着说，"那你该知彭二毛调戏并抢劫我家使女草儿之事？如若不是我叔父孙静赶到，我家使女怕已遭毒手！国家军人，污辱调戏王侯家的使女，理当斩首！你还有何话可说？"

"我弟犯法，也当由袁术将军处置！与你有何干系？"彭大毛也怒道。

孙策瞪着他凛然道："彭二毛调戏的乃是我家使女！我孙伯符替袁将军处置他，有何不可？"

台阶上传出太夫人的声音："正是！大汉破虏将军的公子处置汉朝的一个军士也无不妥？你等现在又有何理由擅闯朝廷公卿的府宅？"

众人回头，只见台阶上站着吴太夫人及草儿等几个丫鬟。

彭大毛冷笑："哼！好一个大汉破虏将军！我不认识什么大汉乌程侯、破虏将军！我也不是什么大汉的军士！老子是袁术将军的人！只听袁将军的！"

孙策眼睛瞪起，正要发怒，周瑜从孙策后面走上前，怒喝道："大胆！身为大汉军人，吃汉朝俸禄，竟敢辱骂朝廷和朝廷王侯！你反了不成？"他剑眉高耸，俊目喷着怒火，喉结嚅动着。

彭大毛打量着周瑜，不屑的语气冷笑道："小奴才！你也敢教训老子！老子骂了朝廷又怎么样？"

周瑜怒道："斩首示众！"

彭大毛忍不住笑了："哈哈！老子先斩你的首！"

说完，他脸色一变，眼里冒出一缕凶光，上前一步，猛地一剑朝周瑜胸口刺过来。

周瑜敏捷地闪开，彭大毛刺了个空。

彭大毛连刺带劈，周瑜连连闪开。

孙策吃惊地看着周瑜，他看得出周瑜这几闪是习武人才有的功夫。

彭大毛恼羞成怒，对手下喊："给我杀了他！"

他身后两个军士挥刀上前逼住周瑜。

孙策脸色凛然喝道："住手！谁敢杀我的家奴，我孙伯符立马取他项上人头！"

两个军士不敢动了。

彭大毛用剑指着孙策，恶狠狠地冷笑："孙公子！你如果不想全家玉石俱焚，你就识相一点！你往四周看一看吧！"

说完，他将手指放入口中，吹一声呼哨，顿时，左右两面厢庑上响起一片呐喊声，无数的士兵从外面爬上屋顶，整齐地蹲在厢房顶上，张弓搭箭，对准院中孙策、周瑜等人。其中，有几个士兵举着的是沾了松脂等易燃物的火箭，只待点火发射。

孙策怒视彭大毛："贱奴！怎敢如此？"

周瑜对孙策道："孙公子！你快去保护太夫人和弟弟们！这里的事交给我了！小奴我今儿要为大汉去残除污！"

彭大毛用剑指着周瑜喝道："给我杀了这个奴才！"

原先逼着周瑜的两个士兵挥刀冲上去，围着周瑜砍杀。

周瑜一面躲闪，一面往墙角退，忽然，他趁一个士兵挥刀砍来时，飞起一脚，踢掉他手中的刀，然后抓起还在空中的刀，顺势用刀挡住另一个军士朝他砍下来的刀。两把砍刀在空中发出刺耳的撞击声。那个军士还没有收回刀，周瑜已收回刀，并就势捅了下去，刀锋如剑，直取军士的咽喉，正好捅进，一股鲜血从那军士颈上喷出。周瑜迅速地拔出刀，军士惨叫着，捂着血流如注的咽喉慢慢往地上倒去。被夺了刀的军士吓呆了，转身要跑，周瑜顺手一刀，砍下了他的头。扎着头巾、束着发的血淋淋的头在地上弹了一下，滚到了彭大毛的脚下。然后周瑜用血淋淋的刀指着彭大毛等众人，凛然喝道："凡大逆不道的，就此下场！"

一连串的动作不仅让彭大毛看呆了，而且让孙策、太夫人以及张平、李柱子、草儿等众多家奴奴婢都看呆了。他们没有想到这个要饭的琴痴还有如此手段。而草儿惊呆了的脸蛋上浮现红晕，一种心动不已的感觉让她眼里含满多情的目光。

彭大毛脸上的胡须颤抖着，瞪着周瑜，脸上游动着仇恨、羞愤、恼怒。"孙公子！你的家奴倒有本事！看我来收拾他！"他恶狠狠地咬牙切齿地大吼一声，举着剑直扑周瑜。

周瑜迎上去挥刀与他打在一处。

两人战了十多回合，周瑜使个破绽，放彭大毛砍过来，然后用刀背打掉他手中的剑，冲上前，一只手搂紧他的脖子，另一只手把剑搁在他的肩上，对彭大毛喝道："叫他们统统放下兵器！"

所有的军士们都愣住了，呆呆地看着周瑜与彭大毛。

周瑜用胳膊使劲夹一夹彭大毛的颈脖喝道："快说！"

彭大毛翻翻眼，悻悻道："都给我退下！"

两边庑房上的士兵都跳了下去。

院里的士兵也顺从地往后退。

忽然，一个像个小头目模样的士兵猛地提着一把刀扑向周瑜想杀周瑜一个措手不及，未等他举刀砍过来。孙策抓过身边一个家奴手中的刀掷过去。那个小头目只急急地瞪着周瑜，没提防孙策的飞刀过来，被刀扎进胸口，他双手捂着胸口的刀，瞪着呆滞的目光，往后倒下。

孙策对周瑜说："琴痴！把这人交给我！这里没你的事了！"

周瑜坚决果断道："不！我今天要为汉家杀贼！"

说着他推着彭大毛往大门走去，门口的士兵们被逼得纷纷后退。

周瑜押着彭大毛走出大门口，站在门外石狮子前，士兵们呈半包围圈围着他。

孙策拔出宝剑领着众家奴也跟了出来。

彭大毛脸憋得通红，在周瑜怀里挣扎着："姓孙的！你快放了我！你不放我，袁将军会带人马踏平你这里的！"

孙策站在周瑜身边对周瑜命令道："琴痴！你把他交给本公子来处置！"

周瑜正气凛然道："不！我要替朝廷除奸！为汉家除秽！"

然后对众士兵喝道："你们听着！我乃是孙公子府上家奴琴痴！这个彭大毛擅闯朝廷大将府宅，又杀孙府家仆，更口出反言，污蔑大汉朝，罪当斩首！我今日替天子行道，斩了这个反贼！你们回去如实禀告袁术就可！此事与孙公子无关！"

说完，他松开彭大毛，一脚将他踢倒。

彭大毛一个翻滚，爬起就要跑，周瑜赶上一步，一刀砍了下去。彭大毛惨叫一声，一片鲜血从颈上喷出，硕大的头从颈上飞出几步远，落下，又滚到军士们面前。那双眼睛还痛苦又惊愕地瞪着。士兵们惊慌地后退几步，有的发出一声惊恐的惨叫。周瑜后面的家奴中也有人吓得惊叫连连。

周瑜用刀指着众军士："再有敢大逆不道者，和他一样下场！"

手拿兵器的军士们都愣住了，呆呆地看着周瑜，不知所措。

孙策上前一步，一挥手中剑："首恶已除，你们还想怎样？要领教孙郎手中的剑吗？"

一个什长模样的军士对另一个什长咬耳朵道："一个家奴都这般厉害，孙郎是更不用说的了！再说孙家和袁将军素有交情，我们何必招惹？"

那个什长回应道："是啊！反正彭司马已死！我们还是回去禀告刘大人再做打算！"

于是他喊了一声："兄弟们！撤！"

于是，众士兵们乱哄哄撤去了。

等士兵们跑远了，孙策惊愕地看着周瑜问："琴痴！看不出你有如此好功夫！告诉我！你到底是什么人？"

孙策身后的蒋干张嘴要说什么，周瑜瞪了一下他，蒋干赶紧住了嘴。然后，周瑜对孙策恭敬道："琴痴幼时在家中习过武！仅此而已！"

他反过来问孙策这些军人怎么敢如此大胆杀上孙将军府。孙策身后的李柱子告诉周瑜：前些时，草儿和另一个丫鬟奉太夫人之命到城中拿药，遇上这个叫彭大毛的人的弟弟彭二毛。彭二毛也是袁术手下军士。看见草儿长得俏丽迷人，就上前抢走草儿身上带的银两，又调戏草儿和另一个丫鬟，并令几个军士将草儿抢往军营，幸得孙策叔叔孙静正在城中办事，撞见了，喝住了彭二毛，方才作罢。孙策在家中听了草儿的哭诉后，大怒，查明为首者是袁术军营的军士彭二毛，当天骑马提剑赶到寿春城下彭二毛军营，将彭二毛斩首，然后扬长而去。现在，这个自称是彭二毛之兄的彭大毛自然是来为他的兄弟报仇了。

正说着，一个婢女过来对孙策道："公子！夫人要你带琴痴到堂上去一下！"

孙策点了点头，带着周瑜往正屋走去。

进了堂屋大厅里，只见太夫人坐在堂中，太夫人旁边的使女草儿手中捧着一个托盘，盘中放有一锭银子。太夫人示意孙策、周瑜、蒋干依次两边摆放着的七八张大椅上坐下，然后开口道："琴痴啊！今天多亏了你！没有想到你真是武艺绝人的少年英雄！"

周瑜欠身恭敬道："夫人！您过奖了！身为家奴，为主人分忧，理所应当！"

孙策转脸对周瑜诚挚道："琴痴！我孙策日日盼望结交天下人才，不想差点错过了身边的少年英雄！让你做家奴，未免委屈！我俩结为兄弟，不知你意下如何？"

周瑜一本正经道："公子出身名贵，小奴怎敢高攀！再说，小奴今日已负案在身，不可连累夫人与公子！小奴当去袁术处自首才是！"

太夫人含笑打断他："琴痴！你就不要推辞了！我家策儿就喜欢结交有为之人有识之士！你们结拜为兄弟甚为合适！"

周瑜想了想，微微一笑，谦恭又不卑不亢道："琴痴是食古不化之人，怕与公子志趣不投！免了吧！"

吴太夫人愕然："这！"

孙策愕然地看了看周瑜，跟着大度地笑道："琴痴兄弟！你我道虽有所不同，但皆为披肝沥胆之人，英雄惜英雄，并不妨碍结为总角之好、刎颈之交！"

蒋干揶揄地对周瑜眨眼道："是啊，琴痴！莫要拘执了！"

周瑜看着孙策，淡然一笑："呵呵！公子！不必了！今天的事，袁术不会罢休！琴痴不想连累太夫人和公子！此刻去袁术那里自首去了！"

说完，他起身就要走。

吴太夫人命令道："琴痴！站住！"周瑜站住了。太夫人指了指身边草儿手中的托盘，对周瑜道："我这里有五十两银子！你快拿了去！当今天下大乱，各路英雄并立，你一身本事，不担心无用武之地，你去凭本事立个功名吧！"

跟着道："我也给我夫君文台将军修书一封了！放在一处，如果你要投奔我夫君，就把这封荐书交给他！"

周瑜感动地看了看她，又抿了抿嘴，躬身但仍正色道："夫人！这样岂不是连累了贵府！夫人放心！为朝廷诛汉贼，小奴死而无憾！"

孙策站起来，走过去拍拍他的肩："兄弟你好糊涂！为了一个小小司马枉送性命，就算有匡扶汉室之志，日后又如何建功立业？"

蒋干也着急道："是啊！兄弟！你不要迂腐了！三十六计，走为上！"

吴太夫人："我家与袁术素有交情，他不会把我家怎样的！你只管放心离去！"

周瑜想了想，道："夫人，孙公子！琴痴就领情了！但，银两和书信我都不要，我去投江东周瑜去了！"

孙策一愣，道："江东周瑜？"

周瑜微微一笑："小奴与那周瑜或许志同道合！"

孙策脸上有些沮丧，跟着果断道："好！遇见周瑜，万望代本公子问好！"

蒋干："恰好在下也要回九江！我送琴痴一道过去！"

孙策看着他点头："那再好不过了！"

然后孙策吩咐李柱子给周瑜备马，并准备装束，要草儿拿出他的锦红棉袍给周瑜换上。周瑜比孙策略高一点，穿上也还合身。准备停当，周瑜、蒋干就辞别孙策一家，打马而去。

送走周瑜，草儿对身边一个丫鬟叹道："琴痴把公子的衣服一穿，真的好帅，一点也不像个要饭的，倒像个玉树临风的翩翩公子！"

那婢女白了她一眼，笑道："你不听说，人家原本就生在富贵人家！只因中道破落了！"

一边的张平听见草儿的话，带着酸酸的表情对草儿道："可惜他走了！要不请夫人做主，把你许配给琴痴好了！"

周瑜和蒋干出了孙府大门，快马飞奔到他们原先住的那个村子时，已是薄暮冥冥。两人找到他们借住的那户人家，周瑜取出自己的剑及包裹，蒋干也取了自己的包裹。然后周瑜将孙府的那匹马交给房东，请他送还孙府，又给了些银子给房东，就上了马，沿着城墙，一路往南，快奔而去。

路上，蒋干想起孙策竟不知琴痴就是周瑜，遗憾不已，感叹："唉！要是孙公子知道阁下就是他朝思暮想的周郎，该是如何欢喜！"

这句话让周瑜心里也有些酸酸的。在孙府几日，周瑜对孙策已有所了解。在他眼里，孙策踔厉奋发、英武非凡、性格豪放、为人豁达、仁义爱人，确有领袖风采，绝对胜过他那勇烈过人但暴躁莽撞的父亲孙文台将军。如能与这样的人结为刎颈之交并共创大业，实是幸事。可惜，孙策竟是脑有反骨的人，竟然敢对大汉如此不敬！这种大逆之人，岂可交为朋友？可是，放弃了这样的朋友，又未免遗憾。更要命的是：因为他的缘故，孙策一家大祸临头，至少是祸福未定，他岂可一走了之？可是，若不走，太夫人和孙公子又不依他！

忽然，他使劲勒住马头，对蒋干道："不行！我得转回去！"

蒋干赶紧跟着一扯缰绳，差点从马上掉了下来。

"不行！我不能殃及孙公子！"周瑜果敢道。

"公瑾！孙策之父孙坚与袁术素有深交，两家必不会交恶的！"蒋干劝道。

"未必！"周瑜摇头道，"袁术心胸狭窄、目中无人，世人皆知，焉知他不会对孙家下毒手乃至吞并孙坚将军？"

蒋干连连摇头："老弟！袁术岂可与孙坚将军相提并论？"

"不行！我不可祸及孙家！子翼你自回去吧！"周瑜道，拨转马头，又回头道："此事不要告诉我母亲！免她挂念！"

说完，他打马往回奔去。

此时，夜幕已经从远方合围过来，西天只剩一点将熄的炉火般的晚霞。寒冷的风伴着乌鸦的叫声在落木萧萧的天地间游荡，使得天地更加清冷。

周瑜回到他们住过的庄子，仍将座下马寄放在那个房东家中，换了孙府的马，径往孙府赶去。

等赶到孙府，叩开孙府大门时，开门的李柱子吓了一跳，飞快领去见孙策。

孙策此时正坐在书房里点上灯烛看兵书，听说周瑜回来了，吓了一跳，赶紧随李柱子奔了出去，只见周瑜在屋外台阶下站着，如玉树临风。

"孙公子！好汉做事好汉当！我不能连累贵府！"周瑜看着他平静道。

孙策脸上浮现一缕感动，很快又熄灭了。

"岂有此理！"他勃然大怒道，"来人！把他给我推出去！"

张平、李柱子跑过来要推周瑜。

周瑜拔出剑，往他们面前一横道："谁敢碰我！"

孙策大怒，看了看周瑜手中的剑，有些愕然，似乎不明白周瑜竟从哪里弄来这把好剑。他走下台阶，拔出剑来指着周瑜："放肆！你要快快离去，我孙策剑不认人！"

周瑜道："那就来吧！我正想和你比试一下！"

孙策不答话，挥剑朝周瑜砍去。

周瑜举剑相迎，二人挥剑打成一团，家奴们赶紧散开。

打了七八个回合，孙策剑快，顶住了周瑜的咽喉，目光逼视着周瑜。

周瑜看了看寒光闪闪的剑锋，望着孙策赞道："好武艺！"

"少废话！立马给我离开此处！若不然，与其让袁术杀了你辱没我孙家，不如我一剑结束了你！"孙策喝道。

周瑜看了看眼前的剑平静道："那你就下手吧！"

孙策脸上现恼怒："好倔一个家伙！"

就在此时，外面传来一阵喧哗，马嘶人吼，脚步混乱，火光映红了半边天。一阵箭如雨一般飞进来，飞过院墙和两边的庑房，直落在正堂屋顶上和院子里。

孙策院墙外的天空，叫一声："袁术过来了！"赶紧收了剑。

周瑜平静道："甚好！我正要去见袁术！"说完要转身。

孙策看向趁周瑜不备，猛地举起剑把朝周瑜头上打去。

周瑜猝不及防，手中的剑当啷落在地上，腿一软，栽倒在地，晕了过去。

孙策对李柱子道："把他给我藏到后院里去！"

李柱子、张平上前拖起周瑜，穿过角门，抬往后院。

然后孙策对在场家奴婢女道："有谁要说出琴痴是在我家，我立斩不饶！"

众家奴婢女赶紧应诺。

这时，大门已被撞得哗啦乱响，外面有人大喊："开门！开门！"

一个家奴正要上前去开门，大门轰的被撞开。

一群手执兵器、全身贯甲的军士拥进来，团团围住孙策等人，刀戟如林，指向孙策。

孙策一扬手中剑，喝道："大胆！你们想干什么？"

"世侄！久违了！"一个声音传过来，只见一个头戴金盔身披金甲、身材高大、年三十六七的将军在众将簇拥下绷着脸走了进来。

此人就是占据着寿春的袁术。袁术字公路，是名震一时的袁绍的同父异母弟。其父袁逢为朝中司空，太祖父和祖父也做过朝中司徒，可谓四世三公、累代为官。少年时曾以侠气闻名，被举为孝廉，授郎中之职。后来做官至折冲校尉，虎贲中郎将。

董卓进京后，为笼络人心，升袁术为后将军。但袁术害怕董卓暴虐，弃官逃到南阳避祸。正好长沙太守孙坚领兵北上讨伐董卓，因南阳太守张咨招待不周，杀了张咨。袁术便与孙坚交好，同时以其累代为官的家族背景在南阳招兵买马，占据了南阳。然后和孙坚一道响应曹操檄文，讨伐董卓。后来董卓西奔长安，各路诸侯各自为政，争抢土地，袁术仍据南阳。南阳本来是富饶之地，有户口数百万，但袁术奢侈淫欲，征敛无度，以致百姓怨声载道。未几，曹操与袁绍合击他，将他打得大败，就领军东向，攻下九江治所寿春，杀了九江刺史陈温，自领九江刺史。同时，董卓为笼络他，也表他为左将军，封阳翟侯。他照领不误。此人骄奢淫逸，无勇无谋，但素有帝王之心，且肆无忌惮地宣扬其帝王之心。因为孙坚杀南阳太守张咨后将南阳让给他，故与孙坚颇为友善，两人结为盟友一同对付袁绍、刘表。袁术还表孙坚为豫州刺史，驻鲁阳。孙坚治兵鲁阳，便将家属连同弟弟孙静一家俱放在袁术占据的寿春。袁术在寿春，对孙坚一家也算客气。没有想到，孙策竟然为一个婢女，先是擅杀他的军士，后又杀他的长史、领九江太守刘勋手下的司马彭大毛，这也太不把他放在眼里了！由不得他不亲自领军找上孙家来兴师问罪了。

立在袁术左首的是袁术帐下第一大将张勋，徐州人，身披重铠，举止威严；在右首的是袁术的长史、领九江太守的刘勋，他身着文士官服，头戴紫金冠，身材微胖，一双小眼总是闪动着狡诈与势利。九江郡的治所也搁在寿春。彭司马便是刘勋手下。

孙策看见袁术，收剑回鞘，躬身施礼道："袁伯父！侄儿有礼了！"又不满道："不知袁伯父为何兴师动众擅入小侄家中！"

"我是要向世侄兴师问罪来了！"袁术提高声音毫不客气道。

未等孙策回答，吴太夫人的声音传了过来："原来是袁将军！如此兴师动众光临有何贵干呢？"

堂屋台阶上，吴太夫人站在中央，孙策的叔父孙静及草儿等几个丫鬟使女左右站立。孙静是孙坚的大弟，为人谦让温和，孙坚将家托付给他。他白日里出去访友方回。

袁术对吴太夫人拱手行了个礼道："夫人！袁术有礼了！"然后板了脸道："夫人！我是无事不登三宝殿！孙策小儿先杀死我一名军士！此后你家家奴又杀死我部下彭司马！不知夫人知不知此事！"

太夫人微微一笑道："哦！原来如此！袁将军有话请到屋里说好了！"

袁术蛮横道："夫人！不必了！"

"袁伯父！"孙策发话了："你家军士彭二毛抢劫调戏我家婢女草儿，我替你斩首，何罪之有？我父乃是朝廷封的乌程侯、长沙太守、破虏将军，你家司马彭大毛领人手执兵器擅入我家，砍死我家一名苍头，又口出反言，我家家奴看不过去，奋而击之，又何罪之有？这也需要袁将军亲动大驾，领上千精兵围住我家？"

袁术哼了一声道："世侄！本将军手下军士犯法，理应由本将军处置！岂可由你妄杀？更岂可容你府上一个家奴妄杀？世侄视我袁公路为无物乎？"

孙策冷笑："哼！事已至此！伯父莫非要抓小侄回去，替那个彭司马赔命不成？"

吴太夫人在众人簇拥下走下台阶，打断孙策："策儿！休得多言！"然后对袁术含笑道："袁将军！请看在微妾夫君的分儿上，暂且息怒！"

袁术一仰头，哈哈大笑，对孙策道："夫人！我与文台乃兄弟之交，岂可因一司马为难世侄？但，此事若没有个交代，我袁公路在众将士面前也不好说话！看在文台和夫人面上，弟妹你只交出那个行凶的家奴便可！如何？"

孙策朗声大笑："哈哈哈！袁伯父，真是不巧！那个家奴闯祸后，便被我赶出去了！"

袁术一愣，盯了孙策一会儿，笑道："哈哈哈！世侄！你骗不了我的！这里都是我袁术天下，一个小小的家奴，能跑到哪里去？又敢跑到哪里去？一定被你藏在家里了！"

孙策坚决道："此人确被小侄赶出府门了！"

袁术脸色变了，恶狠狠道："那我就要搜一搜了！"跟着一挥手，对众军士道："给我搜！"

围在院中的军士们手执兵器，忽地就要往正屋里和后院的两边角门里拥。

孙策拔剑张开手臂，大喝道："大胆！谁敢搜我孙府，我孙伯符立斩其首！"

孙策手下的家奴们也纷纷拿起兵器拦住军士。

袁术的军士们不敢动了，有的转身看着袁术，有的与孙府家奴对峙着。

袁术铁青着脸道："那就给我统统拿下！"

门口又拥入一群手执兵器的士兵，将各种兵器对着被围在中央的吴太夫人、孙策与众家奴。外面，一片火光围着孙府院墙，可以想见孙府已被手举火把的军士团团包围了。

双方这样对峙着。

五 孙策大战袁公路，周郎仗义入囚笼

后院一间小客房里，被打晕的周瑜醒了过来。他发现自己被反绑着双手扔在地上。张平拿着一根碗口粗的棒子在一旁看着他。他似乎隐隐听见了前院和院墙外面传来的喧哗声，对张平道："大哥！外面何故喧哗？是不是打起来了？"

"说话少给我来文绉绉的！"张平眼一瞪，没好气道："都是你惹出的祸！袁术将军带人马兴师问罪来了！现在人都到了前院。外面也围得跟铁桶似的！就你个奴才！害得我们大家都不安宁！"

周瑜吃了一惊，跳起来，拔脚就要往外跑。

张平大吃一惊，举起棍狠命地一棍打在他头上。周瑜眼冒金星，晕倒在地。

此时，前院里，双方仍僵持着。尽管吴太夫人再三告诉袁术说杀彭司马的那个叫琴痴的家奴早就跑掉了，可是袁术却不相信，一定要搜一搜孙府。其实，搜琴痴只是其一，趁乱搜出孙坚攻洛阳时取得的皇帝玉玺才是最重要的。原来，董卓西窜后，孙坚奋勇，领兵率先攻入洛阳，占领皇宫。手下军士在皇宫的一口井里搜出大汉的传国玉玺，从此孙坚便将它留在府中。此事，各路诸侯均知。袁术素有帝王之心，对这块玉玺自然垂涎三尺。他曾探过孙坚的口气，得知玉玺放在家中，由吴太夫人保管着。他知道，向孙坚索要是不成的，正好借此机会乱中偷出了。于是，他对吴太夫人和孙策怒道："一个小小家奴，就可以斩杀本将军手下军官，本将军脸面何在？今日如不搜出，定不甘休！"

吴太夫人凛然道："微妾夫君不在府上，而你纵兵搜掠我家，日后我有何面目见我夫君？若你坚持要搜，只管叫人先杀了我！"

袁术愣住了。

孙策眼里涌出了泪花，他回头对吴太夫人喊："母亲！"

然后他咬牙切齿用剑指着袁术："袁术！你要敢往前动一步，明年今日，便是我孙伯符与你的忌日！"

一向文雅斯文稳沉的孙静也怒气冲冲地对袁术喝道："袁将军！你既与我兄文台有兄弟之交、盟友之谊，今日竟背着我兄纵兵擅入府中，欺凌孤母弱儿，日后你还有何面目见我兄长？又如何对得起我兄与你盟誓一场？以我兄烈性，若知此事，焉知不会割袍断交，兵火相向？"

袁术被几人的态度震住了，有些紧张地看了看孙策，额上冒出汗来。大将张勋也下意识地握紧了剑柄，直视孙策，但眼里不经意流露着对孙策的赏识。长史刘勋胆怯地往后退缩了一步，然后，他看了看袁术，又看了看孙策和太夫人，眼珠转了转，脸上堆起皮笑肉不笑的笑容，对着吴太夫人打圆场道："呵呵！夫人！请息怒！袁将军绝无苦苦相逼的意思！夫人和孙公子不需为一个小小的家奴弄得大伤和气！"

说完，看了看袁术，眨眨眼。

袁术懂得他的提醒，想了想，恨恨地看着太夫人和孙策道："夫人！看在孙将军面上，孤且退一步！给夫人三天期限，如不交出那个家奴，孤就只好进府上搜人了！孤以为，到这一步，文台兄也必不会见怪了！"

说完，他气狠狠地转身离去。

众将和军士跟着他离去。

走到大门口，袁术对身边紧紧跟着的大将张勋道："你在此把守！里面的人，一个也不许出来！"

张勋沉吟了一下，对袁术道："主公！这，孙将军面上怕过不去！"

袁术瞪了他一眼道："那本将军的面子当如何？本将军在众军士面前的面子又当如何？"

张勋："若孙坚将军出面求情，怎么办？"

袁术踩着一个军士的背跨上金镫金鞍的高头大马，转脸看着张勋得意地笑道："那就要他拿传国玉玺来说话！"

跟在他后边的刘勋赶紧奉承道："是啊！要他拿传国玉玺来说话！主公高明！实在高明！"然后也跨上军士牵来的马。

张勋默然不语，默默地看着他两人在众人簇拥下离去。

后院的那间黑屋子里，周瑜醒来了，看见张平在身旁，想起刚才挨打的事，怒上心头，对张平道："你竟敢打我！"

张平大怒："打了你又怎么着？你当你是公子不成？"

说完，举起棒子又要打。

这时，门口传来脚步声。

张平放下棒子赶紧开门。

孙策出现在门口，后面跟着李柱子、草儿等人。

孙策背着手，命令道："掌灯！"草儿点亮了灯烛，屋里弥漫开来昏黄的光芒。

周瑜对孙策道："公子！请给我松绑！让我自首去！我不想连累公子一家！"

"现在就是去也晚了！我已对袁术称你已跑掉，如现在又出现在我家，岂不是哄骗袁术？袁术岂肯甘休？"孙策道。

"那我就在寿春城中任他抓去好了！"周瑜道。

"不可！"孙策坚决道，停了一下，又看着周瑜，语气诚挚地说："你虽为家奴，但志气高远、文武兼备，我很赏识你！岂可让你如此白白送死？你且安心留在此处，三日之内，我定设法送你出去！"

说完，孙策对草儿道："草儿！琴痴就交你看管！要是他有个闪失，我就要你的脑袋！"

草儿高兴道："是！公子！"

孙策转身，背着手，昂首阔步地离去了。

周瑜无奈地叹了口气，摇摇头。

张平看见草儿望着周瑜多情的目光，脸上现出嫉恨的表情。

过了两日，隔中之时，初冬的温暖的太阳将淡黄的光芒涂洒在孙家府宅和包围着府宅的军士们身上。这群军士有一千余人，都执着枪围着偌大的孙府站着。他们身后，摆放着无数粗糙纱布和麻布织成的营帐，围着孙府排列着。

袁术的将军张勋从一个营帐里走出来，跨上军士牵过来的战马，接过鞭子，骑着马巡视围府的军士，见有疲惫或蹲下的士兵，就给一鞭子提个醒。

忽然，一个士兵叫："张将军！前方有人过来！"

张勋顺着士兵手指的方向转过身子，只见孙府大门左前方，一个披挂整齐的将军手提一支长矛，骑着马，领着十多个骑马的军士往孙府奔来。后面还有一辆堆满东西的马车，马车由军士驾驭着。

张勋吃了一惊，赶紧喊："取枪来！"

一个军士扛着一柄镔铁长枪跑上来，将枪递给了他。

然后张勋点起一队军士，挺枪骤马，直奔前去，勒马横枪拦在路上。那队军人也走近了，仔细一看，原来那领头的将领是孙坚帐下第一大将程普。程普字德谋，右北平人。起初为州郡吏，有容貌计谋，善于应对，也很有武力，善使一杆长矛。早在孙坚讨黄巾时就投奔孙坚，此后随孙坚四处征伐，多立战功，深受孙坚喜爱。当初，张勋随袁术在虎牢关前与孙坚并讨董卓，与程普有过一面之交，故两人相识。

与此同时，程普也认出拦在前面的将军张勋，并且惊讶地看见了张勋身后，袁术的军士团团包围着孙府。怎么回事？没容他细想，张勋已发话了："来者可是程普将军？"

程普道："正是！"跟着愕然地看着张勋身后道："张将军！为何包围我家主公府上？"

张勋拍马上前，对程普讲了事情原委。

程普听完，勃然大怒："可恶一个家奴，竟引来这般大祸！你放心！我定会帮你擒拿此人！"

张勋道声谢，令军士闪开一条道，放程普一行过去了。

程普此番是奉孙坚之命，领一队人马给家里捎些南阳、鲁阳一带的土特产，并家书。他进了孙府，拜见了吴太夫人和孙坚之弟孙静，呈上家书，交清了马车里所装的特产，又问了琴痴杀彭司马的事。太夫人也不避嫌，都告诉了他，并说琴痴仍在府中。程普就说要去看看琴痴，看究竟是怎样一个家奴竟有如此胆量。太夫人就让一个婢女领着他去了后院看周瑜。

到了周瑜房门口，只听里面传出一阵悠扬的琴声。推开房门，却见周瑜正盘腿坐地弹琴。婢女草儿坐在一边，含情脉脉地望着周瑜，正入神地谛听。

一见门被推开，程普进来了，草儿慌忙站了起来，欠身行礼道："程将军！"

程普没有理她，盯着周瑜，又盯着他面前的那张上好的雕花的琴，脸色阴沉。

"谁是琴痴？"他低沉的呵斥的语气道。

琴声断了，周瑜抬头，打量一下他，镇定道："小奴便是！"

程普怒道："狗奴才！外面行将血流成河，你一个惹祸的家奴却安坐在屋里与婢女弹琴调情！"

草儿赶紧道："将军误会了！是孙公子令人把琴搬过来给琴痴消遣的！"

"没你的话！"程普对草儿吼道，又问周瑜："可是你杀了袁将军手下彭司马？"

周瑜不卑不亢道："是！"到了这一步，他已不怎么过多去刻意伪装一个家奴应有的恭卑了，天然的公子气质多少有些外溢。他并不知程普是何人，心想或许是袁术派来的将军，又或许是九江太守派来处理此事的都尉。

"你一个家奴怎敢擅杀袁将军手下？"程普喝道。

周瑜："他擅闯孙将军府上行凶杀人，理当处斩！"

"太夫人和孙公子自会处理，岂由你一个家奴逞能？"程普喝道。

"那人身为大汉子民，竟口出反言，辱没朝廷，此种大逆不道之人，人人可以诛之！"周瑜朗声道。

程普愣了一下，用奇怪的目光看着周瑜，冷笑："一个奴才也说得出这种话！汉朝气数已尽，天下英雄，各为其主，这是世人皆知的事，就是辱没了天子又怎样？又轮得上你来替天子行道？"

周瑜豁地站了起来，眼里充满正气与执拗，瞪着他怒道："将军食大汉俸禄，不思扶保大汉江山，怎可以说出这种话来！"

程普大怒："好你个家奴！闯下灭门大祸，不思悔改，竟还口出狂言，我今日就取你首级，交给袁术，为孙将军家求得平安！"

说完，他拔出剑来。

周瑜冷笑："哼！我这颗首级固不值钱，但也是留着为大汉安邦定国的，岂可落在你的手里！"

说完也拔出身上的剑。

草儿尖叫着跑了出去。

程普："小家奴！我今日不斩你誓不为人！"

他挥剑砍过去。

周瑜举剑相迎。

一阵刀剑撞击之声在屋里响开来，两人打在一处。斗了约五个回合，闻讯赶来的孙策冲了进来，大喝一声："住手！"拔出剑，架开两人的兵器。

程普收了剑，拱手对孙策施了个礼："公子！末将有礼！"

孙策也行了个礼，十分客气地对程普道："程将军一路辛苦了！"

"公子！一个家奴，挑起如此大的事端，竟为何不惜与袁术交恶而留在家中？"程普不满地对孙策道。

"程将军你有所不知！"孙策做了个手势，令程普和周瑜坐下。两人都坐下了，孙策自己也在一张圆椅上坐下，接着道："琴痴虽为家奴，但也算出身官宦之家！武艺出众，又弹得一手好琴，更通晓春秋大义，有忠君报国之心，深令小侄赏识！我已视他为兄弟！他斩杀彭大毛，也是忠心护主之举。这样年少有为的忠义之士，若将他交与袁术，既令天下志士人才耻笑，也显我孙家毫无面子！小侄是万死不从的！"

程普恨恨不平地，带有些不服气、不相信的表情打量了周瑜一会儿，又转脸对孙策道："公子所说固然有理，只是眼下袁术上千精兵围困府上，今晚便是最后期限！公子又有何良策？"

"我已想好计策！"孙策兴奋道，"今日天黑我便化装成琴痴杀出去，令袁军主力追杀我！之后，琴痴又化装成我本人模样，领众家奴杀出来，与留在门外的袁军厮杀，趁天黑和混乱脱身！以琴痴的武艺，一定杀得出去！"

程普想了想道："这倒是一计，只是公子太危险了，如有闪失，我等都不好向主公交代！"

"孙公子！你不用管我！我到天黑一个人化装杀出去就可以了，谅他们也追不上我！"周瑜对孙策道。

孙策喝道："琴痴！不许多言！听我的安排就是！"

与此同时，后院一个回廊旁，草儿端着一个果盘往正堂屋走。

刚走到一个拐角，张平闪了出来。

草儿吓了一跳，一看是他，定了定神，往后缩一缩身子，拒他于千里之外的表情道："有什么事？"

张平阴阳怪气地道："草儿！这几日很开心吧？"

草儿看了他一眼，不理他。

"你和琴痴两人在一块儿弹琴做乐，很快活啊！"张平阴阳怪气道。

草儿正色道："那是公子吩咐的！你让开！我要给太夫人送点心去！"

说完，就绕过他往前走。

张平上前一步拦住她，目光炽热又气急败坏："草儿！你是不是喜欢琴痴？是不是想许配给他？"

草儿脸红了，有一丝愠怒地看着他："是！又怎样！"

张平脸色变得铁青，脸皮抽动一下，凶狠道："那我呢？我对你的情意你就不想一下？你以前是喜欢我的！就是因为那个琴痴来了，你就改变了！"

草儿冷冷道："我从来没喜欢过你！你让开！"说完绕过他又往前走。

张平猛地拉住她，眼里冒着克制不住的欲火道："你今天得答应许配给我！"说完，猛地一下抱紧她，边亲她的脸，边喘着粗气道："你一定要答应我！一定要答应我！"

草儿手里的瓷托盘掉在地上，摔成碎片。她惊慌地一面挣扎，一面大叫："来人啊！"

吴太夫人正从正堂屋后门走了过来，看见这情景，大怒："张平！草儿！你们干什么？"

张平赶紧松开草儿，站立一边。

太夫人看了看地上摔破的托盘，责问草儿："这是怎么回事？光天化日之下成何体统！"

草儿跪下，含泪道："太夫人！奴婢不是有意的！是张平强行抱着奴婢非礼，强迫奴婢许配给他！"

"太失体统！太失体统了！"太夫人训斥张平道，转脸对闻讯赶过来的几个家奴道："给我拖下去打二十大板！"

两个家奴上前将张平往前院庑房一间堆杂物的屋里拖去。

到了黄昏之时，已经化装成乞丐的孙策将家奴们召集到后院训话。周瑜穿着孙策的锦红袍提着剑站立一边。程普带着十多个士兵也站在旁边。

孙策对众家奴说了自己的计策：天一黑，他化装成琴痴和程普等人先杀出去，做出程普保着琴痴突围的架势。等大队袁军追他们过去后，其余家奴便在化装成孙策的琴痴带领下，往外冲杀。琴痴则趁天黑和混乱跑掉。

在孙策为众家奴说计划时，前院，张平从挨打的那间屋里走出，手里拄着一根棍子，一走一拐，往站在大门后面守着门的家奴那边走。

那个看门的家奴嬉笑道："平哥！你这受的可是风流罪哟！呵呵！"

"妈的！草儿这丫头，水性杨花！大爷我再也不缠她了！"张平恨恨地边说边走近那个家奴。

那家奴正要嘻嘻地回什么话，张平猛地举起木棍，一棍砸在他的头上。

家奴惨叫一声，手里的刀掉在地上，一头往地上栽去。

张平赶紧拉开门冲了出去。

站在堂屋大厅门口的一个家奴见了，大惊：“反啦！张平反啦！”

慌忙穿过角门往后院跑去，另外两个家奴赶紧上前关院门。

孙策在后院接了家奴的报告，领众人赶到前院时，袁术领着将军张勋、谋士刘勋及数十名身披重铠的贴身虎贲军已撞开院门冲进前院。还有数百袁军爬上两边的庑房，蹲在屋顶上，张弓搭箭，对着院子里孙策等人。

孙策的家奴及程普的士兵赶紧手执兵器上前，拱卫着孙策、程普，与袁军对峙。

程普对袁术拱手行礼：“袁将军！久违了！”

袁术脸色铁青，不还礼，傲慢道：“哦！程将军！文台将军可好？”

程普：“托将军的福！主公尚好！”

袁术冷笑：“要是文台看见他的宝贝公子为一个家奴竟与本将军大动干戈，定会气得吐血的！”

程普也冷笑：“是啊！如孙将军看见袁将军以数千铁甲之士来围住孙府，真会气得吐血的！”

袁术恼怒道：“程将军！你只是孙坚帐下一将，此处不须你多言！”

然后，他盯着孙策，恶狠狠道：“世侄！把人交出来吧！不必为一个家奴弄得血流成河！”

孙策凛然望着他：“本公子说过多回！此处并无琴痴其人！”

袁术仰头哈哈大笑，笑过后又冷笑，冷笑后又恨恨地咬牙道：“你是不见棺材不落泪！你的家奴都招了你岂不知？带人！”

袁术身后，大门外，张平被两个军士押着胆怯地走了进来，缩在刘勋身边。

“你快说，那个琴痴在不在里面？”刘勋对他喝道。

张平胆怯地看看孙策，对袁术道：“禀将军！琴痴藏在后院一间客房里，婢女草儿侍候着他！原定今晚天黑孙公子就带琴痴杀出——”

话没说完，孙策大喝一声：“狗奴才！胆敢诬陷主人？”言未毕，剑已拔出，未等袁术手下的军士反应过来，上前一步，挥剑，一道寒光闪过，张平惨叫一声，被砍翻在袁术脚下，血流满地。

袁术大怒，胡须也颤抖起来，他指着孙策咆哮道："孙策！你竟敢当着本将军面杀人灭口！太藐视本将军了！"然后他命令两边的虎贲军："给我进府搜索琴痴，胆敢阻拦者，一概格杀勿论！"

虎贲军们大声应道，如狼似虎就要往里面冲。张勋等几个袁军将领也迅速上前用剑逼住孙策。

孙策大喝一声："谁敢擅闯府宅，就地斩首！"说完，挥剑直取袁术。张勋和两名裨将拦住他厮杀开来。程普领着众士兵及家奴也和其他虎贲军对杀开来。院子里顿时呐喊声起，刀剑铿锵，血肉横飞。

此刻，吴太夫人卧室被一股悲壮的气氛笼罩。太夫人抱着孙尚香和吴二夫人坐在一处。孙权及两个弟弟静静地坐在太夫人旁边。草儿等十多个丫鬟围在他们周围。孙静和他的一家人也坐在他们旁边。外面的喊杀声、搏杀声不断地传了进来。孙尚香在太夫人怀里扯手蹬脚拼命地大哭着。

一个婢女又惊又怕地哭道："太夫人，我看还是把琴痴交出去吧！这个袁术真的会血洗府上的！"

太夫人瞪了这个婢女一眼，环顾四周道："你们都给我听着，为了孙家的尊严，宁可站着死，不可跪着生！"

在场所有人都含泪道："是！"

孙静站起来："大嫂！我出去交涉一下！"

"算了，都打成这样了，你出去只会凶多吉少！"太夫人含泪道。

孙静点点头，闷闷地坐下，叹了口气，将怀中的剑从剑鞘中拔了出来，横在膝上。

周瑜此时正依孙策的命令躲在后院，前院的喊杀声早已惊天动地地传了过来，他心如刀割。他为他给孙家带来灭顶之灾而难受。他几次想冲出去，但又停住了脚步，因为孙策命令他无论如何也不能出去，不能让袁术知道他在这府上，否则前功尽弃。可是，前院的喊杀声却像刀一样绞割着他的心，他知道凭孙策、程普手下的那些军士、家奴肯定不会是袁军对手，杀到最后必是横尸大院。这是一场虎与山羊的决斗，是一场屠杀而非对杀！他像热锅上的蚂蚁转来转去一阵后，毅然提了剑，往角门冲去。

当周瑜从堂屋旁的角门里冲出来时，孙策这一边的人被围在中心已明显撑不住了。

"都住手！琴痴在此！"周瑜立在角门口，手提宝剑大声叫道。

大部分人听见"琴痴"之名，都停止了厮杀，朝这边望过来。仍在搏斗的人见大多数人停了下来，也就停了下来。

已退到院角在几名护卫紧紧保护下观战的袁术惊讶地朝周瑜望过来，好奇地打量着他。

孙策吃了一惊，怒道："琴痴！"

周瑜从容地走到孙策面前，对孙策拱手作一揖，道："公子！多谢了！"

他又对众家奴和程普拱手："各位！琴痴的事连累大家，实在有愧！今日我自己了结，不须烦扰大家了！"

然后他将宝剑扔在地上，走到袁术面前不卑不亢道："袁将军！在下正是琴痴！彭司马正是在下所杀！要抓要杀，你请便！"

袁术上下打量着他，目光中流露出惊讶和欣赏。他已从张平那里得知琴痴的"底细"：出身富贵之家，家道中落，父母双亡，以行乞为生，幸得孙策收留。他想既是这般出身，自然有其不凡之处。没有想到，周瑜竟气度不凡到这种地步：容貌秀丽、面如冠玉、目若朗星。穿着孙策的锦衣袍，头上用蓝色头帻束着发，宽大的织了锦绣的腰带束着腰，玉树临风、潇洒飘逸，又结实健美。表情洒脱从容，举止潇洒大方，好一个风流无双、气质出众的美少年，哪里是一个要过饭的家奴？！不仅袁术、张勋、刘勋及众袁家军看呆了，就是程普及众家奴也看得呆了。

"此人，就是你的家奴琴痴？"袁术不相信似的盯着孙策问。

未等孙策回答，他身后已有原随彭大毛来过的军士叫道："禀袁将军！就是此人杀了彭司马！"

袁术倒吸一口气，盯着周瑜，恶狠狠道："你，一个小小家奴，竟敢杀我手下司马？"

周瑜正气凛然道："此人擅闯我主人府上行凶，又口出狂言，辱没天子和朝廷，如此大逆不道之人，天下人人可斩之！杀之何妨？"

袁术愣了一下，挖苦道："好一个家奴！天下人都知孤有帝王之心，那你说孤该当何罪啊？"

周瑜冷笑："罪当斩首，诛灭九族！惜乎此时不可杀你！如你敢放了我，且不连累孙公子一家，日后我必提三尺剑取你首级！"

袁术脸上现出震惊的表情，愕然地瞪着周瑜，瞪了好半天，刷地拔出宝剑，上前两步，搁在周瑜颈上，道："好奴才！孤要先取了你的首级！"

周瑜冷笑："请便！"说完，直视着袁术。

袁术迎着他的目光，两双目光对峙着，较量着，终于，袁术败下阵来，猛地收了剑，插入剑鞘，恼羞道："怪不得孙府至死也要保这个家奴！我倒要细细地消受你！"然后他命令道："给我带走！"

众虎贲军一拥而上用刀架住周瑜，将他绑住，连拖带拉往外押。

孙策喝道："把人留下！"

周瑜回头对孙策道："孙公子！不要管我了！公子多多保重！"

说完，任袁家士兵押着往外走去。

孙策对袁术道："袁将军！请你留住他的性命！我即刻请家父赶回与你相商！"

袁术得意地笑了，眼里闪出会意的光芒，对孙策道："世侄！告诉令尊大人！欲活此家奴性命，必须有令尊大人的传国玉玺！哈哈哈！"

他边笑边转身离去，张勋、刘勋等人跟在他后面拥着他一同离去。

孙策恨恨地看着他们。

"算了！公子！事已至此！如果真要救琴痴，不妨请主公向袁术求情！"程普劝道。

孙策缓缓地点了点头："只有如此了！"

当下，他令人打扫了前院。经过一场恶战，前院已经血流成河。清点一下，计有五位家奴被砍身亡，十多位挂彩。程普手下的军士，也阵亡了几位，其余的大多也挂了彩。袁术的军士被砍死数十名，还有一位战将，是孙策所杀，尸体都已被袁术的军士们带走了。孙策令在后面林中厚葬了战死的家奴与军士，又令婢女们取来药给挂彩的人敷上，然后清扫了血迹。第二天，程普领剩余的军士带着吴太夫人的信匆匆赶往鲁阳孙坚的大营。

六　遇高人大彻大悟，揽人才袁术使奸

　　周瑜被押往寿春城后，就被打入大牢，与他同牢的是一个头发花白、年逾五旬的老先生。周瑜被推进去时，那老者正像个死人一样坐地靠墙耷拉着脑袋睡觉。因是半夜，周瑜也没有搭理他，靠在墙上半闭着眼，昏沉沉睡了一阵。

　　翌日一早，几个军士走了进来，将周瑜提了出去，押进九江太守府。太守府大厅，袁术的谋士、领九江太守刘勋坐在椅上，不动声色地看着周瑜。

　　周瑜被推到刘勋面前，不卑不亢地站立。

　　"琴痴！见了本官，还不跪下！"刘勋道。

　　周瑜冷笑道："我乃大汉子民，你不过是袁术一朝的官员！我岂可跪你？"

　　刘勋愣了一下，脸上的肉皮颤动一下，哈哈笑道："好！倒算个忠义之士！无怪乎袁将军有心赦你死罪！不仅要免你死罪，还要收你为将！琴痴，你可是从地狱而上天堂！你意下如何？"

　　刘勋所说的是实话。昨夜回寿春后，袁术想孙府既如此看重这个家奴，想必会求孙坚出来说话的。就是拿传国玉玺来换琴痴也未必可知。而况，此时正是用人之际，杀一个家奴，未必能泄多少恨，倒不如留下为将，让他在军中效力。要么用他为将，要么留他换孙坚的人情。于是就拒绝了刘勋处死琴痴的主张，令刘勋尽量说降周瑜。刘勋对袁术如此看重琴痴很是嫉妒，又恨他胆大妄为，砍杀他手下的彭司马。但袁术既有吩咐，他也只有照办的份儿了。

　　周瑜听取了刘勋的话，冷笑一声，拒绝道："琴痴宁愿下地狱，也不上你们这帮乱贼的天堂！"

　　刘勋听他一说，心里有些高兴。他巴不得周瑜违背袁术之令，最后为袁术处死，但表面上，他仍然假惺惺劝道："琴痴！你不要迂腐了！你年纪轻轻、本领出众，日后必定前程似锦远甚于本官！何必放弃？"

　　"少废话！送我回牢吧！"周瑜果断道。

　　刘勋愕然，骂道："不识抬举的东西！"然后挥挥手，叫手下军士将周瑜押回大牢。

大牢的牢房是分两边开着，中间是一个过道。各囚室的门皆用碗口粗的木栅栏做成。一间一间的囚室均挨着。犯人不多，只有几间囚室里有。这年头淮北饥荒，没有过多的食物供给犯人，故但有犯罪的，多直接处死，能坐入牢中的，多系还有些用处的犯人。

周瑜被推进牢房后，坐到了那老者身边。那老者衣衫破烂，蓬头垢面，脸上身上俱是结痂的伤痕，正闭目养神，见他坐了过来，就睁开眼，打量了一下他，又闭上眼。周瑜谦恭地招呼道："老人家，可好！"老者见他主动招呼，便问犯了什么罪。周瑜就告诉老者事情原委，老者听了，愣愣地又打量了一回周瑜，感叹道："你一个家奴，竟对主人和朝廷如此忠心，颇为可敬！"又叹口气道："只可惜，这朝廷气数已尽，难有回天之力了！"

周瑜不服气地争辩道："老先生，此言差矣！昔日王莽篡汉，不也有了光武中兴？"

老者摇摇头道："老弟差矣！今日形势，和王莽新朝大不相同。王莽篡位之时，人心既怨王莽暴政，又思前汉，故有光武帝刘秀领云台二十八将应运而生！今日则不同！天下之乱，始于桓灵，亲小人、远贤臣，秽乱朝纲，重用外戚，横征暴敛，甚于王莽，故百姓苍生，对汉室并无拥戴之情！而况时下，各路诸侯，已形成群雄纷争、并驾齐驱之势，尚无一家豪杰可扫灭诸雄，脱颖而出。就算有此扫平四海之英雄，又何必将浴血打下的江山还给汉家？袁绍不会！就是当初率先举义兵的曹操也未必！"

周瑜语塞了，不服气道："我就不信天下之大，就没有忠心扶保汉室之人！"

老者侧头看看他，摇摇头，长叹一声道："小兄弟！看足下也算一表人才、年少有为，为何死抱着匡扶汉室的陈腐之念！江山锦绣，何必非刘家去坐？试想，汉朝之前乃是秦帝国！刘邦可以灭秦兴汉，后人又为何不可以灭汉兴他？月盈则亏，水满则溢，万事轮回，自然之理。汉朝坐了近四百年江山，今日衰败，已属命长！何况，对于天下黎民百姓而言，是姓刘的坐江山，还是姓嬴的坐江山，并不要紧！他们在意的只是皇帝是否英明仁爱，自家是否衣食温饱、富足安康！至于天子姓甚名谁，有何重要之处？故真英雄将以拯民于水火，还百姓以富足安康为壮志！何需抱残守缺，为日落西山、气数已尽的汉家江山建立所谓功业？"

周瑜愣住了，像有一个炸雷在耳边炸响。雷声过后，老者的声音仍在他耳边回荡不已。他不再说话了，脸上挂着迷茫与苦思的表情。他觉得老者的话撞击了他有生以来的想法与主张，给他以震荡，但又并不觉得大逆不道，相反，嚼来却很有滋味。他有一点迷茫，有一点悲哀，还有一点淡淡的惊喜，好像久久苦思的难题忽然有了一点答案，好像一个在黑暗中行走的人忽然感受到了前边稍纵即逝的亮光。他闭上了眼，他要静静地好好地想一下老者的话，或者是理清一下自己的思绪。

那老者见他闭上了眼，就不再打搅他了，紧一紧破烂的棉袍，袖起手，缩着脑袋，也闭上眼养神。

中午，牢子送来了饭食，周瑜也不想吃。老者给他把碗端了过来，他谢了老者，仍将饭放在一边，一口也不吃，只闭目苦思。老者胃口不错，三下两下吃完了。其实碗里只是一点麦糊糊。淮南、淮北一带今年大旱，并无收成，加上袁术暴敛奢侈，哪里有什么吃的？有这点麦糊已是相当不错了。周瑜见老者胃口很好，就将自己的那份推给老者吃，说自己实在不想吃。老者推辞了一下，就拿过他的那一份吃了。

老者吃了饭，津津有味地揩了揩嘴，心满意足地坐在地上喘了喘气，养了会儿神，就朝周瑜看去，见周瑜正闭着眼、皱着眉想什么心事似的，就用胳膊杵杵他道：“小兄弟！冥思苦想什么？到这里来了，活一天算一天吧！”

周瑜仍闭着眼没有吭声。

“哦！老夫看你风度谈吐，不是一般人物！老夫料到，阁下绝非普通家奴！”老者忽然道。半是激将，半是肯定的语气。

周瑜眉头跳动了一下，沉默一刻后，睁开眼，叹了口气，道：“高人面前实不相瞒！小生我家住庐江舒城，姓周名瑜，字公瑾！家父周异现为朝廷侍郎，叔祖父、伯父都曾做过朝中太尉！只是久闻孙策公子大名，方才潜入孙公子家做家奴，以期了解孙公子为人，也有与孙公子相戏之意，没有料到今日竟身陷牢狱！”

老者眼睛亮了，惊喜道：“哦！原来是周公子！失敬了！去年我路过庐江，也曾听说公子大名！‘曲有误，周郎顾’啊！无怪乎公子举止谈吐不同凡响！呵呵！呵呵！”

周瑜谦逊地欠身：“老先生过誉了！小生只是徒有虚名而已！倒是老先生一番谈吐，自是不凡，非常人所言！不知老先生是何方高人啊？”

老者："惭愧！老夫姓季名原，字子方！原是寿春县令，名不见经传！只因袁术占了寿春后，放纵军人抢掠，强迫百姓供奉，奢侈无度，残暴苛刻，我屡屡抗命，又将征收的军粮发还百姓度饥，惹怒了袁术，便被打进大牢！前不久，又强迫老夫出去做官。哼！老夫宁可坐死牢中，也不出去为虎作伥！"

周瑜坐起来，行了个长跪之礼，恭敬道："老先生见识非凡，气节高远！在老先生面前，小生显得志大才疏了！请接受晚生一拜！"

季原慌忙扶起他道："哪里！公子客气了！客气了！老朽老弱，岂堪公子大礼！"

两人重又并肩坐下，季原接着道："公子放心！以老夫观之，孙策不会坐视公子不管的！"

周瑜笑了笑，道："孙公子是重情重义之人，但只怕心有余而力不足！"

季原道："孙公子会有办法的！公子出去后，若能与孙公子结为兄弟，一同扫除战乱，救扶天下百姓，共创大业，该有多好！"

周瑜连连称谢。然后，两人又兴致勃勃地聊了些天下形势和天下英雄，如曹操、袁术、袁绍、孙坚、公孙瓒、刘表等人。此刻，周瑜心情忽然变得出奇的好，原先迷茫的头绪、茫然的思绪似乎都有了清晰的轮廓，就像一条流淌着混沌河水的小河，忽然褪尽河水，露出坚实的河床和河床上的卵石，又像迷漫的大雾渐而散尽，露出辽阔的果实累累的原野。原先被他认为"大逆不道"之论现在看来竟是合情合理，原先以为是忠君报国之论，现在想来，也着实有些迂腐！这一切，都归功于季原！看来，民间草莽之中实在是不乏有识之士！他深为有此牢狱之灾而庆幸，这次牢狱之灾使他获得了拨云见日的真知灼见。这些正是他当初想要向张昭讨教的！

周瑜在寿春牢中之时，程普星夜兼程，回到了鲁阳孙坚营中。孙坚字文台，是吴郡富春人，春秋武圣孙武的后人。少年时就以勇力著称。十七岁那年和父亲乘船到钱塘，正遇一伙盗贼在岸边分赃，就单刀上岸，砍翻一贼，又指东叫西，俨若身后人很多官兵似的，众贼于是散去。由此名扬乡里，被郡府征召为郡司马。黄巾起义时，他招募乡兵参加征讨黄巾，多有战功，被拜为长沙太守、封乌程侯。他性阔达，好节气，所在任内，乡里知旧、好事少年，只要来投奔他的，他都接抚待养，视若子弟。董卓入京，曹操传檄天下，兴兵讨卓，他领长沙之军赶往鲁阳与各路讨卓联军会盟。过荆州，因荆州刺史王叡待他无礼，便击杀王叡。过南阳，因南阳太守张咨不愿资其军粮，又攻杀张咨，并将南阳郡奉送给在南阳避董卓之祸的袁术。而袁术也投桃送李，表他为破虏将军、领豫州刺史，驻军鲁阳。从此他与袁术结为知己、盟友。其后，他自告奋勇，做讨董联军先锋，率先攻击董卓。阳人一战，大破董卓，亲斩董卓帐下名将华雄，一时名震诸侯，被曹操誉为"勇烈过人"。董卓忌其勇烈，几番派人来向他求亲，欲将其女嫁与随他征战的侄子孙贲，并承诺表奏他的子女亲属全部为刺史郡守，以此笼络他，被他断然拒绝，称："董卓逆天无道，荡覆王室，今不夷汝三族，悬示四海，则吾死不瞑目，岂可与你和亲？"然后继续与其他各路义军一道攻打董卓。后董卓迫于联军威势，不得不西迁长安。孙坚一马当先，率先攻入洛阳城，并扑灭城中董卓部所纵的大火，出榜安民。各路讨卓义军计功，以孙坚功劳为最大。董卓西迁后，曹操提议追赶董卓，袁绍、袁术等人怕各自实力受损，不予理睬，孙坚也因为部队疲劳，加上督办联军粮草的袁术颇有私心，使他粮草难以为继，也就没有附和曹操。待曹操追击董卓兵败，联军解散，他也便领军回到鲁阳，在鲁阳继续做他的豫州刺史。

程普见了孙坚，报告了孙府发生的事，并呈上太夫人书信。孙坚看完信后，大怒道："策儿年幼不知事，太夫人竟也糊涂？太夫人不知事，阁下和我弟孙静竟也不知事？堂堂孙府，竟为一个家奴闹成这样！成何体统！"

程普道："主公！末将劝过了，只是孙公子执意要保那个家奴！太夫人也向着公子一边！末将无奈！"

孙坚又看了看信，问程普这个叫琴痴的家奴人才本事如何，虽然太夫人在信中提及了，但他并不全信。

程普据实道："这个琴痴长得和大公子一样人才出众，年龄也相当。弹得一手好琴，也会些武艺。据说家中原是富贵人家，只因战乱，流落至此！"

孙坚不吭声了，背着手，在帐中来回踱步。半晌，自语道："看来此家奴也算勇烈果敢，与策儿倒真有几分相似！"

"这小儿虽勇烈果敢，却狂妄自负，连末将都不放在眼里！一度与末将大打出手！"程普语中有几分愤慨。

孙策笑了笑道："大凡勇武之人多有些桀骜不驯，无关紧要！"忽然敛住笑，道："虽然如此，孤也无须为他去哀求袁公路！袁公路一直打着孤传国玉玺的主意！依我看来，袁公路必会要孤以玉玺交换！此事就不要管他了！"他被朝廷封为乌程侯，故时常以"孤"自称。

程普道："主公所言极是！末将赞同！"

"但", 孙坚脸上又浮现犹豫的焦虑的表情, 背着手来回急急地踱着步子道: "我需得向夫人和策儿交代! 况且, 那个小家奴如在我军中效力, 不也壮我军中之势?"

他忽然停下踱步, 对程普道: "我给袁术修书一封, 你派人连夜送往家中, 要策儿持此信面见袁术, 请袁术放人! 放或不放皆由他, 我只尽力便可了!"

程普: "遵令!"

程普派的人连夜出发, 第二天快马赶到寿春孙家府上, 将信交给太夫人。信是写给袁术的, 无非是请袁术看在他的面子上放了琴痴。吴太夫人和孙策见孙坚并没有亲自出马搭救, 未免有些失望。

孙静道: "策儿! 我看, 我们已经尽力了, 你就拿着这信去找袁术, 他要放人便放, 不放也就罢了!"

孙策坚决道: "叔叔! 琴痴是忠心护主方才被迫杀人的! 我不能让他被袁术杀害!"

一直在旁边沉思着的小孙权发话了: "母亲! 哥哥! 我看不妨多带些金银礼物去恳求袁术! 袁术贪财! 以父亲的面子, 加上这些礼物, 或许有些希望!"

太夫人点头道: "嗯! 这倒是个好办法! 策儿! 你看怎样?"

孙策高兴地看了看孙权, 点点头: "不妨试试吧!"

当天, 孙策拿着孙坚的信去了寿春袁术的将军府上。李柱子和一个家奴担着金银和丝绸等厚礼跟在后面。

袁术在大将军府里召见了他, 刘勋也在一边作陪。双方分宾主坐下后, 孙策说明来意, 送上孙坚的书信。袁术草草看了书信, 扔在一边, 目光扫过孙策身后李柱子和一个家奴抬进的担子, 眼睛眯成一条缝, 几分感叹道: "哈哈哈! 没有想到孙公子对一个家奴如此厚爱!"

孙策微微一笑道: "这琴痴虽是一个家奴, 但为小侄挺而犯法, 可算忠勇之士! 而况, 他武艺出众、知书达理、精通音乐, 可谓难得人才! 这样的人才, 不光小侄想倾力救他一命, 就是袁伯父也定不忍心杀他的!"

袁术笑了笑, 道: "世侄所说, 孤岂有不知? 只是, 王子犯法, 与庶民同罪! 就是人才与忠勇之士, 也不例外!"

孙策笑道："侄儿知伯父执法严峻公明，故备了点薄礼，请袁伯父网开一面！"

袁术冷笑道："贤侄！这金山银山孤并不稀罕！孤稀罕的乃是你父的传国玉玺！侄儿不知吗？"

孙策知他会出此言似的，稳稳一笑，道："袁伯父！传国玉玺非父命不得送诸他人！此事伯父自与家父相商好了！家父有书信在伯父处，伯父不妨修书家父商讨此事！小侄儿辈怎好管大人们事！侄儿只是恳求伯父放还家奴琴痴罢了！"

袁术被他堵得一时说不出话，愣了一下，似乎觉得再逼也无益，就自我解嘲似的笑道："也是！也是！这是我与文台间的事！"又看了看孙策后面的几担金银丝帛，道："贤侄，看在你父亲面上，本将军答应不杀琴痴！但需关上几日，以平我手下军士怒气！过两日便放了他！"

孙策赶紧道谢，并提出去看看琴痴。

袁术看一看刘勋，刘勋知他意思，赶紧道："公子！主公已经答应了过两日就放了琴痴！足下现在去看琴痴，如让彭司马手下的军士知道了，岂不又要迁怒于主公？"

袁术跟着打哈哈："是啊！是啊！贤侄！就不用看了吧！哈哈哈！"

孙策又恳求了一会儿，袁术仍不答应。孙策只好悻悻地起身告辞了。

孙策走后，袁术令刘勋再去说服周瑜。

"这个家奴一定要为我所用！你务要在本将军放还他之前将他劝过来！"袁术命令道。

刘勋眼珠转了转，故作为难道："主公！卑职已经劝过多次了！这小儿口气硬得很！"

袁术恨恨道："那你也来硬的！"

刘勋："杀了他？"

袁术眼露凶光，望着前方，阴沉地说："既是人才，就不可为他人所用！孤不能用，就要杀掉他！上回让张昭跑掉，孤已后悔莫及！你先尽力劝！劝不动了，便杀之！"

刘勋应道："遵令！主公！"跟着一脸阿谀之色道："主公英明！卑职一万个也赶不上！"

袁术自负地笑了。

七　闯刑场周郎获救，推诚心双雄结义

当下，刘勋带人走进大牢。

有了袁术的尚方宝剑，他觉得事情好办多了！他想来个一石二鸟，最后劝琴痴一次，如若不行，就毫不犹豫杀掉他。当然，这次相劝，不会是那么客气的！他要拿另一个人的命来劝琴痴。这个人虽为小官吏，但素不把他放在眼里，而且屡屡抗命。这人就是季原。用季原的命都劝不了琴痴，那就非杀琴痴不可了。他料到，以他略知的琴痴的倔强个性，季原之死只会更加激怒琴痴。这样最好不过了，琴痴就死定了！

到了琴痴的牢门前，牢头打开牢门，刘勋的几个壮大的军士一拥而入，凶悍地将季原拖了出去，扔到刘勋脚下。

刘勋冷笑道："季夫子！本官给你最后一次机会！你是愿做无头之鬼，还是愿为袁将军效力？"

季原面无表情，不卑不亢道："老朽老了，不堪为官！你们何必如此厚爱老夫？"

刘勋嘲弄道："夫子虽然老朽，但在本地还是很有名望的！夫子拥戴主公，听话纳粮的百姓就会多一些！"

季原冷笑一声道："老夫自幼读四书五经，也略知春秋大义，岂可见利忘义、数典忘祖，效命狼狗！"

刘勋大怒，拔出剑指着季原道："那，我就成全你，让你舍生取义好了！"

周瑜在牢中扑过来，抓着牢栅门使劲地摇："不可！"

季原回头对周瑜道："公子！老夫今日舍生取义了！公子若能存生，定要辅佐明君，扫除战乱，除暴安良，还天下百姓苍生以安康太平！公子——"

话没说完，刘勋一剑捅进了他的胸口。季原惨叫一声，双手抓住宝剑，浑身颤抖着，痛苦地瘫倒在地上。刘勋又猛地拔出宝剑，一股鲜血喷了出来。季原呻吟着倒在地上。

周瑜的泪水涌出，他怒视刘勋："畜生！我定会要你偿命的！"

刘勋哈哈大笑："狗家奴！你自己都没命了，又如何要本官的命？本官最后一次问你：你是愿做无头之鬼，还是愿为袁将军效力？"

周瑜怒视他："'呸！痴人说梦！"

刘勋得意地冷笑道："不识抬举的奴才！本官要的正是这句话！明日你我刑场上见吧！本官亲自为你监刑！"

说完，领了众军士扬长而去。几个牢头赶紧上前去拖季原的尸体。周瑜看着被拖走的季原，心里塞满悲愤与痛苦。

第二天午时，周瑜被几个军士拖了出去，押进囚车，直拖到城南的刑场上。

这个刑场是用土垒成的台子，台上立着几根柱子。刑场下四个方向都站满了披挂齐整，手持弓箭和刀枪剑戟的军士。

周瑜被拖出囚车后，押上行刑台，双手被反绑在一根柱子上。两个扛着鬼头大刀的刽子手已经候在上面。

老百姓从四面八方奔来，满满地挤在刑场下，等着看杀人。

刘勋骑着马，领着一队军士，神气十足地从老百姓慌忙让开的道中，走了过来，上了行刑台，走向周瑜。

"琴痴！本官今日亲自送你一程！后不后悔？"刘勋皮笑肉不笑地道。

周瑜怒视他："没有后悔！唯有可惜！"

刘勋不解："可惜什么？"

周瑜望着远方叹道："可惜无缘与孙公子共展抱负、拯救苍生、创不世之业了！"

刘勋哑然失笑，道："你一个家奴竟有拯救苍生、创不世之业之志！倒真是奇人！你怕是上了刑场，吓昏了头，方才会痴人说梦吧！哈哈哈！"

此时，行刑台下的百姓越围越多，未免谈论纷纷。一个百姓惊讶道："听说就是他杀了刘太守手下的司马！哎呀！这还未及弱冠啦！"

另一百姓应和："听说他只是个家奴啊！真是条汉子！"

刘勋听见了台下的议论，脸上浮现嫉妒的表情，他往前走几步，对台下喊道："各位军士！各位父老！台上此人是孙策公子家的家奴！胆大妄为，竟然砍杀本官手下司马！杀人偿命！为了还彭司马一个公道！本官将此人处以斩首！"

行刑台下一队军士高呼："杀了他！为彭司马报仇！杀了他！"

刘勋脸上浮现得意的笑容，看了看天色，喝道："时辰到！将犯人琴痴就地处斩！"

一个刽子手端着一碗酒上前，送到周瑜嘴前。

周瑜一饮而尽，然后用嘴叼着碗，头一摇，碗被扔出很远。将头抬起，望着远方。

此刻，天空流动着铅灰色的云，像老天爷茫然无措的脸。干冷的风一阵一阵地掠过干枯的树枝，发出嘎吱嘎吱的凄凉的声响。几只小鸟在天空奋力朝前飞着，因风大，它们挣扎得有些吃力。台下，一排排面如菜色、形容枯槁的百姓的脸都看着他，不少人眼里现出悲悯的目光。

这一刻，周瑜思绪万千。

他想到了他的母亲。母亲抚养他这般大，没能有所报答，自己就成了异乡的断头之鬼！实在对不住母亲。他想到了孙公子！好一个智慧胆略超群的少年英雄，真正的领袖之才，可惜，因为自己的执拗，竟与之失之交臂了，而且是永远地失之交臂了，在自己刚刚明白事理的时候。

"小奴才！对你主人还有何交代？本官代为转达！"刘勋幸灾乐祸地嘲弄道。

周瑜没有理他，望着蓝天喃喃道："可惜再没有机会孝敬我母亲了！"说完，眼泪悄然挂上眼角。

刘勋挖苦道："哼！还是个孝子呢！你父母不是双亡吗？"

台下一老妇人喊："哎哟！这孩子是个孝子呢！为什么要杀他啊？"

又一个老妇喊："是啊！孩子还小嘛！又是孝子，干吗要杀他啊？"

人们对袁术、刘勋原本就无好感，都痛恨他们横征暴敛，此刻都纷纷嚷了起来，为周瑜叫屈，刑场下涌起一片喧嚣的波涛。

刘勋脸色变了，看了看台下，赶紧恶狠狠地对刽子手猛一挥手："斩首！"

一个已经脱去上衣，赤裸上身，磨好了鬼头大刀的刽子手举起了手中的刀。刀片在空中闪烁着耀眼的光芒。

周瑜闭上眼，眼角挂着泪珠，平静地迎接着鬼头刀的落下。

百姓中有人蒙上了眼睛。

台下的彭司马手下的兵大喊着："快砍！快砍！"

刽子手大喝一声，用力照周瑜的头砍了下来。

说时迟，那时快，一支羽箭流星一般飞了过来，正射在刽子手的颈上。

刽子手"哎哟"叫一声，往后便倒。

跟着，远处传来马蹄声和一阵喧哗声。周瑜睁开眼一看，只见孙策带一群家奴骑着马从人群中奔驰而至。孙策正拈弓搭箭对着台上。所过之处，百姓赶紧闪开一条道来。

刘勋在台上大惊，喊："孙公子！你想要干什么？你劫法场可是死罪！"

围着刑台的军士们手拿兵器哗地朝孙策围了上去。

孙策手一松，搭在弓箭上的一支箭射出，一个骑在马上正指挥众军包围他的军官翻身落马。

孙策又搭箭，开弓如满月，箭去似流星，又一个军官被射翻马下。

"顺我者生！挡我者死！不要命的，且受我孙伯符一箭！"孙策又张弓搭箭大喝道。

士兵们慌忙闪开道来。

孙策双腿一夹，那马直飞上行刑台。台上另一名刽子手抱头滚下台去。孙策张弓搭箭，对准刘勋："刘大人！是否吃我一箭？"

刘勋吓得赶紧跪倒在地，喊："孙公子！不要乱来！我杀琴痴，是奉了主公将令的！本官只是奉命行事！"

孙策："那你先放了琴痴！我自去找袁术理论！"

一阵呐喊声响起，四周，刚才跑散的士兵见孙策人少，又拥了过来，包围了行刑台。刀枪如林。老百姓们早跑得远远的了。李柱子等家奴也上了刑台，团团围住孙策，保护着孙策，拿着刀枪与军士们对峙。

刘勋站起来，既得意又紧张地笑道："孙公子！快快回去吧！我放你一条生路！"

"孙公子！快回去吧！不要做无谓的牺牲！以公子之才，大有可为！"周瑜道。

孙策没有理他，一动不动，张弓对着刘勋。

空气凝固了。几只乌鸦正要朝刑场上歇来，发现气氛不对，又赶紧尖叫着纷纷飞走。

"刀下留人！刀下留人！"就在此时，一阵嘶哑的喊声从远处传来。

跟着，只见蒋干骑一匹快马，从远处奔跑过来，肩上背着一个包袱。

"蒋子翼！"周瑜惊讶道。

一群士兵哗地上前将蒋干拦住。

一个曲长用刀指着他："你是什么人？"

蒋干脸色苍白，气喘吁吁道："我是江东名士蒋干蒋子翼！我有重要事情禀告刘大人！"

"蒋干蒋子翼？哪里有个江东名士蒋干蒋子翼？"刘勋疑惑地看着蒋干自语道。

"刘大人！你快放我过来！我有重要事情禀告！"蒋干喊。

"放他过来！"刘勋下令道。

军士们开了道，蒋干纵马朝刑场奔去。到了台下，下马，然后往台上跑去。

"大人！这个琴痴万万杀不得！他并非家奴！实乃是朝廷侍郎周异之子、庐江舒城周瑜、周公瑾！"蒋干上了刑台，气喘吁吁道。

"什么？"刘勋如闻霹雳，脸色大变，眼睛瞪得像牛眼，指着周瑜对蒋干道："你说，此人，是周异之子？周瑜？'曲有误，周郎顾'的那个周郎？"

孙策也听得呆了，举着的弓箭放了下来，惊愕地看着周瑜。

蒋干对刘勋道："正是！大人！此人正是周郎！只是要试试孙公子为人，并要与孙公子一戏，方才投身为孙公子府上家奴！"

刘勋仍然呆呆地看着周瑜，半信半疑。

周瑜含着微笑，望着孙策，目光里充满温存与友情，仿佛在告诉孙策真相。

孙策自然读得懂周瑜的目光，疑惑的双眼里放出欣喜、惊喜的光芒，然后，他会心地冲周瑜笑了笑，又对刘勋哈哈大笑道："刘大人！你见过如此与众不同、谈吐不凡、秀丽无双的家奴？"

刘勋瞪着周瑜："你果真是周异之子周瑜周郎？"

周瑜冷笑："是又如何？不是又如何？"

刘勋恼怒地看着他。

孙策冷笑道："刘大人！你仔细点！要杀了周公子，不光周大人不依，就是袁术那里也交不了差的！"

刘勋恼怒地对台下军士喊："统统押回去！请主公发落！"

孙策高兴地下马，对周瑜拱手："公瑾！伯符有礼了！"又上前擂了他一拳，道："竟敢冒充家奴戏我！"

周瑜调皮地眨眨眼，道："不干我事！我原只要向公子行乞，以知公子为人，岂料公子就收留了我做家奴！其实都是公子做的好事！"

孙策哈哈大笑。

几个士兵上前把周瑜从柱子上解开，押着往前走。孙策、蒋干等人也跟了上去。

路上，蒋干告诉周瑜，他回九江后，不放心周瑜，就借奉父命往荆州长沙郡探亲之机往孙府来看周瑜，哪知到了孙府，听说周瑜今日行刑，孙策已赶去搭救了，吓得一身冷汗，赶紧直奔刑场去了。"幸亏兄弟我赶得快！"他有些后怕地对周瑜道。

到了袁术的将军府，袁术得知事情的原委，他大吃一惊，差点从椅子上掉了下来。他家世代公卿，祖父与周瑜的叔祖父等都一同做过朝中太尉，他本人也认识京都的父母官、洛阳令周异。

"你果真是周大人的公子？"他瞪大了眼睛看着周瑜。

立在一旁与袁术议事的大将张勋也吃惊又欣喜地看着周瑜。

"是啊将军！一点不假，他就是周大人的公子周瑜周公瑾！"蒋干赶紧道。

袁术上上下下打量周瑜，惊讶道："我看着气度风采就非家奴模样！原来却是周公子！说起来你我两家可是世交！孤本人也与你父亲周异相识的！"

孙策道："如此说来，周公子当是袁伯父之世侄了！谅不会为难周公子了！"

袁术："不要急！来！坐下叙叙旧！孙公子，都一起坐下！"

周瑜、孙策、蒋干等人全都坐在两边。

袁术等他们坐下，拍拍手道："周公子果然是名门之后，忠义果敢、武艺出众！孤甚是赏识！不知公子有无兴趣与孤一道共创大业？"

周瑜不卑不亢道："多谢袁将军！只是晚生年岁尚小，只想多读些书、交些朋友，并无意功名！"

刘勋看着袁术的脸色劝周瑜道："周公子！据刘某所知，除你之外，主公没有对任何人如此器重过！"

周瑜挖苦道："那像你这样沐猴而冠，又是受了谁的器重呢？"

刘勋的脸上现出难堪，他怒视周瑜："周瑜！你不要太得意了！你以为你是周公子就了不得了？主公要你活你便活，要你死你便死！你是有命案在身的人！"

孙策站起来："袁伯父！小侄只请袁伯父速放了周公子！袁伯父收过小侄的厚礼，也答应不伤害周公子的！而况，周公子与袁伯父也是世交。望袁伯父速速定夺！"

袁术脸色变黑，脸上的肉皮无奈地跳动一下，挤出一点难堪的笑，道："哈哈！这个，孤只是要留周公子在府上住几天而已！"

周瑜也站了起来，拱手道："小侄既是在孙公子家做客，理当先与孙公子同行，而况，小侄离家多日，也思念母亲，袁将军如不怪罪小侄，那小侄就不多留了！日后有空，一定再来拜访袁将军！"

袁术脸色变灰又变红，再变白，既不甘，又恼怒，更多难堪。他愣愣地看着周瑜和孙策，半晌，无奈地低了低头，道："既然公子执意要走，孤就不留客了！"

孙策、周瑜、蒋干赶紧一起向袁术行了礼，辞别袁术，转身出去了。

袁术无奈又恼火地看着他们离去，半晌叹道："生子当如孙伯符、周公瑾哪！"

孙策、周瑜一行回到孙府，孙府上上下下自是满堂皆欢。一是高兴周瑜得救；二是高兴这个琴痴竟是孙策一直想要去造访的周瑜，这真是很有趣的事。吴太夫人说："难怪我家上下执意要救琴痴！原来是天意！是天不绝周郎！"孙府为此连着数日大摆筵席，为周瑜庆贺。周瑜与孙策、蒋干一连痛饮几天。

皆大欢喜之时，也有人难受不已，此人便是草儿。这日子夜，孙策、周瑜、蒋干在后院一间屋里且饮且歌之时，服侍完太夫人的草儿回到后院她的房中，听见那欢声笑语和周瑜的琴声，也透过纸窗看见周瑜风流倜傥的身影，忍不住扑进房中，趴在床上大哭开来。

与她同房的婢女见她这样，搂着她笑了："哈！琴痴原来是风流无双的周公子，这下，你没戏了！"

草儿哭得更难受了。

丫鬟又搂着她赶紧安慰："草儿！不要哭了！这下也好！可以一心一意和李柱子好！看得出，柱子哥心里有你！"

草儿蒙着脸，赌气道："我任谁也不想嫁！"

这年冬天，雪下得特别早。还是农历十一月，淮南大地就已经飘起了雪花。大雪连下两日，直下得江淮大地一片银装素裹。

孙策、周瑜、蒋干三人牵着马在积雪的路上行走。蒋干还要继续往荆州长沙郡去探亲。周瑜和孙策一道送别蒋干。

行了一程，到了一个三岔口，蒋干要孙策、周瑜二人返回。孙策、周瑜不依，又行了一程后，二人经不住蒋干劝阻，就止步了。蒋干上了马，道了别，背着包袱，直往远处奔去。

待蒋干的身影消失在茫茫雪天一线之后，周瑜与孙策也打马往回走。走到那个三岔口，孙策勒住了马，兴致勃勃地指着一条直通前面山林的小路道："前面有一山坡，我俩往那里逛一回，如何？"

　　周瑜高兴道："正有此意！"

　　孙策笑道："那我俩就比试一回谁的马快！怎样？"

　　周瑜莞尔一笑："可以！"然后，二人同时打马，喝一声："驾！"往远处奔去。周瑜骑的历阳那家旅店里租的暗红色的马，穿的自然是先前的一身白棉袍。因为天寒，里面加了层背褡。——他的包裹与马都从庄子里那户人家取了回来。黄色腰带束着腰，腰中悬他的镶珠宝剑；宝剑自那回孙府大战后，一直为孙策收留着。脚上蹬黄缎红底朝靴，头上扎着黄色头帻。孙策骑的是一匹赤红的马，穿红色棉长袍，也用黄色腰带束了腰。腰上悬剑。头上扎着青色头帻，足上蹬青缎红底朝靴。于是，白茫茫的琉璃世界里，飞起两朵色彩绚丽的云，一朵暗红的，一朵赤红的。

　　飘上了那个山坡，二人勒住马缰绳，迎风而立。冬日的风吹过来，刺骨冰凉。但两人都面颊通红，胸膛起伏，好像燃烧着熊熊激情。挺立山坡，两人都显得英武挺拔、丰采翩翩。只是孙策英武中多些豪放与不拘一格，周瑜英武中多些飘逸和风流倜傥。

　　这是一个不太高的雪坡。一片一片的被雪覆盖着的松林像戴着雪白头盔的骑士兵团方阵一样散布在四周白茫茫的一望无际的雪原上。一条结冰的小河闪烁着光芒从西边林中奔出，划过前面的雪原，如一个身披素洁白袍的美丽少女，婀娜地舒展在原野上。一望无际的原野像一片白色的毡子，直铺向天际。一只黑色的鹰从铅灰色的天空里闪电一般俯冲而下，在林子上空盘旋一阵后，猛地朝前面冰河中扑去，砸开薄冰，叼起一只小鱼，又翩然飞起，直入云霄。

　　周瑜叹道："好一片秀丽河山！"

　　"可叹淮北山东，横遭兵火，未必有如此秀丽风景！"孙策也叹道。说完，拔出剑指着坡下那条宽约两丈的小河对周瑜道："公瑾！我孙策如能成当世之英雄、建不世之功业，就让上天保佑我纵马跃过那条河，砍断对岸那棵桃树！"

　　说罢，他一夹马肚，枣红的战马踏起一片碎玉直朝那小河疾驰而去，像一团跳动的火苗，奔到河边，骏马忽然高高跃起，飞了过去。马蹄尚未着地，孙策手起一剑，砍断那棵碗口粗的桃树。

　　周瑜拔出剑对着河那边的孙策喊："伯符！我周瑜日后若能辅助伯符开创基业，

扫除战乱，还天下百姓一个安宁，上天也让我纵马跃过那条河，砍断右边那柳树！"说完，他也纵马奔下去。

孙策听了一愣，惊愕地望着他。

"辅助我开创基业？"他愕然自语道。

只见周瑜骑着马如风吹的一团暗红色的云飘过来，到了河边，他一提缰绳，骏马腾空飞起，直往对岸落去。还没着地，手起一剑砍断右手边一棵碗口粗的柳树。

孙策收剑入鞘，鼓掌，喊道："公瑾！好剑法！"

周瑜朗声大笑："哈哈哈！伯符！看来我俩的宏愿都会有实现之日了！"

孙策看着周瑜笑道："足下既要匡扶汉室，怎又助我开创基业？"

周瑜调皮地对孙策眨眨眼道："伯符兄！今日之公瑾非复昨日之琴痴矣！"

孙策不解地望着他。周瑜笑了笑，对他细述了在袁术牢中，遇上季原并被季原打通心窍的事。说完了，他叹道："事物盛衰，自然之理！与其辅助行将就木的汉室，何如辅助仁智兼备的明君！只要给天下百姓安宁和平，又何须在意是汉家江山还是谁家江山？"

孙策豪爽地在他肩上一拍，笑道："没有料到一场牢狱之灾，竟使公瑾有如此收获！哈哈哈！"跟着，停了笑，认真道："只是，以公瑾的才华，大可以自创基业，何必定要辅助我？"

周瑜笑道："如不辅助伯符，日后我俩岂不要决斗沙场？"

"哈哈！莫非我孙伯符不可以辅助公瑾？"孙策笑道。

"伯符兄差矣！只可公瑾辅助伯符，岂可伯符你辅佐公瑾？"周瑜道，然后微笑着看着周瑜，侃侃而谈："其一，伯符是孙破虏将军长子！孙将军的名望与兵马，正是伯符成大业的基础，周瑜不能及。其二，伯符英才果敢，仁义厚道，声名远卓，天下英雄无不向往，也非周瑜所能及。其三，伯符智勇双全，阵上厮杀可于百万军中取上将之首，攻城略地，必是望风披靡，附者云集，此也非周瑜所能！有此三个不及，公瑾岂敢与伯符一争长短？而况，伯符为兄，瑜为弟，弟辅兄，理所应当！伯符如愿做刘邦、刘秀，公瑾便做张良、邓禹、吴汉！"

孙策争道："公瑾错矣！公瑾的才华远胜于我……"

还没说下去，周瑜打断了他，笑道："伯符无须多言！周郎识人断事，倒有些天分！这些日相处，伯符已令周郎由衷敬服！天下领袖，日后非伯符莫属！此事已定，无须争执！除非伯符嫌弃周郎，不欲携周郎共创大业！"

孙策愣了一下，不甘心，又要说下去。周瑜拔出剑，一手掀起自己的衣袍一角，一手将剑搁在掀起的衣袍上，对孙策道："伯符兄！如果再要争执，周瑜只好与伯符割袍断交了！"

孙策愕然。

周瑜笑了，放下衣袍，将剑平举在孙策面前，目光炯炯，看着孙策道："伯符兄！劳兄长拔剑！"

孙策感动地凝重地看着周瑜，终于，他的手伸向腰际，将剑拔了出来，口中道："好吧！公瑾！恭敬不如从命！"然后，将剑猛地往周瑜剑上一叩，两把剑架在一处，在雪原上发出悦耳的声响，两道寒光在雪光的反射下，显得异常耀眼。两人发出会意的大笑，笑声在雪原上滚动着。

"还有！"两人收了剑，周瑜道，"伯符兄长我一月！如不嫌弃，周瑜愿与伯符结为异姓兄弟！"

孙策大喜道："好！我也正有此意！"

两人当即下马，在雪地里撮起硬硬的土块，捏成三炷香，立在雪地里。然后双双跪下，两人再拜，然后跪拜在地发誓道："皇天在上！孙策、周瑜现结为兄弟！策为兄，瑜为弟！既为兄弟，当同心协力、救困扶危，上报国家，下安黎庶！患难与共，忠贞不贰！皇天后土，实鉴此心，背义忘恩，天人共戮！"

誓毕，周瑜又以兄长之礼对孙策拜了三拜，孙策受了拜，将他扶起。周瑜看着孙策笑道："伯符兄！公瑾还有一事须请兄长定夺！"

孙策："请讲！"

周瑜："伯符兄！小弟想请我兄和太夫人、二夫人搬到舒城我家居住！一则避开袁术！二则同住舒城，我就可与伯符朝夕相处，伯符兄以为如何？"

孙策高兴地拊掌："哈哈！实在太好了！"跟着又疑惑道："只是我家与叔父孙静二家，加上婢女、家奴，一共百十来号人，你家都住得下？"

周瑜笑道："我家与你家模样相似，却比你家还要大三分！现有许多房间空着！不仅住得下我两家，且太夫人和诸兄弟住进去后，必无陌生之感！"

孙策大喜，两人当即说定了，然后翻身上马，带着一脸的春风得意，大声地、兴奋地呼叫着，又跃过那条小河，奔上雪原，然后又从雪原上往来路奔驰而下，雪地上飞起两朵云彩，撒下一串欢笑。

这年底，孙策一家和叔父孙静一家搬到了庐江郡舒城周瑜家住下。周瑜的家是坐北朝南的，大门面南而开，结构与孙府一样，分前后两大院。后院里由回廊连接着数十间房屋。周瑜将前院及正屋都让给孙策一家住，自己一家则住在后院的数十间房中。孙策的部分家奴和奴婢也住在这片房中。吴太夫人和孙策都过意不去，要周家仍住正屋大宅，自己住后花园后的房屋里，周夫人和周瑜称：周家家奴和奴婢都少，住不了那么大的房屋。吴太夫人和孙静只好住下了。周瑜也有一兄，在外地做官，并未住在家中。

孙策一家住下后，周瑜在正堂屋里升堂隆重叩拜孙策母亲吴太夫人。升堂拜母是结交朋友最隆重的礼节。自此两家住在一处，共通有无，宛如一家人。为不致打扰孙家，周瑜令人在后花园的西头院墙开了一门，令自己的家奴和婢女由此门进出。周瑜母亲周夫人与吴太夫人、吴二夫人相处十分融洽。周瑜与孙策更是朝夕相处，每日或习武弄剑，或谈论天下大势，或纵马出游，或拜访名士，颇为舒心。孙坚在鲁阳，听说家奴琴痴竟是故太尉周景侄孙、昔日洛阳令周异之子周瑜，甚是惊讶，得知周瑜化身为奴的真正原因后，对他的智谋胆识十分钦佩。后孙策要举家迁往周瑜家，他一口应允。翌年正月初一，孙坚回来省亲。看见周瑜果然风流倜傥，又熟读兵书，精通剑术，气度非凡，待人又是豁达大度，心中十分欢喜，连道孙策交了绝世好友。和孙坚一同来的程普得知琴痴原是出身高贵的公子，也十分惊讶，他才想通了第一次与周瑜相见，周瑜竟敢顶撞他的原因所在，原来是公子本性使然。尽管如此，他心里对周瑜仍然窝着气。公子又怎样？我程普也是攻城略地的骁勇战将，岂由你如此小视？当然，见孙坚很喜欢周瑜，他脸上也没有表露什么。况且，周瑜见了他，也为此前顶撞他的事躬身道了歉。

八　显神威英雄除盗，逞智勇少年扬名

　　转眼到了初平三年(公元192年)春天，四月的淮南，草长莺飞，繁花似锦。这日，阳光朗照，周府后花园内，周瑜、孙策及孙权诸弟、孙静之子孙瑜等人一同玩捉迷藏。先是孙权被蒙着眼睛找众人，结果抓到了孙匡，由孙匡摸人。孙策的小妹孙尚香已经三岁，很喜欢周瑜，硬要周瑜蒙上眼来摸人。于是都顺了她，蒙上周瑜的眼。周瑜早知孙尚香躲在石椅之后，却故作不知，在她前面摸来摸去，就是摸不到她。惹得孙尚香咯咯笑个不停，在石椅后用稚嫩的声音连连叫唤："我在这里！在这里！"周瑜在石椅上方假装笨拙地乱摸，几回触到她的眼边，又几回缩回手来，嘴里还做出着急模样，念念有词道："在哪儿啊！香儿！在哪儿啊！"孙尚香先是被逗得呵呵大笑，直骂他瞎子，后又急得不行，干脆用小手抓住周瑜的手往自己脸蛋上一放道："我在这里呢！"而周瑜却佯装不知，又拿回手，在她面前摸，嘴中道："哪儿呢？"孙尚香急了，暴躁地抓住周瑜的手，使劲咬了一口道："你要气死我了！"周瑜则故意负痛地大叫："哎哟！哎哟！各位兄弟看看，是不是老鼠咬了我？哎哟！痛死我了！"这下又惹得孙尚香呵呵乱笑一气。众人看见孙尚香又急、又气、又笑的样子，以及周瑜故意装神弄鬼的样子，都开心地乐了。

　　正闹着，李柱子走了过来，趋身到周瑜面前，说有人送来一封信要交给他。周瑜取了面罩，接过信，就打开来一看，大吃一惊，怒道："大胆孟贼！岂有此理！"

　　孙策走了过来，拿过信看。

　　此信是离此五十多里地的霍山的山大王樊能派人送过来的。

　　原来，蒋干从荆州回到九江家中后，再未与孙策、周瑜见过面。这日，寻得空闲，便过来探望周瑜。他家有良田数百亩，也算富贵之家，云游四方的盘缠是足够的。不料，路过霍山时，被强盗截住。他自称是舒城周郎的朋友，哀求强盗放他一马。强盗头目樊能听说他是周瑜孙策的朋友，当即将他绑上山去。樊能是豫章郡人，自小领着街市上的无赖混混游手好闲，后与人斗杀，怕吃官司，亡命他乡，上霍山做了强盗，渐渐聚起四五百号人。附近几个小县都曾被他洗劫过，独对舒城未

敢轻举妄动。原因便是舒城有个周瑜这样的文武双全的少年英雄。最近又闻得孙坚之子孙策一家又搬了过来，他更是有所忌惮了。没想到无意中撞见了自称是周瑜朋友的蒋干，他知道周瑜是重情义之人，于是就以蒋干为人质，派会写字的手下写了封信送往舒城周瑜家，向周瑜要一笔钱财。他知道周瑜家世代为官，颇有资产，且舒城乃是富庶之地。他想如周瑜应战，便证明周瑜厉害，他便放弃打舒城的念头。如周瑜不敢应战，依要求送来银两，便证明周郎软弱怕他，他便可寻机洗劫舒城。

孙策看完信，将信撕碎，怒道："大胆狂徒！我孙策现在就带众家奴踏平他的山寨！"

说完就令李柱子去集合孙、周两家的家奴。

"且慢！伯符！"周瑜止住了他："伯符！我们两家家奴加起来才不过五六十号人，大多未经战阵！贸然打上去，怕会吃亏！"

孙策道："我们人固少，但你我有万夫不当之勇，况且我的家奴都曾习武，何惧之有？"

周瑜摇头道："伯符兄！你有所不知，这樊能人马加起来有四五百之多，且据山把守！若是平地上两军对阵，以伯符勇烈，自不是我等对手，但若前往攻打，怕领三千军也难攻下！"

孙策原不知樊能情况，听周瑜一说，也就冷静下来了。两人一合计，决定到县庭去借些县兵。

舒城县在庐江郡是大县，人口原在万户以上。以汉制，大县之主官为令，小县，即不满万户的县主官为长。舒城的县令姓白，四十来岁，在此任县令多年，对周瑜自是熟悉，故此去年郡举周瑜孝廉，他就放出话称，如周瑜举为孝廉，就辟为他这里的县尉好了。县尉就是一县之军事长官，手下统领百余捕盗兵及县兵，专司缉盗拿贼、保一县平安事宜。以大县的标准，县令手下须有两个县尉，但他手下只有一个姓郑的县尉，还差一个。这郑县尉不仅缉盗不卖力，且有执法不公及通盗的嫌疑，只是白县令没有抓到把柄而已。白县令对他并不称心，一意想周瑜做县尉帮他一把。不料周瑜对举孝廉竟拒绝了，让他十分遗憾。

当周瑜和孙策来到县庭找到白县令，说明欲向他借兵一百去扫荡霍山之意时，他吓了一跳。他当然知道霍山的盗贼人多势众，这一点兵显然是有去无回的。他身边长满络腮胡的郑县尉更是将头摇得像个拨浪鼓，连称霍山的盗贼需从郡府借兵，不是他一县之兵所能管的事。周瑜反复称兵虽少，但以少胜多也未为不可，请白县令和郑县尉看在同是乡邻的分儿上帮一把。那郑县尉瞪了眼说："堂堂县庭的兵又不是你私家的兵，你说要用便用？"说得一旁的孙策怒目而视，差点就要一拳打过去。周瑜对孙策使着眼色止住他，对白县令正色道："保境安民，原本府上职责！今我朋友为盗贼绑架，我来官府报案，府上理应有所作为！就算是人少，也需奋力一搏，岂有推托塞责之理？而况，府上县兵虽少，但加我等手下家奴，又招募些义勇，有勇冠三军的孙将军公子孙策统领，也足可破贼！奈何竟畏惧至此？"一席话，说得白县令无言以对，只好令郑县尉带领所有县兵择日随两位公子去扫荡霍山。郑县尉一脸的不乐意，也只得悻悻从命。

第二日，孙策、周瑜又到四周招募义勇，称要上霍山破贼。街头和四乡里一些少年听说孙公子和周公子募义勇去破贼，无不踊跃加入，只一天便招募了三百多人，加上郑县尉的一百县兵及孙、周两家的五十多家奴，人数也与樊能的差不多了。周瑜又往县府的兵库中领了一些兵器，不够的，便拿了木棒。

过了一日，午时三刻，孙策、周瑜、郑县尉让众县兵大飨一顿，便领兵去了霍山。孙策绰了一杆碗口粗的浑铁长枪，骑着枣红马。周瑜擅使剑，但想到会两军混战，长兵器要占便宜，便也拿了杆枪。胯下是他心爱的"白雪飞"。从孙策家里回来时，他途经历阳，从那家旅店中取了自己的"白雪飞"。如今，"白雪飞"更出落得膘肥体壮、目如闪电、四肢生风。

走了两个时辰，到了樊能山寨下。樊能早领着两百多人迎面拦着了。樊能三十有余，长约七尺五寸，五大三粗，满脸横肉，面色黑如锅底。身穿罩衣，头顶紫金冠，胸前勒了甲。骑一匹乌黑的马，手中横一杆浑铁枪。身后一名小盗举着一杆大旗，旗上写着一个"樊"字。他细细地打量着周瑜、孙策及后面的服装不整、兵器不全的义勇、家奴、县兵联军，嘴角咧开不屑的笑。

孙策、周瑜令众勇士列好队形，然后孙策挺枪纵马率先奔出，冲樊能喊："山贼！认得乌程侯破虏将军孙文台之子孙策孙伯符吗？识相的话，快快把我朋友放了！"

樊能哈哈大笑道："乳臭未干的小毛孩！你爹孙坚又值个鸟？要你来扯虎皮做大旗！天下人都知你爹曾被董卓打得丢盔弃甲躲到草堆里才幸免一难！哈哈哈！犬父自有犬子！跑这里来撒什么野？快回去吃奶去！"

他头顶上的樊字大旗也和着笑声鼓荡不已。

孙策大怒："狂贼！看我取你性命！"

说完他一夹枣红马，挺枪直奔对方。

樊能举枪来迎。

两把枪打在一处。

战了七八回合，樊能抵挡不过，喊一声："我的小儿！还有些力气！"转身就跑。

孙策跃马挺枪，直冲过去。

周瑜将枪一摆，喝道："众弟兄！杀啊！"

众士兵、义勇和家奴呐喊着冲上去。

前面，孙策已冲开敌阵，连连捅翻几个强盗，其余的人跟着樊能狼狈逃窜。

追到一阵，只听一阵锣响，两边树林里忽然冒出樊能的两路人马，一左一右杀了过来，樊能也领人转身杀了回来。

周瑜大惊，他旁边的郑县尉大喊着："中埋伏了！快撤！"领头拨转马头就往后跑。

其他县兵一看县尉已跑，都跟着往回跑。那些义勇虽然勇敢，但都是没有打过仗，见中了埋伏，也都慌了神，一见县兵往后撤了，有的便跟着转身跑，有的则茫然地看着周瑜。

周瑜大喊："不要跑！狭路相逢，勇者胜！我等只坚持一刻，盗贼自会退去！"

孙策也勒住马头喊："后退者斩！"

但众县兵不听，随着郑县尉早跑得没影了，一半的义勇也随着跑掉了。

这时，樊能的三路人马已经冲了过来，将孙策、周瑜及数十名家奴、百余名义勇围在中央厮杀。孙策、周瑜仗着有些武艺，左冲右挡，以一当十，哪里人多，便杀向哪里，连连捅翻数十名强盗，解救了不少被盗贼围着砍杀的家奴和义勇。两人身上都沾满鲜血。但因盗贼人多势众，又惯于厮杀，而家奴及义勇们多未经战阵，所以，渐渐抵挡不住，不少义勇和家奴倒在血泊之中。

周瑜见此，赶紧对孙策喊："伯符！我在此抵挡！你带众人撤下！"

孙策道："你先撤下！我来挡住！"忽然，透过人群，他看见樊能正连连捅翻两名义勇，大怒，挺枪直奔樊能，口中喊："樊能！我取你性命来也！"

樊能吓得赶紧拨马而跑，身边的强盗一拥而上，赶紧朝孙策围上来。孙策趁势喊："公瑾！快杀开血路领大伙往外冲！"

周瑜觉得事不宜迟，就对家奴和义勇们喊："快随我冲出去！"

说完，一马当先，连连捅倒面前几个强盗，杀开一条血路，突出包围，后面李柱子等家奴、义勇跟着他开出的血路就势杀了出去。

周瑜带人杀出包围后，令李柱子带众人赶紧往回撤，自己提了枪返身杀回去救孙策。孙策见他杀了回来，知道大部人马已突了出去，便领着断后的家奴、义勇与周瑜一道往外冲杀。孙策骁勇善战，一杆铁枪上下翻飞，如梨花飘舞，万夫莫开。挡在前面的强盗非死即伤，纷纷倒地，剩下的赶紧散开一边。两人领着人杀出重围，直追前面的李柱子等人去了。

樊能见他们突了出去，也不追赶，喝住强盗，对着跑远的孙策、周瑜哈哈大笑："孙策、周瑜！你们从哪里找来的几个鸟人！不够我杀！还是快拿钱来赎人吧！"

孙策听见了，恨恨地对周瑜道："公瑾！你们先走！看我一人取他人头！"

周瑜拦住他道："伯符！不值得与他斗气！大丈夫能屈能伸！我们回去再想办法好了！"

孙策含恨叹了口气，一拍马肚往前奔去。

周瑜令众家奴抬着负重伤的家奴赶紧跟上，自己提枪仗剑断后。一行人马沮丧地朝城里走去。落日残照，如血的光芒照在满身是血污的孙策、周瑜身上，还有这一行垂头丧气的败军的身影。周瑜看着垂头丧气、断胳膊少腿、狼藉一片的残兵，眼眶湿润了，叹道："我自幼也算饱读兵书，不料竟被一个山大王略施小计，打得如此狼狈！回去后如何向众乡邻父老交代！"说完，泪水流了出来。

回到舒城，清点人数，共折了义勇八十余名，另有数十人挂彩。两家家奴共战死十多名，其余的多挂了彩。李柱子的肩上也吃了一刀。而众县兵无一伤亡。周瑜、孙策自从家中取来银两抚恤战死的乡勇家眷，对受伤的乡勇也都发放银两让他们自去医治调养。战死乡勇的父母家人闻说亲人战死，都悲恸不已。好在周瑜、孙策从自家拿出银两抚恤，加上乡勇们皆是为缉盗捐躯，故也都通情达理，未引出乱子。受伤的乡勇也同样没多少怨恨。只是，乡邻们见孙策、周瑜取胜不了樊能，先前的兴致与踊跃都消失了，难免有些风凉话。周瑜、孙策为此沮丧不已。

过了一日，周瑜、孙策两人又去县庭找白大人，未等他们开口，白大人就哭丧着脸说自己无能，请他们去郡府要兵。

周瑜、孙策狠狠瞪了一眼坐在一边的郑县尉。孙策道："大人！这一仗我等就输在郑县尉带人擅自脱逃！”

郑县尉跳了起来，冷笑道：“明明是中了人家的埋伏，还说本官脱逃！若不是本官带人跑得快，本县百十号人马也就丢了！那樊能早就杀进了县府！”

周瑜严正道：“郑县尉错了！两军对垒，犬牙交错，胜负之势，瞬息万变，决定胜负的关键，便是一个勇字！狭路相逢勇者胜！如我等奋力厮杀，则虽中埋伏，一样可击退盗贼！”

孙策脸色铁青道：“我等犹在死战，而郑县尉竟弃我等不顾，带队脱逃，置我等于重围之中！如在我父亲军中，以郑县尉所为，早便斩了首！”

郑县尉满不在乎地冷笑：“可惜现在不是在你父亲军营！本官身为县尉，有何理由替你等卖命？”

孙策大怒，手按剑柄，站起来，直视郑县尉：“你！”

白县令赶紧劝解：“好啦！好啦！不要吵啦！”

孙策气恨恨坐下道：“在下只想请白大人看在我父亲面上借兵与我！本公子敢立军令状！如打不破樊能，提头来见！”

周瑜：“而且，人马须交我和孙公子统率！”

“不可！白大人！他二人都是平民百姓，又未成人，怎可以统率县府之兵？”郑县尉站了起来。

“有何不可？”周瑜冷笑道：“去年郡府举孝廉欲辟我为舒城县尉，如我赴任了，还用今日找白大人要兵？”

郑县尉白了他一眼：“哼！可惜你现在是平民之身！”

孙策站起：“平民之身又怎样？曹操兴义兵之时便是一个削去了官职的平民！我孙策出身将军世家，乃春秋孙武子之后人，又有何不可统县庭之兵迎击盗贼？”

周瑜望着白县令正色道：“如果大人不许我等领兵除贼，这伙强盗见我等软弱，势必杀上门来。到那时，生灵涂炭，士人受辱，你白大人自然脱不了纵贼之过，依大汉律，当夷灭三族！大人到时悔之晚矣！”

白县令听周瑜一说，脸变色了，赶紧道：“那是！那是！保境安民，乃本县职责所系，岂可妄推。”说完，他令郑县尉将全县之兵，交由孙策、周瑜调度。郑县尉不情愿，站起来要争执，被白大人制止住了。孙策便令郑县尉道：“郑县尉！请你明日食时领县兵于县庭门前集合！如有违令，本公子依军令处置！”

郑县尉瞪一瞪他，板着脸将脸扭向一边。

周瑜对白县令道："大人！孙公子有乃父之风，治军从严，虽然是平民，也是敢斩朝中命官的！"

白县令难堪地点点头道："正是！正是！"又对郑县尉道："郑县尉！请以国家为念，听从两位公子调度！事成之后，本官定为你请功！"

郑县尉看了看白大人，恨恨地站了起来，气冲冲地走了出去。

孙策、周瑜随后也辞了白县令，领了几名家奴去四乡里招义勇。乡民街坊们因孙、周二人上回兵败，多不愿子弟应招。也有少数人家敬重孙策、周瑜为人，加之所做的事是为众乡邻平安，而殁或伤的抚恤也丰厚，所以拗不过少年子侄辈的请求，放他们跟了孙策、周瑜。所以，一日之内，也招了百十号人。

翌日，孙策、周瑜就带了郑县尉并一百多个县兵还有百来个乡勇及家奴带了兵器，径往霍山去了。

队伍行到了霍山脚下一个树林旁，孙策和周瑜对了一下眼神，两人勒住马，令队伍停下。

在后面的郑县尉赶了上来质问队伍为何要停下。孙策正色道："上回击盗，郑县尉可曾参战？"

郑县尉气呼呼道："废话！"

孙策冷笑："郑县尉可否临阵脱逃？"

郑县尉不解地："你是何意？"

孙策冷笑："身为县尉，临阵脱逃，死罪！今日本公子要取你首级以正军纪！"说完，他拔出剑来。

郑县尉大惊，赶紧拔剑，还没拔出来，孙策纵马上前，手起一剑，将他砍下马来。

队伍中，郑县尉几个心腹冲了上来，周瑜拔出剑，手起一剑，砍翻冲在前面的一个心腹，用剑指着他们大喝一声："敢妄动者，与此同耳！"其余的几个心腹都被震住了，呆呆地看着他和孙策。

孙策跳下马，砍下郑县尉的首级，然后举着血淋淋的首级，对众人道："郑县尉身为国家军吏，竟临阵脱逃！我已将他斩首！从现在起，凡不听我将令，及临阵脱逃的，与他同样下场！"

众县兵一齐跪下："愿听孙公子、周公子将令！"

孙策与周瑜相互看了看，满意地笑了，然后，孙策命令道："出发！"

于是，大队人马雄赳赳地往樊能山寨开去。到了山寨之下，周瑜对孙策点点头，孙策自点五十名县兵离开大队，往山后奔去。周瑜领着大队人马鼓噪着、呐喊着往樊能山寨冲去。

到了山寨前，听见了呐喊声的樊能的人马早已列阵等候。周瑜仔细一看，却不见樊能，领头的是一个歪脖子的小头目，后面领着百多号人，他赶紧指挥队伍列好阵势，然后挺枪对歪脖子道："蟊贼！你岂是本公子对手？快叫樊能出来！"

歪脖子大怒道："乳臭未干的毛孩！敢小看我！"挺枪朝周瑜冲来。

周瑜挺枪迎了上去。两马相交，杀在一处。只两回合，周瑜大喝一声，一枪将他捅下马来。

歪脖子带的百十号人一见他被捅下马，哪里还敢恋战？撒开两腿往山寨跑去。

周瑜并不追赶，对喽啰喊："要你们樊大王出来应战！我周郎今日要扒他的皮！"

不多一会儿，樊能领着大队强盗呐喊着杀了下来。他显然是喝多了酒，原本漆黑的脸涨得通红，满嘴喷着酒气，横着枪醉醺醺地对周瑜喊："周郎！孙郎为何不见了？莫不是去鲁阳搬他爹去了？"

他的喽啰们都哄笑开来。

周瑜大怒道："放你娘的屁！孙公子去郡府搬兵去了！搬来人马再来踏平你这山寨！！本公子不服气，先来和你斗几回合！"

樊能得意地笑道："毛小子！就是把他爹的兵搬来也不顶用！"

周瑜大怒："有种你与我斗三百回合！"说完，纵马挺枪直奔樊能。

樊能哈哈大笑一声，挺枪相迎。两马奔到中央，斗起来。战了十多回合，周瑜抵挡不住樊能，虚晃一枪，拨马往回跑。

周瑜领的队伍见周瑜败下阵来，大叫着："不好了！"像一群鸭子一样乱哄哄赶紧转身往回跑。

樊能哈哈笑了，得意地大叫着："兄弟们！给我追！"挺着枪带着二三百喽啰追赶。

追了一阵，身边一喽啰转身指着山寨喊："不好了！大王！寨子失火了！"

樊能回头看，只见山寨上方，浓烟滚滚。

樊能的头脑一下清醒了，他瞪着眼骂道："中计了！"赶紧拨转马头喊："快回山寨！"

众喽啰跟着他往回跑。

周瑜回头看见了山寨上方的烟火，也看见了樊能慌忙转身往回跑，就对众人喊："诸君！樊能已中我计了！诸君随我奋勇杀敌，为国家立功！"

说完，拨转马头，一马当先，挺枪追击樊能。

众人也返身呐喊着，随他奋勇追杀过去。

樊能正领众喽啰狼狈地往山寨跑着，迎面传来一阵呐喊声，只见孙策纵马挺枪领着五十名县兵迎头冲下来。蒋干也骑着一匹马跟在后面，手里拿着一把刀。

原来，这正是周瑜的计策：周瑜领大队人马与樊能正面交锋，然后佯装败逃，引得樊能追赶！而孙策则带五十名县兵从后山爬上山，攻入无人防备的山寨大厅，救出蒋干，然后一把火烧了山寨，又抢了山寨的马，迎头杀了下来。

樊能的喽啰一见孙策迎面杀过来，有的吓破了胆，赶紧散开，有的仗着人多，硬着头皮顶上去，但哪里挡得住孙策骁勇。孙策一马当先，一杆枪左挑右捅，前劈后打，快似流星，疾如闪电，顺之者生，逆之者死，直杀得盗贼魂飞魄散，避之不及，转眼杀到樊能面前，他横枪拦住樊能喝道："樊能！下马受降，饶你不死！"

樊能仗着酒劲，拍马舞枪就朝孙策冲来。

孙策迎上去，手起一枪，捅在他的肩上，将他挑下马来。正要再捅，樊能后面的数十个心腹喽啰挺枪举刀来救樊能，孙策只好挥枪迎战这数十个喽啰。而另外几个心腹喽啰趁势抬出樊能，樊能忍着痛，上了喽啰牵来的马，在几名喽啰护卫下，往远处落荒而逃。

对面，正领人与众喽啰厮杀的周瑜远远地看见樊能出战场，就一枪刺倒一个喽啰，对樊能的人喊："樊能已经跑掉！你等还不快快投降？"

剩下的喽啰见樊能已跑掉，知道大势已去，赶紧跪下，口中喊："投降！我们投降！"于是，地上跪了黑乎乎一片。

围着孙策的数十个喽啰，已大半被孙策捅翻，剩下的几个见樊能被救走，周瑜又发了令，就赶紧扔掉兵器，跪在地上求饶。

孙策见樊能已经远去，也不追赶，令众人欢天喜地地打扫战场。

蒋干下了马，走到周瑜面前，对周瑜一拜："公瑾老弟！谢谢你和伯符兄相救！我说过你们会来救我的！所以兄弟我在山寨里并无畏惧！哈哈哈！"

周瑜下马，拥抱住他，拍着他的肩膀："岂能不救你！子翼兄也救过小弟一命啊！"

当下清点战绩，共计斩杀强盗近两百名，其余大多挂彩，跪地求饶了。另有数十人随樊能跑掉。缴获战马四十匹，财物、兵器甚多。而孙策、周瑜此战仅阵亡十多名县兵和义勇，四十多名挂彩。

孙策和周瑜令两名县兵先骑了马回去报捷，然后又放了一把火，将寨子全部烧干净，就押着降虏并器械，赶回舒城。

孙策、周瑜领胜利之军赶回舒城时，已是黄昏过后，白县令早领着百姓举着火把在城外迎着了。当孙策、周瑜领军押着俘虏行过来时，百姓们欢呼不已。白县令迎住孙策、周瑜喜不自禁道："哎呀！两位公子果然是将门虎子、少年英雄！扫平了舒城方圆数百里的心头之患啊！了不起！了不起！"

蒋干此时又使出悬河之口才尽力吹道："那是自然！周公子智谋过人，明修栈道，暗度陈仓！孙公子神勇无敌，枪挑樊能，所向披靡！二位公子各擅胜场，实在是珠联璧合！哎呀！大人！如果国家用我这两位兄弟，怕有十个吕布也抵不住啊！"

说得白大人又是一番夸赞不已，而围观的百姓们也纷纷夸赞周瑜、孙策。

当下，经白县令同意，周瑜、孙策两人宣布，所有降虏，原多是贫苦之人，着即全部释放，令回原籍务农。身上带伤者，每人发二两银子，自寻医者疗伤。此令一出，所有降虏热泪盈眶，欢呼不已。两人又宣布，凡此役阵亡之人，无论义勇还是县兵，均由孙策、周瑜两家出资抚恤，挂彩之人，也赏资疗伤。所有参战义勇，都予重赏。众参战义勇和家人，无不欢欣。对于郑县尉的死，白县令也未予追究，打算往郡府里报个殁于王事便了。

之后，白县令在县庭摆宴庆功，宴请参战众人。所有人等皆一醉方休。孙策、周瑜、蒋干自然也喝到天亮，喝了个酩酊大醉后被白大人派人用大轿抬回周府。

此后，孙策、周瑜大破盗贼的事传遍方圆。孙策、周瑜两人更是着迷兵事，整日习武读兵书或访友结交天下知名之士。周府后花园里、巢湖边、大江畔都曾留下两人形影不离的身影和讨论天下形势的争论声，还有两人比武弄刀的铿锵声。

转眼又到了隆冬季节。这一日，蒋干又来拜访两人。是夜，一轮皓月当空，华光四射。周瑜、孙策兴之所至，领着蒋干，招来孙权、孙瑜等人，移樽到后花园周瑜书房大厅，点起炉火，把酒尽欢。席间，蒋干又免不了卖弄口才，将在场众人一一评说一番。他说孙策勇力过人又气度恢宏，有大江东去之大气与豪放；

周瑜智勇双全、风流倜傥，如江南花园之秀丽多彩；孙权年纪虽幼，但方颐碧眼，目有精光，仁而好断，前程无量；孙静之子孙瑜年纪虽幼但好乐坟典、喜读诗书，日后也必成大器；说自己江淮名流，有真名士之风采，足可成苏秦、张仪之二。一席评说，说得大家都十分开心。周瑜兴起，就令人搬出朱红彩绘大琴，要大家每人现唱一首歌或舞剑，他则为大家弹琴助兴。众人当即赞同。蒋干率先跳到酒席中央道："我与诸君唱一曲乐府诗《江南》，请公瑾为我抚琴！"

周瑜莞尔一笑，手指抹在琴弦上，弹出一串音乐。蒋干就和着琴声唱起这首汉乐府诗："江南可采莲，莲叶何田田。鱼戏莲叶间，鱼戏莲叶东。鱼戏莲叶西，鱼戏莲叶南，鱼戏莲叶北。"

唱完了，众人都笑了。周瑜道："子翼唱鱼戏东鱼戏西，唱得我们果真就如鱼一样轻松自在了！"

蒋干笑道："便因此刻轻松自在，如鱼一般，方要唱此曲！"然后要孙策唱一曲。孙策笑道："我就舞一回剑，请公瑾照《大风歌》的调为我伴琴好了！"说完起身，来到场中央，拔出剑来。

周瑜莞尔一笑道："好气势！这支曲非伯符莫属！"赶紧将琴弹响，一曲雄壮的气势如虹的曲子在厅堂里回荡开来。

孙策挥开手中剑，双目炯炯有神，一脸雄壮威武之气，边舞边唱道："大风起兮云飞扬，威加海内兮归故乡。安得猛士兮守四方？"

一连吟唱了数遍后，收了剑势。众人一齐鼓掌。

孙权又在周瑜伴奏下，唱了一曲乐府诗《长歌行》："青青园中葵，朝露待日晞。阳春布德泽，万物生光辉。常恐秋节至，焜黄华叶衰。百川东到海，何时复西归？少壮不努力，老大徒伤悲！"这是他日常诵习的功课。

最后轮到周瑜了，周瑜说要自弹自唱一曲汉乐府诗。孙策笑道："我们都是既成的诗曲！公瑾多才，不可唱既成的歌，需现编词曲方是！如若不行，罚酒三爵！"蒋干、孙权、孙瑜也拊掌赞同。周瑜想了想，微微一笑，抹出一串音符，从容弹起来，边弹边自做诗吟唱："明月照书房，树影弄婆娑。壮士把剑舞，对酒又当歌。暗香浮小径，慷慨绕心头。何日任纵横，立马定天下！"

他举止潇洒飘逸，表情从容自若，俊美的脸蛋被炉火烤得通红，更显得俊气逼人，玉树临风般的身影被炉火光芒映照在墙上，如仙人一般。孙策、蒋干、孙权各坐在座位上听得津津有味。歌及音乐都在屋中绕梁，又飘出去，飘到窗外后花园。窗外，一轮明月当空，月光如水，树影婆娑，寒气侵人。

唱完了，孙策豪爽地一击掌，赞道："唱得好！吟得好！直唱入我的胸怀，道出了我想道之言！哈哈哈！"

蒋干与孙权也直夸周瑜唱得好。

就在此时，前院和正堂屋隐隐传来太夫人的一声声凄惨无比的叫喊声："文台！"跟着是一阵喧哗和尖利的哭喊声。众人吃了一惊，赶紧跳了起来，孙策、周瑜对视一下，领众人往前堂屋奔去。穿过后花园，到了前正堂屋，只见大厅里，已乱成一片、哭成一片。太夫人晕倒在地，正被草儿等几位婢女扶起。孙二夫人被两位婢女抱着，号啕大哭。几位婢女也相拥而泣。李柱子在一旁痛哭失声。程普跪在地上发出粗重的没有节制的悲愤的呜咽声，如大河之决堤。

周瑜心中腾起一种不祥之兆。孙策脸色苍白，问程普是怎么回事。

程普泪水滂沱，跪地泣道："主公殁了！"

孙策身子摇晃了一下，双眼无神，直直地瞪着程普。周瑜赶紧上前扶住他。

"你说！究竟怎么回事？"孙策被周瑜扶着，用颤抖的声音道。

程普含泪对孙策讲了孙坚遇难经过。原来，孙坚领豫州牧，驻鲁阳，和袁术结为盟友，共同对付袁绍、刘表的兼并。间或与曹操、吕布开仗。刘表字景升，是山阳高平人，汉帝宗族，曾做过大将军何进的属吏，孙坚过荆州杀荆州刺史王睿后，刘表被朝廷任命为荆州刺史。荆州刺史治所原在长沙郡零陵县。刘表上任后，也领兵讨董卓，部队开到襄阳，正遇上讨董联军解散，便回到襄阳，结交了江夏和襄阳的名士蒯良、蔡瑁等人，又听从他们的主张，将控北镇南的襄阳当做荆州治所，就地住了下来。此后，他趁北方各路诸侯混战之际，平定荆州境内反叛的郡县和盗贼，南定长沙、北据汉川，地方数千里，带甲十余万，一统荆州，又与北方最大豪强袁绍结盟，成为雄踞一方、势力最强大的豪杰。刘表的势力令袁术嫉恨不已，一直想要夺他的土地，但因忙于着与袁绍诸人争战，无暇顾及，于是鼓动与荆州接壤的孙坚攻打刘表。孙坚经不住袁术挑动，遂统大军，自鲁阳南下，直逼襄阳。先在南阳邓城大败刘表部将黄祖，接着攻占樊城。樊城与襄阳只隔一汉水，孙坚军渡过汉水，将襄阳城团团围住。刘表被围得急，令黄祖半夜偷偷出城去找袁绍搬兵。黄祖一行奔至岘山时，正遇上仅率三十名护卫在此处看地形的孙坚。孙坚便追赶。狡猾的黄祖却在山道两边设下埋伏，等孙坚赶到此处，乱箭齐发，滚石齐下，当场射死孙坚。然后，黄祖杀个回马枪，与城里里应外合。

孙坚军因失去了主帅，被打得大败。之后，随军出征的孙坚之兄子孙贲及程普、黄盖等将收拢部队，撤出战场。孙坚原在长沙的老部下恒阶闻讯后，赶到襄阳，冒死陈词，以忠义之心打动刘表，要回孙坚尸首。孙贲等人便护了灵柩，撤兵襄阳，往舒城而来。先使程普前来报个凶信。

程普说完了，孙策跪倒在地，面朝荆州方向，长啸一声，呼道："父亲！"顿时泪流满面，涕泣不已。孙权哇地哭了起来。屋里顿时又哭成一片。周瑜也泪水潸然、涕泣流泪。他对孙坚暴躁的个性虽不赞同，但对其勇烈过人、坚守大义的品性却十分钦佩欣赏。在北方各路豪强中，孙坚与曹操应是出类拔萃的！是公孙瓒、袁术之流远不能相提并论的。当时，各路诸侯聚集洛阳四周讨伐董卓，孙坚自告奋勇做先锋，三败董卓，并力斩董卓名将华雄，成为和董卓交战次数最多的英雄，让董卓闻风丧胆。董卓数次派人拉拢他，均为他所拒绝！董卓西迁长安后，又是他率先攻入洛阳。此后，他驻守鲁阳做豫州刺史，虽屡受袁术摆布，却也未太多参与诸侯混战，只是守护鲁阳，一心做他的刺史而已。可叹这样一位忠义将军，又是自己的好友之父，竟死于流矢之中，年仅三十七岁！这真是令人哀痛不已！哀痛归哀痛，他还得含着热泪与蒋干一道安慰涕泣不已或号啕大哭的孙府上下，并找人救治晕死过去的太夫人。又令人布置灵堂，迎接孙坚灵柩。

第二天，孙贲领着孙坚部分部下护送灵柩到了周府。孙、周两家设好灵堂一同祭奠。守灵三天后，太夫人提出护送灵柩回江东老家。她的弟弟也就是孙策的舅舅吴景在做丹阳太守，治所在江东曲阿。离她和孙坚的老家吴郡不远。她欲葬孙坚于曲阿。周夫人和周瑜留不住，答应了。于是，过了几日，孙策、孙权等人与周瑜依依惜别，随母亲护送孙坚灵柩往曲阿而去。路上，周瑜告诉孙策，一旦举事，定要通知他前去相助。孙策慷然应允。然后，两人相拥洒泪而别。蒋干此前家中有事，已先回去。孙坚的部将程普、黄盖及军士们则由孙贲带着去投了袁术。孙贲是孙坚亲兄之子，早年父母过世。弱冠后做过郡督邮等职。孙坚在长沙举义兵后，他辞官投奔孙坚，从此随孙坚南征北战，成为孙坚帐下一员骁将。

九　助孙策历阳借兵，谋大业兄弟重逢

一晃五年过去，转眼到了建安二年（公元 197 年）春。

这五年间，北方局势有了极大的变化。先是朝中大臣王允等人联合董卓部将吕布设计诛杀了董卓。跟着董卓部将李傕、郭汜等人杀入长安，杀了王允，赶走吕布，劫持了献帝，把持了朝政，并挟持着献帝四处游荡征战，使献帝饱受奔波流离之苦。建安元年（公元 196 年），李傕部将杨奉从李傕手中夺得献帝，迎送洛阳。献帝将这年改为建安年，是为建安元年。这年北方大旱大荒，京都洛阳，宫室烧尽，街市荒芜、满目蒿草。百官朝贺，都立于荆棘之中。尚书郎以下的官员皆出城樵采，多有饿死在颓墙坏壁间的。杨奉等人又把持朝政，令献帝苦不堪言。太尉杨彪奏请献帝密令人往山东去请素有忠义之心，又正在山东崛起的曹操前来护驾。献帝准奏，派杨彪前往山东。曹操此际在山东已数败黄巾军，收编黄巾部曲三十万，择其精锐，编为青州军，其余的令就地屯田。因其不拘一格，善用人才，手下已有曹仁、曹洪、夏侯惇、夏侯渊、乐进、于禁、李典、典韦、许褚等出众将领及荀攸、程昱等优秀谋士，可谓兵精将广。并占据兖州及豫州一部，自领兖州牧，正与刘备、吕布等人争夺徐州。现既得天子密诏，赶紧领着青州军赶到洛阳，驱走杨奉，打跑尾追天子的李傕、郭汜，将献帝迎到稍稍繁华的许都，在许都盖造了宫室殿宇，立宗庙社稷、省台司院衙门，修城郭府库。曹操自命为大将军，封武平侯。自此，朝纲重振、典章礼仪一应恢复。而天子也在曹操掌握之中了，朝中赏罪功罚，并听曹操处理。此时北方，尚有袁绍、袁术、刘备、吕布、公孙瓒诸豪杰。势力最盛的，是袁绍，之后便是曹操。

这年春三月，周府后花园里的芳草寂寞地疯长，海棠和月季花都闷闷地沐浴着春阳。整个府宅沉默在一片寂静之中。周瑜独坐府中书房弹琴。一旁的书案上散乱地堆着一堆书籍。有《鬼谷子兵法》《孙子兵法》《孙膑兵法》，也有《左传》《春秋》《六艺》。

他弹的是《长歌行》：青青园中葵，朝露待日晞。阳春布德泽，万物生光辉。

常恐秋节至，焜黄华叶衰。百川东到海，何时复西归？少壮不努力，老大徒伤悲！

琴声一阵一阵地随着春风朝窗外飘去。他的嗟叹、他的思念、他的渴望与急切寻找孙策建立功业的心情也随着琴声往远处飘去……

自与孙策一别后，他一直待在家中读书习琴，击剑骑射，形如隐居。他自以为是以退为进之策，于无声中博览群书，以待横空出世。他有点效法曹操之意。昔日曹操破黄巾后，得罪豪强及黄门，便以退为进，隐入故里，于城外筑屋，秋夏读书、冬秋射猎。正是那段日子，曹操读了不少兵书和诸子书，方有了后来的拔地而起。书山之路，永无止境，何妨就此机会将未读的书读尽，已读的书重又咀嚼？所以，有时竟也坐得住。所涉猎的，不惟诸子百家及兵书，也有天文、地理、方志。每日骑射习武半日，读书半日。骑马、射箭及武艺都大有长进。又将几首前汉无名氏所做的诗配了乐并装订成册。此外，天下形势、各路雄豪争战的得失，乃至雄豪们的衣食所好、谈吐仪表，但凡可以知其详的，都不厌其烦获取。知己知彼，百战不殆。日后沙场征战，这些都用得着的。他一度想去洛阳一带看看父亲。但母亲劝住了他，说北方正乱，如何去得？何况，父亲和天子一道被劫持着，如何能找得到？他母亲曾托人捎信给其父亲，要父亲辞官为民，回舒城享福，但父亲却捎信回来称：天子蒙难，做臣子的岂可弃而不顾？周夫人和周瑜也就无法了。好在去年曹操前去护驾，天子都许昌，奔波流离的生涯就此结束了，父亲来信称朝政一新、衣食无忧，只一心服侍君主，以安天下！周瑜心里方才松了一口气。

这五年间，他再也没见过孙策了。两人只是偶尔有书信往来。多是他主动托人捎书。孙策极少回信，偶有回复，也是片言只语。他知道孙策将父亲葬在曲阿，安置了母亲及诸弟后，便去投了袁术，想取回他父亲的旧部。但袁术不给。他只好屈居袁术帐下，为袁术效命。因为骁勇善战，深为袁术佩服，也为袁术帐下大将张勋敬服。袁术屡屡感叹："使术有子如孙郎，死复何恨？"后袁术表他为怀义校尉，令他攻打庐江，许诺攻下庐江治所皖城后，就表他为庐江太守。孙策便领军打下皖城，但袁术却食了言，任用旧吏刘勋为庐江太守，令孙策愤恨不已。周瑜得知此事，愤愤不平，曾要去帮孙策一把。但被孙策婉拒了，称暂不用。他想孙策是个要强的人，一直寄人篱下，并未有基业，自然不想要他过去。这种心情他可以理解，也就罢了。但每念及此，他就痛恨自己无法助孙策一臂之力，更嗟叹光阴如箭，转眼已二十有三了，却都没有建功立业，不免有些烦躁，书也读不进，只一味弹琴。

这天，看着满园春景，想着花开当谢、草长会衰，春来了，秋又至，年复一年，日复一日，好景依稀如昨日，时光便这样空逝，不觉郁闷得要命，就搁下书，弹起琴，但琴声也显得郁闷、感伤。

正弹着，婢女进来禀告说蒋干先生来访。他大喜，赶紧令婢女迎进。他在去年与蒋干见过一面，此后，蒋干去投奔了曹操，就再未见过面了。

不一会儿，身着官服，竖着一撮山羊胡的蒋干一脸春风得意地走了进来。

周瑜请他上坐，并命婢女上茶。两人近一年不见，颇为兴奋，彼此寒暄一刻后，蒋干得意地告诉他自己在曹操的大将军府上做一个从事，食六百石，相当于一个县令。

"哦？"周瑜听完了高兴道，"曹操兵精将广，又善用兵，现又把持献帝，号令天下，日后灭袁术、袁绍、吕布等人的，非他莫属了！子翼也是前途无量啊！"

蒋干大大咧咧、喜不自胜地笑道："公瑾知道就好！实不相瞒，此次本人回乡省亲，便顺道过来，欲邀足下往曹公处去建功名！以公瑾才干，足可做将军！"

周瑜笑着摇摇头道："只可惜啊！我周公瑾只愿随伯符建功名！"

"哦！"蒋干恍然大悟地点头，跟着叹气道："伯符确是天下英雄，只可惜时下正寄居他人之下，不知何时有展翅之时啊！"

周瑜坚定道："天将降大任于斯人，必先苦其心志，现在正是苦其心志之时吧！我料伯符终会有展翅腾飞一日！"

顿了一顿，他目光越过窗外，迷茫道："奈何定要依附袁术呢？不可自己招兵买马吗？"

"招兵买马？谈何容易？"蒋干摇头冷笑道，"没有名分，凭何招兵买马？又如何让人听你？当今豪强争战，皆是有名分的！袁绍、曹公、吕布、袁术都位列将军、领卿封侯。就是贩履的刘备也被曹操表了个镇东将军、封宜城亭侯，还领了个徐州牧。孙策仅是袁术下面一员怀义校尉而已，以此名分怎可征讨他人或招兵买马！何况，袁术畏其坐大，无日不嫉妒钳制他，若背着袁术招兵买马，袁术定会讨伐他！"

周瑜站了起来，在屋里踱着步，走到窗前，望着窗外，叹道："子翼所说，公瑾何尝不知？看来我该出马去帮他一帮了！"

又回到席边，盘腿坐下，又细细问了一回曹操的为人及在北方的建树，蒋干一一回答。然后，周瑜令婢女摆上酒，款待蒋干，两人推杯换盏，痛饮了一回。

蒋干饮得大醉，在周府住了一晚后，第二日，就回故里探亲去了。

蒋干走后，周瑜在家里再也待不住了。一股冲动的、躁动的情绪像春天里的地气在他胸中涌动了。他想他该出山了。这几年中，他在家读书破万卷，又习武不已，自以为武艺和兵法更为精熟，个头又长高了一些，由当初的八尺五长成八尺八的大汉了。原只待孙策立有基业后便来召唤他的，岂料孙策竟一直受袁术压制、嫉妒。既如此，何不主动出击，助孙策去创业？而且，他心里早都有了个轮廓：他有个叔叔叫周尚，现做丹阳太守，驻历阳。丹阳太守原是孙策的舅舅吴景所做，治所在曲阿，后来，孙策的叔伯兄孙贲被袁术派到丹阳来做丹阳都尉，与吴景共治丹阳。不久，朝廷又派一名文士刘繇去做扬州刺史。刘繇不敢在寿春上任，便南下占领了曲阿，将袁术任命的吴景、孙贲赶过长江，并派部将樊能、张英在长江边的横江津、当利口、牛渚等三个要塞屯兵阻挡袁术。吴景、孙贲被赶过江后，驻扎江北的历阳。袁术便再派周瑜的叔叔周尚往历阳任丹阳太守。令吴景为督军中郎将，和孙贲一道，专门攻打樊能、张英，企图夺取曲阿，进一步夺取江东，占领刘繇的地盘。双方在牛渚、横江津、当利口一带交战已经近一年了，均无胜负。周瑜一直在想：既然叔叔周尚为丹阳太守，何不向他借兵送给孙策去开创基业呢？以孙策和他的能力，若有这些兵马，足可破牛渚、下江东，进而拿下江东！这个想法在脑中有了好些天，只是因不知孙策的确切消息与想法，而一直在犹豫。现在，蒋干的到来，让他再也按捺不住与孙策一同去干事业的欲望了！那欲望简直是如火样燃烧了！他想：不管孙策现在哪里，在做什么，他都要为孙策借到兵，然后去找到孙策，将军队交给孙策，然后二人一同去打天下！先打江东！以他和孙策的本事，不愁天下不定！

当日，他向母亲提出要求，称想往历阳叔叔周尚处省亲，得到周夫人同意。当天便出发了。翌日晚，便赶到历阳。周尚及夫人见侄子前来省亲，自是高兴。他们是看着周瑜长大的。周瑜的堂妹红儿是个高挑美丽的姑娘，小周瑜四岁，两人从小青梅竹马。只是去年，周瑜叔叔往历阳去做官，两人才分开。红儿见周瑜来了，飞红了脸，情上眉梢。但周瑜素来将红儿视作妹妹，并无他念，以兄长的口气与她寒暄一番。周瑜找叔叔打听孙贲、吴景军的驻地，周尚告诉他：孙贲、吴景的军营在江边，有两千余人马。对岸便是樊能、张英等人的要塞。

第二日，周瑜赶到孙贲军营，见了孙贲、吴景。孙贲曾护送孙坚灵柩至周府，自然认识周瑜。他与吴景告诉周瑜：吴太夫人、二夫人及诸弟妹均住在江都，托给名士张纮照料，还算安全。孙策仍在寿春，全无消息。之后，周瑜便告辞了。

翌日晚，周瑜借着月光独自在周尚后花园里舞剑。一面舞剑，一面想着如何从叔叔手中借兵及与孙策取得联系。突然，红儿欢欢喜喜地跑了过来，含着多情的目光看他使着剑，目光随着他闪展腾挪，流露出一片爱慕之意。

周瑜发现红儿来了，站在了一边，收住了剑，问红儿有事没有。红儿醒过神来，飞红了脸，告诉他说周尚要他去堂屋客厅见客人。

周瑜插剑入鞘，提着剑，抓起挂在树枝上的长袍，穿上，束好腰带，去了正堂屋客厅里。只见烛光之中，一个身材高大近三十岁的先生与周尚分宾主而坐，正在叙话饮茶。那人见周瑜进来，眼神一亮，站了起来，拱手作揖道：“来者可是周公子，周瑜周公瑾？”

周瑜赶紧还礼：“正是！请问阁下——”

来人笑道：“在下姓吕名范，字子衡！孙将军现正带人马离了寿春往历阳开过来！特令在下传书信给公子！并请公子在历阳相会！方才见公子丰姿飘逸、秀丽无双，与孙伯符所说并无二样，料得必是周公子！”

说完，将手中书信交给周瑜。周瑜谦虚致了谢，接过信札，借着烛光打开来看，只见上面孙策亲笔写道：“公瑾吾弟，见书如晤！吾正往历阳，欲下江东。弟得信后速往历阳与吾相会！”

周瑜看完信，问吕范究竟是怎么回事。

吕范告诉他：孙策以帮助其舅舅吴景和堂兄孙贲攻打刘繇为名，屡次找袁术借兵，请求袁术归还其父亲旧部，均遭拒绝。后来，孙策拿出父亲留下的传国玉玺做抵押，袁术想孙策也未必打得过刘繇，终于答应将他父亲一千多旧部给他，派他前往历阳，和孙贲、吴景一同攻打刘繇。孙坚昔日的旧将程普、韩当、黄盖也自愿前往。此外，袁术表奏孙策为折冲校尉、殄寇将军，给了他一个名分。孙策得了兵马，立即出了寿春，同时，赶紧派吕范快马赶往舒城去请周瑜前往历阳会合。吕范赶到舒城后，得知周瑜已前往历阳省亲，就又披星戴月往历阳赶来了。

周瑜听了吕范的介绍，欣喜若狂，目光闪出激动的泪花，喜不自胜握拳道：“天意！天意！伯符与我所想不谋而合！此乃天助伯符也！”

似乎觉得有些失态，他赶紧拱手施礼向吕范致谢，并请吕范坐下叙话。此时，周尚吩咐的酒饭上来，周尚要周瑜与吕范一道饮酒，他自己去书房坐。周瑜与吕范且饮酒且漫谈，很是投机。一顿酒席下来，两人都有相见恨晚之感。吕范叹道："无怪乎孙将军念念不忘周公子！原来果然是人中之杰！"周瑜也感叹道："吕先生看上去气度不凡，有英雄之气！伯符果然是领袖之才！天下英雄都乐为他效命啊！"

这吕范确非一般人物。他是汝南细阳人，身材高大、相貌堂堂。少为县吏。曾喜欢一刘姓富家美女，并求亲。但该女的母亲嫌吕范穷，不答应。刘姓富人见吕范谈吐气质非常人所能比，就对夫人道："你道吕范岂是穷一辈子的人？"夫人一点即通，便同意嫁女给他，吕范娶得刘姓美女。后逢战乱，吕范带家人避乱寿春，与孙策相识，两人彼此引以为知己。虽然孙策是寄人篱下，但他私下里已将孙策视为主公，并将自己从家乡带来的宾客健儿统交给孙策做部下。孙策几度征伐，他都不避危难相随，被孙策视为心腹密友和部下。有时代替孙策往江都探望吴太夫人，吴太夫人也拿他当亲戚看待。此次孙策得以领军出征，便是他和孙坚的另一位旧部朱治的主意。两人劝孙策以帮袁术攻打刘繇为名，脱离袁术，并以传国玉玺做抵押以换取袁术兵马，孙策深以为然，便采纳了。

酒毕，周瑜亲自安置吕范到客房休息后，就去了周尚书房。

周尚正在烛下读书，见他进来，便问他何事。周瑜开门见山道："叔叔！侄儿须请叔叔借些兵马去见孙郎！"

周尚一听，连连摇头，说谷米和船都可以借，独兵马不可以借，借兵马需得袁术答应，否则会被袁术免职了！

周瑜笑道："阿叔！袁术能成什么大器！他要免阿叔的职就让他免了好啦！等孙策定了江东，小侄请孙策给阿叔更高的官做！"

"不行！免职事小，获罪就事大了！莫非你要你阿叔一家为袁术所害？"周尚坚决道。

就在这时，红儿进来了，听明白了周瑜要借兵。她是聪明之人，早听说周瑜与孙策相好，方才也知道了孙策要进军历阳的事。她想了想，扑到周尚身边，撒娇地抱着他的胳膊，撒娇的语气道："爹爹！哥哥说得有理！袁术那种人哪里比得上孙公子和哥哥！等孙公子定了江东，你照样有官做！"

她的被烛光映红的脸蛋挂起调皮又几分嗔怒的笑容，噘着嘴，看着周尚。

"出去！女儿家怎管这些事？"周尚挣开她的胳膊。

周瑜又继续对周尚道："阿叔！人生在世，情义为最！孙策与小侄义结金兰！

今日他领兵攻打江东，小侄岂能作壁上观？求叔叔帮小侄一把！"

周尚无奈道："可是，借兵乃是大事，需得袁术之令啊！"

"孙策正是奉了袁术之令去攻打刘繇，借兵给他，袁术未必会怪罪于您！而若打破刘繇，或会有重赏呢！"周瑜又嬉笑道。

"阿爹！您就答应他啊！算我代我哥求您了！"红儿又抓着周尚的胳膊，撒娇道。

周尚烦躁地甩开她的手，嗔怒道："你这个丫头在一旁掺和什么！回你房里去！"

红儿脸上顿时挂起一片恼羞与暴躁阴云，似乎觉得周尚当着周瑜的面这样待她很伤面子。愣了一下，她一跺脚，气冲冲地对周尚嚷道："就是要！就是要！哥哥是客人，帮他朋友借兵，你怎么可以不答应！还呵斥女儿！真是无情无义，又蛮不讲理！"说完，她怒气冲冲地抓起案上的一摞书，一本一本就往地上扔，边扔边道："你既不讲理，就休怪我也不讲理！"

周瑜赶紧上前拦住红儿，道："红儿！休得如此！"

红儿见周瑜相劝，更来劲了，一面推着周瑜，一面哭哭啼啼嚷道："既然爹爹不给女儿情面，女儿也就不给爹爹情面了！"边嚷边扔书。

周尚吓坏了，一面劝拦着红儿扔书，一面无奈地哀求："好啦！好啦！我借就是了！我借就是了！"

红儿听了周尚的话，停止了大闹，看着周尚，挂着泪，噘着嘴问道："爹爹！你所言当真？"

周尚无奈地摇摇头，看一看她，又看看周瑜，嗔怒道："我若不当真，你岂不要把这家都掀了？"

"哼！"红儿冲周尚做个鬼脸，得意地笑了，然后又得意地甜蜜地望着周瑜，射出一道热烈的光芒。周瑜高兴地对红儿行了个礼，笑道："谢红儿！到底还是红儿厉害哦！"

"你阿叔固是惧怕红儿！却是被你说动了！"周尚悻悻地对周瑜道。

周瑜笑嘻嘻冲他行个礼致谢。

周尚正色对周瑜道："我这个太守手下一共三千府兵，有两千兵交给了吴景和孙贲去打刘繇了，剩下的一千兵驻扎城内。这三千兵你全带去好了。先带一千兵去迎孙策，另外两千兵待孙策过江时来取！"

周瑜脸上泛起红光，眼神燃烧明亮的火花，拱手行礼："多谢叔叔！"跟着转身对旁边红儿拱手道："多谢红儿了！"

红儿得意地咧嘴一笑，又噘着嘴道："谢什么谢啊！我倒想看看那个孙策是什么样的人，要你这样？"

周瑜做个鬼脸："哈哈！伯符可是标致至极的美男子！大丈夫！"

黄昏，距历阳城北六十余里的郊外，孙策的兵马正在疾行。"孙"字大旗在原野上空迎风飘扬。夕阳往西天坠去，撞起一片如血的晚霞。霞光抹在原野和大旗之上，大旗如血样红，原野各种农作物起伏着，如血色波涛，军行其中，肃穆壮美。

孙策策马行走在队伍前面，目光不时地掠过原野，眉宇间闪现着踌躇满志的丰采，脸上绽放豪情。这些年，在袁术帐下寄寓，为袁术卖命，立下不少战功，却不得升赏，还处处受压制嫉妒防范，壮志不得舒展，父亲旧部不得领用，实在是窝囊透顶了。因为不得意和郁闷，他从不主动与周郎联系，也拒绝了周郎要来助他一臂之力的愿望。他是好强之人，不愿他人窥得自身的不幸和失意，更不愿以失意之身去求助昔日豪情万丈的兄弟。现在，终于熬出头了！他竟然从袁术那里取得足以纵横天下的名号和父亲的一千旧部去打江东。这真是虎归山林，龙入深渊！人马虽少，但都是精兵。更有父亲旧将程普、黄盖、韩当等自愿跟随他。他相信凭这一千久经沙场的精兵，加上程普、黄盖、韩当、吕范、朱治以及在寿春追随他的陈武、周泰、蒋钦等少年，再请周瑜辅佐，打江东足够了！所以，一辞别袁术，他便领军匆匆南下，唯恐袁术改变主意。现在，已快近历阳，他的心情舒展奔放，如鹰击长天、鱼戏碧波。

"主公！已近历阳了！袁术便是反悔也来不及了！"他身后，一直正襟危坐在马上、匆匆奔行的朱治兴奋道。朱治字君理，丹阳人，原是孙坚帐下司马。此次蛟龙脱锁之行，得亏了朱治和吕范的妙计。那一日，又受了袁术的气，孙策心中郁闷，步月中庭，想起父亲昔日英雄，自己如今沦落，不觉放声大哭。这时，朱治来访，见他如此，便劝他借兵往江东，假意助吴景攻打刘繇，实图大业。两人正谈间，吕范又来访，劝孙策忍痛割爱，将其父的传国玉玺抵押给袁术，借兵往江东。孙策听从二人主张，遂有了此次江东之行。

"正是！此行多亏了君理和子衡妙计！"孙策回应朱治的话，赞赏道。

"哪里！"朱治赶紧逊谢，"主公英明神武，天授资业，纵使没有君理主意，也自有神人相助！"

孙策逊谢了一番。

正春风得意地行走着，程普纵马上前请示："主公！天色已晚，此地距历阳还有六十里！不如就此埋锅造饭！"

孙策看看天色，点头："好！"

程普回头命令："各部就地埋锅造饭，安营扎寨！"

一军吏忽然跑上前对孙策禀道："启禀将军！谷米无几，不足供今晚一餐！"

孙策皱起眉头，"子衡没有消息？"他问程普。

"没有！"程普答。

"那就直奔历阳吧！到我舅吴景军营里吃饭！"孙策脸上有几分郁闷的表情。

军吏："喏！"

队伍继续前行。

孙策转身对身后程普道："着令各部，加快行军步伐！"

忽然，一个军人骑一匹快马迎面奔驰过来。

快马停在孙策面前。

一个屯长样的军官跳下马来禀道："禀将军：前面一彪人马拦住我军去路！"

"哪里来的兵马？有多少人？"孙策问。

"约有一千人！不知道从哪里来！都全装贯带，持戈执戟，军威齐整，不像是草寇！只说要留下买路钱！"屯长道。

孙策浓眉竖起，一手提枪，一纵缰绳，往前奔去。

身后的程普、黄盖赶紧催动队伍纵马跟上前去。

到了前面，只见数千全装贯带、持戈执戟的精兵列成整齐的阵势，拦在大路及两边。没有旗号。一个蒙着面罩，头顶银盔，身披银铠、威风凛凛的将军在队伍前面立马横枪。

孙策一挥银枪，队伍在程普、黄盖的调度下迅速列成阵势。

对面那个蒙面将军粗声大气地喊："你等什么人？报上名来！"

孙策喝道："我乃大汉殄寇将军、折冲校尉孙策孙伯符，奉袁术将军令，前往江东去攻打刘繇！你等是什么人，竟敢拦我去路！"

"哈哈！袁术的部下！何足为道！某不管你什么将军、校尉！要从此路过，留下买路钱！"蒙面将军大声道。

孙策笑道："兄弟！我道是哪里的军人，原不过是打家劫舍的盗贼，器械装备倒是不错！"又扬一扬手中枪道："告诉你！本将军行将断炊，哪有什么买路钱？这杆枪倒是值些银两，要不要过来取？"

蒙面将军大笑道："一群饥疲之众，便要去取江东？哈哈哈！笑掉我大牙了！"

孙策大怒："狂徒！我要你认得我孙伯符的厉害！"

说完，他拍马挺枪，直取蒙面将军。

蒙面将军也拍马挺枪，迎了上来，两马相交，战了二十余回合，孙策忽然勒住马头喊："住手！"

蒙面将军也停下了。

孙策道："兄弟！看背影你像我一个兄弟！还有这马！都似我那兄弟的！你到底何人？"

蒙面将军道："你那兄弟唤什么名？"

孙策道："舒城周瑜周公瑾！"

蒙面将军笑道："哈哈！原来此人是你兄弟？他已为我所擒，你也下马受降吧！"

孙策大怒，纵马挺枪，直朝蒙面将军刺去，蒙面将军举枪来迎。两人又战在一处，斗了十余回合，蒙面将军赶紧喝道："停！"

孙策勒马跑出圈外，瞪着他。

蒙面将军忽然哈哈大笑了，然后取下面罩道："伯符！你下手怎地狠，莫非要取周郎性命不成？"

"公瑾？是公瑾！"孙策瞪大了眼，又惊又喜。

此时吕范从队伍后面纵马奔出，边跑边喊："主公！吕范受主公盼咐，特传书周公子，现向主公交差了！"

周瑜下马，拜倒在地，道："伯符！小弟前来助兄一臂之力！"

"你这个公瑾啊！"孙策赶紧跳下马，大笑着走向周瑜，将他扶起，一拳擂在他的肩上，"你搞什么名堂啊！"

吕范上前告诉孙策：原来，周瑜领军来迎接孙策，童心大发，令吕范躲在队伍后面，自己特地蒙上面来逗一逗孙策。

"你真是顽性不改！若失手了，岂不害了你性命！"孙策又擂了周瑜一拳。

"伯符也恁小觑我了！以公瑾本事，岂会轻易失手？"周瑜笑道。

两人同时会心地豪放地大笑开来，然后，情不自禁拥抱在一处。

众将士感动地看着这一幕，默然无语。

好一会儿，两人松开。孙策对身边的程普、黄盖等人道："我得公瑾，大事可成也！"

然后，孙策把父亲的旧将程普、黄盖、韩当，谋士朱治，以及陈武、周泰、蒋钦等人介绍给周瑜。程普、黄盖、韩当皆为孙坚旧将，此次自愿追随孙策往江东创业。陈武、周泰、蒋钦是在寿春和孙策相识的，都是忠勇少年，现随侍在孙策左右，暂未有职务。周瑜原与程普相识，此前又有冲突，所以格外恭敬向程普行了礼。其他朱治、黄盖、韩当、陈武、周泰、蒋钦也同周瑜互行了礼。周瑜看着众人，个个容貌迥异常人，言谈间不乏侠义之气，颇为高兴，连声道："天降大任于伯符，方才有猛士归心！"孙策豪放道："有周郎相助，足可抵百万雄兵！哈哈哈！"

当下，两边部队就此扎营，埋锅造饭。周瑜迎军，带来一百石谷米，还有猪、牛等，让孙策的将士饱食。是夜，周瑜、孙策在帐篷里抵足而眠。孙策问周瑜如何应对当今形势，周瑜道："北方诸雄并立，袁绍拥兵百万，曹操足智多谋、兵精将广又有挟天子之优势，不可与争锋！荆州刘表坐拥七郡富庶之地，地广国富，暂不可图。益州更是远在千里，关山险塞。唯有江东沃野千里，名士如云，前往避乱，并有长江之险以挡北方。盘踞此处的刘繇、王朗、严白虎、笮融之流皆为鼠辈，此天所以资伯符！伯符仗父亲威名，更兼神勇果敢、信义卓然，东渡江东，必定所向披靡、士民争附，则江东指日可定。一旦平定江东，便移兵西向，破庐江、下豫章，直出荆州，诛黄祖、擒刘表，报父仇于沔水，扬神威于襄土，然后令一上将统精锐之军，溯江而上直入益州。则江南之地尽归伯符所有。又凭长江之险，以江南之富，与北方抗衡。退，则保有江南之地、奉安康于百姓；进，则兵分两路，一出襄阳直逼许都，一出汉中，直破长安，如此，战乱可平，四海可平，霸业可成，昔日大汉文景之盛世可复现，这岂非不世之功业？千古之功业，始于伯符今日之行也！"

"太妙了！妙极！"孙策听完，高兴得手舞足蹈。他用脚蹬一蹬周瑜的身子，兴奋又豪爽道："伯符原只想要平定江东，再与诸雄争衡！并未有公瑾如此清晰深远！公瑾一席言，不惟谋划了伯符一生之功业与蓝图，也勾勒了未来天下之大势！实是宏伟远大！天赐公瑾于我也！"

周瑜笑道："公瑾不足挂齿！倒是有一人可助伯符成大事！"

"何人？"孙策问。

周瑜道："此人是彭城张昭、张子布，昔日我探访足下便是此人主张，此人现避乱江东曲阿，有经天纬地之才，胜于公瑾十倍！伯符欲成大事，必请此人出山！"

孙策笑道："张子布先生我也久闻其名，自然要请他出来！但与公瑾相比，他差远了！"

周瑜正色道："伯符差矣！子布才智远胜过周瑜！公瑾可为伯符沙场效命，但示仪轨，约官职，从权制，开诚心，布公道，须得子布先生！伯符过得江东，一定要请出此公！"

孙策见他说得认真，就笑嘻嘻地答应了。

两人当夜无眠，说了一夜话。

十 过江东同创大业，奋神勇连破三垒

翌日，孙策和周瑜领军进了历阳城，孙策拜见了丹阳太守周尚后，与周瑜领军直往江边吴景、孙贲军营，和吴景、孙贲会合。吴景与孙贲在此地领两千军与对岸的张英、樊能战了一年，未分胜负，现在孙策奉袁术之命前来相助，他们自是高兴。孙策军职最高：殄寇将军，吴景只是督军中郎将，孙贲也只是郡都尉，故两人也带上驻扎此处的两千军交孙策统领。于是，孙策统领的军队达四千余众：从寿春带出一千，周尚借了三千。孙策更是踌躇满志。

在军营休整一日后，孙策、周瑜领四千精兵扬帆过江。

正是艳阳天气，阳光朗照，春光明艳。金黄色的油菜花蔓延江边，如金黄色的波涛；茂密的芦苇，迎风摇曳，如豪放爽朗的欢笑。江中，波光万顷，樯橹如林，征帆如云。百余只大船，泊在岸边。数千精兵，立于船上。银铠生辉、旗帜张扬、刀枪如林。周瑜与孙策同在一艘大船上，身披银铠，并肩而立，"孙"字大旗与"周"字大旗在他们头顶迎风飘扬。孙策正要发起航之令，忽然岸上传来喊叫声，跟着，只见一辆马车快奔过来，稳稳地停在了岸边。马车上车篷的帘子掀开，周瑜堂妹红儿从马车里跳了出来。

"红儿！"周瑜在船上吃惊道。

孙策也看见了红儿，面带欣喜与惊讶，杵杵周瑜胳膊："弟妹竟长得如花似玉！公瑾好艳福！"又不满道："公瑾婚配，竟也不告诉为兄。"

周瑜有几分不自在："兄长笑话我了！这是公瑾堂妹红儿！前次找我叔借兵，多亏了她一旁说项！"

说着他下了船，迎了上去，此时红儿已走下江滩。

"红儿！？有事吗？"周瑜扶住她笑道。

"走也不和我说一下！"红儿柳眉倒竖，撒娇道。

"这是去打仗，又如何要你来送！"周瑜笑道。

"打仗就不要我送了？那借兵怎又要我说话？"红儿嗔怒道。

"这——"周瑜一时语塞，愣了一下，笑道："红儿！谢你帮我在叔叔面前说话借兵！要不，哪有今日大军过江？"

红儿得意地咧嘴笑了。

周瑜又拍拍她的肩："行了！你已送过我了！转回去吧！"

"不！我要看你上船！"红儿几分执拗道。

周瑜笑道："谢了！红儿！江边风大，数千人马都看着我，也等着我！还是你先回去！"

"不行！"红儿瞪着眼。

"好吧！红儿！后会有期！"周瑜又关切地拍拍她的肩，毅然转身回了大船。

船上的战鼓擂响了，一艘艘船鼓起风帆直往江心开过去。

岸上，俏丽的红儿对周瑜不停地挥手。脸蛋绯红，目光热烈，像一株临风的美人蕉，引得船上众将士目不转睛。

"红儿！转去吧！江边风大！小心受凉！"周瑜关切地喊道。

红儿撒娇地拉了个鬼脸，方才恋恋不舍地转身上了马车。

"公瑾！你与堂妹倒算是佳配！"孙策羡慕地望着远去的马车感叹道。此时，两人已转到船首，面向江东。

"哪里！红儿只是我小妹而已！而况，未成大事，何以家为？"周瑜道，忽然笑了笑，对孙策道："尚不知兄长有意中人否？"

孙策凝望前面，沉稳道："婚姻大事，也数为母亲催促！但不平定江东，伯符断不婚娶！"

"好志气！公瑾愿与伯符同日婚娶！"周瑜道。

"你我既为兄弟，又系同年，同日婚娶是再好不过了！"孙策笑道。

"若同娶一对姐妹，更是锦上添花！"周瑜又笑道。

"但愿有此天缘之合！"孙策一拳擂在周瑜肩上，两人一同哈哈大笑开来。

此时，一艘艘船正驶往江心。身披盔甲、手执兵器的士兵们在船上站成方队。风帆鼓动着，发出哗哗的声响。无数的江鸥围着帆船推起的浪花翻飞不已。周瑜、孙策各自按着剑，并肩倚舷而立，脸上都洋溢着做大事的豪情。江风吹起他们的衣襟，更显得他们魁伟挺拔。吴景、孙贲、程普、黄盖等将威风地站在另几只船的船头，目光如剑，直望着对岸。

长江对岸有两个要塞，一为横津口，又称横江津，由刘繇部将樊能、于麋把守。这个樊能就是昔日在霍山被孙策、周瑜打跑的那个山大王。被赶出霍山后，此人便跑到江东，带余众占据神头岭，继续为盗。刘繇到曲阿，听说他武艺了得，就招降他，现已升作裨将军，在横江津为刘繇守备江东。另一要塞为当利口，由樊能部将张英把守。两要塞互为掎角。此前，吴景和孙贲就是攻打这两个要塞一直未能攻下。孙策领军过江，两个要塞早已知道，都增了兵。

孙策、周瑜等人过了江后，搬下粮食器具，战船就又开回江北。孙策、周瑜便指挥人马直逼横江津要塞。

横江津要塞守将于麋、樊能早就列阵以待。孙策、周瑜大军也令众将士列成阵势。孙策和周瑜全身披挂，手中提枪，骑在马上，立在当中。孙贲、程普等将领分立在两边。"孙"字大旗和"周"字大旗迎风飘扬。对面，"樊"字大旗和"于"字大旗下，樊能、于麋并排骑在马上，立在队伍前面。孙策、周瑜不约而同地将嘲弄的目光朝樊能望过去。樊能有些不自在，先发制人地清一清嗓子，用手中浑铁枪指着孙策、周瑜骂道："孙策、周瑜！我正要找你们！你们竟敢上门来送死！"

孙策哈哈笑道："上回放你一马，你不知悔过，这回我定饶不了你！"

樊能恼羞、难堪道："我要你知道我的厉害！"然后，转脸对身边的于麋道："此人武艺高强，单斗怕斗不赢！我们人多，不如混战！"

于麋不服气道："某纵横江东多年，倒要见识这个孙郎手段！"说完，纵马飞出。

孙策拍马迎了上来，两人战在一处。

战了七八回合，樊能见于麋抵挡不住，赶紧大喝一声，仗着人多，催动大军冲上来。周瑜也挺枪大喝道："众将士！杀！"跃马挺枪，直冲过去。士兵跟着他像潮水一般冲向敌阵。两股潮水交汇在一处，喊杀声、兵器的撞击声、惨叫声响成一片。孙策与于麋又战了几回合，一枪将他挑下马来。周瑜挺枪直取樊能。两人战了七八回合，樊能见周瑜越战越勇，于麋又被枪挑下马，心里一慌，朝周瑜虚晃一枪，拖枪就跑。

周瑜追了一阵，见追不上，就不追了，他挥动长枪，连挑带捅，一连捅倒七八个军士，边杀边对樊能的士兵们喊："你们主将已逃！何不投降？"

樊能的士兵虽多于孙军，但孙军兵精将广，孙策、程普、韩当、黄盖、孙贲、陈武、周泰等人，都是以一当十的斗将，直杀得刘家军尸横遍地。再听得周瑜喊叫，都不敢死战，除了跑得快的，其余都跪地投降了。

　　孙策、周瑜令所有降兵，凡是愿降的，就录为军士，不愿降的，令自回家务农。一共有三千多降兵自愿从军，其余的两千多人都放了回去。

　　翌日，孙策、周瑜又领军攻打当利口。当利口守将张英闻得昨日横津口大败，不敢对阵，只守住要塞。孙策令将士攻打要塞。众将士在孙策、周瑜督战下，奋勇攻打。行军司马黄盖一马当先，率先攻进张英营垒，手起一鞭，将守将张英打死。其余士卒或降或散。当利口落入孙策手中。黄盖是荆州零陵人，字公覆，初为长沙郡郡吏。孙坚举义兵后，他跟从孙坚举兵，此后和程普等人跟随孙坚南征北战，多有战功。使两根铜鞭，勇不可当。

　　攻下当利口，孙策、周瑜催军直逼牛渚（今采石矶）。牛渚是当利口和横江津口后的要塞。也是前面二要塞的大本营。该处的邸阁贮存不少粮谷、战具。守将为刘繇部将陈横。樊能战败后，也逃到此处。二将只守不战，共拒孙策。孙策、周瑜催军攻打，没半日，便攻下牛渚。陈横被孙策一枪刺死，樊能逃往刘繇曲阿老营，孙策、周瑜夺了牛渚，缴获无以计数的粮谷、战具。另有三千降卒自愿随军，孙策一并收下。

　　孙策连破两道防线、三个要塞，吓坏了驻在曲阿的扬州刺史刘繇。他赶紧统五万主力，前来迎击孙策。刘繇字正礼，东莱人，生于公卿世家。伯父刘宠，曾为汉太尉。兄长刘岱，曾为兖州刺史。此人少年依仗家族名望势力而得志，被举茂才，辟为司空掾，却并未上任，只在淮南避难。后扬州刺史张温为袁术所杀，董卓把持的朝廷下诏任刘繇为扬州刺史。他不敢赴寿春上任，便南渡大江，来曲阿任扬州刺史。其时曲阿为丹阳府治所，袁术派吴景、孙贲正驻曲阿。他将二人赶过江去。袁术大怒，便令吴景、孙贲攻打刘繇。刘繇也派樊能、张英在当利口等要塞抵挡。双方争战一年多，都未分胜负。闻听孙策受袁术之命过江助吴景等人，他不敢等闲视之，连连给横江津口等要塞增兵，又在牛渚贮存大批粮食器具，自以为可拒孙策。岂料，不过数日，三道防线均已告攻破，孙策统兵长驱直入江东之地。他赶紧亲自领大军迎战，两军在神亭岭下相遇对峙。孙策军驻在岭北，刘繇军驻在岭南。刘繇人多，且以逸待劳，孙策、周瑜未敢轻进。双方各守一边对峙。

　　这天，孙策听人说神亭岭上有一光武庙，便想去庙中焚香参拜，与周瑜商议，周瑜称可。于是孙策带程普、黄盖等十三将上山，周瑜领吴景、孙贲、吕范守营。周瑜因与孙策关系，又带有三千士卒助孙策，所以，虽无官职，但受孙军上下敬重，在孙军中地位仅次于孙策。孙策也视之为副帅，大小事均与他一同商量。两人若一个外出，另一人必守营，以防军中无主。

孙策上山三个时辰后，前方巡逻的小兵来向周瑜报告，称神亭岭里有厮杀声，怕是主公有事。周瑜赶紧令吕范守住大营，自己点起两千兵，往神亭岭飞奔过去。

沿着喊杀声到了岭上，只见樊能领着一千兵马正在围攻孙策及十三将，而孙策正与敌方一员将领对打。两人都弃了马。那将领中等个，约三十来岁，长得眉清目秀，虎背狼腰，看装束仅是个下级军官。手头拿着孙策的头盔，奋力朝孙策身上打，边打嘴里边喊："叫你来犯我境！叫你来犯我境！"孙策一边躲，一边拿着一把短戟朝他刺。两人你打我躲，难分难解。以孙策的武艺，竟只能对付他一个人。其余将领多是一个敌数十兵。周瑜见状，大喝一声："杀啊！"众军士呐喊着冲上前去。樊能一见周瑜领援军赶来，赶紧鸣金退兵。与孙策相斗的那员将领听见鸣金声，恨恨对孙策道："今日且罢！改天你我再决一死战！"说完，拿着孙策的头盔昂然离去。孙策也不追赶，呆呆地看着他离去。

"伯符兄！没事吧！"周瑜赶上去，下马对孙策道。

"没事！"孙策遗憾地望着那离去的战将，又看了看手中的短戟，口中自语道："好一员战将！某定要生擒他！"

然后，孙策告诉了周瑜事情原委：原来，他在光武庙中参拜完毕后，想到既已上岭，何不下到南坡去看一下刘繇营寨？于是径往南坡去了。不料正撞上方才与他打斗的人领一个小兵也往北坡来。那将领一见他们一行，大声问谁是孙策。孙策问他是何人？那将领道："我是东莱太史慈，特来捉孙策！"孙策见此将很可爱，就笑道："我就是孙策！你两个一齐来捉我吧！"这太史慈道："你们一齐来拼我，我也不怕！"说完挺枪冲了上来。孙策令众将在一旁看，自己上前与那将交手。结果两人从山前打到山后，从马上打到马下，一直不分胜负。最后，都被对方从马上拉下来，又在地上打成一团，太史慈夺了孙策的头盔，孙策夺了他背上的短戟，彼此往对方身上打。正在拼打时，对方樊能领军上前接应了。十三将一齐上前抵住。然后，周瑜就领军杀了过来。

说完了，孙策仍是嗟叹不已，说这个太史慈真是武艺高强，又十分可爱。

周瑜笑道："伯符既如此喜欢这个人，我就设法为伯符擒来吧！"

回到营中，周瑜就找来方才俘获的几个刘繇的军士和先前投降的军士打听太史慈其人，这一打听，直把周瑜喜出望外。原来，这个太史慈是东莱人，与刘繇是老乡。少好学，善骑射，做过郡小吏。二十一岁时因公事得罪州使君大人，遂避乱辽东。北海相孔融视之为奇人，对其母亲甚为关照，时常令人给他母亲送钱送物。后来，孔融被黄巾军围在都昌城内，恰好太史慈从辽东回家探母。其母令其报答孔融。于是便潜入都昌城中见孔融，请孔融给他一支兵杀退围困之军。孔融胆小，怕杀敌不过，因与附近的平原相刘备有旧交，欲请人出城找刘备搬救兵。太史慈自告奋勇，单枪匹马杀出城，所过之处，箭无虚发，阻挡之敌，都应弦而倒。见过刘备，请刘备出兵。刘备惧敌而犹豫，太史慈正色道："我太史慈和孔北海既非骨肉，也非乡党，尚且为之分灾共患。而君有仁义之名，能救人之急，又孔大人于万死之中自托于君，君岂能见死不救？"刘备大惭，当即带上手下勇将关羽、张飞并三千军前来解围。黄巾军见援兵过来，自动退兵了。之后，太史慈辞别孔融，回报其母，其母高兴道："我终于报答了孔大人的厚恩！"

去年底，因与刘繇是老乡，太史慈就带着母亲妻儿渡江来到曲阿投奔刘繇。熟知太史慈事略的北方众名士都称太史慈有大将之才，建议刘繇用他为大将。刘繇出身公卿之家，清高、迂腐，颇重门户等级。他以太史慈出身并非名门、资历尚浅而拒用太史慈为大将，只让他做了个负责侦察的小屯长。

太史慈做小军官，并无怨言。正赶上孙策东渡，便找刘繇，称愿领五千军守牛渚，保证将孙策杀得大败。刘繇以其官职低微，也未答应，让他郁郁不乐。今日，他领一军士爬上神亭岭，准备瞭望孙营，不料撞上了孙策，才有了那一番大战。

周瑜听了太史慈的经历，十分喜爱，连叹太史慈乃忠勇义士，又有如此本事，实在是天赐英雄！便告诉了孙策。孙策更是欢喜，连连叹道："吉人自有天相！我一见此人就觉得异乎常人，岂料果然是信义忠勇之士！哈哈！公瑾啊！你一定要设法帮我得到他！"

周瑜微笑颔首道："那是自然！我已有了主张！"

他告诉孙策：今晚就下战书，约好明天和刘繇对阵，只与太史慈阵上相斗，斗一百回合也无所谓。他则于今夜偷偷领一支兵马到刘繇老窝曲阿，攻占曲阿。刘繇一介书生，优柔寡断，听说老窝被占，必然慌乱。然后孙策督大军进攻，一举击垮他。太史慈便可生擒了！

孙策听完，连连击掌："妙计！妙计！公瑾！你这一计真是釜底抽薪！你需带多少人马只管说来！"

周瑜笑道："两千足矣！"

孙策连连摇头："不行！两千太少！至少需带五千！"

周瑜笑道："伯符放心！我是奇袭，非强攻！我军主力在此处与刘繇作战，曲阿守军一定大意，故两千兵就足够了！你这里对付刘繇主力，兵不可太少！"

孙策此时部队虽已扩充至一万余人，但仍远少于刘繇。两军对阵，人马不可太少。又见周瑜如此自信，想他必有办法，就同意了，只叮嘱周瑜仔细一些。

当夜，周瑜点起两千精兵，赶往曲阿。

十一　施妙计良将来归，定江东孙策称霸

　　一夜急行军后，翌日凌晨，周瑜赶到曲阿城下。他将部队埋伏在城东门外的树林里，令周泰、陈武领几个士兵化装成进城卖菜的菜农，挑着担子，候在城门外。周泰是九江下蔡人，和九江寿春人蒋钦一道，都是孙策在袁术手下做将时认识的军士，因为忠勇过人，被孙策提拔到身边做护卫，占了牛渚后，因有战功，都被授了别部司马的官职。陈武是庐江松滋人，孙策在寿春袁术手下为将时，因仰慕孙策大名及为人，前往寿春去拜谒孙策，时年十八岁。此人长得赤发红眼，异于常人，孙策很喜欢他，便将他收留在身边做亲随。现在也授了他别部司马的官职。汉制，将军下设部曲。部的主官为校尉，部下有曲，曲的主官为军候，曲下有屯，屯的主官为屯长。将军、部、曲、屯皆可设司马，为主官之副职。别部司马，级别类若其他司马，但可单独领兵，领兵多少各随时宜。

　　周泰、陈武和其他菜农坐在担子上等了一阵，城楼上一声鼓角响，吊桥慢慢放了下来，城门也缓缓打开。刘家几个士兵出现在城门口，准备检查进出人等。

　　周瑜领着两千兵埋伏在城外树林里，看见吊桥拉下，城门打开，立刻上马，挥剑喊道："冲啊！"一马当先，冲出树林，身后的蒋钦和众士兵呐喊着跟着他冲出树林，直向城门冲去。

　　城门口的几个刘家士兵大惊，赶紧要关城门，拉吊桥。说时迟，那时快，陈武、周泰从筐中拔出砍刀，大喝一声，冲上去，砍倒要关城门的士兵，直杀入城门洞。

　　城头上的敌军看见周瑜军冲了过来，赶紧吹起了号角。兵士们纷纷爬上城墙，朝周瑜的队伍放箭。

　　周瑜对身后喊："放箭！"

　　蒋钦领众军一齐放箭，飞箭如雨，直往城楼飞去。

　　周瑜的士兵中不断有人倒地，而城门头上刘家军也不断有士兵中箭栽下城墙。

　　城头上出现一个守将，他一面挥刀砍倒一个往城下奔跑的士兵，一面喊："给我挡住！放箭！"

周瑜从身后箭壶中取出弓箭，张弓搭箭，一箭射去，箭如流星，直插到那将领颈脖。那守将哼一声，栽下城墙。

这时，陈武、周泰的身影出现在城墙上了。两人挥着刀，切瓜砍菜一般照着城墙上的军士直砍过去。城墙上大乱，放箭的军士少了许多。周瑜的"白雪飞"踏上了吊桥，士兵们跟着一拥而入。

不一会儿，士兵们将"周"字大旗插上了城墙。城头守军大部分投降，小部分四散逃走。周瑜领人攻进了刘繇的刺史府。他在府中对陈武、蒋钦吩咐：一、保全刘繇家小，不得伤害。二、派人在街头巡查，但有烧杀抢掠百姓的，无论军官还是士兵，一律就地处斩！杀百姓鸡犬者，如杀人之罪！三、善待降兵。有愿意随军的，收留下来。不愿意的，发给路费令他们回家务农！四、凡有滥杀降兵的，一律就地处斩！五、赶紧放跑几名被俘的刘家军的军官校尉，让他们去给刘繇报信。

吩咐完毕后，陈武、蒋钦领命而去。周瑜则唤来降兵打听了张昭府宅所在，然后令周泰带上金银丝帛，随他径往张昭家去。

张昭住在曲阿城南一小巷深处。周瑜找上他家门时，他正坐在书房里弹琴。自历阳与周瑜一别之后，他就东渡大江，辗转多处后，最终选定在了曲阿，靠着教富家子弟学问及从前的资财过日子。其间，刘繇曾请他做官，被他婉拒了，他知道刘繇不足以成大事。他曾向刘繇建议用太史慈为大将，为刘繇所拒。周瑜、孙策东渡江东的事传来，他对夫人道："江东有主了！"对于周瑜，他自然印象，除了有些迂腐外，倒也是一个文武双全的英才。孙策更不用说了，少年有为，超群绝伦。两人既然联手了，想必周瑜已非昔日周瑜了。今晨城内喊杀声响成一片，他就知道定是孙策、周瑜攻城了，心里有些得意，平淡已久的心躁动了，潜意识里一股兴奋之情搅动得他坐不安宁。他想孙策、周瑜占了曲阿，定会来迎请他的。可是，他该不该出山呢？如是出山，会授以何样官职呢？当周瑜叩门时，他一面弹琴一面在心里打着这个小算盘。

一个家奴进来告诉他说门外有个自称周瑜的将军求见，张昭脸上露出一丝不易觉察的微笑，想了想，表情凝重道："让他进来，在客厅等我便是！"

他心里想："春风得意的年轻后生！你多等些时候吧！"如果说上回不见周瑜，是嫌周瑜尚是个小孩，这回，却是想杀杀周瑜的锐气！他想，周瑜今日为英气勃发、前途不可限量的统兵之将，必定自以为了不得。如果对他张子布招之即来，就正长了周瑜的锐气与得意，那周瑜便不会把他放在眼里了，这对以刚烈著称的张昭而言，是不可以的。无论如何，他不会为一个后辈折节。

周瑜被一书童迎进大堂客厅延之上座后，书童就侍立一边，说张昭请他稍等片刻。一个婢女为他沏上茶后也侍立一边。周泰指挥士兵将礼物抬进客厅后，就在周瑜身后一同侍立着。周瑜要周泰坐下喝茶。周泰称不可与主将平起平坐。周瑜劝他不必拘礼，周泰坚决不坐，说只在后面侍立主将便可。周瑜只好随了他。

等了约三炷香，张昭还没有出来。周瑜要书童去催，书童回答张先生在如厕。周泰不耐烦地对书童道："我们已等了多时！他竟去如厕！"

周瑜回头对周泰笑道："这回子布先生可是给够我周某面子！你不知少年时某拜访他，他是不让周郎进门的！哈哈哈！"

周泰不满道："这个张昭，不过是一介儒生！并不会统兵打仗，值得公子如此敬重？"

周瑜道："子布先生天下名士，才干胜过周瑜十倍！幼平万不可再有此言！"

周泰喏了一声，不再吭声了。

又等了一炷香的工夫，婢女都续了数回茶，张昭仍没有出来。周泰火了，他对婢女道："你家老爷如厕用恁长时候？就是女人生孩子也该生出来了！我等众人攻打这曲阿城也只一个时辰！"

周瑜挥挥手止住了他，要婢女赶紧给周泰续茶。

又过了一炷香的功夫，张昭终于出来了，他慢吞吞走进客厅，懒洋洋道："何人要见我啊？"

周瑜赶紧起身行礼道："先生！舒城周瑜周公瑾拜访先生！不知先生还记得在下否？"

张昭被婢女扶到椅上落座，抬抬眼皮，做不屑之态打量一下周瑜，冷笑一声，态度傲慢道："是你？那个一心扶保汉家天下的周郎？"

周瑜："惭愧！惭愧！那日幸亏先生开导，使周瑜如拨云雾之见青天，方得与孙公子相识，并辅助孙公子前来平定江东！"

张昭脸上露出几分得意的笑："哈哈哈！小子倒会说话！我何曾开导过你？老夫彼时以为你迂腐，并不屑于开导你！"

周瑜身后的周泰对他愤怒地瞪起眼睛。

周瑜谦恭地："虽然如此，周瑜仍受益匪浅！"

张昭昂头笑了："那今日你是来谢我了？"

"一谢先生昔日指教之情，二来代表孙伯符将军拜访先生，并受孙将军之托邀先生出山共成大事！在下带上一些礼物，请先生笑纳！"周瑜说完，指一指军士们堆在屋角的丝帛金银。

张昭打量了那些礼物，又转脸看周瑜，笑道："周将军的心意老夫领了！只是出山辅助孙将军的事……想昔日袁术、陶谦何等势力，老夫都拒之门外，何况今日？"

周瑜笑道："先生差矣！陶谦、袁术不过是乱世中过客，论德比才，岂可与孙将军相提并论？"

"你家孙将军又怎样？"张昭冷笑。

周瑜道："孙将军聪明神武、勇冠三军，礼贤士人，恩信分明，声名远著，无论是攻坚破阵，或是揽结英雄，周济世务，皆非袁术、吕布、陶谦、刘备诸人可望其项背！如今南下江东，如同光武帝刘秀之渡河北上，所向披靡，秋毫无犯，不需数日，定能平定东南，克成王基。如此既能且仁的明主，先生难道还要拒之门外？"

张昭微微笑了，拈着发黄的胡须矜持道："嗯！有理！儒子果成了一代将才！只是我张昭无心仕途，只求青灯黄卷安度一生而已！"

周瑜愣住了，看着张昭，眉头微蹙一下，跟着，眼珠转动了一下，忽然冷笑起来。

张昭望着他："何故冷笑？"

周瑜不理他，依旧冷笑。

"何故冷笑老夫？"张昭怒道。

"原来张先生是如此不明事理之人！在下为孙将军遗憾！一个微不足道、徒有虚名的腐儒，哪里值得孙将军如此盛情？算了！周泰！我们走！"周瑜不屑道，然后站了起来。

周泰早已忍不住火，见周瑜动了气，就势一股脑儿发出火来："何等狗屁名士？周某早看出你是腹中无货的腐儒！"然后转脸对周瑜道："周公子！主公既有了公子你，为何还要此等腐儒！论才学，周公子你抵他十个！就是吕范先生也抵他五个！"

张昭大怒，瞪着眼对周泰咆哮："你是什么人？敢如此小觑我？"

周泰冷笑："小觑了又如何？你不过就是自命清高，借不出山以抬高声名之人！"

周瑜指着周泰对张昭道："子布先生！这位壮士是孙将军部将周泰。虽不通文墨，但披坚执锐，勇不可当。非但如此，还明了事理。昔在寿春，他便一眼看出孙将军非寻常之人，从此随侍孙将军左右，不改忠心！一个不通文字的武将尚且如此，而枉称一代名士的高人却忍看千秋功业失之交臂，岂不可悲？"

张昭愠怒地瞪着周瑜。

周瑜继续道："有道是，沧海横流，方显英雄本色！当今乱世，孙将军是少有的明主，大凡有识之士无不争相归附！三两个徒有虚名的腐儒失之交臂，也无不可！周泰！礼品且留下！我们走！"

然后，周瑜转身做出要走的样子。

"等等！"张昭站了起来。

周瑜背对着他站住。

"周郎！你激将老夫？"张昭瞪着眼喝道。

"徒有虚名之人，何需周郎激将？"周瑜背对着他，冷笑。

张昭大怒道："老夫个性刚烈，恃才傲物，从小至今，尚无人敢藐视老夫！是可忍，孰不可忍？不管你是激将老夫或是看不起老夫，老夫都要出山了！方才老夫只是要试探你周瑜的能耐，听听你能说出些怎样道理！没料到反而自取其辱了！岂有此理！"

周瑜脸上绽开了微笑，转过身来，欠身施礼："哦！如公瑾有得罪先生处，望先生海涵！先生既出此言，则明日同在下一道去见孙将军！如何？"

张昭愤愤地："哼！一言为定！"

周瑜脸上露出欣慰的微笑，恭敬道："一言为定！"

在周瑜攻下曲阿并前往张昭家以孙策的名义请张昭的同时，孙策领军在神亭岭下与刘繇对上了阵。

刘繇阵中，太史慈手里举着枪，枪上挑着孙策的头盔，刘繇的军士们则一起大喊："孙策的头在此！"

孙策阵中，孙策微微一笑，令手下一军士举起太史慈的短戟，又令军士们喊："太史慈要不是走得快，就被刺死了！"

两边喊了一阵，太史慈纵马跃出，喊："孙策！你出来！我们今日再战！"

孙策笑了笑，跃马欲出。

身边的程普赶紧道："主公！不用你亲自出马！看我擒他！"

"好的！不可伤了他！只慢慢与他拖延！你自己也须得小心！"孙策勒住马道。

程普点点头，眼里射出矜持威严的光芒，挺着长矛，一夹马肚，朝太史慈冲去，边冲边喊："太史慈！程普来取你首级！"

太史慈动也不动，喊："你非我对手！我只要孙策出马！"

程普大怒："不知羞耻的小儿！你也配与孙将军斗阵？"

太史慈的火也上来了，拍马挺枪迎上来。

两人冲到阵中间，枪矛并举，斗了起来。

孙策脸上挂着从容自如、稳操胜券的表情，看着两人斗阵，眼里不时闪出欣赏的光芒。

刘繇阵中，刘繇和樊能观战着，表情都十分紧张。特别是樊能，因为连败数阵，已吓破了胆，紧紧拉着马缰，一副随时要拨转马头往后跑的神情。

忽然，刘繇军中出现一阵骚乱，几名衣甲不整、狼狈不堪、头发披散的军士骑着马闯进了刘繇军中，直奔到刘繇面前。

一个军士跳下马，连滚带爬跑向刘繇报告道："大人！不好了！今日日出之时，周瑜领军夺了曲阿！大人一家老小尽在周瑜手中！"

刘繇吃了一惊，眼睛瞪圆，脸色惨白，身子晃一晃，差点要从马上摔下来。"什么？当……当真？"他结结巴巴地问道。

"是的！大人！周瑜藏在林中，趁我军开城门之机攻进城内！我军猝不及防！"领头的军官答。他的脸上还有青一道紫一道的血痕。声音很大，刘繇周围的人都听见了，都像听见一声闷雷一般，被震住了，跟着喧哗起来，议论起来，将校们脸色惨白，军士们交头接耳。这喧哗声、议论声，像石头在水中砸出的波纹一样，一层一层地往远处扩散开去，而且，声音越来越大，立时，刘繇军队的人海里翻卷起躁动的浪花。

"快！快！快鸣金收军！"刘繇像个太监似的尖声叫道。

身后的军士慌乱地鸣金。

阵上，太史慈听见鸣金声，虚晃一枪，拖枪跑回。

当这几个军官狼狈地跑入阵中时，对面阵上的孙策脸上就露出了欣喜的微笑。他知道周瑜已经得手了。此刻，见对方的阵营里鸣金收兵，太史慈也跑了回去，就纵马而出，对刘繇军大喊："对面将士听着！周瑜已带人占了曲阿！刘繇大势已去！你们速速投降，我孙郎决不加害诸位！"

刘繇那边早已是人心惶惶，听孙策这样一喊，立马有一排军士拔腿狂奔而逃。

孙策跟着对身后命令道："擂鼓进军！"

孙策阵营里战鼓擂响了。将士们呐喊着潮水一般向刘繇军冲去。

刘繇军中，一些军士喊："快快逃命吧！老窝都丢了，快救妻小去啊！"

于是不待刘繇下撤退的命令，士兵们已潮水一般往后涌去。刘繇六神无主，脸色惨白，手足无措，语音发颤地对众将喊："快挡住！快挡住！"但没有用，他身边的樊能早拨转马头跑远了。

太史慈在刘繇身边对他道："主公快走！我来断后！"

刘繇方才有了主见，看了太史慈一眼，想也没想，拨转马头往后奔逃。

太史慈一挺手中枪，将冲上来的两名孙策的士兵捅倒，挺枪指着孙策喊："孙策！看我来捉你！"

孙策喊："活捉太史慈有赏！"

程普、黄盖、孙贲等将忽地冲上来，执枪抢刀，直取太史慈，车轮般围着他厮杀。因孙策要捉了他，所以众将只围着厮杀，并不伤害他。太史慈挺手中枪与众将力战，并无半点怯色。

其余的孙家军在众将校带领下，呐喊着、呼叫着，追杀刘繇之军。

太史慈眼见得招架不住，又不愿受擒，回头见刘繇已经跑远，就照程普脸上虚晃一枪，荡开孙贲砍来的长刀，冲出去。

程普等众将赶紧追赶。

孙策督众军往前追杀。刘繇军丢盔弃甲，像逃难的鸭子一样，遍地里乱跑。地上到处是遗弃的旗帜、金鼓、刀枪剑戟。刘繇的营寨由二十多个小寨连成一片。寨中原有军士留守，此刻留守军队见前面军士潮水似溃退下来，也跟着一同四散开去。黄盖、韩当带骑兵不在后面追杀，穿过溃兵，径直往前拦截最前面的溃军。韩当字义公，辽西令支人。有膂力，善使一把长柄大砍刀。少随孙坚征伐，陷敌擒虏，多有战功。现为孙策的先登校尉。

不多时，刘繇二十多个连成一片的营寨全部被踏破，"孙"字大旗和各将官们的大旗飘扬在各个营寨里。刘繇五万大军有的四散，大部跪下投降。降卒如蚁，死尸遍布。

程普向孙策报告，此战共斩首八千，得降卒三万余。其余的四散逃去。刘繇逃往豫章。太史慈不知何往。先登校尉韩当追上逃命的樊能，一刀将他劈在马下，取了首级。

孙策令将樊能首级号令示众，跟着又豪放地笑道："哈哈哈！真是大获全胜！这全是公瑾的妙计！我说过了，我得公瑾，大事可成！哈哈哈！"

程普脸上露出不快，道："主公！难道我等浴血奋战、斩将拔旗就没有功劳了？"

孙策一愣，自知失言，亲热地拍拍程普肩膀："德谋误会了！孙郎并无贬损将军功劳之意！周郎妙袭曲阿，使刘繇军不战自败，功莫大焉！德谋与众将士浴血沙场、血染征袍，当与周郎难分伯仲！本将军失言！还望将军多多包涵！"

程普不吭声了。

孙策又含笑请他督众将士清扫战场，所有降卒，凡愿从军的，就留下。不愿从军的，发给路费，令还乡务农。程普欣然领命，就去布置了。

周瑜占了曲阿后，收得降卒三千，都愿从军，就编入军中。留一千军守曲阿，其余的带到秣陵（今江苏南京）城下与孙策相会。又将张昭引荐给孙策，孙策当即任张昭为长史（将军府中的秘书长）。然后，孙策、周瑜领军攻打秣陵，只半天，就攻下秣陵，秣陵守将、刘繇旧部薛礼被孙家军斩杀。

攻下秣陵后，探子来报，称太史慈逃到泾县（今安徽泾县），招兵买马，自封丹阳太守，驻守泾县，发誓要为刘繇复仇。周瑜和孙策便移兵泾县，去捉太史慈。

大军到了泾县城下，只见太史慈关紧大门，吊起城门吊桥，领人立在城墙上严阵以待。城墙上的士兵，有的盔甲不整，有的没有盔甲，有的穿着当地土人的服装，手里举着枪、戈和木棒。看得出是临时拼凑的军队。

孙策、周瑜立在马上。数万精兵在他们身后。身边，高高地飘扬着"孙"字号大旗与"周"字号大旗。

孙策令部队离城墙一箭之距停下，勒马走出队伍，对太史慈喊道："子义将军！刘繇无能，不能用你，方有神亭之败！我知足下乃忠义信勇之人！又欣赏足下武艺胆识！何不与我共创江东大业？"

太史慈在城墙上指着孙策、周瑜喝道："孙郎！周郎！休得废话！某没有找上你等为刘繇复仇，已算便宜你等！你等竟敢挑战！识相的快快给我退兵！"

周瑜提一提马缰，上前一步喊道："子义将军！刘繇昏庸无能！轻人品才华，重门第等级！此等庸人有何德何能令你效忠？孙将军聪明神武、礼贤下士、武艺绝伦，与足下意气相投，且不打不相识，为何要失之交臂？"

太史慈骂道："少废话！我既事刘繇，岂可归顺你们？有种的来攻城！若无胆量就给我退兵！"

孙策与周瑜相视一下，一时没了主张。

孙策道："攻城倒是可以攻下，只怕伤了他，又连累了城中百姓！"

周瑜道："正是。依我看，不如先围住，再做商议！"

正说着，城墙上，太史慈张弓搭箭瞄准孙策、周瑜道："进又不进，退又不退，是何道理？本想一箭射死你们，看你二位还有些义气，且饶了你们！但饶不了你等旗帜！看箭！"

说完，一箭射出。那箭如流星，直从孙策、周瑜两人头顶掠过，只听叭的一声响，射中两人身后的"孙"字大旗的旗杆，旗杆从中折断。旗下士兵大惊失色，赶紧趴下。

孙策、周瑜也吃了一惊。

孙策后面的陈武、周泰叹道："真是神人！"

黄盖在后面喊："主公！周公子！且后退数步，小心中箭！此人臂力非常！"

周瑜道："伯符！我们先退下再说吧！"

于是，孙策令大军后退二里扎营。

黄昏，周瑜想得活捉太史慈的办法，赶紧出帐去找孙策，还没出去，正遇上孙策进帐来。

周瑜高兴道："伯符！我已有了办法！"

孙策高兴地："噢？"

周瑜道："我等三面攻城，只留下东门不攻！太史慈所领兵都是临时拼凑之人！不习拼杀，也无纪律！故天黑后可以派精干之人摸上城去纵火，火一烧，其军士必然混乱，城可破了。城一破，太史慈必往东门走。我领人埋伏在东门外，只等他来！"

孙策喜道："此计不错！只是公瑾以为何时攻打为妙？"

周瑜笑道："伯符既思贤若渴，自然是早些擒他了！现在便攻城！"

孙策笑了，当即令人唤众将来周瑜帐中议事，定好二更时分攻打泾县县城。

夜晚，太史慈的士兵们都疲惫地堆挤在城墙上枕戈待旦。太史慈在城墙上巡查。他的士兵都是临时招募的当地土人，多无盔甲与军服，看上去如同一堆一堆滚在泥土里的玉米。

走近城墙的一个拐角处时，他听见墙后面几个士兵正在一处议论着什么。一个矮个士兵道："听说孙郎、周郎的军队是仁义之师，不掠民、不抢劫！待降俘也甚好！愿留者留，不愿留者，就发给路费回家务农！"

另一挺瘦小的士兵道："嗯！我也听说他俩都是重信义之人！孙郎还说，平定江东后，定给江东百姓一个安康富贵的日子！"

矮个士兵道："是啊！那我们还和他打甚？刘繇又并无恩惠于我等百姓，我等何苦为他卖命？"

一个扎着黄头巾像黄巾军打扮的士兵道："不可这样说！我等是为太史将军卖命！太史将军乃忠义之人！"

矮个士兵白了他一眼，回击道："忠义？哼！此等忠义实是愚忠！刘繇只重门第，不重本事，并未善待重用太史将军！这种人有何值得效忠？太史将军也怎地傻！"

瘦小的士兵道："罢了！等孙郎再攻城时，我们只管降了罢！"

太史慈闪在拐弯处，借着城墙的掩护听了他们的谈话，呆愣半晌，他身后的两个亲随要上前去拿下那几个士兵，被他挥手制止住了。然后，他转身离去，若有所思，步履沉重。

就在此时，他听见西门那边传来一片嘈杂声，有士兵喊："不好啦！孙郎破城了！"只见那里燃起冲天大火。而城下，孙策领着大军举着火把从远处呼喊着往城下杀奔过来。

一个军士在沿着城墙朝他跑过来喊："报告将军！敌军爬上了西门，放火烧了西门，现从西门攻了进来！"

此时，城里城外都传来喊杀声。除东门外，西、北、南三面都有孙策的军队攻打，而西城门已涌进孙策军，直入城内。原来，孙策、周瑜令陈武、周泰两人领众健卒衔着刀，趁夜悄悄爬上城，砍翻几名抱着矛打盹的太史慈的士兵，其余的士兵一哄而散。陈武、周泰就沿着城墙，一直杀到西门，打开西门，并在西门放起火来。孙策的人马便在程普带领下从西门冲杀进来。

太史慈大惊，从亲随手中抓过枪大喝道："随我前去迎战！"

几个亲随赶紧拉着他道："来不及了！将军！还是走为上！"

与此同时，身后拐角处几个方才议论的士兵赶紧扔了兵器往城墙下跑，边跑边喊："不打了！我们不打了！"而城墙外，孙策的兵如潮水涌来。

太史慈知道大势已去，一跺脚，令亲随牵过马来，上了马，提着枪，领身边几个亲随往下面跑去。

刚跑到大街十字口处，远远传来一阵呐喊声，斜刺里冲出程普。程普挺矛大喝："太史慈！还不下马受擒？"

太史慈见对方人多，不敢恋战，纵马往东门奔去。身边的亲随都跪地投降了。

太史慈奔出东门，只往前面小路上奔跑。跑了二里多路，只见周瑜匹马单枪、银盔银甲、威风凛凛地拦在前面，见他奔来，喊道："子义！事到如今，还不下马？"

太史慈大怒，挺枪拍马冲过去，直刺周瑜。

没跑两步，只听一阵呐喊，两边树林里拉起绊马索，将太史慈的坐骑绊翻。两边拥出一片孙策的军士，将太史慈按住绑得严严实实。然后，周瑜令押往城里。

泾县城已被孙策的人马占领。张昭已令人在全城张贴了安民告示。一队队维护军纪的军士已上街巡逻了。周瑜令人押着太史慈直入县庭大厅。孙策早已坐在里面了。见太史慈被押进来，孙策赶紧起身，亲自给太史慈松了绑，又令取来座椅给他坐。太史慈不坐，昂然而立。

孙策含笑道："子义！足下忠义之士，武艺高强！孙郎甚为钦佩！刘繇已亡，你何必还苦苦支撑？"

周瑜也笑道："子义将军！孙郎所过之处，鸡犬不惊、人民皆悦，想必你该听说了！足下既为忠义之士，何不加入仁义之师，共创江东大业？我听说子义将军事母至孝！令堂大人听说将军效力孙郎帐下，定会为将军欣然称善！"

太史慈似乎听进了两人的话，直直地盯着两人，眉头微蹙，若有所思。

"凡大丈夫无不思建功立业，何况本领无双的忠勇之士？惜乎时运不济，将军竟误投刘繇之辈，以致不见重用，误了年华！孙将军英明神武、不拘门第、豪爽大度、智勇双全，实是江东之明主！凡有识有为之士莫不踊跃投奔，将军还要耽误年华到何时？"周瑜又道。

太史慈看了看孙策、周瑜，低头沉吟。孙策、周瑜满含期待地看着他。半晌，缓缓地跪了下去。

孙策赶紧起身上前，扶起他，哈哈大笑："欢迎子义与我等共创大业！"

周瑜也笑道："我知道子义是深明大义之人，必会与孙将军握手言欢的！"

孙策又挽着他的手笑道："足下可记得神亭一战？若那日捉到孙郎，会不会杀孙郎？"

太史慈直视着孙策，认真地回答："未可知也！"

孙策、周瑜等众将都哈哈大笑起来。

当下，孙策署太史慈为门下督，拜为折冲中郎将，又令设宴款待了他。

第二日，太史慈主动请缨，称愿赴各地收降刘繇的残兵，孙策应允。程普等人担心太史慈去而不返。孙策道："太史慈乃信义之士！岂会言而无信？"周瑜也道："太史慈忠勇之人，又渴望建功立业！此前未遇明主，误了年华，今日遇上伯符，当自珍惜！诸君放心好了！"没过几天，太史慈带着数千刘繇的残兵归来。

之后，孙策同周瑜一道，领数万精兵攻打江东各地，或分兵，或合兵。兵锋所至，无坚不摧。所过之处，安民抚众，鸡犬不惊。有些县城，百姓并未见过孙策之军，听说孙策兵至，皆丧胆而走，官吏也弃城而去。未几，见孙策军队军纪严明，鸡犬菜茹，一无所犯，堪称仁义之师，就又都回来了，并赍牛酒到军营中劳军。而孙策、周瑜也以金帛还礼。所俘降卒，愿从军者就从军，不愿从军者给赏为农。敌方部曲来投诚的，也一律善待，毫无门户之见。一时间，江东百姓无不称颂孙策之德，无不庆幸江东有了明主。而士人名流，争相归附，一时有了虞翻等众多名士加入。老百姓见孙策、周瑜年轻英俊，仁厚信义，又抚恤民众，皆不呼他们为将军，而亲切地以"孙郎""周郎"相称呼。这情景让周瑜感叹不已，使他想起在袁术牢中，季原对他说过的那些话，内心常叹道："旨哉斯言！对天下黎民百姓而言，江山是否姓刘并不重要！他们要的只是明主明君、仁义之师和富足安康啊！"

这年冬，江北传来消息：袁术称帝了，国号"仲氏"。孙策、周瑜闻知，拍案大怒。他们实在没有想到袁术竟敢如此冒天下之大不韪！尽管各路豪杰都相互兼并，各创事业，与皇帝并无二样，但名义上都得奉汉室为正统的，都不敢公然称帝，而袁术竟如此狂妄，实在是可笑又可恨！

孙策怒道："袁绍地方千里、带甲之兵百万；曹操兵精将足，挟有天子，此二人尚不敢称帝，而他竟然如此胆大妄为！"

周瑜也冷笑道："此人想必是发了疯了！此举必遭天下人所共愤，实在是自取灭亡！"

孙策问周瑜该如何办？周瑜想了想，道："伯符不是素欲摆脱此人吗？正好回他一书，斥其无道，就此绝交！玉玺是要不回了，由它去！如何？"

孙策连连点头道："公瑾的主意甚好！这就使张昭写绝交书好了！"

于是唤来张昭。张昭笔走龙蛇，不一刻就写好书信，痛数袁术称帝的不当。孙策、周瑜看了，当即封了，令人送往江北袁术处。

不久江北传来消息，称：袁术看了孙策的信，勃然大怒，对众大臣道："孙策小儿！借我兵马在江东起事！今日羽翼丰满、占有江东，竟如此狂妄！我定要踏平江东！"众大臣赶紧劝住，称北有曹操、袁绍、吕布、刘备诸强，不宜南下江东与孙策较量。袁术才恨恨作罢。

孙策、周瑜领兵呼啸江东、纵横三江之间，因兵精粮足、将士用命、百姓拥戴，到建安三年（公元 198 年）初春，已先后攻占了吴郡、会稽等二郡全境共四十余县，另有丹阳郡江南片十多县，清除了严白虎、王朗、笮融等割据一方的豪强。不久，豫章太守华歆慑于孙策势力，送来降书。至此，东南半壁江山四郡六十二县，除武陵山等山地为一些未归顺的越夷和盗贼盘踞之外，俱归孙策所有。此时距他俩率军过江尚不足一年。孙策自领会稽太守。以舅舅吴景为丹阳太守，驻曲阿，管辖丹阳江南一片的数县。以朱治为吴郡太守。从豫章郡中分出庐陵郡，以孙贲为豫章太守，以孙贲之弟孙辅为庐陵太守。定曲阿为自己的将军府所在地，将太夫人及诸弟妹从江都接到曲阿。然后分拨将士，守住各处隘口。又写表申报朝廷，结交曹操，派张纮赴许都办理此事。张纮是严陵人，少时曾游学京都，回本郡后，被举茂才，推荐为官，不就。后避难江东，与孙策友善。孙策在寿春寄居袁术处时，将住在江都的太夫人和诸弟妹委托他照料。现为正议校尉，和张昭一道，被委以政事。

曹操得到张纮送来的表，知孙策平定江东，连获四郡，分为五郡，既惊讶又钦佩，连叹："狮儿难与争锋！"他有心交好孙策，就表奏献帝，授孙策以讨逆将军之职，封为吴侯。至此，孙策跻身诸豪杰之列。

十二　赴许都周郎探亲，投曹操刘备落魄

建安三年（公元 198 年）春四月的一天，孙策与周瑜正在曲阿孙策府中商议领兵肃清山贼和反叛的严白虎、王朗等人的余部，忽有人送来两封书信。一封是袁术从寿春送给周瑜的，令周瑜速速归还在历阳借的三千兵，否则，就治其叔叔周尚的罪。另一封是庐江舒城周夫人派人送给周瑜的。周瑜看了，顿时泪承于睫，原来，信上称周瑜父亲周异病重，要周瑜速往许都探亲。

周瑜将信给孙策看了，含泪道："我与家父多年未见！更未尽孝，原要助兄平了江东后，接父亲回故里养老，岂料，老人家竟先病倒了！"

孙策也嗟叹不已，不断安慰周瑜。他抚着周瑜的双肩，道："公瑾且去探望令尊大人！也正好把兵还给袁术！江东之事不必挂念！以时下我军人马，足可应付各处山贼！待足下将二老接到江东后，我二人再一同驰骋沙场！"停了停，又道："足下放心！庐江郡留着与公瑾一道去取呢！"

周瑜见孙策如此说，就答应了。于是，带着历阳借的兵，过江去了。这些兵原有三千，征战中阵亡了百余人，尚有二千九百多人。孙策一直将他送到江边后，同他洒泪而别。

过了江，到了历阳，周瑜将队伍交还周尚。此时，周尚因借兵给周瑜，已被袁术免了太守之职。周瑜安慰他一阵，劝他寻机过江依就孙策。然后，就赶回舒城探望了母亲，又奉母命起身往许都去探望父亲了。

许都此刻已是汉朝都城。率先举义兵讨伐董卓的原汉骁骑校尉、镇东将军曹操奉献帝衣带诏领军从山东赶往洛阳，打败劫持献帝的李榷、郭汜后，见原都城洛阳毁于战火，许都相对比较富庶，且靠近交通要地鲁阳，转运粮食方便，便将献帝迎到许都，盖宫殿庙宇，立宗庙社稷、省台司院衙门，修城郭府库，恢复了朝纲秩序。至此，许都就成为后汉都城。曹操在许都东北实施屯田制，令投降的

三十万黄巾军中的一部在该处屯田以供军需及宫中开支。又令通商买卖，实施"唯才是举"，广致人才，只要有治国治军之能力的，不拘其小节，一概重用。于是，北方人才，都往投奔。一时间，曹操所部境内百姓安居乐业，都城许都成为中原最繁华的通都大邑，士人如林、商贾云集，习武讲学吟诗之风盛行，大有文景之时的盛世迹象。

周瑜独自一个人骑着他的"白雪飞"，穿着黄色缎袍，扎着头帻，背着包袱，腰下悬着镶珠宝剑，风尘仆仆地奔进都城。满目的繁华令他目不暇接，也令他暗自惊讶，他没有想到曹操治下的都市竟如此繁华，与他一路行来的战乱的北方如二重天地。但他无心流连，拿着信找人问路，终于在城南一个小巷子里，找到了父亲周异的住处。

他下得马来，将马拴在门外的马桩上，上前叩门。一个瘦小的头发花白的老家奴给他开了门，上下打量他。

周瑜欠了欠身道："请问可是周异大人的住处？"

那仆人称是。

周瑜道："我乃是周大人之子周瑜！"

老仆人眼神一亮，高兴地连声说："公子请！公子请！大人正等着您！"赶紧将周瑜让了进去。后面一个家奴出门，将他的马牵了进来。

周瑜跟着他进去了。里面是个小院，过了小院是屋的正门。老仆人推开门，将周瑜迎进去。进了堂屋，老仆人领着周瑜穿过一个过道，推开一扇小门，只见里面是一间书房样的小屋。屋里立着书架，靠窗处摆着书案，焚着香。虽不大，但十分雅静。一个五旬有余、面孔身材都很消瘦的老者正伏案看书，正是周瑜父亲周异。周异累世为官，叔父和兄长都做过朝中太尉。因此机缘，他少时被举为孝廉，辟为郡吏，后迁至洛阳令，曾与北方雄杰曹操共过事。现为大司农府里的司农丞，协助大司农掌管货币、钱粮等的调度，比一千石，食禄相当于一个郡守。

老仆人上前对周异高兴道："老爷！公子来了！"周异抬起头，看着周瑜进来，又惊又愣，打量着，讷讷半晌，似肯定又不敢肯定地激动地叫了声："瑜儿？！"

周瑜赶紧迎了上去，纳头就拜："孩儿拜见父亲！"

话刚说完，眼角已渗出泪水。

周异也泪承于睫，赶紧扶起周瑜。周瑜又反扶起父亲，将父亲扶到座上，自己也坐下来。两人相互打量着，唏嘘不已。因为战乱，两人已是七八年未曾见面了。

周异最后一次见周瑜时，周瑜年方十五，还是未及弱冠的少年郎，如今已长得魁伟秀丽、玉树临风，浑身上下散发着翩翩丰采和成熟潇洒的魅力，像一株挺拔秀丽飘逸又健壮成熟的白杨。看着儿子出落得如此秀丽风流、一表人才，周异喜不自胜，不停地流泪，又不停地抚摸儿子。周瑜见父亲已是白发斑驳的老者，脸上也平添许多皱纹，长满老人斑纹，手臂枯瘦、青筋暴出，不觉泪眼婆娑、怆然不已。周异又问周瑜是否在江东辅助孙策平定了江东，周瑜点头称是。周异泪眼迷离，喜悦的目光上上下下将周瑜打量个够。

忽然，周瑜想起什么，猛地抬头，打量着周异，纳闷道："父亲！父亲不是重病在身吗？怎么？"

"这个——"周异略显难堪地笑了笑，然后正色道："瑜儿！为父并未有疾患！只是叫你心切，并且，曹公也想见你！"

"曹公？曹操？"周瑜愕然道。

"是的！瑜儿！"周异道。他告诉周瑜：孙策平定江东震惊曹操。曹操就向上表朝廷的张纮打听孙策定江东之过程，从而得知乃是周瑜协助孙策平定东南。张纮把周瑜着实夸赞一番，而且透露，周瑜父亲便是朝中为官的周异。曹操一听大喜，赶紧令程昱找周异写了封家书给周夫人转周瑜，赚得周瑜来许都。

周异说完后，周瑜连连跺脚，在屋里走来走去，连声道："阿爹！你误我事了！我和孙郎情同手足，怎可以来许都为曹操做事？"

周异不以为然道："我儿！曹公雄才大略，为大汉忠臣，更兼思贤如渴，你来许都，事侍汉室，又何乐不为？"

周瑜不再说话了。周异就滔滔不绝对讲曹操对汉室所做的功劳。他说自曹操护驾之后，圣上就不再有颠沛流离之苦了，朝纲为之一新。又说曹操如何才华横溢、文韬武略，如何善待人才，如何知人善察，如何"昼携壮士破坚阵，夜接词人赋华屋"，如何怜悯百姓；最近做了一首《蒿里行》，满城传唱，其中有两句，道出战乱之苦，令人感怀不已："白骨露于野，千里无鸡鸣！"末了他对周瑜道："瑜儿！你自小读汉书，食汉食，如今事奉曹公，一统华夏，扫除战乱，为汉室建功立业，也不枉此一生！"

周异所说的关于曹操的事，周瑜其实都知道，但他自有主张，哪里听得进父亲的话，却又不好与父亲争执，只埋头踱步。

就在这时，书房外传来一阵笑声，跟着门帘被掀开了，先前那个老仆人进来对周异道："老爷！程尚书来了！"话音未落，他身后一个三十岁左右的男子已飘然而入。此人身材高大，面容清癯和善，头顶儒士冠，一副儒雅神态。周异赶紧起身对周瑜介绍："这位是曹公谋士、朝廷尚书程昱！"又将周瑜介绍给程昱道："犬子周瑜周公瑾！"

那程昱打量一下周瑜，然后对着周瑜躬身施礼，含笑道："久闻公子大名！今日一见，胜似闻名！"

周瑜也还了礼。然后周异领程昱、周瑜到客厅里，双方分宾主坐下。寒暄后，程昱称奉曹公令，特来接周瑜入府叙谈，并为周瑜接风。原来，周异与程昱商议好，只待周瑜来，便要仆人去告知程昱，然后，接往曹府叙话。所以，周瑜刚到时，老仆人便去通报程昱了。程昱一面使人报给曹操，一面备了车马赶来。

周瑜少时曾景仰过曹操，视之为英雄，现在想既已至此，见见曹操，拜访一下这个少年时代心中的英雄，也无妨，便答应了。于是，出了门，上了程昱备好的马车，随程昱一同往曹操府上去了。

到了曹操的将军府时，曹操正坐在案后的太师椅上恭候着。他年四十有余，个头不高，约七尺五寸，但很壮实。双目炯炯有神，放射出机警、睿智的光芒。天庭饱满，好像蕴含着无穷机谋。笑时脸上就溢满自信、机智和随意轻佻，全无他这般地位的人所特有的威重。怒时则溢满诡诈与凶狠。他字孟德，沛国谯人。少时与袁绍等贵公子交好，一起放侠任荡，但机警及胆气远胜于袁绍诸人。二十岁时，举孝廉，被授以洛阳北部尉之职，后因得罪当朝权贵，迁顿丘令。黄巾起事时，拜骑都尉，征讨黄巾，立有战功，先后做了北海相、东郡太守。又得罪诸常侍和豪强，便辞去官职，回到故乡，在城外筑房，秋夏读书、冬春射猎，过隐居生活。董卓进京后，曹操在陈留率先起兵讨伐，并传檄天下，与众刺史、郡守一道组成联军讨伐董卓。后董卓西迁长安，讨董诸军各自为政，彼此兼并。曹操率军至兖州，自领兖州牧，击垮三十万青州黄巾军，并收编为青州军，自此势力大增。后为争夺土地与袁术、吕布、陶谦均有战事。建安元年秋八月，曹操奉帝潜诏，进驻洛阳，迎天子至许都。天子封他为大将军、武平侯，自此，朝中大事，皆由曹操把持。不久前，为安抚袁绍，他将大将军一职让给袁绍，自领司空之职。

周瑜上前拜见曹操，曹操还礼，将周瑜延之上座，令府上婢女为周瑜、程昱上了茶，然后情不自禁地打量周瑜。目光里遮盖不住欣赏与好感。

在曹操打量周瑜时，周瑜也情不自禁地打量曹操。他在少年时便知此人，因其父周异为洛阳南部尉时，曹操为洛阳北部尉，两人共事。周瑜少时便听父亲说，曹操刚上任时，造五色棒，县门左右各置十根，有犯禁的，无论何人，都予棒杀。灵帝宠幸的黄门蹇硕叔父夜行，违了禁规。时蹇硕权倾一时，这曹操并不在乎，硬将其叔父棒杀。一时权贵恐慌，害怕祸及自身，就明升暗调，将曹操赶出京城，迁为顿丘令。这故事让少年周瑜对曹操钦佩不已，自此崇拜曹操。后来，董卓专权，曹操率先起义兵，占洛阳后，又自领三千兵西追董卓，也令周瑜钦佩。袁术私下欲立在冀州的汉室宗族刘焉为帝，并请曹操相助，曹操愤然拒之，称此为不义之举，怒道："诸君北面，我自西向！"袁绍见曹操不响应，只得作罢。周瑜少年时一度要去投奔曹操。只是年岁太小，母亲阻挠，加之那时战乱，曹操势力尚弱，处于飘移之中。后来，遇上孙策，这一念头方才作罢。现在，对曹操，他已并无先前敬重之情，毕竟已非昔日的单纯少年了。重要的是，这些年，他也渐知曹操为人。尤其是孙策护父灵去了江东，他独在府中闭门读书习武那些日子，对天下大势及各路雄豪的势力、个性、为人均有过细致的了解与琢磨，对曹操，自然又有不少新的了解。在他看来，曹操固有雄才大略、胆识出众一面，但为人颇多自相矛盾之处：既智又诈，既自负，又多疑，既傲又卑，既善待天下人才，又将与己不合的人才置之死地；既体恤百姓，又嗜杀。在徐州与陶谦结怨，竟杀数十万人。既不惧强权、不乏忠勇侠气，又以"宁可我负人，不可人负我"对待他人。这都是周瑜所厌恶的。尽管如此，他对曹操仍是欣赏有加，仍以为曹操不失为当世之大英雄。兴屯田制；"唯才是举"，不拘一格重用人才；"外定武功，内兴文学"，这都远非一般枭雄可以相提并论的。他最近还读到曹操的《蒿里行》，里面有"白骨露于野，千里无鸡鸣"二句，单就这首诗，也是一般人做不出的。他并不以为曹操把持朝政，挟天子以令诸侯是大逆不道的事。若曹操不把持朝政，天下不知有多少人把持，与其由他人把持，不如曹操把持。何况，天子虽聪慧仁厚，但治国之术未必可与曹操相提并论，如天子还政，未必会治得了天下。总之，他敬佩曹操的雄略、才智、气度，但于其为人，却不敢苟同；他可以视曹操为友，但绝不愿与他交为孙策那样的生死之交，更不会再在他手下博取功名！

曹操用锐利的目光紧盯着周瑜打量了好一会儿，忽然拍案感叹道："果然万人之英！名震江东、攻城略地的周郎竟如此秀丽飘逸！"然后，抬头哈哈大笑开来。

又问周瑜："周公子，孤闻孙郎平定江东，足下功莫大焉！"

周瑜微微一笑道："明上过誉！孙将军仗父亲之勇烈，具神武之雄才，遂得以所向披靡，为朝廷除害，非周郎所为！"

曹操仰头大笑，道："今日孤见周郎，有相见恨晚之意！略备薄酒，与周郎接风，如何？"

当下命摆上酒席。周瑜腹中正饥，也不客气，与曹操、程昱一同就席。

几爵酒之后，曹操哈哈笑道："周公子在江东可曾听说过孟德？又以为孟德是何许人？"

周瑜笑道："明公天下英雄，何人不晓？在下自然是久仰大名了！"

曹操手里拿着爵，锐利的目光朝他射来，脸上不经意闪过一缕狐疑，不动声色地问道："那公瑾以为孤与袁绍诸人相比如何？"

周瑜看了看他，躲过他的目光，微微一笑。他似乎从曹操的目光中看到了这个日后将大放光芒的人中之杰的自负和自卑的如影随形。"以在下看来，明公乃当世之大英雄，非袁绍、袁术之流可相提并论！"周瑜笑道。

"哦！"曹操不动声色地将一爵酒喝下去，锐利的如鹰样的眼睛一直不动声色地盯着他，好像要从周瑜脸上和身上找出隐藏着的什么重要物件一样，又似乎在判定他所说是真言还是阿谀之辞。"周公子以为孤有何不同他类的英雄之举？"他轻啜一口酒，放下爵，用手揩了揩嘴唇，仍然盯着周瑜道。

周瑜微微一笑，道："率先兴义兵，征伐董卓，非他人可比。雄才大略，抱负深远，揽结英雄，罗致人才，非他人可比。外定武功，内兴文学，屯田许都，恤民之苦，非他人可比。不拘一格，唯才是举，非他人可比。恤民怜民，才气纵横，吟出'白骨露于野，千里无鸡鸣'，更非袁绍、吕布、刘备诸人可相提并论！"

曹操听周瑜说完，专注盯着周瑜的目光收了回去，捻着胡须，抬起头，脸上露出孩子般的欣喜，得意地大笑起来："哈哈哈！原来天下也有识英雄之人！可谓英雄惜英雄！"跟着，直视周瑜，满怀期望道："既如此，周公子何不与我一道创英雄之业？孤授你将军之职！如何？"

"谢明公！周瑜不敢领情！"周瑜笑道。

"却是为何？"曹操脸上闪出一丝阴沉。

周瑜坦然而潇洒地笑了笑，道："周郎此前已发誓辅助孙将军！一身不可事二主！"

"哦！"曹操点头，"果然是忠义之人！然孤与孙伯符并非宿敌！孙伯符的讨逆将军一职正是孤所表奏的！或有一日，孙策也会依附于孤！"

"虽然如此，如今我只是随孙将军！请明公见谅！"周瑜笑道。

曹操脸上有些失望的表情，仍不甘心道："孤不比孙伯符吗？"

周瑜莞尔一笑道："明公与伯符皆为天下英雄！只是，公瑾与伯符相交甚契，如鱼之于水，甚于兄弟！"

"哦！"曹操沉吟地看了看他，一抬手，又一仰脖子，将一爵酒送入嘴中，似乎要驱走心中的郁闷与不快。

就在这时，曹操的堂弟、偏将军曹仁匆匆进来禀告，说刘备在徐州被吕布打败，无处容身，来许都投奔曹操，现兵马已到许都城外，被他派兵围住，特来请示曹操处置。

"哈哈！"曹操开心地又有些奚落地笑道，"我料刘备会有今天的！此人跻身诸侯之列，志在成就霸业，可惜志大才疏，今日投袁术，明日奔吕布，总落得个东奔西逃！"

座下的程昱道："明公！愚以为刘备不可收留！刘备虽才具平平，但有关羽、张飞为辅，更兼他志气不馁，长于笼络他人，日后终会有成器之时，留他实为后患！"

曹操摇摇头："不！刘备固然平庸，又非久屈人下之人，但此人素有英雄之名，现在因穷困来投孤，若杀了他，日后谁敢再来投奔？"

说完他转脸问曹仁："玄德现在何处？"

曹仁："已随末将入城，现在府外候着！"

曹操："请他进来！"

曹仁拱手："遵命！"赶紧走了出去。

周瑜直起身子拱手道："明公既有要事，在下先告辞了！"

曹操摇摇手道："公瑾！我们但饮无妨！你也正好和刘使君结识一下！"

周瑜想想也是，就又坐下来了。

曹操令一旁侍从再加酒菜。

不一会儿，曹仁领刘备进来了。刘备一走进来便跪拜在地对曹操道："罪人刘备拜见司空曹公！"

周瑜不动声色地打量他。只见他约三十六七岁模样，中等个头，偏胖。长得方脸大口，很有贵人相。一双眼睛不算小，但与肥大的脸比来，就显得小。眼中流露出诚惶诚恐与沮丧。两耳肥大，较一般人挂得长，快要垂到肩上。双臂也长，垂下来几乎要到膝盖。这让他看上去确有些异于常人之相。身上穿着赭黄色绫缎官服，但布满灰尘，肩及袖处还有划破之处，一片缎子翻在外面。面孔虽然白皙，但尘垢满面，神色疲惫。头戴一只青玉冠。青玉冠束着的长发显然多日未洗过了，布满灰尘。胡须不整，如蓬乱的茅草。额角处隐隐有刚擦破的皮，却未流血。

这个样子实在太落魄了，以致曹操忍俊不禁扑哧笑了，用揶揄的口气戏道："刘使君别来无恙？"

刘备疲惫的身子仍然跪伏在地，谦恭道："托曹公洪福，备身体尚好！只是奔波无功，碌碌无为！"说罢，泪水从眼里流了出来。

曹操似乎生出一片恻隐之心，收回了揶揄嬉戏的表情，赶紧起身，走到刘备面前，扶起他道："玄德！何必多礼！请上坐！请上坐！慢慢叙谈！"

然后将他引到程昱上首坐下，与周瑜相对，并令人取来箸、爵、银盘等用具，搁在他面前，自己又回到了座位上。

待刘备坐好，曹操举爵，笑道："刘使君！请满饮此爵，以消晦气！"

身后一个内侍赶忙给刘备斟满酒。刘备双手恭敬地捧着，一口喝下。

喝完了，他放下爵，又揩起眼泪，边拭泪边道："曹公！吕布欺人太甚！他为袁术等人所拒，无处落身，我以徐州之地借他落脚，岂料他反将我赶出徐州！曹公众望所归，忠义之名扬于海内，一定要为刘备主持公道！"拭泪的同时，他不停地偷眼看曹操。

"哈哈！使君！你我兄弟！使君有难，我岂能不帮？你先在此歇息几天，孤明日表你为豫州牧，再令人为足下准备粮食兵器，就领兵与足下一同讨伐吕布，为足下雪恨！"曹操仗义道。

刘备大喜，赶紧离座顿首："谢明公厚恩！备没齿不忘！"

"何必多礼！只要使君日后不再与孤翻脸便可！"曹操笑道。

刘备红了脸，肥大的脸上现出难堪的表情，"明公笑话了！明公有恩于备，备报恩犹恐不及，岂敢与明公翻脸！而况，刘备又有何才能与明公为敌？"他讪讪道。

"哈哈哈！"曹操大笑，跟着道，"明日我表你为豫州牧时，将足下原是大汉帝室之胄的家世奏明天子，天子或许会召见足下！"

一股无限的欢喜从刘备眼里绽放出来，跟着很快收敛住，眼珠转了两转，又停住，低眉顺眼，脸上溢出一种忠厚无比的表情，起座，后退一步，伏地对曹操拜道："备叩谢明公！"曹操哈哈笑着要他不要多礼。他重又在席间坐下，用一种谨厚的语气小声道："算起宗谱，刘备确为当今天子之叔父，可惜竟未能一睹天子尊颜以叙衷情！"说完，眼角又挤出几滴眼泪。

"既是天子皇叔，理当尊奉汉室，为朝廷除残去污，为何拥兵一方，攻城略地，争个不休？"周瑜忽然打断了刘备。

刘备吓了一跳，朝周瑜望过来，又看着曹操："这位是——"

"哦！这位是辅助孙策平定江东的周瑜周公瑾！"曹操引荐道，又对周瑜介绍了刘备。

"哦！原来是周公子！幸会！幸会！"刘备显然听说过周瑜，眼神亮了一下，赶紧拱手致意，又问道："周公子也来投奔曹公了？"

周瑜毫不客气地挖苦道："某岂是屡战屡败以投奔他人以求生的人？"

周瑜的挖苦与嘲弄让刘备十分难堪，红了脸，呆望着周瑜，竟无言以对。

周瑜刚才一直在旁边冷眼看着刘备。作为有志于助孙策平定天下的人，他对刘备的身世、才德、为人自然知晓，不惟知晓，还甚为看不起！刘备字玄德，出生在冀州涿郡，据称是汉中山靖王之后，但自祖父一代家境就衰败了。父亲在他少年时去世，他和母亲以贩卖麻鞋为生。此人虽家贫，但少有大志。他家东南角有一棵桑树，高达五丈，树繁叶茂，亭亭如盖。往来之人都道此树长势非凡。有好事之人就称此树下必出贵人。一日，他与小伙伴在此树下玩闹时，又遇好事者称此树怪异。他忽然大声道："日后我定当乘如同这一样高大无比的羽葆盖车！"羽葆盖车为皇帝所专有，此言一出，路人皆以为异。他为人少言语，多心计，喜怒不形于色；不喜读书，而喜女人、狗、马、音乐和华丽衣服。好结交豪侠，由此结识了两位勇猛过人的壮士关羽、张飞。其帝室之胄的身份使关、张二人贴心追随他。甲子年黄巾之乱，各州郡举义兵平乱，刘备领关羽、张飞投军。黄巾扑灭后，因击杀黄巾有功，刘备被授中山县县尉一职。其后董卓进京，他投靠曾有同窗之谊的一方诸侯公孙瓒，一同参加了讨伐董卓之事。讨董联军解散后，天下大乱，各地群雄兼并，他被公孙瓒派做平原相。在此任上，因出兵随东莱太史慈营救当朝名士、北海相孔融而名声大显。不久，公孙瓒忙于和袁绍交火，渐渐不支，刘备竟弃了公孙瓒而投靠了徐州牧陶谦，并跟随陶谦一同与曹操为敌，屡次被曹操打得大败。陶谦病故前，表奏刘备代领徐州牧。自此刘备成了一方的封疆大吏，跻身于豪杰之列，和曹操、袁绍、袁术等人一道为天下人所谈论了。他的中山靖王之后的家世成为他与诸雄争雄及博取民心的最好的资本，故颇得一些士人拥戴。

但此人才具实在平庸，与人交战，鲜有获胜。先后多次为袁术及曹操击败过。两年前，吕布为曹操所败，无处容身，投靠他。他将徐州下邳之地借给吕布落脚，岂料吕布竟和袁术联兵，反将他打出徐州，掳其妻子。他无处容身，反过来投靠原本来投靠他的吕布，此事被众豪杰传为笑柄。吕布见他投降，便将原属于徐州的小沛借给他驻扎。此后两家几分几合，或联手共讨袁术，或彼此又翻脸相争。最终两人完全翻脸，刘备被吕布赶出徐州。现在大概是无处可去，只好前来投奔曹操了。

对于刘备其人及经历，周瑜自然知晓。在各路豪杰中，周瑜最看不起的就是刘备了。倒不是嫌他出身贫寒，而是看不起他的个性禀赋和才能。这与两人的出身及所受的教养也有关联。周瑜出身书香门第、官宦之家，自小知书达理，习文弄武，琴棋书画无所不精，且受大汉风骨熏陶，自有侠肝义胆、忠孝勇诚信义并愿为之舍生的君子风范，而刘备这个卖麻鞋的野心勃勃的乡村野夫却不喜读书，唯喜马狗和女人。喜女人却又视女人为衣服。周瑜听说，为笼络关羽、张飞等诸壮士，刘备时常挂在嘴边的一句话便是："兄弟如手足，女人如衣服！"事实也是如此，刘备总是不停地娶妻，身边没了女人立即便娶一个，而一遇战败，便又将这女人抛弃，独自狼狈逃命，此后又娶。这实在令周瑜不齿。周瑜以为，男人固然顶天立地，但也应善待女子。而况，若有心仪的并娶之为妻的女子，更应视若至爱，相伴终生，岂可视若衣服，随意换取或抛弃？此既非大丈夫所为，也非一般俗男子所为。而刘备这个自称英雄又喜女人的人竟公然为之，实在可恶！此外，刘备此人工于心计，毫无忠勇诚信，有的只是出人头地、不择手段的帝王之心！这也让周瑜很不喜欢！周瑜喜欢诚信之人、忠勇之士，喜欢坦荡磊落的英雄，如孙策、如太史慈，甚至素待他不礼的程普！有帝王之心并不为过，所谓雄心勃勃，抱负远大是也，但刘备既有称霸之心，又假惺惺以汉室之胄为家世、以匡扶汉室为己任来哄骗世人的虚伪之态却让他厌恶。更何况，刘备的才具又是那样平庸，从头到尾与人没打过一个胜仗，可谓屡战屡败，只靠依附他人为生。如此平庸无能之辈，竟然也敢有帝王之心！竟然也跻身英雄豪杰之列，竟然也和曹操、孙策等人一道成为天下人谈论的一方英雄！这让周瑜有些啼笑皆非！当然，周瑜心里也清楚，刘备之所以跻身豪杰之列，乃是沾了前徐州牧陶谦的光，陶谦死前将徐州让给他，又表了他为徐州牧。而陶谦把徐州托付给他，除却他善笼络士人、能屈己下人、并有帝室之胄这一金字招牌外，也因他有些人马，并有关羽、张飞二员世之虎将可守徐州，没有想到只一年半，就被吕布赶出徐州了！此前周瑜只知刘备在徐州和袁术、吕布打得不可开交，没想到竟会惨到这种地步，戴着徐州牧的空头衔灰溜溜来找曹操求救！刚进来见曹操时那种卑微之态及张嘴便哭的样子就让他反感之极。当然，或许投靠曹操是他发迹的又一次机遇，曹操方才答应了要保举他为豫州牧，并且向天子引荐他。此人身份便又多了些光环！从此可以皇叔的身份接近天子了！这个庸才的运气倒真的不错！周瑜心里不由得感叹。但，在感叹的同时，他的鄙视仍不由自主地流露出来了，现在，见刘备问他好，他就忍不住冷笑并挖苦他一句。

曹操见刘备难堪，赶紧打圆场道："哈哈！今日见周公子和刘使君，甚慰孤意！诸君且不谈国事，只管饮酒！来！"他举起了爵，目光炯炯，望着周瑜、刘备。

周瑜称不胜长途跋涉之苦，要先回去歇息，起身告辞。

曹操劝他多留一会儿，周瑜坚辞，曹操只好答应了，又叮嘱他好好歇息，并称改日请他去许田射猎。周瑜拜谢了，告辞曹操，出了曹府。

十三　猎许田三英逐鹿，图不轨云长刺曹

　　第二天，周异到大司农府里公干。周瑜就去拜访蒋干。他从父亲周异那里得知好友蒋干已迁至京城衙门许都尹府里做长史了。他没有骑马，想顺便在街上随便逛逛。找到许都尹府，里面的掾吏告诉他，蒋干一个月前已被派出使外地去了，估计这两日就回。出了尹府，周瑜独自在大街上游逛。

　　大街上人来人往，笑语声喧，车水马龙。距他约百步间迎面走过来两个颇为雄壮的军人，均未戴头盔，只在头上戴了武士冠以束发，身上也未披重铠，只是斜披着战袍，腰间再环唐猊铠甲，系着狮蛮宝带。其中一人披绿战袍，一个披黑战袍。披绿战袍的身高九尺，看上去相貌堂堂、威风凛凛，如一棵巍然大树，面孔如重枣一般。丹凤眼、卧蚕眉。一部胡须，长约两尺，又黑又密，飘飘洒洒，颇为动人。另一位披黑战袍的也很威风。身长约八尺，豹头环眼、燕颔虎须、膀粗腰圆、面黑身黑，看上去力大无比。因两人在人群中甚为打眼，周瑜不由自主地朝他们瞥去一眼，下意识地叹道：到底是帝王之都、曹操治下，果多雄壮军人！然后又扭过脸，将目光朝两边放去，继续贪看这京都风情。

　　这时，一个盗贼从他身边走过去，直往前面那两人走去，从那个披黑袍长着黑脸的身边擦肩而过时，手腕轻轻一晃，飞快地摘下挂在他腰间的一个银袋。然后迅疾地往前走去，挤进人群之中。

　　黑袍军人却并没有注意，仍与披绿袍的兴致勃勃地谈论着。与此同时，周瑜脸上挂着微笑，一面往街两边瞅着，一面漫不经心往前走。瞅着瞅着就和那披黑战袍的撞上了。

　　周瑜一愣，不自觉打量他一眼。

　　那人环眼圆睁着，虎须竖起，恶狠狠地瞪着他打量着。

　　周瑜退一步，拱手躬身："兄台！得罪了！"

　　那人瞪着眼一摆手："嗯！走吧！"

　　周瑜笑一笑，继续前走。"此人生得好生威风豪爽！"他心想，又回头看了

那人一眼。

此时，那披黑战袍的像发现了什么，赶紧将手往腰里一摸，大惊失色，然后猛地转身，大步朝周瑜走来，喊："盗贼！站住！"

周瑜并未想到在喊自己，接着往前走。

那人赶过来，扳过周瑜的肩，虎目圆睁，握紧拳头，怒道："盗贼！敢偷你张爷爷的银子！不要命了！"

周瑜转过脸，愕然地看着他："兄台！我何时偷了你的银子！"

那人怒道："狗盗贼！看你衣冠楚楚、一表人才，竟做如此下作之事！你张爷爷教训教训你！"

说完一拳朝周瑜打来。周瑜眼快，猛地闪过。

那人见一拳打空，眼瞪得更圆了，又一拳打过来，周瑜提起胳臂，挡住，怒道："你这人，怎恁地不讲理？再要撒横，本公子不客气了！"

"不客气又如何？客气又如何？你张爷擒了你这盗贼！"那人虎目圆睁，接连出招，势如奔马。周瑜见此人很有力气，也有武艺，知一味退后当会吃亏，便也拉开架势，双手握拳，出招。

两人打在一处。周瑜个高，那人力大，打得不分上下。

旁边那高个的披绿袍的人在一旁急道："三弟！不可冲动！待问清楚了再动手！"

披黑袍的边打边说："二哥！看不出这个盗贼还有些武艺！我先收拾了他再说！"说完，他拔出宝剑道："盗贼！拿剑出来！"

周瑜冷笑："拿剑出来你更非对手！"

黑袍怒道："你爷今日不取你首级不姓张！"

周瑜拔出剑来，冷笑："你这个不问曲直的东西！我看你是军中霸道惯了！本公子今日不教训你也不姓周！"

黑袍道："我的儿！还没有谁可以教训你张爷的！"说完，挥剑朝周瑜砍去。周瑜举剑相迎。

二人你来我往就在大街上恶斗着。周瑜自小练剑，剑术十分精熟。十八岁孙策去了江东之后，闭门读书习武，剑术更是非同一般。那黑袍的虽然力大无比、气势夺人，却占不得一点上风。周围路人见两人打得精彩，早围起了数重人墙。那披绿袍的高个刚开始还在一旁劝着，道："京城里械斗恐要吃官司！"后来也无声息了，只愣愣地看着两人斗。还摸着长而密的胡须，冲着周瑜射出矜持又赞叹的目光。大概是以为两人武艺相差无几，打得颇为精彩，而周瑜的剑术更为出色！

就在这时，刘备带几位军士骑马奔过来，马高人也高，看见人群中的打斗，赶紧下马拨开人群冲了进来，大喊："翼德！住手！住手！"见两人并无歇手之意，他赶紧冲上前，拦在两人中间。

那黑袍的一见是刘备，收了剑，剑指周瑜道："大哥！这厮无礼，摸去我的银两！"

"休得胡说！我何时拿了你的银两！"周瑜提着剑，额上沁出细汗，怒道。又看看刘备，再看看那穿黑袍的，打量了一下，道："你既与刘使君称兄道弟，想必定是张飞了！"

"你知你张爷大名？你是何人？凭什么认得我大哥？"黑袍的瞪起圆眼。

刘备对关羽、张飞道："云长、翼德！这位公子是辅佐孙策平定江东的周瑜周公瑾！"

又堆起笑指着绿袍的与黑袍的对周瑜道："周公子！这两位乃是刘备的结义兄弟、生死之交！"他指着绿袍的道："这位乃是关羽，关云长！"又指着黑袍的道："张飞，张翼德！"

周瑜眼睛一亮，点头道："原来如此！怪不得武艺如此了得！"又道："翼德兄！在下确没有拿走你的银袋！"

那张飞瞪着眼上下打量周瑜，脸上露出钦佩的表情，豪放道："原来就是那个助孙郎定江东的周瑜？怪不得武艺如此精熟！哈哈哈！看来是张某误会了！"跟着恨恨环顾四周道："原来京都也多蟊贼！哪个挨千刀的盗贼，摸走了张爷的钱袋！张爷抓住他，一矛捅死他！"说完，将剑收入鞘中。

旁边的关羽带着几分矜持对周瑜拱手道："周公子！关某有礼了！"

周瑜赶紧将剑收入鞘中，还礼："关将军！久仰！"

原来，此二人是刘备情同手足的兄弟，绿袍的是关羽，字云长，河东解人，杀人亡命涿郡，与刘备相识。黑袍的是张飞，字翼德，涿郡人。少时便与刘备相识。两人不惟长相雄壮，且均有一身武艺，为人甚重义气。刘备自与二人结识后，情同手足，恩若兄弟。关、张也深为刘备折节下人及帝室之胄所打动，随刘备击黄巾、战徐州，追随至今。

刘备对着几人高兴地笑道："真是不打不相识！周公子！到舍下馆驿叙叙话如何？刘备有天大好事要告诉周公子和两位义弟！"

周瑜莞尔一笑，风姿飘逸地道："好啊！"

刘备的馆驿在城西。曹操为款待各地使者在许都建造了多处馆驿。为示对刘备的厚待，专拨一处可容百余人的馆驿给他兄弟三人及随从居住，其余军士则驻扎在城外军营里。到了馆驿，刘备领周瑜径入后花园，在亭子间分宾主坐下，寒暄一刻后，侍从上了果盘与酒。几人且饮酒且聊天。酒过一巡，张飞问刘备有什么天大的好事？刘备压抑不住内心的欢喜，但表面依然平静地告诉周瑜和关、张，说他刚去觐见了天子，天子和他叙了家谱，听说他是中山靖王之后，即刻封他为左将军、宜城亭侯，并与他行了叔侄之礼，称为皇叔。

他一说完，张飞高兴地叫道："哈哈！日后我兄可以皇叔之名号令诸侯了！"

"三弟想得太简单了！如今连皇上尚且无法号令天下，我皇叔又有何用？"刘备说完，不动声色地用眼光朝周瑜看，但周瑜不动声色，只微笑着饮酒。

"虽然如此，哥哥也被皇上拜将封侯了，谅各诸侯也不敢小觑哥哥了！"张飞又道。跟着，转脸对周瑜道："周公子！你也跟着俺哥哥干吧！俺哥哥乃大汉皇叔，不会亏待你！"

周瑜笑一笑，没有吭声。

刘备看着周瑜，做出谦和恭敬的表情道："周公子！备虽不才，但也是思贤如渴之人！像周公子这样文韬武略的英雄，刘备甚是景仰！如公子能助备一臂之力，与备共创大业，则备喜不自胜，必引以为终身乐事！"

"不知刘皇叔所说的大业是何等样的大业？"周瑜笑道。

刘备一愣，眼珠转动了一下："当然是匡扶汉室、扫除暴乱了！"

周瑜仰头大笑："哈哈哈！刘皇叔分明在徐州与人争土地打得不可开交，怎可自命匡扶汉室？"

刘备一愣，有些难堪："这……"

关羽不悦道："周公子！此言差矣！皇叔在徐州，就是要为汉室扫除吕布、袁术一类汉贼！何况，皇叔既领徐州牧，当守土有责，而吕布、袁术诸人侵我土地、夺我州郡，皇叔岂可任其所为？"

"是吗？"周瑜嘴角挂起一丝稍纵即逝的冷笑，"就算刘皇叔是匡扶汉室的

128

忠臣吧，周瑜怕也不可从命！周瑜与孙策孙伯符结为生死之交，誓言肝脑涂地以报！"

刘备呵呵笑道："良禽择木而栖！公子自可重新选择！"

张飞："是啊！周公子！跟着俺哥哥，前程远胜于孙伯符那个娃娃的！"

周瑜笑道："如今孙将军已据有江东广袤之地，精兵数万、战舰上千，人才辈出、名士云集，刘皇叔却仍躲在曹操羽翼下求生！但不知周郎跟着谁更有前程？"

刘备愕然地看了周瑜一眼，有些愠怒地转过脸，克制住怒气，望着远方，不快道："如果刘备有兵马和基业，天下英雄，不足道也！"

周瑜心里升起一股厌恶与愤怒。事到如今，此人居然还如此狂妄，看来不羞辱此人，他怕越不知天高地厚了！于是冷笑道："刘使君领有徐州，并有关羽、张飞世之猛将，不知算不算拥有基业？孙伯符将军东渡长江时兵只有四千，将不显名，官职只是折冲校尉、殄寇将军，均远逊于刘使君，却所向披靡，不一年就拥有了江东半壁江山！不知刘使君是否以为孙讨逆不足道也，或孙讨逆以为刘使君不足道也？"

刘备脸上骤然现出愤怒的表情，但很快收敛住了，一如平常一样不动声色、坦然自若，好像没有听见这句话一样，沉吟不语，然后哈哈地笑了笑，慢慢地若无其事地举起酒爵，缓缓地饮下。

一旁的关羽正捋着胡须吃青果，听周瑜说话，白了周瑜一眼，将胡须一甩，愠怒道："周公子！你不愿追随我兄便罢了！何必语中带刺？"因为饮酒，他原本枣红的脸更显得红了。

"是啊！周公子！你英才杰出，张飞甚为佩服！但公子不得辱没我哥哥！"张飞也咕隆连饮两爵酒，不快道。

周瑜洒脱地一笑，对刘备拱手道："周瑜乃性情中人，得罪了！"

刘备哈哈大笑："说哪里去了！各陈己见而已！哈哈哈！"说完低下头呷酒，眼珠子不停地转动。

又饮了一刻，周瑜起身告辞。刘备、张飞挽留不住，寒暄数句，就由他去了。

第二日，曹操许都郊外许田狩猎场邀刘备与周瑜一同射猎。许田狩猎场在许都西，距许都二十余里，是一片坡势较缓的丘陵。里面林木茂森、野兽颇丰。曹操令帐下校尉许褚领虎卫军四面围开来，击鼓喧哗，将兽类从林中轰出。一时，方圆数十里内，旌旗猎猎、人欢马喧。正是春日，万物疯长，猎场弥漫着热烈的春气，大小动物按捺不住发情的诱惑，原本就在猎场中奔进奔出，此刻，闻得喧叫，更是躁动莫比，四处乱窜。一时，满地里尽是奔跑的虎、狼、鹿、獐、兔等物。曹操哈哈大笑，意气纵横地领着刘备、周瑜奔进场中，追杀猎物。几人都是沙场征战之人，娴于骑射，故奔驰自如。张弓如满月，箭去似流星。关羽、张飞两人及许褚率领的曹操的虎卫军远远跟在后面。许褚，字仲康，谯国谯人。身长八尺有余，腰大十围，容貌雄毅，勇力绝人。曹操领军过其故乡时，率数十壮士投奔曹操，被曹操视为樊哙，引入宿卫。后屡立战功，升为校尉，统虎卫军护卫曹操。对曹操十分爱戴忠心，号称"虎痴"。

不多一刻，曹操、刘备、周瑜各有所获。其中，以周瑜所猎获最多，曹操次之，刘备再次。都交后面军士和侍卫拿着。

曹操令军士计点了各人的猎物后，哈哈笑道："今日逐鹿猎场，以周公子所获甚多，但不知日后逐鹿沙场，当如何？"

周瑜笑道："周瑜倒不愿和明公逐鹿沙场，果真如此，江东百姓当遭战乱之苦了！"

曹操哈哈大笑，道："周公子有如此恤民胸怀！难得！白骨露于野，千里无鸡鸣！孤何尝又不恤民？"

就在此时，林中忽然窜出一只肥壮的大鹿，从众人眼皮底下朝前跑去。

曹操兴奋地叫道："好大一只鹿！追！"

于是，三人纵马追赶。关羽、张飞及许褚统领的虎卫军都被远远甩在后面了。

追得与大鹿只有一箭之距了，曹操举起彩漆雕弓，对刘备、周瑜二人道："看孤射之！"从背后箭壶抽出箭，搭在弓弦上，弓开如满月，一箭射去，箭擦着鹿的头部飞过去，直插进前面一棵小树上。

曹操叹息地一拍大腿："嗨！"

刘备不动声色地拉开弓瞄准。周瑜此时也拉开了弓，见刘备拉了弓，就又放下，看着刘备射。三匹马仍然往前追逐着。刘备在马上边追边瞄，一箭放去，箭却射偏，从鹿的右耳边飞过去，落入前方草丛之中。刘备脸上现出一丝懊恼。

那只鹿似乎感受到了后面的杀气，更加拼命地往前奔跑，并发出惊恐、绝望的鸣叫声。

周瑜有些不忍，对曹操道："我射它后腿，只要活捉它，放在明公后花园中养着！"

说完，他一拍"白雪飞"，"白雪飞"会意地往前疾驰。赶了几步，周瑜在马上张弓搭箭，一箭射去，箭正中大鹿后腿。大鹿一个跟头，跌倒在地，又爬起来，跛着腿跑，周瑜已打马赶了过去，将弓箭插进背上箭壶，一弯腰，将那鹿抓起来，搁在马背上。

"哈哈！"曹操纵马从后面赶来，赞道："周郎果然年轻勇武！"

周瑜拔掉那鹿身上的箭，掀开衣袍，从内衣上撕下一块白色的缎布，给鹿裹住伤口，笑道："周郎只是青春年少，有些气力而已，哪里比得上明公勇武？"然后将鹿提起来，送给曹操。曹操一伸手，双手接了过来，搁在马背上，摸着鹿的背自语道："今日逐鹿，以公瑾获胜，来日当如何？"

周瑜笑道："只在鹿园逐鹿而已，明公何须思量过多？"

说着，他下意识地往后面看了一看，忽然他愣住了：只见刘备身后，关羽手提青龙偃月大刀，纵马正朝着曹操走来，眼露凛冽光芒，卧蚕眉倒竖，凤眼圆睁。周瑜以一个习武之人的经验看出，这一举乃是要行刺。他脸色陡地一变，眉头蹙起，纵马上前，拦在了关羽前面，笑道："关将军如此近前，可是对此鹿也有兴趣？"刘备此时回过头来，看见关羽的模样，意识到了什么，脸一下变得如纸样苍白，赶紧目视关羽，示意他不可轻举妄动。

关羽先是被周瑜拦着，愣了一下，有些不知所措。跟着看见了刘备的神色，就犹豫了，那把青龙偃月刀一时没有提起来。背对着关羽的曹操也转过脸来，目光盯在关羽枣红的脸上及未提起来的青龙刀上，狐疑地看着他。

"此地偏僻！关某以护守曹公和兄长为己任，自然不敢远离！"关羽红了脸自我圆场道。

周瑜眨着眼对关羽意味深长地微笑道："关将军可谓忠勇！只是，周瑜有三尺剑在身，如有人敢行刺明公和刘使君，不劳关将军，周瑜便立斩他于马下！"

曹操似乎明白了什么，忽然抬头哈哈大笑道："关将军、周公子，卿二人一片苦心，孤都领了！卿等放心！孤之虎将许褚统领一万虎卫军就在四周，刺客就是插上翅膀也飞不出去！哈哈哈！"

说话间，一阵疾风暴雨似的铁蹄声由远而近传来，只见许褚领数百虎卫军飞奔而至。刘备脸色惨白，额上冒出汗来。关羽赶紧将刀横在马上，拱手道："明上如此说，关某就放心了！"

不一刻，许褚的人马赶近来。许褚在马上躬身拱手对曹操道："明公奔驰如风，末将未能跟上，请明公恕罪！"

曹操大笑道："无妨！我等正要远离诸军，尽兴一猎！"说完，将手中的鹿扔下马来，两名军士赶紧上前将鹿按住，绑了起来。

曹操又意味深长地看了周瑜一眼，对众人宣布："打道回府！"

回到许都，曹操令侍卫分了几只猎物给刘备、周瑜，就自回去了。刘备邀周瑜一同往馆驿吃獐肉。周瑜答应了。将猎物带回周异处，请厨人做与周异下酒吃，然后就骑马到了刘备馆驿。等他赶到时，刘备的獐肉已经煮熟。几个人在大厅分宾主坐下，侍者将香喷喷的獐肉和酒端了上来。各人面前一大盘肉，一大壶酒。张飞喜酒，正中下怀，呵呵大笑数声，用手撕了肉便大嚼开来，且饮酒，且吃肉，十分尽兴。关羽闷闷地饮酒吃肉。刘备、周瑜且饮酒，且谈天，说些天下英雄人与事，也谈些音乐。刘备也喜音乐，并知周瑜乃音律高人。酒过半巡，关羽忽然冷笑数声，红着脸，直视着周瑜，挖苦道："周公子今日救曹贼大驾，可算立大功了！"几杯酒下来，他的脸已红得如烧公鸡。

周瑜微微一笑，儒雅又潇洒地举箸吃一块肉，然后用案边的素绢拭拭嘴，看着关羽笑道："周郎今日也救了你关将军，当录何功？"

刘备放下爵，对关羽道："正是！二弟！今日若非周公子止住你，你我皆死于乱刀之下了！"

关羽不服气地对刘备道："兄长！待许褚的虎卫军赶到，曹操首级已在关某手中！关某提着曹操首级告示众人：天子有密诏令刘皇叔诛杀奸贼！群龙已无首，又有刘皇叔在场，谁还敢违皇命！就是明知密诏是假的，又有谁愿意放弃眼前的富贵去送死？所以我等诛曹操、建千秋功业只在那一刻！"

张飞放下手中刚啃过的大骨头，一抹油渍渍的大嘴，虎目圆睁，瞪着关羽高兴道："是啊！是啊！二哥说得是！杀了曹操，为国家除去奸贼，大哥助圣上执掌朝政，二哥做大将军，我做骠骑将军，然后平讨天下，匡扶汉室，我们都成了千古名臣，中兴汉室的邓禹、吴汉！"

周瑜饮一爵酒，笑道："关将军所言，实在是匹夫之言！"

关羽怒视周瑜："你怎敢小觑关某！"

刘备一旁和气道："二弟差矣！曹操心腹之人甚多，受其恩惠之人更不在少数！

其中不乏田横、荆轲一类忠勇之士。杀了曹操，他们未必会俯首，必将擒杀我等以报曹操知遇之恩。你我三人就是跑出了狩猎场，也跑不出许都城，又如何去执掌朝政？"

周瑜停箸道："使君所言极是！却只知其一！其二，就算你等杀了曹操，并执掌朝政，但以刘皇叔的势力，又岂能掌得牢固久远？不须说曹操旧部不会放过你等，就是袁绍、吕布等众雄豪也会蜂拥入许都，争抢天子，到那时，非但关将军与皇叔性命难保，就是天子本人，也有性命之忧了！"

关羽一时无语，跟着恼羞地涨红了脸道："既然阁下如此敬重曹操，何不找曹操谋个官职，也算对得住你那点本事了！"

周瑜仰头哈哈大笑，跟着道："如若世上没有孙讨逆，周郎倒真想在曹公麾下效力！"

关羽冷笑："就是有孙讨逆又如何？在孙策处的前程岂可与曹公相提并论？"

周瑜哈哈笑道："周瑜并不要所谓前程，只求辅助心仪的英雄平定天下，酬知己之恩，救百姓于战乱，足矣！"

关羽无言以对，悻悻地斜着眼做蔑视状地看着他。

张飞又大灌一口酒，抹一抹嘴，大大咧咧劝关羽道："二哥！我看不杀曹操也好，大哥还要求他收拾吕布的！"

关羽似乎听进了以上话，不再吭声了。

刘备又回头对周瑜道："公瑾不会将我兄弟三人之言报与孟德吧？"

周瑜朗声一笑："使君岂非以小人之心度君子之腹？"

张飞也嚷道："周郎光明磊落之人，怎会做小人勾当？大哥不可多心！"

刘备脸红了，举起酒爵，对周瑜笑道："备戏言而已！哈哈哈！"

又饮了一回酒，说了些闲话，周瑜告辞了。

十四　赏乐曲孟德揽英雄，奏华音公瑾剖忠心

　　第二日，周瑜又去找蒋干，结果正撞见了蒋干在府衙办公。见周瑜来了，蒋干喜出望外，与同僚招呼了，拉着周瑜就回了自己在许都的家。寒暄一刻后，蒋干的婢女将酒菜端了上来，两人相对而坐小酌开来。且饮且聊，十分开心。席间，周瑜劝蒋干随他一道往江东发展。蒋干哪有不想去之理？当即应诺。

　　正饮着，一个家奴进来禀告说程昱程尚书来访。蒋干赶紧迎进。程昱进来后，也不坐，径直告诉周瑜说受曹公之命请周瑜往曹操府上去一趟！周瑜问他是如何找到这里来的？程昱道，他往周异府上去寻他，听府上仆人说的。周瑜道："曹公相邀我自是要去的！但此际某正与友人相酌，自是要等酒毕后才可以去，不知程尚书以为可否？"

　　程昱道："那是自然！公瑾重友情，某岂敢违令！"

　　蒋干便邀一同来饮，程昱欣然答应。于是三人一同饮了一回。酒毕，周瑜辞别蒋干，与程昱一同往曹操将军府兼司空府去了。

　　在程昱去请周瑜的时候，曹操在府上边处理公文奏章（大臣们和各郡府报往皇上的奏章、文表须先经他阅批或审阅后方才送往献帝处的）边等周瑜。但周瑜却久久未至，他有些不快了。恰这时，程昱的随从来禀告说周瑜正与蒋干饮酒，需过一会儿才到。他有些愠怒，但很快又消失了。"视兄弟之谊甚于功名！真丈夫也！"他叹道。然后他舒展一下筋骨，离了座，走进后花园里。

　　盘桓在后花园里，曹操脑海里一遍一遍地浮现周瑜的影子。他没想到世上有如此完美的公子：知书达理、一表人才、俊美风流、忠勇侠义，文能运筹帷幄，决胜千里，武能浴血沙场，攻城拔寨。而且还精通音律。和周瑜相比，那个卖麻鞋出身、不喜读书，文不文武不武的刘备简直就像一个好色的工于心计又虚伪的小贩！不惟如此，这周瑜还救了他一命。许田狩猎时，关羽明摆着想刺杀自己，如不是周瑜挺身而出，止住关羽，后果不堪设想。当然，刘备也拦住了关羽，但刘备是怕自己一同赔上性命而已。而周郎并非如此。联系此前两人的一番交谈，

周郎显然是英雄相惜之故。如此人物，岂有不罗致之理？为此，今日一早，周异呈上辞表，称欲告老还乡，他不仅答应了周异告老还乡的请奏，还当场赏赐周异大批金银丝帛。然后使周异游说周瑜，劝周瑜在他手下做将军，他一定不会亏待周瑜。周异却称儿子大了，恐劝不动。曹操便明白，周瑜一定对他父亲表露过主意，于是就告诉周异，说赏赐他的东西是嘉奖他多年在朝中为官，孜孜不倦侍奉天子，与周瑜无关。如此一说，那周异方才收下了礼物。曹操令程昱带人将赏赐送到了周家，同时邀周瑜来府上一叙。他想再好好劝说一下周瑜。他相信精诚所至，金石为开。对周瑜这样的视他为英雄的人来说，应是可能有奇迹发生的。

盘桓一阵，府吏来报，称程尚书与周公子已到府上，于是便穿过回廊，往大厅而去。

拐过一个回廊，他听见里面庑房里即将出场的乐坊乐女们正聚在一处闲聊。昔日汉室强盛之时，均设有乐府，或搜集民乐，演奏弹唱，或请文人作诗，配上乐曲弹唱，兴盛一时。他素爱音乐，也爱诗文，他的不少诗作均是仿乐府诗所作，便专为自己设了一个私家乐坊。今日请周瑜来叙，他要搬出他的乐坊与周瑜同乐，既使周瑜与他有兴味相投之感，也让周瑜陶醉于温柔乡里。他知道周郎未曾婚配，他想用她们迷住周郎，使周郎不思江东，渐渐喜欢上京都并留在京都！但愿此计能在年少青春、血气方刚的周瑜身上行得通。

他听见里面一个乐女胡乱议道："听说这个周郎容貌秀丽、风流倜傥呢！"

"就是啊！所以我等众人才要故意地乱弹一气，让他多多回看，既饱眼福，又遂了司空大人的心意！嘻嘻！"

"听说周郎足智多谋、用兵如神、骁勇无敌呢！"

"哎呀！真是了不得啊！世上还真有这样标致、这样文武出众的人啊！我真想好好看看！嘻嘻嘻！"

乐府女总管的声音："你们都给我把嘴巴闭上！就你们这叽叽喳喳的模样，能让周郎看得上你们？好好思量如何迷倒周郎吧！迷住了周郎，不光享受如此美男子！荣华富贵更是享受不尽！要迷不住周郎，哼！曹公怪罪下来，我保不了你们的！"

一乐女嘻嘻笑道："您就放心好啦！在这样的英雄美男子面前，还用得着您教吗？你看姐妹们那些个骚样！你要她们正经都没法子呢！"

众乐女嘻嘻笑了起来。

135

曹操笑了。他觉得这些乐女很可爱，肆无忌惮地谈论她们心仪的男人！纵使身份低下，希望找个好郎君的愿望都不曾熄灭。这可都是一群十三岁到十八岁的皓齿明眸、美妙绝伦的少女。大多是从各地书香门第之家选来的女子，经过精心调教训练的。也有少量是战乱中从被遗弃的孤女中，选些模样俊俏、心灵聪慧的放在府中调教的。都能歌善舞，弹琴吹笛无一不通。他很爱惜她们，除了供自己享受之外，多是有重要客人来访，才叫她们出场，现在，他要用她们来使美人计了。但愿周郎今天看上她们其中一个或几个吧！祝她们好运！想到这里，他迈开步子，快速地跨过那间庑房的门，往大厅里走去。

进了大厅，程昱正领着周瑜立在大厅里等候着。曹操嘻嘻笑道："呵呵！周公子！让你久等了！你也让孤等了好久！哈哈！"然后令侍从在大厅里摆设樽俎；每个案上，置几盘酒菜并一樽煮酒，自己坐在上首。周瑜、程昱分两边坐下。坐定后，几名侍女从屏风后走出，立在一旁酌酒。曹操举爵对周瑜道："周公子！不妨开怀畅饮！"

周瑜从容举觞。他想曹操请他来，无非就是示好以笼络他。他心里自有主见就是了。酒过三巡，曹操笑道："周公子！令尊大人要告老还乡，孤已准许了！并给令尊以重赏！奖赏他数十载勤勉忠诚、方正刚直！"

周瑜笑道："谢明公！这是家父与朝廷间的公事，周瑜不便多言！"说完，兀自饮酒。

曹操目光在他身上停留一刻，笑了笑，道："久闻周公子精通音律，有'曲有误，周郎顾'一说！本府乐坊有一班乐女，吹拉弹唱，也素有盛名的，今日借周公子来许都之机，欲请周公子调教一番，如何？"

没等周瑜回话，曹操看了身后的一个小吏一眼。小吏一拍巴掌，十二位美若天仙的乐女便从屏风后鱼贯而出，有的怀里抱着琴与瑟，有的握着笛与箫。飘到宴席前面，面向曹操，眼含秋波望着周瑜打了个躬，嘴里齐齐道："请周公子赐教！"然后分成两排齐齐地盘腿坐下。虽然是低眉顺眼，但都红了脸，多情的目光乱纷纷直朝周瑜射过来。

周瑜平静地扫了一扫众女子，只见个个浓妆淡抹，鲜丽动人，风情款款，美目间都射出多情的秋波，红润的嘴唇饱含爱慕与渴望，俊俏妩媚的粉脸含着羞涩与娇柔。周瑜未曾婚娶，见此情景，白皙俊秀的脸上不免飞起红晕，赶紧躲开那片目光，低头啜饮。曹操借举爵之机以酒爵和衣袖罩面，偷偷窥看周瑜表情，暗自点头，然后，放下酒爵，道："孤素喜音乐，只是远不及公子造诣！今日请公子为众乐女指点一二，既开老夫心怀，也长乐女见识！请公子万勿推辞！否则老夫全无脸面了！哈哈哈！"

周瑜微微一笑："哪里！曹公调教的乐女，周瑜岂敢妄评？"

"公子不必推辞！"曹操语气坚决道。然后对众乐女点一点头，众女子立时演奏开来。拨琴的拨琴、吹箫的吹箫、鼓瑟的鼓瑟、弄笛的弄笛。一阵舒缓而凄迷的汉乐府诗《昭君出塞》的音律立时在大厅里飘荡开来。曹操又举爵对周瑜道："公子！我等且饮酒且赏乐！不负此良辰！"

周瑜举爵，正要饮酒，忽然，英俊的剑眉耸了起来，他从这片音乐中听出了一丝不和谐的杂音，是商音走调。他情不自禁地准确地朝后排右数第二个女子望去。结果，迎接他的是一张妩媚动人的脸蛋和一双秋水般盈盈动人又脉脉含情的目光，脸上还挂着多情的千娇百媚的微笑，好像在说："嘻嘻！我故意弄走调的！"周瑜脸一红，赶紧转过脸来。

跟着，后排左数第二个乐女处又传来微音跑调，周瑜下意识地望过去，结果，他的目光立即被那火热的像要熔化他的目光以及妩媚的多情的笑容接住。与此同时，其余女子脸上则游荡着隐隐的醋意。这个调实在走得太离谱了，就像一片畅流的泉水中，忽然跳进一头母猪发出咚的一片响声。周瑜本想开口调教她两句，但看着那充满渴望的眼光和会说话的眼睛，那妩媚的表情，终于没有张嘴。他从这个及先前那个乐女的目光中看到了爱慕与调情。他有理由判定对方是故意出的错。而且，每当他回首朝那出错的乐女望过去时，曹操和程昱都悄悄地观察他。曹操的眼神里都闪出一缕不可捉摸的狡黠与精明。于是，他有理由怀疑这是一个温柔的圈套。于是此后，他就一直低着头，只饮酒，任凭这片音乐的海洋里翻起多么不和谐的浪花，都一概置之不理了。

乐女们有些失望，有些伤心，甚至有些怨恨了。她们接二连三地出错，但周郎都没有顾盼。而先前被周郎顾盼过的两个乐女脸上仍涌动着红潮。这个容貌俊秀、才华出众、智勇双全、风流倜傥的美男子回首一瞥带来的陶醉与惝恍仍然小鸟一样在她们心头撞击着。那黑色的宝石般的眸子里发出的智慧而温情的光芒，那浓黑的剑一样齐整又秀丽的眉毛微微挑起的样子，那高挺的鼻梁，红润的、唇线分明的嘴唇，还有白皙的虽经战火洗磨却依然如玉一样富于光泽的肤色，那举手投足间的潇洒飘逸又不失沙场勇士之刚劲果敢的举止气度，都让她俩心中荡起一阵阵涟漪，让她们回味不已。这种陶醉的感觉让其他乐女羡慕不已。尽管其他的乐女也都趁着周瑜瞥过来时争先恐后地挑逗周瑜，趁他低头饮酒时尽情地欣赏他，但在她们看来，这种愉悦是远远比不上周瑜回头专注的一瞥所带来的愉悦，甚至会给她们带来嫉妒与醋意。所以，当周瑜不再回顾她们而埋头饮酒时，她们的渴望、爱慕、欲火就化为烦躁与疯狂，就一齐乱弹乱吹开来，既发泄欲望，更要使周瑜回首相顾。于是，横七竖八乱成的杂音像野草一样在华丽的大厅里疯长开来。而素来在音乐中容不得不和谐之音的周瑜最终忍受不住了。依他的性格，他该频频回首，但频频回首显然不行，他只得绷紧了脸，脸上下意识地流露出烦躁与愠怒。

"周公子！众乐女所弹如何？"曹操注意到他的表情，开心地笑道。

周瑜脸上露出一丝苦笑，想了想，道："尚可！"

"果真尚可？"曹操虎起脸。

周瑜一时应答不上。

"来人！"曹操喊道。

外面走进几个虎甲之士。

曹操一拍案桌，怒道："孤尚且听出嘈杂之声，周公子岂有不知？如此乱音，不止污人耳目，且败我脸面！统统拖出去斩首！"

十二女子顿时花容失色。要她们乱弹一气原是主管的吩咐，没有想到居然会因此掉脑袋。方才妩媚无比的脸蛋都变得像一张张惨白的死人的脸，都为惊恐和哀求笼罩，都呆呆地盯着曹操。见曹操脸色怒气乍现，眼里凶光毕露，知道非一时戏言，眼泪立马夺眶而出，齐齐立起柔美的身段，又齐齐跪在地上，哀求道："司空大人饶命！司空大人饶命！"

随着一阵刀剑衣甲铿锵之声，身披重铠的武士们扑向乐女们，伸出孔武有力的粗大的手拖着乐女们就往外走。

"等等！"周瑜大声道，又转脸对曹操道："明公！姑娘们所弹的这支乐曲名为《昭君出塞》，失传已久，想必是明公刚刚使人搜集整理，姑娘们也刚刚学会，所以生疏！万望明公原谅她们！"

"不可！"曹操故意虎着脸，"周公子乃我的贵客！孤特地请出她们款待周公子，竟不善待公子，置我脸面何处？"

"明公！"周瑜坚决道，"周郎并不愿她们因在下而香消玉殒！如明公定要责罚她们，周郎无颜留在此处了！"

众乐女听周瑜说完，都抬起头，望着周瑜，脸上漾起一缕缕感动，眼里闪动着希望的光芒。

曹操不动声色地看了看周瑜，继续板着脸，对众乐女怒道："看在周公子面上，饶你们不死！还不谢周公子？"

众乐女赶紧爬了过来，齐齐跪在周瑜面前长跪致谢。

周瑜令她们起身，各回原座。

"周公子！孤与公子一样酷好丝乐！不知公子肯不肯为孤弹奏一曲？"曹操笑道。

"是啊！是啊！"程昱赶紧应和道，"我等久闻公子精通音律，愿今日得以一览公子风采！"

周瑜想如不依曹操之命，必伤曹操脸面，曹操也必迁怒众乐女，便道："恭敬不如从命，周郎献丑了！"

于是离了座，后退一步，侍从赶紧在他身后铺了短席。另一个侍从将一乐女面前的琴搬到他的面前。

周瑜盘腿坐下，轻轻一拨琴，琴弦上立即跳出一排清亮悦耳的音符。曹操眼神为之一亮，禁不住放下已端在手中的爵。然后，周瑜从容地弹奏起来。大厅里顿时回荡起如泣如诉、缠绵优美的乐曲。在他的弹奏中，人们仿佛看见苍茫的一望无际的大草原上，天苍苍，草茫茫，秋风掠过，草原涌起喧哗的波涛，大雁在蓝天上悠悠划过去。一行来自中原的马队在苍茫的草原上缓缓跋涉。来自汉宫的王昭君回首故里，泪水潸然，美丽的容貌在异乡的草原上散发夺目的光芒……在场所有人皆如回到了久远的年代。

一曲终了，所有人都未回过神来，尚沉浸在乐曲构筑的氛围里，半晌，曹操带头鼓起掌。

"妙极！妙极！"曹操由衷道，"果然是名不虚传！"

众乐女拜倒在地，莺声燕语道："公子一曲琴！奴婢们受益匪浅！"

"依孤看来，众姑娘皆能歌善舞之人！公瑾弹琴，众姑娘为公瑾伴舞如何？"曹操兴致勃勃道。未等周瑜回话，曹操又得意地以谦和的相商的语气道："公瑾！孤最近作了一首《蒿里行》，自以为得意！惜乎乐女们弹奏，未尽其意！孤以为，只有公瑾方可体会孤忧思之情！如不嫌此诗粗陋，就与曹某共歌吟！如何？"说完，

139

他目光灼灼，含着期待与友善，盯着周瑜。

"妙极！明公的主意实在不错！明上歌吟，公瑾弹曲，姑娘们起舞，卑职应和！岂不妙哉？"程昱一旁赞同道。

这首《蒿里行》是一首仿汉乐府诗，吟咏自董卓之乱到如今北方雄豪争斗、百姓流离的一段史实，跌宕悲怆、沉郁顿挫、格高调响、真切动人，尤以其中"白骨露于野，千里无鸡鸣"两句令人涕下。周瑜在江东之时，此诗就经北方士人和南下江东的擅歌吟者传了过去。周瑜听过，颇为喜爱，自然会弹唱。现在既曹操提议，他便欣然答应。于是，他一抹琴弦，弹奏开来。曹操则举着箸，叩击小案，击拍高歌：

"关东有义士，兴兵讨群凶。初期会盟津，乃心在咸阳。军合力不齐，踌躇而雁行。势利使人争，嗣还自相戕。淮南弟称号，刻玺于北方。铠甲生虮虱，万姓以死亡。白骨露于野，千里无鸡鸣。生民百遗一，念之断人肠。"

曹操吟唱，周瑜弹琴，程昱应和，众乐女且歌且舞。一时间，大厅里溢满慷然悲怆之声。曹操豪放真切的歌吟声与击拍之声，周瑜丝丝入扣、悦耳动人的弦音，乐女们的如莺之声，全融合在一处，动人之至。歌吟完毕，满场寂然。周瑜仍沉浸在曹操诗中描绘的景象之中，泪水在眼眶里打着转转。而曹操则涕泗横流、情不自禁，以巾拭面。程昱也不住地拭泪。

"公瑾！想昔日我大汉何等盛世，如今竟沦落至此。我等自幼食汉食、读汉书，怀安邦定国之志，面对此情此景，有何面目去见先人！"曹操流泪道。

"是啊！白骨露于野，千里无鸡鸣！天下至此，令壮士扼腕，志士含悲！好在明公拔地而起，攘除奸凶，为国家除害，复汉室朝规，奖励生产，休养生息，也算有功于国家了！"周瑜道。

"曹某确有心为国家攘除奸凶，还汉室以河晏海清！只可叹心有余，力却不足！如公瑾助孤一臂之力，何谈汉室不兴？"说完，曹操用巾揩揩眼泪，趁拭泪间隙，偷看周瑜。

周瑜拿过侍女递上来的布巾拭拭潮湿的眼睛，微微笑道："周郎在江东，助孙郎讨贼，安抚江东百姓，也同样是为国家出力。"

曹操语塞。半晌，哈哈笑了，指着面前的众乐女道："周公子！姑娘们那曲《昭君出塞》弹得不算娴熟，周公子就在府上教教姑娘们，如何？"

周瑜笑道："不必！姑娘们天资聪慧，只需多练几日便可！"

"那，"曹操依然执着道，"公子若见姑娘中有中意之人，可以挑选数人服侍公子！"

"姑娘们固能歌善舞，但吴越之地，也不乏西施后人！"周瑜笑道。

曹操脸上现出失望的表情，停了一刻，又鼓起劲，笑吟吟道："听说公子未曾婚配，孤有一女，年方二八，容貌出众，又极聪慧，不知公子可有意？"

周瑜一愣，想了想，跪谢道："谢明公美意！周郎已与孙伯符有约，一同婚配！且必在平定江南之后！周郎并无半句假话，请明公明鉴！"

曹操傻了眼的样子看着他，一时说不出话。过了半晌，他叹了口气道："既如此，孤就不勉强了！"等周瑜坐下后，又对一旁的内吏道："拿上来！"

内吏一击掌，十几位侍从立时从屏风后鱼贯而出，两人一组抬着数个大木箱，一直抬到周瑜面前，搁下，打开箱子，大厅被一片金光照得灿烂发光。原来，箱里有的堆放着金银，有的堆放着帛绢锦缎之物。华光四射，美轮美奂，将周瑜俊美的脸庞辉映得神采奕奕、熠熠生辉。

"周公子！"曹操慷慨道，"孤欲表奏你为致远亭侯、拜定南将军！并赏黄金五百两、白银五百两，绢、丝绸各二百匹！及面前所有乐女！如何？"

程昱赶紧语重心长道："万望周公子体谅曹公爱才之心，和我等一道共事曹公，腾云展翅、留名青史！"

周瑜毫不犹豫地起身，后退一步，跪下，拜倒，不卑不亢地道："周瑜谢明公好意！只是周瑜与孙伯符将军义结金兰、亲如手足，岂可背离孙将军而另投他人？人生在世，忠义为重，周瑜虽然驽钝，却也知春秋大义！恳请明公明鉴！"说完，再拜。又立起身子道："明公如无其他吩咐，周瑜且先告辞了！至于赏赐，周瑜无尺寸之功，愧不敢受！"

说完，起身，又躬身施了一礼，转身，昂然离去。曹操呆呆地目送着周瑜出去，眼里闪动着无奈、愤怒与委屈。

"明公！如不杀此人，日后必为后患！"程昱看着他的脸色，小心道。

曹操盯着空荡荡的大门，不发一言，脸上的阴云堆积着。良久，他叹了口气，将脸扭向程昱："算了！信义之士，杀之可惜，也让天下人耻笑！"

见乐女们仍呆呆坐在大厅里胆怯地望着他，就恼怒地挥挥衣袖道："下去！"乐女们像得了大赦似的赶紧抱了琴瑟等物退了下去。

十五　论英雄刘备遭讽，做县长周瑜被迫

又一日，一场大雨刚过。刘备馆驿里的后花园小亭处，洋溢着一片雨后的清新。芍药、牡丹、玉兰被雨水冲洗之后更显得娇嫩鲜美，含香的花瓣上缀着晶莹的水滴。关羽坐在亭间看《左氏春秋》。张飞在亭下练拳。忽然门吏走过来禀报说周瑜来访。关羽卧蚕眉耸动一下，抬头看了门吏一眼，冷笑道："关某不想见此人！打发走好了！"又接着看书。

张飞却很高兴，微眯着圆眼，又黑又威风的脸膛绽开天真的、无一丝城府的笑容："二哥！周公子拜访大哥，打发出去恐怕不妥！说实在话，这周公瑾文武双全，我倒很喜欢他！"

关羽脸上露出一丝不快，浓眉一挑道："他不就是读过几本书，练过几日剑？"

"哈哈！二哥是傲上不傲下之人，对名士、大儒和有本领之人，都看不上眼。小弟我是傲下不傲上！对手下军士可以暴怒打骂，对名士、大儒和有本领的人士倒很是敬重！"张飞豪爽地哈哈笑道。然后令门吏将周瑜迎进来。

不一会儿周瑜进来，张飞赶紧迎了上去，告诉他说刘备被曹操派人接去曹府了，要周瑜稍等片刻。

周瑜应了，笑道："周郎是来向诸位辞行的！明日一早，便随家父回江东！"

原来，周瑜说服周异辞官告老还乡，周异听了周瑜的劝，不仅不再劝儿子在曹操处效力了，而且上表告老。曹操为示好周瑜，准了周异告老，并赏赐了些金银。周异还乡获准后，免不了要与诸同仁告别，相好的同僚也为他饯行。周瑜这两日就陪着老父宴请老同僚或被老同僚们宴请。献帝也召见了周异，对这位随他颠沛流离、不离不弃的忠心耿耿的老臣慰勉有加，并赐绣袍一件。现在，诸事都办妥了，周瑜定在明日一早护送周异回舒城。蒋干也辞了官，与他同去。行前他便来拜访刘备等人，也算辞行。他虽然看不起刘备，但毕竟是相识一场。

张飞将周瑜请上亭子里坐下，正与关羽对面。关羽没有理他，兀自凝神看书。周瑜就与张飞闲聊。聊了一会儿，刘备回来，哼着小调，一脸喜色。周瑜迎了上去，

说明来意。刘备赶紧令人置酒，得意道："周公子！你猜今日曹操请我做什么？说了些什么？"

周瑜摇头。刘备就把周瑜按在石椅上："周公子！你且坐下！我们边饮酒，我边说来你听！"

周瑜见他很有兴致，只好坐了下来。不一刻，侍从端来两壶酒、几盘青梅、两盘牛肉熟食，几人聚坐一处，小酌开来。

席间，刘备告诉周瑜及关、张：今日，曹操忽派许褚、曹洪请他去小坐。到了曹府后园的小亭里，曹操命人摆上水果和两壶刚煮的热酒与他谈论起天下英雄！曹操问他当今天下，哪些人可称为英雄！

"哦！那一定是试探大哥有无雄心壮志！"关羽插话道。

"正是！"刘备沉住气道，"我就说袁术是英雄，但曹操说袁术早晚必为他所擒。我说袁绍是英雄，他说袁绍好谋无断，见小利而忘命。我说孙策乃是英雄，他说孙策只是借父之名。至于其他的刘表、张鲁、韩遂、刘璋之流，在他眼里，都是碌碌小人！"

"曹操意思自然指大哥你是英雄！"张飞圆睁了眼笑道。

"那是自然！"刘备沉稳老练、不动声色地道，"曹操说，所谓英雄，就是胸怀大志，腹有良谋，有吞吐天地之志的人！然后用手指着我，又指指他说，天下英雄，唯操与使君尔！我吓了一跳，手中的箸一下便掉到地上！"

"那曹操岂不是对兄长有所怀疑？"关羽关切道。

"正是！幸亏大雨将至，天上忽然一个滚雷炸响，我借势不慌不忙地俯下身子去捡箸，边捡边从容道：一震之威，吓我一跳！曹操却不放过我，盯着我道：大丈夫也怕雷乎？我答，便是圣人孔夫子听见打雷也要哗然变色以示对上天的敬畏，何况我等凡人？曹操这才哈哈大笑，总算信了我的话！"

"大哥真是急智！一句话巧妙掩饰过去了！"关羽、张飞齐贺道。

"是啊是啊！要不，又让曹操多疑了！唉！我刘备每日在园中种菜以为韬晦之计，竟也被他怀疑！"刘备叹道。

"谁让大哥是当世唯一可与曹操争天下的英雄？不怪曹操提防着大哥！"关羽道。

张飞竖起大拇指："是啊！大哥！二兄说得是！"

"唉！三弟！你只知说得是，却不知会惹来大祸！"刘备叹道，他转脸问周瑜：

"周公子！你说我该如何办是好？"

周瑜笑道："使君不是都遮掩过去了？还问在下做甚？"

"遮得了一时，遮不了长久！你想，这曹操乃多疑之人，哪里肯放过我！"

周瑜仰头哈哈大笑。

"周公子！有什么好笑的？莫非小看我等三人？"关羽不快地睥睨他一眼，用手捋一捋胡须。

"使君放心！周瑜以为，曹操只是要试探一下使君有无雄心而已，未必就真拿使君当英雄！在袁术面前，他或又会说，刘备之流，皆碌碌小人，天下英雄，唯操与公路耳！呵呵！"周瑜笑道。

刘备脸上升起一阵不快的阴云，眼神黯淡了。很快，那片乌云移去，脸上又现出平静的、自若的表情："以公瑾所言，天下英雄当是何人？"

周瑜想了想，稳稳道："以公瑾看来，天下英雄，或只有曹公与孙伯符将军二人！"

刘备一听，愕然一愣，脸沉了下来，很快又恢复了常态，僵硬地笑一笑，掩饰住自己内心的失望与愤怒，平静地看着周瑜。

其实，周瑜本不想捅伤刘备的自尊，但刘备自以为是的口气及不知天高地厚的模样很令他不快！毕竟血气方刚，哪怕是刘备好意为他饯行，他也需顶撞一下才是！

"哼！孙策黄口孺子，也敢称英雄！有本事与我关某一战，我关某不消三合便可斩他于马下！"关羽愤然道。原本就红的脸更是涨得通红，三尺长的胡须如风雨中的枝叶在胸前哗哗颤动开来。

"为将之道，岂在一个勇字？孙伯符将军为一军统帅，雄才大略，无坚不摧，岂是一介勇夫可比？便是阵上单打独斗，孙讨逆也是骁勇无比，斩将无数！如此之人，尚不足以称英雄，莫非屡战屡败之人可为英雄吗？"周瑜冷笑道。

一席话像一颗石子扔进平静的湖水，在后花园的空气里荡起不快的、躁动的波纹。刘备的脸微微发青，浮现出羞愤的表情。他呼出一口气，正要说话，关羽胡须颤动、怒目圆睁、满脸通红，一掌拍在面前的石桌上，发出啪的一声，石桌上即刻现出一道宽大的掌印，上面的酒壶和果盘都跳了起来。

张飞看着周瑜不快道："周郎！我敬你人品才华，你也不要伤了我兄长才是！"

周瑜见关羽被激怒了，又见张飞如此说，心想再说下去，于理说不过去，就

144

拱手对刘备笑道："刘使君固然也是当世英雄！只是，周郎与孙伯符将军亲如兄弟，听得曹操小视孙将军，有些不快，故争论数句，实是冒昧，乞多包涵！"说完，举爵对刘备等三人笑道："周郎满饮此爵，权且为刘使君及关将军赔礼！"然后，一饮而尽。

刘备也呵呵笑道："无妨！各陈己见而已！其实，备哪里称得上英雄！庸人而已！哈哈哈！"说完，一饮而尽。关羽也悻悻地饮了酒。张飞大大咧咧一干而尽。

又饮了数杯后，周瑜就告辞了。刘备、张飞挽留不住，就送出门去。

周瑜走后，关羽拔出剑对刘备怒道："这厮太无礼！我去取他首级！以泄我心头之恨！"

刘备绷紧了脸伸手拦住道："算了！周郎是曹操座上客，若妄杀周郎，哪里脱得了干系？忍一忍好了！"

关羽不再吭声，恨恨地将剑往鞘里一捅。

但刘备的心却未平静，一股恶气在胸中回荡着。刚才周瑜对他的轻视，让他怒火中烧。尽管表面上他仍不动声色，谈笑自若，内心里，他恨不得一剑砍了这个春风得意、从一见到他就不把他放在眼里的年轻人。莫非这个出身官宦之家的公子哥儿是嫌弃自己卖麻鞋的出身？想到这里，他禁不住一掌朝身边一棵梅树的一枝手腕粗的树枝上砍去，竟咔嚓一声将它从树干上砍折下来。张飞吓了一跳，张大嘴望着刘备道："大哥！"刘备意识到什么，醒过神来，看着张飞亲切地笑道："哈哈！我只是试试雨后的树枝比平日的可更堪折断！"

"原来大哥也有如此神力！"张飞黑厚的脸上挂起憨厚的笑容。刘备也嘿嘿笑了几声。脸上不易觉察的苍白之色渐渐褪去，内心里悄悄将那口恶气呼出。"忍！忍为上！成大事者，需得学会忍中取胜！"他内心里默默念叨着，微微闭上眼。跟着，换上亲切的兄长般的微笑，抚着关、张二人的肩道："二弟、三弟，我们且去屋里歇歇去吧！"

翌日清晨，东方刚冒出鱼肚白。周瑜一行走出曹操士兵把守的许都南城门洞，径往南去。

蒋干与他骑马并排行在前面。在他们后面，两家的家奴护着三辆大马车。一辆马车中坐着周异。另外两辆马车上各装着两家的行李及丝帛金银家产。

出许都往南行，经豫州，折往东南，行了数日后，进入舒城县境。因所过之处多为曹操的地界，一路上也并未遇上盗贼和兵乱。渐进舒城县城了，城门里，涌出一队人马，掀起滚滚灰尘，迎面而来。

"不得了啦！有乱兵抢劫来了！"蒋干惊道。

"瑜儿？这是何故？一路行来安然无恙，到了家里，反出了事不成？"周异在马车里惊道。

周瑜赶紧道："父亲休要惊慌！待我前去问话！"又要蒋干管束好众家奴，就纵马上前，拦在前面。

只一刻，那支人马奔近了，原是一队身着袁术军士装束的铁骑。领头一将，壮大孔武，相貌威严，似曾相识。正要问话，那将奔到周瑜面前，勒住马，问道："来者可是周瑜周公瑾！"

周瑜沉着又威严地回答："正是舒城周瑜！敢问来者何人？有何贵干？"

来将道："周公子！久违了！某乃寿国大将军张勋！昔日在寿春曾与公子有一面之缘，不知公子可还记得？"

周瑜打量一下他，认出来了：此人正是当初受袁术之命领兵围困孙府的袁术大将张勋。

原来，袁术已于建安二年在寿春做了皇帝。国号"寿"，年号"仲氏"。取国号"寿"的理由是因他住在寿春。袁术称帝之心已久，此次称帝，源于民间流行的一个谶言："代汉者，当涂高。"袁家乃是春秋时辕涛涂的后代，应了"涂"字，他自己又号"公路"，与"涂"相通，于是便以为天意令他称帝，就在当年称帝，虽下辖只有九江郡、庐江郡以及丹阳郡江北数县，但仍大兴土木，大封将士，将皇帝做得甚有滋味。张勋便被拜为大将军，统领全部军马。

周瑜见是张勋，冷笑道："某只记得大汉后将军袁术部下的大将张勋，不知有寿国的大将军张勋！张将军是要迎候周瑜，还是拦截周瑜？"

张勋脸上泛起一缕羞愧，定了定神，客气道："闻听公子接周大人回故里养老，张某奉我寿朝皇帝圣旨迎接周公子往朝中一行！"

"哦！周瑜何德何能竟能惊动皇帝陛下？又亲令大将军前来迎接？"周瑜问。

张勋犹豫了一下，欲说还休，最终咽了口唾沫，道："公子！实不相瞒！皇上欲请公子在我朝做官，故令本将军在此接住公子！"

"若是本公子拒不前往呢？"周瑜凛然道。

张勋为难地看了看周瑜，劝道："公子有所不知！张某奉皇上旨意领兵五千已在此恭候多日！目下，已将府上团团围住，如若公子抗命，令尊、令堂难免会受滋扰！"

周瑜愣了。他身后的蒋干听见了，紧张道："我乃是九江县之蒋干蒋子翼，曾在朝中为官，欲取道往九江去，可否？"

张勋道："不可！依圣上旨意，其余所有人等均需暂留在周府！"

蒋干道："岂有此理？你等太无法度了！"话没说完，张勋身后的铁骑已冲了过去，执枪握戟将他团团围住，他吓得不敢吭声了。

周异在马车里大怒道："哪有做官似你们这般威逼的？就是大司空曹公欲请瑜儿做官也不敢如此！"

张勋看他模样知是周瑜父亲，拱手客气道："周大人！末将只是奉命行事！做官与不做官须公子自往寿春与陛下奏明！大人朝中为官多年，也知末将难处，也知公子不去的后果！望大人三思！"

周异一时无语了。周瑜看看张勋执着又严肃的脸，又看看周异坐着的马车，对周异道："爹爹！瑜儿去去就回！您老先去与母亲团聚好了！"又对蒋干道："子翼无须惊慌！且就在我家住上几日再回九江也无妨！我自会与袁术谈妥！"跟着又轻松地笑道："子翼少时不常住我家？如今再住几日罢！"

蒋干无奈地耸耸肩。周异见周瑜说得坚定，只好叮嘱周瑜多加小心。周瑜应了一声，同他们告辞了，拨转马头，径往寿春方向奔去。张勋令一队骑兵将周异等人押往舒城县内周府里，自己领大队人马跟着周瑜径往寿春去了。

到了寿春城，张勋即刻领他进了袁术的皇宫去见袁术，袁术正穿着龙袍，在内宫与两个贵妃饮酒作乐，听说周瑜来到，大喜，赶紧令人整理了衣衫就往外走。一个贵妃撒娇道："微妾听说这周郎美男子，让奴婢且去看一眼怎样？"袁术大怒，一巴掌打在她的脸上，骂道："臭婊子！淫荡之极！"然后在宦者引领下走了出去。

到了大殿，坐上宫殿的雕花龙椅，召见周瑜，见周瑜已出落成一个翩翩美男子，禁不住打量半晌，然后涎着脸笑道："哈哈！周公子啊！一晃数年不见！当初的少年郎如今已是名扬天下的周郎了！哈哈哈，哈哈哈！"

周瑜挖苦道："岂敢与陛下相比？昔日相识时，陛下还是大汉将军！如今重逢，已贵为寿国天子了！"

"休得挖苦朕！"袁术虎起脸来，然后厚着脸皮笑了笑，道："朕今日贵为一国之天子！自然愿与卿共富贵！不知卿要做什么样的官，只管说来！"

"抱歉！周瑜什么样的官都不要做！"周瑜不卑不亢道。

袁术阴沉着脸冷笑道："你自幼习武读书，又是官宦人家，哪有不渴望功名的！只怕是你想在孙策那里图功名吧！"

周瑜微微一笑道："周瑜只是要送父亲回家养老，然后在家孝事父母，尽人子之本分！"

"哼！"袁术直视着他，威胁道："孙策借朕兵马起事，事成之后却过河拆桥！朕已和他断交！如你欲助孙郎，就走不出这寿春地界了！"停了一下，又道："还有，朕已派兵围住你家府上！你何时答应朕，朕何时撤兵！"

周瑜脸色严峻了，他知道袁术是什么事都做得出的！他瞪着袁术，一时无语。

"哈哈哈！"袁术似乎从周瑜愕然的表情上看到了无奈，禁不住像个无赖似的笑了。"你先在馆驿里住下！朕限你两日内答复！"袁术道。跟着令张勋将周瑜带往馆驿。

张勋将周瑜带到馆驿后，令馆驿的小吏好生招待周瑜，就客气又礼貌地同周瑜告辞了。

张勋走后，馆吏令人端来水果、茶水，恭敬地请周瑜享用，便退了下去，将门带上。周瑜走到窗子前往外看，只见外面到处都站着执戟的武士，他愤然一拳砸在墙上。

晡时，馆吏领人送来酒菜，周瑜一个人闷闷地饮了一回酒，就往后花园散步了。此时已近黄昏，窗外弥漫着一层黄昏的氤氲。麻雀归林时的叽叽喳喳的叫声在薄暮中显得格外刺耳。一股烦躁的闷热的气息在园中蔓延着。园中的牡丹、月季花俱在昏暗的光线中隐去了多姿的身影，看上去朦朦胧胧的，十分寂寥。

周瑜缓步走到小亭旁，情不自禁地拍击了一下亭柱子，叹了口气。他很清楚地知道，如不答应袁术，袁术决不会放他走的。今非昔比，上回袁术放他时，他是个十七岁的少年郎，如今却已是平定江东、战功卓著之将才了，何况，孙策雄踞江东，又与袁术断交，并对庐江虎视眈眈，如放了自己，岂不是纵虎归山，让自己助孙策一统江南，再往北威胁他袁术了？但，若答应他，更不可能。倒是有一个主意：暂且先答应袁术，待日后再寻机携父母过江。可是，不知需在此蹉跎多久方可脱身，而且这样被袁术用戟逼着去做官，还真让人咽不下这口气！

就在此时，一个馆吏进来报称张勋将军来了。

话音未落，张勋已大步走了进来。他没有穿戴盔甲，只穿着袁术寿朝的官服。身后跟着两位挎刀的军士。

"周公子！用过饭了？"张勋走近周瑜，问候道。

周瑜没有理他。

"周公子！"张勋贴近周瑜，压抑着嗓音神秘又关切道，"周公子可否屋里一叙！在下有话要说！"

周瑜见他原本不苟言笑的面孔更显得严肃，目光里闪烁着真挚，沉吟片刻，随他往屋里走去。进了周瑜的卧房，张勋令身后两位军士在门口把住，任何人不许进入，然后掩上门。

"周公子！"张勋请周瑜坐下后，自己也坐下，道，"如公子不答应在袁术处就职，必将为袁术所害！依某所见，公子不妨行权宜之计，暂且答应袁术，待日后有机会，再潜往江东！请公子相信张某肺腑之言！"

周瑜看着他良久，见他不像是戏言，也不像是为袁术做说客，就道："将军乃寿朝大将军，为何如此待我？"

张勋望着他，庄重道："张某敬重公子及孙伯符将军，才出此肺腑之言！公子少时斩杀彭司马时，张某便对公子胆识甚为钦佩！孙伯符将军昔在袁术为将时，某与他共事，对其勇武盖世也甚为敬重！袁术逆天而行，暴虐百姓，不仅为天下人所不齿，也为我等厌恶！只是张某受袁氏厚恩，不可背叛！但张某也须为自己留条后路，待袁氏败亡之时，如张某尚能苟活，当去投奔孙讨逆和周公子！届时乞公子收纳！"说完，他离座，对着周瑜，长揖行礼。

周瑜赶紧离座，扶起他，端详着他。他相信张勋说的是实话。袁术对辖地的百姓向来横征暴敛，个人也奢华之极，招致天怒人怨乃至部下怨恨是极为正常的。看来，张勋，这个在寿朝享有荣华富贵的大将军倒也算得上一个识大体懂大义之人了！

"将军！"周瑜紧紧握一握他的手，郑重道："周瑜不才，得将军如此好意，岂有不受之理？周瑜愿听从将军之见，暂且屈从袁氏！日后，周瑜脱离袁术与孙讨逆共创大业之时，如将军来投奔，我周瑜定与孙将军一道出营相迎！"

张勋听了他的话，眼里闪出一缕感动，脸色更显庄重，嘴唇嚅动一下，抽出手，道："谢周公子诚意！此处不可久留，张某先告辞了！"说完，庄重地拱手行了个礼，转身离去。

周瑜凝望张勋背影，感叹不已。

翌日，周瑜去宫中求见袁术，表示愿在寿朝为官。袁术自然高兴，要封他为将军，周瑜微笑着拒绝了，说只想做一个县长或县令。袁术愕然，不快道："莫非公瑾只是敷衍朕而已？"周瑜对袁术笑道："寿国共有两个半郡二十余县，一县之长也算是一方诸侯了！如瑜在任上，体恤百姓、教化风气，打造一方欣欣繁荣，既了却瑜之造福百姓的宏愿，也为陛下打造一处安康富庶的基地，不也有功于国家？"

袁术无言以对，看看旁边的长史杨大将和大将军张勋。张勋赶紧奏道："臣以为公瑾做县长一职未为不可！公瑾乃信义之人，若治理一县，必施恩信于百姓，使该县地丰民殷，对陛下广征军粮、兵丁大有裨益！"

一旁的杨大将也称是。袁术见张勋和杨大将都同意，心想等他归心了再用他在朝中做事也不迟，就问周瑜想做哪一县的县长或县令，周瑜说他曾经路过居巢县，当地民风淳朴，但民不聊生，盗贼横行，自己愿到那个县做县长，将其治理成富庶之县。其实，周瑜点这个县更是因它离江东较近，便于去找孙策。袁术听周瑜点居巢，也愣了一下，脸沉下来，他知道该县离江东近，周瑜脱身是很容易的。但转念一想，他侄子曾在该县做过县长，将此县整治得困苦之极，让周瑜去治理，也可为他侄子挽回些许名声。至于周瑜想脱身，没那么容易，他可以令刘勋派人早晚监视舒城周府，一旦有动静就可以拿获，料周瑜是不会拿父母性命开玩笑的，于是权衡好一阵后，他即授周瑜居巢长之职。

翌日一大早，周瑜在张勋护送下，回了舒城。围住周府的袁军也撤了。蒋干辞别周瑜及其家人，离开周府，回九江去了。周瑜辞别父母，带了行李衣物，在张勋派出的一队人马护送下，往居巢上任去了。

十六　周公瑾治理居巢，鲁子敬东城赠粮

居巢是隶属庐江郡的一个小县，在寿春南面，舒城东面，距长江不到六十里，桓灵之时，人口不满一万户，时下更少。此前袁术的一个侄子在此为县长，搜刮了不少财物，又易地历阳接替周尚做丹阳太守去了。这两年淮南连续大旱，庄稼颗粒无收，就是萝卜、白菜也没得吃。很多地方饥民多吃人果腹。居巢自然更是贫困。走进居巢地界，周瑜便见饿死的人沿路暴尸。正值暮春，本该万物茂盛、欣欣向荣，但田野里竟光秃秃的，连野草都吃了个干净。县城里，居民皆面色枯黄，衣衫褴褛，蓬首垢面。大多数人都衣不蔽体。即使是十多岁的小姑娘也是如此。一堆堆要饭的饥民拿着破瓷碗或木碗，脏兮兮地横七竖八地躺在被捋得精光的大柳树下和屋檐下，远远看去如同垃圾堆旁奄奄一息的死人。街道两边除一两家卖烧饼的小贩外，再不见其他小贩。周瑜见此情景，心里十分沉重。

到了县庭，那队护送的军士自回了寿春，周瑜则在掾吏、功曹们的迎拥下上任了。

接管了县庭，他先调阅了县庭里所有的往来公文、账本，了解和掌握全县官吏、人丁、粮库、赋税、乡亭里、兵丁等情况。然后，便着手整顿吏治。他知道，兵熊熊一个，将熊熊一窝。治县如同治军，选用良吏、人才甚为重要。他日日找县庭的尉、丞、典及下属诸曹掾吏询话，考察诸吏的德才识见。之后，他便查缺补漏，奖优罚劣，厉行整治。县庭各部人员显然是冗余的，即使不冗余，虑及饥灾，也需裁员。所以，他裁下一批多余的吏员，各部除丞、尉、典等主管外，只留一名掾吏或功曹。对于勤勉忠厚的吏员，则予提拔，对不学无术、德才不备的，便将其免职或除名。他撤换了原来的县丞与县尉，选拔了王德与李通两名新县丞与县尉做自己的文武助手。王德原是县里一个老掾吏，因为人耿介，喜直言犯上，又不与前任县长同流合污，故一直未得升迁。周瑜加以考察，见他对全县状况极为熟悉，为人又正直忠善，行事甚尽职责，便将他拔为县丞，原先那个连全县有多少乡亭都不知道，只知溜须拍马捞钱财的县丞则被除名打发回家。李通也是本

地人，少时家贫，后入县庭当差，做县庭兵，一次与盗贼遭遇，原县尉畏缩避敌，他一人当先，大呼杀贼，接连击杀两贼，余贼溃散，由此知名。但因不喜贿赂、不善逢迎，故为原县长及县尉不喜，一直做一般士兵。周瑜知其勇壮忠直，遂将原县尉除名，将李通直接擢升为县尉，令其统领县府之兵。此外，他示仪轨，约官职，从权制，开诚心，布公道。一时间，虽是小小县庭，却也是人尽其才，才尽其用，人员精简，各司其责，风气为之一新。在治吏同时，他夙兴夜寐，事必躬亲，处理了一批积压下来的案子。又领着县尉李通、老吏王德等人在各乡亭转了一阵，清理撤换了一批不忠职守或鱼肉乡民的前任县长委派的乡亭长，抚慰了食不果腹的乡民。境内原本群盗出没，周瑜领兵多次清扫，以剿除与招抚并用。他知道大多盗贼是因家贫方才走上这条路，故多以好言招抚，告诫他们只要归顺，一律不念旧恶。所以，很多盗贼自动放下武器，重新为民，余下的或被扫灭，或逃往他县。一晃二三月过去了，周瑜大名和德政恩信已在县境广为传颂。百姓都赞周郎恩信卓著，也知道此周郎就是在江东与孙策统领大军、雄霸江东的那个周郎，都称逢上了一个爱民恤民、勤于政事、甚有作为的县长，此生也算知足了。周郎每至一乡，该乡百姓无不奔走相告，都来一睹周郎风采，如同观赏庙会或看皇帝出行一般。不仅如此，周郎的名声也传到周围数县，几乎整个庐江郡都知道昔日定江东的周郎在居巢做县长，深受百姓爱戴。但周瑜并未以此自喜，相反，他心内总如压了一块石头。这块石头便是：转眼将至秋季，干旱的田地里依旧颗粒无收，饥饿威胁着县境内近十万苍生百姓的生命。不少人家举家奄奄一息、坐以待毙。而县庭的库内，自然是早无余粮的了，连县庭官吏们自身都难以为继，各自在外县购高价谷子。

这天，周瑜刚从乡里回到县城，带着县尉李通、县丞王德并两个掾吏、几个县庭兵在县城内沿街巡查。阴历七月，太阳像一面燃烧着的铜锣挂在正当空，热辣辣的光芒毫不留情地烤炙着大地。小城里原本都要干得冒烟的街道和房屋都烤焦了一样发出噼啪噼啪的响声。大街两旁柳树、樟树的树叶早都被捋得精光，剩下的枯枝也被烤得发烫、冒烟。一些苍蝇在垃圾堆上、在叫花子的脸上、在污浊的地上、在酒馆的没有一丝油荤的饭桌上四处嗡嗡地叫着，似也在喊饿一般。十字路口的大树下、小胡同里的残垣断壁内，只要是荫凉之处，就卧着嗷嗷待哺、面黄肌瘦的饥民，皆有气无力、眼巴巴地望着人，如等死一般。一旦遇见从县城

152

过路的客商或路人，便用劲爬起来，围上去磕头乞讨。看见这样的情景，周瑜内心十分沉重。他的脸上沁出汗珠。跟在后面的一个兵士要给他撑起伞盖，被他推开了。

一个几乎全身赤裸、身上滚满灰尘、腰间系着一块破的紫色麻布遮羞的叫花子撑着棍子爬到周瑜面前伸手："周大人！小人三天没有吃饭了！您给些吃的吧！"

话没有说完，他眼睛一翻，歪倒在地上，昏迷过去。

周瑜身后的县尉李通赶紧令两个兵士将他抬到一边树下的荫凉处。周瑜从袖里掏出二两银子对李通说："弄点水给他喝！再给他买些吃的！"跟着又问身后的县丞王德："本县尚有银两二百余两，欲买些谷米，赈灾救民，不知可买多少？"

王德苦笑："大人！本县连着两年颗粒无收，就是米店，又哪里来的麦米？个别米店高价从外地运来一些小米和黍，实在贵得惊人，可谓一斛千金，只供大户人家购买！大人就是有千斤银两，也救不了多少人！"王德留着很长的白花花的山羊胡子，一脸的皱纹，看上去像过了花甲之年，其实他才四十出头。因为苦笑与无奈的表情，他脸上的皱纹显得更密了。

周瑜连道："惭愧！我只知天下大荒，饥民遍野，却不知谷米贵到这般！我每日将银两交给厨人弄吃的，却不知那谷米是多少银两买来的！惭愧！"

正说着，前面有人喊："抓盗贼！抓盗贼！"

喊声中，只见一个面黄肌瘦的小男孩拼命跑了过来，后面一个小贩样的男子追赶着他。旁边坐着或躺着的乞丐和小贩们均无动于衷，不知是没有了力气，还是司空见惯。那小孩刚跑到周瑜面前，脚一软，栽倒在地。小贩赶了上来，摁住小孩，打他的头，边打边道："叫你偷！叫你偷！"少年不喊不叫，抱着头，默默地任他打。

"住手！"周瑜喝道。

小贩抬头，看见周瑜和后面的一帮县庭里的人，赶紧住了手。

县尉李通对小贩怒道："你怎敢如此放肆殴打一个小孩？"

小贩赶紧跪下对周瑜禀道："大人！小人是卖烧饼的！一个饼值三两银子，是小的借钱买高价麦粉烙的饼！我家小孩饿得在家里吃泥粉，也没舍得拿一张饼给他们吃！可是，这个小畜生一下偷了我两个饼去！"说完，这个同样面黄肌瘦的小贩眼里滴出几滴泪水，他用干瘦的手将泪水抹去。

跟着，他又从小孩手里掰下两个饼道："大人！您看！我并没有哄骗大人！"

那少年艰难地爬起来，跪倒在周瑜面前，眼泪哗地流出，哭着哀求道："大人！求求您饶了我！我爹爹被拉去当兵，听说已经战死沙场！母亲去外乡乞讨，为盗贼所杀！祖母因为五天没有吃东西已经饿死！剩下我和一个小妹！小妹现在也饿得不行了！我不想看着小妹饿死，只好出来偷两个饼子救我小妹！大人！求求你饶了小的！"少年大约十五六岁，蓬首垢面，虽然黑瘦，但掩盖不住面庞的几分清秀，一双眼睛闪烁着诚实、善良及卑微的光芒。

　　周瑜蹲下去，扶起他。

　　少年刚被扶起来，瘦瘦的两条腿一软，差点又歪了下去，但他皱一皱眉，倔强地一咬牙，两手往大腿上顶一下，硬是站了起来。

　　这个动作引起周瑜极大的好感。

　　"你今年多大？"周瑜问。

　　"十四岁！"少年答。

　　"唤作什么？"

　　"小的生在夏天，从小被唤作夏儿！"

　　周瑜对卖饼的小贩道："你一共有多少只饼？"

　　小贩："大人！小的一共二十只饼！都是今日新烙的！"

　　周瑜："你所有的饼我都买下了！回头我叫人送银子与你！"

　　又对少年夏儿道："这些饼你都拿回去与你妹妹吃！以后再也不可偷人家东西了！"

　　少年眼泪一下涌了出来，扑通跪在地上磕头道："谢大人恩德！"

　　旁边所有乞丐、少年都一拥而上，跪在周瑜面前："大人！求大人赏小人一口饼吃！求大人赏小人一口饼吃！"

　　王德赶紧上前对周瑜道："大人！全城数百号待哺之人都等着大人赏饼，大人这样是救不完的！我们还是往前走吧！"

　　李通也上前道："大人！这不是万全之策！大人还是查看全城后再作打算吧！"

　　周瑜看了看跪在面前的乞丐、饥民，脸上闪烁着焦虑和难过，豆大的汗水在额上、颈上、脸上滚动着，紫色的薄缎制成的官服也湿了个透，头上的紫金冠在太阳的映射下发出刺眼的光束。后面的士兵又上前给他举起曲柄伞，又被他推开。

　　"各位乡民！"周瑜抹一抹脸上的汗珠，提高嗓音道，"诸位的饥苦本县长已经知晓！身为一县之长，百姓疾苦便是本县的疾苦！百姓一日挨饿，本县便一日不安！但一饼之助，只可解眼前之饥，不可救全县之民！周瑜今日向各位保证，数日之内，本县一定想出良策以赈全县之饥。周瑜既为官一任，必要造福一方！若不如此，天打雷劈！请诸位暂且忍耐，为本县让开道路，待本县视察完毕，便做计议！周瑜定不负此言！"

众乞丐和要饭少年听完，不再哀求了。周瑜的政绩他们都知道，但地里长不出东西，周县长也无奈。身为县长，话说到这里，已令他们感动了。他们默默地让开道。那卖饼的小贩取来二十只饼交到黑瘦少年怀里。黑瘦少年将饼一一送到身边众多蓬首垢面的要饭的妇女和小女孩手里，一人一个。最后剩下两个，他牢牢地捏在手中。其余的没有拿到饼的大人和少年们拉直了眼看着女人和女孩们手中的饼，使劲地咽着唾沫，但没有一个人上前哄抢，都默默地充满饥渴地望着。周瑜心里一阵异样的感受，眼泪似乎要涌了出来。"可怜的黎民百姓！淳朴的民风！"他心里叹道。赶紧从饥民让开的道中往前走去。王德、李通等人也跟了上去。

回到县庭，周瑜同王德商量当如何办。

"曹操曾赏赐家父金银各五百斤，我令人往家中取来，先去附近各县买些粮食，以解燃眉之急！你以为如何？"周瑜对王德道。

王德感动道："这固然是个法子，只是，怎可以让府君破家财？"

周瑜不以为然地摇摇头："无妨！我家还算殷实，取出这点金银值不了什么！你只告诉本县，附近哪个县多谷米粮食！"

王德仔细想了想，高兴地道："就找此人购买！"然后他告诉周瑜：本县北部临淮东城县有一大户，户主姓鲁名肃，字子敬。此人生而失父，与祖母、母亲相依为命。祖上留有万贯家财、千亩良田。他本人性好施与，近来天下大乱，他更是大散财货，以赈穷结士为快乐，甚得乡邑欢心。

周瑜听了眼睛一亮，高兴道："哦！东城县竟有如此侠义之士！你所说当真？"

王德笑道："这还不算！这个鲁肃容貌魁伟，少有壮节。因天下大乱，乃学击剑骑射，又招聚近百少年，给他们衣食，和他们讲武习兵，以应对局势！"

周瑜双手击掌："太好了！我明日就启程，去拜访这位奇士！如此人果如公所言，就不须购粮了！只要先借后还便可！哈哈！"他高兴地站了起来，反剪双手，得意地踱着步，眼里闪烁着动人的光泽。他想如果这个叫鲁肃字子敬的人果真是豪侠仗义的壮士，那他不仅可以借得粮米，而且也为孙郎又物色到了一位人才！

孙策在江东，缺的既非粮食，又非人马，而是慷慨忠义才智出众之人才！

就在这时，门口传来一个少年的声音："求求你！我想见新来的周大人！求求你！"周瑜定睛一看，原是刚才那个偷饼的自称叫夏儿的少年，后面领着一个小女孩。

门口的差役拦着他不让进。

周瑜见了，赶紧大声道："让他进来！"

差役听见周瑜的喊声，便将少年放行了。少年领着一个七八岁的小姑娘跨过门槛，走了进来，一直走到周瑜面前，然后领着小女孩一齐跪下。

"大人！小人没有法子养活年幼的小妹，想把小妹卖给大人为奴，终身侍候大人，请大人高抬贵手，收下小人的妹妹！求大人了！"夏儿说完，拜倒在地，眼泪汪汪。

周瑜赶紧令他起来，他却不肯。王德上前扶起他和他妹妹。

"把你妹留在本县，你去做什么？"周瑜问。

"小人只把小妹托付给大人就无忧了！小人自去外乡乞讨或去从军！"夏儿含泪道。

他身边的妹妹又跪倒在地，含泪磕头，用尚稚嫩的声音哭道："大人！奴婢愿做大人奴婢终身服侍大人，只求大人能给奴婢吃的！"

周瑜眼眶红了。

"起来！起来！"他扶起这个小姑娘。小姑娘抬起头。这是一张十分清秀俊俏的脸蛋，身材也很好，虽然没有发育成型，但看得出是个美人坯子。

"你叫什么？多大了？"周瑜问。

"奴婢叫冬儿，已经八岁了！"小女孩闪动着水汪汪的眼睛答。眼睫毛很长，上面还挂着泪水。

周瑜又坐下，叹道："国运如此，难为了天下苍生！"

然后他转脸对王德道："本县要收下这两个孩子！夏儿就做我的书童，冬儿日后就送到我家，陪着太夫人，让太夫人教她学些字画，再给她寻个好人家！你给他们在后院收拾一间房，让他们先住下！再拿我的银两找人缝几件衣服。"

王德感动道："大人真是难得的好心肠！"

周瑜又对夏儿道："夏儿！你知道你姓什么？"

夏儿："小人本姓方！"

周瑜："以后叫你方夏！你就随我做书童好了！你妹冬儿我也收下！"

方夏与冬儿再次跪倒："谢大人！"

周瑜："还有，在我面前也不要一口一句奴婢、小人！"

方夏认真道："大人！奴才就是奴才！蒙大人收留已感激不尽了！哪里还敢造次！"

周瑜生气道："我说了！不要奴才奴婢的！"

方夏和冬儿一齐道："是！"

烈日似火，烤炙着大地。居巢往东城的路上，周瑜领着一行人推着独轮车，或拉着马车，挥汗如雨，匆匆行走。此行人约两百多，其中有近百名县庭的军士和差役，其余的是搬运粮食的苦力。军士和差役都穿着露出胳膊的清一色的紫色短袖衫。苦力们则是杂七杂八的衣衫，但都是短装，露着胳膊，也有干脆赤裸着上身的。都赤脚。周瑜穿着轻薄的麻布制的白色短衣，系着腰带，腰里悬着宝剑，脚上穿着麻鞋，骑着"白雪飞"。方夏一身书童打扮，骑着一头驴，跟在周瑜后面。

一行人披星戴月，到第三天日中之时，走进了东城城门洞。东城是徐州临淮郡下属的一个县，县城并不比居巢大，却比居巢富庶。人来人往虽有面如菜色的人，却也不乏衣着光鲜者。当街有小贩叫卖，酒楼茶馆时有人进出。乞丐也有，但较之居巢，要少得多。

周瑜找到城西鲁府门前，定睛一看，果然是个富贵人家，琉璃闪烁、翘檐拱壁，远远大于周瑜在舒城的府宅。周瑜下马，令方夏叩那钉有无数铜扣的朱红对开大门。不一会儿，大门打开，一个家奴探出头来。这开门的刹那，周瑜听得里面大院里的喊杀声。方夏告诉家奴说：舒城周瑜前来造访。那家奴看了看周瑜，又看了看周瑜身后的兵士、差役和苦力，脸上倏地现出紧张，赶紧关上门，进去回话。不一会儿，一个气宇轩昂、相貌堂堂、年约二十七八岁的男子被一群拿枪执棍、赤裸上身的少年簇拥着走出来，那男子立在门口，目光炯炯道："在下东城鲁肃鲁子敬！何人来访？"

周瑜下马，走上前，作个揖道："某乃是舒城周瑜周公瑾！特来拜访鲁子敬先生！"

鲁肃打量着周瑜道："莫非就是助孙郎破江东的周郎周公瑾？"

周瑜微笑道："便是！"

鲁肃脸上现出大喜的表情，作了个揖道："久仰周郎大名！今见光临，大慰仰慕之私！"

周瑜笑道："周瑜受袁术所使，现充居巢长！但居巢境内，哀鸿遍野，饥民如蚁，难以为继！闻听足下富甲一方，疏财仗义，便冒昧前来借粮以解我县百姓倒悬之急！"

"哈哈哈！"鲁肃仰头大笑道，"小事而已！请里面叙话！"然后做个邀请的姿势。

周瑜令方夏等众人在门外树荫下候着，自己随着鲁肃跨进大门。

穿过前院，只见偌大的院中，近百名少年健儿正光着膀子在习武。又穿过一个角门，进了后院，顺着一个回廊拐了一个，进入一个很大的房间。房间里，堆着二囷米。看上去，一囷至少有三千斛。

鲁肃指着这两囷米道："公瑾！一囷米是三千斛！鲁某愿以一囷相赠！"

周瑜看一看他，笑道："谢子敬先生！只是，周瑜需二囷才够！"

鲁肃哈哈笑道："何妨？都送与公瑾就是了！"

周瑜笑道："那足下府中上下，还有院里众多健儿将以何为食？"

鲁肃笑道："东城有的是米店，鲁某有的是银两，只管去买就是！"

周瑜拱手笑道："鲁兄果然是慷慨之士！周瑜钦服！"

鲁肃也拱手："公瑾过奖！今日得见公瑾，三生有幸！"

两人同时哈哈大笑。

然后鲁肃令人将屋外周瑜的人马都邀进院中荫凉处饮茶喝水歇息，又挽起周瑜的胳膊一同到了书房叙话。

进了书房，书童献茶，两人谈了些天下豪杰的事。周瑜劝鲁肃往江东投奔孙伯符，与他一同建立功业，鲁肃欣然应允。

正聊得开心时，家奴来报，说皇上的使者到了。

鲁肃的脸沉了下来，对周瑜道："一定又是要某做官的事！袁术要署我为东城县长，我推脱几番，他仍是来缠！"跟着他对家奴道："就说我不在家！"

家奴转身就要出去。

"慢！"周瑜喊住家奴，对鲁肃道："鲁兄且慢！愚弟以为，袁术阴险残暴，如要推脱，会招致祸患！鲁兄不妨先行权宜之计，先做县长，再相机行事，与我一同东渡！如何？"

鲁肃沉吟了一下，脸上绽开笑，拊掌道："甚妙！你稍坐！我去去便来！"

他起身随家奴往大厅走去。

约一炷香的功夫，鲁肃又回到书房，满面轻松之色，笑着告诉周瑜说他答应了来使，将出任东城长。"鲁某且依周郎妙计！先答应做东城长，再伺机前往江东！只是公瑾兄不可让我久等！"他道。

"那是自然！像鲁兄这般人物，周某哪里肯放过？"周瑜笑道。

两人哈哈大笑。

当日晚，鲁肃在家中大摆宴席，宴请周瑜及所带来的人。数十张大方桌及几案摆在院中。火把四周点亮，照亮夜空。周瑜与鲁肃二人也频频举觞，开怀畅饮。这是周瑜自离开江东以后喝得最开心的一回了。他既为鲁肃赠了他粮食解他燃眉之急而高兴，更为结交了鲁肃这样一个慷慨过人、胸有大志的有识之士而欢喜。吃完酒，住了一晚，翌日一大早，就辞别鲁肃，领人押着数千斛粮食返回居巢。

粮食运进居巢，轰动全城。周瑜即令开设赈救馆发放粮食，城中百姓和乞丐均往赈救馆领取食物。又令李通领人押着粮食赴各乡亭赈济孤寡老人或生活不能料理之人。同时，在全县发榜，晓谕众百姓，称借粮赈济只救得了一时，救不了长远！众百姓最好勤事稼穑以自救，或与他县通商交流、资货往来，以己所长，换取他县粮食黍麦。为抬高经商商贾的地位，刺激百姓经商，周瑜宣布，凡从事经商并小有收成的，一律依所得多少加倍重奖。同时，周瑜在文榜中声明，从发放赈济谷米之日起，凡在大街上乞讨而不事产业的，就地捉拿，驱除出境，以此杜绝不劳而获之风！

发放粮食令百姓欢欣不已、感恩戴德，督促务农、奖励经商、严惩不劳而获使百姓闻风而动，不敢懈怠。于是，一个月以后，居巢境内，已不再是周瑜来时的情景了。乞丐们多回乡下种田、种桑、种麻、种菜。城里的乞丐开始经商、制陶器、纺线、冶铁，将制出的物件贩往外县，以换回粮食。秋季来临，水果也多了。街上到处摆满水果摊，赚那些过路人的银子。也有小贩们用独轮车或牛车、驴车往乡下收购水果贩往外县。一时间，居巢渐渐有了不少生气，虽赶不上江东，但百姓饥馑之色一扫而光，民风淳朴，倒也有些太平盛世的景象。百姓们多感念周瑜之德。

周瑜治理居巢的事传到了袁术耳朵里，袁术高兴得乐了几天，他很得意自己当初留下周瑜并任命他为居巢令。就在这时，投奔了曹操的刘备请出曹操大军，一道来攻打袁术、吕布。欲先打袁术，再打吕布。袁术十分惊慌，赶紧点兵应战。却又担心周瑜借故离开，想调周瑜从军，拜他为将，一同迎战曹操、刘备。就问张勋等人可否。张勋说："周郎事母极孝，如今，其父母还在舒城，在庐江太守刘勋监视之下，料他不会私奔江东而置父母于危难！陛下只管放心！若调其从军，他心内一定不愿，反而生乱！"

袁术听了张勋之言，不再要周瑜从军，令张勋点起七路大军，迎战曹操、刘备。

十七　周公瑾回归江东，鲁子敬逼退追兵

这日夜晚，县庭后大院里，一曲如泣如诉的《昭君出塞》从周瑜亮着灯烛的屋里传出，随着渐而发黄的落叶一道在院中飞舞、萦绕。卧室里，周瑜盘腿而坐，眉头微皱，默默地弹着琴。此前，他不忍心看着居巢百姓受苦，遂不以江东为念，一心一意治理居巢。如今，居巢景象大变，面貌一新，周瑜甚感欣慰。眼见得秋飞又起，鸿雁南飞，他的心自然也飞向了江东，所以有了离开此地前往江东之念。

方夏提着茶壶从外屋走进来，给他案上的陶杯里续满茶水，然后静静坐在一边，听他弹琴。

隔壁一间房中，正在床上睡觉的冬儿从床上爬起来，穿上衣服，顺着琴声，来到周瑜房门前叩门。

方夏起身去开了门，冬儿扑进他怀里："哥哥！我害怕！"说完，就嘤嘤哭了起来。

方夏轻轻打了她肩膀一下："哎呀！你哭什么嘛！不要打搅了大人！"

屋里传来周瑜的声音："是冬儿吗？让她进来吧！"

方夏恨恨地瞪了冬儿一眼，让她进去了。

冬儿怯怯地走到周瑜面前。

周瑜停了弹琴，亲切地对冬儿道："冬儿！来！坐到我身边来！"

冬儿很乖地走到了周瑜身边，学着大人的样子，胆怯地席地而坐。

周瑜亲切地问："冬儿！很害怕是不是？"

冬儿哭泣着点头。

周瑜疼爱地将冬儿揽在怀里，拍拍她的头，安慰道："冬儿！我们到了江东就好了！"

冬儿睁大清澈的含泪的眼睛："为什么到江东就好了？"

周瑜眉宇间溢满向往，笑道："江东没有战乱，也没有饥饿！江东还有我最好的朋友！到江东以后，你就住在我家里，每天陪着太夫人，就不会害怕了啊！"

冬儿含泪笑道："大人！那我们明天就到江东去吧！"

"明天不行！过些天我们一定会去江东的！"周瑜点头道。然后，他起身，将冬儿也抱了起来，让她站在地上，又拉着她的手道："走！我们到院子里走走去！"

方夏急道："冬儿！不要打搅大人！"

周瑜没有理他，牵着冬儿的手走出门去，走到外面的小院。此际繁星灿烂，半轮金黄色的月亮静静悬在天空。偶尔一朵厚厚的云从远处的城角上方往南方飘过去。小院里有一棵樟树和一棵榆树。秋风掠过，树上的叶子发出一阵一阵的喧哗声，如唱着一曲曲忧郁萧索的歌。偶尔一片树叶飘落，随风旋转半响，再落在地上，在地上翻动着，好像不甘心生命的消逝，又像一声声忧郁的琴声。周瑜牵着冬儿在院里缓缓走了几步，然后伫立在秋风之中，默默地凝望着江东那边的天空。此时此刻，孙郎在做什么呢？那浩荡的大江上是否也映照着这满天繁星？那金戈铁马的军营此刻可曾吹起夜息的鼓角？孙郎是否正身披银色盔甲飒爽英姿地巡营？秋风是否吹起他罩在铠甲外的红色的绣袍，使他如一株临风的玉树？

冬儿知道他在凝神默想，就乖乖地默默地拉着他的手，一声不吭。冷风吹来，她打了个寒噤，情不自禁地缩了缩身子，周瑜并没有觉察。后面的方夏发现了，赶紧回屋，给他们两人拿来衣裳。周瑜给冬儿披上衣裳，令方夏把她带回房去，哄着她睡。然后，自己披上衣袍，又在院里流连了好一会儿，才回到卧房里。在卧房里，他又弹了一阵琴，看看已近四更，倦意也袭了上来，便和衣上床了。

迷迷糊糊睡到五更，方夏走进他的卧房，叫醒了他，说李县尉拿了个自称要找他的可疑人。

周瑜赶紧披衣下床，走到屋外一看，只见李通领几个士兵正押着一个人，借着士兵举着的火把细看，原来是李柱子。

"使君大人！卑职领人在城外巡夜，抓到这名可疑之人，自称是大人亲戚！卑职不敢擅自做主，就带了过来！"李通对周瑜禀道。

周瑜心内一阵狂喜，他想定是孙策派他送信过来了。他告诉李通说这是自己的远房亲戚，令李通接着去巡夜。李通带兵士离去了。

李柱子进了屋，拜倒在地。周瑜扶起他，高兴道："柱子！多年没见了！你长得壮实多了！"李柱子憨厚地笑了笑，从怀里掏出一封信札，双手递给周瑜道："周公子！孙将军令小人送书信给你！"周瑜接过书信，令方夏引李柱子在厅堂里坐下，并给他上茶水，又要厨人给他上了酒菜，然后，自去卧房，点起灯烛，展读信函。

这是孙策的亲笔。上面写着："公瑾吾弟：江东一别，思念日深！念君安危，未敢轻动。袁术今起七路大军与操、备等战，正是吾弟东归之时，愿吾弟计划，吾等在江东接应。伯父及太夫人，亦无须为念！"

周瑜读完信，脸上舒展开笑容。他走到厅堂，高兴地对李柱子道："我说今夜怎睡不着觉？原来是伯符有书信于我！"李柱子告诉他，昨日黄昏时，孙策将书信交给他，亲自将他送到曲阿江边。过了江，他就直奔居巢。在城门处，遇见李县尉等人查夜，就冒称自己是周县长的亲戚，李县尉就将他带了过来。

周瑜问江东孙策、太夫人等大家可都好。李柱子告诉周瑜说：大家都好！吴太夫人很想念他，大家都想念他。又说，草儿也想念他。周瑜听了心中滚动着一股热流。他问李柱子，草儿婚配没有，李柱子说没有。周瑜又问李柱子婚配没有，李柱子红着脸也说没有。周瑜就笑着问李柱子是不是喜欢草儿。李柱子红着脸说是。周瑜就揶揄说李柱子天天和草儿在一处，这么多年了，怎么就没有娶上草儿呢？李柱子憋了半天，费劲地解释说，草儿喜欢有英雄气的男人，嫌他是个家奴身份！周瑜眉头皱了起来，跟着笑道："我定想法成全你们！"李柱子不明所以地望着他。周瑜笑道："我若能返回江东，你是首功！我一定会对草儿说明的！"李柱子咧开嘴笑了。周瑜又笑道："还有，我若回了江东，一定要孙将军带你去沙场征战一回，立个功名，封一官半职！如此还怕赢不了草儿的心？"

李柱子脸上绽开感动的憨笑，离了座，向周瑜拜道："如果这样，小人感谢周将军大恩大德！"

周瑜令他起来，道："柱子！你不必多礼！"跟着又笑道："草儿是我做家奴琴痴时的妹妹！我也素以妹妹待她！日后你要娶了她须真心待她哦！"

李柱子起身，笑道："哪里会！如果那样，任周公子如何处置都行！"

这时，方夏给李柱子端来酒菜，李柱子就吃了一回。等吃完了，周瑜要他赶紧赶回江东。李柱子讨要回书。周瑜道："回书带着不便！你只告诉孙将军，说第四日五更，我出奔江东！"李柱子点头记下了。然后周瑜叫方夏给李柱子备好一匹马，将李柱子送出城。方夏将他直送到江边。江边原有巡江的军士，都是居巢的县府兵。见周瑜的书童送客，都没有上前盘问。方夏看着李柱子上了渡船，消失于碧空波影之中后，回县府向周瑜复命。

周瑜又令方夏打好包袱，前往东城县去通知鲁肃速来居巢相会，三天后的五更时分，一同奔往江东。方夏得令，带两个县庭兵士，骑着快马直往东城而去。

周瑜又找来县丞王德、县尉李通，告诉他们自己欲往江东投奔孙策，如他们愿意去，就带了家属族人一同去。王德、李通是周瑜提拔的心腹，不愿再事新的县长，何况江东乃富庶之地，都欣然表示愿追随周瑜投奔江东。

第三日黄昏，孙策又派李柱子过江告诉周瑜，说周叔父及周夫人已安然抵达江东。周瑜大喜，赶紧令李柱子回去告诉孙策，称明日四更之时出发。

第四天的二更时分，鲁肃带着祖母，母亲，妻儿，一百多名宗族、宾客及私养的二百多名少年侠客健儿随方夏赶到了居巢。一行人马连推带拉带了近百辆马车骡车驴车。走进城内，半个城里都听得见马嘶人叫的声响。周瑜上前参拜了鲁肃祖母与母亲，然后令王德、李通通告所有县庭的兵士、差役、掾吏、功曹和全城百姓，告诉他们说周县长将出奔江东，愿往的速带家眷往县庭门前集中，一起同行。王德令差役打着锣在全城喊叫。一时间，整个居巢城，人喧马叫，纷攘不已，像一锅快要煮沸的水一样。到了三更时分，几乎所有的县庭官吏、差役、兵士及大半的百姓都聚在了县庭门前，人如潮涌，挤满了大半条街。火把点亮，照红半边天空。

周瑜见时辰已到，与鲁肃出得大门来，立在县庭大门的台阶上大声对人群道："各位吏士同仁、父老乡亲！周瑜与江东孙策为总角之好，今日，欲与东城县长鲁肃共投江东孙策！愿走的，随我一同去，不愿走的，且留下，等候新任县长！"

阶下黑压压的人群都愕然了，跟着交头接耳地议论开来，人海中涌动着躁动的浪花。他们不明白周瑜所说是真是假，不明白周瑜为何放着好端端的县长不做，要奔往江东，有的为周瑜离去而难过，更多的则是犹豫是否该随周瑜同往。去，要离乡背井；不去，周大人一走，他们未必有好日子。

这时，站在人群前面的李通奋然走上台阶，振臂高喊道："众位父老乡亲静一下！听我说！"

阶下黑压压的人群立时安静了。

李通亮开嗓子大声道："各位父老乡亲！自周大人到本县上任以来，施恩德于我等，著信义于四乡，挽生命于垂危，我县百姓，如久旱之苗，骤逢甘霖；干涸之鱼，欣逢江河；四方境内，郡境翕然！如此官员，从古至今，哪里去寻？今日周大人要离去，对我等而言，无疑是红日不见，星月无光，四方乡邻，将再入苦海！我等何苦还要守着这穷乡僻壤之处任袁氏欺凌？何不随周大人去江东寻找富贵？"

下面爆出雷鸣般的喊声："我们愿随周大人同往江东！"

周瑜与身边的鲁肃相视笑了一下，又充满欣赏地看了一眼李通，然后对众人道："往江东去乃是离乡背井，请各位乡亲务要思量清楚！"

黑压压的人群乱纷纷嚷起来："我们不用想了！周大人到哪里，我们就跟到哪里！""跟着周大人，我们就有好日子！""周大人既要离去，我等何必还留在此处？"

周瑜笑了，对阶下人群喊："既如此，周郎愿领诸位同奔富贵安康之乡！现在，请各位扶老携幼，依序往江东而去！在江东，自有孙郎接应我们！"

说完，周瑜令李县尉率数十县庭兵为第一队，在前开路。令方夏领数十县庭兵护着鲁肃祖父、母亲及宗室，还有冬儿等为第二队，紧跟着李通前行。令王德带县庭掾吏、差役、家眷及县城百姓为第三队，随后跟上。周瑜自己与鲁肃带百多少年健儿断后，既收容掉队的百姓，又安置、接收新加入的百姓、士人。调拨完毕，李通即跨上马，领数十县庭兵或骑马或步行，举着火把，跑上前开路。其余人等依周瑜的调拨跟着往城外行去。于是，庞大的、拥挤的人群跟着缓缓往城外挪动了，大街上立时形成一条喧腾的河流和长龙，直往城门洞流去。原先被惊醒的百姓中，有的只是来看热闹的，此刻见周瑜动真格要过江东，又听了李通一番话，就赶紧回去领了家人、族人，带了行李，跟上大队人马，往城外走去。一些稍稍富有的大户及书香人家、世代官宦之家，也举家前往。也有不去的，多是家有老小不便迁移或在乡间尚有家人，不便一时取来的。还有原在县庭供职，后为周瑜整肃的人也不愿离去，他们企望周瑜离去后，再回县庭为官。

因为人多，又有车仗行李，队伍行走缓慢。走了两个时辰，才走出一小半的路。就在此时，后面一阵狼烟滚动，一队铁骑奔将过来。奔近了，隐约可见旗帜上写着一个"刘"字。

周瑜道："定是刘勋使人追了过来！"于是要鲁肃领众人先行，他在后阻敌。

鲁肃笑道："我领手下健儿为公瑾壮声势岂不更好？"

周瑜含笑看着他，答应了。于是两人领鲁肃手下百多健儿一字排开。

那队铁甲骑兵看着奔到眼前，约八百多人。旗下一员将，年约二十七八岁，身材壮大，脸上挂着一部络腮胡，小眼睛不时发出蛮横的目中无人的光芒，额前一条刀疤斜直划向眼角，面目甚是狰狞。身披铁甲，手提一杆生铁枪。周瑜认得此人姓刘名偕，是庐江太守刘勋的从弟、现任庐江郡郡都尉。此人不喜读书，少时放浪乡里，常与诸泼皮无赖混在一起干偷鸡摸狗欺侮乡邻的勾当，也练了些武艺。后投奔刘勋，做了袁术将军府的侍卫。昔日袁术领兵围攻孙府、捉拿周瑜之时，他曾参与孙府大院里的混战。额上那条疤痕便是混战中留下的印记。刘勋到庐江来做官时，将他带到庐江任都尉，掌管庐江全部郡兵。

"原来是刘都尉！周瑜今日欲往江东投孙将军！未及与太守招呼，就此拜托刘都尉转告了！"周瑜见他们奔近了，在马上拱拱手道。

"大胆周瑜！竟敢挟裹我庐江百姓叛逃江东！若速速下马，本都尉可保你不死！若不然，提你项上人头回去复命！"刘偕大声喝道。

周瑜哈哈大笑道："人各有志！周某今日回江东，正如小溪之归大海，何苦紧紧相逼？如真要撕破脸皮，打杀起来，必有一伤！想我周瑜昔随孙讨逆将军纵横江东，只用两千人就取下了曲阿城！就你等众人，未必能拿下周某！"

刘偕冷笑："可惜你今日并非二千精兵，乃是数千老弱之众？"

周瑜冷笑道："正是！今日随周瑜的多是无辜百姓，你我拼杀，徒使生灵涂炭，血流遍野，非君子所为！刘都尉可否与周瑜斗阵！如赢了周瑜，周瑜愿下马受擒；如赢不了周瑜，就请放开大路！"

刘偕哈哈大笑："做梦！本都尉就是要冲着你领着的刁民大开杀戒！若不想血流遍野，就下马受擒！"

周瑜小声对身边的鲁肃道："需得一战了！只宜速战，不宜拖延！我与你带众健儿突袭！我先击杀刘偕，你带众少年健儿威逼庐江军。刘偕死，余贼势必溃散！"

一直严峻地看着对面的鲁肃想了想，对周瑜道："公瑾！且试一回鲁肃的本事！如若不成，再依公瑾所言！如何？"

说完，鲁肃对身后一个少年健儿一挥手。

那个健儿赶紧手提一只盾牌，往对面跑去，走到二军阵前中间，将盾牌插入泥土之中，然后跑回来。

鲁肃手持弓箭，对刘偕手下骑兵道："众军士听着：时下天下大乱，寿朝也危在旦夕！你等截杀我们，不会有赏；放过我们，也未必有罚，何苦相逼？更何况你等既非我对手，更非周郎对手！"

说完，鲁肃开弓如满月，一箭射去，那箭如流星一般，飞向那个立着的盾牌，只听扑通一声响，箭穿盾而过，盾牌上留下个洞口。

东城健儿们一齐鼓掌喝彩："好！"

周瑜惊奇地看着鲁肃："子敬原来还有如此神力！"

鲁肃得意地笑了。

对面，刘偕愣了一下，呆呆地看着破了一个洞的盾牌。他身后的骑兵们也睁大了眼睛。

一个骑兵失声道："真是神力啊！"

另一骑兵道："这周郎据说与孙郎武艺不相上下，已够厉害了！如今又有这位壮士，我等岂是对手？"

又一个骑兵道："昔日周郎和孙郎横扫江东，尚无敌手，此刻虽有百姓相随，但他身边也有数百号可以厮杀的人，未必就会输给我们！"

刘偕显然听见了这些议论，他眼里闪出一缕紧张与不安，转过身，将询问的目光投向身后一个司马。那个司马赶紧道："都尉大人！我等未必拼得过他们！依卑职之见，不如撤兵！"

周瑜看出了刘偕的胆怯和犹豫以及众骑兵的畏缩之态，大声道："刘偕！不要以为周郎人少你便可以相逼！周郎和身边壮士皆是以一敌百之人！"又对刘偕身后的骑兵们大声道："弟兄们！我周瑜横扫江东的事料你们是知道的！如识大体，便让开大路，我等后会有期！如若不然，我周瑜只好血染此剑了！"说完，刷地拔出宝剑，指向前面，剑刃在阳光下发出耀眼的光芒，直朝四周射去。

对面的骑兵骚动了，隐约传出盔甲的颤动之声。

"好吧！撤！"刘偕见军心浮动，恨恨地瞪了周瑜一眼，对后面的司马悻悻道。然后，慌忙拨转马头，往回奔去。众骑兵一窝蜂似的也拨转马头跟上。一阵尘土飞扬，这一大队骑兵像一层厚厚的乌云一样往远处飘去了。

周瑜见他们离去，对鲁肃道："鲁子敬果神人也！"

"没些本事，如何使周郎倾心？"鲁肃笑道。

二人一起哈哈大笑起来。

笑声在原野上滚荡开去。

到了下午晡时，这支东渡的浩荡的人马终于抵达了长江。江边渡口处有几名江防军士，是居巢县的县兵，李通的部下，见周瑜领人东渡，即刻加入东渡大军。

数千人马沿江堤排开。对面，十多艘大船鼓满风帆开了过来。走近来，但见最前面一艘楼船上，金盔金甲红袍的孙策挺立船头，冲周瑜亲切地微笑着。他的身后站着张昭、吕范、太史慈等人。顿时，岸边江北民众全部欢呼开来。

船靠了岸，孙策跳下船，直奔周瑜，两人紧紧拥抱在一处。

好一会儿，周瑜松开孙策，将在一边的鲁肃向孙策介绍道："主公！这是临淮东城鲁肃鲁子敬先生！"又介绍了鲁肃的为人及刚才吓走追兵的事。鲁肃向孙策作揖行礼，孙策高兴地还礼，打量鲁肃道："看着便气度不凡！公瑾识人就如同他识音律，向无差错！哈哈！"这时，张昭、吕范、太史慈等众人一道上前向周瑜行礼问好。太史慈上前行礼时，孙策笑道："公瑾！伯父及太夫人回到江东，多亏了太史慈神勇！"他告诉周瑜：昨日，他令吕范、太史慈两人领一队人马潜往舒城，杀死看护周府的刘勋的郡兵，领着周瑜父母一家人到了江边，上了候在那里的帆船，直往江东驶去。刘勋察觉后，即令人乘快船追赶。眼看就要赶上。太史慈立在最后一只船的船尾，张弓搭箭，一箭射中领头军官搁在船舷上的手掌，将那手掌活生生地钉在船舷上。然后，又一箭射断系扯风帆的一根大绳，那风帆哗地落下，船便横在江中打起转来。太史慈又喊："这两箭只是警告尔等，如再要追赶，一并射下水中！"后面的敌船见太史慈如此神勇，哪里还敢追赶？眼睁睁地看着吕范、太史慈的船往曲阿而去。

孙策讲完，周瑜赶紧向太史慈躬身行礼致谢。太史慈赶紧还礼道："此是末将分内之事，何须言谢！"周瑜对孙策笑道："多亏昔日收服太史将军！若非此，谁来箭退追兵？"

一席话说得孙策和众人哈哈大笑。太史慈也不好意思地咧着嘴笑了。

孙策又告诉周瑜说周伯父及太夫人均在对岸等着，须快些过江才是。周瑜点头称是，转身对四周围着的百姓喊道："各位父老乡亲们！这位就是名震江东的孙伯符将军！孙将军亲自来接诸位过江了！"

众百姓全部跪下拜道："孙将军！小民拜见孙将军！"

孙策伸开双手，做着手势高兴道："各位请起！请起！"待众人起身后，孙策大声道："欢迎各位到江东安居乐业！我孙郎定会教我治下的百姓安康富足！各位请放心好了！"

众百姓有的山呼万岁，有的道："总算有了一方乐土了！"

然后，孙策和周瑜安排众兵士、百姓过江。因为人多，又从江东调来数十艘船。

周瑜令以方才来时顺序依次过江，待众人都过了江后，方才与孙策一同上了大楼船。此时，太阳已在西边的江涛之上溅起血红的晚霞。一堆堆的彩云被这霞光点燃，熊熊燃烧开来。波涛滚滚的大江，被霞光染红，如歌如泣，充满力量地朝江东奔流。血红的光芒充满悲壮，也充满激昂。一只只风帆鼓涨着，沐浴着落日的余晖，像一朵朵飘动的云。而横渡过江的战船在余晖中显得威严、肃穆、庄重。几只江鸥凌空直下，扑向炉火红的江涛中，掠过水面，又充满激情地飞向蓝天，或者围着风帆盘旋着、尖叫着。在它们的尖叫声中，浓浓的暮色如苍茫的岁月不动声色地往江面上合围而来，不断地将斑斓的及落日里的战船调和成朦胧的风景。

周瑜立在徐徐往江中心驶去的楼船上，看着他治理过的居巢地界，欣慰地舒出一口气，眸子里燃烧着红似晚霞的火花。

"公瑾！今日过江东，与上回我俩往江东创业，心情是否相似？"站在他身边的孙策朗朗笑道。

"比那时更多豪情！正似这万丈霞光，滔滔大江！"周瑜笑道。

"哦？为何？"

"前番过江，固是与伯符创业，却只是借兵助伯符一臂之力！今日过江，却是举家迁往江东，欲在江东追随伯符开创不世功业！乃终身之举！"周瑜道。

"哈哈哈！"孙策豪放地大笑开来，拍拍周瑜的肩道："有公瑾与共创不世之业，此生吾复有何求？"

周瑜笑道："伯符兄！此言正是我所欲言，竟被你抢了先去！"

两人哈哈大笑。

突然，周瑜沉吟半晌，又扭过头，严肃地望着孙策道："伯符兄！公瑾有一事，请伯符兄万勿推辞！"

孙策一愣："哦？"

周瑜道："自今日起，我随伯符执鞭随镫，既为兄弟，又为君臣！兄弟为义，君臣为礼。礼义自不可分！故，但凡军中、府中，公瑾也如众将一般，以主公称呼伯符！伯符万勿推辞！"

孙策愣道："公瑾！我二人何必拘于此礼？"

周瑜正色道："伯符为江东领袖，理当一言九鼎，威望莫比！如周郎视礼仪为无物，则群下就会竞相效仿，如此何以成大事？连子布先生等诸前辈尚以主公相称，周瑜岂可逾越？"

此时，张昭走了过来，听见周瑜一席话，捋须道："主公！公瑾所言极是！不拘礼节，何以服众人？公瑾是恢宏大度之人，不在意个人尊卑，主公且受公瑾称呼好了！"

孙策感动地看着周瑜，伸出拳头擂了周瑜的肩膀一下，对在场众人感叹道："公瑾英才出众，若不是与我孙策有伯仲之情、金兰之交，怎会如此屈人之下？"

周瑜笑道："是天意令我与伯符结为金兰之交，也是天意令我来随伯符立不世之功！天意岂可违乎？"

众人都哈哈大笑开来。

笑声惊起一群追逐着江浪的江鸥，它们振动翅膀一个翻身，哗地散开，直上云霄。此时，晚霞正在燃尽它最后的余光，西边天空剩下一层淡淡的无力的残红。暮色已笼罩了整个大江。秋日的寥廓的天空上，半只清秀的月牙儿在湛蓝色的天空中像一只纯白的象牙静静地搁着。几抹素洁的云像丝绢一样悠悠地飘在清丽高远的蓝天，或者像神仙轻轻抹在天庭上的一抹笔画，更显出蓝天的深邃与清幽。江东已近在眼前了，那里挤满欢迎的人群，还有周瑜父母及吴太夫人、草儿，周瑜的眼眶湿润了……

十八　报恩情孙策封官，斥刘偕乔家拒亲

周瑜回到江东后，孙权即令人为他仿庐江舒城周府建造了一座大宅，请周瑜父母和周瑜住进去。又令人潜往江北，将周瑜的叔叔周尚一家接到江东。又赏赐他一支乐鼓队，专门为他鼓吹弹乐，或在宴席时奏乐尽兴，或壮行色。周瑜推也推不掉。过了些时，又授周瑜建威中郎将之职，给他授直系属兵二千，成为领直属兵最多的一员将。孙策统兵，不拘汉制。依汉制，军中将领是一级管一级，上一级约束下一级，而最下一级的军士则分为一营一营，将领只有管理之权，并无调兵之权。遇有战事，则由最高统帅将军士一营一营拨给相关将领。如此是为了防范将领兵变。孙策则不然。他将军队除留一部分自己亲自统率外，其余的皆分给众将，称之"授兵"。这些士兵便成为各将领的直属兵，如同将领的私家军或护卫军，饮食居住，皆由各将领自行裁决。各将领间职务虽有高低，却无隶属关系，只各统各的兵。如有重大军事行动，则设都督或左右都督，节制众将及众将所领的兵。这种领兵之法，有一大忌便是：若某将领领直属兵谋反，实是轻而易举之事。但，这正是孙策的服人之处，因为众将领多是自愿投奔孙策的，又服膺孙策的为人及风范，故即便都握有直属私家军，也不会谋反。授了周瑜兵之后，孙策又想到周瑜恩信著于庐江，深孚众望，便请他领兵镇守江东的门户——牛渚，并兼牛渚附近的春谷县长。此时，江东人都已知周瑜回到了江东，皆以周郎称他。

孙策对于周瑜所授的恩宠，老将程普颇为不服，甚有牢骚之语。程普乃是孙坚时的战将，如今也只授了一千兵。程普的牢骚传到孙策耳里，孙策道："且不说公瑾英俊异才，助孤平定江东，又与孤有总角之好，骨肉之分，单是此前在丹阳，为孤借兵和船粮以济大事，论德酬功，都不足以回报！"这话传到程普那里，程普内心虽仍有不平，却也不再有愤愤之言了。

周瑜将所带来的居巢的百姓都分布各县各自买房置地，或经商，或耕种。无钱置地买房的，孙策也令人妥善安置。县丞王德也在曲阿购了房，置了地，坐在

屋里享清福了。他的一个儿子随周瑜在春谷县做掾吏，一个在家念书。其他的掾吏、功曹们或随周瑜往春谷上任，或被孙策派往其他郡县为官。总之各有任用，胜于居巢。周瑜所带来的居巢县庭兵也被周瑜编为贴身虎贲卫队，由县尉李通统领，并授李通别部司马一职。

鲁肃到江东不久，因祖母去世，又护送祖母回故乡临淮东城安葬，暂未授予职务。他母亲和妻儿则留在江东，住在孙策为他造的大宅里。周瑜时常去探视。他带来的宗族宾客多是富户，就各在江东各郡县去寻喜欢的地方购置土地房屋，安家落户。那百余个东城少年健儿则被孙策编入拱卫吴侯府的虎贲军。方夏仍随着周瑜做贴身侍从。冬儿则被周瑜领回府中，托付给母亲照管。周夫人教她读书、绘画。周瑜的叔叔周尚一家先住周瑜家，后在曲阿建了房，就搬了出去，与周瑜府宅相距不远。堂妹红儿见着周瑜依然钟情。周异及周夫人也有心撮合，周瑜自是不情愿。好在周瑜多在牛渚镇守，在春谷县处理公务，并不总在曲阿，所以，红儿见周瑜的机会也并不多，倒也无事。

吴太夫人领家人均住在吴侯府内。周瑜从春谷、牛渚回到曲阿议事或探望父母时，都会到吴侯府后院吴太夫人府上探视。吴太夫人向来视之为亲生之子，见了他自是十分欢心，弄得孙策故意在一旁吃醋以逗吴太夫人开心。但吴太夫人大多时无法开心，因为一桩天大的心事在她心里悬着，那就是，周瑜、孙策两人都是二十四的年岁了，却从不言婚事，好像俩人一致约好了不谈婚事。整个江东的女子没有不想嫁此二人的！上门求亲的江东名士、富豪多如过江之鲫，但孙策、周瑜概不心动。孙策对太夫人称：不拿下庐江，平定江南，绝不言婚事。所以，每逢周瑜来府上，吴太夫人先劝周瑜，再使周瑜劝孙策。岂料，周瑜的回答竟与孙策一模一样：他和孙伯符约好的，不拿下庐江，平定江南，绝不言婚事。吴太夫人没办法了，只好由着他们，内心里却被此心病搅得不安。

孙策的小妹孙尚香年已九岁，或许是受父亲遗传，自小就爱使枪弄棍。孙策不得不令人给她打造很多木制的枪、剑、刀。她每日就拿着这些"兵器"和那些十三四岁的丫鬟们一道舞枪弄剑，对阵厮杀。有时便缠着孙策教她学武艺。长兄如父，父亲去世后，孙策就宛如众弟妹的父亲一样，几个兄妹都很敬重他，他也尽己所能地满足弟妹们的要求。对于这个调皮的小妹，他和母亲一样都视之为掌上明珠，只好随着她了。孙尚香还记得周瑜这个翩翩丰采的大哥哥，也记得在周瑜府上住过，故每当周瑜回曲阿看望吴太夫人时，她都会跑过来撒着娇缠着要周瑜教她一点剑术，或者要周瑜扮着敌方，和她斗阵。周瑜倒蛮有兴致，总是乐此不疲地和她玩上半天，有时和孙策一起逗着她玩。草儿还是如以往那样清秀漂亮，只是芳龄渐长，都二十一了，女孩到这个年龄多早都嫁人了。孙太夫人也曾为她物色过一些小吏、小军官，这些人无一不愿攀上吴太夫人的贴身丫鬟的，可她都看不上。大家都知道二十七八岁的李柱子很喜欢她。吴太夫人知道这个秘密后，劝她嫁给李柱子，却为她婉拒。时间长了，人们也就不谈她的事了。心想，反正李柱子对她有意，由着他俩人折腾去吧，也许日后会水到渠成的呢。周瑜回到江东，第一次在孙府出现时，面对周瑜亲切的笑吟吟的问候，她一时竟满脸通红，极不自在。但这只是初见面之时，后来表情便自然了。她知道和周瑜是不可能的。虽然自汉以来不乏大人物纳婢女为妾的事情，像袁绍之父便是纳婢女为妾，尔后生下袁绍的。但那多是纳为妾，非娶妻。而周瑜连妻都没有，如何先纳妾？而且她知道周瑜才高心高，不会对她动心，所以内心里也就说服着自己死了那份心。有时周瑜像兄长一样关心她，她都如小妹一样有问有答，态度恭敬又保留距离。而一当周瑜谈起她的婚姻大事，并有板有眼地讲起李柱子单人往江北送信，很能办事时，她总是找借口离开。

一晃到了第二年春秋之际，即建安四年（公元199年），孙策与周瑜商议决定去征庐江，打刘勋。为此，孙策又拜周瑜为中护军，节制诸将，并领江夏太守。明确：若孙策不在军中，由周瑜统军！庐江郡是丹阳西面、江夏东面的一个郡，北与汝南接壤，西与刘表的江夏郡交界，南跨长江接豫章郡，东连丹阳郡。治所在濒临长江的皖城。刘勋任庐江太守后，其从弟刘偕为都尉，在远离北方战乱的富庶之地独霸一方。

正在筹备粮草、人马之时，六月，江北传来消息：曹操继灭了吕布后，又大败袁术，攻占了寿春，袁术被迫取消帝号，领残兵欲投与自己反目的兄弟袁绍。不料在路上，不断遭到盗贼袭击，又饥又饿，竟一病不起，吐血而死。周瑜、孙策得到消息，既惊又喜。惊的是喧嚣一时的豪杰袁术竟在吕布之后，这样快便灰飞烟灭了！喜的是这个愚蠢自私无德无能敢冒天下之大不韪的"皇帝"最终是自掘坟墓。当然，二人又有些遗憾：毕竟没有亲手殄灭袁术这个曾欺凌过他们的人！

袁术死了，大将张勋、长史杨大将等人尚在。周瑜想起昔日张勋对他的关照，便向孙策提议派人将张勋等人接至江东。孙策与张勋同在袁术处共过事，佩服他的勇力，有心将其收为己有。于是，派人过江打探张勋等人下落。不料，派往江北打探的使者回来报告：袁术死后，其妻妾子女和袁术从弟、丹阳太守袁胤等扶灵前往庐江去投刘勋。大将张勋随同扶灵至庐江后，就领着残部往江东来投奔孙策，不料，刘勋派侄儿刘偕路上设伏，趁其不备，截杀了他。张勋死前大叫道："我不能往江东去投孙郎、周郎，实乃命也！"

张勋之死让孙策、周瑜愤不可遏。周瑜想起年少之时，刘勋几欲置他于死地，并残杀无辜的季原先生！孙策想起昔日领军为袁术打下了庐江，袁术原答应他做庐江太守的，没料到刘勋逢迎有术，竟顶替了他的位置，并几番对他横加羞辱，两人一合计，决定攻打刘勋，老账新账和他一同算！

这天，庐江郡治皖城一个大户人家的后花园里，两个大家闺秀样的女子正由两个丫鬟陪着荡秋千。两人生得婷婷袅袅，体态优美丰盈。都穿着粉红的香气迷人的衣衫。都有着鹅蛋形的鲜美动人的脸蛋。都有一张好看的红润的樱桃小嘴。脑后都挽乌云一般的椎髻。颈脖上、胳膊上露出的肌肤都如玉一样光滑细腻。眼睛都含着秋水，清澈透明，楚楚动人。年龄稍大点的年近二十岁，俏丽的脸上挂着几分娴静；在下面和两个婢女甩着秋千。小一点的约十八九岁，一双水汪汪的大眼睛闪烁着活泼与调皮，美丽娇嫩的脸蛋上抹着欢快的红晕，凝乳般的如玉的颈部隐隐有一颗黑色美人痣。她坐在秋千上，嘻嘻哈哈地笑，不停地喊："高一点！再高一点！嘻嘻！"

下面的年龄大些的女孩关切地说："不行的！妹妹！太高了会危险的！"

"高一点嘛！姐姐！我不怕的！高一点嘛！好玩好玩！嘻嘻！"被称作小乔的女孩在秋千上欢快地撒着娇笑道。

"哼！我看你怕也不怕！"下面被唤作姐姐的假装嗔怒地令婢女大力地摇。于是，秋千越荡越高。秋千上那个被唤作小乔的女孩的笑声直往高高的院墙外飞去。

这个大户人家就是八年前在往皖城路上被周瑜救下的乔玄一家。秋千上的女孩便是当初周瑜救下的小乔。下面和婢女一道荡秋千并叮嘱小乔不要荡太高的，便是大乔。当初，乔玄领一家老小并宗族数人在皖城落户后，在庐江府做了掾吏。刘勋来庐江府上任后，他不喜刘勋的为人，便辞了官，靠着积蓄开了一家米店。这大乔、小乔如今已出落得亭亭玉立，国色天香，远近闻名，是公认的皖城最美的女子。但两人心性皆高，都声称，非如意郎君不嫁。当地众多书香门第和豪门望族上门求婚，均被两人拒之门外。乔玄夫妇素来又是依着女儿的，也就任其所为，故两人至今待字闺中。

此刻，乔玄和乔夫人正坐在正堂屋内靠着后院的一间卧房的窗下弈棋。听着外面荡秋千的欢笑声，乔夫人叹了口气嘀咕道："唉！这两个丫头！整天没心没肝的！一点也不着急嫁人！"

乔玄带着骄傲的口气笑道："我家女儿国色天香，这满城哪有配得上我女儿的？"

乔夫人拧着眉头嗔怪道："那就让女儿白白误了青春不成？"跟着她眉头松开，笑道："对了！你记不记得从前在路上救过我一家命的那个周公子？我昨日听说，他便是现在名震江东的周郎啊！"

乔玄手里拈着一颗棋子笑道："我怎会不记得？他刚在江东起事时，我就知是他了！也知道他必成大事！他现在和孙策是八拜之交的兄弟！"跟着带着几分神秘表情道："那孙郎雄才大略，依我看，来取庐江是迟早的事！"说完，得意地将棋子啪地落在棋盘上。

乔夫人大喜道："哎哟！那太好了！不知道这个孙郎、周郎有没有婚配啊！要是没有婚配就好了！我两个女儿要嫁给这两个英雄，我就心满意足了！"跟着喜滋滋地抓着乔玄的手道："嗨！我真的很喜欢那个周公子！救我家的情景现在还历历在目啊！我方才提起他，就是想要你托人去江东做媒去的！若他们要取庐江，岂不是天意要促成我女儿姻缘！"

乔玄一甩她的手，哭笑不得地瞪着她，用手点着棋盘道："我看你是想女婿想疯了！快出招吧！"

乔夫人撇撇嘴，从棋罐里摸出一粒白子，想也不想，啪地往棋盘上一拍，笑呵道："好棋！"

此时，院墙之外，庐江郡尉、都督刘偕正带着一行士兵抬着聘礼往乔家走来。今年春上，刘偕在正月花会上看见了容貌动人的大小乔，惊为天人，打听到正是大名远扬的乔家姑娘后，不顾自己已有一妻一妾，竟托人作起媒来，声言要同时纳大乔、小乔为三房、四房。媒人上得门来，差点没把乔玄夫妇气炸了肺，乔夫人是个火辣性子，将聘礼扔了出去。他们没想到女儿国色天香竟会被一个武夫纳作小妾，且是一同做妾，这未免太羞辱人了。大小乔听说后，也气得直骂。但刘偕似乎并没有死心，放出话来，说哪怕是休了原配原妾，也要娶大小乔为妻妾。

乔家的府宅在这个十字路口的大拐角处。正大门临着小巷，后花园的一面墙则靠着另一条小巷。刘偕走过后花园那面高高的院墙时，里面传出少女娇嫩可人的笑声，他想定是大小乔在里面，脸上便绽放出欣喜若狂的笑，一种为所欲为的征服之欲也骚动了，他一挥手，一个士兵赶紧上前贴着院墙蹲下。

刘偕下马，踩在士兵肩上，士兵将他顶了起来。

刘偕趴在墙上朝墙里望去。眼里绽出色眯眯的光芒，额上的疤痕因皮肉的颤动而更显触目。

就在此时，身后对门忽然冲出一条黑色大狗，狂吠着朝他冲了过来。

顶着刘偕的士兵扭头，见狗冲了过来，吓得大叫一声，往地上一坐。

刘偕正看得入神，"哎哟"一声便摔了下来，肥重的躯体在地上摔出重重的闷响。

其余侍从士兵赶紧拔出刀剑赶那条狗。

狗的主人，一个三十来岁的男子闻声跑了出来，喝住狗。

刘偕狼狈地被众人从地上扶起。

狗的主人认出是刘偕，吓得脸色顿变，赶紧跪倒在地叩首不已："刘将军！小的得罪了！小的得罪了！"

刚才受惊的士兵也跪下赔罪："将军饶命！小的被狗惊吓，让将军受惊了！"

刘偕满面怒色，从马上取了马鞭对着那个士兵乱抽一气，边抽边骂："老子杀了你！老子杀了你！"

跟着，他转过身，用马鞭指着那狗对身边军士命令道："杀了狗！"

狗的主人求饶："大人！小人喂狗喂了五年！它给小人看家护院，和小的已形同一家人！求大人开恩，饶它一命！"

"饶它一命？你自己的小命都饶不了！"刘偕恼怒地冷笑道："你纵狗行刺本将军，理当问斩！"

狗主人磕头不已，哀求道："大人！冤枉啊！小的没有行刺将军啊！小的狗冲出来，小人实在不知啊！"

"少废话！"刘偕怒道，对身边一个侍从士兵一挥手。那士兵一刀朝狗的主人砍下去。

狗主人躲闪不及，瞪着眼睛，惨叫一声，脑袋随着寒光一闪，掉了下来，在地上滚动。一股鲜血哗地从颈口喷出。

176

狗的主人一家人闻讯都奔出来，一个少妇，一个老妇人，两个孩子，见此情景，都惊呆了，也吓呆了，半晌后，都扑在那无头尸体上号啕大哭。那个老妇人将那血淋淋的头抱在怀里哀号不已。

　　那大黑狗似乎明白了先前的事，趴在主人尸体旁伤心哀叫，泪花闪烁。

　　刘偕拔出宝剑，朝那大黑狗砍下去。那大黑狗耳朵竖起，又放下，身子颤动一下，仍趴在主人身上，只将眼睛微微闭上。一声哀叫后，一股鲜血喷出，狗的头也滚落在地上了。刘偕提着剑得意地看着地上无头的人与狗的尸体，将宝剑交给一个士兵擦干净，又装入鞘中，对众侍卫士兵道："走！"便往前走去。

　　后面的军士们抬起金银玉器丝帛等礼品随着他，拐过拐角，往乔玄家而来。后面，那家人依然趴在地上嚎天叫地，却不敢上前来拦着刘偕。

　　到了乔家大门口，刘偕令一士兵叩开乔玄家的门。乔玄见是他，一脸的不快与无奈，赶紧施礼道："请问刘将军往寒舍有何贵干？"

　　刘偕笑嘻嘻地不打话，一挥手，众军士抬着礼物拥进屋里，在大堂上立着。然后，刘偕躬身施礼，皮笑肉不笑道："本将军送上聘礼！乞乔公笑纳！"

　　乔玄不卑不亢道："刘将军！我家女儿都已回绝了将军？何必一而三，再而三地求亲？"

　　"且先将聘礼寄放府上，等你家女儿回心转意后再说话也不迟啊？哈哈！"刘偕满不在乎地笑道，然后大大咧咧地往堂中椅上坐下去。

　　乔夫人闻讯冲了出来，见面前情景，怒道："刘将军这是来抢亲呢？还是来求亲？"

　　刘偕殷勤地笑道："自然是求亲！"

　　乔夫人冷笑一声："既是求亲，主人家尚未上坐，你怎就上坐了？既是求亲，为何遭了拒绝还一而再，再而三地来？"

　　刘偕一愣，厚着脸皮咧咧嘴，嬉笑道："遭了拒绝又来，便正表明本将军一片诚意！"

　　"哼！刘将军！你还是死了这份心！我家虽为平民之家，却也是书香门第，断不会把女儿送人家做妾的！如果刘将军要来抢亲，老妇便去找曹操曹公告状！曹公执法严峻，政事清明，世人皆知！如曹公知道刘将军乱抢民女，无法无天！哼！除非刘将军不怕掉脑袋！"

　　刘偕愣住了，愣然地看着乔夫人。袁术死后，刘勋为了攀大树，已降了曹操，曹操仍令他为庐江太守，并封了他江南亭侯。名义上，刘勋是受曹操节制的。此事若真的闹大了，传到曹操耳里，素有兼并之心的曹操或会以此为理由来吊民伐罪，讨伐他叔父刘勋了。到那时，不要说纳妾，就是他和他叔父性命也难保了。

呆了片刻，他恨恨地起身，铁青着脸吼道："走！"然后大踏步往外走去。额角那条疤痕涨得吓人。

身后的侍从军士们赶紧抬着礼品跟着往外走。

乔夫人对着他们的背影啐道："哼！癞蛤蟆也要吃天鹅肉！"

乔玄劝道："夫人！拒之固可，却不可激怒他！此人原是市井无赖，什么事都做得出的！"

乔夫人气道："哼！我才不怕！他要逞凶，我就到许都找曹操告状！再说，江东军就要打过来了，怕个什么？"

十九　袭庐江双雄神勇，慕英雄二乔怀春

七月初，孙策、周瑜领大军出发，前去攻打庐江。这日，骄阳似火，上千艘战船载着两万多军士，遮天蔽日地逆流而上，直往庐江。据孙策派出的探子打探，庐江那边，刘勋人马共五万，其中，皖城守军计有三万，其余各县有县庭兵及部分驻军二万多。其实，只要皖城一破，其余各县便都望风而降，故孙策、周瑜都以为二万兵足够了。此次出征，孙策为主帅，周瑜为副帅，以下依职务高低前往征战的将领是：程普、吕范、孙权、韩当、黄盖、太史慈，此外就是周泰、蒋钦、陈武、董袭等将。张昭坐镇江东总揽事务。十六岁的孙权军衔是奉业校尉。此前，他曾被吴郡太守朱治举孝廉，报往朝廷。曹操一心要结好孙策，不仅准了孙权为孝廉，且辟他为阳羡县长。后，孙策又授他奉业校尉之军衔。他年纪虽轻，但性度恢宏、仁而好断，更喜欢结交和善待侠义之士，这点与孙策颇为接近，故孙策也很喜欢他，此次出征，就将他带上。

庞大的舰队鼓涨着风帆像一大片飘动的云缓缓地由东朝西移动。甲板之上，一排排身披金铠银铠手执戈矛盾牌的士兵整齐威武地立着。旗幡如林，迎风招展。船行江中的划桨声和推开波涛的声音，直往大江两岸传去。大江两岸，七月的高粱正红得似火，金黄饱满的稻谷如金黄的波浪一样起伏着。舰队中央，一艘雕着龙骨的精美庞大的楼船上，一面"孙"字大旗和一面"周"字大旗迎风呼啦啦招展。楼船顶上的甲板上，曲柄青龙伞盖下，并立着银盔银甲的周瑜和金盔金甲的孙策。李柱子、李通、方夏等一帮侍卫拱卫在两人身后。李柱子现在孙策的虎贲卫队里做一名小头目，这是周瑜的主张，要将他带到沙场上去立个功名，回去好娶草儿。

在他们后面一艘战船上，立着蒋干等一帮文吏。蒋干自上回从周瑜家中回到故乡九江县后，便待在家中，与妻子共享天伦之乐，未几，其妻染病身亡，令他哀痛不已，便在家中服丧，未能赶到曲阿来投孙策、周瑜。孙策、周瑜领大军出发前，他从九江赶来，孙策授他行军主簿一职，随同出征。他尚满意。因他知道，孙策不像袁术那样胡乱封高官。孙策本人也只是一个将军，故手下军人，均在将

军以下。就是周瑜，也只是中护军、建威中郎将，介于偏将军和校尉之间。其实职务不在高低，人尽其才便可。周瑜只是个中郎将，却是孙策的副帅。吕范、程普也只是中郎将，却可统兵上万，甚于袁术的将军。

"传令各船，加快进发！"船头上，孙策和周瑜耳语后，命令道。身后的传令官立即将此令传给后面的鼓手，鼓手立即击鼓发令。一时，响彻云霄的击鼓声，江涛的拍岸声，橹桨的击波声，旌旗的迎风招展声，响成一片，如同风雷之声，直往两岸原野上滚过去……

这片风雷之声自然传到了皖城。刘勋赶紧召集众人商议。一位郡丞称可速找刘表、黄祖求救。刘表、黄祖和孙策有杀父之仇，孙策破了庐江，必会破刘表、黄祖的，刘表不会不管。还有一位从事称可派人向曹操求救。刘偕不服气道："兵来将挡，水来土掩！孙策、周瑜劳师远征，乃疲惫之师，我军以逸待劳，怕他个鸟！能战则战，不能战，就坚守不出，以我城墙之固和储备的粮食兵器，他们三年也攻不下！"

刘勋听了群下所议，一面派人找刘表、黄祖及曹操求救，一面令人加强城防，以期与孙策决战。

江东军西征庐江的消息也传到乔家，一家上下甚为高兴。孙郎与周郎成了乔家日常的话题。每说起孙郎、周郎，大乔、小乔两人脸上都飞起红晕，羞涩地躲开。

这日晚，小乔在自己的卧房里弹琴，大乔悄然进来，要约她到后花园走走。见她弹得专注，就悄悄走到她身边的小案边，结果，看见了案桌上铺着一幅画，画的是一个翩翩少年公子挥剑纵马杀贼的英姿。仔细一看，那公子竟是八年前救过他们的周郎。

"哈！"大乔莞尔一笑，搂着小乔的肩道："原来妹妹心中有了郎君！就是这个周郎！"

小乔脸蛋红得如三月的桃花、五月的石榴，还有一抹难以言传的娇羞与甜蜜，非石榴、桃花可比拟。她停下琴，一把抓过画，卷了起来，装着满不在乎的样子道："谁说的啊！我只是画画而已！他是我们家的救命恩人嘛！"

大乔抚弄着她羞红又故作嗔怒的满不在乎的脸蛋笑道："小妹！这周郎如今可是风流倜傥、智勇双全、一代才俊！此生如果嫁得这样的英雄，也不枉我小妹做一回女子哦！"

小乔脸上不自觉又溢满幸福甜蜜的微笑，好像周郎已在身边一般，扭头看了看大乔，眼睛闪了闪，收住微笑，又做出嗔怒的满不在乎的样子哼了一声，拧了拧大乔的胳膊，道："我看是姐姐你想嫁周郎吧！"

大乔脸上现出一缕红晕，有些慌张，跟着嫣然一笑，大度地道："要是妹妹喜欢周郎，姐姐我怎敢去抢？"

小乔乌黑的眼珠滴溜溜转了一转，皱了皱眉，猛地松开，笑道："对了！我嫁周郎，姐姐便嫁孙郎！听说孙郎英雄盖世、年轻英武，也是了不起的天下大英雄哦！他们两人也是兄弟呢！"

大乔目光中闪烁着憧憬的火花，笑道："是啊！我们两姐妹，他们两兄弟！天下有这样有缘分的事？"跟着，脸红了，摸了摸自己的脸蛋。

"说什么啦！还不知人家有婚配没有！周郎到今日也该是二十几的人了，又如此英雄，怎会无妻？"小乔眼里的光芒熄了，郁闷道。潮红的脸上布满忧郁。

"是啊！孙郎定然也是娶了妻的人！"大乔也叹道，跟着，眼神一亮，安慰小乔道："娶了妻又有什么？男人可以娶三妻四妾啊！"

"哼！我才不做人家的三妻四妾！我定要做我夫君唯一的妻！"小乔坚决道。

"妹妹！男人多妻，自古如此！何况孙郎、周郎这样的盖世英雄！何苦较真啊！"大乔道。

"不行！你可知袁术妃子冯氏之事？"小乔道。

大乔愣了一下，默然无语。

小乔起身，走到窗边，望着窗外黑沉沉的夜色，感叹道："想昔日，袁术有妃子数十人，这个冯氏最受宠爱。其他妃子妒忌她，就合谋活活勒死了她，然后把她的尸体挂在茅厕里，做成吊死的假象。袁术不知情，还以为她是因失宠而自尽了！你看，多妻之家的女人就如此可悲可怜！我宁可终身不嫁，也不会嫁给一个有三妻四妾的达官贵人！"

停了一停，她又道："虽然男子可以三妻四妾，但男子要是真喜欢一个女人的话，是不会娶几个妻妾的！咱爹爹不就只娶了咱娘一个？"

"你说得有理！"大乔叹口气，起身，走到小乔跟着，搂紧了小乔，"可是，有些事是由不得咱女人说话的！若拘泥于这些，会误了婚姻大事！"

"误便误了！"小乔倔强道，"与其与他人分享夫君之爱，倒不如不要他的一分爱！若要，便要全部！你道我自私也罢！我只要我喜欢的男子喜欢我一个！"

大乔无语了，紧紧地搂着小乔，跟着，轻轻叹了一口气道："屋子里好闷！我俩往后花园走走，好吧？"

小乔顺从地点点头，转身，傍着大乔的胳膊，两人往卧房门口走去。

两天后，孙策的江东军到达皖城江面。皖城离大江还有二十多里地。部队下了船，直逼皖城。到了皖城东城城下，撞见了严阵以待的刘勋大军。旌旗猎猎，刀枪如林，杀气弥漫。金盔金甲的刘勋骑在马上立于阵中。

孙策令队伍列成阵势，然后提马往前走两步喊："刘勋！大军到此，速速投降，可饶你不死！"

"孙策小儿！你野心勃勃，占了江东，还要来侵犯我的地盘！快滚回去！否则我杀你个片甲不留！"刘勋用马鞭指着孙策道。

孙策哈哈一笑道："刘勋！庐江原本是我攻下来的，袁术也承诺由我做庐江太守，只因你长于逢迎，袁术才把太守一职给了你！现在，本将军要拿它回来，算什么侵犯？"

"哼！想昔日是个乳臭未干的小孩，今日竟满口狂言！"刘勋骂道，跟着回头对手下道："谁与我拿下此逆贼？"

刘偕怪叫一声，挺枪冲出阵来。

"好你个不识趣的东西！孤老账新账和你一同算！"孙策喝道，跟着回头对众将："谁去拿下此人？"

"末将愿往！"孙策话音未落，太史慈挺枪跃马而出，直冲向刘偕。

二人在阵中间打开来。斗了三个回合，刘偕抵挡不住，拨马往回跑。

太史慈勒马挺枪道："没用的东西！我不追你！谁还敢再来与我一战？"

刘勋阵上偏将张军拍马舞刀冲了上来，太史慈迎上去，手起一枪，将他刺落马下。

"杀我兄弟！我岂可善罢甘休？"话音未落，刘偕另一偏将张红舞着双刀冲出阵来。

孙策这边，程普喊道："子义将军！留一份功劳给我！"

太史慈应道："程将军！这个让给你了！"说完拨马回阵。

程普挺蛇矛冲了上来，与张红斗了三合，手起一矛，将张红捅下马。

刘勋、刘偕见连斩两将，面孔惨白、冷汗直出。

刘勋回头回众将道："谁可上前擒拿贼将？"

众将都缩了缩身子，提马往后退了一步。

孙策和周瑜相视一笑。孙策将手中枪一招，大喊："擂鼓进军！"

战鼓擂响，喊声大作，一片戟戈光芒闪烁之中，二万多人马发出山呼海啸的声音直往对方阵营冲杀过去。

刘勋领着大小三军像溃堤的水一样，往城内退去。

孙策大军追了上去，城头上负责掩护的敌军乱箭射下。孙策、周瑜令竖起云梯攻城。城上弓矢、滚木礌石全部打下。江东军虽然苦战，但因城高、壕深，城上防守严密，未能攻上城去。冲在前面的韩当、陈武等人也中了箭。周瑜对孙策道："我江东军远来，将士疲惫，贸然攻城，恐难奏效！不如退下再作打算！"孙策深以为然，于是停止攻城，令部队后退二里，扎下营寨，准备克日攻城。

当晚，孙策和周瑜议事。周瑜以为，城高壕深，敌军早有防备，即便是江东军休整了，也未必强攻得下，即使攻下来，伤亡也大，不如智取。孙策此前曾攻打过皖城，对皖城地形较熟，便提议偷袭。周瑜笑道："公瑾与主公想到一处了！"当下，两人商议选出一百人做敢死队，趁天黑从北门和西门之间的城墙爬上去，打开缺口，周瑜再领数千军从缺口处杀进。北门与西门之间一段城墙，外面有一条很宽的护城河。守军自恃有此屏障，防守较松懈。孙策的侍卫李柱子自告奋勇要入敢死队，孙策答应了。

第二日深夜，孙策领大军在东门向皖城发起佯攻。

在孙策亲自督战下，一支支火把燃烧着，一架架云梯竖了起来，士兵们攀着云梯冒着矢雨、举着盾往上攻。箭矢如雨，滚木礌石纷纷下落。不断有江东士兵惨叫着从云梯上栽了下来。

刘偕在城墙上挥剑指挥着庐江军反击，拼命喊："给我放箭！放箭！射死这些江东杂种！"

看见江东士兵纷纷落下云梯，他得意地哈哈大笑。

北门和西门之间的那段城墙处却显得十分幽宁。繁星满天。乌云在夜空中卷过来，又流过去。蛙鸣声声，此起彼伏。护城河水在静悄悄的夜色中憩息着。偶尔几只萤火虫在城墙上飞上飞下。城墙上，几个庐江军持着戟来回走动着。

城墙下，太史慈、周泰、李柱子等人带着百名赤裸上身的壮士，抬着一架梯子，悄悄游过护城河，每人口里衔着一把短刀。到了城墙根下，他们将那架梯子架起来。太史慈一马当先，率先往上爬，李柱子跟在他后面。

城墙上，一个士兵忽然看见了正往上爬的太史慈，大喊起来。

另一个士兵扑过来就要掀梯子，太史慈手起一刀甩过去，正插进他的胸口，他栽倒在地。李柱子见太史慈手中没了刀，赶紧喊了一声："将军！"将自己手中的刀递给他。太史慈抓过刀，连爬几步后，纵身一跃，飞上城墙。正好几把长枪捅过来，太史慈挥刀拨开长枪，将他们砍散，跳上城墙。李柱子跟了上去，正好两名守军挥枪朝他捅来，他赶紧捡起守军落在城墙上的枪架开守军的枪，挡开一杆枪，却被另一杆枪捅伤胳膊。此时，太史慈奔过来，挥刀连连砍翻这两名守军。又有几名守军挥刀执枪冲上来，太史慈挥刀跳入敌群接战，李柱子也不顾伤痛，大吼着冲上前，施展在孙府所学的武艺，挥枪迎战守军，也连连捅倒两名守军。与此同时，其余的江东敢死队在周泰带领下纷纷顺着梯子爬了上来，而城头上近千名守军也从城墙两边涌了过来。太史慈、周泰领百名壮士守着缺口与守军厮杀。在护城河对面，周瑜正领着三千赤裸上身、身着短裤的江东军埋伏在野地里，见太史慈等人在城墙上得了手，便令攻击。三千军一声呐喊，举着火把、提着兵器、抬着云梯直冲进护城河，游过河来，在城墙下架起云梯，靠着太史慈等人在上面撕开的缺口，爬上城墙。城上的近千守军哪里抵挡得住三千江东军精锐？一阵砍杀之后，城墙上血肉横飞，鬼哭狼嚎，守军折损大半，其余的丢盔弃甲，四散逃命去了。

周瑜也过了河，爬上城墙，一面令太史慈领军下了城墙往城内冲杀，一面令周泰赶紧点火。又令李柱子裹了伤口，收拢照料受伤的江东军士卒。一时间，这段城墙处，火光冲天，映红半边天。

刘偕正在东门领军与孙策鏖战，得知周瑜攻破西北段城墙，又见那边火光冲天，照亮半个城，大惊失色，令手下军士拼死抵抗，自己却赶紧下城墙逃命。手下的将士见主将跑掉，也纷纷跟着逃命。江东军潮水般爬上城墙、涌进城门洞。庐江城被打破了。

刘勋此时正在府上休息，得到了城破的消息，狼狈地往府宅外逃。鞋子也跑丢了一只。几个妻妾拖儿带女跟着他跑，边跑边喊："大人！大人！你不能丢下我们不管啊！"他想停下来，但刘偕冲进来，强拉着他出了大门，将他拖上马，自己也上了马，一拍他的马屁股，拥着他直往西门城外飞奔而去。

战斗到五更时结束了。皖城城墙上，"孙"字大旗迎风飘扬，江东军控制了各个城门及城内各要道。一队队军士持戟在城墙上和城内巡视着。

孙策住进刘勋的府宅。周瑜住进刘偕的府宅。

计点战果，此仗共消灭刘勋主力近二万名，其中，斩首八千，俘获一万余。其余的或四散开去，或随刘勋逃去。刘勋妻子儿女和前来江东投奔刘勋的袁术的几个妻妾一并被俘。孙策传令不得伤害，俱送往曲阿养老。所得的刘勋部曲也送往江东。又令蒋干一帮文官草拟安民告示，在城中四处张贴。

翌日隅中之时，孙策和周瑜领一帮将领骑马走上大街，巡查四门守卫和有无扰民之事。

百姓们看见孙郎、周郎出行，即刻涌上前来观瞻。一传十，十传百，立时，满城百姓都围了过来，要一睹他二人风姿。

孙、周二人路过乔家大院那个十字街口时，乔家四人听得喧哗，也打开大门，挤在人群中来看孙策、周瑜二人。只见孙策、周瑜二人身前身后，护卫如云、武将环绕。一个金盔金甲红袍，一个银盔银甲白袍；一个英武刚毅、朗声大笑，一个秀丽出众、风流倜傥。都骑着高头大马，眉宇间都洋溢着英雄气色。都年轻俊美，都英气逼人，真让人爱慕。百姓越来越多，将他们围在十字口当中，动弹不得。李通、李柱子等众侍卫要上前开路，被他们喝住了。两人一面接受众百姓的问候，一面笑呵呵地与百姓打招呼、示意。孙策道："众乡邻休要害怕！刘勋无道，我今日乃奉天子明诏讨伐！我军乃仁义之师，所过之处，秋毫无犯！众乡邻只管安居乐业！"周瑜也道："我军顺从天意，专要救民于水火之中，措天下于衽席之上，非刘勋之类可比！兵锋所至，定要使境泰民安、风调雨顺！请诸位父老乡亲拭目以待！"众百姓欢欣不已，有的嚷："我等愿奉孙郎为我庐江明主！"有的喊："我们早盼着这一天了！"还有的喊："孙郎、周郎领兵到此，我们定会富足安康！"

一片闹哄哄中，大乔痴痴地望着孙策，小乔痴痴地望着周瑜。乔玄、乔夫人也呆呆地打量着孙、周二人。

"果然是他！果然就是那个周郎！端的风流倜傥、英气逼人！"乔忠望着周瑜赞赏道。

乔夫人目不转睛地望着周瑜，叹道："真是玉一样秀美、剑一样挺拔，又如此英雄了得！我家女儿要许配给这样的英雄，哪怕是做三房、四房，也心满意足了！"

乔玄不满地瞪了他一眼道："夫人怎可以当着女儿说这种话？"

乔夫人嗔怒地拍了一下他的肩："有什么不可以！女儿迟早要嫁人的！难道让她们一辈子不懂嫁人的事啊！"

但大小乔都没有听见他俩的对话，只痴痴地望着孙、周二人。

此刻，小乔脸蛋绯红，内心里涌起一层层波浪：在她心里，周瑜和从前记忆里没什么变化，还是那样英俊、那样玉树临风！眉眼间还是那样似含情、非含情，只是多了些三军统帅的威严和成熟！那个魂牵梦绕地伴着她从童年长成少女的周郎，便如此真切地出现在她面前了！难道天底下竟有如此优秀完美的男人？而且偏偏又与她有一面之缘！上天保佑！但愿他没有婚配！

此刻，大乔脸上也弥漫着红晕。她痴痴地望着孙策，闪烁着激动与爱慕。原来威震江东、勇冠三军，有小霸王之称的江东领袖，纵横天下的英雄孙策是如此年轻！如此英俊！那丰姿、那举止，及豪爽的笑，竟如此迷人！这便是那个在沙场征战中杀人无数、勇冠三军、所向无敌、平定江东的豪杰？就是那个十八岁就承担了孝敬母亲、抚养众弟妹的重任并赤手打天下的孙郎？上天保佑！但愿他没有婚配！

此刻，周瑜和孙策两人将俊美的脸往这边转了过来。大乔和小乔两人的手情不自禁抓紧了，都颤抖着，都捏出了汗。都用羞怯又热烈又充满期待的目光望着意中人，期待着四目相见，撞起一片火花，直入心底，或以目光作石子，投入对方心间，荡起一片涟漪……

可惜人太多了，孙策、周瑜两人的目光并没有扫过她俩如花的面庞！只飞快地往这边扫过，便挥手向众人致了意，又相视对望一下，似乎商议快些离去。然后，孙策对身后的李通等人说了句什么，李通、李柱子即领着众虎贲护卫上前，小心地拨开一条道来，周瑜和孙策便沿着卫队开出的道，领着众将领朝前奔去了。

大小乔两人失望地松开了紧握在一起的汗水涔涔的手。

乔夫人脸上笼罩着失望，道："这个周郎！怎就没看见我们？莫非忘了我们不成？不行！我要喊住他们！"说完，张嘴要喊。

乔玄拉一拉她的胳膊，道："夫人！你斯文些！怎可于稠人广众之中这般张扬？"

乔夫人："可是，这周郎怎认不出咱们了？"

乔玄："事隔多年，我俩都垂垂老矣！两个女儿也长成亭亭少女，自然是认不出来了的！"

乔夫人："哼！我怎又认得出他？就是认不出我们，可我家女儿都有倾国倾城之貌，他俩也该看到啊！"

乔玄道："他俩都是顶天立地的英雄，非好色之徒可比，就是看见了美貌女子，又未必就会多张望！"

小乔听见了这话，转过脸，不满道："爹爹！难道张望我俩便都是好色之徒！正人君子就不会看我姐妹俩了？"

乔玄苦笑道："哎呀！女儿！你又在中间扯什么啊！"

说完，他摇摇头，转身往屋里走。小乔撒娇地冲他的背影做个鬼脸，一手挽着大乔的胳膊，一手挽起乔夫人的胳膊，几分兴奋、几分失落地转身跟着往家门口走去。

二十　逢故人周郎钟情，议婚约乔妇应诺

刘勋被孙策打出皖城后，逃到沂县，一面加固沂县城墙，加强防卫，一面派人找江夏太守黄祖求救。黄祖也派了人来助他。孙策与周瑜想到刘勋实力尚存，一时难以攻下，就一面与刘勋对峙着，一面派程普、黄盖等将出城去平定庐江各县。

这日是个阴郁的天气，没有暴晒的太阳，也没有要下雨的迹象，反微微有些凉风。乔玄到米店去忙碌。乔夫人在家做拿着鸡毛掸子收收捡捡。大乔、小乔在后花园里闷坐了一回，想上街上转一转。和乔夫人打个招呼后，便带上一个丫鬟娟儿，出了家门。

大街上人来人往，洋溢着境泰民安的欢欣与繁华。不少打扮得齐整鲜亮的小姐、公子，趁着阴冽天气纷纷出来透气，都三五成群招摇过市。毕竟是长江边上的重镇、近百年的庐江府首邑，又鲜有兵火涂炭，富庶人家和豪门望族的公子小姐倒也有些。大街上不少墙壁上张贴着以讨逆将军、吴侯孙策的名义发布的安民告示。不时有些江东军的军人们三五成群地在小摊前好奇地购买当地的瓜果。他们并不讨价还价，看中了就买，都很本分地付账。

街上有不少人认识大乔、小乔。公子哥儿们便拉直了眼瞅她们两个。大胆些的就上前献殷勤。大小乔一概置之不理，只兀自拿着绢扇走自己的路，有说有笑，目不斜视，风韵款款，妩媚生动，时不时不经意地举起绢扇在白里透红、略有细汗渗出的脸上扇一扇，那份不经意透出的大家闺秀的矜持、娇柔、端庄、雅致，更惹人怜爱不已。而一些小姐、妇人则将又嫉妒又欣赏的目光朝两姐妹扫射过来。

路过一家酒楼，正遇上一群军士从酒楼里走了出来。他们刚喝过酒，脸色通红，有的眼睛也发红。因为热，有几个军士脱了上衣，打起赤膊。他们走出酒楼，摇摇晃晃，迎头就撞见了大乔、小乔。这一刹那，像是有一把火在他们胸中点着，又像是恍惚中误入仙景，撞见仙女，他们全体站住了，痴痴呆呆的目光像灼热的火一样扑上大乔、小乔身上。

这热辣辣色眯眯的目光连同他们喝红的脸膛和光着的上身，让大乔、小乔不

自在、害羞，也害怕。一刹那，她俩的脸红了，心突突地动，好像要蹦出胸口。这年头，最怕的便是酒后乱性的军人。虽然两人竭力做出拒人于千里之外的矜持表情，但仍情不自禁地将手挽紧了，用扇半遮着脸，赶紧绕着这群军人。后面的使女娟儿也低了头，加快步子跟上。

但偏偏两人于款款风韵中的害羞、紧张更令这群军士怜爱，也更刺激了他们的欲火。为首的一个屯长赶上前，拦在大小乔面前。大、小乔吓了一跳，还没有反应过来，这个屯长粗大的手已经摸上小乔的脸："嘻！美人！我打遍江东也没见过这样的美人坯子啊！"这屯长脸上长满野草样的胡子，赤裸着上身，上衣系在腰间，背上和右前胸挂着两条触目惊心的刀疤。眼睛和脸一样红，放射着火一样的欲望。

小乔一把闪开，恼羞道："你干什么？"

屯长笑了，又伸出手来摸了一把大乔的脸。

大乔羞愤地搂着小乔后退一步。

"你们干什么！孙郎、周郎与我城百姓约法三章，你们怎敢如此？"小乔镇定下来了，大声斥责道。

屯长喷着酒气，嬉皮笑脸对小乔道："小妹！这怎算是扰民？本军爷是喜欢小妹啊！哈哈！你给我做二房怎样？"

说完他一把搂紧小乔的肩，将她从大乔怀里拖过来，抱在怀里，满是乱胡茬的脸还有冒着热气的嘴朝小乔脸上贴上去。

"哎呀！"小乔满脸通红，挣扎着，奋力推开他，腾出手来，一巴掌打在他的脸上。

屯长摸着脸，愣了一下，瞪着血红的眼睛恼羞道："小丫头片子！老子今天不放倒你俩，我还真不算是军爷！"

后面几个军士起哄地喊："大哥！上啊！上啊！"

大乔、小乔和婢女娟儿都吓得缩成一团，连连后退。一群百姓远远看着，敢怒不敢言。一个穿得寒酸的老儒在后面叹道："孙郎、周郎的兵竟也如此！"屯长听见了，按了按腰中的刀对老儒恶狠狠道："你再乱说我杀了你！"老儒赶紧低头噤口不言了。

然后屯长又瞪起色眯眯的眼睛逼向大乔、小乔。大乔、小乔一起后退着，退到了一个卖西瓜的摊子旁，再无退路。往旁边跑，也没了路，醉酒的失去理智的士兵已团团将她们围了起来。三人只好抱成一团，愤怒又惊恐地瞪着屯长。四周的士兵起着哄。屯长得意忘形地笑了，朝小乔逼近，伸出毛茸茸的粗壮的手。小乔忽然抓起摊上的一把西瓜刀，双手握着，杏眼瞪起，颤颤地指着屯长道："混蛋！你敢上来我就杀了你！"

屯长咧嘴笑了："竟是刚烈美人！哈哈！正合我意！"

他趁小乔不备，猛地抓住小乔拿刀的手，使劲一捏，小乔"哎哟"叫了一声，手中的刀咣当落地。屯长露出得意的笑，顺手将小乔往怀里一拖，搂住了，喷着满嘴的酒气贴在她的脸上乱亲一气。

小乔又羞又怒，拼命挣扎、躲闪。大乔和婢女娟儿惊慌地喊着要上来拉小乔，被其他几个军人笑嘻嘻地扯开了，也抱在怀里乱摸一气，她们也一同惊慌地喊叫开来。一时，三个女孩的喊叫声穿越人墙，传出很远。

"住手！混蛋！"一个声音传来。跟着，一阵马蹄声响过，一小队人马从闪开的人群中冲了过来。

众军士朝冲来的马队看去，顿时吓得脸色惨白。即使是仍有醉意的也禁不住双腿打战了，赶紧松开了大乔和婢女娟儿。原来，领头的正是周瑜，后面跟着的是他的侍卫队。所有的军士都"扑通"跪了下去。

那个屯长却仍忘乎所以地抱紧小乔狂吻乱咬。

周瑜一马鞭抽在他的背上。

屯长疼得跳了起来，松开小乔。"谁敢打我？"他骂着回过头来，愣住了。他看见周瑜俊美的脸扭曲了，充满智慧与灵秀的美目此刻正燃烧着怒火，高挺的鼻梁如气歪了一般，线条分明、红润的嘴唇嗫动着。

小乔泪花点点，一巴掌狠狠地打在屯长的脸上，然后跑到大乔身边，和大乔依偎在一处，看了看周瑜，眼中含着羞愤、意外。她没有想到会在这种时刻遇见周瑜，真是羞死人了！

周瑜的目光也不经意地朝小乔扫过来。就这一刹那，他愣住了。他没有想到此地还有如此楚楚动人的女孩子！美丽是次要的！重要的是，那双美丽的噙着泪水的眼睛里射出的目光竟是那样不可思议，一下牵住了他的视线与心灵。那是一束前世里见过的目光，几分羞愤，几分温存，几分委屈，几分倔强，几分智慧、美丽与楚楚动人，更有些挑衅与似曾相识的注目。这目光如天空中的雷电，或者遥远的呼唤，或者哪里见过一般，总之如一双魔力的手，直入他的心底，在他的

190

心灵里搅起一阵一阵的颤抖，激起他体内血液纵横奔流。他那双原本燃烧着愤怒的眸子情不自禁地变得痴迷、惊讶与柔情了，原本嚅动的嘴唇不动了，好像愤怒忽然被凝固了一样。帅气白皙的脸上不知不觉地升起红晕。那屯长见周瑜出现，原吓得酒醒，紧张无比，此刻见周瑜神态，顿时明白了什么，赶紧拱手长揖施个礼嬉笑道："周将军！这丫头国色天香，请周将军享用吧！小的让出了！"

然后，手一挥，带着手下就要离去。

周瑜从与小乔的对视中回过神来，大喝一声："站住！"

屯长站住了，紧张地望着周瑜。

周瑜喝道："军中有令，不可上街酗酒，不可衣冠不整，你莫非不知？"

屯长赶紧跪拜在地，求饶道："周将军！小的知错！就饶了小的一回吧！"

周瑜怒道："酗酒可以饶你，这公开调戏抢掠良家女子饶不了你！"

屯长身后的众军士磕头求饶："将军！请饶了小的们一回！"

屯长脸色惨白，哀求道："将军！小的酒性发作，加上这二位女子楚楚动人，才令小的违了军令！小的上有老母，下有两个幼儿，求将军饶了小的一命！"说完，磕头不已。额上豆大的汗珠将泥土地浸湿了。

周瑜斩钉截铁道："你等聚众侮辱良家女子，败我江东军军纪，罪不容赦！来人！统统斩首！"

"将军！饶命啊！"众军士发出一片哀号之声，将头在地上磕得砰砰响。

屯长跪在地上，抹着一把眼泪哭道："将军！小的是程普将军部下！求将军看在程将军分上，饶了小的们一命！"

周瑜愣了一下，沉吟片刻，坚决道："就是程将军本人，也不可违反军令！但看在程将军分上，且饶你们众人，首恶却不放过！"跟着对身后的李通一摆头："将首恶就地处斩，悬首示众！其余人拉回去各打一百军棍！"

众军士赶紧磕头道："谢大人开恩！"

李通领两个侍卫上前来拖那屯长。

屯长在地上抬起头喊："老子不服！"说完，跳起来拔出身上的刀。

还没拔出刀来，李通带着两个侍卫扑上去，按住了他。李通拔出剑，一剑砍下去，屯长惊骇地惨叫一声，一颗血淋淋的首级从颈上落下，在地上滚开去。

"好啊！"围观的人群中有人喊道。

"周郎这样治军！我庐江百姓果真有福了！"人群中先前不平的那个老儒感

动道。

小乔看着地上血淋淋的人头，吓得"哎呀"一声赶紧捂上眼。大乔也转过身去，和小乔紧紧搂在一处，不敢看这血淋淋的场景。

等小乔睁开眼时，周瑜已经下马。他将马缰交给方夏，走到她面前，拱手郑重道："姑娘！方才让你受惊了！"

"哼！"小乔定了定神，恢复了活泼顽皮的本性，柳眉倒竖，杏眼圆睁，假装嗔怒道："都说江东军纪律严明，秋毫不犯，竟还有大街上拦截民女的！我看那个什么孙郎、周郎都该和刘勋一样被赶走才是！"

周瑜看着小乔噘着嘴嗔怒的样子，禁不住笑了，目光情不自禁地流露出一缕柔情与喜爱，跟着他收敛住目光，郑重道："实在对不住！姑娘！我江东军素来军纪严明，深得江东士民拥戴，自然也有害群之马！本将军日后一定严加管束！"

"哼！"小乔哼了一声，拉住大乔的手，转身就走。

大乔站在原地，看看周瑜，又看看小乔，不解道："妹妹！你！"

"我什么啊！走啊！"小乔撒娇地道，使劲把大乔一拉，大乔被带了两步，只好跟着她往前走去。婢女娟儿也跟在后面走了。

周瑜呆呆地看着小乔的背影，怅然若失。

"将军莫不是喜欢上了这位姑娘？"李通忽然上前小声对周瑜道。

周瑜一愣，看了看他，虎起脸道："哪有的事！"

"将军要是喜欢的话何不跟上去？将军沙场上足智多谋，找起媳妇来怎不奋勇了？"李通笑道。

周瑜看着他，沉吟着。

"是啊！大人！李司马说得是！机不可失！"方夏也在一边调皮道。

周瑜看了他两人半天，用手点点他们："言之有理！"说完，他快步走上前，赶上大乔、小乔，拦在前面。

大乔、小乔站住了，吃惊地看着他，眼里隐隐有些惊喜，但面上仍是嗔怒与严肃。小乔故意绷紧脸，瞪着周瑜，娇滴滴又有几分愠怒道："将军！拦住我们有何贵干？"

"姑娘！"周瑜拱手作揖，一本正经道，"本将军治军不严，惊扰了小姐！不知小姐府上何处，本将军愿送小姐回府，聊表歉意！"

一缕兴奋袭上小乔娇嫩的带着红晕的脸蛋，但很快她又绷起脸道："不用了！

本小姐已受惊一次，岂能有第二回？"

周瑜洒脱飘逸地一笑："哈哈！本将军自幼熟读儒家礼教，疾恶如仇，为忠勇信义之人，怎会使小姐受惊？"

"哼！自我标榜！再说，我家向来不喜欢军人上门的！让开！"小乔冷冷地板着脸道。

大乔拉着她："好啦！妹妹！"然后她道个妇人福，笑吟吟地对周瑜道："既然将军如此好意，那就有劳将军送我们一程了！"

"谢姑娘！"周瑜躬身行礼道，让到一边。

大乔、小乔风韵款款地从他身边走过，往前走去。婢女娟儿跟在她们后面。

周瑜微微一笑，跟在她们后面一同走。因为天热，他没有披重铠，只披着麻纱的紫色官服，头上戴着紫金方冠，与两位小姐走在一处，如一位翩翩郎君携佳人出游。

李通、方夏及众侍卫都牵着马，跟在他的后面。

路过一个麻丝绸缎店时，周瑜唤过李通，小声令他去店里买几匹绢帛、绸缎，再跟上来。

到了乔府大门口，小乔转身对周瑜道："本姑娘到家了！将军自回吧！"

周瑜一时不知所措。大乔笑吟吟道："将军请进！"说着，推开了门，拉着小乔进了屋，回眸对周瑜笑了笑。

周瑜大喜，令卫队全部候在外面，就带着方夏随大小乔进了屋。

一进屋，已经从米店里回到家的乔玄迎了上来，一眼看见周瑜，愣住了，然后眉开眼笑地迎了上来道："哎呀！原来是周公子！幸会！几年不见，果然成了人中之杰！"

"几年不见？"周瑜愣住了。

大小乔掩口而笑。

乔夫人也从里屋走出来，看见周瑜，吓了一跳，不相信似地眨眨眼，跟着瞪大了眼睛叫道："哎呀！是周公子！啊！不！周将军！我说过你会记得俺们的！"

"记得你们？"周瑜又一愣，看着她。

大小乔搂在一处，忍俊不禁。

小乔终于忍不住对周瑜嗔怒道："哼！呆子！都说你有万人之英，原来是个好忘事的呆子！"

乔夫人见周瑜摸不着头脑的模样，也愣住了，惊奇道："你既记不得我们了，来我家做什么？"

"哦！"周瑜敛一敛神，拱手正经道："在下是孙策将军部下将领周瑜！适才我部有军人冒犯了贵小姐，已被我斩首！因本将军治军不严，使小姐受惊，故特地护送小姐回家以示抚慰！"

说完，他回头看了方夏一眼，方夏赶紧走了出去，在门口一挥手，李通领两个士兵挑着布、绢一类礼品进来了。

乔玄既惊又愣，赶紧请周瑜上坐，口中道："区区小事，实在不敢劳将军如此大礼！周将军快请上坐！"又赶紧令婢女上茶。

周瑜欣然入座，笑道："无信义则无以取天下！我军既有扰民之举，自要登门慰藉！"

乔夫人也坐到周瑜对面大声道："哎哟！听口气，周公子真不记得我一家了？"

"周将军！可还记得八年前舒城外你和那个蒋公子救我全家的事？我是那次携全家江东避难的乔玄啊！"乔玄道。

"是啊！你送回的两个丫头便是我家大乔、小乔！那小乔可是你亲手从盗贼手中抢过来的！"

周瑜大吃一惊，站了起来，打量乔玄夫妇并他们身后立着的大小乔，惊喜道："原来是你们！如此一说，我记起来了！还真有些面熟！"说完，他赶紧对乔玄夫妇拱手施礼道："故人相见，实在有幸！有幸！"乔玄夫妇也赶紧起身还礼。

他又对大乔施礼道："这位定是大乔姑娘了！"

大乔嫣然一笑，对他行了个妇人礼。

他又对小乔施礼，笑吟吟道："这位自然是小乔姑娘了！周郎记得，就是那位怪我弄疼了她的胳膊的小丫头，都长成沉鱼落雁的姑娘了！呵呵！"

小乔娇羞又嗔怒道："哼！你说的弄疼胳膊的事本小姐可记不得了！"

乔夫人欢喜道："难为周公子还记得我们！哎哟！真是天缘！没有想到还会在这里见面！"

大家一齐开心地笑了起来。

当下周瑜就和乔玄夫妇边喝茶边叙旧。大乔、小乔因不便夹在父母与客人中间，又有些害羞，就使个由头进了里屋。聊了半天，周瑜故意把话题引到大、小乔身上，他感叹道："真是岁月如梭，想当初，大乔、小乔还是娃娃，一晃今日都是国色天香的妙龄姑娘了！"

乔玄："周将军当初是个翩翩少年，现在不一样成了英气逼人、威名远扬的江东才俊？"

周瑜笑了笑，试探的口气道："两位千金美丽过人，气质出众，想必一定都许配了人家吧！"

乔夫人笑道："这两个丫头，心都比天高！上门求亲的络绎不绝，但两人一个也看不上！整天就琴棋书画荡秋千！唉！不知道心里都想着谁！"说完，她悄悄看一眼周瑜，也试探道："周将军风流俊美、年轻有为，也一定早有婚配了吧！"

"哦？两位小姐果真没有婚配？"周瑜听她说完，一拍大腿，惊喜道："实在太妙了！真是天赐之缘啊！"

"什么天赐良缘？"乔夫人假装糊涂。

"我和孙伯符将军曾经戏言，日后如要婚配，定要娶一对姐妹！现在正邂逅大乔小乔两姐妹待字闺中，这岂不是天赐之缘？但不知乔公、乔夫人可愿将两个女儿许配给我和伯符将军？"周瑜眼里洋溢着真诚、欣喜和几分羞涩。

乔夫人高兴地看一眼乔玄，正色道："孙郎、周郎英才过人，又是江东领袖！我家姑娘小家碧玉，我哪里有看不上的？只是我家虽非名门之后，但也是道地的良家闺女，两位若真要有心，是不能视如儿戏的！"

周瑜笑道："那是自然！回去后，我和伯符一定托人前来做媒求亲，以求明媒正娶！伯符为兄，当娶大乔，某为弟，迎娶小乔，如何？"

乔夫人绽开满意的笑脸，看看乔玄，乔玄脸上也露出欣喜的微笑，笑道："既周将军如此诚意，那就照周将军所说的做好了！"

"那就这样说定了！只是，这求亲做媒的人不可是随便的人！"乔夫人见丈夫表了态，赶紧道。

周瑜呵呵一笑："乔公和夫人尽管放心好了！这婚姻大事，自然会隆重些的！"

三人同时大笑开来。乔玄问蒋干的近况，得知蒋干在庐江郡府做官，表示改日去拜访。又叙了回家常后，周瑜就满意地告辞了。

二十一　探美人二郎私入后花园，恋周郎小红独来庐江府

这日，孙策在庙衙里与新任的庐江太守李术议事。李术是汝南人，一直在庐江府中做从事，少有学问。孙策因其在庐江为官时间长、与当地吏民熟悉，就任其为庐江太守。又任蒋干做郡丞，协助他。其实，以周瑜的主张，当以蒋干为太守。因见孙策自有主张，便没有坚持。正谈着，周瑜进来，孙策与李术又交代数句，李术便告辞而去。李术一走，周瑜就兴奋道："伯符！告诉你一件天大的好事！"

"莫不是又想出破刘勋的良策？你一说好事，我就知你有主张了！"孙策也高兴道。

"刘勋？哈哈！此人终会为伯符所擒，不足为虑！我说的好事，不惟你我高兴，就是太夫人也一定高兴！"周瑜坐在椅上得意道。

"哦？何等好事？竟如此？"孙策纳闷了。

"你记不记得我俩东渡时曾有过戏言：我俩人婚娶，定要娶一对姐妹？"周瑜道。

孙策回答："自然记得！"

周瑜笑道："现在，真是天做姻缘，本城偏有一对姐妹，不惟有沉鱼落雁、闭月羞花之貌，而且谈吐气质脱俗出众，非小家碧玉可比！我俩令人去求亲，你娶姐，我娶妹，岂非天大的好事？"

孙策苦笑道："哎呀！公瑾！我正在思考如何击垮刘勋！哪里有心事谈婚事！"

"取刘勋首级是迟早的事，包在我身上好了！"周瑜笑道，"这婚姻大事可是天设姻缘！你我都是不愿苟合之人，难得遇见心动女子，如今有了，怎可错过？"

孙策望着周瑜沉吟一刻道："公瑾所说有理！但何以见得这两个女子便是你我心动的？"

"主公！"周瑜笑道，"这两女子一个唤作大乔，一个唤作小乔。她们的父亲乔玄从前也曾在朝中为官。八年前乔玄领他一家来江东避难，途中遇盗贼打劫，被我和蒋干救了，所以也算是旧相识了。这大乔、小乔幼时就美丽无比，现在更

是容貌出众，气质非凡，而且品性端庄，琴棋书画，无不精通。不知多少富户人家在打她俩主意！就在我们打下皖城之前，刘偕还曾上门逼婚，为她俩所拒！主公，这等好事，怎可以轻易错过？"

"哦？真的有这么巧的事？果真是你昔日救过性命的人家？"孙策来了兴致。

"一点不假！"周瑜笑道。

"嗯！孤相信公瑾的眼光！可是，孤总得亲眼见了再谈求亲之事啊！"孙策沉吟道。

"那是自然！"周瑜笑道，"找个时间，公瑾带主公去见一次，再做定夺吧！"

"好！一言为定！"孙策笑道。

过了一日，孙策和周瑜骑马往乔家去。俩人峨冠博带，一身公子儒生派头，李柱子和方夏跟在后面。

到了乔家院墙下，院墙内传来小乔嬉笑的声音。

周瑜对孙策高兴道："这是小乔的声音！"

"哈哈哈！"孙策仰头大笑道，"看来公瑾为这姑娘打动了！孤倒真想看看这是何等样的两个女子！"

"你见了大乔以后，定会有同感的！"周瑜笑道，望了望墙那边，忽然眼睛一亮，对孙策道："主公！要不要先趴在院墙上一睹芳容？"

孙策大喜："这样最好！彼在明处，我在暗处！省却见了面后却无退路的尴尬！"

于是，两人骑马到院墙下，踩在马鞍上，趴在墙上往园中看。方夏、李柱子赶紧上前帮着拉住两人的马。

后花园里，小乔和大乔及两个丫鬟正在园中平地上蹴鞠。四个人分成两班，嘻嘻哈哈地将那球在地上乱踢一气。

周瑜告诉孙策：穿紫色衣裙侧对着他们的是大乔，穿粉红衣裙面对他们的是小乔。

"哦！从身材上看果然婀娜多姿，容貌也秀丽，只是无法看得更清楚！"孙策眼睛直勾勾盯着大乔道。

周瑜："那就跳下去走近了看，如何？"

孙策笑道："你我皆是万人之上、雄霸一方的豪杰，如此翻墙越户，似有偷鸡摸狗之嫌啊！"

　　周瑜故意地："哦？主公果然朴直方正！那好！我们就下去往正门进去好了！"说完做出要下去的样子。

　　孙策拉住他嬉笑道："哈哈！公瑾！孤只是戏言！就依你的！权当孤又回到总角之时！"

　　周瑜轻声道："来！一、二、三！"

　　两人用手往院墙上一撑，纵身一跃，跳过院墙。

　　落了地，没走几步，那蹴鞠竟飞了过来。孙策用脚接住，与周瑜对踢开来。大乔、小乔都转过身来。大乔猛然看清是周瑜与孙策，她呆住了，跟着眼里现出惊喜的光芒，一丝羞涩的红晕飞上脸颊，眼睛直直地停在孙策身上，又含羞地挪开。恰此时，孙策将蹴鞠朝她踢去，正滚到她脚下，她也不理睬了。

　　孙策便愣愣地打量大乔，眼里露出灼热的光束。

　　周瑜则与小乔对上了视线，他冲脸上情不自禁溢满欣喜并微微红了脸的小乔眨眨眼，然后微微一笑，附在孙策耳边小声戏道："主公？公瑾所言不虚吧！主公有些失态了！"

　　孙策回过神来，有些窘迫地笑了笑，目视大乔，嘴里对周瑜道："果然是秀丽无双、气质温婉可人！打遍江东吴越西施故里，尚未遇上如此动人女子！公瑾实在慧眼识人！"

　　"哦！那就前行便是！"周瑜笑着用胳膊一杵孙策。

　　于是，两人微笑着往前走去。

　　走到她们面前，周瑜冲小乔施礼道："小乔姑娘！又见面了！"

　　"哼！什么人？胆敢翻过我家院墙！没有王法了！"小乔忽然柳眉倒竖，用手指着周瑜，嗔怒道。

　　周瑜笑了笑，对她做个鬼脸，又指着孙策，对大乔、小乔道："这位便是江东领袖孙策、孙伯符将军！"

　　孙策赶紧拱手对大小乔施礼道："二位姑娘！伯符有礼了！"

　　大乔红了脸，回礼道："小女子有礼了！"

　　小乔并不行礼，假装不快道："你们怎可以随便就跳进我家院里来？"

　　周瑜笑道："小乔姑娘！我俩原要来拜访乔公，在院墙外便听见姑娘们的笑声，墙内佳人欢笑，墙外路人烦恼，一时心动，便跳墙而入！如有得罪，请多包涵！"说完，他风姿飘逸地行了个礼。

小乔依然嗔怒："即便是心动，也不可以偷鸡摸狗一般翻墙越户！什么江东领袖、天下豪杰！在我看来，比鸡鸣狗盗之人差不了多少！"

孙策有些窘迫："这！小乔姑娘言重了！"

大乔拉一拉小乔的衣襟："妹妹！别这样！"

周瑜笑道："我俩只是见姑娘玩得开心，也要开心一下而已！如有冒昧，我俩先出去，再从你家大门进来好了！"

说完，拉一拉孙策的胳膊，假装要出去的样子。

大乔急忙拦住他道："哎！周将军！没事的！既已进来，何必再出去！"

周瑜笑了，对小乔眨眨眼。

孙策望着大乔笑道："大乔姑娘果如周郎所说，国色天香、温婉可人！孙郎今日得见，甚为荣幸！"

大乔含羞道："孙将军过奖！小女子久闻孙将军大名，万分仰慕！"

孙策："大乔姑娘！如不介意，来日我定使人上门求亲！"

大乔脸上飞出一片羞红，赶紧扭转脸去，以袖掩脸，道："儿女婚姻，父母之命！将军何必与我说？"

"如此便可！主公！来日只管使人送聘礼来！"周瑜笑道。

"哼！胡扯！本姑娘并未答应！若送聘礼，扔了出去！"小乔双手叉腰，半抬着脸，望着天，神气地坚决地说。

周瑜莞尔一笑："小乔姑娘！令尊令堂大人已应了的！天造之缘，由不得你我！"

"做梦！本姑娘偏就不嫁自负得意之人！"小乔恨恨地一扭头。

就在这时，一个婢女跑到园中道："大小姐、二小姐！老爷喊你们过去吃饭了！"

孙策拱手道："大乔姑娘！今日暂且告辞了！"

大乔含羞地点头。

周瑜也含笑拱手对小乔道："小乔姑娘！周郎也告辞了！"

说完，孙策与周瑜走向院墙处，手一撑，翻过院墙。

"妹妹！你今日是怎么了？忽然便与周郎过不去了！莫非你不喜周郎了？"等他们消失在院墙上之后，大乔从喜悦与陶醉中清醒过来，问小乔道。

小乔噘嘴道："哼！就是要吓一吓他！你对孙郎也不要太过恭顺了！他二人

都是天之骄子,眼中没有几个人的!若我俩现在不施威,日后他们便对我俩施威!"

大乔点一点她的头:"你啊!哪来这么多名堂心眼!他俩是君子,非小人!"

小乔:"我才不管他们是哪种人!你看周郎今天春风得意、油嘴滑舌的样子,哼!好像都已经旗开得胜,把我们娶过去一般!我不打击他的气焰,日后更是神气得不得了!"

大乔道:"我想他也是太高兴而已嘛!"这时,丫鬟又过来催,两人就边说边转身朝屋里走去。

院墙外,周瑜、孙策策马返回。李柱子、方夏等侍从跟在后面。

"主公!不虚此行吧!"周瑜笑问。

孙策笑道:"公瑾果然是好眼光!等吕范来了令他为我俩求亲!"

周瑜点头:"如极!"

孙策忽然不解地看着周瑜道:"对了!公瑾今日似有些滑舌!为何?"

"只是想逗大家开心而已!也算是聊发童心吧!主公不也翻墙越户了吗?"周瑜笑道。

"原来如此!"孙策笑着点头:"如此倒有些聊发童心了!"

二人抬头哈哈大笑开来。

过了几日,吕范带船队从江东回到庐江。打下皖城后,孙策便派吕范押送被俘的刘勋部曲及袁术妻妾子女等回江东报捷。吕范在江东待了些时日,便带着江东的美酒、绸缎、丝帛以及孙太夫人、周夫人对孙策、周瑜的慰问之语又浩浩荡荡返回皖城了。但,让孙策、周瑜大吃一惊的是,吕范也带来了一个意想不到的人:周瑜的堂妹小红!原来,吕范要带一些将领的家属到皖城探视,小红得知后,就央求周夫人找吕范求情,说要去看周瑜,吕范自然不敢违忤周夫人的请求。同来的还有草儿。这是孙策、周瑜叮嘱吕范带来的。因李柱子攻打皖城受了伤,立了功,孙策已升他为自己帐下虎贲军的行军司马。既升了他的官,就要草儿过来相亲。

小红的到来让孙策和周瑜吓了一跳。孙策怕搅了周瑜和小乔的事,周瑜更是担心。他知道小红爱使性子的脾气,若和小乔定亲的事激怒了小红,出了什么意外,对母亲和叔父面上就不好交代了。所以,周瑜和孙策商议,把定亲的事暂先缓着,等小红离开皖城后再说。

打下庐江后，蒋干便被任命为庐江府郡丞，协助太守李术处理庐江事务，调节赋税，纳粮纳款。这日他从衙里回府，正逢上夏日暴雨，就赶紧往附近乔玄米店的屋檐下避雨。未几，又一同僚过来避雨，两人便在屋檐下叙话。那同僚免不了以羡慕的语气恭维蒋干与周郎少年同窗、深得周郎喜爱，日后肯定会平步青云等等。里面的乔玄听了半天，小心问道："先生莫不是蒋干、蒋子翼先生？"

蒋干抬头看了看乔玄，不解道："正是在下！阁下是？"

乔玄高兴道："哎呀！蒋先生！旧人重逢啊！你还认识老夫？"

蒋干打量着他："倒是有些面熟！"

乔玄："在下乔玄！八年前蒙先生和周郎搭救我一家性命！"

蒋干大喜，吃惊地打量乔玄："原来是乔先生！我认出来了！哈哈！我还记得阁下有一双如花似玉的女儿！"

乔玄高兴道："正是！正是！"

两人赶紧施礼。礼毕，乔玄请蒋干到自己屋里叙旧。恰此时雷阵雨已歇，乔玄对店里伙计吩咐了几句，便领着蒋干径往乔府去。

到了家，乔玄引乔夫人来见。乔夫人一见故人，自然高兴，立刻要大乔、小乔出来见见故人，向两个女儿介绍："大乔、小乔！你们还记得这位蒋大人？当初就是他和周郎一道打走强盗，救我一家性命的！"

蒋干见了大乔、小乔，如睹仙女，立马就愣住了，目光痴迷，看得大小乔面红耳赤。好半天才回过神来，赞不绝口，直夸大乔、小乔美若仙人。

小乔打量了一下他，调皮地笑道："我记得！周郎一个人和强盗打的时候，那个吓得躲在后面的胆小鬼，是不是你？"

蒋干脸红了，有些难堪，讷讷道："咳！你们有所不知，我并不曾像周郎那样习过武善击剑！"

乔玄喝道："小乔！"

大乔赶紧拉一拉小乔的衣襟，又告诉父母并蒋干，说城隍庙前今天有从江东来的玩杂耍的，她姐妹俩正要去看看。乔玄、乔夫人因要待客，乐得她们出去玩，便叮嘱了几句，由她们去。两人与蒋干招呼一声后，嘻嘻笑着，如下凡的仙女一样飘了出去，婢女也不带一个。

乔玄夫妇当即摆酒置菜与蒋干小酌。蒋干是嗜酒之人，又逢上晡时用饭之时，自然从命。与乔玄夫妇且饮酒且叙旧。酒过三巡，乔玄问蒋干可曾成家，蒋干想起方才大小乔款款动人的模样，心旌摇曳，道："在下发妻已故，现浪迹江湖，居无定所，又未逢心仪女子，故仍孤身一人！"说完，做郁闷状地连连叹息。乔玄夫妇免不了安慰他，说他青年俊杰、功名有望，不愁日后没有家室。一番劝慰令蒋干心花怒放，加上酒力发作，不觉飘飘然起来，以为乔玄夫妇在做暗示，便满怀希冀试探地问道："贵府二位千金如此动人，不知有没有许配人家？"

乔夫人笑眯了眼道："也是八九不离十的事了！孙将军、周将军已说好要使人上门提亲的！"

"哦？"蒋干一愣，方才飘在云雾之上的欢愉之心一下堕入寒冰之中，拿着酒爵的手颤抖一下，里面琼浆差点溢出。脸色顿然沮丧，皮肉僵硬。

"哦！孙郎、周郎？这可是一门好亲啊！"他竭力掩盖内心失态，讪讪道。脸上的僵硬和沮丧却挥之不去。

乔玄夫妇并未觉察他的失态，也借着酒劲欣喜不已地谈论孙郎、周郎的好，谈论两位女儿前世修来的姻缘。而蒋干表面应和着，内心里翻江倒海，饮进的酒如放了苦胆汁，滋味难耐，直恨不得立马奔到江边去痛哭一番再投江了事。

大乔、小乔不消一刻就走到城西的城隍庙前。这是全城做祭祀、迎拜、庙会等事的场所。庙前是一片数十亩长宽的空地，中央有一个土垒的台子。空地周遭摆满卖各样小物件的小摊。但今日这些小摊面前要清冷多了。因为，庙前那个土台上，从江东过来的杂耍班子这几日都在此地杂耍。这些吴越蛮夷之人表演的绝活甚多，有耍猴、舞蛇、飞刀、奏乐令蛇起舞、驯狮虎等等。还有从前宫廷里才有的杂剧，即使人化了妆在台上扮古人和鬼神演戏。每每一个节目表演完了，便有一个女孩拿了一个小铜盘绕场一周等人丢些碎银和铜钱。因来自江东吴郡山越之地，许多绝活都是皖城百姓未曾见过的，所以观者如云，密密麻麻在台下围了一圈又一圈，喝彩声一阵高过一阵。

大乔小乔赶去时，里面正耍得欢。两人笑嘻嘻挤进人群，站在一高处看。只见台上，一个十来岁的小丫头怀里抱着一条两丈多长、比她腿还粗的蟒蛇玩耍着。那蛇时而与她亲嘴，时而盘成一堆将她埋住，时而随其歌吟起舞或起立，起立时高过丈余，围观之人惊呼不已，大小乔也搂成一团惊骇不已。小姑娘退下后，便有一个赤膊汉子背一个兽皮袋上得台来，从袋中倒出数十条青蛇、花蛇，又吹起口哨，引领众蛇在口哨声中或起立，或起舞，或爬到他的身上缠满他全身。一条小青蛇竟从其嘴中爬进去，又从鼻里钻出来，吓得大小乔蒙上眼不敢再看。小乔也不敢往台上看了，只漫不经心往人群中看去。忽然，她愣住了，像被蜂子蜇了一下，差点没跳起来，脸变得惨白。只见斜对面，穿着官服的周瑜正领着一个美丽女子往人群中挤。那女子装束艳丽，紧挽着他的手，十分开心陶醉的表情。当他们挤到人群前面时，周瑜炯炯有神的目光四下里一扫，蓦然，他愣住了。他看见了人群中的大乔、小乔。他脸上现出惊讶、难堪，下意识地看看身边挽着他胳膊的年轻女子，将胳膊往身后缩了一缩，然后意识到如此太显得此地无银三百两了，又将那胳膊往前拉了拉，脸上挂着不自在但竭力显得自在的僵硬的笑容，冲着小乔点头致意。

与此同时，大乔也看到了周瑜和他身边的女子，脸色陡变，然后转头看小乔，却见小乔身子微微颤抖着，脸色发白，咬着嘴唇，洋溢着愤怒。她怔在那里，一时不知所措。

"姐！我们走！"小乔忽然抓着大乔的手，转身就走。泪水在这一刹那从眼里涌了出来。

"妹妹！不要急！"大乔看了看周瑜，想要劝小乔什么。但小乔不由分说，已拉着她往人群外挤去。

刚挤出人群外，几个正要往里挤的泼皮看见了他们，如见意外的财宝，呼啦一下迎面围了上来。

为首一个身材肥胖、袒胸露乳、胸口有一撮胸毛的泼皮张开双手嬉笑道："原来是大乔小乔啊！哈哈！美人！刘偕被赶跑了，你该嫁给大爷我了吧？"

小乔含泪怒道："滚开！"

拉着大乔就绕过他们走。

"胸毛"泼皮又往前赶了一步，拦住她俩，并对其他的泼皮一摆头，其他的泼皮又围了上来，拦住了她们。

大乔生气道："你们想干什么？可知孙郎、周郎执法严峻？"

"胸毛"嬉笑道："执法严峻咱也要娶老婆啊！"

说着，他顺手摸一把小乔的脸。

小乔柳眉倒竖，一巴掌打在他的脸上。

"胸毛"泼皮摸了摸脸，大怒，瞪着眼骂："你敢打老子！"

说完举起手要打人。

旁边闪过周瑜，飞起一脚，将他踢翻。

"谁敢踢我？"他滚在地上大骂着，抬头一看，认出是周瑜，吓呆了。

他赶紧跪在地上："哎哟！是周将军！周将军饶命！小的有眼无珠！不知道周将军在此！"

其余的泼皮也刷地全部跪下求饶。

周瑜怒道："本将军在此你等尚不知收敛，可想平日该是何等作恶之人！来人！押到庐江郡重重治罪！"

远远跟在他身后的李通和方夏等几个侍卫一拥而上，拎起几个泼皮就拖了下去。

大乔高兴地对周瑜道："周将军！"

"大乔姑娘！你好！"周瑜对大乔施了个礼，又对小乔施了个礼道："小乔！你们也来看江东杂耍？"

小乔没有理他，板着脸，挂着泪痕的眼睛死死盯着周瑜身后那艳装的年轻女子。那女子也从小乔的目光里看到了什么，用嫉妒的眼神打量着小乔，然后挑衅似的上前一步，紧紧挽住周瑜的胳膊。

小乔身子下意识地颤抖了一下，脸色沉了下来，脸蛋更显得僵硬，又好像有点不知所措。半晌，她倔强地高昂起头，拉着大乔，转身就走。

周瑜摆脱身边的年轻女子跟上去："小乔！小乔！你听我说！"

小乔眼里噙着泪水，回头喝道："走开！"

大乔用手推她道："妹妹！别任性好不好！听周将军说！"

小乔不吭声，使劲拽着大乔疾走。大乔回头无奈地对周瑜苦笑一下，任她拉扯着离去。

周瑜身边那女子上前，拉着周瑜的胳膊，既生气又撒娇道："哼！怪不得你不理我了，原来是被这两只狐狸迷住了！"

周瑜烦躁地挣开她："你瞎嚷什么！"

又要跟上去追小乔。

"你再不理我我就出走了！"周瑜身边那女子发出一声刺耳的尖叫，瞪着周瑜，眼泪汪汪。

周瑜被吓了一跳，回头，看见她泪汪汪的眼睛、张开的欲要大哭出声的小嘴，眼中喷射出的伤心与愤怒，不觉愣住了。又扭头看了看前面的小乔，见已走出很远，不再好追了，只好无奈地叹了口气，对女子道："好吧！红儿！接着看杂耍吧！"

原来，这女子正是周瑜的堂妹小红。这天她听说故乡来了玩杂耍的，在城隍庙门前表演，就央求周瑜带她去。周瑜正要去操练兵马，没奈何只好换了装陪她去了。不想一下就撞上了大乔、小乔。

"那两个女子是什么人？"红儿听见周瑜问她，却不理，仍然含着泪，气鼓鼓追问道。

"是我故人的两个女儿！"周瑜道。

"姓甚名谁？怎样的故人？"小红继续问。

"莫非我所有的故人都要你去认识不成？"周瑜不耐烦道。

小红愕然，嘴一张，眼泪流出，立在那里，看着前面，像个被抢走了玩具的小孩似的，嘤嘤哭泣开来。

四周已有看杂耍的人被他们惊动了，并认出是周瑜，都围了过来。周瑜见情形不妙，便哄小红道："好了！红儿！是哥哥的不是！哥哥向你赔不是好了！如此大庭广众，你哭将开来，很难堪的！"哄了半天，小红终于止了哭。周瑜赶紧唤李通、方夏牵过自己青色曲柄伞盖的马车，扶小红上了马车，自己也上了车，令车夫赶着马车赶紧离去。李通、方夏骑上马跟在后面。其他几名侍卫则押着那几个泼皮径往衙门去了。

周瑜的马车走了一程，忽然迎面看见一辆绿色绸缎伞盖的马车迎面驶来，后面还跟着一队骑马的铁甲骑兵，马车上正端坐着目不斜视、不怒自威的程普。

程普似也看见了周瑜和周瑜身边的女子，眉头拧紧了，脸上溢出一股怒气，对车夫嚷了句什么，车夫犹豫了一下，使劲一抖缰绳，那三驾马车在道中央，直朝周瑜这边奔来。

跟在周瑜后面的李通、方夏一见，赶紧纵马上前，要上去喝令对方马车避让。照理，周瑜职位高于程普，两车相遇，道窄，理应程普避让。周瑜见李通、方夏上前了，赶紧喝令他俩后退，闪在路边。然后，令自己的车夫将马车靠路边停下，让程普的马车过。自周瑜从军以来，程普时常公开凌侮周瑜。周瑜知道程普是对年长于他而位在他之下的处境不服气。此外，他少时与程普有过冲撞，也难免令程普心内不服。他理解程普对他的心情，处处折节相容，不与之计较。现在，见程普怒气冲冲要用马车冲撞自己，逼自己往边上停靠了，以显示高他一等，自然如从前一样令将马车靠一边了，避让程普。

不一刻，程普的马车冲到了周瑜面前。尘埃之中，那车夫收住缰绳，三匹马蹄朝天乱蹬，长嘶一阵后，在周瑜的马车旁交错停了下来。

"恭喜程将军凯旋！程将军这一路平定各县，真是劳苦功高啊！"周瑜在马车上躬身拱手对程普施礼，谦恭道。孙策攻取庐江后，就先后派程普、黄盖、韩当、周泰、陈武等众将去平定庐江各县，太史慈防守皖城。程普昨日才领军得胜归来，故而这样问候。

程普并不领受周瑜的问候，铁青着脸，瞪一瞪周瑜身边的小红，怒气冲冲对周瑜道："周将军！你不经本人同意，擅自斩杀我手下军官，是何道理？"

他指的是上次周瑜斩杀那个调戏大小乔的屯长的事。周瑜原想找个时间通报给程普的，但程普一直领军在外，没有机会谈起，偶有相遇，也是在孙策面前，周瑜怕当着孙策说此事，会让程普脸上无光，故一直没有谈起。

"程将军！"周瑜道，"那位屯长领着部下公然调戏良家女子，正好为在下撞见，因想到是程将军部下，所以尽行放回，只将那屯长斩首示众了。周瑜被主公任命为中护军，协助主公统掌军中事务，斩杀违纪军人，并没有冒犯将军之意！此事如有得罪将军，请将军多多包涵！"

他的口气尽量放得和缓谦恭，但这谦恭的语气并没有让程普消气，程普依然恨恨道："周将军！打狗也要看主人面！我的手下违犯军规，理当交由本将军处斩！或斩前通告本将军也行！"

周瑜笑道："事情紧急，百姓围观，不当众斩首无以服众人！周瑜原本要在事后向将军通报的，但将军领兵出征了！请程将军谅解！"

程普一时无话可说了，悻悻地瞪了他一眼，恨恨道："好！周郎！算你占了便宜！你告诫你的手下小心点！不要犯在我程某手中！"

说完，他大喝一声："走！"三驾马车轰地启动，一队穿盔戴甲的铁骑带着与主人一样的高贵与位重的气势，簇拥着马车，张扬地擦过周瑜的马车往前奔去，卷起一阵灰尘。

小红看马车过去，也看见了程普骄横的样子，甚为不满，噘着嘴道："哼！这人怎么这样凶啊！哥！都说军中除了孙将军外，你便是最有权势的人了，此人竟敢对你如此无礼！"

周瑜没有理她。

206

"岂有此理！太嚣张了！"李通恨恨地将鞘中的剑拔出一半道，"全然不把将军放在眼里！连手下那些军士都如此放肆！待我上前教训他们！"

"程将军是军中老将，理当受尊重！"周瑜阻止道。

方夏不满道："那也不可倚老卖老、以下犯上啊！"

"就是！也不能拿他当人，便不是人了！"小红又道。

周瑜烦躁地瞪了瞪小红，又扭头瞪着方夏道："胡扯！你怎敢如此辱骂老将军！小心我军法治你！"

方夏吓得赶紧诺诺连声。

小红看着周瑜烦躁的脸色，气呼呼道："竟发了冲天大火！我知道是为那女人没有理你！哼！"说完，她用脚一跺马车底板，对车夫吼道："快走啊！发呆啊！"

一直坐在前座上等候周瑜口令的车夫听了小红的吼叫，赶紧挥起马鞭，驱车前行了。

周瑜转过脸，瞪着小红，嘴巴张了张，似乎要训斥小红对车夫的无礼，但看见小红满脸委屈满脸怒气的样子，终究又忍住了，无奈地叹口气。

马车气冲冲地沉闷地往前奔行。方夏和李通骑马闷闷地跟在后面。

二十二 遇挫折周郎求亲，苦相思蒋干纵情

周瑜刚回到府上，孙策便叫人来请他去衙中议事。

到了孙策的将军府衙，孙策正痴痴地坐在案旁想心事，见了周瑜，赶紧迎上来，将他拉到椅上坐下，笑道："公瑾啊！自那回见了大乔，孤可是朝思暮想！这是平生从未有过的事！"

"我料到主公会动心的！"周瑜笑道。他的脸色有些疲惫与苍白，但沉浸在兴奋中的孙策并未觉察到。

"孤实在等不及了！直想今日便令吕范去求亲！"孙策笑道。

周瑜一愣，看着他眼中闪出的兴奋的火花，笑道："那主公且先去向大乔求亲好了！我就暂缓一步！"

"哈哈！你我兄弟二人，又同娶二姐妹，自然要一同成亲！孤怎可以抛下你去独享快活？"孙策拍拍周瑜的肩，笑道。

"有小红在此，公瑾实在不敢造次！"周瑜为难道。

"无妨！"孙策果断地一挥手，"你我只是先派人去求亲而已！并非办婚事，她如何知晓？"

周瑜苦笑："你伯符兄乃是江东领袖、一军之主，与谁定了亲，大江南北、普天之下，哪有不传遍的？"

"公瑾此言差矣！"孙策摇摇头，笑道："我已仔细思量过了！权当此事为军事机密！除你我、吕范、乔家和我俩身边心腹外，谁也不让知道！孤当晓谕左右心腹，走漏了机密者，治以死罪！你看如何？"

周瑜想了想，振一振精神，无奈道："好吧！就依主公的，走一着险棋吧！两日后使人送小红回家！"

"好！"孙策精神焕发，伸出手掌。

周瑜强打精神，一掌击在他的手掌上，两只手掌相击，发出啪的清脆的响声。

其实，周瑜不大积极求亲，一是小乔那愤怒的含泪的脸蛋一直在周瑜心头闪动

着，使他闷闷不乐，也担心求亲遇到风波。此外，小红在此，也使他不安心，怕有所闪失，令小红大闹。他现在想的倒不是求亲，而是如何消除小乔心中的误会，如何让那娇美的扭曲的脸蛋变得灿烂多情。但孙策既如此说了，他只好先依计行事了。

这天晚上，昏暗的烛光里，蒋干在他的府宅里喝闷酒。因是庐江郡丞，府衙给他拨了一所住宅，又拨了个婢女服侍他。这婢女原在刘偕家做婢女。刘偕逃窜之后，家中的婢女便被分给众将和谋臣。蒋干白日公干，夜里读书、赏月、弹琴，或拜访庐江名士高人摆龙门阵，日子倒也惬意。但这一切均被大、小乔的出现打乱了。说实话，早在八年前和周瑜救乔家时，他就喜欢上了这两个小丫头。当然此喜欢非彼喜欢。彼喜欢乃是喜欢，此喜欢却有倾慕之心。那时他就认定这两个小姑娘日后必是国色天香，没有想到如今果然是清香四溢，令人魂不守舍，更没想到竟然还有缘和她们重逢。他一见钟情，动了娶这两个姑娘为妻的心思，哪怕只娶其中一个也足矣。他身为郡丞，官职也不算小了。江东一共才多少郡啊！此外，他家中富裕，并不亚于周瑜，本人又饱读诗书、口若悬河、广交名士，在江淮间颇有才名，以如此资本娶她俩当并不为过的。没想到两个姑娘均已名花有主。这主偏偏是孙郎、周郎。就算他也是人中之杰，但无论如何也争不过周郎、孙郎的。他只能眼巴巴看着让自己心动不已的女子被别人娶走。这实在是让人沮丧痛苦的事情。

他的那个婢女一直在旁为他斟酒，这次终于借他叹气的时候怯怯地说上话了。

"大人！您是不是想夫人了！"婢女道。

蒋干没有吭声，闷闷地喝下一口酒。

婢女眨眨眼，以为自己说中了，鼓起勇气又道："大人要是想夫人，就把夫人接过来啊！"

蒋干烦躁地瞪她一眼："多嘴！！"

婢女赶紧低下头，不再吭声了。

蒋干大饮一口酒，放下酒觞，有些不支地往后晃动了一下，婢女赶紧扶住他，他在婢女搀扶下，坐直，用手摸摸额头，摇摇头。

"大人没事吧！"婢女温存地怯怯地问。他没有理睬她，闭上眼，似有些头晕，又似在调理微醉的麻木的神经。

过了一会儿，他睁开眼，恍惚间，他看见一个艳惊四座的女子风韵款款地向他走了过来，温存地、妩媚地在他身边坐下。

他愣住了！是小乔！小乔过来了！在朦胧的烛光里，小乔更显得俏丽动人！她含情脉脉、笑脸依依地劝他少喝点酒，口齿余香，又温顺地给他斟酒。红袖掀起，芳香四溢。他的脸顿时火一样烧了起来，一直烧到胸中和体内，熊熊燃烧，让他的身体里有一种不可遏止的冲动，有一种要爆发要释放温存的不可阻挡的力量。

"小乔姑娘！小乔姑娘！"他喃喃地叫着，目光迷离，忽然一下紧紧抱住小乔，用灼热的嘴唇吻了上去。

但小乔姑娘却在他怀里拼命挣扎着，并且尖声大叫："不要！大人！大人！奴婢不是小乔姑娘！"

"小乔姑娘！"烈火在他体内燃烧着，他根本听不见"小乔姑娘"的喊叫，他只觉得小乔姑娘像条鱼一样在他怀里挣扎着，更显得可爱，显得性感，显得妩媚，也更刺激着他的欲望，于是他推开碍事的樽桌，将"小乔姑娘"摁在席上，撕扯着她的衣裳。

"小乔姑娘"不再动弹了，默默地、温存地随他摆布。

一番云雨结束了，"小乔姑娘"半裸着身子，挂着两行清泪，默默地躺在席上。

蒋干也满足而愉悦地起身，整理衣衫。然后，充满怜爱地走上前，跪在"小乔姑娘"身边，欲要说些温存的话，这一刹那，借着朦胧的烛光，他看清了，这个满足了自己欲火的女人并不是小乔姑娘，而是服侍他寝食的那个婢女。他的眼睛瞪大了。他有些不信，取了灯烛，举起来，照到她面前，结果，他实实在在地看清了这个让自己心满意足的女子的脸蛋，分明是一张清秀但远不可与小乔相提并论的脸蛋，一张羞涩的温顺的稚嫩的脸蛋，一张挂着清泪微闭着双眼的脸蛋，还有半裸着的远没有小乔修长动人的胴体，他终于从幻觉跌落下来，一种难过、懊悔、无奈、惊恐的感觉弥漫了他全身。

"姑娘！"他放下灯烛，给婢女盖上衣衫，拜倒在地，惊慌道："姑娘！在下一时酒醉，致有此事！乞姑娘宽恕！"

婢女没有吭声，起身，在幽暗的烛光下穿好衣衫，拜伏在地，身子微微颤抖着，含泪道："只要大人高兴，奴婢心甘情愿！"

蒋干心里一阵愧疚，更有一阵感动。他仔细打量了一下婢女，猛地将婢女搂进怀里，小声道："姑娘不要难过！本官纳你为妾，如何？"

婢女颤声道："奴婢岂敢高攀大人！"

"就这样定了！从今日起，你便做本官小妾！"蒋干果断道。

奴婢又拜伏在地，含泪道："谢大人！"

"好了！起来吧！我们一同喝酒！来！我今日要一醉方休！哈哈哈！"蒋干大笑起来，笑声中有些辛酸、有些无奈、有些悲凉、有些凄苦。然后，他将她拉到席边，两人一起喝了起来，直喝得酩酊大醉。

第二天，吕范就奉孙策之令带着金币丝帛等厚礼来乔家求婚了。

乔玄夫妇对吕范来做媒求亲显得十分高兴。江东军攻占庐江近一个月，他们也略知江东军各将领的大致身份地位了，知道吕范在江东非寻常人物，地位仅次于周瑜、程普，是与张昭、朱治、张纮等一样有名望的人，向来被吴太夫人视作亲戚！所以乔玄夫妇令家奴笑纳了聘礼，将吕范迎至上座，奉上茶水，相谈甚欢。吕范正要与乔玄夫妇商议择个良辰吉日迎娶二位小姐时，小乔气冲冲地从里屋奔了出来，气冲冲地叫道："不行！本姑娘不愿意！"

大乔跟在后面一边拉她，一边急道："妹妹！你别这样！"

小乔甩掉大乔的手，径直走到吕范面前。

"你把聘礼拿回去！我不会嫁给周瑜的！"小乔怒气冲冲道。

吕范愕然地看着她。

乔玄和乔夫人也愣住了。

"这位定是小乔姑娘了！"吕范用歆羡的目光打量着小乔道。

"正是舍下小女！"乔玄道，跟着呵斥小乔道："女儿！你瞎胡闹什么？"

"不！女儿并非胡闹！"小乔坚决道，"女儿就是不愿嫁给周瑜！请这位先生把周瑜的聘礼拿回去！"

"姑娘！"吕范不解道，"这是为何？姑娘风姿绰约、高雅出众，周将军文武双全，英俊过人，你二人结为秦晋之好，不知会羡煞世上多少女子！不知姑娘何出此言？"

小乔冷笑："哼！周郎怎么样，小女子我都不稀罕！你回去告诉周郎，要他不要来烦本姑娘了！"

说完，转身，头也不回地朝后面里屋去了。

吕范像被当头一棒打晕了一样，愣在那里不动了，呆呆地看着她离去。

乔玄和乔夫人也愣住了，不知道小乔为何如此认真地拒绝周瑜。

"小乔怎么了？这是怎么了？好好的怎就这样了？"乔夫人一脸焦急，问大乔道。

"女儿并不知情！母亲自去问她好了！"大乔犹豫了一下道。对吕范行了个万福，说了声告辞，也跟着往后面走了。

乔玄纳闷地看着大乔离去，然后转过脸来，无奈地对吕范道："吕将军请不要生气！请转告周郎，这中间或有误会，待我与夫人问明实情再做理会！"

吕范宽厚地笑道："无妨！无妨！好事多磨！好事多磨！只是这聘礼……"

乔玄道："且先放在寒舍！无妨！无妨！"

然后，两人又聊了几句家常，吕范告辞而去。

吕范走后，乔玄和夫人赶紧赶到小乔卧房里兴师问罪。小乔正坐在琴边弹琴。大乔默默地坐在她旁边。

"女儿！这到底是怎么回事啊！婚姻大事，可不是闹着玩的啊！"乔夫人哭丧着脸焦急地一屁股坐在小乔身边问。

"周郎已经有了女人，我何必还要嫁给他？"小乔使劲弹出一个高调。

"会有这样的事？"乔玄与乔夫人大吃一惊，面面相觑。又一齐朝在一边的大乔望去。

大乔就将昨日在城隍庙前遇见的情况对乔玄夫妇说了。

乔夫人听了不以为然道："这有什么大惊小怪的！那女子说不定是他的婢女或亲戚什么的！"

"看他们那样亲密的样子，绝非普通亲戚一般！若我没猜错的话，定是他订了婚的未婚妻！"小乔埋头弹琴，丢出一句话。

"哪里的话！我从没听说周郎有未婚妻！"乔玄也道。

"没听说并非就没有！兴许在江东金屋藏娇也未可知！哼！"小乔道。

"这！"乔玄一愣，想了想道："好了！我明日去找吕范将军打听一下就知道了！"

"他未必会说实话！"小乔冷笑。

"什么实话、假话！就是周郎有未婚妻也无妨！"乔夫人道，"男人一夫多妻都是常理！"

"那爹爹怎没有一夫多妻？"小乔反问。

"他敢！"乔夫人瞪一眼乔玄。

"就是！"小乔道，"我的夫君也需得只娶我一个！只对我一个人用情！"

乔夫人语塞了。

"好了！不要争了！待我问清楚再说！"乔玄大声道，走了出去。

乔夫人叹了口气道："唉！"也往外走了。

夜色如墨，一阵郁闷的琴声从周瑜府宅传出。周瑜书房里，微弱的烛光映照着雪白的墙壁。周瑜盘腿坐着弹琴。他脸色阴郁、神情憔悴，失去了往日的潇洒飘逸。

白日，吕范求亲的情况他已知晓。既在意料之中，又多少有些意外。他没有想到小乔不仔细思量一下便断然拒绝，似也任性了些。孙策听了吕范的叙说后，大怒，声称一定帮他教训小乔，让她知趣，被他阻止了。孙策无奈，只好一面安慰周瑜不要急，一面令吕范寻机去对乔家说明。周瑜嘴上没有说什么，心底里却像被刀划一样难受。他想小乔亲眼看见小红亲热地挽着他的手，就算解释了，也未必说得清。不管怎样，他心中的郁闷、伤感、焦虑还是一时难以排遣。

他弹的是汉乐府诗《伤歌行》：昭昭素明月，辉光烛我床。忧人不能寐，耿耿夜何长……

周瑜这间书房的一间窗子正对着后花园。琴声飘了出去，游荡在后花园，惹恼了一个人。这就是小红。小红到皖城后，就住在周瑜的府上，住后院里的一间大房。草儿奉孙策之命与她同住。另有一个从江东带来的婢女侍候着她。此刻，她也正烦闷地在后花园散步，周瑜郁闷的琴声飘了过来，她的眉头皱了起来，一种嫉恨的情绪像利刃一样刺划着她的心。自上次从城隍庙前遇见那两个女子后，周瑜就一直不开心，也很少搭理她。她心里清楚周瑜一定是被那两个女子中的一个迷住了。这让她愤懑、难受。方才，她在房里闷闷地坐了一会后，听见周瑜弹琴，心里烦，就起身往后花园来走走，没想到周瑜的琴声又跟了过来。她朝周瑜卧房的窗户处看了两眼，恨恨地叹了一口气。

这时，草儿找进了后花园。她刚从李柱子那里回来。这几天，她一直陶醉在幸福之中。在江东，她听说李柱子攻皖城受了伤，立了大功，做了孙策的侍卫司马，高兴得如同饮了蜜。李柱子在她心中的地位陡地升高到极处。李柱子喜欢她多年，这是孙府上下都知道的，她也认为李柱子是个好人，是真心的，只是一时接受不了他。现在，李柱子立功的事终于摧毁了她心中的防线。作为一个婢女，嫁给一个深爱自己的纵不是英雄，但有英雄之举的汉子，有什么不满足的呢？在从前，内心里，她一直存一份希冀周瑜娶她为妻或纳她为妾的幻想，现在，她这份希望早已熄灭了。因她知道李柱子立功都是周瑜和孙策的安排，周瑜是一心要撮合他和李柱子相好的。事到如今，还有什么企盼呢？与其守着一份无望的期盼，不如把握现在的幸福！于是她决定嫁给李柱子。这几日，她天天和李柱子在他的帐中相会，耳鬓厮磨，共诉衷情，好不快活。还给他炖了鸡汤端过去。这晚，她又给李柱子带了熬的鸡汤过去，与他在郊外玩到半夜方归来。回来后，在寝房中没看见小红，就找到后花园来了，结果，看见小红正一脸的烦闷苦恼，还有不可遏止的焦虑愤怒，就问小红出了什么事。小红便将前几日，周瑜在城隍庙前遇见两个美丽动人的女子后，一直魂不守舍、闷闷不乐的事告诉了草儿。

草儿听了，生出几分同情，安慰道："小姐！我想周将军的心肯定是在你的身上！你俩是青梅竹马的兄妹啦！"

小红委屈道："我倒希望如此！可是，看他这两日对我不理不睬、没精打采的模样，我就知道他心思定不在我的身上！"

说完，她在石椅上坐了下来，一行清泪涌了上来。草儿赶紧拿出手巾为她拭泪。

"小姐容貌不俗，堪称国色天香！在这世上，有几个女子敢和小姐争夫君啊！小姐只管放宽心好了！"草儿边为她拭泪边劝道。

"你有所不知！那两个女妖精也长得很是出众！周郎见到她们时，眼睛都拉直了！听周郎喊其中一个女子称小乔！"小红道。

"小乔？"草儿想了想，坚决道："好！小姐莫急！我明日向李柱子打听一下！看这个叫小乔的是何许人，和周郎又有何关系，再做打算！"

见草儿如此仗义，小红破涕为笑，高兴地搂住她："草儿！谢谢你了！事成后，我一定在吴太夫人面前和周太夫人面前为你评功摆好！"

"小姐！不用客气的！肥水不流外人田！我怎么可以让外面的女子和小姐争夫君呢？"草儿认真道。

小红感动地抱紧了她。

草儿将脸搁在她的肩上，眼角隐隐湿润了，一种说不出的感伤之情，和一种永生不得再追求心中偶像的诀别之情噬咬着她，泪水像要涌出，她小心地揉了揉眼，揩干湿润的眼角。

二十三　消误会周郎调琴，闹乔家小红泄愤

这日，正是阴天，垂柳依依，秋风飒飒。乔家后花园临巷的院墙处，周瑜戴着紫金冠，穿着长袍官服，在院墙下徘徊。他背着手，皱着眉，不停地往院墙上方望，耳朵竖起。方夏牵着两匹马站在他后面。

院墙内，一阵隐隐的琴声从里面传出来，衬出花园内的寂寞。要在往日，这里面当是欢声笑语的。

"大人！您就大着胆进去见她好了！"方夏终于开口了。

周瑜没有抬头，也没有吭声。

"大人征战沙场，从没有一个怕字！难道小乔姑娘比刀光剑影还要吓人？"

周瑜恼怒道："多嘴！"

方夏不敢吭声了。

"唉！我周瑜什么刀光剑影都没有怕过，偏偏就怕小乔姑娘红颜一怒！在沙场上杀人无数，未曾眨过眼，也未曾心跳过，偏偏小乔姑娘一个眼神，就让我心跳不已！"周瑜念念有词地兀自叹道。

方夏捂着嘴笑了。

忽然，周瑜站住了，想起什么似的，脸上隐隐露出一丝笑意。

"快！上马！"他道。

方夏赶紧将他的"白雪飞"牵给他，周瑜接过缰绳，跨上马，对方夏道："到孙将军府上去！"

说完"驾"地一声，打马前奔，方夏赶紧上了马，跟了去。

到了孙策将军府，周瑜要方夏在门口等着，自己走了进去。不一刻，他手里拿着把纸折扇脸上挂着笑在孙策陪同下走出来。

"公瑾！祝你好运！"孙策站在执戟卫兵前面，拍拍周瑜的肩。

周瑜笑了笑道："多谢！"

说完上了马，领着方夏又往乔家奔来。

到了乔家大门口，周瑜、方夏下马。周瑜令方夏在门外等着，就上前叩门。一个家奴给他开了门。乔夫人正在里面，见他来了，眼睛一亮，脸上溢出笑来，赶紧将他迎了进去。周瑜问乔玄，乔夫人答到米店忙去了。"贵军来此，我家米店生意好多了！"乔夫人边说边热情地请他上坐，并吩咐丫鬟给周瑜上茶。

周瑜笑道："夫人！周瑜公务繁忙，恐不能久待！只是路过贵府，给大乔姑娘捎上孙伯符将军送的一把折扇，不知方便否？"

乔夫人眉开眼笑道："哪有不方便的！上回的事，周将军不要见怪！这丫头喜欢使些性子！"

说完，对婢女道："快去后花园叫姑娘们出来！"

周瑜起身道："不用了！夫人！我自去就行了！"

乔夫人笑道："好！"赶紧要婢女领着周瑜往后花园里去了。

进了后花园，只见小乔正在亭子里弹着琴。她眉头微蹙着，表情漫不经心，显得娇怜可人。大乔与丫鬟娟儿在一旁下着棋。

领着周瑜到后花园的婢女张口就要喊小姐，周瑜示意她不要吭声，婢女禁了口，然后周瑜轻手轻脚走近小乔。走近了，他躬躬身子，用温存的语气柔和道："小乔姑娘！你这支曲子弹得如行云流水一般！实在动人！只是在下从没听过，不知道曲名唤作什么？"

小乔吓了一跳，赶紧抬头，看见是周瑜，脸上风一样闪过一缕惊喜，还有一丝秘密被窥破的羞涩，很快就悄失了，代之而来的是愠怒与矜持。

"你来做甚？我家不欢迎你！"小乔嗔怒道。

大乔见周瑜来了，高兴地起身，对周瑜施了个妇人礼，道："周将军光临，小女子有失远迎！"

周瑜赶紧拱手施礼，然后从怀中掏出那把折扇给大乔："主公听说我要来贵府，托周郎给大乔姑娘带一份信物！并问姑娘好！"

大乔高兴地接过折扇，将扇展开，只见扇上印着孙策亲笔墨迹："绝世而独立，佳人难再得！"

大乔看了扇上墨迹，脸上浮现一缕甜蜜的羞色，微抬起袖，幸福地掩面而笑。

"在下好生羡慕主公，有意中人可收他信物！而周郎就算是有千般爱意，万份信物，也只能望洋兴叹了！"周瑜假意叹道。

"少废话！信物送了，你可以走了！"小乔在一边喝道。

"这个……大乔姑娘不留周郎小坐片刻吗！"周瑜笑道。

"是啊！是啊！"大乔从幸福中回过神来，赶紧笑道，"周将军请上坐！"又对婢女娟儿道："娟儿，快给周将军上茶！"

娟儿应一声就去了。

周瑜落落大方地在亭中石椅上坐下，对着小乔莞尔一笑道："对了！适才小乔姑娘所弹的那支曲子还未曾赐教给我呢！"

大乔一旁笑道："周将军，这是一支伤春曲，是本地坊间艺人依楚曲仿制的，表达春闺里少女思春之情或伤怀之意的！名为《有所思》。"

"哦！"周瑜故作恍然大悟的表情点头："原来如此！在下以为只是周郎才有伤怀之情，原来小乔姑娘也有！"

小乔冷笑道："本小姐没有伤怀之情，也没有人值得本小姐伤怀！你身边有的是红粉佳人，自然多的是伤怀之情了！"

周瑜脸上露出一丝不易觉察的笑，他知道已经接近所要谈的话题了。他娓娓道："周郎确有伤怀之情，却非姑娘所说的红粉佳人甚多之故！周郎的伤怀之情乃是为人误解，情志不遂；已为王老五，求婚仍遭拒；喜欢他人，却空嗟叹！此种伤感之情，亘古未有，常人不可理解！形之于声，势必哀婉动人，令闻者沧然！不信可以在琴弦间发此哀声！"说完，他指指小乔面前的那架琴。

大乔嫣然笑道："好啊！久闻周将军是善音律之人，今日可一饱耳福了！妹妹，你就让周将军弹一曲吧！"

小乔恨恨地瞪了周瑜一眼，悻悻地起身，坐到了一边。

周瑜从容地坐到了琴旁，弹起刚才小乔弹的那支曲子。

他轻拨慢挑，立时，大弦嘈嘈，小弦切切，一片滚动的声乐从手指间生起，就像指间生起一阵音律的大雾，由琴间往外弥漫，在花园里流淌、萦绕。琴声中，但见春天的花园里鲜花怒放，又于时光流逝中悄然凋谢。少女思春，落寞地徘徊于花园，间或将落寞的目光望向蓝天和远方。小鸟婉转歌唱，声声都是相思之曲；鲜花迎风叹息，叹息对春之留恋。春风捎来花香，又带走郁郁萦怀之感伤与相思。

一曲终了，余音袅袅，周瑜手抚琴弦，眉宇间挂着忧郁，似仍沉浸在音乐中。而所有人也如他一样回味着袅袅余音。

好一会儿，大乔率先打破了沉寂，笑道："哎呀！原来周将军会弹这支曲啊！真是婉转动听，让我们都陶醉其中了！"

周瑜欠欠身子笑道："哪里！献丑了！其实我也只是听小乔姑娘刚才弹过一段，也就试着弹了一回！"

这支曲子他确没有弹过，但方才听小乔弹了一段，精通音律的他便知道此调与汉乐府诗《伤歌行》，也即昨晚他弹奏的那支曲一样的曲调。显然这支民间音乐仍是仿乐府歌曲。汉乐府歌的音律无外乎那几种，音律是死的，只往里面套词便了。所以，只要是仿汉乐府的调，便难不倒周瑜。

小乔听了周瑜说的话，嗔怒地顶道："吹牛！只听过一遍就能弹得这样好？你以为你是神仙啊！"

周瑜想了想，莞尔一笑，道："周郎说过了，这伤感之曲恰如周郎心底里发出一般，故而一听便会！形之于情，发乎于声！"

"骗子！我管你什么情不情、声不声的！我要回房歇息去了！"小乔道。说完，起身要走。

大乔赶紧拉住她道："妹妹！周将军素善音律，机会难得，我等何不请他多弹几曲，也算开开眼界？"

周瑜一听，赶紧道："就是！周郎难得与两位姑娘切磋一回！"然后看了看大乔道："大乔姑娘！你可知伯符送你的扇上所题的字的出处？"

大乔道："应出自汉武帝乐师李延年的《北方有佳人》吧！"

周瑜笑道："正是！这可是伯符的内心之语！其实，周郎也有内心之言，欲诉之于声！且听好了！"

说完，他抚琴弹起司马相如的《凤求凰》："凤兮凤兮归故乡，遨游四海求其凰。时未遇兮无所将，何悟今兮升斯堂！有艳淑女在闺房，室迩人遐毒我肠。何缘交颈为鸳鸯，胡颉颃兮共翱翔……"

还没有弹完，小乔打断了他："够了！够了！去弹给那个挽你胳膊的女子听吧！本小姐没心思听！你快死了那份心吧！你与本小姐，没门！"

周瑜的琴声滑出一个仓促而凄凉的音符，戛然而止，就像一个陶瓷器皿，忽然间哐啷在石上砸碎。他愣愣地呆住了。

"却是为何？"半晌，周瑜颤声道。很可怜无助的表情。

大乔看了看小乔，笑道："周将军！恕我直言！我妹妹一心只要找终身只爱她一人的夫君！可是，先是见周将军挽着一女子亲密无间，而后听说乃是将军青梅竹马的堂妹，专程来皖城看望将军。既是堂妹，竟亲密如此！周将军既要与我妹妹定亲，就不该和其他女子往来，更不该对我妹妹隐瞒此事。我妹妹拒收聘礼之举就缘于此吧！"原来，乔玄与吕范又叙过一回，得知那神秘女子其实是周瑜堂妹小红，故大乔小乔都知道了。

周瑜恳切地对小乔，也对大乔道："那女子确是周瑜的堂妹，周瑜自小视她为妹妹！两人间既无婚约，也无亲密之情，请小乔姑娘明鉴！"

小乔冷笑："哼！未定亲，也未有亲密之情，一个女子怎会从江东专来到皖城看你？又怎会与你如此亲热携手？"

周瑜道："家母自小视堂妹如亲生女儿，我也自小视之为亲妹，彼此间言谈无忌！故攻下庐江后，她来看周郎，顺便来看异乡风光。挽着周郎的胳膊，只是做小妹的习惯而已！而况，昔日我随孙伯符将军过江东创业之际，向叔父借三千兵以助孙将军，便多亏了她从中说话，故她纵有不妥，我也多迁就于她！所以，任她做出亲密之态！"

"哼！你要我怎样相信？"小乔道。

"小乔姑娘！我怎样说，你都未必信！周郎也不便多说了，只是要告诉姑娘：周瑜是个痴心钟情的男人！周郎若娶了妻，一生便只会爱她一人；周郎若喜欢一人，定不会娶其他人！堂妹永远都只是周郎的小妹！"周瑜道。

小乔似被他说动了，看了看他，转过脸去。园中，垂柳依依，月季花绽吐幽芳，夹竹桃寂寞开放。

"周将军万人景仰，天下女子谁不爱慕，但一生一世只娶一个女子？实在令人佩服！"大乔高兴道，"可是，不知周将军眼下喜欢的女子是谁呢？"

"那还用问吗？自然是小乔姑娘了！"周瑜真诚的语气道。

小乔的脸立马飞红了，不胜娇羞的模样。

大乔看看小乔，又看看周瑜，高兴地对两个婢女道："我们进屋去吧！"

小乔脸色通红，起身拉着大乔，噘着嘴撒娇道："姐！不可以走的！"

大乔笑道："妹妹！你可与周将军单独说会话嘛！"

小乔红着脸，柳眉倒竖，故作嗔怒状："这成何体统？我怎可以与他单独在园中叙话？要叙你叙好了！本姑娘回房歇息了！"

说完，昂首挺胸，风韵款款、故作矜持地从周瑜身边飘过，但周瑜都看得出，那倒竖的柳眉里和泛着红晕的矜持的脸蛋里，隐藏着不胜娇羞的妩媚与甜美，还有心花怒放的欣喜与欢愉！

周瑜的嘴角不自主地泛起了甜蜜，微笑地目送小乔进屋。

"小乔姑娘！后会有期！"他风采翩然地冲着小乔的背影欠欠身子道。

小乔没有理他，鼻子里哼了一声，兀自穿过小径，往屋宅后门走去。

"周将军！看来，妹妹已经消除了误会！"小乔一走，大乔高兴道。

"但愿如此！"周瑜面有喜色道，"谢谢大乔姑娘相助！以后还得有劳大乔姑娘多多美言！"

"那是自然！我倒真希望将军和我妹妹喜结连理之好！"大乔笑道。

"是啊！我和伯符亲如兄弟，两人誓言同日婚娶。要是我娶不到小乔的话，也会误大乔姑娘的婚事的！"周瑜顽皮地笑道。

"说什么啊！"大乔脸上飞起一片羞涩。

"哈哈哈！"周瑜爽朗又调皮地笑了。

蒋干因为娶了贴身侍婢做妾，暂且解除一时烦闷。但几天以后，那种挥之不去的郁闷又涌上心头。这一天，他在郡府处理完公务，想起大乔、小乔那让人流连不已的倩影，又好久没往乔家一叙了，就溜出大门，晃悠悠直往乔家去了。

才走到乔家后花园的院墙下，他就听见里面传出嘻嘻哈哈的欢笑声。他听得出是大小乔在里面嬉戏，心里顿时痒痒的。一种压抑已久的欢愉的情感在体内喧嚣着，并且迫不及待要奔涌出来。尽管他知道大小乔已经许配给孙策、周瑜了，但此刻，大小乔的陶醉的甜美的笑声让他产生莫名的兴奋，潜意识地产生一些幻觉与自信，自信或许还会讨她们喜欢。于是，他挺挺胸，迈动发热的双腿，兴冲冲地拐过屋角，去叩乔家的大门。

乔夫人正在做针线活，见蒋干来访，便将他迎了进来。寒暄数句，蒋干称要与两位姑娘叙叙话，乔夫人虽觉得不便，但因蒋干也算是救过自己一家性命的恩人，不好阻拦，令婢女领着往后花园去了。

后花园里，大乔、小乔还有使女娟儿正荡着秋千。大乔坐在秋千上，小乔在下面故意使劲地甩，将秋千甩得很高。大乔紧张又兴奋地尖叫："妹妹！慢一点！慢一点！我好害怕！"

小乔在下面开心地笑着喊："哈哈！看你还取笑我不！看你还取笑我不？嘻嘻！"

大乔故意生气地嚷："好啊！你不要因与周郎好了就得意了！看下回我还帮你说话不？"

小乔脸色绯红，嬉笑道："你又取笑我！叫你还取笑我！"边说边更加用劲地摇秋千。

大乔在上面兴奋紧张得哇哇直叫，连喊："妹妹！饶了我吧！"

蒋干走了上去，搭讪道："二位姑娘玩得很开心啊！"

小乔一见来了客人，就慢慢将秋千停了下来，迎了上来，笑嘻嘻对蒋干道："原来是蒋大人来了！有何贵干啊！"跟着，大乔也下了秋千。丫鬟娟儿给她们递上毛巾，她们轻轻擦着粉脸上细密的汗珠。

"这个！"蒋干一本正经地作个长揖施礼道："蒋某路过此地，顺便来拜访故人！方才与夫人打过招呼，听说两位姑娘在园中玩得开心，便来看看！"

"呵呵！谢谢蒋大人了！"大乔客气笑道，"大人既来了，就请上坐叙叙话好了！"说完，将蒋干引到亭子间坐下，又要婢女娟儿去端茶水来。

"蒋大人果真只是路过而已？"小乔擦了汗，目光瞪着他，带着几分揶揄的笑，话中有话道。

"当然！当然！想两位姑娘乃是孙郎和周郎未婚之妇，自然顺路探访，以求一饱眼福了！呵呵！"蒋干干笑道。

大乔不好意思地笑了笑，跟着问："不知蒋大人可有家室没有？"

蒋干叹了口气，道："内人已过世多时！"

大乔用同情的目光看着他："实在不幸！"又道："蒋大人如此一表人才，日后定会再续佳缘的！"

蒋干叹口气："唉！可惜没有公瑾、伯符的好福气啊！"说完，一双眼睛在大乔、小乔脸上死盯着看。

小乔感到有些不自在，狠狠地瞪了他一眼。

就在这时，府宅内忽然传来一阵喧嚷声，跟着，只见柳眉倒竖的小红和草儿领着十多个全身披挂，执戟拿刀的武士冲进后花园。

乔夫人跟在后面扯着小红的胳膊又气又急地喊："你们讲不讲道理！你们凭什么来我家乱闯一气！"

小红气冲冲地一把将她推开。她身后的两个武士上前冷面无情地架起戟，将她拦住。

221

蒋干吃了一惊。草儿他自然认识。小红，他也认识。吕范领江东将领们的眷属过来时，他随孙策、周瑜一道在城外迎接过他们。他赶紧起身，对小红道："小红姑娘！你怎么……"

小红没有理他，气冲冲地走到大乔、小乔面前问："谁是小乔？"

小乔看见了小红刚才推开母亲的情形，就愤怒地瞪着她问："你是何人！凭什么随便闯进我家里？"

小红冷笑一声，用手指着小乔的额头："就是你勾引我的未婚夫吗？你这个不要脸的贱人！"

"你说什么？你说清楚！"小乔涨红了脸。

乔夫人奋力推开两武士架着的戟，上前抓着小红的胳膊："姑娘！你把话说得清楚些！我家姑娘哪里有勾引你未婚夫？"

小红瞪着眼睛，气冲冲地推开乔夫人，一巴掌打在小乔脸上，恶狠狠地道："周瑜是我堂哥，也是我未婚夫！这门亲事是两家父母在江东就已定下的！你这个不知羞耻的贱人竟敢勾引他！"

小乔愣住了，像遭了当头一闷棍一样，脸色由红而变得惨白。她不知所措地、愣愣地看着小红，嘴唇嚅动着，跟着，悲愤的眼泪流了出来。这晴天霹雳般的消息已使她顾不上一巴掌的羞辱了，现在全身心充满着的是对周郎的愤恨。

大乔跑上来，搂着小乔，愠怒地对小红道："这位姑娘！可不要乱说话！是周郎托人带着聘礼来我家向我妹妹求亲的！我妹妹尚未答应！怎算我妹妹勾引你家周郎？"

小红冷笑："虽然没有答应，但心里面想着我家周郎，眼里也对周郎眉目传情，这岂不是勾引？"

小乔泪水纵横的脸蛋上挂着鄙视与倔强，眼睛不卑不亢地看着小红，几滴晶莹的泪水从眼眶涌出，顺着脸蛋滚落，洁白的牙齿倔强地咬着红润的嘴唇，好像要将猝不及防的打击及伤痛紧紧挡在外面。半晌，她带着一丝冷笑，含泪对小红道："你听着！我没有勾引你家周郎！我不会嫁给他的！请你给我滚出去！"

小红勃然大怒，眼一瞪，喝道："大胆！一介平民敢对本小姐如此放肆！来人！给我拖出去重打！"

两个披甲挂刀的武士冲了上来，一人一边站在小乔身边将小乔的胳膊往上一提，就要往外拖。小乔疼得眼泪迸溅，惨叫一声："哎哟！"

"慢着！"蒋干在一旁急忙对两武士喝道："快快把人放了！"但两武士面无表情，没有理他。

蒋干对他们眼一瞪，喝道："大胆！竟不听本官号令！"两个武士在军中见过蒋干，又见他发了怒，犹豫了一下，站住了，但仍架着小乔。蒋干又紧张地对小红道："小红姑娘！万万不可造次！大乔已和主公定亲！小乔就是主公的姨妹了！此事若闹大了，姑娘会吃不了兜着走的！"

"你是谁？"小红上下打量蒋干。

"小姐！这是蒋干蒋子敬先生！是周将军的同窗好友！现为庐江郡郡丞！"草儿也怕事情闹大了，赶紧道。又上前拉一拉小红的衣襟道："小姐！千万不要动手！见好就收罢了！"

红儿愣了一下，跟着蛮横地、满不在乎地对蒋干冷笑道："哼！你就知道主公定会娶这个大乔？我回江东后在吴太夫人面前说几句，主公还会娶她？"

"你们快放了我的女儿！"乔夫人眼泪汪汪地扑了上来，后面两个武士拉住了她的胳膊，她挣扎着，仍然不停地喊。

"你们放开我！强盗！"小乔也含泪挣扎。

小红看着她冷笑一声，得意地将头昂起，目光朝天空看去，好像故意在小乔面前摆神气，更是故意要羞辱小乔、奚落小乔，要延长小乔在众人面前被两个武士架着时的狼狈、痛苦的模样！

"周瑜竟会看上你这种德行的女人，由此看周瑜也好不到哪里去！本小姐看不上你的周瑜！呸！"小乔被两个武士架着胳膊，仍倔强地含泪骂道。

"蒋大人！你身为庐江郡郡丞，有人私闯我家府宅滋事，你竟然不管！还有没有王法！"乔夫人冲蒋干哭喊着。

"是啊！蒋大人！你快救救我妹妹！"大乔也含泪央求蒋干。

蒋干脸色苍白，额上汗水纵横，两手微微颤抖，他焦急又严厉地对小红道："小红姑娘！不要胡闹了！快放人回去！如果主公和周郎知道你大闹乔家，一定会大发雷霆的！就算主公、周郎和乔家没有姻缘，你带着士兵擅闯民宅一条罪就够斩首的了！你应该知道孙将军执法严峻的！"

草儿似也意识到了事情的严重性，紧张地对小红道："小姐！蒋大人说得对！我们赶快走吧！这些军士都是李柱子手下的！事情闹大了，李柱子就死定了！孙将军军法很严的！"她的声音有些发颤。

"哼！我才不怕！"小红满不在乎地瞪了蒋干和草儿一眼，然后悻悻地对小乔道："今天是警告你！以后你要再勾引周郎，本小姐就带人烧了你的家！走！"

说完，她气冲冲转身离去。

押着乔夫人和小乔的几个武士松开她们，跟在小红身后离去了。

小乔的胳膊被两武士拧得生疼，待武士一松开，她"哎哟"一声，就瘫倒在地，乔夫人一把扑上来，搂着她边抚摸边眼泪汪汪地哭喊道："哎哟！我的儿啊！你受苦了！这个女人好厉害！就是刘勋、刘偕在庐江时，也没有人敢来我家如此妄为！我一定要找孙郎告他！"

大乔也上前抚着小乔的胳膊含泪劝慰。

蒋干上前对乔夫人劝道："算了！乔夫人！此事到此为止算了！要是孙将军知道了这事，肯定会怪罪周郎！而周郎也不会轻易放过小红和那众多军士！此外，本官正在此处，也有纵容之罪！还望太夫人和二位姑娘息怒并包涵！"

乔夫人怒气冲冲道："不行！我一定要告她！没有王法了不成！再说，我女儿马上就成了江东第一夫人！怎受得了这口气！"

大乔也含泪道："欺人太甚了！下回遇见孙将军，我定告诉将军！"

小乔含泪不语，倔强地站了起来，摇头道："母亲！算了！不要和那种女人计较！再说，若不是她告诉我真相，女儿怕还被周郎骗着呢！"此刻，周郎已有未婚妻的事实给她带来的伤痛与悲哀远甚于方才受欺凌的屈辱。

"妹妹！你这是何意？莫非你要把周郎拱手让给她不成？"大乔道。

小乔脸上挂着泪痕，嘴角挂着倔强和愤怒，冷笑道："不是我拱手相让！是我不中意周郎！"

说完，她推开乔夫人，倔强地朝屋里走去。

蒋干看着她的背影，脸上露出一丝惶恐与无奈，他觉得自己也不便待在此处了，就匆匆向乔夫人与大乔告辞，离了乔府。

二十四　遭冷遇周郎垂泪，做人质二乔遇劫

这日，孙策召集众将议事，拟与周瑜三天后领兵攻打驻在沂县的刘勋，留吕范、程普镇守皖城。议毕，各部回去准备粮草器械。孙策唤周瑜留下，问起与小乔事如何，周瑜笑称已有八成胜算。孙策笑道："恭喜了！公瑾何不一鼓作气，乘胜追击，在出征前定下此事？"

周瑜笑道："不急！改日再请吕范先生走一趟便可定下来！"

孙策笑道："此前我俩再去走走如何？"

周瑜知他思念大乔，要借机去探望大乔，就一本正经道："你已与大乔定了亲，只需再托人去议个良辰吉日迎娶就行了，岂可频频见面？"

孙策道："呵呵！莫非男女之间不可约会，只要见一面便成亲，岂不太草率乏味？"

周瑜逗他道："规矩便是如此，岂可违背？谁要主公如此匆忙便定下了亲？"

孙策知他在逗自己，猛地伸出手，伸进周瑜胳肢窝，搔他的痒道："吃不到葡萄便说葡萄酸！竟敢戏弄孤！"

周瑜忍不住笑了，反过手来搔他，两人就在大厅里当着内侍的面嬉闹起来。一边的侍卫禁不住窃笑了。两人似觉不妥，赶紧住了手。孙策使劲擂了周瑜一拳，两人哈哈大笑开来。

当下，周瑜和孙策各自回府换上儒服，扎起冠巾，带上方夏、李柱子，一起骑马往乔家去了。

到了乔家后花园院墙下，两人将马交与方夏、李柱子，腾身上了院墙，趴在院墙上往里看。只见院墙里面，小乔正抹着眼泪，大乔在一旁安慰着她，忽然，小乔一头埋在大乔肩上，呜地哭出声来。

孙策和周瑜在墙上愣住了。周瑜的眉头皱了起来，他看了看孙策，孙策会意地一点头，然后，两人手一撑，越过院墙，纵身跃了过去，轻轻落地。

两人进了院内，径直走到她们面前，孙策拱手施礼笑道："大乔姑娘！冒昧造访，

请多多包涵！"

大乔吓了一跳，抬头一见是他，脸倏地红了，既惊又喜，笑道："将军喜欢以这样的方式造访吗？"

孙策有些窘迫，仍笑道："请姑娘包涵！只是偶尔为之！这样可免去诸多礼节的烦琐！"

小乔抬头看见周瑜，脸色陡变，泪光莹莹的眼中射出两道愤怒的光芒，然后坚决地扭过脸去，不理他。

周瑜一愣，仍上前微笑着对小乔作揖施礼道："小乔姑娘！又见面了！"

小乔猛地转过脸来，怒道："你们三番五次翻过我家院墙是何道理？要不要我找皖城尉来捉拿你们！"

周瑜笑道："小乔姑娘！我等只是兴之所至而已！如姑娘不喜欢，我们且出去，再从大门进来！"

小乔杏眼圆睁："你少和我油嘴滑舌！滚出去！"

孙策、周瑜愕然。

周瑜想了想，问道："小乔姑娘！发生什么事情了？"

见小乔不理，就故作轻松地笑一笑，眨眨眼对孙策道："主公！小乔姑娘今日心情不适，故不欢迎我俩翻墙而入！我们且出去再从大门进来好了！"

孙策欣然道："好啊！"

小乔抬头对孙策道："孙将军！我家随时都欢迎你来！但周某不可以来！我不要他再踏进我家半步！"

周瑜愣住了，愕然地、难堪地站在那里，窘迫道："小乔姑娘！这是为何？"

孙策也愣住了，问："是啊！小乔姑娘！为何对周郎如此？"

大乔拉一拉小乔的胳膊，小声道："妹妹！不要这样！"跟着转脸对孙策、周瑜笑道："孙将军、周将军！没事的！你们请亭上坐吧！"

又对丫鬟娟儿道："快给二位将军上茶！不要让太夫人知道了！"

娟儿应道："是！"就往屋里走去了。

"莫非小乔姑娘尚对城隍庙前的事耿耿于怀？此事我已对小乔姑娘说明了！天日昭昭，可鉴我周某的坦荡！"周瑜走近小乔，诚恳道。

"滚出去！"小乔瞪着他含泪怒吼道，又转过脸去。这一刹那，周瑜看见了她的脸因为愤怒而扭曲了。

周瑜方才春风得意的表情荡然无存了，玉树临风的身材顿时像矮了半截，俊美的脸变得惨白，嘴唇轻轻嚅动着，身子也禁不住颤动了。眼里含着一缕屈辱，呆呆地看着小乔，一时不知说什么好。

"小乔姑娘！有话好说，何必动怒？不知周将军哪里惹小乔姑娘生气了？"孙策赶紧劝小乔道。

"他没有惹我！是我讨厌他！我不喜欢这个人！请他出去！他不走！我走！"小乔说完扭头就往屋里走。

大乔赶紧拉住她："妹妹！不要这样！"

小乔甩开她，径直走了。

周瑜眼里涌出屈辱难堪的泪水。

大乔着急地劝周瑜道："周将军！请不要和她计较！她就爱使性子！爱撒娇！"

孙策过来拍拍周瑜的肩："公瑾！待我去训一训这个丫头！"

周瑜拉住他，咬一咬嘴唇，惨然地但竭力若无其事地对他和大乔笑道："或有些误会！即便是小乔姑娘真不理我！也由她自主！强扭的瓜是不甜的！"

又拱手对孙策道："主公！周瑜先告辞了！"

说完，他转身朝院墙处走去。

孙策在后面喊："公瑾！"

周瑜不理他，含着泪，直往前走，走到院墙边，他猛地朝前跑两步，双脚往院墙上一蹭，在墙壁上连走两步，双手往墙上一撑，身子越过院墙，消失了。

"大乔姑娘！告诉我，小乔与周郎究竟是怎么回事？"周瑜走后，孙策严肃地问大乔。

大乔便将小红带人大闹乔家的事说了出来。

孙策听完，棱角分明的英俊的脸庞变得铁青而阴沉，浓眉紧皱，双拳拧紧，骨关节不自觉发出嘎吱的声响。炯炯有神的眼睛很吓人地瞪着前方。

"岂有此理！小红只是周郎堂妹！她喜欢周郎，仅是落花有意，流水无情而已，何来定亲一说！"孙策恨恨道。

"原来是这样！"大乔有些害怕地望着他。跟着温存又小心道："要真是这样自然好！我去劝劝小乔！"

"嗯！"孙策点点头，又咬牙道："这个小红太嚣张了！还有那些侍卫！竟敢如此！"

"不要责罚小红姑娘和那些士兵！小红姑娘只是爱之切而已！"大乔柔声劝道。

孙策看着她，脸上的愤怒似乎被她温柔如水、楚楚动人还有几分胆怯的目光融化掉了。他启齿一笑，怜爱地搂着她的肩膀，温存道："孤会处置好的！你放心好了！"

大乔温柔脉脉地含羞地瞥了他一眼。

孙策情不自禁地将她拥入怀里，强壮有力的臂膊搂紧了她。两人陶醉地拥在了一处。

夜。周瑜独坐在书房里弹琴。

琴声抑郁。烛光在琴声中迷离而摇晃。

周瑜表情深沉而感伤。按键的手指沉重而凝滞。

小红出现在书房门口。她打量了周瑜一会，眼珠转动了一下，款款走了过来。

"哥！该休息了啦！"小红脸上挂起妖媚的笑。

周瑜没有理她，好像没有听见一样。

小红坐到他身边，用手推一推他的肩膀噘嘴撒娇道："哥！因为小妹我住在这里便不高兴吗？"

周瑜手指搁在琴弦上不动了。琴声带着余音消失了。

"红儿！我没什么事！你早些休息吧！"周瑜平静道。

"不！人家要陪你啦！"小红撒娇道。烛光映照着她娇嫩又妖媚的布满红晕的脸。

"我说了，你去休息！"周瑜不快道。

草儿忽然有些惊慌地闯了进来，喊："周将军！主公来了！"

周瑜纳闷地看了她一眼，不解她为何惊慌，道："快请！"

话音未落，孙策已大步走进书房。

周瑜愣住了。只见门外立着几个全身披挂的武士。孙策铁青的脸上笼罩着怒气，愤怒的目光在小红和草儿身上扫视着。周瑜很熟悉这种目光。这是沙场斗将被激怒后要与敌将斗阵时的目光，是领千军万马攻城略地不达目的决不罢休的目光，是带着杀气的目光。他转眼朝小红和草儿望去，只见小红发慌地不自在地避开孙策的目光，而草儿则紧张又惶恐地双手侍立着，像做错了什么事等候发落一样。

"主公深夜光临，有要紧事吗？"周瑜诧异地问。

"你们两人干的好事！"孙策没有理睬周瑜，脸色冷峻，怒斥小红和草儿道。

"孙将军！您说什么啊！"小红假装不明所以地问。

草儿慌忙跪下道："孙将军！不关小姐的事！都是奴婢的主意！"

"说！将此事禀报给周将军！"孙策喝道。

草儿不敢违令，跪在地上一五一十地将大闹乔家的事对周瑜和盘托出。

草儿说完了，孙策恨铁不成钢地道："你自小就在孤府上长大，也懂得些家规国法，怎可以如此胆大妄为？明知大乔乃是孤的未婚妻，小乔乃是周将军意中人，也是孤的妻妹，竟带侍卫擅闯乔府，大闹乔府，辱骂小乔姑娘！不要说闯入乔家，便是闯入寻常百姓家，如此也是死罪！"说完，他脸色凛然一变，喊："来人，拉出去斩首！"

门外两个武士大步走了进来。

草儿跪在地上磕头不已，泪如雨下："主公！奴婢错了！奴婢只是想帮小姐一把！"

小红也"扑通"跪下哭道："孙将军！请饶了草儿！都是奴女所使，若不是为了奴女，她断不敢如此！"

周瑜听了草儿所说，心里竟有了几分激动与惊喜！原来是小红从中捣鬼！如果对小乔说明了这一切，小乔岂不就释然了？他还用得着如此郁闷感伤？因为惊喜，他对小红与草儿所犯的过失竟有些不以为然了，至少不像孙策那样勃然大怒。他摇摇头，叹了口气，对小红道："红儿！你这是何苦来着！你知不知道你这是犯下死罪！"

小红跪在地上号啕大哭道："哥啊！小妹错了！小妹只是喜欢你才这样做的！呜！呜！哥，你不要吓我啊！妈啊！爹啊！哥要杀我啊！"她无助地喊叫起来。

草儿含泪长跪在地道："孙将军！周将军！草儿知错了！草儿服罪！"

然后她对孙策磕了一个头道："草儿只求孙将军一件事！"

孙策板着脸："讲！"

草儿含泪道："李柱子并不愿违军纪，只是受了奴婢逼迫才告诉奴婢关于小乔姑娘和周将军定亲之事，又受奴婢逼迫才派了几个军士随奴婢前往乔府。求孙将军不要怪罪李柱子和那几个军士，奴婢九泉之下跪谢孙将军了！"

孙策板着脸道："那几个军士，为首的两个已被斩首！李柱子也令打二百军棍，剥去军职，赶回江东，不需你操心！"

草儿泪流满面："是奴婢害了他们！"

"拖出去斩首！"孙策道。

两个武士拎起草儿往外拖。

小红爬到孙策脚下伏地请求："孙将军！求你放了草儿！都是小女子的错！"

周瑜对二武士喊："慢！"

两个武士站着不动了。

周瑜面向孙策，拜倒在地，对孙策恳切道："主公！两人所犯事皆与公瑾相关！公瑾愿为两人说情！草儿只是一个婢女，并不知军法，又是太夫人的贴身丫鬟，且将与李柱子结成百年之好，请主公暂且饶她一命！至于红儿，罪责难逃，但因是叔父和母亲所托，此前又对周瑜有借兵之恩，也请主公看在周瑜分上饶了她！如有再犯，数罪并罚！"

"公瑾所说的我又如何不知？看在公瑾面上和昔日助公瑾借兵的分上，红儿就免了！但草儿却饶不了！"孙策恨恨道。

"若无红儿威逼，草儿岂敢如此？请主公一同免了死罪？"周瑜道。

孙策看了看周瑜，又看了看草儿，恨恨道："好吧！看在公瑾情面上，孤且饶了你！死罪饶了，活罪难免！拖出去打五十大板！明日赶回江东！"

草儿含泪拜道："谢主公！"

两个军士即刻将她拖了出去。不一会儿，院中传来草儿被打板子的哀叫声。

周瑜起身，板着脸对小红道："你明日也和草儿一同回去吧！先退下去！"

小红抽抽泣泣又拜了孙策，赶紧退下。

然后，孙策又劝慰了周瑜一会儿，说了些小乔只是误会等体己的话，就告辞了。

孙策走后，周瑜激动地走到窗边，推开窗子，朝夜空望去。此时已近中秋，窗外皓月当空，圆而丰满，金黄灿然，亲切柔和，如女人妩媚的微笑。华光四射，给屋宅和树影披上柔美轻纱。一缕缕带着凉意的秋风掠过高墙，拂过树枝，奏出轻柔的乐章，拂上周瑜脸面，让他有沁入心脾之感。

他猛然转身，大声唤来方夏。

"方夏！随我去乔府！"周瑜命令道。眉宇间洋溢着兴奋。

"大人！这么晚还要去？"方夏小心道。

"无妨！我只是要在她家后花园院墙处转转！"周瑜笑道。

方夏："是！"说完去前院备马。

周瑜整了整衣衫，走出厅堂，站在前院，等方夏牵马过来。忽然，小红冲出来，倚着门含泪喊："哥！"

周瑜回头见是她，板着脸道："你又要怎样！"

"哥！我明日就要走了！你陪我到后花园说会儿话！"小红眼角又渗出泪水。

周瑜想想，拍拍方夏牵来的"白雪飞"，对方夏道："算了！"

然后，随小红穿过厅堂，直往后花园去。

后花园里，丹桂飘香，秋菊吐蕊，夜凉如水。皓月当空，华光四射。秋夜景色，分外美妙，但两人都无心欣赏，只闷闷坐在亭子间的石椅上。

小红未语先哭："哥！那个叫小乔的女子真的就胜过小妹？竟让你如此待她？"

周瑜轻轻叹口气，抬头望着夜空金黄色的明月，沉吟一刻，缓缓道："凡事自有天注定！我爱小乔，实是上天安排！要不，为何安排我两人少时相遇，今又相逢？为何又偏偏她也是两姐妹？应了我与孙郎娶两姐妹的戏言！为何自那回在街上见到她，便让我怦然心动？或许就是那一刻，月老牵的红线便拴住了周郎的心！又或许，还在我少时，在往历阳的路上，月老便定好了这份姻缘！"

小红歇斯底里打断了他："够了！不要说了！呜……"她脸蛋扭曲了，浑身颤抖着。

周瑜看了看她的脸色，愧疚地抚着她的肩，温存道："小红！你是个好姑娘，但姻缘是上天安排好的！哥哥今日伤了你的心，日后，一定赔罪补偿！"

"走开！我不想听你说了！呜——"小红猛地推开他，放声大哭，然后，起身往屋里跑，跑了两步回头喊："我要回去！去你的天注定！去你的小乔！我不想再见你！"

周瑜伤感地看着她的背影，默然无语。

在亭子后面一棵桂花树下，刚挨过板子，尚未回房，仍在院中盘桓的草儿正站在一棵大树后，一手抚着挨过打的臀部，一手抚着树干，默默地看着这一幕，两行泪水悄然流下。

第二日，朝霞如火，秋高气爽。一乘豪华的青色伞盖的马车直奔乔家。数百刀戟铿锵的武士跟在后面。马车里，端坐着身着黄色官服、头戴紫金冠的孙策和峨冠博带、风姿飘逸的周瑜。周瑜想了一夜，决定今日亲自来乔府求婚。孙策也称好，并陪他前来求婚。

到了乔府门口，跟着马车的李通下马上前叩门，却无人应。李通便推开门，脸色顿变，叫声"不好！"赶紧拔出刀，撞开大门冲了进去。后面的侍卫跟着拥入。门一撞开，周瑜和孙策就隐隐闻到一股血腥味。两人赶紧下了马车。不一会儿，李通冲了出来，焦急地禀道："禀孙将军、周将军！大、小乔被人劫去了！"

孙策、周瑜如闻霹雳，脸色骤变，赶紧往乔府走去。只见堂屋大厅里横着一具家奴尸体。刚被军士解开了绑绳的乔玄夫妇坐在椅上一个在抹泪，一个号啕大哭。婢女娟儿和另两个婢女被砍倒昏死在屋里。地上满是鲜血。见孙策、周瑜进来，乔夫人"哇"地扑上来，跪倒在地，抱着孙策的腿哭喊道："将军！请救我女儿！一定要把我女儿救出来啊！"

乔玄含泪告诉他们：昨夜三更，刘偕带人化装闯进乔家，砍倒几个婢女并家奴，抢走了大乔、小乔！

周瑜眼睛湿润了，懊悔不已地猛一顿足，叹道："昨夜我正要来此处的！如果来了，岂会出这种事？"说完，泪水流出。

孙策的眼眶也湿润了，他恨恨道："可恶的东西！要是大小乔有个三长两短，我必诛灭刘家九族！"

此时，负责城防的太史慈纵马奔来禀报说昨夜城墙西南段两个巡哨的军士被人砍死在城墙上，城墙上有人攀爬的痕迹，估计是刘勋派人进城了。

"他们必定是抓了大小乔做人质，要挟我们！事不宜迟！我们即刻进军罢了！"周瑜果断道。

"是啊！主公！我部粮草早已准备好了！这些天刀枪都生锈了！"太史慈也道。

"好！即刻起兵，攻打沂县！"孙策咬牙切齿大声道。

两人又安慰了一下乔玄夫妇。躺在地上的三个婢女，娟儿肚皮被捅破，但一息尚存，另两个已经死去。孙策、周瑜令人唤医官包扎救治。然后，两人赶回府中，召集众将领，商议即刻攻打刘勋事宜。

翌日，大军从西城门出发，直奔西边一百里外的沂县。共一万五千人马，以太史慈为先锋。程普领军守皖城。

当大军出发时，吕范领红儿一行也上了往江东的船。吕范奉孙策之令前往江东去取刘勋妻儿，以便到时交换大小乔。小红、草儿、李柱子被逐回江东，随船同行。李柱子被免去军职，回去继续在孙府做家奴总管。周瑜令他回去后即刻与草儿完婚，他含泪答应了。赢得了草儿，对他而言，胜过一切。只是，眼见得大军出发，往沂县征战，而他再没有机会沙场建功立业了，颇有些感伤。

孙策、周瑜领大军当日赶到沂县，直逼沂县城下。此时，刘勋已在城上严阵以待。

刘勋被孙策打出皖城后，逃到沂县，一面加固沂县城墙，一面派人找江夏太守黄祖求救。黄祖即派其骁勇善战的儿子黄射领五千精兵前往沂县来助刘勋。黄射的人马到了后，刘勋胆子大了，虽然被赶出皖城，但也渐收拢了一万多人，加上黄射的兵和在沂县招募的人马，也有二万，足可以与孙策、周瑜一战。他派人往皖城打探，得知孙策、周瑜暂无心西进，正忙于定各县，也忙着向大小乔求婚。他想自己妻儿均为孙策所获，如拿了大、小乔，既可做人质换自己妻儿，也可以此要挟孙策退兵，于是就令刘偕将大小乔劫来。刘偕当即领十多个有武力的军士化装成客商趁夜爬上城墙，砍倒巡哨的江东军军士，潜入乔家，绑了乔玄夫妇，将大小乔绑起，堵上嘴，用麻布袋扛出城外，劫到沂县。刘勋令人将大小乔关在自己府衙后院的一间房里，派人看守。现在，他得知孙策、周瑜领兵来攻城，便令所有军士上城严守。他相信，凭沂县的高城，凭黄射高强的武艺和所带来的黄祖的久经沙场的老兵，孙策、周瑜很难破城。

江东军兵临城下，孙策用枪指着城上的刘勋喊道："刘勋！速交出大乔小乔，我保你安全！你妻小也一并归还你！否则，我杀你个片甲不留！"

刘勋也骂道："孙策竖子！你快快还了我的庐江，滚回江东！否则，本官要大乔小乔与你陪葬！"

孙策大怒："攻城！"

一时，战鼓擂响，呐喊声声。江东军扛着云梯，奋力攻城。箭矢如雨，滚石横飞。

攻了一刻，孙策、周瑜见城防果然坚固，一时难以攻下，不忍江东子弟多有伤亡，便令停止攻打，在离城二里处就地扎寨。

二十五 妙计施展珍灭刘勋，精诚所至抱得美人

第二日，孙策、周瑜领大军又去攻城，大军到了城下，只见刘勋在刘偕、黄射的陪同下，立在城墙上。刘勋手指孙策，口中喊："孙郎、周郎！我让你们看看大乔、小乔！"说完，一挥手，几个武士从后面将大乔、小乔押着推上前来。大乔看见了城下面的江东军，还有孙策，泪流满面，泣道："孙将军！周将军！"

小乔也泪流满面地看着下面，喊道："孙将军！"

"大乔！"孙策含泪喊道。

"小乔！"周瑜也含泪喊道。

"刘偕！你要碰大小乔一根毫毛，孤誓灭你九族！"孙策对城头上的刘勋怒喝。

"刘勋！有道是祸不及妇孺！你我交兵，竟以女子为人质，算何本事？你且放了她两人，我们也归还你的妻儿，再约时间交战，如何？"周瑜也喊。

刘勋冷笑："我妻子儿女早被你等送往江东了！你等抓了我妻子，我抓你俩人未婚之妇，也算公平！"

周瑜道："你妻女确已被送往江东！这正是孙将军不许部下加害之意！昨日，孙将军已令吕范回江东去取你妻儿了！我等愿以你妻女交换大乔、小乔！"

刘勋冷笑道："远水不解近渴！待你取来，已不知何年何月了！"

周瑜道："只三五日便到！"

刘勋冷笑："我刘某江山都被你等夺去了，还在乎什么妻子儿女？自与你俩结怨后，刘某便知不是你死便是我活！你二人若真要领回这两女子，就把庐江还给我，滚回江东去！"

旁边的孙策怒目圆睁，对周瑜道："只怕谈不拢了！战场上了结吧！"

周瑜道："可！我亲自去擂鼓助威！"

孙策于是举起铁枪，往上一挥，大喝一声："攻城！"

战鼓擂了起来，江东军士兵们呐喊着扛着云梯往城下冲去。

城上刘家军将滚木、礌石还有箭矢雨一样倾泻下来，大多江东军还未跑到壕

沟前，便中箭倒地。孙权蓄养的勇士潘璋首次随孙权从军，欲要建功，一手挽盾，一手提刀，奔跑过去，飞跃过壕堑，还没到城下，便被箭射倒在沟中。幸得孙权令人冒死抢了回来。勇将周泰、董袭身先士卒，领军冲杀，也中箭落马，被部下抢回。孙策的年仅18岁的侍卫吕蒙身披重铠，手挽盾牌，领十多名壮士扛着一架云梯，好不容易匍匐腾挪至壕坑之下，却被乱箭困在壕沟里无法爬出来。太史慈领众弓箭手箭无虚发，射落城上敌兵无数，但仍压不住对方箭矢，自己的弓箭手反被射倒不少。

孙策见状，大怒，对一队正扛着云梯准备冲锋的军士道："你们随我冲锋！看我飞身上城杀散众军后便攀缘而上！"

说完，挺枪纵马飞出阵去。太史慈、陈武、韩当、黄盖等人见状，也纵马大吼着冲出阵去。

周瑜正在后面亲自擂鼓助战，一见前面孙策冲了出去，大惊失色，扔了鼓槌，赶紧跨上马，嘴里喊道："不可！"追了上去。

孙策一马当先直奔城下，快冲到壕沟处时，城上的刘勋看得亲切，恶狠狠地一挥手喊："放！"

城墙垛下立刻站起一排埋伏好的弓弩手，举弓一起往下射去。

一时，万箭齐放，直飞向孙策。身后的太史慈等众将见状大惊，赶紧喊："主公！后退！"

话音未落，密集如云的箭已朝孙策扑来，孙策挥枪拨开一排箭，但箭既多且猛，根本就拨不尽，几支箭同时射在他的马上，他的马"扑通"一声跌翻在地，将他颠下马来。他一滚落下马，一排箭就往他身上飞过来。他"哎哟"叫了一声，就再未起来。手中的铁枪落在地上。

周瑜在身后看见这一幕，惊呼道："伯符！"然后，对身后大喊："盾牌手！弓箭手！快上！"

城头上，一直被押在刘勋身边做挡箭牌的大乔、小乔在城楼上见此情景，泪如泉涌，含泪喊："孙将军！"小乔看见周瑜也跟着冲了上来，心悬在嗓子眼上，含泪呻吟道："周郎！小心啊！"

周瑜自然听不见小乔的呻吟声，他纵马冲到孙策前面，将"白雪飞"的颈脖一按，"白雪飞"立时趴了下来，正挡在孙策前面，周瑜一面用剑拨开朝孙策和自己飞来的箭，一面喊盾牌手上来。同时冲到孙策面前的太史慈、陈武等人的战马也中了箭，他们跳下马，护在孙策身边，一面用兵器拨着飞来的箭，一面大喊盾牌手。

城头上，刘勋、刘偕一齐喊："给我射！射死孙郎、周郎有赏！"于是，箭如蝗虫一般朝他们飞过来。

后面的江东军的盾牌手举着盾牌冲了上来，里三层、外三层、高低二层用盾牌护住孙策、周瑜、太史慈等人。李通和方夏等侍卫也奔上来，拿着盾牌挡在了周瑜、孙策前面。与此同时，被压在壕沟里的吕蒙等人趁机冲出壕沟，奔到孙策、周瑜身边，举着盾牌护住孙策及周瑜、太史慈等将。江东军的一排弓箭手也冲上前，在盾牌手的掩护下，举起弓箭朝城上放箭。城墙上，一排刘家军弓箭手被射中，栽了下来。太史慈抓起一个倒在地上的弓箭手的弓箭，连连开弓，射倒城上十多名弓箭手。其余的弓箭手不敢再露头了，周瑜趁机指挥众人抬着孙策退了下来。攻城的江东军见主帅退下，也就潮水般退了回来。

退到阵上，周瑜见孙策已经昏迷不醒，便令撤军。他恨恨地看着城墙上喊："刘勋！我周瑜不会放过你！"又对大小乔喊："大乔姑娘、小乔姑娘！我会救你们的！你们忍一忍！"

城墙上，刘勋、刘偕、黄射得意地哈哈大笑开来。刘偕喊道："江东小儿！这回尝到你大爷的厉害了吧！"

大小乔含泪看着撤走的江东军，以及被侍卫抬走的孙策，心如刀绞，一齐难受地哭了。大乔哭泣道："孙郎！"身子晃了晃就要晕倒，小乔喊一声"姐姐！"赶紧挣开身后的武士，用力扶住了大乔。

回到大营后，周瑜令人清点了一下伤亡人数，合计阵亡士兵三百余人，中箭带伤者上千人。周泰、董袭等多名将领带伤。孙策的战马被射死。周瑜的"白雪飞"也受了重伤。孙策因披了重铠，虽中了十数箭，但均未伤及骨肉，只大腿和后股中了两箭，血染征袍，回营不久便醒来了。医官称箭头有毒，剜出箭头，又用刀挖出周围的肉，上了金疮药，包扎好了，称只需歇息几天就好了。周瑜等众将就放心了，慰问了一阵，嘱他安心歇息，就退下。周瑜自在寨中调度军马、安排宿营、抚慰伤卒、探视受伤将领，又多设岗哨，以防偷袭。

入夜，周瑜忽然想了一条计策，赶紧赶往孙策帐中，只见孙策精神已经好多了，刚由侍从服侍着喝了一些牛肉汁，正躺在床上为今日中箭的事愤愤然。见周瑜进来，孙策恨恨道："这刘勋实在可恶！明日一早，我带兵继续攻城！要他们知道我孙郎并没有中箭！"

周瑜笑道："今日主公中箭，正是好事！塞翁失马，焉知是祸？"

孙策看了看他，眼睛一亮，笑道："哈哈！公瑾定又有了主意了！"

周瑜笑了笑，倾一倾身子，附在孙策耳边道："刘勋使出此计，用意是要让我军失去主帅从而趁势掩杀我军，我等何不将计就计，诈称主公箭伤发作而亡？他们必来追杀我军，就正中我军的埋伏！"

"妙计！只是，孙郎已亡，尚有周郎，我看他们未必敢劫营！"孙策道。

"无妨！周瑜明日诈称为主公报仇，领兵攻城，然后也诈死，不就成了？"周瑜胸有成竹道。

"好一条苦肉计！公瑾！你真是足智多谋！"孙策高兴地擂了周瑜一拳。

"这都是主公中箭换来的计谋！"周瑜笑道。两人哈哈大笑开来了。

当晚，孙策大营里传出一阵阵凄厉的哭喊声。白幡林立，迎风凄凉地飘展。大小军士个个戴孝，全都愁眉不展。众将领哭天号地、涕泗横飞。悲哀的鼓角在原野上回荡，传诸久远。在孙策大帐外，一群僧人口中念念有词在做着道场。香炉里香烟缭绕，纸钱飞扬。整个军营笼罩着一片肃穆悲哀景象。火把照亮守护着大帐的戴着孝的军士们悲伤迷离的面庞。当夜，几个原在皖城俘获的原刘勋的军士从孙策营中投奔刘勋，告诉刘勋说江东军主帅孙策伤重死去，周瑜正在为他发丧。

第二天，周瑜带领大军再次兵临沂县城下。因为时间紧迫，只有部分将领及军士挂了孝，其余士兵多以白布条系在额头上权作戴孝。刘勋、刘偕、黄射在城头上严阵以待。周瑜故意令几个原刘家军的军士投奔刘勋，告诉孙策的死讯。刘勋对此深信不疑，因为他们多亲眼看见孙策连中数箭。这箭都涂了毒药的。遗留在阵地上的江东军的中箭的士兵的尸体都发绿了，可见毒性是很大的，孙策未必扛得过去。但他们不急于夜劫江东军营，因周瑜还在。他们知道周瑜会来复仇的。果然，城墙下，周瑜领军来复仇了，他们心里欣喜若狂。

"刘勋！你杀我主公！我誓要取你首级祭我主公！"江东军中，周瑜身裹薄铠、外罩素袍，立在马上大喊道。这马不是"白雪飞"，而是从军中随便取的一匹马。受了重伤的"白雪飞"正在营中疗伤。

城头上，刘勋哈哈大笑道："周郎！只怕你今日也要去见你主公去了！"

周瑜大怒，圆睁双眼，挥枪高呼："众将士！捉拿刘勋，为主公报仇！就在今日！"

说完，一马当先，直奔城墙下。

太史慈、吕蒙紧随其后。

李通和方夏领着卫队也跟在后面。

城墙上，刘勋大喝道："放箭！"

乱箭从城上直向城下飞来。

周瑜挥枪拨开乱箭。

太史慈也挥枪拨箭。吕蒙一手提刀，一手举起盾牌挡住箭。

城墙上，黄祖之子黄射张开弓瞄准周瑜一箭射去。

箭如流星，直飞向周瑜胸口。

周瑜"哎哟"大叫一声，往后一翻倒栽在马下。

箭插在他的胸肋上。

太史慈在身后大喊："周将军！"

纵马上前，挥枪拨开乱箭。

吕蒙也赶紧上前，按下战马，用盾牌为周瑜遮住飞来的箭。

一群盾牌手迅速冲上前架起盾牌。

李通、方夏赶紧上前抬起周瑜往回撤。

沂县城门大开，黄射领军冲了出来，直扑向周瑜，边冲边喊："周郎已被我射死！快给我杀尽江东军！"

太史慈挺枪上前敌住黄射。吕蒙也领江东军上前迎战。两军混战在一处。

太史慈与黄射等厮杀一阵，见周瑜已撤出战场，就举枪在黄射脸上虚晃一下，趁黄射一闪之际，收了枪拨马回跑。

吕蒙也领着江东军往回撤。

黄射因随他杀出来的人少，也不敢追击，一面大骂着江东军，一面欢呼着回城。

回到营地，众将将周瑜抬进大帐。军中医官赶了过来。一直假装昏迷的周瑜"醒"了过来，令医官、太史慈及孙权留下，其余人全部出去。众将一出去，跛着腿的孙策被一个内侍搀扶着从内帐走了出来。

"公瑾！如何？"孙策走到周瑜床边笑问。

周瑜从胳肢窝里取出箭，笑道："差一点便要了我的命！"

238

"哈哈哈！公瑾若有闪失，损失就大了！"孙策擂了他一拳，笑道。

周瑜笑道："既是苦肉计，总得担些风险！所幸那一箭往心口射的，若往颈上射，我就没法作假了！"

他转脸对医官道："等会你二人向众将宣称我不治身亡！"又对孙权和太史慈道："我与伯符已诈死，外间事暂由你二人做主！黄昏时派一心腹军士假意投奔刘勋，告诉刘勋说明日全军将抬着我和主公棺木回皖城治丧！"

孙权和太史慈应诺了，领着医官一同出去，宣布周瑜的死讯。

夜晚，沂县城内，刘勋府中关押大小乔的房间门口，两个守门军士议论起孙郎、周郎的死讯。大乔、小乔听见了，都一起趴到窗子边喊："请问军爷！你们说什么？周郎……也不在了？"

"是啊！城内城外都知道了！"一个军士惋惜道，"是投过来的江东军说的！周郎和孙郎都是中了我军毒箭！唉！先死了孙郎，又死了周郎，这江东军一下气数就尽了！这真是天有不测风云啊！"

大乔、小乔瞪大了眼睛，泪水忽地从眼里涌出。

"周郎！"小乔忽然哭了起来，疯了似的使劲拍着门大喊："不会的！你瞎说！周郎不会死的！不会的！"

大乔含泪抱住她："妹妹！不要哭！孙郎、周郎都不会死的！一定是误传！不要哭！"大乔已在昨夜知道孙郎的死讯，一夜未眠，眼都哭肿了，仍沉浸在悲哀之中，又得知周郎死讯，更是伤痛不已，但也只好忍住悲哀，尽力来安慰小乔。

小乔转身扑进大乔怀里痛哭。

就在此时，有人推开门，刘偕得意扬扬的脸闪现在门口，两人恨恨地瞪了他一眼，搂在一处，后退到墙角。

"城外哭丧，城里也哭丧啊！料你们都知道了！孙郎、周郎都上西天了！哈哈哈！"刘偕走进来，幸灾乐祸地笑道。

大小乔不理他，转过身子，搂在一处，背对着他。

刘偕绕到二人面前，嬉皮笑脸地摸一摸小乔的脸："姑娘！不要哭！孙郎、周郎死了，还有我啊！哈哈哈！跟着本将军也不差啊！"

小乔含着眼泪，抬起头，一巴掌打在他的脸上。

刘偕摸着脸，老羞成怒道："臭丫头！你不想活了！"

"你这个卑鄙的家伙！明着打不过孙郎、周郎，就暗箭伤人！算什么本事！你还我的周郎来！"小乔泪如泉涌，哭着、喊着就往刘偕身上扑，边扑边举起小手疯了似的朝他身上乱打一气。

"你敢打老子？"刘偕恼怒地抓住小乔乱打一气的手，使劲往怀里一拉，拉到怀里，抱着便乱亲一气。

小乔尖叫一声，在他怀里拼命反抗、挣扎。发了疯似的躲着他肥厚的嘴，用双拳打他，用手推他。

大乔上前，一面焦急地喊着："妹妹！妹妹！"一面把小乔往外拉。

刘偕猛地挪出一只手一把将大乔也揽进怀里，然后紧紧搂着她俩高兴道："哈哈！两个一起来！我喜欢！我喜欢！"他的眼睛眯成一条缝，嘴里的臭气呼呼地呼了出来，额上的疤痕愈发狰狞恐怖。

大小乔合力死劲地推开他，喝道："滚开！"然后痛哭着抱成一团，同时厌恶地、恨恨地瞪着他，好像瞪着世上一头最丑陋又最凶狠的野兽。

刘偕用手抹了抹流出的口水，狰狞地笑着，又要扑上去。

一个军士忽然闯进来禀道："启禀将军！主公请你马上过去！"

"何事！"刘偕不快地喝道。

"卑职不知！主公只是请将军尽快过去！"军士道。

刘偕悻悻地看了大小乔一眼，邪笑道："两个宝贝！等着！我会再来的！"

然后转身离去。

门"哐"地关上了。

大小乔抱在一处痛哭不已。

小乔不仅伤心周郎之死，而且觉得伤害了周郎却永远无法再对周郎表达心中的歉意与温存了！先是因为调皮，禁不住对周郎冷言冷语，使些性子！后因为小红的大闹，误解了周郎，竟将周郎赶出后花园，狠狠地伤了他的心。她现在都还记得周郎噙着眼泪的惊愕的眼睛和颤抖的身子、苍白的面孔。那是一种怎样的难受啊！后来，大乔把孙策的话转告给她，说小红和周郎的事是子虚乌有的。她内心里又充满了甜蜜与喜悦。她想她误解了周郎，伤了周郎的心，过两天见了周郎，一定要对周郎主动一些、温存一些！一定不要再使小性子，不要让周郎再难受了！哪里想到，从此便再没了机会了！那天在城头上，她看见周郎领兵在城下救她。她从他的目光里看到了柔情、焦虑，看到了爱怜与慰藉，挂念与相思，全没有她想象的冷漠与怨恨。这一刹那，她的眼泪哗哗地流出来，原来，相爱的人之间是不用记仇的，也不必内疚的。那一刻，她内心里默念："周郎！如果我们再能相聚，我一定不会为难你了！一定好好做你的新娘！"但，命运竟是这样无情，今天竟传来周郎的噩耗！她还没来得及亲口对周郎解释那天发火的事啊！还没有告诉周郎她其实喜欢他，只是有一点调皮和爱使些小性子！还没有告诉他她会好好地做他的新娘的！甚至还没有好好地给他一个温清脉脉的微笑和多情的目光！这一切都再也没有机会了。周郎就这样离她而去，或许在他临死前心中还有着对她的怨恨和一丝没有得到她的爱的难受吧！这是怎样的遗憾啊！

想到这里，她扑在大乔怀里，喃喃道："姐啊！我不应该对周郎那样凶的啊！呜——"大乔眼泪汪汪，搂紧了她，泪水默默地流淌。孙郎死去，她心里的难受不比小乔少。她的眼睛已经哭肿了！昨天，小乔安慰了她半夜，今夜，当她来安慰小乔了！

刘勋把刘偕叫过去，是准备出兵攻打江东军。他得到报告，说江东军已经拔寨离去了，于是就令人去唤刘偕。结果随从禀告说刘偕到后院关押大小乔的房里找大小乔去了。他大怒，令人唤来刘偕，将刘偕痛责一番。刘偕小声辩道："原要拿这两女子换庐江！现在孙郎、周郎已死，留她们何用？正好留着我与大哥一人一个做妾！"刘勋气得脸发青，一巴掌打过来道："没出息的东西！就算是找女人，也不是现在！如此怎不会丢掉江山？就是给你一百个女人你也守不住！"然后他令刘偕和黄射各领一军，左右接应，务必追歼江东军。刘偕挨了一巴掌，捂着脸，赶紧出去，和黄射点起军马冲出城，直扑江东军营地。

到了江东军营地，只见江东军已经拔寨。地上狼藉一片，到处是扔掉的破军服、衣裳、盔甲、破麻鞋、旗幡、锣鼓。

刘偕和黄射看见这情景，得意地笑了。刘偕喊："打起火把给我追！本将军论功行赏！"

顿时一片火把燃起。数条点着火把的长龙疯了一样朝前追去。马嘶人叫，铁蹄声声，兵器铿锵。

赶了七八里地，隐隐看见了江东军大队人马在前面慢慢地行走。举着火把、穿着孝服、抬着棺木，肃穆悲哀。刘偕将枪一挥，喊："杀！"

刘家军呐喊着朝前杀去。

忽然左前方一声炮响，一片火把燃起，跟着，呐喊声起，一彪军马杀过来。与此同时，前面缓缓而行的江东军也返身杀了过来。

刘偕朝左前方杀来的那支军马仔细看过去，大吃一惊，只见领头的正是孙策。火光映照着他英俊又棱角分明的脸，还有一身的金盔金甲。

"孙郎在此！你等中计了！"孙策纵马横枪，高喊着。

刘偕、黄射惊呆了。

再看返身杀过来的那支沮丧的兵，领头的正是江东名将太史慈。他白衣白袍，挺枪跃马，直冲过来。后面跟着吕蒙、潘璋两员骁勇的小将。

冲在前面的刘家军一见孙策出现，吓得魂飞魄散。待清醒过来后，有的就地跪下投降，有的转头没命似的跑。后面的刘家军见前面的往回跑，也跟着一起往回跑，于是，追赶江东军的刘家军转过身来像破了堤的水一样朝后满地漫开去。

黄射对着这片溃退的潮水大喊："后退者斩！快给我顶住！"

但没人理他，士兵们仍潮水般往回跑。

刘偕拨转马头转身就跑，边跑边惊慌道："我们中计了，快撤回去守城！"

黄射恨恨地看了他一眼，又朝孙策那边看了一眼，也赶紧拨转马头往回跑。

江东军在后面追杀着。

沂县城墙上，刘勋正全身披挂，在城墙上等着队伍凯旋，结果听见了一片山动地摇的喧哗声从远至近奔来，也看见了一片火把之中，黑压压的败军潮水般朝城门涌来。而孙策领着江东军举着火把在后面追杀。他大吃一惊，知道中计，赶紧令人放下吊桥，打开城门。

但溃兵距城门还有一箭之地时，只听一声炮响，斜刺里一片火把点起，一阵呐喊声中，又一支江东军拦腰杀过来。火光中，只见"周"字大旗下，银盔银铠银甲的周瑜，腰悬宝剑，手执一杆铁枪，威风凛凛冲在前头，高喊："周郎在此！你们已经中计，还不快快投降！"他身后左是周泰，右是陈武，都虎目圆睁，提着长柄大砍刀，直往刘家军中杀奔过来，气势如山，如虎入羊群。

跑在溃兵前头的刘偕、黄射见了周瑜，哪里敢迎战？拼命地拍着马往城门洞跑。周瑜领军将溃兵拦腰截断。溃兵中被截住的一部分跪地投降，一部分拼命抵抗。周瑜就令陈武领一部人马会合追上来的孙策、太史慈的人马一同围歼被截住的溃兵，自己和周泰领其余人马直往城门洞追赶刘偕。城头上刘勋见此情景，脸色惨白，两股颤抖，赶紧喊："快！快关城门！"

他身边两个亲随将领一个唤张游，一个唤鞠赖，皆与他沾亲带故，赶紧一人一边架住他道："主公！来不及了！我们快跑吧！"就将刘勋扶上马，牵下楼，带一伙侍卫没命地拥着他朝远处跑去。

与此同时，刘偕、黄射领着溃兵涌进城门洞，会合着刘勋一同狂奔乱跑。周瑜随后也领军杀进了城门。孙策、太史慈解决了城外大部溃军后，也跟在周瑜后面杀进城来。

在城内，江东军沿街追杀刘偕、黄射的人马。刘勋在城内守城的刘家军早已溃不成军，纷纷跪地投降。黄射从江夏带来的兵马多是经精心训练的，也是强悍的精兵，自恃勇力，一部分在城外抵挡一阵后，悉被杀死，一部分在城内抵挡，在黄射指挥下，与江东军厮杀着。

太史慈在乱军中撞见黄射，斗了数合，黄射拨马便逃，太史慈搁下枪，取出弓箭，张弓搭箭，一箭射去，黄射翻身落马。又赶上去，割了他的首级，悬在自己马项上。

孙策在乱兵中看见刘偕，纵马追了上去，口中喊："大胆恶徒！敢欺吾妻！拿命来！"刘偕无路可逃，只好回头硬着头皮迎战，二合之后，孙策大喝一声，一枪将他捅下马来，手下侍卫赶上去枭了他的首级。刘偕的随从纷纷跪地请降了。

周瑜和周泰领军穿过乱军，追击刘勋，在城中心追上刘勋的两员亲随将领张游、鞠赖及数十残兵，两将见周瑜追来，就拍着马，舞着兵器冲上来。周瑜手起一枪，将鞠赖挑下马。张游也被周泰一刀砍下马来。两将后面的残兵全部跪地请降。周瑜问一个残兵刘勋哪里去了，那军士答半路上刘勋令他们往前跑，引周瑜追赶，自己则拐进小巷里不见了。又问大、小乔关在哪里，军士答关在刘勋府衙里。周瑜就令周泰领人全城搜索刘勋，自己令那军士带路，领着李通、方夏直奔刘勋的府衙。

刘勋府衙里面有许多没跑掉的刘勋侍卫，均跪地投降。周瑜问他们大、小乔关在哪里，这些侍卫都手指后院。周瑜将铁枪及马匹交给李通，令他看好这些投降的侍卫，不许江东军入内抢掠，然后令一个投降了的刘勋的侍卫领路，领着方夏等众侍卫举着火把直奔后院。

到了后院，穿过一个回廊，还没走到关押大、小乔的房间，就听得一声喊："周郎！本官在此！"周瑜顺着声音望去，只见刘勋手里握着一把剑，张开两只胳膊箍着大乔、小乔的脖子，推着她们从后花园的假山后转了出来。

"大乔姑娘！小乔！"周瑜站住了，喊道。

大、小乔一起呆看着他，眼里泪水晶莹，闪动着惊讶与喜悦、激动。而大乔的眼神中还有一丝焦虑与忧郁。周瑜即刻明白了什么，大声道："大乔姑娘！孙郎和我使的诈死之计！"

大乔眼里的忧郁与焦虑立时消失，激动的喜悦的泪花从脸上滚下。

小乔眼里滚落着幸福又甜美的泪水，痴痴地热烈地看着周瑜。

周瑜感动地、温存地凝望着她。半晌，他对刘勋喝道："刘勋！快放了大乔小乔，不仅饶你不死，还可让你妻儿团聚！"

刘勋得意地冷笑道："老夫虽国破家亡、一败涂地，但今日与大、小乔同归于尽，也不算输得太惨吧！哈哈哈！"他的笑声有些发颤，稀疏的胡须在笑声中颤抖着，肥胖颟顸的脸在火把映照下显得更加臃肿，那双因挤压而如绿豆般小的眼睛里仍闪烁着倨傲、骄横、奸邪、仇恨。一阵秋风吹来，几片叶子落在他的散乱歪戴着紫金冠的头发上。

"刘勋！你我都在大汉境内，何谈国破？你妻儿行将从江东赶来与你相会，又哪里谈家亡？你放了两位姑娘，领妻儿在江南之地任选一处所在，安养天年，何乐不为？就是北投曹操，也未尝不可！"周瑜劝道。

"休得花言巧语！本官与你二人结怨已久，早不奢望你二人放过！你等既是好人，就不会犯我庐江、侵我领地了！"刘勋恨恨道。

周瑜道："天下大乱，百姓涂炭，唯贤者能者治之！孙将军既贤且能，欲一统江南，救百姓于水火，有何不妥！岂可与先生残杀季原、劫杀张勋相提并论？自然，往事已矣，周某与孙将军决不计较区区旧恶！今日若放了大、小乔，周郎保你安享天年！"

刘勋无言以对，但仍在犹豫着。他怀里的大乔、小乔默默地看着周瑜流泪。秋风吹来，几片落叶从她俩面前飘过，两人情不自禁地瑟瑟颤抖着。周瑜看见小乔瑟瑟颤抖的模样，禁不住一阵心疼。

就在这时，一阵喧哗声传来，孙策领着太史慈等将涌进府衙，朝这里冲过来。见此情景，众将领和亲随张弓举枪，团团围住刘勋。孙策怕伤了大、小乔，喝令退下，然后上前对刘勋喝道："刘勋！快放了她俩！我保你不死！君子一言，驷马难追！"

"足下也是读过圣贤书的！如此负隅，与昔日纣王自焚于朝歌有何区别？徒惹天下之人笑话而已！"周瑜又道。

刘勋沮丧地叹了口气，脸上的横肉颤动着，冷笑道："时乎！命乎！昔日刘某未杀两小子，今日竟领此大辱！哈哈哈！"说完，他狂笑开来。笑着笑着，眼泪就出来了。然后，他停住了笑，将大、小乔往外一推，将手中的剑哐啷扔在地上，肥胖的身子沮丧又无力地朝地上瘫坐下去，挤成一堆，兀自流泪不已。

孙策、周瑜的侍卫赶紧上前执刀拿枪围住了他。孙策与周瑜长舒一口气，孙策对刘勋道："足下放心！我孙郎决不食言，定让足下颐养天年！足下妻儿也将一并送到！"

"送我到许都曹公处！"刘勋坐在地上忽然喘息着歇斯底里地叫道。

"悉听尊便！待足下妻儿送到，即刻一并送往曹公处！"孙策又道。

周瑜道："府君且放心好了！足下未杀大、小乔，此一功足可抵过！"然后对侍卫喝道："来人！送刘府君大人往府中歇息！好生看护！"

几名侍卫上前，扶起刘勋，连抬带拉，送到内府去了。

"将军！"获了救的大乔娇柔地对孙策喊了一声，含泪朝孙策扑去，孙策迎上去，张开有力的健壮的双臂，猛地将她搂入怀中。

小乔站在那里，一缕红晕抹在她的脸上，几分柔情，几分娇羞。她假装嗔怒地瞥了周瑜一眼，然后，转过身子，侧对着周瑜，不理他。

周瑜涨红了脸，走了上去，站在她身边，执着又认真地辩道："小乔姑娘！我没有骗你！小红只是我的妹妹……"

话没说完，小乔转过脸，黑葡萄般晶莹透亮的眼睛闪动一下，如一汪秋波漾动，嗔怒地打断他道："知道啦！"然后，又赶紧扭过脸，微噘着红润的小嘴，撒娇地望着前面。既矜持，又有一种无言的柔情与娇柔动人的风情，散发着清香的、风韵无比的身子轻轻颤动着。

周瑜的呼吸急促了，他从小乔的脸上和身上读懂了那份温柔、那份期待、那份默许，他激动，感动，热血沸腾，也有些不知所措，似乎觉得幸福来得太快了！他转到小乔面前，欣喜又温存地叫了一声："小乔！"小乔身子颤动了一下，将脸偏向另一边，不看他，小嘴依然微微噘起，但脸上分明流淌着一缕娇羞。周瑜欣喜若狂，抿一抿嘴，憨笑了一下，张开双臂，不顾旁边有众多部下和侍卫看着，温存地搂住她的双臂，然后，猛地揽入怀中，好像慢了一拍小乔便会消失一般。

小乔发出短促又轻微的一声呻吟，妖娆又窈窕的身子就顺从地偎进他的怀里，不胜娇羞。云鬟散发着幽香，衣衫内若隐若现的玉颈凝乳一般动人。周瑜禁不住紧紧搂住她，无限怜爱又温存地将唇吻上她的耳根处……

孙策与大乔、周瑜与小乔，两对人紧紧拥在一处，好像世界只有他们两对人，其余的一切都不存在了。

周围众将领和侍卫一时不知所措，退也不是，作声也不是。太史慈机灵，悄悄举起胳膊，做了个退下的手势。于是众将领，连同李通、方夏等众多侍卫、军士一个不剩地悄悄退了下去，退出角门，退出后花园。偌大的后花园只剩下他们两对人。园中，夜风徐徐，秋叶翻飞。菊花默默绽吐幽芳，海棠花衣着红妆，默然含羞。

"成何体统！你我并未成亲！怎可以如此无礼！"小乔在周瑜怀里故作嗔怒地呢喃道。

周瑜搂紧她，在她耳边温存又调皮地笑道："你我已心心相印，何拘礼乎？岂不闻司马相如与卓文君，未有婚约便同赴温柔之乡，反赢得世人赞美！你我天生一对，地造一双，行将恩爱终生、白头偕老，又何须在意婚前婚后？"

"你坏死了！"小乔脸色通红，声音娇柔甜美，不停地用小拳头轻轻擂他宽厚的肩，将头深埋入他的怀中。

西天渐现鱼肚白，一缕曙色带着一缕晨风从东边天空款款而至。城中有了鸡鸣之声。园中寒烟一样密布的菟丝和女萝渐露出它们茎蔓相牵的身影，仿佛睡醒了一般，静静地温存地凝望着眼前的一切。

"答应我！今生今世，只许娶我一人！"小乔在周瑜怀里喃喃道。

"岂止是今生！便是来生也如此！"周瑜温存又庄重地发誓道："周郎发誓，来世今生，定娶小乔一人为妻！若另娶他人，或纳妾，天打雷轰！"

小乔在他怀里得意地骄傲地笑了。忽然眼珠转了转，抬起头，冲旁边的孙策道："孙将军！你也需对我姐发誓，终生只娶我姐一人！"

孙策正与大乔相拥着亲昵，听了小乔喊，吓了一跳，赶紧扭过头，笑道："孤正有此意！"然后对大乔道："大乔姑娘！孤发誓！今生今世只娶姑娘一人，决不纳妾！"

大乔感动地将头埋进孙策怀里。

小乔也将头娇羞甜蜜地埋入周瑜怀中……

二十六　天作之缘双雄娶亲，江东含悲帅星陨落

几天后，在皖城孙策的将军府内，孙策与大乔，周瑜与小乔两对新人成亲了。张昭专程赶往皖城主婚。吴太夫人、二夫人、周异夫妇及众多江东名人、豪门望族赴了婚宴。庐江一带的士人及江东军大小将领均前来作贺。宴席大摆数日，好不热闹。

吴太夫人对大乔颇为满意，赞她美丽、贤淑、温柔、端庄。周太夫人原本不满周瑜冷落小红，如今见小乔如此美丽动人、活泼大方，也喜得合不拢嘴了。两家都皆大欢喜。结婚大礼上，孙策、周瑜当着众来宾对着新娘发下誓言：今生只娶新娘子一人！誓言博得满堂喝彩，足令江东江南众多妇人羡慕不已。

这日，孙策、周瑜刚把吴太夫人、周异夫妇及张昭等江东大小官员、名流送上往江东的船，许都曹操借汉帝名义派使者送来诏书，称黄祖、刘表违逆天意，不尊汉室，要孙策奉天子明诏讨贼。原来，刘表割据荆州，素为曹操所忌，只是北方未灭，袁绍强大，未能南顾。此前曹操征讨张济侄儿张绣时，刘表曾出兵助了张绣一臂之力，并与张绣互为掎角，令曹操无功而返，从此与刘表交恶。此次孙策西征庐江，灭了刘勋，并将刘勋并家人送到了许都。刘勋到许都后，极言孙策、周瑜的无礼及孙策善战、周瑜多谋。曹操也禁不住再次感叹："狮儿难与争锋也！"他知道孙策与刘表、黄祖有世仇，如今又打下庐江，与江夏接壤，便想出一计，以天子明诏令孙策就势征讨黄祖，既遂孙策之愿，又帮了自己。

孙策拜受了天子诏书，对周瑜笑道："孟德是要借刀杀人啊！"周瑜笑道："他也知主公本来就要攻打黄祖，也算助主公一臂之力，让主公师出有名！这下是两全其美，各得其所！"

孙策道："正是！孤打黄祖，如箭在弦上！"当即回复了曹操，答应择日起兵讨伐黄祖。

不久，曹操又使人求婚，欲将堂弟曹仁之女许配孙策之弟孙匡。孙策知曹操笼络之意，也愿意与曹操结好，就答应了这门婚事。曹操便令人将曹仁之女送往

江东与孙匡成婚了。

这日，孙策正与周瑜等人在府衙商议伐黄祖之事，庐江太守李术使人来报，说庐江郡丞蒋干辞职他往了。孙策、周瑜十分愕然。孙策问周瑜："莫非嫌孤给他官职太小？"

"我料不会！容我追上他，问个究竟再说！"周瑜沉吟道。

孙策答应了，并请周瑜尽量留住他。

周瑜于是问了蒋干去向，辞别孙策，跨上伤愈的"白雪飞"，匹马奔东门而去。

出东门不远，追上蒋干。他骑着马赶路，身后跟一辆驴车，雇了一个车夫赶着车。车内坐着新纳的小妾，原先那个婢女。原来，孙策、周瑜娶了大乔、小乔，他心如刀割。在他心中，只有大乔、小乔才让他有那种一见钟情、君子好逑的感受。他无法忍受与大乔、小乔及孙策、周瑜相处一处。眼不见为净，一走了之，离开这伤心之地，或可有些欢乐。

"子翼为何弃我等而去？"周瑜纵马赶上蒋干喊。

蒋干没有吭声。他知道周瑜会追上来的，也知道周瑜一定会留他的。

"子翼莫非嫌伯符所授官职太小？"周瑜赶上他，与他并马而行。

"情场失意，无心待在此处了！"蒋干叹道。

"情场失意？"周瑜有些不解。

"实不相瞒！蒋某见了大、小乔，特别是小乔姑娘，便一见钟情，直如司马相如之见卓文君！惜乎足下与孙将军捷足先登，让蒋某望洋兴叹、伤怀不已！"蒋干叹道。

周瑜愕然："原来子翼兄竟也对二乔有意！周郎确不知晓！"

蒋干惨然摇头一笑，道："就是知道了又如何？莫非足下会将小乔奉送给蒋某不成？"

"自然不会！"周瑜道，"周郎即便是为足下当牛做马，也不会将小乔奉送足下！乞兄台见谅！"

"就是！"蒋干叹道，"思而不得，便远走他乡好了！免得在此倍感凄凉！"

周瑜讷讷道："如此，小弟倒有罪过了！"

蒋干摇头苦笑道："缘分乃是上天注定！怪不得公瑾！"说完，他的眼角挤出几滴眼泪，鼻子似有些酸，禁不住用手去摸了摸鼻子。

周瑜想了想，安慰的语气道："正是！公瑾也以为，姻缘实乃上天注定！公瑾与小乔、伯符与大乔，实在如上天安排好似的！子翼兄非不杰出，实是缘分未至！"

"是啊！"蒋干苦笑一下道。

"子翼若不想在皖城为官，公瑾可告知伯符，在江东为官也可！何苦一去了之？"周瑜又道。

蒋干摇手道："既已伤情，便无心仕途。而况，与伯符、公瑾的雄烈过人、文韬武略相比，蒋子翼并非立功名的材料！既如此，倒不如往来江淮间，做逍遥之游罢了！"

周瑜不吭声了。他想蒋干所说的也许是实话，他了解蒋干，知道独步江淮、不拘一格的名士生活或许更适合他。

"公瑾安心助孙郎打天下吧！蒋干独步江淮之时，定会为足下与伯符遥致祝福！"蒋干又道。

周瑜见他语气中已无伤感之气，就道："谢子翼好意！愿子翼闲云野鹤的日子舒适惬意！若有不如意处，或又有从仕之心，只管来找公瑾就是！"

"那是自然！待子翼伤痛已了，又有做官之念时，便来找公瑾！"蒋干笑道。

然后，蒋干就要周瑜止步，领着马车往前走了。周瑜凝望蒋干远去的背影，想着蒋干居然也恋着大小乔，又未能如愿，不免为他嗟叹了一回。

转眼到了冬十二月，孙策、周瑜领兵直抵黄祖的老窝沙羡（今武昌县东南），讨伐孙策杀父仇人、江夏太守黄祖。打下皖城和沂县后，江东军先后俘获刘勋部下三万人，除一部分送往江东为民外，其余全部编入江东军。此外，还缴获大小战船千余艘。故此时，江东军兵强马壮、战船如云，仅讨伐黄祖的主力就有四万人，战船上万艘。

荆州刺史刘表知孙策进逼沙羡，派其侄子刘虎、部将韩晞领五千长矛军前来助战黄祖。

十二月十一日，两军在沙羡决战。只一天，击溃黄祖主力，攻占沙羡，斩杀刘虎、韩晞以下官兵二万余人，缴获各类战船 6000 艘，俘获黄祖妻妾子女 7 人。黄祖仅以身免，逃往夏口。

战后，孙策使周瑜草拟一道表，送往许都汉献帝和曹操处报捷。此表道尽了此次战事的状况。表曰："臣讨黄祖，以十二月八日到祖所屯沙羡县。刘表遣将助祖，并来趣臣。臣以十一日平旦部所领江夏太守行建威中郎将周瑜、领桂阳太守行征虏中郎将吕范、领零陵太守行荡寇中郎将程普、行奉业校尉孙权、行先登校尉韩当、行武锋校尉黄盖等同时俱进，身跨马烁陈，手击急鼓，以齐战势。吏士奋激，踊跃百倍，心精意果，各竞用命。越渡重堑，迅疾若飞，火放上风，兵激烟下，弓弩并发，流矢雨集，日加辰时，祖乃溃烂。锋刃所截，焰火所焚，前无生寇，惟祖逃走。获其妻息男女七人，斩虎、韩晞以下两万余级，其赴水溺者一万余口，船六千余艘，财物山积。……诚皆圣朝神武远振，臣讨有罪，得效微勤。"

此表上奏到曹操处后，曹操不禁再次感叹："狮儿难与争锋！"为笼络孙策，又派人来求亲，请孙策将其堂兄孙贲之女许配其子曹彰。孙策应允了，派人送孙贲之女嫁往许都。此外，曹操又命扬州刺史严象举孙策之弟孙权为茂才。自此，曹操与孙策关系又亲近一层。

击垮黄祖，照原定计划，江东军当继续西进，占夏口、南郡、襄阳，直至吞并整个荆州。荆州共有七郡：南阳、南郡、江夏、零陵、桂阳、武陵、长沙。土地包括整个中原、中南及西南一部，是华夏的大州之一。但物产之丰富、百姓之殷实、地势之显要，又居各州之最。州府治所在襄阳。孙策立志平定荆州，既报昔日杀父之仇，又一统江南，与北方对峙，这是周瑜在东渡长江创业前夕为他谋划的大计。为此，他给周瑜、程普等人预先已封了江夏太守、长沙太守等官职。但周瑜在攻占沙羡后主张暂缓夺取荆州。一来荆州兵精粮足，带甲之士就有十六七万，更兼南郡、襄阳的水军十分厉害，非一时可以攻下。二来刚打完黄祖，需补充粮草、休整人马。三者因为主力均西征了，江东那边频来告急，称吴越深山中一些蛮夷和盗贼多有反叛。有此三点，如仓促攻打刘表，或会事与愿违，不如暂缓图之。孙策同意了周瑜的主张，便带上程普等部分将领及大部人马回江东去了，留下周瑜领一万五千人马镇守在鄱阳湖旁的巴丘，一面防范黄祖卷土重来，一面训练水军，为攻打刘表做准备。

转眼到了翌年春上，即建安五年（公元 200 年）四月，周瑜仍在巴丘防守黄祖、刘表，同时训练水军。小乔一直在他身边陪伴着他。自皖城新婚后，乔玄夫妇随吴太夫人搬到江东。大乔、小乔留下陪伴孙策、周瑜。后孙策领部分人马回江东，大乔跟了回去。小乔则留下陪着周瑜。有小乔相陪，周瑜乐而忘忧，直感到天天在做新郎、日日如同新婚。军中训练和公务之余，他就陪着小乔弹琴、作画、湖上荡舟或出外散步，日子很是惬意。

这日黄昏，周瑜与小乔用了晚饭，乘了马车，又往城西湖边去了。李通、方夏纵马跟在后面。因小乔已有身孕，故周瑜与小乔出行都乘车辇。到了湖边，两人下马闲走。晚霞似火，染红一湖波涛。上天下地，彤红一片。湖风骀荡、清新迷人。成千的战船停泊湖边，桅杆如林，风帆如云，一齐沐浴着霞光，如天国里的景象，美轮美奂。两人挽着胳膊，漫步湖边，一面说着话，一面贪婪地看远近景致。周瑜侧头的一刹那，但见霞光沐浴着小乔的脸，使她更显妩媚动人，周瑜一时兴起，便将脸贴上去亲了一下。小乔双眼含情，娇羞又嗔怒地瞪了他一眼。周瑜又要亲，小乔知有侍从跟在后面，湖边又有巡哨的军士，有些难为情，又想逗周瑜一回，就松开周瑜的胳膊，脸上挂着欢快甜蜜羞涩的表情，朝前跑去。周瑜吓坏了。他知小乔已有身孕，哪里敢要她由着性子跑？就赶紧追上去，抱着她，疼爱道："娇妻！你须慢些！小心闪了身子！"小乔脸上闪着娇羞的红晕，调皮地飞快在他脸上亲了一下，咯咯笑着又要往前跑，被周瑜小心抱住，搂在怀里，亲吻开来。小乔不闹了，陶醉地偎在他怀中任他亲吻，微闭着双眼，呼吸急促。行将落入湖水中的落日，将最后一束温存的春光照抹在她的娇媚的脸上，使她的脸蛋一如湖边姣美动人的迎春花。

俩人相拥亲热好一会，小乔撒娇地推开周瑜，娇羞道："堂堂一方统帅，也不怕部下笑话你！"

周瑜笑道："某自与娇妻嬉戏，关他人何事？谁敢笑话，打他三百军棍！"

小乔含笑用手指一点他的额头道："你！就是脸皮厚！"

两人又笑着往前走。小乔看见小径边一丛鲜红夺目的野花，就轻轻摘下，举着花，对周瑜妩媚道："这束花好看不？"

周瑜摇头："不好看！"

小乔失望地噘着嘴道："我看着很好看啊！"又拿着往鼻上嗅了嗅，道："香得很哩！"

周瑜一本正经道："这花和你一比，自然就不好看了！固然也有芳香，但哪里可比我娇妻高雅飘逸如兰之香！"

小乔脸上现出又羞又陶醉的表情，忽然杏眼一瞪，道："你倒挺会恭维女人！莫非从前对你们江东女人都是这般？怪不得红儿姑娘如此迷恋你了！"

周瑜信誓旦旦道："天地作证！我周公瑾此前从未对其他女子有过这般言辞！如今娶了娇妻，更是畏女子如畏虎了，又哪里去恭维女子？"

小乔得意地笑了，用手指点了他的额头一下，轻轻冲他吹了一口气。周瑜欣喜地又将她揽入怀中。小乔在他怀中半推半就地举起一只拳头捶打着他的肩。周瑜呵呵地笑着，陶醉地任她捶打着自己的肩与背，当做一种享受。

李通和方夏在后面看着这一幕，掩口笑了。

这时，一阵急促的马蹄声从远处传来，太史慈骑马从远处奔来。

他奔到周瑜面前，勒住战马，跳下马。脸上布满悲哀，眼里含着泪。周瑜纳闷地看着他。

"周将军！"太史慈跪倒在地："江东来使，称主公被原吴郡太守许贡家客刺伤，伤势甚重！"

周瑜大惊失色，叫出声来："什么？"

"啊！"小乔也掩口失声。

太史慈以为周瑜没有听清，又报了一遍。

"竟有这回事？主公武艺高强，怎么会轻易为他人所伤！"周瑜不相信地问。

"千真万确！江东使者正在府上等候主帅！"太史慈含泪道。

周瑜一招手，车夫驾着跟在后面的马车跟了过来。周瑜扶小乔上了马车，直奔自己的府衙。太史慈、李通、方夏紧随其后。到了府衙，候在那里的江东使者告诉周瑜：原吴郡太守许贡被孙策定江东时杀掉，他的门客一直图谋复仇。得知孙策喜欢在西山狩猎，并且自恃英勇，喜好驾马独自奔驰，与侍卫跑散，就埋伏在山中等待时机。这日，正遇孙策在山中单骑追逐猎物，跑到这几个门客藏身之处。门客突然杀出，乱箭射向孙策，孙策猝不及防，脸部被涂了毒药的箭射中，栽下马来。他拔剑带伤与冲上来的门客搏杀，砍死两名门客，其余的门客被赶上来的侍卫们杀死。因脸上中了两箭，且带着剧毒，故虽刮了毒，涂了药，但毒气深重，情形仍不甚好，暂不能视事。江东张昭等人见情形严重，遂令人来告知周瑜，使周瑜前往探视。

周瑜听完，含泪叹道："一代英豪，竟误中小人暗算！"话一说完，屋里已是一片抽泣之声。小乔、方夏等人抹着泪，抽泣不已。

周瑜抹了抹眼泪，对太史慈道："太史将军！我即刻起程去探视主公，营里军务就交给你了！"

太史慈含泪道："周将军！主公对末将有知遇之恩，请让末将随主帅一同前往探视！"

闻讯赶来的陈武、周泰、吕蒙等人都要求随周瑜一同去探视孙策。

周瑜感动道："诸君心情公瑾理解！只是黄祖在迩，正思复仇，军中不可无大将镇守！而况，主公只是伤重而已，并无大碍！我代众位将军前去探视就可以了！"

太史慈等人无奈，只好含泪请周瑜将他们的问候带到。

当夜，周瑜带着小乔及侍卫百余人上了船赶往江东。

在这同一时刻，孙策箭伤忽然变得危急。

原来，入夜后，他对着铜镜看自己的脸时，大吃一惊，只见原先英气逼人、英俊无比，让他引以为骄傲的脸又黑又肿，如铜盆一般，而涂了药的伤口血肉模糊、溃烂不堪，看上去如一株难看的菜花。他一时愣住了，不敢相信镜中的人就是自己。天！这是张什么样的脸啊！如此丑陋不堪如此恶心！这便是那张意气风发、英俊帅气的孙郎的脸吗？是那个智勇双全、威震东南的江东小霸王孙策的脸吗？可以想见纵使以后伤口愈合，也必有很深很重的丑陋的疤痕！难受、愤闷、悲哀的心情像潮水一般在他心中漫开来，冲击着他高傲高贵的心灵，令他颤抖不已，心如刀割。虽然创业艰难，但他素来自负高贵，这份高贵既来自于他的出身，更来自于他勇冠三军、统兵有方和性格刚烈豪放、善待人才、英雄乐为之用，来自于他十八岁便承担了保护母亲和整个家族的重任，来自于他无与伦比的智勇双全。虽然他礼贤士人、待人宽厚，虽然他豁达豪爽、喜欢谈笑，但内心深处却潜藏着永远的渴望拥戴与赞美的英雄情结及完美情结！现在，那张英俊的为江东人所熟悉的孙郎的脸竟成了这样，这太让他难受了！更让他沮丧与愤怒的是驰骋沙场、所向无敌的他竟为几个门客刺伤！这实在令人无法容忍！想到这里，他大叹一声："面孔如此，还可以再建功业乎？"然后，一掌朝镜子打去，竟将铜镜打出裂缝，脸上的伤口就在这一掌之间当即迸裂，他痛得大叫一声，晕倒在地。这一掌使他受到致命的打击。自负伤后，虽经医疗，伤情未能加重，但脸部仍然浮肿着，毒性还在里面，医官称不可动怒，否则会引起毒性散发，而偏偏竟有了这一掌之盛怒！

到了下半夜，孙策醒来了，发现自己躺在卧榻之上，大乔含泪坐在他的旁边。

"速使人去请周郎回！"他叹口气，对大乔道。中箭伤以来，他一直未将此事告知周瑜，大丈夫纵横沙场、中矢披刃都是常有的事！攻打沂县时，他屁股上连中两箭，不须臾就痊愈了？但此刻，他有了一种预感，预感到他时日不多了！他太想让周瑜赶来见他一面了。

"子布先生已派人到巴丘唤他去了！想必此刻正往回赶！"大乔含泪道。

"看来，孤不能与周郎共生死了！也不能再疼爱你了！"孙策叹口气缓缓道。他的脸被包扎着，此刻又肿了几分，如有千根针在扎着，疼痛难忍。胸中也一阵一阵闷疼。从脸上浸入头部和胸部的毒气在他震怒之后，以飞快的速度扩散着。一种生命即将飘离这个世界的感受支配着他。他感到生命如一个行将断线的风筝，在风中摇摆着，随时都将断线，堕入深渊。

大乔望着他疲惫无神的眼睛，哭道："将军！不会的！你不会弃我而去的！也不会弃周郎而去的！将军还要和周郎西征刘表，北定中原的，不会弃我们而去的！我肚里还有着将军的骨肉！"她哭着扑进孙策怀里。

孙策伸出手，抚摸着大乔的肚子，叹道："生死由天，非孤所能制约！孤自十八岁起，便驰骋沙场，未几年，就打下江南半壁江山，也不枉来世上一遭！只是娇妻尚年轻，骨肉尚遗腹中，思来心酸！"

说完，一滴英雄泪从眼角渗出。

大乔扑在他怀里哭道："伯符！你不会走的！不会离我们而去的！不会的！"

孙策费力地用手抚着她的背："时日不长了！夫人速去请太夫人、张昭、吕范，还有我家族兄弟们过来！"

大乔抱紧他，满脸含泪，悲切道："将军！不要！将军！不要叫他们来！"

"听我的话！去吧！"孙策拍拍她的肩，命令口气道。

大乔抱紧他，坚决不去。

孙策对一旁的内侍使了个眼色，内侍赶紧出去找人了。

不一会儿，张昭、吕范、吴太夫人及孙家所有人都赶来了。

吴太夫人被丫鬟扶着走进来后，颤步走到床边，坐下，用颤抖的手抚弄着孙策的脸，眼泪长流，道："策儿！你安心调养吧！沙场征战这么多年，你都没事，还怕这个箭伤不成？"

孙策眼角挂着泪痕，坦然笑道："母亲！孩儿已自知活不过今日了，还是把后事对弟妹和子布先生嘱咐了吧！"

话一出，屋里顿时传出哀哭之声。张昭、孙权、吕范等人跪在地上痛哭不已。10岁的孙尚香也跪在地上，呜呜地大哭。

"我儿！你不要失望！你就是不想再看母亲了，难道不想再见周郎了？"吴太夫人抽泣道。

孙策眼眶又湿润了，目光里好像燃烧着梦幻的色彩，望着前方道，凄然一笑，道："自是想周郎！想再和周郎一道沙场驰骋！"

跟着，眼里的色彩之火熄灭了，含泪苦笑道："可惜！已不可能了！连周郎最后一面也不能见了！"

众人大哭。屋里笼罩着悲伤肃穆，回荡着压抑的哭泣声。

孙策眼里忽然燃烧起一种回光返照的光芒。"子布先生！"他唤道。

张昭跪在地上，爬到床边。

"我死之后，我弟孙仲谋代我掌领江东！请众卿看在我的面上好生辅助我弟！"孙策嘱道。

"主公！"张昭和吕范均流泪不已。

"天下正乱，以吴越之众、三江之固，大有作为！可叹我不能和诸位一同大展宏图了！"孙策叹道。

张昭、吕范再拜道："主公放心！我等一定会像侍奉主公一样侍奉仲谋！"

孙策令内侍取来吴侯、汉讨逆将军、会稽太守三颗印，交给孙权，对孙权道："若举江东之众，决战于两阵之间，与天下争衡，卿不如我！但举贤任能，力保江东，我不如卿！望卿念父兄创业艰难，好生经营江东！"

孙权哭着拜受了大印。

"父兄的旧将功臣，都是开创江东的有功之臣，随我多年，万不可懈怠了！"孙策又嘱道。

孙权哭着应诺。

孙策又对吴太夫人道："孩儿天年已尽，不能侍奉慈母了。以后母亲早晚要多训导权弟，要他珍惜父兄打下的基业！"

吴太夫人泪流满面，以手巾拭泪，抽泣道："我儿！仲谋还小，怎承担得住你托付的江山！"

"仲谋才干胜儿十倍，足可担当大任！况有张昭、周瑜为辅！以后内事不决，

255

可问张昭；外事不决，可问周瑜！"

说完了，他望着前方，微微摇头叹息道："可恨周郎不在身边！不能当面嘱他以后事了！"又连声呼唤："周郎！我命将绝，你竟也不来送我一程！"

说完，泪水潸然。

屋里又是一片伤心的哀号声。

大乔轻轻抓住他的手，用香巾给他揩着眼泪。

"周郎回来后，把我的话转告周郎，要他尽力辅助我弟，勿负我与他相交一场！"孙策对大乔道。

大乔含泪点头。

"原想与你白头到老，共享天年，不想新婚宴尔便成永别！委实不幸！"孙策抚着大乔的手，叹道。

大乔痛哭不已，不停抹泪。

"你腹中之儿，无论男女，万望好生抚养！"

大乔含泪泣道："将军放心！我定照你说的做！"

孙策又对吴太夫人道："孩儿要去了！母亲多多保重！"

说完将胸中最后一口气呼出，溘然而逝。

大乔扑到孙策身上，发出撕心裂肺的哭喊："伯符！"

悲恸的哭喊声从孙府里传了出去，穿透夜空，直往远方奔去……

在这同一时刻，周瑜的船正鼓满风帆，星夜兼程，往江东赶来。周瑜立在船头，惆怅地凝望着江面和夜空。风很大，扯着风帆呼呼地响，也掀动着他的衣袍。天空星星密布，辽阔的原野显得空旷而寂寥，江水默默地奔流着，江水激荡着船头发出有节奏的呼啦呼啦的声响。两岸也传来有节奏的江水激岸的声音。繁星中，半轮孤月悬在群星之中，清冷又凄凉。

小乔从舱中走出，走到他旁边。"公瑾！外面风大，进舱里面歇息一下吧！"小乔道。

"无碍的！你先歇息吧！"周瑜道。

小乔无语，默默地挽起他的胳膊。

"不知为何，此刻，我总在想从前和伯符在一起的情景！一起撮土为香，拜为兄弟！一起东渡大江、南下江东！一起金戈铁马、沙场浴血！想得实在是太多了！似有不祥之预感让我心惊肉跳！莫非主公……"周瑜担忧道。

小乔将头靠在他肩上："你想多了！主公自幼沙场征战，练出一副好筋骨，受点皮肉之伤，不会有大碍的！你是想念主公心切，才至于此！"

"嗯！也是！也是！"周瑜使劲点头道，好像在证实小乔所言属实一样。

然后，他温存地对小乔道："我陪你到舱中歇息一会！"

小乔娇柔地冲他一笑。两人携手走进舱中。舱中点着蜡烛灯火。周瑜令方夏拿出棋子，摆在舱中的小几上，和小乔两人下了起来。

一局未完，周瑜像被谁猛击一掌似的，浑身下意识地颤抖一下，手中的棋子啪地落在案上，胸口一阵疼痛，他下意识地捂了捂胸，脸色一阵惨白，跟着一阵晕眩似的往后晃了一下，他好像听见了一声凄绝的哭喊声从夜空里飘来，掠过江波，飘入自己耳鼓。像是大乔撕心裂肺的哭喊的声音："伯符——"

"公瑾！你怎么了？"小乔吓了一跳，扶着他。

他身边的方夏上前小心道："将军！"

"伯符一定出事了！"周瑜声音沙哑道，推开小乔，起身，踉踉跄跄直奔舱外甲板。

甲板上，他仰头朝江东那边的天空望去，愣住了，只见夜空中，一颗耀眼的流星正拖着一缕凄凉的光束悄然划过星空，划过大江和原野上空，仿佛夜空迷人的凄然的微笑，悄悄落在远方。

周瑜的泪水立时从眼中涌了出来。

"伯符！"他喃喃道。

"公瑾！你怎么了？没事的！不要想太多了！"小乔跟着出来，傍着他的臂，温存地劝道。

"伯符去了！他给我报信了！"周瑜泪水潸然道。

"不是的！你想多了！"小乔抓紧他的胳膊。

"我有感应！方才一颗将星往东边天坠去，那便是伯符为我报信！"周瑜含泪道。

"如有感应，我和姐姐间也会有啊！孙将军去了，姐姐能不告知我？"小乔道。

周瑜看了看她，默然无语了，怅然地望着江面。

小乔又上前劝了一会，扶着他回舱中休息了。但一直没有睡着，翻来覆去，总是在想和孙策在一起的情景。

船行到第二日日中之时，周瑜和小乔正在舱内歇息，甲板上的李通进舱向周瑜禀告，称前面来了两艘船，前面一只船上是吕范先生。周瑜心里一惊，赶紧出舱。小乔跟上。站在甲板上往前一看，他愣住了。只见血样的阳光照在江涛上，两艘不大不小的船鼓满风帆逆流而上。前面一艘船上立着吕范，他身着孝服，表情悲哀，脸上尚有泪痕。身后的带甲之士也挂着孝。周瑜的眼泪哗地流了出来，大脑一阵晕眩。"天啊！"小乔好像也意识到了什么，轻轻叫道，抓紧了周瑜的胳膊。

　　吕范的船默默靠近了，吕范在船上对周瑜含泪道："公瑾！主公去了！"吕范含泪道。

　　他是受吴太夫人之托，专门往巴丘来通告周瑜的。

　　小乔"呜"地扑在周瑜怀里哭开来。周瑜身后的李通、方夏也流泪不已。

　　"我昨夜已有预感了！"周瑜含泪道，跟着用颤抖的声音问："主公只是受了箭伤，怎竟撒手而去？"

　　"主公是毒气散发，回天无力！"吕范含泪道。

　　周瑜流着眼泪，机械地点头："我知道了！我知道了！"跟着，含泪喃喃叹道："天妒英才！他才只有二十六岁啊！"忽然对着浩荡大江含泪顿足喊道："伯符！你为何要先我而去！自此以后，周瑜与谁并肩驰骋！"一刹那，泪如泉涌，脑袋一阵晕眩，胸口一阵疼痛，天空在他眼里旋转起来，他下意识地捂住胸，身子晃了晃。小乔含泪扶住他喊："公瑾！夫君！夫君！"身后的李通、方夏也赶紧上前扶住他。

　　"公瑾！你要节哀！主公把大事托付给你了！请保重！"吕范跳上他的船，含泪劝道。

　　周瑜默默点了点头，泪眼迷蒙，望着远方。

　　江水默默奔流，好像经久的呜咽。晚霞如血，将西天染成血红一片。波浪涌动的大江和鼓动的风帆都抹着如血的色彩。天地笼罩着一种肃穆又悲壮的气氛。

二十七　领遗命孙权掌江东，受重托周瑜辅幼主

子夜，周瑜的船抵达曲阿，周瑜携小乔直奔吴侯府，哭拜在孙策灵前。吴太夫人领着孙权来见周瑜，含泪将孙策临终前将江山托付给张昭、周瑜的话转给周瑜，周瑜拜伏在地道："伯符重托，公瑾岂敢不从？"然后，又拜见孙权。孙权泣道："愿公勿忘先兄遗命！"周瑜顿首泣道："公瑾愿肝脑涂地，报伯符知己之恩！"随即又哭倒在孙策灵前……

孙策故后，年仅十九岁的孙权入主吴侯府，执掌江东大权。周瑜以中护军身份留在江东曲阿，与张昭一同辅助孙权。周瑜主外，张昭主内。早在孙策帐下时，其他一些将领和官员因孙权年龄轻，职位也不高，对孙权都很不在意，而周瑜性格恢宏，善于容人，虽身为兄长，又权高位重，对孙权却相敬如宾。现在辅助孙权，一如既往，既未像他人，前倨后恭，也未自恃资历，前恭后倨。

此时，江东还有不少山林之地盗贼出没，吴越夷人，虽被征服，仍蠢蠢欲动，加上孙策方薨，孙权年幼，一些士人和官吏多心绪不宁，有离异之心。周瑜与张昭商议后，即请孙权在马上巡视曲阿军营。他两人一左一右跟在孙权后面，以自身的威望烘起孙权的领袖之威。许多徘徊不定的士人见周瑜、张昭如此忠心拥戴孙权，心想孙权虽年幼，但有周瑜、张昭忠心为辅，江东基业一定稳定。而况，众人也渐知孙权性度弘朗、仁而多断、好侠养士，昔日孙策在世时就很器重他，所以，渐渐也都安心了。嗣后，张昭、周瑜上表曹操，奏明朝廷，称孙策遗命孙权执掌江东，又下移所属郡，令所属各郡县各奉其职。未几，曹操乐得做个顺水人情，表奏汉帝，封孙权为讨虏将军，孙策所余的职位概由孙权继承。江东各郡县也纷纷上表表示服从孙权统治。于是，江东平稳如初，并没因孙策故去有所骚乱。

鲁肃和周瑜一同到江东后，孙策、周瑜为他在曲阿造了房，正拟封他官职，恰这时，他祖母去世，便护送祖母灵柩回故乡临淮东城县安葬。此后一直在东城守孝。周瑜和孙策西征庐江和黄祖时，本要约他同行，因他尚在东城而作罢。孝

期满后，他回到江东，正赶上孙策殁了，有个朋友托人捎信告诉他，说巢湖地区有一豪杰叫郑宝，聚众上万，欲要干出一番事业。而郑宝也慕他大名，欲请他辅佐。鲁肃得了信，想孙策已薨，年幼的孙权主事，不知前景如何，且孙权对他又不了解，便有了领母亲妻儿去投靠郑宝的念头。恰这天周瑜来访，知他的想法，大吃一惊，赶紧劝止，道："子敬何其糊涂！伯符虽逝，但孙讨房聪明神武，亲贤贵士，风采不亚于伯符！就是伯符也赞他多谋善断，有侠士之风！而况，江东人杰地灵、丰饶肥美，兵精将广，士人争附，百姓感念孙策恩德，誓死以效，岂是郑宝可相提并论？"

鲁肃终被他说动，便留了下来。

翌日，周瑜便向孙权举荐鲁肃，称鲁肃才干胜己十倍。孙权见周瑜如此推崇这个鲁肃，就令人召鲁肃来到府上相见。一见面，见鲁肃容貌异常、身材魁梧，已有几分喜爱。问鲁肃天下大计。鲁肃侃侃答道："当今之势，汉室不可复兴，曹操不可卒除。愚以为，将军只有鼎足江东，以观天下，待北方为多事之秋时，便寻机灭黄祖、进伐刘表，然后据长江之险，建号帝王以图天下，此高祖之业！"

一番话令孙权大喜，道："公瑾所荐果然非凡！先生果然是英才之士！"

次日，孙权就拜鲁肃为长史参军，协助张昭处理政务，并派人赐给鲁肃母亲衣服帏帐，居处杂物，声称要让他家和从前一样富足。

孙权如此器重鲁肃，令张昭颇为不满，多次在孙权面前说鲁肃年轻之甚，做事不稳。孙权笑道："莫非子敬比孤还要年轻？"一句话说得张昭无言以对。

自此，尽管孙策已故，但年轻的孙权亲贤贵士、乐于用人、纳奇录异，又有张昭、周瑜、吕范、鲁肃、程普等一班文臣武将效力，江东百姓乐业、兵精粮足，尽现一派康乐景象。

也就在这一年八月，曹操与袁绍在官渡决战，曹操以八万兵力大败袁绍七十万人马，从此取代袁绍，成为北方势力最强大的豪杰。他一面继续对袁绍的四个儿子用兵，以期统一北方，一面将目光转向荆州的刘表、刘备及江东的孙权。建安七年（公元202年），曹操派使者往江东，命孙权遣子入朝随驾，其实是要做人质，以此试探孙权有无臣服之心。孙权犹豫不决，请张昭商议。张昭道："主公若不遣子入朝，恐曹操会兵下江东。如今曹操击破袁绍，带甲之兵百万，非昔日可比！臣以为不妨顺应他！"

孙权犹豫不决，将在外领兵的周瑜唤回，一同到吴太夫人面前商议。周瑜果断道："将军承父兄余资，兼六郡之众，兵精粮多，将士用命，境内富饶，人不思乱，何须送子做人质以受制于曹操？不如不遣，看曹操如何反应，再做打算！"

孙权担心道："但若曹操以此为由领兵南征，如何？"

周瑜笑道："如今北方未定，我料曹操不会举兵南下！如若日后南下，周瑜再为将军打算！"

吴太夫人听了周瑜所言，当即道："就照公瑾说的做！我向来视公瑾如亲生儿子，你也应当视之如兄长！日后公瑾所言，如你兄长所言！"

孙权便拒绝送子入朝做人质。曹操大怒，知孙权不愿臣服他，但因北方未定，无暇南征，只得含恨在心。

同年，庐江太守李术因孙策去世，孙权年幼，便在皖城反叛，周瑜欲领兵讨伐。但孙权要树立在江东威望，执意亲自征讨。周瑜懂他心思，就选精兵良将交与他亲征庐江，自己镇守江东。孙权举大兵围攻皖城。李术求救于曹操，曹操正忙着平定北方，未予理睬。孙权攻打多日后，破城。因攻城时，将士死伤惨重，破了城后，有些将士难耐愤怒，故孙权令屠城三日，再枭李术首级，凯旋。周瑜闻知孙权屠城，心里难过，对孙权叹道："昔日，我军入庐江，百姓争相拥戴，如今，将军竟领兵屠城，以泄众怒，与曹孟德之屠徐州有何区别？伯符在时，常称将军'仁而善断'，将军岂可轻易弃仁义而就不道？"

一席话说得孙权满面羞愧，赶紧躬身施礼致谢，称下回决不再犯。

同年底，吴太夫人病薨。薨前召周瑜、张昭，嘱二人好生辅助孙权。周瑜、张昭含泪跪拜应诺。又召孙权，令他以师傅之礼待周瑜、张昭，并善待吴二夫人，恩养小妹孙尚香。周瑜对太夫人之死极为难受。昔日，他在孙府做家奴"琴痴"时，吴太夫人便不计他家奴的身份，以全家性命保护他！与孙策结拜后，太夫人又一直视他为亲生儿子。孙策故后，孙权年少，太夫人帮助孙权治国，颇有见地，很得众心。如此仁厚聪明的夫人，如今竟驾鹤西去，怎不令人难受？

太夫人薨后，孙权拜周瑜为大都督，统领江东水陆兵马、防守各处关隘，以张昭为长史，处理政务、招揽人才。周瑜时年二十八岁。

二十八　揽人才甘宁投东吴，破夏口群英建功勋

　　建安十三年（公元208年）春，这日，春风骀荡、春阳融融。浩荡大江上，春水泛滥。大江两岸，金黄的油菜花在春阳照耀下绽放灿烂的光芒，微风轻拂，花枝摇曳，波推浪涌，如金黄色的波涛，如郎郎动人的欢笑；芳香四溢，随着春风直沁人心脾。江面上，一行船往鄱阳湖边的巴丘逆江而上。蓝天白云之下，云帆直济蓝天，旌旗迎风飘展，甲士们持枪执戟挺立船上，一片盔甲的光芒熠熠生辉。船头上立着一员举止飘逸、沉静安详的大将。他身披金盔金甲，果敢沉毅的目光凝望着前方。"周"字大旗在他头顶上迎风飘扬。这便是已经三十四岁的周瑜。相比于二十几岁时那张年轻的脸，岁月在他的脸上刻上了印迹，使他的脸上多了些持重、成熟与沧桑，还有威严。他留了很长的胡须，这是三十多岁年纪的男人应该有的，更是江东军队的主帅所应有的。胡须在微风中飘起，衬出他的庄重、飘逸与洒脱。他依然英武挺拔，炯炯有神的眼睛依然如宝石般秀美，目光依然如剑似电。他此刻沿江巡查防务，即将到吕蒙镇守的巴丘处。自回江东做大都督后，与黄祖接壤的巴丘前线守将先后换了数任，现由吕蒙镇守。吕蒙字子明，汝南人，少时依附其姐夫邓当。邓当为孙策部将。一日，邓当领军讨伐山贼，发现年仅十六岁的吕蒙偷偷跟在军中。便让他回去，吕蒙不从。邓当回去后告诉吕蒙母亲。其母责罚他，吕蒙顶撞道："不入虎穴，难得虎子！不建功立业，怎可得富贵？"其母无奈，只好由他去。其姐夫手下一军吏听说此事后，讥笑他道："你有何能耐入虎穴？不过是喂虎的肉！"吕蒙大怒，拔刀杀吏，潜逃他乡。后来不得已往孙策处自首。孙策见他少年有志，又有胆略，很欣赏，免其罪，留在左右做侍从，后随孙策、周瑜征讨庐江。吕蒙少时家贫，未曾读过书，不识字，但极聪明，善动脑。其姐夫邓当病死后，正值孙权统事，张昭推荐吕蒙代邓当领其部曲，孙权应诺，拜吕蒙别部司马。后孙权、周瑜整顿军队，见吕蒙等一些年岁不大的将领所统的兵不多，便想将他们的兵合并到其他将领中去。吕蒙得知消息，便借钱偷偷为他的士兵定做了与众不同的红色军服与齐整划一的盔甲。隔一日，孙权在周瑜陪同

下检阅军队，赫然发现吕蒙所部人马虽不多，但装备、穿戴甚为显眼，如鹤立鸡群，且军士精神饱满、士气高昂。大悦，不仅不并其兵，且为他增兵。此后，吕蒙领兵出讨丹扬山贼，有战功，拜平北都尉，领广德长。因有胆识，作战勇敢，善动脑，为人也谨慎厚道，故深得孙权、周瑜喜爱。周瑜将其派往巴丘，将镇守巴丘的重任交给了他。

周瑜到了吕蒙防地。吕蒙领军在岸边列队迎候，然后设宴款待。席间，吕蒙悄悄禀告周瑜，说黄祖部将甘宁因在黄祖处不得志，欲要投奔江东，却又怕江东计较昔日射杀凌操之仇，故踌躇不已。周瑜一听大喜。甘宁，字兴霸，巴郡临江人。通史书，有气力，好游侠，曾招集一些轻薄少年在江上纵横为盗，做过打家劫舍之事。后痛改前非，领手下投奔刘表，欲建功名。但刘表嫌其出身为盗，不予重用。又往江夏投奔黄祖，黄祖也嫌他少时游侠经历，收留他，却不重用。建安十二年，周瑜领军讨黄祖，黄祖大败。周瑜部将凌操领军追赶，正撞上甘宁断后。甘宁手起一箭射杀凌操，又杀散凌操部属。凌操十五岁的儿子凌统奋力上前，于乱军中抢得父亲尸体而还。周瑜折损将领，军心不稳，只得领兵返回。从此，他记住了甘宁此人，也知道了此人生平及不得志的处境，曾一度要使计得到他，因其他事情拖住，未有机会。现在听说甘宁要主动来降，赶紧细问详情。吕蒙告诉周瑜：甘宁射杀凌操，建了功勋，但黄祖依然不重用他。黄祖的都督苏飞欣赏甘宁的胆略才华，多次向黄祖推荐，未有结果。不仅如此，黄祖反令人引诱昔日与甘宁一同为盗的属下弃甘宁而去。甘宁愤懑不已，欲要离开黄祖，又怕获罪，故一直郁郁寡欢。都督苏飞很同情他，一日置酒邀甘宁相饮。席间，苏飞感叹道："我数次向主公推荐足下，可惜主公不用！日月逾迈，人生几何，足下自往他处另图前程，或许能遇上知己！"甘宁泣道："某何尝没有此心？只是上天无路！本想投奔东吴，却因射杀东吴将领，恐江东记恨！"苏飞说周瑜乃大度之人，未必会计较，建议他不妨试试。于是，甘宁一边设法召回跑掉的旧部，一边悄悄与吕蒙联系了。

吕蒙说完，周瑜大喜，果断道："甘宁，人中之杰！我江东正是用人之际，岂有不收留之理？请子明速转告甘宁：昔日杀我将领，各为其主，我等不会计较！从前为盗，如今痛改前非，也算知忠义，更无须念念不忘！"吕蒙当夜令人将此话转告甘宁。

翌日，甘宁领数百部下前来投奔。见了周瑜，他纳头就拜，道："罪人甘宁仰慕周都督久矣！今来投奔，乞都督收纳！"他长得高大魁伟，浓眉大眼，唇方嘴阔，虎背熊腰，身材结实健壮，站起如一尊巍峨的铁塔，蹲下似一只剽悍、威猛的猛虎，虽裹着战袍，但仍可感觉到他充满力量的一块一块的肌肉鼓动着隆起着，感觉得到他力大无穷的气势。周瑜一见，便生出几分喜爱，赶紧扶起他，抚着他的肩道："兴霸请起！兴霸忠勇过人，今来投奔，乃我江东大幸！周瑜定在吴侯面前鼎力举荐！"

当下，与吕蒙置酒款待，相饮甚欢。酒宴后，周瑜又留甘宁单独密谈。周瑜知甘宁通史书、有见地，就问他天下大势。甘宁慷然道："在下以为，欲取天下，宜先取荆州！荆州之地，江川流通，沃野千里，曹操正虎视眈眈，宜早图之！欲取荆州，必先取黄祖！黄祖老迈，贪婪好财，人心皆怨，战具不修，军无法纪，江东若往攻打，定将攻破！破了黄祖，再取荆州，西图巴蜀，则霸业可成！"周瑜听了，欣喜地抚着甘宁的脊背叹道："兴霸沙场虎将，万人莫敌，竟也有如此有计略！实在难得！"又叹道："千军易得，一将难求！得人才与人心者，得天下！刘繇、黄祖、刘表诸人，平庸腐溃，连太史慈、甘宁这般栋梁之材都弃而不用，焉有不亡之理？"

翌日，周瑜即领甘宁回到京口（今江苏镇江），去见孙权。此时，孙权的治所已由曲阿迁到京口。周瑜等众将官吏的府宅也随同迁了过来。孙权又向甘宁讨教天下形势及征讨黄祖之策。甘宁又将对周瑜说过的话对答。孙权听了大喜，连道："此金玉之论也！孤从兴霸之言，不日便征讨黄祖！"

其时，张昭、程普在座。张昭不满道："我东吴时下安稳未久，如又起大军，势必会引来动乱！愚以为暂不伐黄祖为上策！"

甘宁顶道："国家以萧何之重任委以先生，先生怎可居安恐乱？"

程普见孙权如此器重周瑜推荐的甘宁，已经不满，又见甘宁冲撞张昭，就呵斥甘宁道："你有何资格顶撞国家重臣？"又对孙权道："甘宁昔日曾纵横大江，为劫江之贼，又在黄祖处为将，射杀凌操，如今收容此人，不惟凌统等江东众将不服，就是天下人也笑我用盗为将！如此我江东颜面何在？"

甘宁听了，愕然地、伤心地看着程普，一时说不出话来。热血上涌，青筋暴出，一股悲愤、悲凉的表情笼罩着他棱角分明、刚毅英武的脸庞。

"兴霸所言确为金玉之言！张长史与程将军所言，周瑜不敢苟同！"周瑜道，"灭黄祖便可据荆州，进而定天下，此乃有志之士无不期盼之良机，也是伯符将军生前所筹划之大业，怎可因居安怕乱而废弃？况黄祖与吴侯有杀父之仇，岂可不报？不征黄祖，荆州势必为曹操所并！届时，便要居安，也不可安，就是怕乱，势必也乱了！"

停了停，又看了看程普道："兴霸勇猛过人，万人莫敌，又通史书，有计略，如此良将，世上难寻！如今正是用人之际，岂可拒之门外？其少时纵横江中，固非善行，但如今已痛改前非，何须计较？人无完人，岂可以其一短而弃其所长？射杀凌操，固是不幸，但彼时各为其主，我江东众将，自明大义！程公莫非忘了昔日太史慈几乎要了伯符将军性命之事吗？"

程普听了周瑜反诘，涨红了脸，勃然大怒，骂周瑜道："竖子！你有何资格教训我？我随孙破虏将军纵横天下之时，哪有你来？休道说你是都督，就是君主，我程德谋也不敬你！"

周瑜拱一拱手，行了个礼，坦然又诚恳道："若为私事，周瑜自不敢与程公争执，但为国家之事，周瑜不敢不言！乞公海涵！"

程普恨恨地啐了他一口。

孙权果断道："孤意已定！诸君不要争执了！"

说完，令人取酒来，端起一爵酒递给甘宁道："兴霸！孤已决定讨伐黄祖！征讨之事，如同此酒，交付与卿！卿且努力！若破黄祖，则卿之功劳，足以抵张长史与程将军之言！"

甘宁眼眶湿润了，双手捧过爵，一饮而尽。待搁下爵时，已泪流满面。

周瑜在一旁鼓励道："兴霸！努力！疾风知劲草！"

孙权当即下令，以周瑜为前部大都督，以吕蒙为前部先锋、甘宁、董袭、凌操之子凌统为副将，择日起兵，攻打黄祖。

周瑜、甘宁得令，辞别孙权而去。张昭、程普也无言退下。

三天后，周瑜誓师，领前部大军先出发，以吕蒙为前部先锋、甘宁、董袭、凌统为副将，直逼江夏，征讨黄祖。凌统即凌操之子，字公绩，少年从军，勇烈过人，忠义豪爽，有慷慨之气。其父凌操随孙权、周瑜征讨黄祖时，被甘宁射死。凌统年十五岁，正随父从军，奋力从乱军中抢回父亲的尸体。后被孙权拜为别部司马，统领其父旧部。建安十一年，他随孙权、周瑜讨保屯、麻屯两处山贼。孙权破了保屯后就回去了，周瑜督众将攻打麻屯。凌统也在其中。受命节制凌统的都督陈勤刚勇任气，一日召集众将一同饮酒，陈勤督酒，赏罚不明，并借机欺侮凌统。凌统不免顶撞了他几句。陈勤仗着酒劲，辱骂凌统及其死去的父亲凌操。凌统受辱，流泪不已，但因受其节制，只忍住不发。酒毕，众将散去，陈勤又在路上辱骂凌统，凌统忍无可忍，拔刀砍死陈勤。周瑜闻讯，令人去绑凌统。但凌统却带部下逃走，不知所踪。翌日，周瑜攻打麻屯，凌统部下忽然出现在战场上，流泪大喊："我是戴罪之人，不死无以谢罪！要死便死在沙场之上！"言罢，率先冲锋，身当矢石，所攻一面，旋被摧毁。诸将跟着攻入，于是大获全胜，攻下麻屯。然后，他令手下将自己绑住，押往军营向周瑜请罪。周瑜因他立有大功，未予追究他杀陈勤之过。此次征讨黄祖，周瑜怕他计较甘宁昔日杀他父亲的旧恨，特地嘱他以国家为重，不计旧仇。凌统因大敌当前，又有周瑜督师，应诺了。董袭是会稽余姚人，长八尺，武力过人。志节慷慨，武毅英烈。孙策领兵入会稽时，他投奔孙策，孙策叹其容貌雄壮，武力过人，收为将，后从讨刘勋，多有战功，现为威越校尉。

江夏太守黄祖得知周瑜重用甘宁为将，领大军又来征伐，就以陈就、邓龙先锋，以苏飞为都督，尽起江夏之兵相迎。黄祖是襄阳人，做江夏太守已近十几年，为人性急尖刻，又乏知人之明。狂士祢衡博学多才，但性格尖刻狂妄。曹操曾被他羞辱，因惜其才而未杀他，打发到刘表处。刘表怒其不恭，有心杀他，又怕担杀害天下名士的罪名，就送与黄祖，以期借刀杀人，结果，黄祖在受祢衡讥讽后，果然一怒之下将他杀掉，令天下士人鄙薄不已。初平三年，孙坚围襄阳，他正在刘表手下为将，奉刘表令出城搬救兵，孙坚领数十骑追赶，他设下埋伏，杀死孙坚，从此升为江夏太守，也与孙策、孙权结下杀父深仇。他也知难容于孙氏，故一意与江东为敌。孙策征庐江时，他派长子黄射领兵助刘勋，结果被打得大败，黄射也被杀死，从此恨江东入骨，发誓与江东誓不两立。双方在大江上多次交手。此次，陈就、邓龙得陈祖之令后，就领军在大江上迎战，他们将艨艟战船用大索系住，横在大江之上，截住大江，上面立着数千军士，以弩交射，飞矢如雨，阻拦江东军。周瑜见状，一面亲自擂鼓，一面令董袭、凌统各率敢死队百人，身披重铠，手执长盾冲锋。凌统率先突入敌阵中，挥刀斩翻前来迎战的黄祖部将张硕。董袭继后，砍断艨艟战船中间最粗的索链，横在江中的艨艟立即往两边分开。两人又领军砍断所有绳索，艨艟战舰立时被江流与江东船只冲得七零八散。吕蒙、甘宁领前锋部队紧跟着冲上来。黄祖兵大溃，或落入水中，或往岸上逃去。敌先锋邓龙上前死战，甘宁大喝一声，手起一刀将他砍入水中。另一先锋陈就往岸上逃去，吕蒙

266

追上岸，一刀砍死。跟着，周瑜领大军杀过来，驱兵上岸掩杀，一举击垮黄祖岸上精锐，攻占夏口。黄祖经营多年的数万军队就此崩溃。黄祖在逃窜中，为吕蒙部下军士斩杀。都督苏飞被擒。

翌日，孙权领程普、黄盖诸将及大军赶来，令将黄祖首级用木匣盛贮，待回江东后祭献于亡父灵前。又令将苏飞以栅车押住，择日斩首，再以木匣盛贮，与黄祖首级一道送往江东。又拜甘宁为都尉，升行军司马凌统为承列都尉，升平北都尉吕蒙为横野中郎将。然后重赏三军，大宴诸将，正欢宴间，甘宁忽然下了席，走到孙权面前，拜倒在地，对孙权说起昔日苏飞对他的恩情。他泣道："昔日若不是苏飞，某已骨填沟壑了，哪里还能在将军麾下效命？今日苏飞论罪当诛，但某念其昔日恩情，愿为他乞命！即使是纳还将军所赐的官爵，也在所不惜！请将军恩准！"说完，叩头不已，直叩得血涕交流。周瑜在座上见了，感叹道："兴霸，壮士也！虽曾为游侠，却恩信分明！纵使是熟读经书的士人，又有几人可相提并论？"

孙权见甘宁磕头至流血，深为感动，又听周瑜如此感叹，当即令人放了苏飞，免其死罪。甘宁谢了恩，回到座上。于是满座皆欢，孙权、周瑜与诸将一醉方休。独有凌统面带怒色。周瑜见了，不停与凌统行酒，赞他勇烈过人。凌统知周瑜的意思，又因立了功，升了官，也就暂时忍住了心中不快。

宴后，孙权与周瑜商议分兵守夏口，以窥荆州。周瑜沉吟一刻，道："不可！"孙权愣了一下，道："公瑾不是素有取荆州之志？"

周瑜道："时易事移！今占夏口，刘表势必领大军来夺！孤城不可守！而况，曹操已一统北方，有南下征刘表、刘备之意，我军与刘表战，正使曹操得利！不妨以退为进，暂回柴桑驻守，一面操练兵马，一面静观时变！"

孙权点头称是，于是领兵东返至鄱阳湖边的柴桑县。周瑜则在鄱阳湖中日日操练水军。

二十九 曹操兴兵吞江南，周瑜练兵聚鄱阳

建安十三年注定是载入史册的惊心动魄的一年。就在孙权、周瑜领得胜之军退出夏口，东返柴桑不久，战争的浓云如漫天的黑幕，带着恐怖、惊慌、血腥、哀号，带着金戈铁马的呼啸和白骨塞野的凄凉，以不可阻挡之势，气势汹汹地朝荆州与江东吞噬过来！一个关乎江东存亡的严峻的问题摆在江东朝野面前，江东百多万人口面临着一场屠杀与战乱的选择。

原来，曹操在建安五年（公元 200 年）官渡之战中击败袁绍后，成为北方最大势力的军事集团。此后，又击败刘备，将刘备赶到荆州依附刘表。又经过八年征战，至建安十三年春，彻底击垮了袁绍的四个儿子，占领了北方幽州、青州、并州、豫州、徐州、冀州、兖州等六个州及扬州、荆州一部。向北一直打到乌桓、辽东。自此，曹操统一了北方。六月，曹操废弃三公之职，置丞相，将从前司徒、司空、太尉等三公的权力集于丞相一职，自己亲任丞相，至此，他不仅在实际上，而且在名义上集朝中大权于一身了。同年七月，万事俱备的曹操整顿兵马，南征荆州刘表。八月，就在曹操大军南下，直逼荆州时，刘表病死，其次子刘琮被扶为荆州之主。九月，曹操大军攻占刘备屯居的新野，刘备南逃。同月，曹军占领襄阳，刘表之次子刘琮率荆州兵马投降，曹操尽得荆州马步军和水军十六万。十月，曹操大军水陆并进，一路人马南下南郡江陵，又顺江东下，直逼江夏，另一路人马沿汉水南下直逼江夏。

曹操南下，震动江南。早在刘表病故，曹操正欲南下，刘琮尚未投降之时，孙权就召集众人商议对策。鲁肃提议往襄阳吊丧，劝说刘表两个儿子刘琦、刘琮及刘备领荆州之军民与江东共破曹操。孙权答应了。鲁肃便带了礼物往襄阳吊丧。他欲先到江陵，再从江陵北上襄阳。不料，还未到江陵，就听说曹操已经举兵南下，占新野，直逼襄阳，刘备南逃。跟着，刘琮投降，曹操得了襄阳，兵分两路直逼江陵与夏口。刘备正往夏口方向逃窜。此时镇守夏口的是刘表的长子、江夏太守刘琦。孙权、周瑜退出夏口后，刘表便派刘琦接替黄祖为江夏太守，进驻夏口。

鲁肃就果断地在当阳截住刘备。其时，刘备丢盔弃甲、一脸狼狈。彼此寒暄致意了，鲁肃问刘备欲何往。刘备称与苍梧太守吴巨有旧交，到夏口后便前去投奔他。鲁肃道："孙讨虏聪明仁惠，敬贤礼士，已据有六郡，兵精良多，足以立事。今为君计，不如遣腹心使者与我江东结好，共济世业！苍梧太守吴巨偏在远郡，行将为人所并，岂可托付？"话音未落，刘备旁边一人立即接道："子敬先生所言极是！愚以为，当今之计，莫若联结东吴，以共抗曹操！"鲁肃见此人身长八尺有余，年约二十七八，身穿青袍，头戴纶巾，举止从容，表情凝重。神色疲惫的刘备赶紧道："此是诸葛孔明！现在某身边为宾客！"停了一下，又补充道："孔明之兄诸葛瑾在你们江东做事！"刘备所说的诸葛瑾，字子瑜，是诸葛亮的亲兄。少游京师，治《毛诗》《尚书》，很有才学，为人恭谨谦让，现与鲁肃一道做孙权的将军府内幕宾，担任参军。

鲁肃一听大喜，赶紧道："我与子瑜是好友！"他与诸葛瑾不仅同在吴侯手下共事，且相交甚好。诸葛亮听了，立即作揖行礼，以示敬重。鲁肃也还了礼。两人又谈了些联吴抗曹的优势，极为投机。刘备一旁听着，沉吟不语，半晌，缓缓道："且依子敬先生所言！再做商议！"嘴上虽如此说，内心里却担心孙权也非曹操的对手，若联了吴，无疑也是送死，还是想往苍梧投奔吴巨。毕竟那里偏远，曹操一时鞭长莫及。鲁肃见刘备同意了，赶紧返回去复命。

鲁肃回到柴桑不久，曹操的部将曹纯、文聘等领铁甲骑兵五千在当阳长坂坡追上刘备，杀得刘备全军覆没。刘备一个妻子糜夫人及一个女儿死于乱军之中，其子刘阿斗为部将赵云所救。刘备仅带数十骑得免，后在先到夏口的关羽接应下，方才得脱。到了夏口，诸葛亮急谏道："事急矣！请奉命求救于孙将军！"刘备此刻但有一线生机便要紧紧抓住，于是赶紧令诸葛亮带了礼物往江东去拜见孙权，请孙权速速出兵抗曹，以救他一命。

诸葛亮到了柴桑，鲁肃领他见了孙权。诸葛亮力劝孙权联合刘备，共同抗曹。孙权此刻却犹豫不决了。当初，他派鲁肃往襄阳，是要与刘表的两个儿子及刘备一道联合荆州之军民一共抗曹，荆州之军十六七万，加上他江东人马，是足以与曹操一战的！现在，荆州已降曹操，水陆军十几万俱归曹操所有，刘备也被打得仅以身免，与其说是联刘抗曹，不如说是他独力抗曹！以他江东之力，岂可挡得住曹操百万大军？孙权拿不定主意了，他想观望一阵再说。于是，令人将诸葛亮先在馆中安置了，待与众人商议后回话。

第二日，孙权接到了曹操派来的使者送来的檄文，檄文道："孤近承帝命，奉词伐罪。旌麾南指，刘琮束手；荆襄之民，望风归顺。今统雄兵百万，上将千员，欲与将军会猎于江夏，共伐刘备，同分土地，永结盟好。幸勿观望，速赐回音。"

孙权接到檄文，惊得脸色发白，示与身边的众谋士与官员，众人也瞠目结舌。谁都明白雄兵百万、上将千员的威力，也都知道曹操用兵如神的才华，更是亲眼见得曹军一路旌麾南指，荆襄之民是如何望风归顺，刘备等人是如何丢盔卸甲的。而且，谁都知道，这个檄文名为檄文，邀孙权与曹操共击刘备，其实是试探与威胁。如答应与曹操共击刘备，实际便是投降曹操；如拒绝共击刘备，则曹操就毫不客气，前来讨伐江东！总之，虽是檄文，实为逼降之书，是在问孙权：战乎？降乎？

孙权问身边众臣当如何办？张昭道："曹操拥百万之众，借天子之名，以征四方，今又得荆州，与我共有长江之险，势不可敌！以愚之计，不如纳降，则东吴民安，可保江东六郡！"众谋士与官员也赞同张昭之言。独鲁肃不吭声。孙权见众人都主张降，尽管内心里不情愿，却也拿不定主意。恰此时，忽感尿急，便要如厕；就令众人稍候，自离了大厅，从后门往茅厕去。鲁肃赶紧追了出去，在走廊边拦住他道："众人劝将军投降曹操，乃误将军之议！鲁肃降曹，可做官到郡守！将军降曹，欲归何处？"孙权听了，悚然一愣，看着他，犹豫道："如不降，又如何？以我江东之力，又怎挡得住曹操虎狼之军？"鲁肃想了想道："主公何不唤公瑾回来商议？"

一句话点醒了孙权，如完厕后，他令众人散去，即刻令人去鄱阳湖唤周瑜来议事。

周瑜此时正领军在鄱阳湖中训练。鄱阳湖离柴桑约二十多里地，为了督促训练，他和众将士一同住在鄱阳湖边的军营里。曹操挥兵南下，攻新野，取襄阳、下江夏，他都知道。训练水军原是准备攻打刘表的，现在刘表已死，荆州已被曹操占了，自然，下一仗便是对曹操了。他不知道曹操已令人传了檄文过来，也不知江东已有众多人主张降曹。他只知道，和曹操必有一战。曹操素有一统中国的梦想，决不容忍割据一方。他对此还是很赞赏的。无论如何，统一比割据要好；和平胜于战乱，如果国中之地为曹操这个一代雄杰统一起来，恢复朝纲，再现文景之时的开明盛世，也未尝不可。时下，在曹操治下的北方，百姓生活明显就富足安康多了。他相信，曹操一统华夏后，治理出一个安康强大的盛世，并非难事。但现在的问题是：江东不是刘繇的江东，也不是刘勋的江东，而是孙策之弟孙权掌管的江东，是一个

270

富足的、百姓拥戴的江东，所以，无论如何他也不会让曹操的铁骑跨过长江天险的！他既要报孙策的知己之恩、兄弟之情，也是为了江东的百姓着想！如果曹操执意要吞并江东的话，他就只有挺身而出，举兵相迎了。况且，他也知道，如今的曹操与昔日的曹操，多少有些不同了。昔日的曹操，虽独揽朝中大权，但还是尊奉汉室的，还是有为汉室除残去污之心的，还没有太明显的帝王之心。如今的曹操，横扫北方，雄兵百万，多少有些志得意满、睥睨天下，虽不敢明言废帝，日后难免不会称帝。既曹家坐得天下，孙家又为何不可以坐天下？所以，他更加紧操练水军。他知道，真要打开来，曹操兵力远胜于江东兵力，欲以少击众，唯有以一当十。

这天，初秋的太阳正在当空。鄱阳湖中，波推浪涌，湖风飒飒，百舸争流，桅杆如林，风帆如云，遮天蔽日。如林的战船中央，一艘船舷四周彩绘着蓝天白云的两层楼船上，周瑜立在甲板之上指挥数百只战船演习。"周"字大旗在他旁边迎风飘扬。他身披金盔金甲，果敢沉毅的目光凝望着前方。他的身旁，一左一右站着黄盖、韩当。身后是李通、方夏，还有两排手举令旗发号传令的军士。楼船的第一层甲板上，立着几排鼓手。鼓手听他命令擂鼓进军，旗手听他命令挥动令旗传令，或擂鼓或挥旗，依情况而定。吕蒙、甘宁、周泰、陈武、董袭等将各领着自己的船队，依照周瑜的号令，在湖中往来穿梭，迎风破浪，纵横驰骋，如履平地。船上的军士们或一手执盾牌，一手提砍刀，跃进入对方船中演习厮杀；或呐喊声声，手持长戈，与对面船上的人演练攻战。或张弓搭箭射向远方船上的草人。但有不小心落入水中的，或水上攻战不娴熟的，都会遭到带队将领或军官严厉的呵斥甚至体罚。

与此同时，远离湖中心的岸上，一队英姿飒爽，身着红装绿衫，腰挎短刀的女兵骑着马，从柴桑方向直奔鄱阳湖岸边周瑜大营。领头的一位女兵身着粉红缎罗战袍，腰两边裹绿色绣花软甲，头缠红色丝绵巾，腰间悬剑，足蹬粉红绣花靴。鸭蛋脸，浓眉大眼，俊俏英气，腰肢柔曼有力，身材窈窕婀娜。浓眉间不时溢出几分刚烈之气。

这着粉红战袍的女子领着这队女兵到了湖边周瑜大寨的寨门口，径往里闯。把门的两位军士都是攻占夏口后俘获的黄祖的士兵，并不认识她，赶紧挥戟拦住。她大怒道："放肆！不认得本姑娘吗？"

那两军士的确不认识她，况在周瑜军营，以军法为大，就挺挺胸、不苟言笑道：

"没有军令，任何人都不可擅自闯入！"

这女子柳眉倒竖，挥起马鞭，左右开弓，抽在两名士兵的脸上，趁两名军士哀叫之时，又刷地拔出剑来，左劈右砍，将两个军士手中的戟掀开，径往里冲去。身后的女兵们也跟着冲了进去。这时，一军官领一队士兵正要出寨，这军官原为黄祖军中的屯长，现也在周瑜军中任屯长，见一队女兵擅闯军营，大惊，喝道："何人乱闯军营！给我拿下！"

他身边几名军士立刻上前要拿下领头的穿粉红战袍的女子。那女子大怒，纵马奔上前，挥剑朝屯长砍来，屯长猝不及防，被砍中左肩，他惨叫一声，鲜血喷出，一面捂着手臂，一面大喊："还不给我拿下！"

几个军士挥起长矛就朝领头的红衣女子捅来。女子身后的一个女兵赶紧喊道："住手！这是吴侯小妹孙尚香姑娘！还不下跪！"

与此同时，从营中奔出一队人马，领头的正是驻守营中的潘璋，听见喧哗，正怒气冲冲要来厮杀，一见这红战袍女子，愣了一下，赶紧跃下马来，拱手施礼道："原来是孙姑娘！末将有礼了！"

众军士见潘璋如此，知道遇上大人物了，也赶紧跪下。

潘璋看了看捂着胳膊的屯长，喝道："竟不认识吴侯之妹？还不退下！"

屯长愣愣地看了看潘璋，又看了看孙尚香，跪了下来。疼得咬牙切齿，额上滚出豆大的汗珠，脸色惨白，鲜血仍不停地从胳膊上渗出来。

潘璋问孙尚香来军中有何贵干，孙尚香不回答，大声问："你家都督何在？"

潘璋赶紧答："周都督领大军在湖中演练，留末将把守营中！"

孙尚香也不回话，勒转马头对众女兵道："走！"

领着众女兵出了寨门。潘璋赶紧上了马跟上。

这姑娘便是孙策、孙权的小妹孙尚香。此番从江东来柴桑，正是冲着周瑜而来。她如今已长成亭亭玉立的美少女，但个性刚烈，偏爱舞枪弄剑，很有男儿之风。不惟如此，也要身边的婢女都随她舞刀弄枪，故身边有一支数百人的女兵队伍。吴二夫人自吴太夫人故后，被孙权当作母亲尊奉着，江东人都称她"吴国太"。吴国太并未生育，加上吴太夫人生前将孙尚香托付给她，故十分宠爱她，也不加干涉，随着她的性子来。前些时，张昭等众江东谋臣被孙权唤到柴桑议事，她也随着张昭等人到了柴桑，口头上说是在江东闷得慌，想到前面看一看，其实是要来看看周瑜。她自小就喜欢周瑜这个英武豁达、风流潇洒的兄长，及至及笄，情窦初开，内心深处更是萌生了爱慕的情愫。她最渴望最盼望的日子就是与周郎相处！听他的声音，看他英武颀长挺拔的身材，还有那张俊美风流的脸和深沉秀丽的眼睛。在她看来，世上没有任何一个男子可以与她的周大哥相提并论。尽管她知道周瑜娶有小乔，且发过誓，终身只娶小乔一个人，但她仍然暗恋着周瑜。这种暗恋没有理由，也不需要理由。为此，她常在周瑜往吴侯府拜见吴国太和吴侯孙权时悄悄窥探他，打量他，听他说话，或干脆找个理由进去与他讲几句话。但周瑜似乎并没有觉察她的心思，依然如待小妹一般待她。她并不丧气！她相信周瑜最终会喜欢上她的，会待她像待小乔那样子的！她自小是家中最受宠的人，凡是她要得到的东西，必定会得到！

到了柴桑后，得知周郎在鄱阳湖练兵，终于瞅了个空，领着她的女兵们直奔鄱阳湖周瑜军营来了。

到了湖边，只见远方湖中隐隐传来厮杀声，隐隐可见阳光下有一片片云帆在移动。湖边也停泊着数只战船。她领众女兵分头跳上数只战船，令守船的军士往湖中心开船。守船的军士们认识她，又见潘璋跟在后面赶来，就赶紧摇起桨。潘璋见孙尚香一行上了船，也跳上一只小船，跟着孙尚香往湖中心奔去。他原是少年游侠儿，孙权做阳羡县长时，见他有勇力、有游侠气，就招他到身边，令他随侍左右，故与孙尚香甚为熟悉。

船行一个时辰到达湖中心。只见周瑜在阳光下威武沉静地指挥着上千战船往来呼啸，金盔金甲在太阳下绽放耀眼的光芒。因为穿戴盔甲，披着战袍，挺拔的身材既有玉树临风之秀美，又不失魁梧高大之雄壮。美髯迎风飘动，红袍也被风吹起，更显飘逸。帅气白皙的脸上弥漫着威严、成熟、庄重与沧桑，聪慧秀丽的眼睛里闪烁着智慧与坚毅。孙尚香看得呆了！这就是儿时那个风流倜傥、潇洒多情、喜说笑话、喜逗着她玩的周郎？此刻看上去，又是别一番风采！统兵百万的统帅的风采！高贵华美威而不怒的风采！

周瑜正在指挥操练，眼角瞥见几只快船开过来，赶紧侧脸望，结果看见了正用热烈的目光凝望着自己的孙尚香，他眉头蹙了起来。他是看着孙尚香长大的，知道她个性刚烈，又有些骄横。但因是孙策疼爱的小妹，所以他和孙策、孙权等众人一样，每每宽容待她。这两年，他也从孙尚香有意无意的目光中，感觉到她对自己的一份好感。他警惕了，尽量与她保持一些距离与分寸，尽量不与她过于亲热以免引起她的误会。他心里很清楚：不管他是否喜欢这个小妹，他都不可能与她有什么的！当然，也不可待她太冷淡。毕竟是吴侯之妹，是孙策之妹！今年春，他做前部大都督领军征讨黄祖，孙权便请他带上孙尚香，说孙尚香自小喜欢打仗，不妨前去见识一下那千军搏杀的场面。他婉拒了，称黄祖狡猾，胜负难料，如有闪失，恐负重托。而况，将士在前线用命，自己需分心照顾身边的孙尚香，实在不妥。这样，孙权方才没答应孙尚香。但，她还是到了柴桑，在曹操大兵即将压境时赶来了，而且直入湖中他操练的地方！

不一会儿，孙尚香的船靠近了周瑜的楼船。孙尚香学着周瑜手下将领的架势拱手行礼道："大都督！尚香小妹拜见大都督！"

周瑜平静地看着他，道："此是我操练军马之处，香儿擅自闯入，莫非有要紧之事？"

孙尚香送来一个热烈多情的目光，撒娇的口气笑道："小妹要看周大哥领军操练！"

周瑜沉下脸道："虽是操练，但刀枪如林、舟楫纵横、箭矢如雨，也难免会有误伤，你快些离开好了！"

说完，他令孙尚香船上几个驾船的军士道："速将姑娘送还上岸！违者军法相待！"又对跟上来的潘璋道："潘将军！你不守营地，来此做甚？"

潘璋赶紧驾船上前禀道："禀都督！末将怕孙姑娘有闪失，所以随来了！"

"速送孙姑娘回营地！"周瑜命令道。

潘璋应诺，就劝孙尚香离去。孙尚香船上驾船的几个军士也赶紧转舵。孙尚香大怒，拔剑搁在一个军士肩上道："你敢转舵！姑娘我就杀了你！方才我已砍杀一个军人！再杀你也无妨！"那军士吓了一跳，看看搁在肩上的剑，眼巴巴地望着周瑜。

周瑜皱起眉头问潘璋，孙尚香所说的杀一军人指的是何事。潘璋不敢隐瞒，就将刚才孙尚香擅闯军营，砍伤屯长的事说了。周瑜一听大怒，喝令身边的李通领人到孙尚香船上将孙尚香绑起来。李通领人跳到孙尚香船上。孙尚香大怒，举剑朝李通等人砍来，李通躲过剑，指挥几名侍卫一拥而上，下了她的剑，将她绑住。周瑜令将她就地打四十大板。周瑜身后的黄盖、韩当赶紧求情，称吴侯面上不好看，周瑜恨恨作罢，令李通等人押着她速回大营。又责潘璋不守军法，有纵容之过，罚他连守大营数日。潘璋满面通红，唯唯诺诺认错。

就在此时，一只小船急急地朝周瑜这边驶来，船上站着孙权的使者。周瑜赶紧令接上楼船。双方礼毕，那使者传孙权口谕，请周瑜速回柴桑议事。周瑜又问何事，使者便将曹操送檄文的事告诉了周瑜。周瑜就令停止操练，大军依序返航。于是，上千艘大小战船鼓着风帆，迎着湖风，推开波浪，依序从湖中心直往岸上驶去。

上了岸，太阳已经西沉，鄱江湖水被夕阳染得火一样通红。周瑜令给孙尚香松了绑，令她离开此处。孙尚香恨恨地瞪了周瑜一眼，又踹了李通一脚，骑上女兵牵来的马，接过女兵递来的皮鞭，猛地朝李通手下一名侍卫背上抽了一鞭，然后愤愤地上了马，带着众婢女离去。

周瑜满面怒容地看着她的背影远去，上了侍卫牵过来的马，带李通等人去探视了被孙尚香砍伤的屯长。这匹马不是"白雪飞"。世事沧桑，白驹过隙，"白雪飞"年老齿衰，已在几年前无疾而终，令周瑜伤心了好一阵子。

见了受伤的屯长，周瑜赞他忠于职守，赏赐他美酒一坛、丝绢十匹，令医者好生医治。那屯长感动得热泪盈眶。然后，周瑜与使者一同赶回柴桑。

三十　孔明涕泣求周郎，子布忧心谋和局

到了柴桑，使者自去复命，周瑜也回自己府宅里。令府中婢女烧了水，洗了个澡，然后换上舒适的肥大的衣衫，在油灯下抚琴而坐，边弹琴边细细地思量。琴声之中，他的思绪更为开阔。如有忧伤的情怀，这忧伤便随着琴声一点点消散；如有风急雷吼的大事，在有一搭没一搭地弹奏中，脑中便会有许多意想不到的主意。

不一会儿，方夏来报，说张昭、顾雍、秦松三人来访。周瑜令请人，自己也起身去了大堂。他与张昭共辅孙策，相交很深，也钦佩张昭的才学见解。他与孙策在外征讨时，江东所有大事就是张昭独自处置的，大多处置得十分合理，深得孙策喜爱。时下，黑云压城，风云变幻，他很想听听张昭的主张。到了大堂，双方分宾主坐下，张昭愤激地对周瑜道："曹公拥兵百万，正兵分两路，顺江东下，昨日已发来檄文，要请主公会猎于江夏，实是问主公是战是降。我等众人都劝主公投降曹操，以保江东平安。鲁子敬却力劝主公与曹操一战！并邀来刘备的宾客诸葛亮游说主公，欲请主公和刘备联手抗曹！如此我江东岂不大祸临头？"

他身边的顾雍也认真道："曹操统百万大军，战将如云，我江东难以抗争，为江东百姓和诸位安全计，某以为还是降了曹操为好！"

顾雍字元叹，吴郡吴人，曾做过合肥长，很有政绩。现为会稽郡丞。会稽太守原为孙策兼领，孙策死后，由孙权兼领，孙权从未到职，实际由顾雍代行太守事。

"正是！鲁子敬未免不识时务！何苦为一个刘备误了我江东大好河山？"秦松又道。秦松也是南下的北方名士，现为孙权吴侯府中宾客。

周瑜心头划过一丝阴影。他想张昭、顾雍、秦松都是有识之士，更是江东的栋梁，连他们都主和，则孙权会是怎样犹豫！他本想同他们说几句，但想着鲁肃就快要到了，两方碰见了不好，就笑道："公瑾方回，情况尚不明了！又有些疲惫，待考虑一下后，明日在主公面前商议，如何？"

"可也！"张昭悻悻道，停了停又恳切道："公瑾！孙伯符将军去世前将主公托付我二人，请看在伯符将军分上，定要为主公拿定主张！万不可令孙氏后人

为兵火所焚！否则你我死后无脸见伯符将军了！"

"子布先生放心！周瑜断不敢负伯符重托的！"周瑜客气道。

张昭等人悻悻告辞而去。

他们走了不多一会儿，鲁肃前来拜访，身后跟着诸葛亮。周瑜将二人迎进。鲁肃将诸葛亮向周瑜介绍道："公瑾！这位是刘使君的使者诸葛亮！日前正受刘备之托前来找主公求救！"

诸葛亮赶紧上前一步，行着跪拜礼，恭敬道："愚生诸葛孔明久仰将军大名，如雷贯耳，今日得以拜见，欣慰不已！"

周瑜躬身还礼，不冷不热地请鲁肃与诸葛亮上坐，并令婢女奉茶水。他对诸葛亮并不了解，也无成见，但因是刘备的谋士，心中也就有些不屑：天下英雄有得是，此人何故要追随刘备这种志大才疏、狡猾虚伪之人？

双方寒暄一刻后，鲁肃目示诸葛亮对周瑜道："公瑾！时下同在江东效力的诸葛瑾便是诸葛先生的兄长！"

"哦！"周瑜笑了，对诸葛亮点了点头，道："原来是诸葛子瑜先生之弟！我与你兄是朋友！"

鲁肃见周瑜对诸葛亮有了笑脸，脸上便露出微笑，他想周瑜一直在鄱阳湖训练水军，未必知晓形势，就向周瑜仔细介绍了曹军一路南下，刘备惨败，曹操传檄，东吴大多人都主和的形势。周瑜细细听完，道："子敬是主战，还是主和？"

鲁肃急切道："我自是主战了！其一，江东基业，已历三世，岂可一旦弃于他人？其二，刘皇叔现在有难，求救于主公，岂可见死不救？其三，我与足下都食孙家俸禄，受孙家知遇之恩，岂可有恩不报？故，我主张为主公奋力一战！可是主公却拿不定主意！"

"主公为何拿不定主意？"周瑜问道。

"主公欲战，又怕战不过；欲和，又怕国破家亡，愧对父兄！故遣使请你来定夺！有道是，外事不决问周郎，公瑾主张对主公至关重要！请一定说服主公对曹操一战！如此，上可以报孙讨逆知遇之恩，下可成全千古英名！"鲁肃严肃的表情道。

"哈哈哈！"周瑜抬头大笑，道："既然众人都主和，求和就是了！曹操只要会猎刘备，与我江东何干？不妨且答应他，待灭了刘备再做打算！"

"这……"鲁肃愕然地看着周瑜，一时对不上话。

诸葛亮脸色刷地变得苍白，脸上笼罩着沮丧又悲哀的表情，呆呆地看着周瑜。

"周将军！"诸葛亮忽然起身，面对周瑜长跪下去，含泪道："周将军！请看在我兄诸葛瑾与将军为友的分上说服孙将军出兵救刘皇叔，孔明没齿不忘将军大恩！"

"君请起来！不必如此！"周瑜平静道。

诸葛亮并未起身，含泪拜道："周将军！有道是士为知己者死！孔明出山之时，也知刘皇叔兵少将微，智力驽钝，难以成事，但感刘皇叔三顾草庐之恩，遂决意追随刘皇叔，万死不辞！万请将军看在孔明肝胆至诚之心分上，救刘皇叔一命！孔明将肝脑涂地以报将军之恩！"

然后他跪在地上含泪对周瑜讲了刘备请他出山的经历。

原来，诸葛亮字孔明，琅邪阳都人。早年丧父，随叔父避难荆州。叔父去世后，其兄诸葛瑾往江东谋事，诸葛亮就与诸弟在距襄阳四十里地南阳隆中躬耕垄亩。其时刘备屯居新野，谋士徐庶为他推荐了诸葛亮，并称诸葛亮为卧龙。刘备于是往隆中拜访诸葛亮，前后拜访三次，才得以见到他。在诸葛亮的草庐里，刘备向他讨教天下大计，诸葛亮为他提出了三分天下之论，道："曹操拥有百万之众，挟天子以令诸侯，不可与他争锋。孙权据有江东，国险民附，重用贤能，可以为外援而不可以打主意。荆州沃野千里，是上天送给将军的肥肉。益州险塞，天府之土，刘璋暗弱，民殷国富而不知存恤。将军若占有荆州、益州，外结好孙权，内修政理，一旦天下有变，则命一上将将荆州之军以向宛洛，将军自将益州之众出于秦川，则霸业可定，汉室可兴！"刘备听了，连连称好，当即请他出山。诸葛亮便做了刘备的宾客，参与军机大事。两人交情日密，一度引起关羽、张飞不满，不免有些闲言。刘备对他们道："孤有孔明，如鱼之有水！诸君休得再说闲言！"

讲完了，诸葛亮含泪对周瑜道："孔明自幼读儒家书，也知春秋大义！人生在世，当以忠义为本！亮躬耕垄亩，苟全性命于乱世！但刘皇叔不以亮卑微，三顾亮于草庐之中，咨亮以当世之事，此后又如此器重！亮岂能不感之于心，又岂能不随皇叔驱驰以报知遇之恩？故亮乞周将军说服吴侯出兵抗曹！亮在此先叩谢了！"

说完，跪在地上连拜两拜。

周瑜见诸葛亮说得涕泗横流，一片赤诚之情溢于脸上，内心里暗暗感叹。看来，这诸葛亮也算有些学识。他在隆中为刘备所策划的三分天下之论，与他当初为孙策谋划的南北相峙之论颇有相似之处。当初，他也是建议孙策先取荆州，再取益州，一待天下有变后，就兵分两路，直取宛洛和秦川，成就帝业。两人见地竟如此相似！当然，诸葛亮的三分天下之论对于当时兵不满二千，将只关羽、张飞，且寄居人下的刘备而言，只是空谈而已，是遥远不可企及的事，对于现在的刘备而言，更是一个烟消云散的美梦了。现在刘备命都顾不上了，哪里还有取荆州、益州的心思与本事？但这取荆州、益州，再从荆益出军以定天下的主张本身，却是金玉之言！从这一点看，诸葛亮，这个二十七八岁的年轻人也确有些真才实学！刘备这个庸才得此人才，也算有福。此外，从诸葛亮一番言语中，他也感到诸葛亮是一个忠诚谨厚的人，是那种知恩图报的人。他欣赏这样的人！

"请起来说话！"周瑜赶紧起身，伸出双手，要扶他起来。

"不！除非将军答应说服孙将军助我主公！否则亮长跪不起！"诸葛亮以头抵地，像个小孩似地倔强道。

"哈哈哈！"周瑜直起身子，仰头大笑，又看着他道："果真有些忠勇之气！若刘备日后能成气候，必是足下功劳！好吧！明日议事，周瑜定会说服吴侯对曹操一战！"

"周将军所说当真？"诸葛亮兴奋地抬起头，脸上还挂着泪珠。

周瑜含笑爽快道："君子一言，驷马难追！你既久闻我大名，难道不知我是信义忠勇之人？我与孙伯符将军亲如骨肉，既有总角之好，又有知遇之恩，我岂能将伯符打下的半壁江山拱手送给他人？方才所言，只因周郎厌恶刘备其人，才出此戏言！"说完了，他目视前方，眼里射出坚决的、果敢的目光："就算刘备不来求救，我周公瑾也要劝吴侯起兵抗曹！就算曹操不逼迫我江东，我也要与曹操一战！这原本就是周郎与孙伯符将军谋划的千秋功业！"

"太好了！诸葛亮代刘皇叔谢周将军了！"诸葛亮再拜。然后起身，回到座上。眼角还含着泪花。

"哎呀！原来公瑾早有主张！方才一句戏言，吓我一跳！东吴有救了！鲁某悬着的心总算搁了下来！"鲁肃高兴地抚着胸道。

"呵呵！"周瑜笑道，"子敬也太小觑周某了！曹公举兵南下，黑云压城，公瑾用兵多年，岂能没有主张？虽在鄱阳湖中操练军马，但主意早已在胸了！"

"就是！就是！我知公瑾会有主意的，所以劝吴侯速召你回来议事！"鲁肃得意地笑了。忽然，他眉头一皱，道："公瑾！依我看，主公也有主战之心，只是怕曹军势大！公瑾要说服主公，需得有些道理才是！"

周瑜胸有成竹地笑道："子敬放心！我明日自有说法！"

鲁肃疑惑地看了看他，点点头，然后道："天色不早了！且先告辞！"周瑜也不留，送出门去。

三十一 言议英发周郎主战，雄烈过人壮士出兵

第二天，孙权在其柴桑的临时将军府里升堂议事。周瑜赶到府衙时，聚集到柴桑的江东名士、谋士、大小官员早已在里面了。诸葛亮也特许一同议事。都分文武侍立在两边。周瑜进来，参拜了孙权。孙权也慰问了周瑜，然后，令侍从取曹操的檄文给周瑜看。

"曹操与我会猎江夏是假，炫耀武力是真，同分土地是假，逼我投降是真！依公瑾之见当如何？"孙权没等他看完，就迫不及待地问。炯炯有神的碧眼射出一道希冀的目光，紧紧盯着周瑜。因为心情紧张，他紫色的胡须微微颤抖着。他今年二十七岁，已长出一部浓密的紫色的胡须，从小便有的碧眼更显得碧绿。这副远异于常人的容貌在一般百姓看来，有天子之气，故而江东民间有人说，东南必兴代刘为帝之人。为江东之主已经有八年了。这八年来，在张昭、周瑜的辅助下，明显成熟多了，也有了江东之主的威信与威严。而江东军队吏士百姓已经完全服膺了他，就像当年拥戴孙策一样。可是，遇见这样的大事，他仍然拿不定主意。从内心里，他实在不愿归顺曹操，让曹操给自己封个侯或什么刺史、太守之职什么的，那样不仅随时会成为曹操的鱼肉，就是死后，也无法面对九泉之下的哥哥孙策，还有父亲。可是，如真要与曹操开战，又打不过，而张昭等人也抓住这点劝他降曹，这该如何是好？现在，他就要看周瑜的主意了。有道是：外事不决问周瑜！

周瑜看完檄文，交还近侍。他知道整个大厅里所有目光都看着自己，孙权焦虑的目光，鲁肃、诸葛亮灼热的充满希冀的目光，一向爱挖苦他欺侮他的程普专注而期待的目光，更有张昭等一班主降的官员紧张又期待的目光。他不动声色地看着孙权，问道："众文武意见如何？"

"有主战的，也有主和的！主和者居多！"孙权答。

"敢问将军，主和之人是何理由？"他继续问孙权。

孙权看了看张昭。

张昭走了出来，站到周瑜旁边，既对孙权，又对周瑜道："曹操拥百万之众，又借天子之名，托名汉相，征讨四方。我江东原可长江之险以抗曹操，但曹操自得荆州，便与我共有长江之险了。故，以愚之计，不如纳降！如此，可保江东百姓安乐、主公无忧。反之，与曹操一战，必给江东带来灾祸！请主公三思，也请公瑾三思！"

"是啊！子布先生所谈有理！"顾雍、秦松等一些官员小声附和道。

鲁肃紧张而严肃地瞪着周瑜。

"不可！"武将中程普愤然喊道，"我等随讨逆将军打下的半壁江山岂可拱手送给他人！"

"我吕子衡宁可玉石俱焚，不可再事他人！"吕范道。

"主公！我等宁可战死，也不愿降曹！"武将中徐盛也喊。他原是琅琊人，随家族避乱江东。十六岁时加入江东军，以勇气和胆略闻名，被孙权拔为别部司马，授兵五百人。做柴桑县长时，领数百兵守柴桑，黄祖派数千兵攻打柴桑，却攻打不下。而他趁敌不备，突然大开城门杀出来，大破黄祖数千军，由此闻名江东，被拔为校尉，现仍领柴桑长。

"诸君少安毋躁！且听公瑾的主张！"孙权喝住众人。大厅慢慢静了下来。

周瑜环顾一下众人，微微一笑，看着孙权，胸有成竹道："周瑜以为，曹操虽托名汉相，但举世皆知他实为汉贼！将军神武雄才，兼仗父兄雄烈，割据江东，地方数千里，兵精足用，英雄乐业，足可纵横天下！就是曹操不来，尚且要横行天下，曹操自来送死，此乃求之不得的好事，岂有投降之理？"

周瑜一说完，鲁肃和诸葛亮松了一口气。诸葛亮感激地看着周瑜，鲁肃捋一捋胡须，得意地笑了。程普脸上也露出了欣慰的笑容。而张昭脸色则有些气急败坏，他愤然一甩长袖，狠狠地瞪了周瑜一眼，对孙权高声道："主公！不可！公瑾身为军人，纵横沙场多年，以攻杀为乐，却不知天下百姓厌恶战乱，更不知江东弹丸之地，哪里抵挡得住曹公虎狼之师？如与曹公一战，我等众人成为曹操阶下之囚倒也无妨，只是我江东百姓势必遭兵火焚煮！"

"哈哈哈！"周瑜豪放大笑。作为一个纵横沙场多年的将军，他渴望那种能够挥洒自己一腔才华，统领千军万马的大战争。但，这并不是以攻杀为乐！这种战争须是行仁义之道。现在，既然曹操杀上门来，而他又必报孙策知遇之恩，那还犹豫什么呢？报知己之恩便是仁义！为江东百姓保一方平安便是仁义！将江东百姓置于明主治下而非嗜杀的曹操治下便是仁义！如此仁义之战，他又有何顾忌？他等的便是这一天！即使曹操不杀过来，他也会和孙策一同北伐中原，一统天下的！——如果孙策还活着的话！更重要的是，他有足够的信心打赢曹操，既然能赢，就不会让江东百姓遭兵火焚煮了！

"主公！"周瑜目光炯炯地看着孙权道："曹操并非诸公所说的那般可怕！依我看，曹操此番南征，犯了许多兵家之忌：北方未完全平定，马腾、韩遂为其后患，此第一忌！曹操之军多是北方青州之军，不习水战，与我熟悉水战的东吴抗衡，并无优势，而其所得的荆州水军、心未定，此二忌！时下正值深秋，行将进入隆冬，马无草食，人不耐寒，此三忌！驱北方士卒，远涉江湖，不服水土，易生疾病，此四忌！这四忌，皆为兵家所大忌！曹操犯此数忌，又志得意满，实自取灭亡！将军擒曹操，就在今日！周瑜只需带精兵三万，进驻夏口，保证为将军攻破曹操！"他侃侃而谈，一种自信的雄烈的光芒在眼中燃烧着。

一席话说得整个大厅鸦雀无声！鲁肃、程普、吕范都频频点头，脸上都跃现兴奋的光芒。诸葛亮用敬重、感激、钦服的目光凝望着周瑜，不断地点头。其他主和的官员也暗暗点头。

孙权的碧眼里绽放着兴奋的光芒，脸颊微微泛红，一动不动地盯着周瑜。

"区区三万人要破曹操百万大军？公瑾固然雄烈过人，可未免也太气盛了！"张昭愤怒道，"曹操不是刘勋、刘繇！"

"啪！"孙权猛一拍面前案桌，站了起来，碧眼里燃烧着兴奋和自信的光芒，这是刚才周瑜那番话为他点燃的。

"公瑾说言极是！"孙权慷慨道，"曹操早想废汉自立了，只是忌讳袁绍、袁术、吕布、刘表与孤！现在数雄已灭，只剩下孤！孤与曹操，势不两立！公瑾所言，正合孤意！"说完，他看了看周瑜，又环顾众官员，紫须兴奋地颤动，一种摆脱了痛苦选择与犹豫不定的以及看到了希望的快感支配着他。

"周瑜愿为将军决一血战，万死不辞！只是怕将军狐疑不定！"周瑜趁热打铁道。

孙权猛地拔出腰中佩剑，往面前案上砍去。"啪"的一声，砍掉案桌一角。然后他瞪眼环顾众人道："诸官再有说降曹的，与此案一样！"

张昭等一帮主张降曹的官员都愣住了。张昭张了张嘴，想说什么，最终没有说出来，他恨恨地叹了口气。

"公瑾！孤封你和程德谋为左右都督，鲁肃为赞军校尉，统军前去破曹操！大小将士，都听你调遣！如有不服者，即以此剑先斩后奏！"孙权说完，将剑插入剑鞘，连鞘一同解下，双手举起，递在周瑜面前。

周瑜上前接剑，拜了两拜，抱剑在怀，退了下来。

"今日议事，就此为止！"孙权又道，从后门退了下去。

周瑜和众人于是纷纷退了出去。

走到府门外，张昭怒气冲冲地叫住了周瑜。

"公瑾！"张昭道，"但愿足下不是图一时之快而置我等于水火！"

"子布先生放心！周瑜乃是深思熟虑！"周瑜谦和地笑道。

"那就是说你和曹操一战，只有胜，不会有败？"张昭不快道。

"子布先生可静候佳音！"周瑜莞尔笑道。

"以三万之众击曹军数十万？哼！果真是姜尚、孙武转世？"张昭一甩长袖，恨恨地走开，上了马车。

"公瑾！"鲁肃领着诸葛亮走了过来。"公瑾今日所言实是力挽狂澜！"鲁肃亲热地拉了拉他的胳膊，高兴道。

诸葛亮上前，对着周瑜拱手长拜："孔明代刘皇叔谢周将军！"

"不必多礼！周瑜既是助刘备，也为江东！"周瑜笑道。

"孔明久闻周将军和孙讨逆平定江东、袭占庐江、攻杀黄祖的英雄业绩，对周将军智谋出众、雄烈过人、文武双全向往已久，今日见将军言议英发，果然是名不虚传！请周将军再受孔明一拜！"诸葛亮真诚地说道。没等周瑜说话，就跪倒在地拜了两拜。

"孔明太过褒扬了！周瑜只是江东一个凡人而已！"周瑜赶紧扶起他。

"兄弟！"只听一声喊起，奔过来一个人。周瑜一看，原来是孙权府上宾幕、诸葛亮之兄诸葛瑾。诸葛亮扭头，见是诸葛瑾，脸上现出惊喜之色，赶紧拱手行礼道："原来是兄长！"

诸葛瑾恭敬地对周瑜与鲁肃行了礼，寒暄了两句，然后亲热地拉着诸葛亮的手责备道："听说你已到江东多日，为何竟一直不来看我？莫非忘了手足之情？"

"哥哥！"诸葛亮紧紧地拉着诸葛瑾的手，眼眶湿润了，动情道："弟与哥哥一别三年，无日不思念哥哥，岂敢忘手足之情？只是弟来江东为办公事，看望哥哥，乃是私事！我理当先公后私！公事尚未着落，弟寝食不安，哪里敢去顾私事？

请哥哥谅解！"说完，他含泪对诸葛瑾行了个大礼。

周瑜心里升起一缕感动：好一个仁厚忠义、不因私废公的良材！这样的人才竟去辅助刘备之流，实在可惜，于是他对诸葛亮郑重道："孔明！我看足下有王佐之才，又仁厚忠义，如今我江东正是用人之际，何不留在江东与我等一道共创大业？如足下有意，周瑜定在吴侯面前鼎力举荐！"

"是啊！"诸葛瑾也应和道，"江东人杰地灵，主公英明神武，远胜于刘备！而且你我兄弟同在江东，早晚也可相见，何乐不为？"

"周将军！兄长！"诸葛亮看着二人，诚恳道："我何尝不知江东英雄辈出，有志之士大有作为？只是亮受刘皇叔厚恩，正如周将军受孙伯符将军厚恩、哥哥受孙仲谋将军厚恩一样，但忧无以回报，何曾会想到绝情相弃？而况正是刘将军落难之时！"

周瑜用感慨又钦佩的目光看了看他，叹口气道："刘备虚伪奸猾、志大才疏，实在不值得有为之士为其效忠，但人各有志，孔明老弟既有此志，我等自不会强求！唯愿足下鸿鹄之志有伸展之日！"说完，微笑着对鲁肃及诸葛兄弟道："诸君且慢慢叙旧，公瑾先告辞了！"拱手与众人告辞，众人赶紧还礼。然后，周瑜上了方夏牵过来的马，带着方夏、李通，抱着孙权封的剑，打马而去。

周瑜走后，诸葛瑾则邀诸葛亮往他家小酌。诸葛亮此行大功告成，已无心事，欣然前往。鲁肃素与诸葛瑾相交不错，也一同去了。

三十二　周郎兴兵出鄱阳，香儿红装上沙场

当晚，周瑜在屋里歇息时，忽然又担心孙权经不住张昭等人的进言，会有反复。毕竟，几万人马对付数十万人马，举世罕见。于是他就要方夏备马，带着方夏赶往孙权的府宅。

到了孙权府宅大门，门吏见是周瑜，径放周瑜进去了。方夏牵了马也进去，在一边的回廊下歇息。

大院里林木幽深、回廊曲折。周瑜还没走到孙权住宅，就见院中几株夹竹桃间，一个年轻女子正穿着束腰的短衣舞剑。她飒爽英姿，闪展腾挪、劈砍挑刺，口里杀声连连。旁边，两个持剑的婢女侍立在一边。虽然月色朦胧，但周瑜从那声音和那体形认出舞剑的是孙权的妹妹孙尚香。他愣了一下，硬着头皮走了上去，尽量往旁边绕着，想借夜色与树林的掩护赶快进到吴侯住处。不料，孙尚香一个凌空飞跃，奔到他面前，一道寒光闪过，那把剑横到了他面前，喝道："何人！擅自闯入！"

他知道孙尚香还在生昨日鄱阳湖里绑她的气，平静又无奈地应道："是我！已近二更，孙姑娘还有雅兴舞剑？"

"哼！心有不平事，又怎能安然入梦？"孙尚香气恨恨道，收了剑。

"那就舞到天亮，将这不平都诉诸三尺剑好了！"周瑜调侃道。

孙尚香瞪起杏眼，射出一缕嗔怒，之后，又射出一缕热烈多情，正要开口说什么，身边一个十六七岁的婢女上前一步，跪在地上朝周瑜一拜道："大人！奴婢拜见大人！"

周瑜一看，原来是方夏的妹妹冬儿。冬儿在周瑜家中长到十二三岁时，方夏和她本人都过意不去，觉得不可以让周家白养活，总得做些事才是，执意要在周家做婢女。但周夫人坚决不愿意，周瑜更不愿意。恰好有一日孙周两家相聚，吴国太看上了冬儿，执意要冬儿做她的贴身婢女。周夫人心有不舍。冬儿在周家是当作女儿养着的。但又不好拒绝，偏冬儿又十分情愿，就只好任她去了。吴国太

因她是周府出来的，也很关照她，吃的用的住的都比别的婢女好。后来，孙尚香喜欢冬儿，硬拉着冬儿来做了她的贴身婢女。冬儿性子温顺，与刚烈的孙尚香正是刚柔并济，故两人相处极好。两人既是主仆，又亲如姐妹。

周瑜一见冬儿给他行大礼，赶紧扶起冬儿道："起来！冬儿！我说过了，见了我不必行大礼的！"

冬儿默默地起了身，站在一边，亮亮的眼睛在月色下冲周瑜温顺地闪了一闪。她出落得眉清目秀、文静温柔，月光下如脉脉的流水，又如花园中静悄悄绽放着幽香的菊花。

"你也跟来了？一路上都还好？"周瑜关切地问。

"嗯！"冬儿有些腼腆地点点头。

"方夏也来了，在门口回廊下！你可去看他！"周瑜道。

"真的！"冬儿眼睛高兴地闪了闪，孩子气道。

"嗯！去吧！"周瑜亲切地笑道。

冬儿赶紧转过脸，将探询的目光望向孙尚香，启禀的语气道："小姐！"

话没说完，孙尚香爽快地一挥手道："没事！陪着你哥说说话去吧！"

冬儿赶紧往大门处跑过去了。

周瑜看了看孙尚香，似乎很满意她对冬儿的态度，然后道："香儿！我有事需与吴侯商议！你接着练剑！告辞了！"

转身就要往孙权内府大门处走去。

"岂有此理！本姑娘从远方来，你竟如此待我！先要打我军棍，现在又爱理不理！吃我一剑！"孙尚香柳眉倒竖，一摆手中的剑，刷地朝周瑜刺过来。

周瑜赶紧闪开。

孙尚香挥剑又朝周瑜连连劈来。周瑜是击剑的高手，哪里怕这几招，连闪两招后，趁孙尚香一剑刺过来时闪过身，然后一个腾挪贴到她的侧后方，一只手抓住她拿剑的手腕，用力一拧，"当啷"一声，她手中的剑掉在地上。孙尚香"哎哟！"叫了一声，整个身子顺势倒进周瑜怀里。周瑜即刻松开她的胳膊，两手按住她的双肩往前一推，又一拨，拨转身子，然后扶一扶她的双肩，又松开。她立刻稳稳地面对面站在周瑜面前了，与周瑜保持着一臂之隔的距离。

"如果你再要闹，我就上告吴侯送你回江东！"周瑜略带愠怒地丢下一句话，转身径上了孙权府宅的台阶。

门口执戟的卫兵见是他，立即放入。内侍见他来了，赶紧引进孙权的内室。孙权正在与一侍婢饮酒，神情郁闷，见周瑜来了，眼睛一亮，露出喜色，令侍婢出去，将周瑜请于上座。

"公瑾！深夜来此，莫非还有话说？"孙权问。被酒烧红的眼睛燃烧着希望与期待。

"正是！"周瑜郑重道，"怕将军尚有疑虑！"

周瑜与孙策相处时私下时常呼孙策为"伯符"或"伯符兄"，但对成为江东之主的孙权，却没有这份随意，一直尊重地称孙权为"将军"或"主公"，从不直呼其名或字！虽然周瑜认识孙权时，孙权还是个小孩，而且一直以兄长之礼待周瑜。这个中原因一是因他与孙策两人既是君臣，也是肝胆相照、相交甚深的朋友。两人在一处，若不彼此擂上几拳或戏言几句，便少了些什么。但与孙权，似没有这份亲密。原因之二则是孙策性格豪放自信，为人喜谈笑，也不拘小节，又亲手创建江东，威信卓然，故无须摆出架子以获取威权感。而孙权乃是坐领江东，年纪又轻，有时需维护威权，稍显得矜持，也有些城府。周瑜冰雪聪明，自然知晓，故为维护孙权的威望，对孙权总保持一定的礼仪、尊重与距离。而孙权也接受了他的这种尊重与礼节。

孙权见周瑜还有话说，自然高兴，赶紧请周瑜道来。

"孙将军！"周瑜道，"今日众人见曹操水陆大军共有八十万，由此推论我军无法胜曹军！其实不然！依公瑾所知，曹操所率的北方青徐之军，不过十五六万，而且多是疲惫之士，所得刘表军队，也只十五六万，且人心未定。以疲惫之卒，驾驭狐疑之众，人虽众多，却不足为患！愿将军不要多虑！"

孙权听完了，拊掌道："公瑾一言，使孤信心倍增！"然后，他挪过身子，盘腿坐到周瑜身边，抚着周瑜的脊背感叹道："实不相瞒，虽然孤已下定决心，但内心里未免有些疑虑！有公瑾此番话，孤还有何疑虑？"跟着又感叹道："子布、文表等人，都各顾妻子，各怀私心，便主张我降曹。只有卿和子敬方是为孤着想！是老天把你两人送与孤的！"

周瑜谦逊一回，起身告辞，孙权亲自将他送至大门外。

翌日，周瑜与鲁肃到了鄱阳湖边的军营，精选兵马和将官，筹备粮草、器械。一声征召令后，无论远近，大小将领都来鄱阳湖边周瑜营中大帐报到。他几乎将江东最善战的战将一网打尽，计有吕范、黄盖、韩当、吕蒙、甘宁、丁奉、陈武、凌统、董袭、蒋钦、徐盛、周泰等众人。这些将领大多领军在鄱阳湖受训，个别的如周泰、蒋钦等驻扎在江东，正领军星夜兼程赶了过来。各将领的私家兵加上在鄱阳湖受训的吴侯掌管的精兵，一共三万。东吴的军队分成两部，一部分是各将领的私家兵，这其中，以周瑜的最多，共四千精兵；另一部分则是吴侯掌管的供吴侯调遣的国家军队。让周瑜伤感不已的是：江东最著名的战将太史慈已英年早逝，无法参加此次让他豪气纵横的大战了。

三天后，兵马粮草一应准备齐全，三万精兵都聚集鄱阳湖边待命。器械、粮草早已装上船去，堆积如山。周瑜令鲁肃镇守大营，他自去柴桑向吴侯辞行。

吴侯见他来辞行，说了些慰勉的话，然后恳求他带上孙尚香。

周瑜一听，愕然不已，严肃道："主公！瑜今以三万之众击曹操数十万虎狼之师，如以生之赴死，胜负未料、前景莫测，怎可让一弱女子随军前行？而况，沙场箭矢无情、血肉横飞，就是我等男儿，也有性命之忧，何况一女子？"

孙权无奈道："舍妹素爱舞枪弄刀，喜沙场征战，屡屡哀求孤，都为孤所回绝，今日又三番五次哭闹，孤呵斥不住，加之自小为家母所宠，只好应允了！就让她沙场见识一回，日后也死了这份心！孤自知公瑾出兵，决无言败之理！"

周瑜知孙尚香脾气，想孙权恐也是无奈，又不好驳孙权面子，只好道："既是主公如此说，周瑜只好从命！"

孙权高兴地回头对屏风后喊一声："还不快出来！"

不一会，英姿飒爽、身披软甲的孙尚香从屏风后的内室里闪出，对周瑜行了礼，笑嘻嘻道："谢周都督恩准！"

周瑜看了孙尚香一眼，对孙尚香认真道："但周瑜有言在先，既在我军营，需守我军法，否则周瑜必以军法治之！任何人不可免除！"

孙权对孙尚香板着脸道："你可听见了？公瑾治军严谨，若违军令，不遵调度，为兄也救不了你的！"

孙尚香豪爽地对孙权拱手行礼："遵令！兄长！"

又对周瑜拱手行礼，朗声道："都督先行！小女子随后就到！"说完，眼里冲周瑜闪出一缕热烈的光束，风一般从屏风后的小门进了后花园。她要去调度她的人马、准备她的行装。

周瑜辞别孙权。孙权一直将他送出门，抚着他的肩道："公瑾与德谋先行！

孤随后领大军就来！望公瑾旗开得胜！"

周瑜拜谢了吴侯，上了马，领着自己的侍卫们直奔城外鄱阳湖边。

到了湖边军营，周瑜即令黄盖、韩当为前部先锋，以吕范、董袭为粮草押运兼接应。其余诸将，各领本部兵马，依次前行。属孙权调度的国家精兵全交给鲁肃统领。周瑜自己与鲁肃、程普坐镇中军。

日中之后，三万甲兵都上了战船。周瑜与鲁肃立在正中间的楼船上调度众军。程普不愿与周瑜同坐雕龙大楼船，自领亲随及本部兵上了另一只大船。孙尚香也在大军出发前领她的百余婢女、女兵赶到湖边，周瑜令她们全部上紧随自己的楼船后面的一只大船上。日中三刻，周瑜一声令下，战鼓响起。黄盖、韩当领先头船只率先开拔，其余诸将依周瑜定下的顺序领本部兵徐徐离岸。一时，湖中战船如林，樯帆如云，遮天蔽日。一只只战船满载甲士分成三列纵队在鄱阳湖中迎风破浪、齐头并进，直往鄱阳湖口开去，像三条望不到头尾的巨大的长龙。周瑜立在楼船船头，通过传令官手中的令旗和船上的战鼓，调度着大军前行的速度、间距。

行了一刻，船队到了鄱阳湖口，折而往西，逆流而上，直奔江夏。

周瑜立在船头，望着浩浩荡荡的船队和威武的虎甲之士，思绪起伏。一种豪情万丈、建功立业的激情主宰着他。他就要与曹操逐鹿了！昔日在许都与曹操的笑谈终于成了现实！此前鏖战江南，遇见的多是一些不入流的对手：刘繇、严伯虎、王朗、刘勋、黄祖等等，如今要面对的却是文韬武略、惯于用兵、剿灭了北方群雄的一代兵法大家！而且是以区区三万人去进攻对方数十万人！照常理看，这之间的悬殊实在太大了！可是，他并不畏惧！相反他心里燃烧着一种豪情与快意！他渴望的便是与曹操这样的真正的枭雄较量！也渴望能像曹操以少击多大败袁绍那样以大败曹操。他有这个信心！江东士民说他"雄烈过人""有万之英"，只有他知道，他的雄烈在于自身的自信。这自信乃是建立在知己知彼的基础之上。除了在吴侯府中所谈到的曹操用兵的四忌之外，他心里还有两张底牌没有打出去，一是曹操一扫中原，志得意满，有道是骄兵必败；二是他精心训练的江东水军足以以一当百！这两张底牌他没有打出去，他知道打出去了若让曹操探知，会给曹操以警觉。

他忽然想起了孙策。如果孙策健在，该有多好！他就可以和孙策一道并马驰骋、共同破曹了！孙策一定和他一样豪情万丈！甚至比他更充满豪情！而以孙策的骁勇善战，不知又会弄出怎样的惊心动魄、精彩绝伦的胜仗了！可惜，英才早逝，孙策无法实现遗愿了！好在孙策的在天之灵会默默注视着他的！

他又想起了太史慈。太史慈是他十分喜爱的武艺绝伦又有侠士风骨的将领，可惜在建安十一年，也即两年前因病去世。去世前深憾未能用尽平生本事去建功立业，叹道："大丈夫生于世，当带七尺之剑，以升天子之阶。今所志未遂，奈何死乎！"言讫而终。可怜太史慈，在刘繇处怀才不遇，后遇孙策，才得以纵横沙场，斩将立功，所向披靡，竟又英年早逝！如果他还在世，前部先锋之职一定非他莫属了！可惜他只能在天默默注视着众将领斩将立功了！

"公瑾！此刻是否思绪起伏，恰似这江水滔滔？"鲁肃从舱中走出，走到他身边，善解人意的语气道。

周瑜的思绪被打断了，看了鲁肃一眼，道："自然！此情此景，倒很像昔日与伯符一道过江开创基业之时，只觉得豪情万丈！"跟着眼圈红了，道："只可惜伯符无法与我一道击剑中流了！"

鲁肃也沉默了，两人一同望着默默奔流的江水。半晌鲁肃劝道："公瑾的豪气和信心足令伯符九泉之下欣慰不已！公瑾就不用再念旧事了！"

然后，他看着辽阔的大江和西天的晚霞，慷慨叹道："江东有公瑾为主帅，实是大幸！就凭公瑾的万丈豪气，曹阿瞒也必败无疑！"

周瑜拍拍鲁肃的肩，谦逊道："子敬言太虚了！公瑾凡人！此次破曹，需赖子敬、德谋等众将士奋力效命！江东生死存亡，皆在此一举！"

"公瑾放心！子敬与大小将士自当随公瑾披坚执锐，以死报效！"鲁肃庄重道，脸上洋溢着壮士一去不复返的慷慨之气，眼里闪烁着果断与坚决的光芒。

周瑜用凝重的目光望着他，感动地拍拍他的肩，没有说话。然后，扭过头去，将目光望向前方。两人庄重地一同朝前方望去。

前面，太阳已在西天燃起通红的晚霞，被染红的江水像扑天盖地的燃烧着的绸缎鼓动着，几只巨大的江鸥鸣叫着，舞动着巨大的翅膀围着数千只战帆飞翔着、盘旋着。落日的光芒将它们的身影剪成巨大的剪影定格在桅杆的森林里和白帆的云块间，显得十分苍茫壮观。在余晖和血红的世界的江面上航行的船队更显得壮观肃穆威武。

三十三　过樊口周郎羞刘备，惧曹操皇叔耍滑头

周瑜领兵出发时，刘备正在樊口（今湖北鄂州）如盼星月一般盼望着东吴兵船出现，急得像热锅上的蚂蚁。那年他为吕布所迫，跑到许都，求救曹操，曹操不久就帮他出兵，两年后，打垮吕布，并在白门楼将吕布勒死，总算为他出了一口恶气。之后，曹操又打败袁术，给刘备一万兵让他在半路截击袁术。刘备带关羽、张飞等人成功拦截了袁术，使袁术不得不返回旧路并最终在江亭吐血而死。但刘备却没有回到曹操身边，而是杀死曹军的带兵将领朱灵，将曹兵据为己有，趁机攻占徐州治所所在地下邳，杀死曹操任命的徐州刺史车胄，与在朝中的国舅董承等人里应外合，再一次反了曹操。曹操大怒，一面处死董承等谋反的朝中大臣，一面自带精兵征讨刘备。下邳一仗打得刘备丢盔弃甲，两个妻子连同关羽一同被擒。刘备与张飞失散，只身带数十人逃脱，往北投靠了袁绍。在袁绍处待了有一年多，关羽辞别曹操来归，张飞的下落也找到了，他又生脱离袁绍之心。恰好此前认识的公孙瓒的部将赵云过来投他，他就悄悄要赵云在当地募兵，募得数百人后，就向袁绍请战，要求带本部兵马去守汝南，袁绍不知是计，答应了，刘备由此脱离袁绍。不久，曹操官渡一战，消灭袁绍的主力，便领兵南征刘备，刘备南逃荆州，投奔刘表。曹操暂未追击，北上继续征讨袁绍及其四个儿子。刘表因与刘备同为汉室宗亲，以上宾之礼厚待他，分了他一些军士，让他屯居新野。在新野，他三顾隆中，请出诸葛亮来做自己的谋士，等待发展时机。建安十三年七月，曹操一统北方，开始南征刘表，未及交战，刘表病故。九月，曹操攻占新野，刘备逃往襄阳，跟着，刘表的二儿子刘琮率荆州军民投降曹操。刘备只好领军继续南逃，当阳一战，全军覆没。幸亏先期从水路到达江夏的关羽搬来江夏救兵，才将他从汉水接到江夏。到了江夏后，他赶紧派出诸葛亮去向东吴求救，自己领关羽的三千军，又找刘表长子、江夏太守刘琦借了一万兵马移驻樊口。跟着，他听说曹军沿着汉水和长江水陆并进，正往夏口这边开过来，吓得肝胆欲裂，一面令人去东吴催促诸葛亮速说服东吴出兵，一面准备着继续往南跑，去投奔交州的苍梧

太守吴巨。未几，诸葛亮令人从柴桑送来消息，告诉他东吴答应出兵抗曹了，不多日，周瑜领大军就将抵达江夏。他大喜，又急不可耐，于是，每天都派无数巡逻军吏驾着小船在四周江面上候望东吴军，但有东吴兵船出现，就速速向他报告。

这天，刘备正与关羽、张飞一同在府衙饮酒，一个巡逻吏来报，称望见了东吴的船。刘备问何以知是东吴的船而非曹军的船。这军吏原是江夏军的，知道东吴的船与曹操缴获的荆州水军的船的不同，就一一答来：东吴船船身多用红、黄两色雕绘，荆州水军船多用绿、黑两色雕绘；东吴船都高大，并有楼船，荆州船多小窄；东吴船的船头多雕有龙头，荆州船很少雕龙；东吴船的帆多，荆州船的帆少。

刘备听完大喜，赶紧派帐下主簿、妻子糜夫人之兄糜竺带上几船白面、猪肉、武昌鱼和一些丝帛去慰劳东吴军。

糜竺带了礼物迎着东吴大军就去，撞上前面的先锋黄盖，细说了来意，黄盖就令人领着他一行驶往后面去见周瑜。周瑜见刘备派使者来问候，令传令官击鼓发号，要全军下了矴石，暂且歇息。然后令糜竺上了楼船。又令人驾小船向后面的程普报告，请程普一同来会见糜竺，并商议与刘备相见的事。程普拒绝了，令来人带话道："这等小事，交周郎处置好了！待周郎与刘将军商议后再将结果禀告我！"这是明显地欺凌周瑜，周瑜并不以为怪，没说什么。

糜竺上了楼船，周瑜、鲁肃将他迎入船舱，双方叙礼毕，糜竺转致了刘备的慰劳之意，邀周瑜道："周将军！我家主公备有酒宴，请将军上岸共商破曹大计！"

周瑜微微冷笑一下，盛气凌人的语气道："本都督军任在身，不便下船！还是请你家主公上船来商谈为妥！"

糜竺愣住了。刘备为汉左将军，领豫州牧，也算是朝中重臣、封疆大吏，理应周瑜下船去拜见他的！而周瑜竟要刘备上船来与他谈！他脸色显现几分难堪和屈辱，看着周瑜，讷讷道："这……"

鲁肃也以目示意周瑜，劝他不要如此。周瑜只当没看见，炯炯的目光逼视着糜竺道："足下是否以为周某当上岸去拜见刘将军才是？"

糜竺脸红了，赶紧讷讷道："这，这……在下并非此意！"

周瑜笑了："那就让刘备来见本都督好了！请告诉刘将军，本都督眼里没有左将军、右将军！曹操乃是丞相，又如何？"脸上浮现一缕不屑与轻视，冷笑道："败军之将，无立锥之地，有何面目高高在上？"

糜竺愕然不知所措，脸红一阵、白一阵，十分狼狈。

周瑜一挥手，道："你转告刘备，如有心与我联合抗曹，就速来我船上商议！"

糜竺赶紧应诺，辞别周瑜，下了楼船，狼狈离去。

糜竺一走，鲁肃对周瑜劝道："公瑾！刘备乃是一方诸侯，公瑾如此，未免太盛气凌人了！"

周瑜冷笑道："诸侯？我看像是丧家之犬！志大才疏的庸才，到这一地步了，还要摆臭架子，令我等上岸去见他！"

"虽然如此，但如今他与我等联兵抗曹！是孙将军的座上客！"鲁肃道。

周瑜冷笑："周郎三万兵足可破曹！要他何用？看在他是吴侯座上客的面上，仍唤着联刘抗曹，让他挂名好了！"

"这个！"鲁肃无言以对，半晌道，"公瑾未免心高气傲！"

周瑜抬头哈哈大笑，拍拍鲁肃的肩，笑道："子敬一言中的！周某就是看不起这个志大才疏、伪善奸诈之人！人无完人，这便是公瑾的白玉之微瑕！哈哈哈！"

鲁肃道："我怕公瑾心高气傲惹恼了刘备，他如不来议事，反在吴侯处非议足下，或生掣肘，当如何？"

周瑜拍拍他的肩，笑道："子敬不必担心！此人最大的长处便是百折不挠，又善忍耐！公瑾了解此人！我等只稍等便可！"

鲁肃见他如此说，就不再说什么了。

糜竺回到刘备的驻地，将周瑜不便下船、请刘备上船议事的话转告了刘备。

关羽听了，一拍案几，大怒道："岂有此理！兄长乃是大汉宜城亭侯、左将军，领豫州牧，他周瑜一个中郎将怎敢要兄长去见他？"

"嗯！"张飞搁下正要往嘴里灌的酒爵，大声道："周郎此举也太无礼了！我张翼德撞见他后定要好好训一训他！"

刘备面无表情，手拿酒杯，沉吟不语。

他知道周瑜才高心高，素来看不起他。昔日在许都被他挖苦奚落的情景至今还历历在目。正因如此，他对周瑜有些发怵，并主动派人上船慰劳。他是大汉左将军、封疆大吏，周瑜只是一个中郎将，他派人主动上船劳军，已够给周瑜面子了！周瑜再随他的使者下船来拜见他，与他共商破曹之事，也就给了他面子，双方都好，都不折面子。他想周瑜虽看不起他，但这种礼节应明白的。没想到周瑜竟态度傲慢地要他这个堂堂大汉皇叔、左将军、领豫州牧上船去见他，真是令人难过又愤怒！可是，有什么办法？如今，是自己有求于他人！虽然此人盛气凌人，但毕竟是可以救他性命的人！且忍一忍罢了！有道是能屈能伸大丈夫。昔日光武帝亲兄被更始帝杀了，光武却装着没什么事，继续在更始手下做事，最终寻得机会出去发展并反过来击垮更始帝。做大事的就要如此善于容忍！何况，这件事又算得了什么？比得上破曹操和成就帝业事大吗？等你周瑜帮孤破了曹操，孤再夺取荆州以成帝业，那种成就，岂是与周瑜争个一时长短所能比？

想到这里，刘备放下酒爵，脸色平静道："孤去拜访周郎，也并无不妥！"

"兄长岂可自辱身份？"关羽坚持道。

"算不上自辱！"刘备用平和的语气缓缓道："周瑜自恃才高，难免傲物！我刘玄德却是有度量之人！而况，是我等有求于东吴，如不去，就显不出诚意了！"

"嗯！这倒也是！"张飞点头道，"既是求他们出兵，就不要太过计较了！"

刘备看了看他，肥大的保养良好的脸上露出欣慰的宽厚的大度的雍容的淡淡的笑容。

"我陪兄长一同去！"关羽道。

"不必了！只要子龙随去就可以了！"刘备道。子龙即赵云，姓赵名云，字子龙，常山真定人，身长八尺，姿颜雄伟。原在公孙瓒手下。刘备依附公孙瓒时与刘备相识，因武艺高强，一表人才，得到刘备的敬重与笼络。后来因兄丧辞别公孙瓒，回到家中。刘备投奔袁绍后，行军至他家附近，他找上门来。刘备托他私下招募数百人，对外称是刘备部下，哄过袁绍。然后他领着这数百人和刘备等一同脱离袁绍，先往汝南，后南下荆州依附刘表。刘备当阳一仗被曹操打得妻离子散，他负责保护刘备家小，于乱军中救出刘备之子刘阿斗，深得刘备信任。此刻他任刘备的校尉，掌管护卫军。

刘备当即带了赵云，去了江边，乘一叶小船直往江中心周瑜水军寨中去。到了周瑜的楼船下，周瑜正在大舱中与鲁肃说话，听军士通报说刘备来了，一面令李通接上船，一面要鲁肃回避。他想他若挖苦刘备，鲁肃若不劝阻，刘备日后难免会迁怒鲁肃，两家便少了居中调停的人。鲁肃认为周瑜说的有理，就躲进后舱。

不多一会，李通领刘备进了舱内。双方叙礼寒暄毕，分宾主坐下。赵云则在外候着。

周瑜笑道："刘皇叔！多日未见，皇叔更显福相了！"

刘备道："惭愧！昔在许都与周郎相见，正是兵败之后，今日见周郎，又是兵败之后！"他的脸上竟真的有了些惭愧之色。

周瑜见他已有愧疚之情，就不好再奚落他了，反倒有了一丝怜悯。他微微一笑，客气道："胜败乃兵家常事，何须如此在意？想昔日高祖屡败于楚霸王，最后却一战而定天下！皇叔今日举兵抗曹，焉知不会一战而大建功业？"

刘备脸上露出振奋的喜悦之色，既高兴又谦恭道："哪里！还赖公瑾相助！备这些日坐卧不安，今日见公瑾大军到来，如见救星，顿觉神清气爽！"跟着问："不知公瑾此行带了多少人马？"

周瑜笑道："兵马甚多，足有三万！"

刘备愕然，瞪圆了眼睛："如此之少？"半晌，又讷讷道："吴侯可另带大军继后？"

周瑜笑道："我东吴不忍百姓过多负担，大多军人已令解甲为农，又要分拨军士守护各处关隘，故只有三万兵可选调！吴侯曾道可领大军继后，但依某看，难以猝行！"

刘备脸上露出深深的失望。诸葛亮曾派人告诉过他，说周瑜保证领三万兵就可破曹操。但他以为只是周瑜的豪气而已，真要开仗了，吴侯决不会只派三万兵出战的，哪知果真就只有三万军！在北方与曹操争战多年，他是深知曹操的厉害的，以至后来，只要看见曹操的麾盖过来了，他便情不自禁双腿战栗然后抛妻弃子、落荒而逃。连关羽、张飞都笑他"最惧曹公亲征"。现在，东吴以三万兵前来抵挡曹操百万虎狼之军！这岂不是视若儿戏？

周瑜似乎看透了他的心思，微微一笑："刘豫州！周郎以为三万兵破曹足够了！足下若不信，就拭目以待好了！"

刘备愣愣地看着他，小心谨慎道："可否向周都督讨教破曹之策？"

"哈哈哈！"周瑜朗声大笑："兵者，诡道也，随势而行，变化万端，岂有定策？倒是天时、人和、地利诸物有优劣之分，周某已在吴侯面前一一道过，其时孔明也在场，刘豫州不妨找孔明打听好了！过些日孔明便回来了！"诸葛亮已随吴侯孙权到了京口，受刘备之命准备与孙权两家联手的一些具体事宜，尚未回来。

刘备一时无话了，也不敢接着往下问，他讪讪地笑了笑，然后紧张地、无趣地东张西望，忽然想起鲁肃。他与鲁肃谈得较为投机融洽，且鲁肃对他还比较友善，就道："不知鲁肃先生在否？都督公务甚忙，备可否与子敬先生一谈？"

"不可！"周瑜板着脸正色道，"子敬在后面办理军务！足下另寻机会与子敬谈好了！"

刘备有些拘谨了，一时不知说什么好，额上也冒出了细汗。

就在此时，一个身穿红色短袄、束腰悬剑、英姿飒爽的女将闯了进来，却是孙尚香。

"哈哈！周大哥！船忽然就停下了，一问才知原是等候刘备来访，告诉我，哪一位是刘备？"孙尚香走过来大大咧咧道。脸上早没有了此前与周瑜的不愉快的印记。

周瑜严肃道："军中大事，与你无关！日后没有本都督将令，你不可随意闯入本都督大帐内！"

"哼！这又未开战，何必如此拘谨？"孙尚香斜一斜眼，不满道，跟着，用手指着刘备，嘻嘻笑道："哈哈！我听说这刘备双手过膝、双耳过肩，想必此人就是了！耳朵果然大，双手果然长！外面所说一点不假！哈哈！"

刘备呆呆地看着孙尚香，又看看周瑜。

周瑜对刘备道："这位姑娘是吴侯之妹孙尚香，自幼喜欢舞弄刀枪！此次吴侯托某带上她见识一下沙场拼杀！"

"哦！"刘备赶紧起身施礼道："原来是吴侯之妹！失敬了！孤正是刘备刘玄德！"

"噫！"孙尚香上下打量着刘备，奚落的语气笑道："我看你长得还真有一副帝王之相，怎么就屡战屡败，最后一败至此啊！哼！我要是男儿，铁马金戈之中，断不会惨到这一地步！"

刘备脸上现出几分难堪几分窘迫。周瑜内心里偷偷笑了，但仍绷着脸，严肃道："不得无礼！快退下吧！我二人正在议事！"

"无妨！无妨！"刘备恢复平静与从容的表情，堆着笑，很有风度地恭维道，"孙小姐到底是名门之后，端庄俏丽、飒爽英姿，不愧为女中豪杰！"

"只是喜欢舞枪弄刀罢了！如若我是男儿，也会像周都督一样统领千军万马来破曹了！"孙尚香不无遗憾道。她健康而红润的脸蛋微微有些泛红，显得格外娇艳。

"是啊！是啊！孙破虏之后，个个英雄！令刘备佩服不已！东吴有公瑾这样的须眉，又有孙姑娘这样的巾帼，何愁曹操不破啊！哈哈！"刘备恭维道。

"尽是拍马屁之言！大男人理当沙场奋力杀贼，何须刻意奉承女流之辈！"

孙尚香瞪了他一眼，不屑道，然后又对周瑜拱手行礼道："告辞了！大都督！"转身出去了。

刘备自我解嘲地对周瑜笑了笑："果然是孙将军之后！有英雄气概！"

"那是自然！"周瑜道，跟着眉头一蹙，道："还是言归正传好了！刘豫州！军情紧迫！周某要赶着领兵前去迎敌，不能与使君多叙！不知豫州是否愿领兵与某一同前往？"

刘备见他说得如此雄烈自负，又想想自己这几日如惊弓之鸟的日子，心中有些自惭，正在沉吟，李通进来向周瑜禀报，称曹操派使者来见周瑜。周瑜令唤入。那使者上前对周瑜行礼，递上书信，说奉了曹丞相命，给周将军送信。周瑜接过，知是劝降书，看也不看，将信撕碎。来使吓得脸色苍白，赶紧跪下乞求周瑜饶命，周瑜喝道："本当斩你以定我军心！看在曹操面子上且饶你一命！回去报信给曹孟德，周瑜前来与他会猎！"

使者浑身抖瑟，唯唯诺诺地答应了，爬起来抱头鼠窜而去。

使者走了，周瑜又若无其事地转身问刘备："方才周瑜所说之事，豫州以为如何？"

刘备讷讷地看了看周瑜，一时答不上来。周瑜的这份自信与雄烈让他既钦佩，又愧疚。想想这多年来，他屡遭倾荡、败绩连连，虽然百折不挠、乘亭亭如盖的马车之心不死，但周瑜这样的雄烈与豪气是没有了的。尽管如此，内心里他还是担心周瑜以三万兵力打不过曹操！他想周郎固然也是文武双全、雄烈过人，但毕竟只是在江东称雄，未曾与枭雄曹操较量过，尚不知曹操的厉害。而他刘备是多次领教过了的！这曹操本人用兵如神、谋略过人不说，单是他手下那些名震中国、骁勇无比的名将徐晃、许褚、张辽、于禁、曹仁、曹洪、夏侯兄弟、李典、乐进……就不得了！哪一个不是既能斩将立功、以一当十，又可统兵一方、独当一面的大将之才？还有那能征惯战的青徐之兵。这周郎如此自信，未免有些"初生牛犊不怕虎"之嫌！他可不愿随周郎一同去冒险！但如拒绝与周郎同去，又显得过于猥琐、胆怯！他需得有个进退之计！不妨等周郎先行，自己先观望一阵再说。于是，他眼珠转了转，竭力掩饰内心的窘迫，堆着笑对周瑜道："既是联手破曹，刘备岂敢落后？只是刘备手中只有关羽的二三千兵，其余的多是向刘琦公子所借，尚未与刘公子说妥！粮草器械尚也未准备好！将军先行一步，刘备随后就来！"

周瑜看出了他的心思，莞尔一笑道："刘豫州不去倒也无妨！且将手中那两三千兵交与我一同去破曹，也算我两家联手了，如何？"

刘备没有想到周瑜会如此将他的军，脸红了，很快又恢复了平静，从容慷慨道："两三千人马实在无济于事，不如等刘备向刘琦借定了人马再追随将军破曹！将军放心，备虽无才，但誓与将军同心协力，共破操贼！"

周瑜不想再说什么了，笑一笑道："周某就领军先行一步了！皇叔且先作壁上观！看我挫了曹操锐气再来也无妨！"

刘备窘迫不已，装着若无其事的样子信誓旦旦道："刘备岂可作壁上观？将军先行！刘备在后召集人马，不日与周都督相会！"然后，起身告辞。

刘备走后，鲁肃从后舱走了出来，看着周瑜笑道："哈哈！公瑾居高临下、盛气凌人，把刘备折腾够了！"

"哪里！只是不卑不亢而已！"周瑜含笑道。

"我看刘皇叔内心有些惧你，故而要与我谈话！"鲁肃又笑道。

"我料他也惧我！在许都时，我便奚落得他无地自容！"周瑜笑道。

"但公瑾今番的奚落或会有奇效！"鲁肃道。

"哦？怎讲？"周瑜含着笑，明知故问道。

"以某观之，刘备早已被曹操杀得七魂丢了三魂，恐惧之情如影随形，直恨不得有百万大军方可破曹，又恨不得脚下抹油继续南奔！但公瑾今日的自信、自负与雄烈之气，足以扫荡他的萎缩之态、恐惧之心，令他颇有些震动！以至后来竟有了些慷慨之语，承诺紧跟公瑾之后出兵！"

周瑜仰头哈哈大笑，连道："他虽受震撼，但私下里仍怀疑我等无法破曹，所以怀有后计！"

鲁肃道："某以为，若我先败曹操一阵，他必会立马出兵！"

周瑜笑："那是自然！他不出兵，荆州之地岂不全为我所有？他如何去实现诸葛亮隆中提出三分天下之论？其实以周瑜主张，倒不需他出兵，免得他分享了我江东功劳，日后又有土地之争！"

鲁肃："公瑾所说有理！但多一分力量便多一分胜算！有他出兵也好！"

周瑜摇摇头，拍拍他的肩，笑道："出兵不出兵，都由着他去！"

鲁肃笑了。

然后，周瑜令大军速速开船。庞大的船队又徐徐开动了，风帆如林，迎风破浪，如无坚不摧的巨龙浩荡向前。

三十四　狭路相逢周郎大胜，隔江对峙曹操按兵

黄昏之时，周瑜领大军抵达夏口。江夏太守刘琦迎住周瑜，设宴款待。在夏口歇了一夜后，翌日晨，周瑜又领大军开拔。他预料将与曹操有一场遭遇之战，于是令勇猛过人的甘宁替换黄盖、韩当做了先锋，领快船五十艘行在前面。

晡时，行至赤壁境内的江面。先锋甘宁蓦然撞上正顺江东下的曹操水军，即令部下丁奉乘小船向周瑜禀报。周瑜当即命令吕蒙、周泰两军赶上前为甘宁左右冀。又令其余船队排成四队，并力向前。然后对全军下令："擂鼓进军！立功者赏，后退者斩！"

战鼓擂响了，训练有素的江东军呐喊着、吼叫着，举起刀枪，奋力向前。先锋甘宁左手提盾，右手挽刀，站在最前的一艘快船上，如浪花中的一条迅猛的鱼翻腾跳跃、劈浪前行。他左边吕蒙、右边周泰，也各执刀枪，领本部兵紧紧跟上。

迎面过来的是曹操大军的先头部队，都是原先的荆州水军，约八千多人。为首的先锋是原荆州水军将领蔡允。见东吴兵遮天蔽日开过来，即刻令大小船只布开阵势，但船阵尚未排开，江东军的先锋部队便如一把宝剑直刺过来。呐喊声中，那剑刃将他的船队戳得七零八散。剑刃尖上那只船上，甘宁抓起弓与箭，大喊道："我乃东吴甘兴霸！谁敢挡我！"话音未落，一箭射来，弦响声中，蔡允猝不及防，被射入水中。跟着，江东军箭弩齐发，曹军纷纷落水。不少船只在水中打起转来。飞矢之中，甘宁一手挽盾，一手提刀，纵身一跃，在曹军的船只上如履平地，左剁右砍，砍得曹军纷纷落水、鬼哭狼嚎。江东军个个都训练多日，如猛虎之入羊群。吕蒙和周泰也各显神威，在曹军中大砍开来。直杀得曹军哭爹叫娘，大半落水，鲜血染红了大江。剩余的曹军赶紧驾船往回逃，东吴军呐喊着乘胜追杀。

后面，曹操领着大队水军正行，见前面先锋与东吴兵接上火，即催大队水军赶上去。未及接敌，先头部队已溃退下来。他大怒，对左右将官喝道："我军势盛，如狼似虎，岂有为弱羊所退之理！诸将奋勇上前，后退者斩！"

话音未落，甘宁、吕蒙已领军冲将过来，如一把锋利的宝剑划破曹操的船阵。后面，周瑜催动大队船军扑天盖地杀了过来。周瑜身后一只大船上的孙尚香领百

名女兵在船上擂鼓助威。原来，在夏口，孙尚香找周瑜领令。周瑜便分派了她击鼓助威的活，令将数十架鼓搬到她的船上。此刻，孙尚香见两军接战，箭矢横飞、血流塞江，兴奋难抑，领众女兵拼命擂鼓。江东军全体将士见主帅周瑜金甲红袍站立楼船上指挥，吴侯之妹在后亲自擂鼓，无不奋勇争先，以一当十。曹操的水军有两类，一是荆州投降的水军，都不愿拼死卖命，另一类是青州、徐州南下的北方兵，虽然作战勇敢，对曹操也忠心，但不习水战，战船一撞，早立脚不住，而船上厮杀，更非东吴兵的对手，被东吴军杀得鬼哭狼嚎，非死即伤，没有受伤的也纷纷跳水逃命。坠入水中的也再难活命。一时，江中浮尸遍布，数百战船空无一人，载着死尸沿江漂浮。

曹操见形势不利，赶紧下令后撤。在北岸行走的曹军步兵闻听前面开战了，赶上来，沿江排满，乱箭射向周瑜船队。此时天色已黑，周瑜见有曹军步兵掩护，就令鸣金收兵。曹操见水军挫了锐气，无力再战，又不知周瑜有多少人马，只好令船队靠着北岸，扎下水寨，又令岸上的步兵也在岸上扎下旱寨，掩护水军。周瑜见曹军靠北岸扎了寨，就令船队往南岸靠去，在南岸扎了寨。两军就这样隔着大江，南北对峙开来。

此地属零陵郡赤壁县境。北岸唤着乌林，南岸唤着赤壁。周瑜领大军靠了南岸赤壁后，即令以船只扎下水寨，又在岸上扎下旱寨。部分水军在水寨中防守、巡逻和监视曹军，其余的都在旱寨中住下。安排完毕后，令人往吴侯处报捷。落入水中被俘获的曹军经审问后，尽皆给船放回。对受伤的将士，他令扶入营中好生安置，治疗。并亲自领大小将领探望慰劳了受伤的将士。每次战后，他都要探视受伤将士，亲手帮一些受伤将士敷药。他常对众将领道："一战功成万骨枯，殊为不平！故善为将者，当待兵如子！"在他的影响下，东吴的战将如黄盖、凌统、吕蒙、吕范，甚至程普，多善待士卒。慰劳了受伤将士后，周瑜下令在水寨、旱寨大点灯火，犒赏军士。他料曹操初败，不敢一时来攻寨，故放心犒军。

北岸，曹操输了一阵，大光其火。连夜升帐议事。他此次与孙权会猎，并未带多少大将，名将只有曹仁、徐晃、许褚、乐进、文聘，此外便是曹纯、满宠。夏侯兄弟、张辽、于禁、李典、张合、曹洪等名将均在各地镇守。谋士中只带了奋武将军程昱、中军师荀攸。水陆兵马也只有十六七多万，连十多万荆州军算在内，一共不到三十万。之所以如此，乃是因为刘备已成丧家之犬，不足为虑。孙权虽有周瑜领兵，但实力不强，吓唬一下便可。岂料孙权、周瑜竟出兵迎击他，还撕了他的怀念旧情的降书。更令人气恼的是：刚一交战，竟打了他一个下马威，令他损兵折将！

他责备水军统领、荆州降将蔡瑁所带水军不堪一击。蔡瑁解释，今日失利，一是江东军过于勇猛，曹军措手不及；二是尽管荆州水军人数众多，战船也多，但水上攻战不及训练有素的江东军；三是青、徐兵不习水战。曹操见他说的有理，也不再责备。又问江东军共有多少人。征南江军曹仁战后捉了两名不慎中箭受伤落水的江东军军士，已问明了情况，就答："末将探知，东吴军共计三万之众，大小战船二千余艘。所领士卒，多为周瑜在鄱阳湖所训练之精兵！"曹操听了，满意地点头："嗯！知己知彼，百战不殆！曹子孝有名将之风！"

见众人都耷拉着脑袋，曹操哈哈大笑道："我军横卷中原，无坚不摧，今日遭遇周郎，小输一场，何足挂齿？周郎足智多谋，但岂可与孤相提并论？况只有区区三万人！明日我催动大军，一举踏破之！"

"丞相！"曹仁谨慎道，"周郎固不足虑，但我军时下流行疫病，患者十之六七，请丞相定夺！"

"嗯？"曹操蹙起眉头，看着他。

"曹将军所言甚是！"已升为奋武将军的程昱道："卑职与子孝将军同在岸上行军，深知疫病流行，许多青、徐军士几乎不能参战！明日与周郎决战，恐有不利！"

荆州降将文聘也道："就是荆州步军中，也有患病的！"文聘字仲业，南阳人，原为刘表大将。刘琮举州降曹操后，曹操令荆州文武官员都来拜见，以便封赏，独文聘不来。过了些日，曹操将他召来，问他何不拜见，文聘流涕道："身为人臣而不能助主人保全全境，实怀悲惭，有何面目来见新君？"曹操听了，感动不已，怆然道："仲业，卿真忠臣也！"从此厚待他，令其领兵，拜偏将军，赐爵关内侯。当阳一仗，正是他与曹纯领五千精兵打得刘备丢盔弃甲、抛妻离子，仅以身免。

文聘说完，水军将领蔡瑁道："水军中，青、徐军多不善水战，且不习江中颠簸，饱受晕船之苦，更无法厮杀！"

曹操环视众人："诸君有何计策？"

程昱道："愚以为，不妨和周瑜暂隔江对峙。一来休整我军，待瘟疫退后再战不迟；二来吸引东吴主力，某料刘备日后也会引军前来，到时便在此将东吴主力并刘备一举歼灭；三来我青徐之兵趁机操练水上攻战。而况，时近隆冬，不利作战，若等来年开春，万事俱备，我军一鼓作气，可一战而胜！"

曹操听了，哈哈大笑："程仲德所言甚合孤意！且依仲德所言！孤不攻周郎，周郎也不敢擅自攻孤！诸君且在此休整数日！来年周郎必为我所擒！哈哈哈！"
当即命令各部扎好大寨，备好粮草，以备长期作战。又令将患疫病的将士移往后方偏僻之处集中住下，与其他军士分隔开来，派医官治疗。众将各奉了令散去。

过了二日，夜三更，曹操披上锦衣袍，唤起曹仁、乐进、曹纯及程昱，察看水陆大寨，顺便看看对面周瑜的营寨。

看了自己寨子后，就爬上高坡，看对面周瑜的寨子。只见周瑜的水寨、旱寨里灯火通明，隐约传来鼓乐之声。水寨四周，载着军士的小船警惕地巡逻着。就问身边将领对岸是否在庆功？曹仁道："正是！周郎自得胜以来，连着犒赏两日！"

曹操愠怒道："竟如此不把孤放在眼里？"

程昱赶紧道："周郎年轻气盛，丞相无须动怒！待我方休整完毕，趁其骄纵，一举歼之！"

"嗯！"曹操不怒而威地点点头，默默地凝望对岸，眼里弥漫着一层怀想的烟云，半晌，叹道："不知此人还记得许田射猎否？那时，孤便料到与周郎当有会猎于江南之时！"

程昱道："丞相！如丞相得周郎来降，不惟江东可定，就是定天下，也易如反掌！不妨令人前去游说！"

曹操若有所思地摇摇头："徒劳无益！此人前日已撕我降书，如之奈何？"

程昱道："周郎是知大义之人！如今孙策已死，天下大义在明公处。卑职保举一人！其人曾在丞相手下为官，与周瑜有同窗之谊、救命之恩，私交甚好，又素有辩才，游走江淮间，声名远播！由他游说周郎，申以大义，必有奇效！"

"哦？何人可担此重任？"曹操锐利的目光盯着程昱。

程昱道："此人姓蒋名干，字子翼！此前曾在许都尹府任职！后随周瑜回了江东，曾在孙策手下为官，现云游江淮间，以结交名士、褒议时政为乐，时下正居扬州江都！"

曹操大喜道："我知蒋子翼此人！仲德明日为孤请来！事成之后，孤一定重赏！"

程昱摇头道："蒋干乃隐居之士，性情孤傲，若非丞相亲自去请，恐不为所动！"

曹操果断道："好！明日你随我一同密往扬州！"

第二日，曹操令曹仁等将把守大营，即带上程昱、许褚等人悄悄前往扬州，去请蒋干来做说客。

三十五　甘宁怒斗关云长，蒋干游说周公瑾

刘备在樊口听说周瑜挫败曹操，如今正与曹操对峙在赤壁，又惊又喜，惊的是周瑜仅带三万人居然胜了曹操，喜的是曹操不可阻挡的铁流大军终于被挡在了赤壁，他可以缓一口气了。这时，诸葛亮从东吴回来，劝他迅速整军与周瑜会合，晚了就失去了取荆州的机会。于是他就带了自己的三千兵，又从刘琦那里借了一万五千兵，带上关羽、张飞、诸葛亮等人乘船沿江而上。快到赤壁时，使人先乘快船通报周瑜。

周瑜对刘备带来近两万人马参战，还是欢迎的。虽然他并不稀罕刘备的兵，但刘备既然主动来参战，多一支军也未尝不可。他令来人告诉刘备，让刘军在自己营寨旁边一同扎下寨。

但刘备却迟迟不肯下寨。原来，船近赤壁时，他看见对面曹军战船如林，密密麻麻，绵延数十里，岸上隐隐也有数十座营寨，心中恐惧，对诸葛亮及关羽等人道："如此与曹军相对下寨，若曹操催动大军杀过江来，如何抵挡？"

关羽不以为然道："兵来将挡，水来土掩！江东军尚敢在此下寨，我等怕甚？"

张飞也道："二哥说得是！长坂坡我一个人尚不惧他，今日又何惧之？"他指的是当阳长坂坡一战中，他奉命领二十名士兵断后，独自一人横矛立马，站在桥头，挡住数千曹军去路。而令二十士兵在身后树林里拖着树枝乱跑一气，做出有疑兵的模样。曹军见状，疑有埋伏，遂不战而退。

诸葛亮看了看对面曹军营寨，又望了望上游周瑜营寨，沉吟道："周郎与曹军实力悬殊，中间又无凭障可依，周郎却如此下寨，料必有他的道理！不妨待孔明前去打探了再说！"

刘备依允。令大军就地停靠，等诸葛亮回来后再做定夺。

诸葛亮到了周瑜营中，说了刘备的疑惑，道："如今曹操水陆联军不下二十万，我孙刘联军不足五万，如此相对峙，若曹军来攻，当如何？"

周瑜朗声大笑道："可怜刘备已被曹操吓破了胆！回去告诉你家主公！曹操

断不敢贸然攻我！其一，曹操新败，已知我水军实力，其青、徐军不擅水战，荆州军又敌不过我，故不敢水上与我作战！如来攻我，是自来送死！其二，我已从曹军被俘军士口中获知，曹军疫病流行，既如此，定要休整。其三，日前正近隆冬，粮草难以为继，不利作战，其势必与我对峙，待来年后再与我开战！"

诸葛亮蹙眉道："依周都督所见，我孙刘联军可借机攻打曹军了！"

周瑜笑道："也不可！曹军虽败，但人多船多，兼有岸上步兵掩护，我军攻打，反会被他趁势反攻，致我于崩溃！唯有与曹军暂且相峙，再寻机破曹方为上策！"

诸葛亮眼神一亮，恍然大悟，对周瑜躬身拱手施了一礼，脸上溢出恭敬与厚重的表情，由衷道："孔明茅塞顿开！周都督文韬武略、才华横溢，孔明钦佩不已！"

周瑜笑道："哪里！区区短见，不足挂齿！只是身负数万将士性命并江东重托，不敢不多多思量！"

双方又彼此寒暄一番后，诸葛亮赶紧告辞了。回到刘备船上，将周瑜的话转告给刘备，劝刘备速靠近江东军扎寨。关羽、张飞也催刘备不要犹豫。于是，刘备催动船队，傍着周瑜的寨子，在下游扎下寨。并令人通报周瑜。周瑜担心刘备寨子扎得不够牢固，就令鲁肃带上礼品前去慰劳刘军，顺便看看刘备的营寨。鲁肃去了刘备营寨，送上劳军礼品，查看了他的寨子，见果然少些章法，就邀他翌日往江东军营寨参观，以便依江东军营寨样式扎寨。

翌日，刘备领关、张及诸葛亮来周瑜营寨慰劳。慰劳毕，周瑜领众将陪同刘、关、张等人参观周瑜的营寨。

先看水寨，刘备、张飞赞不绝口。张飞道："周郎的水寨，固若金汤！莫说二十万曹军，就是四十万曹军，也攻它不破！"

看了水寨，又看旱寨。但见一座座帐篷间的操场上，士兵们正在紧张地操练着，威武齐整，吼声如雷。刘备堆起笑脸夸道："真是熊虎之士啊！"

转到一处练武场，只见百余名女兵由孙尚香带着习武。孙尚香闪展腾挪，英姿飒爽，腰肢纤细有力，浑身洋溢着诱人的青春的气息。刘备呆看半晌，心里面生出几分骚动。他是个性欲旺盛的人。糜夫人在长坂坡死于乱军之中，剩下的甘夫人身体多病，十天中有八天卧床不起，偶尔被宠幸一回，也不堪重负，让他不能尽兴，好不懊恼。内心里他总渴望着那种俏丽又健康丰润的女人。第一次看见孙尚香，他眼神就为之一亮。那俏丽的脸蛋、妩媚俊俏的眼睛，纤细又充满弹性的腰肢，丰挺的胸部，都让他为之倾倒。最吸引他的是她矫健的充满弹性的匀称健康的身材。他想这样的身材在床上一定非常动人诱人，一定特别有劲特别能充分地满足他！这是病恹恹的甘夫人所远远不能比的！这些年来，他找的女人多是弱不禁风娇柔不堪类的，像孙尚香这样活力四射的健美女子对他而言就像一股暖乎乎的能诱发人性欲的春风吹过来，吹得他心神荡漾。他想象着如此英姿飒爽的女子在床上呻吟翻腾，该是何等动人！以她如此大方活跃的个性，又将是何其主动、何其有力、何其亢奋！那饱满娇嫩的胴体在他身下又该何其富于弹性、富于活力，让人销魂！一刹那，望着那团跃动的红色的火，他恍惚了，仿佛看见床上动人的肉体。

"大耳朵！"忽然一声断喝，打断了他的想入非非，抬头一看，却见孙尚香正手提宝剑娇喘吁吁、柳眉倒竖走过来。

"大耳朵！你早些不领兵来，看见周郎赢了一阵就领兵赶来了，好滑头。"孙尚香提着剑走到他面前。

刘备十分窘迫，赶紧岔开话题恭维道："原来是孙姑娘！听说此役孙姑娘擂鼓助威，英勇之态，胜过男儿！刘备佩服之至！"

"哼！听说你是常败将军！打一仗败一仗！本姑娘怕你的晦气沾上了周都督！"孙尚香噘着嘴嗔怒道。

"香儿！不得胡说！"周瑜喝她。

"毛丫头！你是什么人，敢辱没我大哥！"刘备身后的张飞忍受不住了，黑着脸冲上前，胡须颤动，虎目圆睁，怒视孙尚香道。

孙尚香吓了一跳，定眼看了一下他，大怒，剑一横："你又是什么人，敢指责你姑奶奶！"

"成何体统！堂堂大汉将军，竟任一个女子羞辱！关某今日不管你是何人，定要教训你！"关羽从刘备身后闪出，脸庞通红，倒竖卧蚕眉，圆睁丹凤眼，拔出剑来，指着孙尚香。

"放肆！看剑！"孙尚香柳眉倒竖，挥剑朝关羽砍去。关羽挥剑架拦住。孙尚香又砍，关羽只隔或拦，并不砍她。

周瑜在一旁大喝："香儿！住手！"见孙尚香还没有住手，周瑜令身边吕蒙、周泰两将上前拦住。吕蒙、周泰拔出剑，拦住了孙尚香。

"哼！江东一帮鼠辈！男人并无威震华夏之人，女的又似男人舞刀弄剑！"关羽被两人拦住了，恨恨道。

周瑜一愣，瞪着他。他没有想到关羽竟说出如此侮辱江东全体将士的话来。他的嘴唇微微有些颤抖，若今日不是以主人的身份陪同客人，他会挺身而出，拔剑相向的。

但他身后的甘宁却忍不住了，从周瑜身后跳了出来，怒目圆睁，站在关羽面前，拔出剑来指着他怒道："你一个常败将军，也算威震华夏？竟敢辱骂我江东群英！有本事和我甘兴霸单斗一回？"

关羽拈一拈及腰的美髯，傲慢地瞥一眼甘宁，冷笑道："关某名满华夏，怎会与你一无名小卒相斗？"

关羽说的没错。此时的关羽，已因忠及勇而名满华夏。他的成名，全得益于曹操。刘备最后一次与曹操反目后，被曹操打得大败，只身逃奔袁绍。关羽及刘备的二位夫人均被擒获。关羽被迫投降曹操，被拜为偏将军。白马一战中，他单骑冲入敌阵，刺袁绍名将颜良于万军之中，由此显名，被曹操表封为汉寿亭侯。后得知刘备在袁绍处，就将曹操的赏赐全部封在库中，辞别曹操，带着刘备的两位夫人又回归刘备。曹操手下要追他，曹操以其忠义，劝阻了。从此以后，关羽以忠义及勇武而名扬华夏，成为一时名将。他原本就刚烈矜持、傲视群伦，成名之后就更加矜持自负了，所以对甘宁有些不屑。

但甘宁对关羽同样不屑。在他看来，关羽只不过资历深、名气稍大而已，真要论勇武，未必打得过自己！何况，一个常败将军，何以言勇？现在见关羽辱没江东及孙姑娘，又口出狂言，自然怒不可遏了。他原本就粗猛好杀，岂能受得了这口气？他的脸涨得通红，怒不可遏地瞪着关羽，恨恨地呼出一口恶气，冷笑道："你算什么鸟？不过就斩了一个颜良而已？如那时有我甘兴霸在，哪里轮得到你！"

关羽大怒道："鼠辈安敢欺我？"挥剑就朝甘宁砍来。甘宁举剑相迎，两人怒气冲冲，打在一处。

一旁的孙尚香看花了眼，高兴道："哈哈！二虎相争，好一场打斗！实在过瘾！"

见张飞按着剑柄，瞪着圆眼站在她前面观战，一时兴之所致，顺手用剑拍一拍张飞的头道："你这个黑大胖子会不会武艺？可否与姑奶奶一战？"

张飞摸摸头，转身，一看是孙尚香在戏弄他，大怒："小女子也敢戏弄本将军？看我教训你！"说完拔剑朝孙尚香砍来。孙尚香举剑招架，但哪里是张飞对手，节节败退。凌统见了，拔出剑上前格开张飞与孙尚香，对张飞道："岂有大丈夫与女子搏杀的？不如凌公绩奉陪将军！"

张飞吼叫一声，挥剑朝凌统砍来，凌统挥剑和他打在一处。一时，关羽与甘宁，张飞与凌统，两对将你来我往砍杀着。

周瑜怕甘宁、凌统有闪失，赶紧喝令两对将住手，但两边都不听。周瑜拔出剑来，冲向关羽和甘宁中间，挥剑将两人剑格开。

"谁敢造次，以军法治之！"周瑜喝道。

刘备赶紧上前拉开关羽，边拉边说："二弟！不可造次！不可造次！"

甘宁、关羽都收了剑，双方怒目而视。

那边，诸葛亮、鲁肃等也上前拉开了凌统和张飞。

"大敌当前，怎可一家人打开来！"周瑜对甘宁、凌统喝道。

"二位兄弟！孙姑娘只是戏言而已，你俩却大动干戈，如此无礼，要置我于何地啊！"刘备也责备着关羽、张飞。

两边的斗将都恨恨看着对方，不再应声。江东吕蒙、周泰等众将领都恨恨地瞪着关羽。刚才他的傲慢之言激怒了众人。

诸葛亮见双方已闹成这样，赶紧以目示意刘备辞去。刘备会意，就向周瑜告辞，说还有军务在身。周瑜自然不挽留，寒暄数句后，令鲁肃相送。刘备赶紧领着关、张、孔明等人离去。

刘备走后，周瑜口气和缓地对甘宁、凌统道："我也与二位一样，看不起刘备，也不喜关羽！但眼下既在一处操戈，理当以和为贵！"

甘宁愤愤道："都督说得是！只是这几人既有求于我，又如此傲慢无礼，还口出狂言，怎让人忍得住？"

周瑜道："他们傲慢由本都督处置，与你们无关！两军对阵，最忌祸起萧墙、为敌所趁！"

甘宁不吭声了。周瑜又对孙尚香喝道："你险些坏了我军中大事！如果不看你击鼓进军有功，本都督当以军法治你！"

孙尚香冲周瑜瞪一瞪眼，做了个鬼脸，赶紧跑开，领自己的女兵们接着操练了。内心里，却乐不可支。她觉得如此给周瑜惹麻烦很有意思。她喜欢看周瑜恼怒又无奈的样子。而且，只有这个时候，周瑜的目光才会很久地凝聚在她的身上，尽管是责备的目光。

然后，周瑜令众将各自继续领军操练，自己带着李通、方夏回到大帐里去了。

过了一日，周瑜正在帐中处理军务，江上把守寨门的军吏来报，说一个自称蒋干的故人来造访。周瑜一听，又惊又喜，他没想到蒋干会忽然出现，忽然又笑了。想：蒋干是闲云野鹤之人，这多年来都很少来拜访，现在两军交战，他却不远千里，从扬州赶来，一定是曹操请他出来做说客了！但不管怎样，老朋友相见，还是令人欣喜的！于是，赶紧令军吏放人，自己也出了大帐，到江边去迎接蒋干。

　　蒋干自然是来做说客的。曹操领程昱亲赴扬州，请他做说客，他自然不愿意！曹操恳切道："孤奉命讨伐天下，绝非为一己之私利！如为私利，孤岂不废汉自立了？孤只是不忍看汉家江山支离破碎，方要一统华夏，再现文景盛世，方才东征西讨、风餐露宿！"

　　一席话让蒋干有所动容。他本人也亲眼见到曹操治下的北方甚为强盛。他想让曹操一统华夏未必不是好事，周瑜理应知此大义的，而况，孙策已故，如今的江东之主是孙权！而周瑜对曹操又素有好感。于是，他答应来赤壁游说。

　　周瑜来到江边，只见蒋干布衣葛巾，由军吏带着，迎面走来。两人亲热地拥抱在一处。寒暄之后，周瑜挽着他的胳膊往寨里走，边走边笑道："子翼远涉江湖，今为曹氏来做说客的吗？"

　　蒋干愕然，支支吾吾道："我久别公瑾，特来叙旧，怎怀疑我为曹氏做说客？"

　　周瑜笑道："哈哈！公瑾虽不及师旷之聪，但也是闻弦歌而知雅意的！而况子翼与我相交多年？"

　　蒋干红了脸，难堪地干笑了两声，没有说话。他想，周瑜点明了也好，免得绕半天弯。

　　周瑜又笑道："无妨！无妨！就是做说客也无妨！哈哈！"

　　说完，挽着他的手臂进了大帐。

　　在大帐坐定，周瑜并令人在帐中设下筵席，传令各将赴宴。不一会，帐下偏裨将校都披着银铠进来，分成两边，各据一小案，相对而坐。周瑜令上来酒菜，对众人道："本都督同窗好友蒋子翼先生从千里之外来造访我！因子翼与诸将有旧，故也请众将做陪！"昔日攻打庐江，蒋干曾为行军主簿，所以，众将大多认识蒋干，于是纷纷寒暄。然后，周瑜令众人开怀畅饮，又令军中鼓乐手奏起军中得胜之乐。立时，大帐内鼓乐声声，众将纷纷与蒋干行酒。大帐内一片觥筹交错，好不热闹。

　　酒至半酣，周瑜看着蒋干喝得满脸通红，笑问道："子翼！我江东诸将雄壮否？"

　　"个个英气逼人，人人豪气干云！"蒋干涨红了脸，一抹嘴上的油渍道。

"哈哈哈！"周瑜放下酒樽指着众将笑道："这可都是江东英杰、忠义之士！公瑾唤江东群英来陪老友，也算对得住老友吧！"

蒋干笑道："子翼谢公瑾盛情！"

当日，蒋干和众将都喝得尽兴，蒋干喝了个半醉。周瑜令人将他扶到寨中馆驿里歇息了。

第二天，周瑜邀蒋干观看营寨。只见寨中，一队队军士全装贯带，持戈执戟，巡哨而过。操场上，操练的军士吼声如云、此起彼伏、刀剑铿锵、盔甲闪亮。往江中望，二千只战船纵横交错，搭成巍巍水寨，如巍然的城堡。在江面上巡哨的飞舸波涛中出没，如飞鱼掠过。周瑜对蒋干笑道："我江东军队，是否雄壮？"

蒋干笑道："皆为熊虎之士！"

周瑜又领蒋干到仓库里看了军资器仗粮草，只见粮草和器仗堆积如山。

周瑜笑道："本军粮草器仗，可算充足？"

蒋干笑道："兵精粮足！"

周瑜笑道："以此精兵良将，可破曹操否？"

蒋干笑道："虽然如此，但曹操也算治国有术！何不归附曹公，一同开创华夏盛世？"

周瑜笑道："我知曹操治国有术，但吴侯治下的江东又何尝不是民殷国富？江山之大，何需定由曹氏主掌？我受伯符厚恩与重托，岂可轻易易主？"

停了一停，他目视前方，感慨又坚定的语气道："丈夫处世，遇知己之主，外托君臣之义，内结骨肉之恩，言行计从，祸福共之，就算张仪、苏秦重生，又岂能说服我！"

蒋干愣了，看了看周瑜的脸色，不觉露出几分羞愧，然后，叹一口气，挽紧周瑜的手，笑道："公瑾！实不相瞒！子翼正是奉了曹公之命来游说公瑾的！子翼自知公瑾铁血丹心，非言辞可动。又见曹公赏识公瑾，想公瑾会有所心动，就答应前来游说！岂知公瑾心如铁石，雅量高志，一如从前，子翼哪里还会苦苦相逼了！这说客使命，到此为止了！"

说完，他哈哈大笑开来。周瑜擂了他一拳，也哈哈大笑开来。笑完了，挽住蒋干的胳膊道："曹公也恁地不智？怎可令子翼来做说客？岂不知知我者，子翼也？"

说完两人又哈哈大笑开来。

笑毕，周瑜又道："多谢曹公！若不授子翼重任，公瑾岂能与子翼重逢？"

说完，笑吟吟挽着蒋干的胳膊回到大帐，令人置酒。两人觥筹往来，痛饮一回。宴毕，蒋干告辞。周瑜因有公务在身，也未强留，送到江边，两人挥手作别。

到了江北，蒋干回复曹操说："在下尽力了！只是周郎雅量高致、铁血丹心，非言辞可动！"曹操郁闷了半晌，仍不死心，还要另派他人游说。蒋干笑道："丞相！子翼与周郎非一日之交情，连在下尚且无法说服，恐无人可达此目的了！"程昱也道："丞相！子翼所说有理！"大将许褚大声道："以丞相神威，周郎迟早会为丞相所擒，何劳丞相劳心费神去劝降？"曹操只好悻悻作罢。

当日，蒋干辞了曹操，又回扬州，在江淮间做逍遥隐士去了。他想，今生虽不再与功名结缘，但结交周瑜这样一位有情重义有功名的朋友，也足矣。

三十六　孙尚香比武示爱，甘兴霸盛怒违令

这天，周瑜领鲁肃、吕范一同察看了库中的器械、粮草，见军中粮草不足支撑三日了，果蔬、猪肉、牛肉等食物已尽，且士兵御寒之衣及医药均不够，就赶紧给吴侯上书一封，然后将书信交与吕范，请他往江东一行。吕范领命去了。

吕范走后，周瑜就唤鲁肃一同探视了伤员及病员，抚慰一番。又到各操场看军士们操练。走到一小树林边，却见孙尚香正领着她的女兵在习武。见周瑜一行过来，孙尚香迎上来大声嚷道："周都督何时破曹！我的女兵都等不及了！"

"破曹是众将士的事，与你们无关！"周瑜道。

"噫！"孙尚香瞪圆了杏眼，"本小姐日夜操练，就是要强过你等男儿！都督竟要小瞧！看来，本姑娘不与都督比试一番，只怕都督眼中更没有什么人了！"

说完，一挥手中剑，朝周瑜刺过来，周瑜赶紧闪开。

鲁肃在一旁喊："孙姑娘！不可造次！"

孙尚香不理他，继续朝周瑜挥剑。周瑜连连闪开。

鲁肃赶紧拔出剑，架开孙尚香的剑，喝道："孙姑娘！周都督乃一军主帅，不可相戏！否则会军法相治！"

孙尚香一挥剑，打开他的剑，指着他："没你的事！我只要和周都督比试武艺！"

周瑜对鲁肃道："子敬！你且让开！"然后对孙尚香道："你真要和我比试？"

"不假！"孙尚香热烈的目光看着他坚决道。

"如何比试？"周瑜道。

孙尚香一挥手中剑："比剑！"

周瑜道："只怕你三五人一起上都不济！"

孙尚香撒娇的口气："你徒手，我用剑！"

"不行！"鲁肃急道，"周都督安危关乎江东安危，让鲁肃来与姑娘比试！"

"关你屁事！"孙尚香眉毛一掀，瞪着鲁肃道。

"就依你说的！输了又如何？赢了又怎样？"周瑜正色道。

孙尚香坚决道："若本姑娘输了，日后一切须听都督将令！若本姑娘赢了，你就需娶本小姐为妻！"

此言一出，满场愕然。周瑜愣住了，一股血涌上脑门，愕然地看着她。鲁肃也愕然不已。众护卫和众女兵也面面相觑。孙尚香涨红了脸，一束热烈的目光朝周瑜扫来。周瑜赶紧躲开，然后严肃道："就依你所言！"

"看招了！"孙尚香挥剑朝周瑜砍过来，周瑜闪开。孙尚香连劈带砍、狠狠进招，周瑜连躲带闪，频频退让周旋。孙尚香虽然剑法尚可，但挨不上周瑜身。鲁肃与众女兵，及周瑜的护卫李通、方夏都看得呆了。

两人斗了一阵，周瑜将正面让给孙尚香，诱孙尚香一剑刺来，然后闪开，迎手一掌劈下，打在她的手腕上，孙尚香"哎哟"叫了一声，手中的剑"当啷"落地。她咧了咧嘴，又挥拳朝周瑜面部打来，周瑜右掌迎上去，挡住她的拳，未等她收回拳，就势抓住她的手腕，顺势一扭，将她的胳膊反扭过来。孙尚香又扭过身子用左拳打，周瑜又抓住她的左拳。孙尚香恼羞地挣扎，但挣扎不脱。双臂被反剪着，高高的胸脯挺起，脸色娇羞，如三月桃花。

"香儿！你输了！以后一切须听我将令！不可再在我面前使性子了！这是你说的！有鲁子敬和你的众多女兵做证！"周瑜说完，将她推开，然后朗声对众女兵道："姑娘们！你们以柔弱之躯远赴沙场，辛苦了！"

众女兵红了脸，行礼道："谢都督关照！"

"沙场非小姐的后花园，也非厅堂厨房。军营之内军法严明，军营之外箭矢如雨！故，既来此处，理当遵奉军法约束，不得肆意妄为！听清楚没有？"周瑜威严的口气道。

众女兵齐声道："遵令！"

周瑜满意地扫视了他们一眼，又对孙尚香道："继续操练吧！"和鲁肃领着众侍卫离去。

孙尚香揉着胳膊，红红的脸蛋上溢满羞恼，瞪着眼，恨恨地看着他的背影，然后对众女兵喝道："看什么看？都给我转过身去！"

女兵们吓得赶紧转过身去。

"公瑾！孙姑娘似对你有意！"回到大帐，鲁肃严肃地看着周瑜道。

"子敬看出了？"周瑜道。

"看来在下该恭喜都督了！"鲁肃眼里闪着狡黠。

"子敬岂不知公瑾今生只娶小乔一人？"周瑜道。

"如此都督就需尽快处置！如孙姑娘在吴侯那里提出此事，都督怕推辞不掉了！"鲁肃点点头，认真道。

"子敬有何良策？"周瑜目光里闪动着询问。

鲁肃皱了皱眉无言以对。

就在此时，甘宁手下一个军士进帐禀报："启禀都督！江面上，甘将军和关羽又打将起来！"

周瑜一听，霍地站了起来，往外走。鲁肃赶紧跟在后面。

此刻，水寨外的江面上，数十只船胡乱挤成一堆。有东吴的，也有刘备荆州军的。军士们各自站在船上引颈往中心翘望着。周瑜和鲁肃赶紧乘船往众船中心。众军士们纷纷将船撑开，让开水道。赶到军士们围观的中心，只见关羽和甘宁各站在一条相靠着的船上，手里拿着剑，怒视着对方。刘备、诸葛亮站在关羽那边正劝说着关羽。吕蒙站在甘宁这边，正劝着甘宁。周瑜跳上甘宁的船，神色严峻地问怎回事。甘宁怒视关羽，道："此人欺人太甚！"一旁的吕蒙赶紧对周瑜禀告了事情原委。

原来，甘宁和吕蒙在江中操练时，正遇着关羽也领荆州水军操练。因为孙、刘联军和曹军演习时各占一边，都不敢往江中心去，所以水道有限，难免拥挤。甘宁和吕蒙领部下排成几个纵队演习进攻时，正遇着关羽也同样领着几个纵队的船迎面开来。因此前两人有旧根，故各不相让。关羽令甘宁让开，甘宁冷笑："你怎不让开？"关羽傲然地捋着胡须道："我乃是汉寿亭侯、偏将军，你只是一个小都尉！理应你让道！"甘宁勃然大怒道："我乃所向无敌的东吴名将！你只是屡战屡败的丧家之犬！理应你让道！"关羽大怒，拔出剑来，指着甘宁骂道："江东鼠辈！你的头比颜良的头还硬吗？"甘宁也拔剑指着他道："丧家之犬！你斩得颜良，却斩不得东吴甘兴霸！"于是两人都令将船靠上去，举着剑，怒目相向。手下的兵士也各拿了兵器对峙。吕蒙一面拦着甘宁，一面令人报告在后面督军操练的程普。那一边，关羽帐下的将领糜芳也拦着关羽。程普此际正在督促凌统等人操练水军。他在旗开得胜、大军驻扎赤壁的第二天就病倒了。周瑜曾率将领们探视过他，并嘱他好生歇息，又令军中医官好生治疗。近日病体康复，周瑜便请他负责江中水军操练事宜。听得军士禀报，赶紧将船划了过来，见两边正对峙着，就喝令甘宁收剑。甘宁顶撞道："姓关的先拔的剑！你让他先收剑！"程普喝道："本都督令你收了剑！"甘宁依然不理，暴怒道："姓关的收了剑我才收剑！"程普对刘备、关羽也无好感，只因身为右都督，需做些姿态，不料甘宁却在两军面前顶撞他，他脸上有些挂不住了，便涨红了脸喝道："大胆！你敢抗我将令吗？"

甘宁此时在气头上，哪里肯听，回头怒视他道："你到底是东吴的都督，还是刘家的都督！你要帮刘家不成？"

程普被激怒了，气得胡须颤抖。他本来就为在军中威望不如周瑜而郁闷于心，没想到现在甘宁当众顶撞他！他当即喝令手下："给我拿下！"

程普手下军士跳到甘宁船上，要拿甘宁，甘宁把眼一瞪，手中剑一晃，喝道："谁敢！"程普的几个军士吓得赶紧后退两步，胆怯地看着甘宁。

程普大怒，令甘宁身边的吕蒙拿下甘宁。吕蒙和甘宁最要好，就对程普道："程都督！有事慢些商议！不可动气！"程普见吕蒙也不听令，又羞又忿，涨红了脸吼道："好！好！你们只听周瑜的，不听我的吗？那好！要周瑜来好了！"气冲冲令手下把船划走了。

此时，关羽那边，正在江面上督军的刘备、诸葛亮也闻讯赶来了，劝说关羽。

周瑜听了吕蒙的陈述，沉吟片刻，看了关羽一眼，道："关将军！今日的事，甘宁自然有错，但关将军也把这职位怎看得太重了些！我东吴战将军阶都低，就是公瑾本人也只是个中郎将，职位在你之下，是否我等都由你去使唤了？刘豫州是汉左将军、领豫州牧，无论军阶还是官位，都在我家吴侯孙权之上，那是否吴侯需得听刘豫州使唤？"

关羽涨红了脸，竖了竖眉，瞪圆眼睛，想争什么，刘备赶紧拉了他一把，上前对周瑜道："周都督指教的极是！当今乱世，职位确不足道。而况，各人的职位、军阶只在各家里才算数，在别家里不算数的！云长为人有些傲气，故有此等想法！请周都督看在刘备的面上多多包涵！"

诸葛亮也道："是啊！就请都督看在破曹大局面前多多包涵！"

周瑜咽了口气，转身对甘宁厉声道："与友军相处，理当多多谦让。你先让开，让友军先过，又有何妨？何以意气用事，大伤两家和气！如对面曹军窥见，忽然来攻，怎么办？"

甘宁低头不语。

刘备赶紧劝道："周都督！不要责怪甘将军！此事是我家云长的不是！"

诸葛亮也劝周瑜道："周都督息怒！两军相处，难免有争执！甘将军将才难得，请都督不要责怪！"

鲁肃等人也纷纷劝周瑜不要动怒，周瑜方才作罢。刘备与周瑜寒暄了几句，领着关羽退了回去。周瑜又责备了甘宁几句，忽然发现人群中没有程普，就问吕蒙方才的事为何不禀报在江中督促的程都督？吕蒙大窘，无言以对。他刚才对周瑜讲述冲突情景时，并没有说程普来过、甘宁抗命的事。周瑜见吕蒙不言，就问在场的军士，几个军士不敢违周瑜令，就把甘宁顶撞程普的事说出。周瑜一听，脸气得发青，令李通带侍卫把甘宁和吕蒙绑了，便回到自己的大帐，升起中军帐，左右列刀斧手，击鼓请诸将前来议事。又令鲁肃去请程普。不一会儿，众将官来齐，程普也红着脸怒气冲冲来到。周瑜见众将来齐，大喝一声："带上来！"几个刀斧手押着甘宁和吕蒙两人进来，按在地上跪着。

周瑜对程普道："程公！刚才事情原委我已知晓！我今日为将军主持公道！"说完，厉声对众将道："甘宁和吕蒙两人今日违抗程将军将令，本都督为严明军纪，着令将二人斩首！拉出去！"

众将一听惊呆了，就是鲁肃也不知所措，他原以为周瑜只是责罚二人，没想到会拉出去斩首。众将一下跪倒一大片，一齐求情。黄盖道："都督开恩！吕蒙、甘宁固然有过失，但皆是东吴栋梁，当今用人之际，不可擅杀！"

鲁肃也跪着求情："都督！甘宁骁勇善战，吕蒙勇武聪明！两人皆有名将之资！请都督看在东吴江山分上，手下开恩！"

程普听说周瑜升帐，原以为谈军中事，没想到是处置这两人，更没想到是斩首。他虽恨两人小觑他，但也不想二人因此事被斩，毕竟都是江东骁勇的战将！于是拱手求情道："周都督！二人固然冲撞程某，但处罚即可，不必行此大刑！"

众将又跟着求情。

周瑜看了一下众人，厉声道："看在程公和众将分上，且饶他们一死！但活罪难逃！给我拖下去，每人打五十大板！"

刀斧手将两人拖了出去打板子。周瑜又对众将道："程都督是东吴三朝元老！资历战功均在周某之上，现又为右都督，与本都督一道统领大军破曹！所有将佐日后再敢违程都督将令，定斩不饶！"

众将官一齐道："遵令！"

"程都督！他二人冲撞足下，周瑜多有责任，请将军多多包涵！"周瑜又对程普道。

程普冷笑一声，道："哪里！你周瑜与吴侯有骨肉之亲！他们自然听你的！"说完，他扬长而去。

周瑜看着他的背影，默然无语。半晌，令众将散去。

当晚，周瑜令人唤吕蒙来帐中，责备道："我知道今日拿你二人问斩，责罚过重，但你二人也太不知事了！甘宁性格粗猛，你却是精细聪明之人，怎么可以任其冲撞程都督，又怎可以将此事隐而不报？战争胜负，天时、地利、人和，以人和为大！你二人先是与关羽冲突，后又与程将军顶撞，如此不计人和，怎能破曹操数十万大军？"吕蒙唯唯诺诺，连连称是。

周瑜又劝吕蒙道："你聪明神勇，但读书甚少！要成为一代将才，还要多读些书。光武帝当兵马要务，仍手不释卷。曹操也自称老而好学！你要学学他们！"吕蒙连连答应。然后周瑜嘱他好生调理，就让他退下去了。

吕蒙刚走，鲁肃进来了。

"公瑾！你今天吓死我了！差点斩杀我江东勇将！"鲁肃拍拍头叹道。

周瑜看了看他，叹口气道："我也不想斩杀他俩！只是治军之要，在乎一个严字！而况，程老将军原对我就有成见！知两人是我喜爱的将领，我如不严责他俩，程都督必以为我徇私情！"

周瑜所说的是实情。在军中，众人都知吕蒙、甘宁是他很喜爱的两员将领。吕蒙未曾读过书，但打仗勇敢，聪明精细，爱动脑筋。甘宁勇猛善战、无坚不摧。要斩他二人，周瑜有一百个不情愿，但他又不愿因此坏了军纪。当然，他知道众将会为他二人求情的。说斩，最后只是罚。但必须要以"斩"来镇镇他们。

鲁肃连连点头，叹道："公瑾所说有理！有理！"

两人又议了一下军中事，鲁肃告辞而去。

三十七　周公瑾草船借箭，程德谋负荆请罪

　　过了两日，刘备、诸葛亮领一队军士挑着江夏出产的谷米、猪、牛、武昌鱼及盔甲器械来到周瑜寨中慰劳东吴军，以缓和两家的不和气氛。刘备因在江夏有大营，故采运物资极为便利，不像东吴军，需从江东运来。这些礼物都是东吴军所极需的，周瑜令人收下了，又和程普、鲁肃一道宴请刘备、诸葛亮。双方言谈甚欢。刘备邀周瑜带吕蒙、甘宁隔日到他寨中做客，就上回不愉快事言归于好。周瑜欣然答应，并以自己军中事务庞杂为由请程普代他一去。他这样是想给程普挽回面子，也让程普多些露面之机。程普喝了几爵酒，心情尚可，自然就答应了。

　　两天后，程普带吕蒙、甘宁到了刘备寨中做客。关羽、张飞、诸葛亮、赵云等人做陪。席间双方都极为尽兴。因刘备劝解，关羽也放低了架子与吕蒙、甘宁行酒。吕蒙、甘宁也回行。张飞、甘宁都是爱酒之人，你来我往，颇为投机。刘备先前与孙坚讨董卓时曾见过程普，此时谈起旧事，也多言语。刘备不停恭维程普辅佐孙氏三代，忠心耿耿、功劳盖世，恭维得程普格外舒爽，一时高兴，想起刘备前日江东军送了不少礼，自己此次却未给刘备带什么礼，就问刘备寨中还需要些什么。刘备想了想，称物资器械都不少，唯独少了箭矢，原想营中工匠会多造些箭，因张飞负责监造时，酗酒成性，打骂工匠，工匠都吓跑了，不知东吴可否借八万支箭。程普原本性好施与，但有所求，都慷慨相赠，此时见刘备提出，又有几分醉意，就即刻答应了。程普久病，病愈后也在江中督促操练，并不知库中器械多少。吕蒙和甘宁听了面面相觑。在他们看来，八万支箭并非一个小数目。甘宁仗着酒劲道："程都督！我军物资器械都是从江东带过来的；吕范从江东筹备物资，尚未回来，拿出八万支箭恐非易事！"

　　程普道："吩咐工匠多多打造就是了！"

　　"就算是日日夜夜赶造，八万支箭也需时日！"甘宁道。

　　程普不满道："不关你的事！你只管打仗就是了！"

　　甘宁又要争，吕蒙对他使个眼色，甘宁忍住不再说了。

双方又饮了一刻，尽欢而散。

回到江东军寨中，程普令吕蒙、甘宁往库中调八万支箭，送往刘备寨中。吕蒙、甘宁去找管仓库的军吏要箭，军吏回答库中箭所存不足五万支，周都督正令工匠加紧赶造。吕蒙、甘宁大吃一惊，赶紧回复程普。程普听了吕蒙、甘宁禀报，就道："你就调拨你手下军士并营中工匠造箭，三日内赶出八万支箭送往刘备大营！"

甘宁愕然道："末将的军士都是攻城拔寨之人，哪里会造箭？将军还是另找他人好了！"

程普怒道："我今日偏偏就令你造箭！你敢抗命不成？就是周郎在此，我也令你造箭！我看周郎怎样说！"

甘宁青筋暴出，就要发作，吕蒙赶紧上前抓住他的胳膊喝道："兴霸！不可违程将军将令！"又赶紧对程普笑道："程都督！甘兴霸多喝了些酒，请都督不要怪罪！他三日内复命就是了！"

然后拉着他离去。

出了大帐，甘宁仍愤愤道："三天内造八万支箭，岂不是要我的命？"

吕蒙劝道："我们去先禀报周都督，看周都督如何裁夺吧！"

当晚，吕蒙和甘宁去周瑜大帐向周瑜禀报了白天的事。周瑜听了，皱起了眉头。他想程普也太冲动了，江东军差的正是器械物资，怎么还可以奉送给刘备？而且又令甘宁三日内赶造八万支箭，这不是要甘宁的命？但他未动声色，只对吕蒙和甘宁道："你二人且回去！我自有主张！"二人就告辞了。

吕蒙和甘宁走后，周瑜在灯烛下想造箭矢的事，最后决定：不妨令工匠三天内赶造三万支箭，加上库中的五万支，一共八万支先送给刘备。自己再慢慢赶造就是了。估计这两日不会有战事。

这样想好后，看着到了二更，仍无倦意，就起身走出帐外，去察看寨中的防务。这两天连着大雾，为防曹军趁雾偷袭，他已令加强警戒，巡哨和放哨的人数是以往的几倍。他想这样的大雾，多疑的曹操未必敢进攻，但加强警戒，仍是必要的。

方夏、李通见他出去，要跟着他，他拒绝了。

正是二更时分，外面罩着浓浓的大雾。从大江到岸上，从树林到数以千计的帐篷全弥漫着湿润的、轻纱似的、朦胧的大雾。大江宽广的胸怀已是看不见了，只看见夜色中深不见底的白色的雾在飘浮着，仿佛一片涌动着的雾的海洋。偶尔从里面钻出几艘挂着灯笼或插着火把的巡哨的战船，像水底下游动的鬼火一样。

北岸密如芦苇、数以万计的艨艟战船全被这雾吞得无影无踪了。南岸这边寻常总是樯桅如林，战船密集，宛如一个小小城池，此刻，就是站在江边也只蒙蒙地看见靠岸的几艘战船在雾中若隐若现、影影绰绰，其余的全被大雾和夜色吞没得无影无踪。而方圆数里，容纳二三万人的营寨里的树林、小山和数以千计的帐篷都被大雾包围着、吞噬着，影影绰绰，既静寂，又神秘莫测。偶尔闪出一队队执戟的巡哨的士兵，像夜游神一样倏地出现，又倏地被大雾淹没。

周瑜在旱寨中转了一圈，便朝江边走去。远处小山上传来几声鸟鸣，悠远而寂廖，他不由自主看了看天上大雾遮盖朦朦胧胧的月亮，脑中忽然闪出小乔的影子，好像那张月亮的脸就如同小乔的脸一样妩媚而温存，又好像小乔正透过那轮月亮正注视着自己。一种浓烈的思念爱妻的思绪从心底弥漫开来。他想此刻小乔一定刚安置好二子一女入睡——几年里，她为他已生下二子一女，都长得俊秀可人——正在烛光下抚琴弹奏着那些相思的汉乐府的曲调吧，或者坐在西窗之下，一面绣着针线，一面望着月光，寄千里相思之情，间或露出甜美的又温存端庄的微笑！几年间，昔日的调皮的婀娜少女如今已是三个孩子的母亲了，活泼动人的性格里，更多了一份母性的温柔、端庄、包容与娴雅。两人多年如一日地恩恩爱爱、甜甜蜜蜜，偶尔也像从前那样玩些调皮的游戏，或嬉戏打闹，小乔更是常趁小孩不在身边时在他面前撒撒娇，一如她做女儿时。总之，和小乔在一起的时光实在是太甜蜜太欢乐了，两人之间的相爱之情实在如这大江之水流一样，滔滔不绝、流之不尽！他想，这一生最值得最快乐最令他满足的事情之一莫过于娶了小乔！这可真是上天的恩赐。想到这里，周瑜嘴角情不自禁露出陶醉的微笑。忽然，一队执戟的巡哨的士兵从雾中闪出，像从地上忽然钻出来的一样，差点和周瑜撞个满怀，等看清是周瑜后，慌忙行礼，拘谨地恭敬地目视周瑜从他们身边走过。

走到江边，忽然听见大雾中传来一阵轻柔的交谈声，听不太分明，是女子的声音。顺着声音走近，见离他四五步处的江边岸上的石块上，背对着他，影影绰绰坐着两个女子。又走两步，方才辨出是孙尚香和冬儿的声音，也看清是她两人的背影。孙尚香似在低声抽泣，而冬儿却抚着她的背安慰着她："小姐！不要难过！或许周郎并不明白你的心意！"

他一愣，赶紧闪在身边的一棵大树后，竖耳谛听。

"那天在操场上本小姐明说了如果我赢了，他就娶我，就是呆子也明白我的心意！"孙尚香难受的语气叹道。

"兴许都督以为是戏言，没当回事啊！"冬儿劝道。

"那，你说我该如何是好？"孙尚香问。

"婚姻大事，父母之命！小姐请吴侯做媒怎样？"冬儿道。

"不行！如果遭拒，岂不让江东上下都笑话我？再说，我并不愿以我哥去强迫他。如果只是碍于我哥的面子答应我，又算什么？"孙尚香道。

"那，让我再想想！"冬儿一时没了主意。

周瑜轻轻地叹了口气。他早感觉到孙尚香有意于他，但只是感觉。现在终于亲耳听见她说出了心思。他既感动，也庆幸因有所觉察而一直未搭理她，要不，还真不知会弄出什么结果。唉！我周瑜终身只娶小乔一人，这可是江东妇孺皆知的事啊，你孙尚香何以竟不明白呢？他无奈地摇了摇头。

忽然，他隐约看见冬儿的身子动了一下，好像要朝后面望过来，赶紧在树后藏起来。果然，冬儿的脸转了过来，往后面看了看，没看见他，又转过脸去。

"小姐！夜深了！外面很凉！我们还是回屋里歇了吧！"冬儿道。

"行！一睡了之，忘却烦恼最好！"孙尚香说着，站起来。冬儿也站了起来，扶着她。然后，两人手挽着手毫无觉察地从周瑜身边走了过去。不一会，身影被大雾吞没了，脚步声却仍在轻轻地回荡着。

等他们走过，周瑜起身，抬头望了望江北，走下江滩，进了由战船搭起的水寨。到了最前面的一艘瞭望的楼船上，只见两名执戟的军士正在上面朝江中心瞭望着，一见周瑜来了，赶紧行礼。周瑜问是哪位将领在值班，军士答是周泰。周瑜令找了来。军士答，周将军带了人在江上巡哨。正说着，前面江面上，朦胧中，一艘战船破雾而来。两个军士赶紧喊："来者是谁？报上口令？"对方答："破曹！"军士对周瑜道："周将军回来了！"不一会，船走近了，周瑜看清是江东的船，船头隐隐站着周泰。周泰一见周瑜，赶紧施礼。然后跳上楼船，爬上瞭望塔，来见周瑜。周瑜问对岸的动静。周泰答，安静得如同死人一般。周瑜朝江面望去，想起刚才周泰的船冲过来时，自己一时看不清的情景，不觉若有所思地自语道："好大的雾！不冲到面前还真辨不出是敌方还是我方！"

周泰道："都督放心！照都督将令，前方五百步内放了警戒船！但有动静，就放炮！五百步外也有船巡逻！末将刚才就是巡逻去了！"

周瑜看了看他，点头道："我知道！我是说，这雾大得有些蹊跷！"说完，继续看着江面，紧蹙眉头。

"都督莫不是想趁大雾杀进曹军大营？"周泰悟出了些什么，望着周瑜问道。

"如此大雾，怎可贸然攻袭？"周瑜道。

"就是！"周泰应和道。接着告诉周瑜：刚才巡哨时，他想看看对面的寨子，就划到江中心去了，正撞上对方巡哨的船也往江心划来。一下从雾里冒出，双方都吓了一跳。本想趁机杀对方一阵，但因不知对方有多少人和船，就赶紧退了回来，对方也不敢妄动，赶紧退了回去。

"虚实不明，都怕中了埋伏！"周瑜听他说完，沉吟道。忽然，他下意识地用手一拍船栏，眉头舒展开来了，叫道："有了！"

周泰不解地望着他。

周瑜道："周将军！你速派人去旱寨中叫来吕蒙、甘宁还有鲁肃。不要惊动了其他人。再传我令，从库中领来布幔束草等物！不可弄出喧响声！"

周泰赶紧令人分头去办理这些事情。

不一会，鲁肃、吕蒙、甘宁赶到。周泰也令人从库中领来了布幔束草等物。

"公瑾！三更时分叫我们来有何事？莫不是偷袭曹操吧！"鲁肃纳闷道。

"正是偷袭！却无须动刀枪！"周瑜笑道。令吕蒙和甘宁准备三十条大船，每船准备三十个军士。又令军士用那些布幔束草扎稻草人，每船放三十个。

"哈哈！某明白了！公瑾要吓一吓曹操，以为疑兵之计！如此反复数次，待曹军疲惫之极不以为意时再攻打！"鲁肃得意地笑道。

吕蒙、甘宁也连称周瑜妙计。

"你们只知其一！"周瑜笑道，"其实我是要演一出草船借箭的戏！令船只靠近曹军水寨，军士伏在船中呐喊擂鼓，曹军必会放箭！以此筹八万支箭！"周瑜道。

鲁肃道："如果曹军齐出，怎么办？"

"如此大雾，他必料定我们有埋伏，不敢轻举妄动的！"周瑜道。

鲁肃拊掌："公瑾奇才！佩服！"

吕蒙、甘宁也惊喜道："都督妙计！"赶紧依周瑜吩咐去准备船和稻草人去了。

不多一会，都照周瑜的吩咐准备停当。甘宁请求前往。周瑜道："吕子明精细稳重，且让他去好了！你和周泰等将只在我身边，如有意外，便冲出接应！"

周瑜又交代吕蒙，只可呐喊擂鼓，不可迎战；一边箭射满了，就掉转船头让另一边受箭。吕蒙一一答应，领众军士上了船，一挥手，船直往江中心去了。此时已近四更。

快五更时候，船过江心，直靠近曹操水寨，吕蒙令军士在船上擂鼓呐喊，直往水寨冲去。呐喊声和擂鼓声惊动了曹军。江中巡哨慌忙禀告领军的乐进。乐进又进寨去报告曹操。

曹军旱寨中，曹操得到报告，对乐进笑道："大雾迷江，周郎岂敢擅自进攻我！必定是诱我出战，然后于雾中设伏！不要理他！只乱箭射回就是了！"

乐进领令，即出去布置了。曹操又钻进被窝，冷笑道："周郎！老夫可不是黄祖、刘勋之辈！雕虫小技！"

此时，吕蒙的船已慢慢接近曹操的水寨，吕蒙令把船只头西尾东，一带摆开，继续擂鼓呐喊。曹军水寨里，曹仁、乐进布置了上万弓弩手沿水寨排开，尽向江中放箭，箭如雨发，不一会，这一边的稻草人上扎满箭矢。吕蒙赶紧令掉转船头，放那一边受箭，那一边顷刻又排满了箭支。此时，天色大亮，太阳慢慢升起来，浓雾渐次散去，扎满箭枝的草人很快露出了真面目。吕蒙令收队返航。军士立在船头纷纷大叫："谢丞相箭！"曹仁、乐进立在岸边目瞪口呆。乐进主张追击，曹仁叹道："追有何用！他们既敢用计，必有准备！还是先报告丞相！"然后派人报告曹操。曹操听说江东军的船上放着草人，只是来借箭，恍然大悟，从卧榻上坐起来，内心升起一种羞愤，但嘴上仍笑道："周郎脸厚！本要诱我出兵，未能得逞，才假称只是草船借箭！实在是打肿脸充胖子！不用追他！"说完，大笑不已。等来报告的军吏一走，他就停了笑，恨恨地将被褥掀到地上，羞愤恼怒的目光死死地盯着前面。

吕蒙领船回到了江东军水寨，浓雾尽行散去，阳光已照耀江中万顷波涛。周瑜领着鲁肃、甘宁、周泰并数百军士迎接他。军士们纷纷上船取箭。甘宁拜倒在周瑜面前谢道："谢都督救了兴霸一命！"

周瑜戏道："兴霸是我东吴名将，壮志未遂，故上天垂雾救你，非本都督之力！哈哈哈！"

众人都笑了。

不多一会，军士来报，说每船上箭有三千支，三十只船，早已过八万支箭。周瑜即令甘宁捆好箭和吕蒙一道去向程普交差，自回大帐去了。

当日，吕蒙、甘宁带了箭向程普复命。程普惊讶地问如何取了这么多箭，吕蒙以实相告。程普脸变得铁青，又气又喜。喜的是毕竟弄到了箭，既在刘备面前有了面子，也不至于为斩甘宁惹麻烦。气的是，周瑜出此奇谋，在军中威望更甚，而甘宁等人，越发敬服他了！他忍了忍愤恨的心情，令吕蒙、甘宁带了箭送往刘备寨中。两人得令去了。

翌日，程普督韩当、凌统等部在水上操练，不知不觉船队靠近了江心。正好对面靠江心处，曹军将领焦触、张南也领军在水中操练。两边人数战船差不多。程普见两军隔得近，心想自出兵以来，一直是周瑜在建功，自己无尺寸功，不如此刻斩得对方首级，也可树一树军中威望。于是令将士呐喊着直扑曹军。焦触、张南两将见江东军杀过来，人数并不比自己多，加上前天为江东军草船借箭戏弄一回，心里窝了气，也想逞勇报复，于是呐喊着迎上来。东吴这边，程普居中，左边是韩当，披着掩心镜，手提长刀。右边是凌统，也披掩心镜，提着一把短刀，挽着盾牌。曹军那边，焦触、张南都手执长枪，咬牙切齿，逞着英勇。两军的战船靠近。焦触举枪一招，箭矢如雨，直朝对面射去，东吴军不少军士被射落水中。凌统大怒，扔下插满了箭矢的盾牌，挺身一跃，飞上二三丈之外的张南船上，举刀就砍，张南猝不及防，被他手起刀落，砍入水中。然后凌统挥刀将张南船上的军士尽行砍落水中。这边焦触举枪在船上与程普交手，不及一合，被程普用蛇矛捅入江中。韩当则奋力跳上焦触的船，将船上军士全部砍落水中。其余的东吴兵也各各将船穿入曹军阵中与曹军砍杀。曹军见两位主将被杀，抵挡了一阵，扔下被围住的几只船赶紧逃窜。程普令众船追击。正在附近领军操练的曹操将领蔡瑁看见了，即令所部呈扇形包抄过来。顿时，五百多只艨艟战船遮天蔽日将一百余只东吴的战船分割包围。原先逃窜的焦触、张南的余部也返身杀了回来。一时，江东军形势危急。尽管程普、韩当、凌统以一抵百，士兵们也英勇无比，但毕竟人少，渐渐都抵挡不住。不断有军士翻身落水，凌统、韩当也挂了彩。凌统身披创伤，边挥刀砍杀，边对韩当喊："义公掩护程将军速走！此处由我挡住！"程普肩上挨了一箭，一边与曹军厮杀，一边大呼："我程德谋岂是贪生怕死、临阵脱逃之辈？愿与诸君死战，以报孙氏厚恩！"因为长矛不方便，他弃了矛，一手挽盾，一手挥刀与敌搏杀。蔡瑁指挥十多只战船围着他的船，成百的敌军举矛朝他的船上捅。他身边只剩下两个人了，其余的不是落水就是横尸船头。不断有曹军跳上船来，均被他砍下水去。凌统、韩当也与他处于同样境地。正危急时，只听得后面传来一阵喊杀声和战鼓声，箭矢如雨飞了过来，曹军纷纷中箭落水。只见东吴的船队遮天蔽日从南面杀来。万箭齐发，呐喊声声。当先一只大船上，"周"字大旗下，站着戴金盔披金甲红锦战袍的周瑜。左边一只船立着吕蒙，右边一只船站着甘宁，后面是黄盖、陈武、董袭、蒋钦等将。吕蒙、甘宁等众将手持弓箭，箭不虚发，曹军纷纷落水。原来，程普领军和焦触厮杀时，在寨中瞭望塔上瞭望的东吴士兵早看见了，赶紧向周瑜报告。周瑜赶到瞭望塔看，见程普军已经获胜，正在追赶曹军，直往曹军江北水面追去，大惊，担心程普误入包围，即刻点起吕蒙、甘宁等部前来接应。结果，程普果然被蔡瑁包围了。周瑜的援军杀进曹军阵营后，周瑜对甘宁道："兴霸速去救程都督！"甘宁得令，飞身跃上敌船，以水中的敌船和东吴军的船为跳板，如履平地，直往重围中程普的船上奔去，遇有阻拦的，就挥刀砍入水中。所过之处，曹军纷纷落水，其余的纷纷驾着船散开，来不及散开的，便赶紧往水里跳。等接近程普的船，见程普船上七八个曹军正围着他枪捅刀砍，程普精疲力竭，血染盔甲，艰难支撑着。而旁边一只曹军船上的一个校尉正张弓搭箭，瞄准程普。甘宁一手挽盾，一手提刀，往前跑一步，飞上那只船，手起刀落，将那校尉砍成两半。又大吼一声，跃上程普的船，挥刀乱砍，一阵血肉横飞，七八个曹军全被他砍翻。四周包围程普的曹军见甘宁勇不可当，纷纷开船逃走。而吕蒙、黄盖、陈武等将也杀散围着凌统、韩当的曹军。曹军全无斗志，纷纷驾了船往后逃。蔡瑁喝止不住，又见周瑜那只大船直向他冲来，就令侍卫取来弓箭。与此同时，周瑜也从李通手里取过弓箭，张弓搭箭，未等蔡瑁开弓，就一箭射去，正射在他右肩，将他射落水中，身边侍卫赶紧救他。曹军见主将落水，赶紧鸣锣收兵，所有的船只像一阵被疾风扫走的乌云一样迅速朝江北飘去。此时，江北曹军水寨中也冲出大片的战船前来接应。周瑜于是鸣金收兵，令将士们从水中捞起受伤落水的军士，往南岸撤去。前来接应的曹军追赶一阵，不敢深入，退了回去。战场上落下一片染红的江水和漂浮的尸体、旌旗、樯橹，以及被击毁的载着尸体的船只。

回到了南岸，周瑜令医官好生调治韩当、凌统等受伤将士，又走到一脸沮丧正往帐中走去的程普面前关切地问程普伤势如何。程普鼻子里哼了一声，气冲冲喝道："走开！"看也不看周瑜，径往帐中去。

周瑜身后的黄盖看不过去，忿忿喊："德谋……"要跟上去说话，周瑜拦住了他，道："德谋受伤，心情不适！无妨的！"黄盖望着程普的背影，顿足道："这个德谋！"

摇着头离开了。黄盖、韩当和程普都是一同在孙坚手下征战的老将，相交很深，军中只有黄盖、韩当两人敢对程普直言相劝。

第二日，周瑜升起中军帐点将，布置当日事项，却不见了程普、黄盖两人，正要差人去打听，只见程普肉袒负荆，反剪双手，走了进来，赤裸的肩上还裹着绷带。全副冠带的黄盖跟在后面。程普进了大帐，直走到周瑜面前，跪倒在地。周瑜惊道："程都督！这是为何？"

"公瑾！老夫特来向你负荆请罪！"程普伏地恳切道："程普气量狭小，屡屡欺侮公瑾，公瑾皆折节忍让，令老夫羞愧不已！今日老夫肉袒负荆，向公瑾赔罪！"

原来昨夜，黄盖到了他的营帐，正言厉色地数落他空有年齿，一次次欺辱周瑜，不堪为人长辈，并称赞周瑜才高品正，一次次折节相容，就是古国士也未必比得上。又说白天他孤军深入，如果不是周瑜赶去救他，他命已休了。直说得程普羞愧不已、后悔难当，终于低下了傲慢的头，决定前来向周瑜负荆请罪。

周瑜见程普如此，赶紧离座，扶起程普："程公请起！程公身经百战，功劳盖世，令周瑜高山仰止！从前事都已过去，周瑜并未记在心里！倒是周瑜年少时狂妄无知，对程公多有得罪，还请程公海涵包容！"

程普老泪纵横，慷慨道："我程德谋在众将面前立誓：日后如再欺侮公瑾，神人共戮！"

两边的众将一齐鼓掌。

程普又环顾众将，含着泪，徐徐道："公瑾为人，宽厚阔达。与公瑾交往，如饮醇酒，不觉自醉！望诸君珍惜！"

众将都由衷地点头称是。

周瑜感动道："德谋和诸君太抬举周公瑾了！公瑾论德及才，皆不及诸君，幸蒙诸君不弃，与某共创大业，实是三生之幸！公瑾拜谢诸君了！"说完恭敬地拱手作揖，向诸将行礼。诸将感动不已，纷纷还礼。停了停，周瑜又道："今日和程公交好，令我欣慰！本都督宴请诸将，以示庆贺。同时庆贺昨日程公大破曹军，斩曹将两员！"

诸将欢呼起来。周瑜就在帐中摆上宴席，宴请诸将。又传令犒赏三军。大小将士又痛饮了一回。

三十八　思火攻周郎得计，显忠烈黄盖诈降

一晃到了十二月，已是隆冬季节，破曹之事仍无头绪，两军仍是对峙着。周瑜想曹操度过隆冬，军中疫病一好，再行进攻，对孙、刘联军便不利了。同时，吕范已从江东载了器械物资回来，告诉周瑜，说张辽镇守合肥，屡屡进犯江东，吴侯那里已抽不出兵来，只盼周瑜尽快破曹。故周瑜甚是焦急。

这日晚，周瑜独坐帐中，在灯烛下思考着破曹之计，忽方夏来报，说孙尚香要拜见他。未等他回话，孙尚香已经跟在后面进来了。她束着腰，腰里悬剑，依然英姿飒爽的俊俏模样。

"周大都督！你一定在想着破曹之策了！本姑娘倒有一条妙计！"孙尚香大声道。

"说来听听？"周瑜不冷不热道。

"我倒喜欢在外面边看着曹军的寨子，边和都督慢慢道来！"

"军机大事，怎么可以外面乱说！"

"有何不可？只我两人，左右随行人员都退下，怎样？"

"不行！既是军机大事，就在此处说好了！"周瑜坚决道。

孙尚香不高兴了，杏眼一瞪，道："那好！误了事休要怪我！回去告诉我哥，是你不听我的计策！"

周瑜不快地看了看她，无奈地点头道："好吧！本都督就听听你的妙计！"

孙尚香得意地笑了，扭头风一样往外走。周瑜要方夏自己先休息，起身跟着她往外走。

走到江边，但见夜色深沉，天空挂着一轮冰凉的上弦月，云层映着月光缓缓流动着。岸上的大寨、江边的水寨里都点着少许的火把。对面，曹军的水寨与旱寨亦然。无数的楼船和艨艟战舰在江边搭成繁华的水城。宽广的江面上，近处被灯火映照，可以看见默默奔流的波涛，远处则黑沉沉的，弥漫着凉意与阴森。

"香儿！说说你的妙计！"周瑜道。

"很简单！"孙尚香眼含秋波瞥了周瑜一眼，用手指指对岸道："听说你上回草船借箭，对方不敢出兵，是不是？"

"嗯！"周瑜点头。

"对方为何不敢出兵？因为怕你是故意诱他们出战，是不是？"孙尚香眼睛直勾勾望着他。

"不假！"周瑜道。

"这就对了！"孙尚香得意地笑道："那么，我军每个夜晚都前往击鼓骚扰，对方必定以为又是诱他们出战，射几回箭，必然就懒得理睬了！这时，我便趁敌不备，一举攻上去！如何？"说完，她脸上挂着得意的微笑盯着周瑜，眸子里燃烧着多情的火焰，在月光的照耀下明亮无比。俊俏的脸蛋被月光抚弄着，显出几分妩媚。

"香儿果然长大了！善动脑筋了！"周瑜平静道："只是，夜色不比大雾！大雾里摸不清虚实，夜色中倒是可以看清的！"

"是这样？"孙尚香眼珠转了转，好像在思考周瑜的话，跟着不服气道："上回狭路相逢我军旗开得胜，如今为何不直接攻打上去？"

"此一时，彼一时！天时、地利、人和，瞬息万变！狭路相逢可大破他们，此次直接攻打未必就可赢！此一言难尽！军中之事你就不用考虑了！"周瑜道。

"哼！小看我啊！你总是这样看不起本姑娘，把本姑娘当小孩！"孙尚香故意撒娇道。

"哪里敢拿你当小孩！我知你长大了！只是这军中大事不需你来操心！你安心和娘子军习武就是了！"周瑜道。

"既未拿我当小孩，那为何不理睬我？为何就一点也不明白本姑娘心意？"孙尚香直勾勾看着他，大大的眼睛里闪烁着热烈与大胆，还有委屈、悲哀和愤怒。脸色潮红。

周瑜愕然，愣了半晌，沉吟道："香儿！公瑾多谢香儿厚爱，只是，公瑾今生只娶小乔一人，此是江东世人皆知之事！"

"多娶一个又如何？再说，你那誓言乃是多年前的，岂不知此一时，彼一时？"孙尚香愤然道。

"你应知公瑾乃信义之士！而况，我与小乔，恩爱绸缪，如胶似漆，一如新婚！"周瑜正色道。

"你可记得从前喜欢香儿？若我与小乔年齿相当，你娶的定是香儿而非小乔！"月光下，孙尚香泪水溢出了。脸色苍白，泪水晶莹。一阵寒风吹来，她禁不住打了个寒颤，这使她如一只惹人怜爱的娇柔的小鸟。

　　周瑜赶紧解下自己的锦棉袍披在她的身上，温存又庄重道："凡事是不可假设的！香儿！你不要钻牛角尖了！你既未生逢其时，就做我小妹好了！昨天如此，今天依然！"

　　一缕彻底的失望及悲哀的表情浮上孙尚香凄美的脸蛋，她似冷笑，非冷笑，咧一咧嘴，忽然起手，一巴掌打在周瑜脸上，惨白的脸蛋抽搐着，含着泪，歇斯底里吼道："滚！"转身怒气冲冲往寨中走去。走了两步，意识到什么，将身上披着的周瑜的衣袍一把扯下来，狠狠地扔在地上，又往前走去。

　　周瑜默然地看着她离去的背影，心里升起一阵内疚，但更多的是有一种释放的感觉，轻松了许多。他捡起被孙尚香扔在地上的衣袍，披在身上，缓缓走到一块大石头上坐下。呆坐一会后，他下意识地抬起头来，往星空看去。天空，一弯清月，点点繁星，静寂又深邃。他心里忽然升起一阵凄凉，他又想起那个让人心痛的夜晚，孙策离去的那个夜晚。就是那个满天星光的夜晚，一个年仅二十六岁的原该辉煌无比的生命凄美地陨落了！就像一颗最亮的星从他心坎的原野上划过去，悄然殒落！划得他的心至今都在痛。这让人伤魂的凄美的星空！这让人发颤的感伤的流星！从那以后，星光点点的天空总让他有心痛之感、清冷之感。此刻，他放眼星空，不觉又一阵伤感。他仿佛看见星空深处孙策的目光，闪闪烁烁，就在那群星中间，默默地注视着他，关注着他，自然，也羡慕着他。"公瑾！为兄好羡慕你！举江东之兵，与孟德一决雌雄！正是为兄期盼已久的啊！"他仿佛听见了夜空中传来孙策爽朗的声音，也听见了他豪爽的大笑声。

　　"伯符！我今晚是否做错了事？"他望着星空，心里讷讷道。

　　夜空静寂无声。星光闪烁。远处传来江流的波涛声和划桨声。寨中的灯火无声地燃烧着。江水在寒风鼓荡下，一阵一阵地拍打着船舷和岸边的岩石。

　　好一会，他的心情平静了。他好像听见了孙策的回答。当初他和孙策双双发誓，终身只娶一个。都是豪壮又痴情的男儿，岂可轻易违誓？何况，他和孙策是兄弟！他自小便是香儿的大哥！他理应是像孙策一样视香儿为小妹，岂可有私情？

　　想到这里，他舒了口气，起身，下了江滩，往江面上的水寨里走去。他想顺便巡查一下水寨。

一队巡哨的军士靠近水寨举着火把沿着江边走过来。领队的正是黄盖。黄盖看清周瑜，赶紧上来施礼。

"将军辛苦了！"他慰问黄盖道。

"都督辛苦！曹军一日不破，我等一日难以安卧啊！"黄盖感叹道。他年近五旬，须发皆白，但精神尚好，眼神明亮，说话仍充满沙场军人的阳刚之气。

两人上了船，沿着各船间阔板直往瞭望塔走去。军士举着火把跟着。忽然，一个军士不小心摔了一跤，手中的火把哐地落在船上，偏这船上堆着些御寒的束草。黄盖大吃一惊，令军士赶紧将火把捡起。"易燃之物旁举火务要小心！"黄盖喝道："稍有不慎就会烧了船！"

那个摔倒的军士唯唯诺诺，赶紧爬起来，跪下请罪。周瑜免他罪过，叮嘱道："黄将军说得是！船上易烧着，且一烧便是一大片！需小心！"说到这里，他愣住了。"一烧就是一片！"他心内道。头脑中像有一阵灵感的火花猛地燃烧，使他要想起什么，使他涌起莫名的兴奋，但跟着稍纵即逝，令他兴奋又茫然。他想竭力捕捉这一丝让他兴奋不已的火花，但已难寻踪迹了。半晌，他郁闷地、怅然地领着黄盖一行继续往前巡视去了。

回到后帐，已是二更，周瑜取下盔甲，和衣躺在床上，双臂枕着头。若有所思地继续捕捉着方才的灵感。忽然，他的脑中闪现一片火海！一把大火正在曹操那用数千艘战船搭起的水寨中燃烧着。"火烧战船！是啊！为何不火攻曹操！"他一跃而起。他知道：曹操因为青徐水军不耐风浪，已令人将水寨中所有船只用铁链锁在一处，或用木板钉在一处了。如果烧其一处，势必整个船队都会被烧掉！

"火攻曹操实乃上策也！"他兴奋地想。可是，转眼，他眼里兴奋的火花就熄灭了。这个想法以前也曾闪现过，但稍纵即逝。因为，两军相隔茫茫大江，并无屏障，大江之上，皆有敌船巡视，根本无法靠近敌方水寨，而且桨橹之声波及四周，未及近敌，便被觉察，如何送得火种过去？他叹了口气，失望地将手指在榻边的几案一拍，然后，起身，在帐内踱起步来。看看墙角的钟漏，已是三更时分。

就在此时，方夏进来，说黄盖将军在大帐外，执意要见他。周瑜令放入。不一会，黄盖进来了。周瑜迎上，请他上座。

"都督！"黄盖坐下兴奋道："老夫想起一条破曹之计！都督何不火攻曹操？"

周瑜用赞许的目光凝望着他，道："公覆所言极是！只是，公覆可知如何火攻？"

黄盖如实道："如何用火，卑职并未想出来！想都督高才，必能想出如何火攻！"他的脸上洋溢着焦虑与忠诚。

"公覆过誉了！如火攻曹操得手，公覆是破曹第一功！"周瑜感动地抚着黄盖的肩膀道。

"卑职的区区微见，何足挂齿？"黄盖赶紧拱手逊谢，告辞了。周瑜亲自将他送出帐外。

回到内帐，坐在几边，周瑜打开亲手绘制的敌我双方布阵图以及赤壁、乌林地形图仔细琢磨起来。

看了一会，一阵睡意袭了上来，他不知不觉地用手撑着额头睡着了。灯烛在身旁嘶嘶地燃烧着。

朦胧中，一个挺拔的身影飘然而入。那人着大红束腰锦袍，腰中悬剑，走到他的身边，含笑道："公瑾！别来无恙？"

他抬头一看，大吃一惊！来人竟是孙策。

"伯符！"他悲喜交加，赶紧离座，拜倒在地："伯符！你我是在哪里相见？"

孙策没有回答他，笑吟吟道："公瑾可是为破曹之事苦思不已？"

"正是！"周瑜含泪道。

"公瑾足智多谋，此事有何难哉？"孙策爽朗地笑道。

"愚弟已想出火攻之策，只是如何火攻，尚在苦思！请兄长赐教！"周瑜含泪顿首。

"哈哈哈！"孙策笑道："公瑾难道不会使诈降之计吗？"

"诈降之计？"周瑜一愣，跟着恍然大悟，惊喜地抬起泪眼看孙策。但孙策已经转身，飘然而去。

"伯符！为何离去？"周瑜含泪喊道，起身，跟着奔出去，但出了帐外，只见一轮清月，满眼星光，浩瀚的天空静寂无声。

"伯符！"大帐内，周瑜大喊一声，从几案旁直起身子，醒了过来，只见，案上的灯烛默默流着泪，而自己的眼角也挂着两行清泪。方才的情景恍惚仍在眼前。他意识到了方才是在做梦，是孙策托梦于他，教他破曹之计。立时，一阵心痛，泪如泉涌。他拼命回想方才的梦境，回味方才所见的孙策的模样，仿佛要将刚才的一切永远留在眼前和记忆中一样。悄然呆了半晌，他起身，走出帐外，看了看星空，对着江东孙策的墓地方向拜了三拜。

第二日，周瑜将黄盖唤进大帐，将自己欲使诈降计来火攻曹操的计划告诉了黄盖。黄盖疑惑道："计是好计！只是，曹操多疑，未必会轻易相信诈降之人。"

周瑜自信地笑了笑，道："曹操虽多疑，但素来善待降将。不少降将都为他重用，如张辽、徐晃、张郃！如今他一路横扫中原，正是得意忘形、趾高气扬，我江东将领投降，在他看来，是势单力穷、顺理成章！"

"嗯！都督所言极是！"黄盖惊喜地连连点头。

周瑜笑道："欲使一名忠勇之人前往投降，带上芦苇、干柴、硫黄等物，待靠近曹营，就一起放火，让火船顺风冲入曹军水寨！"

黄盖立即拱手慷慨激昂道："都督将此事告诉卑职，必欲使卑职诈降！我黄公覆受孙氏三代厚恩，正是相报之时！某愿披肝沥胆、效死以报！"

周瑜感动地抚着黄盖的肩道："好一个赤诚老将！"于是与黄盖商议了如何写降书，如何使可靠之人送去，如何保密等等。

黄盖走了，周瑜心里舒了口气。他又叫上李通、方夏，随他到附近村子转一转，他找当地土人问一问这几年本地气候之变化及以往这个时候的气候。转了好些时，方回营地。刚一回来，吕蒙来报，说孙尚香领着娘子军，带着行李欲要回江东，吵着找甘宁要船，甘宁因没有周瑜的将令，不敢擅自拨船给她，惹得孙尚香发火。

周瑜赶紧赶了过去。

到了水寨，只见孙尚香正站在一只大船上，用剑指着站在面前的甘宁怒气冲冲道："你到底拨船不拨船？"

甘宁拱手道："孙姑娘！没有周都督将令，末将实在不敢擅自拨船！"

孙尚香怒道："你左一个周都督，右一个周都督，岂不知你那个周都督也需听吴侯的？"

甘宁："甘宁现随周都督破曹，吴侯令我等受都督节制，国有国法，军有军规，故不敢乱违军令。"

孙尚香以剑指着他："你要不给船，本小姐就杀了你！"

甘宁道："便是杀了末将，末将也不敢违令！"

孙尚香大怒，举剑要砍过来，她旁边的冬儿赶紧上前拉住她的胳膊："小姐！使不得的！"

甘宁身后的周泰、陈武、徐盛等将也赶紧上前劝道："小姐息怒！甘将军不敢违都督将令！我等已差人禀告都督去了！一切等都督来了发落！"

"我今日就要违你们都督将令！"孙尚香挣开冬儿，举起剑要朝甘宁砍去。

"大胆！"周瑜大喝一声，如晴空一声雷响，震得孙尚香手中的剑举在半空不动了。只见周瑜飞身一跃，从相邻一只船上跳了过来。吕蒙及方夏、李通等众侍卫跟在后面。

"你竟敢擅杀我大将，没有王法了？来人！给我绑了！"周瑜怒喝道。

李通、方夏带众侍卫一拥上前，跳过来要绑孙尚香。

"谁敢绑姑娘我，我就取谁的脑袋！姑娘们，操家伙！"孙尚香将手中剑一横，喝道。她身后娘子军中，有几个胆大的哗地亮出兵器，簇拥在她旁边。

周瑜从腰上拔出剑往船上一掷，宝剑直插进船板，剑身在阳光下晃动着，并发出亮闪闪的寒光。

"把所有拿兵器的给我统统拿下！本都督手中剑乃吴侯所赐先斩后奏剑！胆敢不服者，立斩不饶！"周瑜喝道。

孙尚香愣住了。孙尚香身后操刀拿剑的婢女吓得赶紧扔了兵器。趁孙尚香这一愣，李通、方夏冲上去，下了她的剑，将她的双臂紧紧架住。一个侍卫拿过绳子将她绑了起来。其余的侍卫也上前将那几个亮过兵器的婢女绑了起来。

"周郎！你有本事就杀了我！"孙尚香又羞又怒，撒着泼拼命挣扎。

周瑜不理她，喊道："周泰！徐盛！"

二将应了一声，从周瑜身后跑上前，站在周瑜面前。

周瑜命令道："本都督命你二人带三十只大船护送孙姑娘到二十里外！每船二十名军士。出二十里地，再给孙姑娘松绑！拨十只船和三百名军士送孙姑娘去江东！不得有差错！"

"遵令！"周泰、徐盛应诺道。

周瑜从甲板上拔出吴侯所赐的那把宝剑，看也不看孙尚香，转身而去。孙尚香被反绑着双手，眼里含着泪，恨恨地瞪着周瑜的背影骂道："姓周的！我恨死你了！"

过了一日，黄盖令心腹趁夜悄悄过江，将一封降书送给曹操。降书上写："盖受孙氏厚恩，常为将帅，见遇不薄。然顾天下事有大势，用江东六郡山越之人，以当中国百万之众。众寡不敌，海内所共见也。东方将吏，无有智愚，皆知不可，唯周瑜、鲁肃偏怀浅虑，意未解耳。瑜所督领，自易摧毁。交锋之日，盖为前锋，当因事变化，效命在近。"

曹操看了降书，捻着胡须，思忖片刻，又给身旁的程昱看。程昱连看两遍，对曹操道："丞相！降书写得虽有理，但黄盖为东吴三代旧臣，岂肯轻易降我？恐怕有诈！"

"嗯！"曹操眼里闪动着狐疑之色，点点头，然后令人将送信人唤进来，唬他道："大胆！黄盖竟使你来诈降我！与我拉下去斩了！"

送信人是黄盖多年的心腹，他照黄盖行前所嘱，装着胆小怕事的样子跪倒在地，涕泗横飞，大声喊冤道："丞相饶命！小人只管送信，不管其他！诈降不诈降，小的又怎知？"

曹操见他哭的真切，确不像奸猾之人，心想黄盖即便诈降，也不会让一个送信的人知道，于是令刀斧手松开他，问他黄盖与周瑜相交如何。送信人说：在军中，周瑜最喜欢的将领是吕蒙、甘宁、凌统等，与程普、黄盖一班老将往来不多，尤与程普不睦。曹操听了，一双夺人魂魄的眼睛紧紧盯着送信人，目光如刀子一样似要剖开送信人的心肚，又似锥子一样，似要刺入送信人闪烁着胆怯与卑微之光的眼睛里。盯了半晌，见送信人一副茫然无知的无辜的表情，眼中逼人的寒气就消失了，脸色也和缓多了。"你辛苦了！回去告诉黄将军说好日期来归！告诉他：如果他真心要降孤，孤不会亏待他！"他用抚慰的语气对送信人道。

送信人连连应诺，顿首而去。

"丞相不怕其中有诈？"送信人走后，程昱赶紧道。

"哈哈！"曹操哈哈一笑，自信地摸一摸胡须，看了程昱一眼，自负道："孤南征以来，无坚不摧，天下人所共见的！大凡识时务之人皆望风而降！黄盖情知大军不可抗，毅然来降，也在情理之中！"

"可是，黄盖受孙氏三代厚恩！"程昱道。

曹操摇着头自负地笑道："张辽、徐晃昔日不也受其旧主厚恩？孤雄才大略、文治武功，天下欲建功立业者莫不向往！况黄公覆身为孙氏三代旧将如今却只官至校尉，若归顺于我，至少当封为列侯、位至偏将军，他岂有不知？哈哈哈！"

程昱看着曹操，眉头微拧了一下，点了点头，不说话了。他想曹操说得也有理。

"黄盖来降之日，就是周郎溃败之时！哈哈哈！"曹操笑道。跟着，兴高采烈地令人摆上酒席、唤来乐女，他又要对酒当歌了。曹操喜好作诗，有时是在马背上、军帐内随时记之，有时是在歌舞中对酒当歌，击剑起舞，即兴吟唱。其诗作豪气纵横，慷慨悲凉，堪为一代大家。无论何时作出的诗，都喜拿出来，在酒宴或高兴时，和着音乐，一遍遍吟唱。忘形之时，手舞足蹈，既无武夫的粗俗，也无其他诸侯的矜持威严，更不像刘备胸无斗墨，喜怒不形于色。因对诗文酷爱之深，征战四方回到许都后，常邀一帮才高八斗的文士评诗论文、相互唱和，被人称作"昼携壮士破坚阵，夜接词人赋华屋"。受他影响，所治境内，文风日盛。长子曹丕、次子曹植七八岁便能嘱诗成文，颇负盛名。

不一会，侍者上来酒菜，曹操令程昱作陪。酒至半酣，意气纵横、慷慨激昂地吟起去年北征乌桓，得胜回朝途中所做的《步出夏门行》：神龟虽寿，犹有竟时。腾蛇乘雾，终为土灰。老骥伏枥，志在千里；烈士暮年，壮心不已。……幸甚至哉，歌以咏志。

直唱得涕泗横流、情不自禁。

黄盖的送信人回来后，将曹操细问他的事禀告给黄盖。黄盖径向周瑜禀告。周瑜让他再送一封信过去，约好后天，即冬十二月七日二更时借巡哨之际前往投降。黄盖问为何定在这一天，周瑜笑道："某料到这夜将有东南风起。其时，火借风势，可烧尽敌船！"

黄盖疑惑地望着周瑜道："都督所说的可当真？据公覆所知，冬日多为西北风，鲜有东南风，偶尔有一次、两次，未必就在那一天！"

周瑜自信地笑道："我何尝不知冬日多起西北风？但偶也有东南风！周瑜纵横大江十多年，也知些天数变化。况且，前些日我已找土人问过本地常年气候，算定了后夜必起东南风！"

黄盖连连点头，凝望着他，叹道："都督的谋略，就是古之名将也不及啊！"

周瑜笑道："公覆过誉了！为将之道，当知天文之旱涝，识地理之平康！我自投军以来，一直以薄才而身荷重任，肩负数万将士性命，自然不敢有所疏忽了。"

黄盖敬重地望着他，表情凝重地点点头。

三十九　横槊赋诗孟德纵慷慨，火烧乌林周郎成功名

冬十二月六日，午时，周瑜升起中军帐，将与黄盖所谋的火攻之事告诉众将，众将都吃一惊，程普和鲁肃也面面相觑。周瑜笑道："事关数万将士性命及江东安危，未使诸君知晓，望诸君包涵！"然后令甘宁、吕蒙、韩当、周泰、董袭、蒋钦、潘璋等将各领本部军，带好三天内的粮食、箭矢、器械在江南待命，只等黄盖大火一起，就杀往曹军水寨，然后上岸掩杀。令凌统、陈武各领本部兵天一黑就出发，从下游悄悄过江，绕到曹军旱寨，等这边大火烧起之后，烧毁其粮仓，从背后给曹军一击。又令鲁肃前往刘备寨中告知刘备今夜行动，要刘备率部等火起后，一同杀向曹营。寨中剩下的全部器械、粮食等物，全交给吕范，由吕范装上船，押着粮食、器械，领着本部兵沿江而上，与岸上诸将水陆并进，齐追曹军。周瑜料得因有汉水阻隔，曹操不会直接北逃，多会沿江而上，直奔南郡治所江陵。又令徐盛、丁奉各领一千军跟在周瑜身边，收容受伤掉队人马及曹军降兵。黄盖早已准备好诈降的火船三十只，船头插上大钉，撞上曹军的船后，就可将曹军的船钉住。船内装载芦苇、干柴等物，用鱼油浇灌，上面再铺上硫黄、芒硝等引火之物，各用青布油单遮盖。船头上插青龙牙旗，船尾各系着一只轻便的走舸。一旦前面船烧了起来，士卒就跳上后面的走舸，将走舸与前面的船断开。周瑜要黄盖好生检查一下诈降的船只，确保万无一失。又令吕蒙加强江边巡查，以防泄露消息。布置完了，他面色严峻，斩钉截铁道："今夜子时，众将各领本部兵在江边待命！将领和骑兵均将战马带上船！号令一出，即刻进发！如有违误，军法治之！"众将得令，赶紧回去准备去了。程普留下来，激动地拱手对周瑜道："公瑾！恭喜你将建不世之功业！"

周瑜谦逊道："程公过誉了！倘今日能够破曹，非周瑜一人之功！首功当是黄老将军！此外便是诸将士浴血沙场之功！"

又对程普道："今夜程公便与我一道坐镇中军，如何？"

程普慷然拱手道："从命！"

"非从命！实是程公职责所系！"周瑜笑道。两人执手相视，哈哈大笑起来。

鲁肃照周瑜的吩咐，立即去了刘备的营寨里，将今晚破曹之事告诉刘备。刘备一听，又惊又喜。惊的是周郎果然雄烈过人，竟想出如此一条妙计，喜的是曹操一破，他从此摆脱了命悬一线的危机，又可以行王霸之业了。前来听令的关羽、张飞、赵云及诸葛亮等人听了鲁肃之言，一片欢腾。张飞用他那肥壮的毛茸茸的大手一拍膝盖，喜滋滋地嚷道："周郎果然是个人物，想出如此妙计！我张翼德没有看错他！哈哈哈！"

赵云由衷赞叹道："都说周郎雄烈过人，果然名不虚传！"

诸葛亮坐在赵云下首没有吭声。他此刻的身份仍是宾客，并无职务。他知道刘备不喜周瑜，也知道周瑜看不起刘备，故沉稳地坐着，并不赞周瑜，以免刘备不满。但内心里，他由衷感叹周瑜足智多谋、雄烈过人。当初亲眼见周瑜在吴侯面前陈述主战之理，可谓英气逼人、言议风发，他便有预感，想日后打败曹操的非此人莫属！果然，周郎不负盛名，终于想出了这无懈可击的破曹之计！一场名垂千古的以少胜多的大战就将在今夜二更拉开序幕了！自来赤壁后，他也在日夜思虑着破曹之策，也曾想过火攻曹操，但很快便被自己否决了。因隔着这茫茫七八里宽的大江，不说火攻，就是近到曹军水寨前也不容易！而同样是火攻之策，偏就被周郎借助诈降成全了！看来身经百战之人的思虑非他这个初出茅庐、尚无实战经历的人可相提并论！叹服周瑜的同时，他自然也为自己欢喜。自被刘备请出来之后，除了出使东吴，求孙权出兵外，并无尺寸之功。现在，曹阿瞒即将被大火烧走！如此，则刘备可趁机收取荆州之地了！自己为刘备所提的先得荆州、再取益州的三分天下之论便有了雏形！刘备自然对自己会赏识不已！这如何不令他欢喜？

关羽听说今晚便与曹操决战，自然也高兴，但又见张飞、赵云夸赞周瑜，心里涌出一股傲然之气，捋一捋胡须不满地看着赵云与张飞道："翼德与子龙何故大长他人志气！火攻与诈降之计古已有之，何足为奇？再说，此计需得借助东南风！如无东南风，大火岂能烧得掉曹军所有营寨？"

鲁肃笑道："关将军放心！周都督早已算到今晚必起东南风，故定在今晚火攻！"

"哼！"关羽矜持地冷笑一声，"如今隆冬，鲜有南风！莫非他有祭风之法不成？"

"呵呵！关将军只管今夜提兵杀敌，大奋神威好了！子敬素知关将军神勇，有万人不敌之勇！今夜正是将军建功报国之时！"鲁肃说完，向刘备告辞。刘备也不挽留，与诸葛亮一同将他送出大帐。

回到大帐，众人立即嚷着要刘备发令出兵。张飞嚷道："大哥！快些发令吧！曹操一破，这荆州之地就归大哥了！"

"张将军说得是！今夜曹操必败！曹操一败，主公可趁势收取荆州大半土地，从此就有了基业了！"诸葛亮终于开口了。

刘备面无表情地看着众人，脸上的肌肉轻轻颤动了一下，一丝不易觉察的狡黠像一阵风在脸上飘过，很快又消失了，又换上一副从容的喜怒不形于色的表情，沉吟着："若我将周郎此计报与曹操，转身和曹操联手讨伐孙权，再划江而治，诸君以为如何？"

众人愣了，面面相觑。诸葛亮更是愕然地张大了嘴。关羽涨红了脸愠怒道："不可！我兄万不可出此下策！东吴军与我联手破曹，我等却与曹操言和出卖孙军，殊为不义，势必为天下人所耻笑！我兄万万不可！"

刘备的脸像挨了一巴掌，有些窘迫。

诸葛亮用洞若观火的目光看着刘备，他知道刘备是因为忌恨周瑜方才想出此计，但这想法未免太天真了！曹操虎视江南，岂肯将到手的肥肉送给他人？"关将军说得极是！"他严肃地对刘备道："曹操素有一并天下之心，如今势大，岂会与我划江而治？况且大功告成，只在今晚，何必放弃唾手可得的功业去追求虚不可测的假设？"

"是啊！破曹就在今夜，大哥却要救曹！大哥莫非忘了长坂坡之辱？"张飞嚷道。

赵云、刘封、糜芳、糜竹等人也纷纷陈说不可。

刘备窘迫地看了看众人，微微笑了。"呵呵！孤方才所云，意在联曹灭孙，再兴灭曹大业！众卿既不忍弃孙，就依众卿主张好了！呵呵！"他笑道。

然后，他神色凛然地要众人各各准备粮草、器械、马匹、船只，只待周瑜那边火起，就往北岸进发。众人得令，欢喜而出。

北岸，曹操又得到黄盖书信，知他今夜二更将来投降，兴奋难抑，当晚，就在水寨中央一艘大楼船上宴请诸将。这是仿造东吴的楼船建造的彩雕大楼船，连划桨人专用的底舱在内，一共有三层。第二层为内舱，第三层宽阔的甲板上可容纳四五百人。黄昏时分，夜色苍茫，寒波涌动，一弯清月静挂大江之上，皎皎之光映照大江。大江远望如一条白练。曹军水寨灯火通明，曹军大小将官除留在各寨中把寨的，都来到大楼船上赴宴。彩雕大楼船上，曹操坐在船首，众文武官员分坐两边，每人面前放一小几，上面陈列酒菜。四周点起火把。一帮乐女、舞女恭候在曹操下首。左右侍者数百，荷戈执戟环拱。曹操面带喜色，举爵对众人道："孤自起兵以来，与国家除凶去害，扫清四海，只剩下江南！待收服江南后，我与诸公共享富贵，以乐太平！"众将官都举爵起身谢道："愿丞相早奏凯歌！我等终身皆赖丞相福荫！"曹操哈哈大笑，将手中的一爵酒一饮而尽，众官也饮尽爵中的酒。然后曹操令鼓乐奏响，众官自行行酒。一时，丝竹声声，响彻入云。觥筹交错、欢声连连。一行舞女翩翩游入中央，起舞助兴。酒至半酣，有几分醉意的曹操哈哈笑着指着江南道："周郎！周郎！不出两日，我就要生擒你！我看你怎样说！哈哈哈！"

众将听见了曹操的话，不明所以。曹仁大着胆子道："丞相今天兴致甚高，不知有什么喜事？"

曹操扫视众人，哈哈笑道："哈哈！子孝久随我，果然知我心事！孟德要告诉诸君一件喜事：今日二更，东吴老将黄盖将领所部归降于我！我等且在此迎候！"

这个消息令满座皆惊，都停了杯箸。此刻，弯弯的明月已悬中天。天地很静，只有火把嘶嘶燃烧的声音和江涛拍击船舷的声音。遥望对面孙、刘联军营寨里，寂然无声。沉默一刻后，船上立刻爆出一片欢呼声。众将和谋士确信曹操并非戏言，纷纷举杯庆贺。楼船上洋溢着一片喜气洋洋的气氛。曹操满面挂笑，举爵对众人道："孤纵横天下，破黄巾、擒吕布、灭袁术、收袁绍，北击塞北，东抵辽东，纵横天下，如今又将击破周瑜，踏平江东！人生至此，复有何遗憾！哈哈！"

众人纷纷举酒表示祝贺道："丞相此生，不负大丈夫之志，于国家有不世之功，必将彪炳青史，流传千古！"

曹操脸色被酒烧得通红，天庭饱满的额头冒出细汗，睿智深邃的眼睛燃烧着自信与兴奋。他宽容又慈祥地扫一扫众官员，然后，双手捧杯，一仰脖子，将杯中酒一饮而尽。众官员立即发出欢呼声。

曹操搁下酒爵。身后一内侍递上绢巾，他拿着拭了拭嘴，搁下，目视程昱笑道：

"仲德记不记得孤去年征讨乌桓归来途中所吟的《观沧海》？"

程昱放下酒爵笑道："自然记得！此歌与《龟虽寿》同在《步出夏门行》中，极写秋风萧瑟大海之壮美，气象壮阔。道出了丞相扫清海内、为国家除残的雄心气魄！其中'秋风萧瑟，洪波涌起。日月之行，若出其中；星汉灿烂，若出其里'几句尤为神奇壮美！与丞相《龟虽寿》中的'老骥伏枥，志在千里；烈士暮年，壮心不已！'有异曲同工之妙！"

"是啊！丞相诗作，素多慷慨悲壮之气，非吞吐天下之英雄所能为之！且借乐府事言时事，始于丞相！"荀攸也附和道。

"哈哈哈！"曹操昂头大笑："诗以言志，歌以记事！吟风弄月，腐儒所为！大丈夫当于诗中吟天下兴亡之事、百姓之哀乐疾苦，方有悲凉慷慨之气！"

说完，他站了起来，从身后一个武士手中取过一支槊，双手握着往船舷处走去，一阵风吹来，他一个踉跄，差点摔倒，旁边的侍从赶紧去搀扶，被他一把推开。他走到甲板边上，双手横槊，凭临大江，放眼四望，脸上洋溢一股慷然之气。一阵风从东南方向迎面扑来，他豪情四溢道："呵呵呵！好大风！大风起兮，送公覆来归！"

此时东南风又大了些，吹动旌旗，猎猎作响。他凝望前方，一会眉头舒展，面露欣喜之色，一会又隐隐浮现一缕忧思，一会微皱眉头，半晌，眼神一亮，眉头舒开，朗声道："此时此景，孤诗兴大发，且赋诗一首，诸君可歌以和之！"说完令乐女奏乐，自己走到甲板中央，双手舞槊，且舞且唱起来：

对酒当歌，人生几何？譬如朝露，去日苦多。慨当以慷，忧思难忘。何以解忧，唯有杜康。青青子衿，悠悠我心。但为君故，沉吟至今。呦呦鹿鸣，食野之苹。我有嘉宾，鼓瑟吹笙。明明如月，何时可掇。忧从中来，不可断绝，越陌度阡，枉用相存。契阔谈讌，心念旧恩。月明星稀，乌鹊南飞。绕树三匝，何枝可依。山不厌高，海不厌深。周公吐哺，天下归心！

唱完了，众官员一同鼓掌。都感叹道："山不厌高，海不厌深。周公吐哺，天下归心！丞相求贤若渴之心跃然而出！令我等众人感动不已！"

"孤自举兵兴复汉室以来，无日不思天下贤士来归，无日不思天下归心……可叹人生苦短……"曹操吁出一口气，摇摇头，惆怅无奈的语气道。又吟唱起来："对酒当歌，人生几何？譬如朝露，去日苦多！"唱着唱着，眼眶湿润了。

酒宴上顿时弥漫一种感伤气氛。举座官员都惆怅不已。

"就算人生苦短，而丞相已功盖天下，莫与伦比，某以为丞相不足为忧！"曹操的爱将许褚朗声道。

"仲康所言极是！丞相一统北方，如今又挥弋南下，黄盖来降。周瑜覆灭，只在旦夕，人生有如此功业，古往今来，有几人可比？丞相固可以慨当以慷，却不必忧思难忘！"程昱也劝道。

于是大家都纷纷相劝，曹操觉得自己的感叹，坏了大家的气氛，哈哈一笑，用爱抚慈祥的目光扫一扫左右忠心耿耿的勇将谋臣道："诸君所说有理！固可以慨当以慷，却不可忧思难忘！呵呵！二更过后，黄盖来降，破周郎就在近日！我等理当尽欢才是！"

说完，扔下槊，回到座上，举起爵来，众人也纷纷举爵，随着曹操一饮而尽。于是席上又荡起欢笑与豪饮的行酒声。歌女、舞女又婀娜地旋进酒席中央，载歌载舞。一时，笑语声喧，醉人的酒香，随着南来的寒风，直往夜空里飘去。虽然天寒地冻、江风透骨，而甲板上却热气腾腾，一些武将已袒开胸脯。夜空中，一轮月牙儿静悄悄地看着这一切。东南风越来越大，吹得两边旌旗猎猎有声。

江南。子夜过后，江东军在周瑜的指挥下，悄悄上了船。一排排战船如待发之箭齐齐地排列在江面。一排排的军士手执兵器蹲在船上。兵器和盔甲上的光芒在稀微的月光中绽放着寒光。所有的将官都横枪提刀立在船头。划桨摇橹的军士也各就各位，只等一声令下，便将船放飞出去。中间一艘高高的楼船上，周瑜身披软甲，外罩红色战袍，头顶盔甲，腰中悬剑，目光炯炯凝望着对岸，脸上浮现着威严、沉稳、自信的神采。他隐隐看得见对岸一只楼船上灯火通明，如搭了戏台。他知道曹操正欣喜若狂大宴文武。他的右边立着身披细甲的鲁肃，左边立着身披重铠脸色凝重的程普。后面是李通、方夏。寒风吹动他头盔上的红缨，往江北倾斜着。身后的旌旗猎猎有声地往西北方向飘动着。岸上旱寨中依然点着几支火把以迷惑曹军。下游刘备的营寨中，战船也如江东军的一样悄悄排在江边，只待升帆。刘备披着软甲，领着关羽、张飞、赵云等将及诸葛亮也在船头悄悄站立着。岸上也如从前一样点着少许火把。

而黄盖的船队则鼓起风帆直往对岸驶去。每一艘战船后面都系着一只小舸。船头都插着青龙旗。黄盖披挂齐整站在中间一艘船上。

因有南风相助，不到半个时辰，黄盖的鼓满风帆的船队就抵达江心，推开波浪，

341

飞也似地划进江北的区域。

　　江北岸，旗帜猎猎作响，曹操等众将和谋士已停了酒宴，立在楼船上观看。已得知东吴老将黄盖今夜二更要来投降的曹军也聚集在各自船上张望着黄盖的船队。这只是部分水军。大部分的水军和旱寨中的军士都沉浸在睡梦之中。这些迎接并观看着黄盖来降的军士们远远看见一片战船在微弱的月光下划过来，船头都插着青龙牙旗，就纷纷高兴道："果真是黄盖来降了！江东这下完了！"有些北方兵则兴奋道："平了江东，擒了周瑜，我就可回北方和老婆团聚了！"曹操在楼船上眼见得黄盖果然依约来投，满心欢喜，一阵寒风吹过，酒力上涌，他又兴奋了。"何以解忧，唯有杜康！嗬嗬！"他捻着胡须，激情飞扬地吟唱开来。

　　此时，黄盖的船队离曹军水寨已不到两里了。原荆州将领文聘朝前面望了好一会，对曹操道："黄盖船上堆满物什，后面各拖一只走舸，不知是为何。为防万一，不如教船先停下！"程昱细看了一下前面，蹙眉道："丞相！谨防有诈才是！"曹操想了想，果断道："速令来船停在江中！"话音未落，却见前面黄盖一挥手中的令旗，船上的军士们一齐扯了船上蒙着的青布油单，露出芦苇、干柴、硫黄、芒硝等引火之物，士兵将这些引火之物点着，就纷纷跳到大船后面系着的走舸上，用刀砍断两船相连的绳子。于是，三十只燃着冲天大火的战船仿佛三十只燃烧的火龙借着浩荡的东南风，还有惯力，冲向曹军水寨。

　　"中计了！"曹操心里一咯噔，酒一下醒来，暗暗叫道。

　　"丞相！大事不好！黄盖是诈降，欲用火攻破我！"程昱跌脚痛心道。

　　"如之奈何？我军大船皆用铁链和木板钉住，竟无法避开！"荀攸急道。

　　"周郎可恶！竟敢用奸计！"身边的曹仁也怒道。

　　"就是奸计，又奈我何？"曹操镇静道。他扭头命令文聘："你速领可开动的船只前去迎敌！凡有后退者，立斩！"文聘领命而去。曹操又对身后的曹仁道："速击鼓发令，唤醒旱寨、水寨军人一同迎敌！"曹仁赶紧令手下击鼓传令。曹操又对乐进道："你速令人解开大船锁链，将大船分开！"乐进领命而去。

　　但为时已晚，东吴的火船已经冲进曹军水寨，并撞上曹军的船，火船前的铁钉牢牢地钉进曹军的船只。大火借着风势呼呼地往曹军的船上烧去，烧得帆橹结结作响。一只火船斜刺里漂过来，一下撞着曹操的这只楼船，铁钉钉进楼船里。火船上的火苗腾地一跳，顺着楼船的舷就往上爬，一股火舌直朝曹操冲过来。程昱和荀攸赶紧拉着曹操往后退。曹操挣开他们喊："快快灭火！"几个士兵上前灭火，但哪里灭得掉，不但火越烧越大，灭火的士兵也被烧得焦头烂额。曹操四望，只见水寨已成一片火海。呼喊声、叫骂声、惨叫声、哗哗剥剥的燃烧船帆的声音，响成一片，乱成一片。身上被烧着的军士纷纷往水里跳，或往岸上跑。许多从梦中被烧醒的军士身上背着火号叫着到处乱跑，从一个火堆跳进另一个火堆，然后惨叫着、打着滚，直到被烧得动弹不了，或者跳入江水之中。到处是哭爹叫娘之声，到处是扑通扑通的落水声，到处是大火烧着甲板与云帆的哗剥哗剥的声音。到处是纵横的火龙，到处是火海中逃命的军士。大江被映得通红，波涛里滚动着死尸和逃命的军士。天空也被映得通红，已看不见月亮的影子了。文聘好不容易调动两只可以开动的船，但哪里开得出去？早被着了火的船将路堵死。于是赶紧回来救曹操。与此同时，江南岸，一片战鼓喧天，周瑜下令出击，两千只战船乌云一样浩浩荡荡往这边杀过来。刘备见周瑜发令出兵，也赶紧领着将士，开动船只，往江北杀来。而黄盖手下的军士也纷纷开弓射箭，箭如雨飞，将企图救火的军士纷纷射下船去。有几支箭从曹操耳边擦过去。"我一时轻敌，致有今日大错！"曹操望着眼前叹道，一种大势已去的悲哀弥漫心头。

"丞相！水寨已被烧着，无力反攻！请丞相撤到岸上！"文聘驾着一只小船穿过火海，在下面喊。

"文仲业所说极是！请丞相上岸再作定夺！"程昱也急道。

"再晚了只怕到了岸上也无力回天！丞相速速离去为好！"荀攸也催道。

曹操身边的许褚不由分说，上前背起曹操，穿过浓烟和火阵，穿过火海，往岸上跑去。身边的众谋士、官员、将官、歌女、乐女也慌成一团跟着往岸上跑。

上了岸，到了曹操的大帐前，许褚令侍候在岸上的侍卫将曹操的马牵过来，将曹操扶上马。曹操令曹仁领军反击，守住岸上一线。话音未落，下游的粮仓附近传来喊杀声，同时烧起冲天大火。原来是陈武、蒋钦两支人马得了手，在后面放起火来，并攻杀睡梦中的曹军。与此同时，水寨里的火烧到岸上来了。岸上，浓烟滚滚、火光冲天，数条火龙横冲直撞。树林、帐篷、房屋不少已被烧着，火借风势又以不可阻挡之势往纵深烧去。在帐中睡觉的身着单衣的士兵身上披着火，惨叫着从着火的帐篷中逃出来，乱窜一气。而东吴兵船和刘备的军队乘风破浪，擂着鼓，呐喊着，越来越近。数以万计的曹兵被大火追赶着不停地从水里往岸上跑，或从岸上往更远处跑，像成群的被猎人追着到处跑的兔子。大多丢盔弃甲、衣冠不整。即使穿戴了盔甲的也弃了刀枪，拼命乱窜。这其中有不少是原荆州水军，原本就三心二意，此刻自然逃命要紧。一个士兵影响一群士兵，一群士兵影响一片士兵。整个防线已经像破堤的江水一样，一溃千里。火光中到处可见着了火的士兵痛苦地号叫着、挣扎着，在地上滚爬着。为了阻止军士溃逃，曹操拔出剑，连连砍倒两名欲从他身边跑过去的校尉，曹仁也砍倒几名退却的士兵。但仍未能阻止住黄蜂一样的溃兵，更没有能阻止住大火的蔓延。曹操见此情景，长叹一声道："无力回天了！速速撤军吧！"跟着望着江中隐隐扑过来的孙、刘联军，怅然道："周郎！周郎！孤就成全你罢了！哈哈哈！"直笑得眼泪都流了出来。笑够了，四周一看，见身边除了众文武将官外，已聚过来两支齐整的人马肃立等候着，一支是乐进的数千人马，一支是许褚、曹纯的五千虎豹骑兵。乐进原奉令去解开大船的锁链，但火烧过来了，船上军士也跑光了。他只好随曹操上了岸，击鼓召集了自己的人马，回到曹操身边待命。曹纯是曹仁之弟，掌握保卫曹操的虎豹骑兵，隶属许褚的虎卫军。他原在甲板上与众将一道饮酒，随曹操上岸后，赶紧将自己虎豹骑召集起来。此外，曹仁、徐晃、文聘等人也召集了一部分溃散的军士在火中待命。曹操就命令曹纯、乐进各领本部人马断后，把剩下的没有烧掉的船全部烧掉，不要留给周郎。乐进、曹纯得了命令，赶紧领人去布置了。曹操又令曹仁道："孤亲领大军在前开路！子孝原路搜集人马随孤开路！"然后，一打马鞭，在曹仁、许褚等众将的护卫下穿过浓烟和一座座燃烧的寨子，沿着华容道，慌忙往江南郡首县江陵方向撤去。沿路不断召集旱寨中的部队撤离。他在江陵和襄阳两个重镇都驻有重兵，但离江陵近，离襄阳远，况且到襄阳还要过汉江，他没有了船，只能沿华容道逃往江陵。他的旱寨方圆数十里，共有二十多座寨子，除一部分军士听见击鼓声赶到岸边来抵挡东吴兵外，其余的多在原地待命，听说前面已败，斗志全无，又传来撤退的命令，就跟着曹操往江陵狂奔。而数万名患了病的曹军或在帐中或爬到外面坐等孙刘联军来俘获。

乐进、曹纯领着所部，又截住一些没有跑掉的曹军，一面抵挡东吴军，一面烧掉一些没有烧掉的船只。曹军水寨绵延十多里，此际烧掉的是正中心的一片，两边的船有些还未烧掉。为不留给孙、刘联军，乐进令士卒全部烧掉。又令士卒阻拦孙、刘军上岸。乐进是曹操手下名将，此时官拜折冲将军，以骁勇果敢著称。跟随曹操南北征战，多建奇功，曾经在阵前力斩袁绍名将淳于琼，又曾多次冲锋陷阵、率先登城。曹操曾经表奏汉献帝，夸乐进、于禁、张辽、徐晃、张郃等人道："每临战攻，常为督率，奋强突固，无坚不陷。统御师旅，抚众则和，奉令无犯，当敌制决，靡有遗失。"因为有胆略，又善治兵，很受部下拥戴，部下也愿为他效命，尽管此际大难临头，但他的士卒多随他留下来断后。而其他部的士兵因他拦着，也不敢在他眼皮底下逃跑。曹纯是曹仁的弟弟，从小就跟随曹操征战，常立战功，曹操将精锐的五千虎豹铁骑交由他统率。长坂坡一仗，就是他率领五千虎豹铁骑和荆州降将文聘一道大败刘备。现在，大火虽然烧得他的虎豹铁骑东奔西窜、乱成一片，但毕竟训练有素，也十分骄悍，所以，很快聚集起来，在岸上断后。

再说黄盖见烧了曹营，就令军士放箭，将救火的曹军士兵纷纷射落江中。不一会，水寨中火势已经小了，他就令部下驾船冲上去，刚冲进烧焦的水寨，就被流矢射中，翻身落水。被后面紧跟上来的韩当令人救起。此时，北岸江边的船已大多被烧光，大火已经从岸边往乌林纵深处烧去岸上。周瑜已领着大军乘风破浪，靠近北岸。战鼓如雷，吼声如风，声震云霄。近三万东吴军如生龙活虎，挥枪舞刀，张弓射箭，呐喊着跳下船，直往岸上冲去。甘宁一刀砍翻一个迎上来的乐进的一名校尉，然后翻身上了他的马，提了刀在曹军中乱砍开来。乐进见状大怒，挥刀上前迎战甘宁，战了五六合，乐进抵挡不住，就虚砍一刀，趁甘宁闪开之际，赶紧往江陵方向奔逃。甘宁也不追，领着部下砍杀其他曹兵。凌统正撞上曹纯手下一名司马，挥手一刀，将他砍翻。曹纯赶紧上前迎战，战不二合，抵挡不住，也纵马逃命。凌统追不上，就继续掩杀岸边其他曹军。曹军见东吴大军杀上来，主将又抵挡不住，有的纷纷跪地投降，有的跟在乐进、曹纯后面逃走。

周瑜上了岸，跨上随着楼船带来的战马，令鲁肃领一部分兵马在此打扫战场，自己则和程普一道领军追击曹军。此时，刘备带着刘家军也冲上岸，两军合在一处，浩浩荡荡直往前追击曹操。因曹操走的是小路，前些天又下过雨，路上泥泞不堪，加上人马众多，所以，沿途见到不少被人马踩死的曹军死尸。更有不少因患病无法行走，爬到一边等着东吴兵来的曹军。路途上，有一个数十米宽的大坑里，近千名被踩死的曹军和泥土、石块、树枝一道被填进沟中。其中有些士兵并没有死，仍在里面呼号着、呻吟着。显然，这些军士是被命令搬石取土为大军修路的，因为追兵赶到，来不及修好，曹军便从筑路军士们的身上踏过去了。

江面上，吕范领着所有战船，载着赤壁寨中的物资、器械、粮食，溯江而上，追击着曹军。刘备也效法周瑜，留一部分人由将领糜芳带领，带上战船，跟在吕范后面，溯江而上。

四十　围江陵曹仁大战周瑜，借荆州刘备偷取四郡

　　周瑜、刘备领着孙、刘联军追了两天，一直追到南郡首县江陵地界，曹操被守江陵的曹洪接应着，方才停止追击。然后，周瑜令部队就地扎营，刘备也随同扎寨。吕范、糜芳等领的孙、刘联军的战船不久也到达江陵江面。周瑜和刘备就领大军乘船过江，在江陵对岸的油江口扎下人马，与曹操隔江对峙。在后面清点战果的鲁肃也很快赶了上来。然后周瑜升帐，清点战绩，奖功罚劣。将领们各各叙功，周瑜一一封赏。经查点核实：此役东吴军共俘获曹军四万，斩杀和烧死曹军六万多人。沿路因病和饿死的曹军二万多人。曹军大小战船一万余只全部烧毁，岸上营寨二十座也全部被烧毁。尽管大部物资器械在曹操撤退时被烧掉，但缴获夺取的器械、旗帜等仍堆积如山。而东吴军仅战死九百余人，大多是黄盖先行攻上岸的那些士卒。将领仅黄盖一人中箭伤，其他无一损伤。此外，刘备军队也斩杀和俘虏不少曹军。算来，乌林一战，曹操应损失了十四五万人马。周瑜命将俘虏的荆州水军编入东吴军，其余北方的曹军发给路费令其回家。又令鲁肃带着战绩表及各将领的军功表回江东向吴侯报捷。

　　曹操在江陵驻扎后，想自己纵横天下三十余年，从没有遭遇如此败绩，如今却以优势之兵，败于周郎，实在令人沮丧，背地里哭了几回。细细思量，他已悟出此次兵败的主要原因，既非投降的荆州兵不善战，也非青徐兵不善水战，也非周瑜使火攻及诈降之计，而是自己过于轻敌！全没有往日北方纵横时的谨慎，连带往乌林的名将、谋士都没有几个！自己也忙着饮酒赋诗。结果，骄兵必败，以至于此。当然，他也不能不佩服周瑜的智谋过人！不惧强兵压境，奋然领兵迎击十倍于他的大军已显出他的雄烈过人与自信，从容自若，设计破敌，更是无与伦比，就是古名将孙武、卫青也不过如此。在许都相会周郎时，他就料到这个风流倜傥、潇洒飘逸的美男子必成大器，所以竭力要收为己有。现在，此人果然就一战成名！想到这里，他有些后悔当初没有杀掉周瑜。

尽管内心里很难受，但表面上，他仍谈笑自若，对众文武官员笑嘻嘻道："乌林一战，孤虑及瘟疫流行，主动退兵！若非疫病，孤当与周郎决一死战！孤并不以此为羞！哈哈哈！"部下虽知他的话并不合实际情形，但见他本人心情很好，也跟着都轻松多了，军心也渐渐稳住了。住了两日，他想以时下情形，无力进攻孙、刘联军了，不如先取守势，待日后再来复仇，于是令征南将军曹仁、横野将军徐晃守江陵。令乐进守襄阳。其余的兵则由他带回许都。北方不稳，马超、韩遂未平，刚吃了败仗，怕马超等人趁机起兵，大部队还得带回去。此外，荆州的一班降官也带了回去在许都调用。

周瑜在南岸油江口领军休整，刘备也领人前来祝贺并慰劳了江东军，周瑜也回访了。过了些时，鲁肃从江东回来，带来吴侯的慰谕和封赏。周瑜、程普升为偏将军，黄盖升为中郎将。甘宁、周泰、凌统俱由都尉升为校尉。所有有功将士，俱赏赐了金银丝帛。周瑜领众将受了封赏，将吴侯所赐自己的金帛赏给三军将士，又犒赏了三军。此外，鲁肃还带来吴侯的谕旨：为配合周瑜攻打南郡，吴侯孙权领兵在合肥攻打曹操合肥的守将张辽、李典，以期与周瑜遥相呼应，但兵力不足，要周瑜拨一万人马交吕范带往合肥。周瑜于是令吕范依令带一万五千兵前往。

这天，周瑜与程普、鲁肃商议，决定趁曹操离去，攻打南郡首县江陵。于是，一面令潘璋领五千精兵先行渡江，攻打江陵；一面请鲁肃去与刘备商议，要刘备派兵，两家一同围攻江陵城。周瑜原有三万人马，又收降了部分荆州水军，共三万五千人马，现在走了一万五千，只余了二万。围城之战需人多，且江陵城高沟深、坚固无比、粮食充足，二万人马是围不住的。鲁肃得令去了。

潘璋领五千兵过了江，直逼江陵城下。曹仁、徐晃领八千精兵镇守江陵，见周瑜前锋杀来，令众将坚守不出。曹仁手下骁将牛金奋然请战道："兵临城下而不战，恐为敌耻笑！"曹仁不答应，道："周郎善用兵！如果我军出战，恐为他后面大军包围！还是固守为上！"

牛金慷然道："某愿领精兵三百，前往迎战！如不溃其前锋，誓不回城！"

曹仁见他勇气可嘉，与徐晃商议后，就令招募五百敢死队随他出战。牛金手提砍刀，领五百敢死队跨马出城。潘璋令五千兵将牛金部团团围住厮杀。牛金勇猛过人，加上初生牛犊不怕虎，领着五百铁骑左砍右杀，毫不畏惧。但到底人少，五百铁骑渐渐抵挡不住，形势危急。江陵城上的曹仁、徐晃及长史陈矫等人见了十分焦急。曹仁要领军亲自去救牛金。陈矫赶紧劝阻："我军出击，若周瑜杀来，如何办？"曹仁道："无妨！我只带数十壮士足矣！其余的随徐公明守城！"陈矫惊道："敌军众多，不可抵挡！与其将军殒身，不如牺牲牛金等数百壮士！"徐晃慷然道："若要舍命出城拼杀，也是我徐公明的事！非主将所为！"

曹仁道："我意已决！公明领军守城便可！"然后，自选了数十名善战的勇士，各骑快马，冲出城门，跃过沟堑，直冲入潘璋队伍中，挥动长刀，左砍右剁。围攻牛金的东吴军抵挡不住，纷纷散开，任他直杀入核心，救出牛金等士卒就往外冲。潘璋指挥众军又围上厮杀，曹仁领牛金等大部人马奋然杀出重围，另有数十骑曹军却被截在里面。被截住的曹军大呼："将军要弃我等而去吗？"曹仁听见了，返身与牛金一同杀进去。潘璋大怒，提刀直取曹仁，却被曹仁挥刀杀败。部下围上去，也被曹仁、牛金杀散。两人冲进重围，将被围在后面的数十壮士救了出来。与此同时，城内的徐晃也领兵出来接应，一阵混战，打退潘璋的兵。曹仁得胜回城。陈矫由衷叹道："将军真天人也！"众将士也叹服曹仁不已。曹仁令陈矫慰劳出战的勇士，并令加紧守护城墙，以待周瑜大军。

江南，周瑜见潘璋领败军回来，又惊又怒，惊的是曹仁及部下壮士如此神勇，怒的是潘璋领五千人竟敌不过人家数百人，实在丢尽了东吴军的脸，于是喝令将潘璋推出去斩首。众将赶紧求饶，周瑜想他到底是吴侯孙权的心腹之人，看在吴侯面上免了。

鲁肃从刘备营中回来，说刘备愿与周瑜一同过江围城，但却需将南岸油江口划给他，让他有一块寄放家眷的基地。周瑜听了，沉吟不语。要围城，需借助刘备的兵；但刘备若得油江口，就可以随时南夺荆州在江南的长沙、桂林等四郡。

鲁肃似乎看出周瑜的犹豫，道："公瑾！刘备与我军一道破曹，如不答应他，恐说不过去！再说，荆州之地，乃我东吴所开拓，我谅刘备不敢擅去取江南四郡！"

周瑜见他说的有理，就同意了。

刘备见周瑜将油江划给他，大喜，当即令人在油江口筑城，改名为公安，作为自己的大本营。

第二日，周瑜升帐点兵准备过江围城。甘宁建议先取江陵以西六十里处的夷陵，占了夷陵，必令曹仁惊慌，取江陵就容易了。周瑜深以为然，连赞甘宁懂谋，并令他领一千兵乘船沿江而上，攻占夷陵。

甘宁到了夷陵，只半天，就攻了下来。曹仁得知甘宁攻打夷陵，也赶紧派徐晃和牛金领兵前去营救。于是，甘宁前脚打下夷陵，徐晃、牛金后脚就将夷陵团团围住。

周瑜见夷陵被围，令凌统守大营，自和程普领大军杀到夷陵城，杀退徐晃、牛金。

之后，周瑜与刘备各领大军过江，围住江陵城。周瑜请刘备绕过江陵，布防在江陵以北的汉水一线，截断曹仁与曹操及襄阳间的联系。自己则在江陵城南、城东扎下营地。江陵城为南郡首县，城墙高大坚固，城外沟壑很深，城中粮食很多，易守难攻。曹仁、徐晃又为曹操名将。周瑜攻打数次，均未攻上去，怕士卒伤亡大，就围而不攻，相持着以待时机。

转眼到了建安十四年（公元 209 年）春，周瑜正在大帐与程普议事，忽听探子来报，说刘备已从江陵城北撤军，连夜过江，派关羽、赵云、张飞分头攻打江南零陵、桂阳、长沙、武陵四郡去了。

周瑜一听，大怒，骂道："这个织席卖屦村夫！竟敢如此无礼！"

原来，荆州共有七郡。计南阳、南郡、江夏、零陵、桂阳、长沙、武陵。南阳为曹操所有，江夏为刘表公子刘琦所有，南郡则犬牙交错，为曹操、周瑜、刘备三方所共有，并正为争夺南郡首县江陵打得不可开交。零陵、桂阳、长沙、武陵四郡在江南，各自为政。周瑜自然是要得江南四郡的，只是因大敌当前，他无暇顾及。他知道刘备也想得江南四郡，但他以为：刘备至少不会在他与曹仁相持之机偷偷去取江南四郡的，至少会在与他共同打下江陵后，再商议如何平分荆州土地的！没有想到，他竟悄悄撤兵，偷偷去抢占江南四郡了！

程普听了也愤愤然，建议代周瑜领兵去与刘备争夺江南四郡。周瑜摇摇头。他知道：刘备自得了油江口后，一面协助周瑜围江陵城，在城北截断与襄阳联系，一面趁周瑜与曹仁大战之机在江陵附近及公安一带招兵买马，如今势力已有数万人马，远过于周瑜在荆州的二万兵力。再加上关羽、张飞确是万人之敌，分一半兵给程普去争夺江南四郡，未必是刘备对手。而如果自己提兵南下去争江南四郡，曹仁势必会趁势南攻，并西攻夷陵。况且，没有吴侯孙权的谕旨，怎敢贸然向刘备开战？现在唯一的办法就是上疏吴侯，请与刘备一战。并请吴侯将吕范带走的一万五千兵派过来，一面围江陵，一面争夺江南四郡。此时，东线孙权攻打合肥无功而返，吕范的兵已闲置未用了。于是，给吴侯上书，派人速送给吴侯。同时，给正在金口办理粮食器械等事宜的鲁肃修书一封，要他在吴侯面前力陈刘备夺江南四郡之害。又分出一部分兵交董袭带领，赶到城北汉水边，接防刘备撤军后腾出的空地，截断襄阳与江陵的联系。

过了两天，给吴侯送信的使者回来禀告，说刘备派诸葛亮到金口见吴侯，称周瑜分他的公安之地太少，取江南四郡只是暂借而已，便于供给军中粮食。孙权问鲁肃意见，鲁肃竭力赞同。孙权便答应刘备暂借江南四郡。

周瑜听了，觉得有必要回曲阿一次，遂请程普代掌军中事，自己带上李通、方夏等人赶紧乘船赶回江东。

回到金口，已是翌日子夜。周瑜直奔府宅。家奴见是周瑜回来，惊喜不已，赶紧就要去唤小乔，被周瑜拦住了。然后，周瑜蹑手蹑脚向内屋走去。只见内屋的窗子还映着灯烛，里面传出一阵忧郁伤感的琴声。周瑜听得出是汉乐府诗《迢迢牵牛星》。推门而入，见小乔一身红装，正专注地弹着琴。岁月在昔日娇美、活泼的小乔身上留下些许痕迹，使她多了些端庄、稳重、风韵、温存、贤淑，成熟的风韵加上美丽的容貌、亭亭的身材，使她更显得风韵款款风情万种。她与周瑜共生有二男一女。长子周循，次子周胤，女儿周非。周瑜出征在外，她便在家悉心教养二子一女。乔玄及夫人、周瑜的父亲周异及母亲周夫人都在这几年先后过世，她有时只与姐姐大乔聚一聚，不免有些孤单。此刻，她微蹙双眉、鼻尖上挂着细密的汗珠，娇媚的脸蛋在烛光映照下白里透红，几分秀丽、几分端庄。高梳着云鬟头，使她又具一份富贵妇人的高贵。她似觉察到了什么，抬起头来，一下愣住了。只见周瑜正满面含笑地凝望着她，朝她走来。她不敢相信似地愣了一会，发现这并非幻觉后，一抹红晕立时飞上脸颊，竟一时说不出话来，眼眶湿润了，呆呆地看着周瑜，又羞又惊又喜又激动。

周瑜快步走了上去，一把将她揽入怀中。小乔也软软地倒在周瑜怀里。

"夫人！你一人在家受苦了！周郎无日无时不思念你！"周瑜搂紧她温存道，自己的眼眶也湿润了。

只一句话，小乔泪如泉涌，偎在他的怀里，一言不语，默默流泪。周瑜也不说话了。两人默默相拥一处，好像千万种语言都在这一拥之间默默地传达到了彼此心间。自周瑜去年春征讨黄祖之后，两人整一年未曾相见了，其间的相思之苦非言语可诉。

是夜，两人久别胜新婚，其中的柔情缱绻，自不待言。

翌日，周瑜入见吴侯孙权。吴侯在周瑜攻打江陵时，也领吕范等人攻打曹操名将张辽、李典镇守的合肥。但攻打多日，屡攻不下，后曹操又增了兵，孙权只好退兵。留部分人马与张辽对峙，自己回到金口。见周瑜回来，孙权赶紧慰问。周瑜说起江南四郡之事。孙权告诉他，已听从鲁肃意见，允诺将江南四郡之地先借给刘备。周瑜叹道："刘备虽智术浅短，但折而不挠，志存高远，又心机幽深，善抚人心，兼有关羽、张飞万人之敌，如得江南四郡，迟早会成江东大患！"

孙权不以为然道："孤何尝不知刘备之志？只是曹操如今仍然强大，须与刘备为友！"

周瑜争道："曹操固然强大，但周瑜足可制之！"

孙权见周瑜坚持，就令人唤来鲁肃，与周瑜各陈述借地与不借地的理由。鲁肃却主张借地给刘备，理由是：如今曹操势力强大，无日不思报赤壁之战之仇，不仅扼守襄阳、江陵，且增兵合肥。如贸然与刘备翻脸，曹操势必趁机南下。况刘备与东吴一同破曹，如果不分一些土地给他，说不过去。再说，刘备承诺，只是借地，日后如得了益州，必会归还。

周瑜坚决不主张借地给刘备，理由是：刘备素有吞并荆州、益州之志，如给他土地，日后必为东吴之大患。至于刘备承诺日后得了益州再归还江南四郡，只不过是其诈术而已！刘备虽一同破曹，但东吴在他走投无路之际出兵抗曹，使他免于灭顶之灾，已足抵他同破曹操之功。而况，刘备是曹操之下屡战屡败的败将，并无能力抗曹。有他不多，无他不少！刘备对江东而言，只会添乱，不会相助！不如攻而击之！曹操新败，实力有限，北方马超、韩遂未定，决不敢再大举南下。现在攻刘备，正逢其时。

两人在孙权面前各陈己见，争执不下。孙权一时拿不定主意，想了半天，道："公瑾与子敬各有道理！只是，孤已答应刘玄德，暂且就此定下！待日后他取了益州后，再找他索要土地！那时不还，再出兵不迟！"

周瑜见孙权主意已定，只好告退了。鲁肃也退下。

出了吴侯府，周瑜对鲁肃叹道："子敬乃是养虎为患啊！"

鲁肃庄重地对周瑜拱手躬身，长施一礼，信誓旦旦道："公瑾实在多虑了！借地只是权宜之计！日后鲁肃保管为东吴收回荆州之地！子敬为公瑾属下，今日却与公瑾意见相左，乃为国家事，难免得罪了！"说完，拜倒在地，施了个长跪之礼，起身，又冲周瑜拱拱手，上了马车，离去。

周瑜呆呆地望着马车远去，良久，叹道："子敬忠烈不苟，只是未免迂腐了！唉！"摇了摇头，走到自己的马车边，上了马车。

回到家中，程普派人传来消息，说刘备已先后占领武陵、长沙、桂阳、零陵四郡。四郡因原属荆州，加之知道刘备与刘琦是叔侄关系，所以除武陵太守金旋稍有抵抗，被刘备攻杀外，其余都降了刘备。刘备已坐拥四郡之地，他自掌武零郡，驻扎公安，令关羽、赵云、张飞等将驻守各个关隘，封诸葛亮为军师中郎将，负责调度长沙、桂阳、零陵三郡的赋税，以充军实。同时又上书献帝和曹操，表奏刘表大公子刘琦为荆州刺史。刘琦视刘备为叔，做了刺史后，自然可以令刘备代他掌握江南四郡，这样，刘备坐拥江南四郡便有了合法理由了。

周瑜听了消息后，长叹口气。他知道刘备这个志大才疏的枭雄从此尾大不掉了，诸葛亮在隆中为他提出的三分天下之论便有了雏形。而他为东吴开拓荆州，进而拥有益州的抱负自此要多费些周折了。但他不便将此心情在小乔面前流露。翌日，他与小乔带着三个子女，邀约大乔及孙策、大乔之子孙阳一同乘马车去郊游踏青。自孙策故后，为怕大乔孤单，只要回家，他都要与小乔一道邀大乔同玩。

正是暮春，江南草长莺飞、百花竞放、姹紫嫣红，风景如画，十分诱人。大、小乔虽为孩子母亲，但此情此景，竟都恢复了做女儿时的娇态与活泼。打秋千、捉蝴蝶、躲迷藏……真是其乐融融，开心之极。看着娇喘吁吁的小乔泛着红晕的脸蛋、寡居多年的大乔难得的笑容及几个小孩天真活泼顽皮动人的样子，周瑜深感欣慰，深为自己能在戎马倥偬之中尽些为夫为父为友的职责而欣慰。春光明媚之中，趁大乔开心，他又对大乔说了再嫁之事。此前，他已让小乔转告大乔多次，劝她如有合适郎君，不妨改嫁。西汉虽有董仲舒倡导女子之"三从四德"，但因光武帝刘秀的开明，并亲自为其姐湖阳公主再嫁择驸马，故自东汉以降，女子改嫁或再嫁之风仍盛行，并不以为过。周瑜想，以孙策的开阔，在天之灵若有知，也必会赞同的。吴侯孙权自然也不会为难。小乔赞同他的主张，也曾劝过大乔，但大乔心系孙策，总是婉拒了。这次，周瑜又劝，大乔含泪拒绝，说今生心内只有伯符一人。周瑜感叹不已，悄悄对小乔戏言："日后若我早逝，你断不可一个人孤守！"此话一出，小乔泪珠儿就滚了下来，只骂他乱说一气，拿着香帕，赶得他抱着小女儿树林里乱跑。

就这样待了十多天后，周瑜带着对家庭天伦之乐的眷念，又返回了江陵营地。

四十一 中箭矢周瑜励士气，胆欲裂曹仁撤江陵

转眼到了十一月，周瑜围攻江陵城已近一年，却仍无进展。一方面是曹仁、徐晃皆当世名将，所养士卒也勇敢无畏，城墙又高大，粮食又充足，另一方面则是周瑜刻意只围不攻，既怜惜将士性命，也借此机会收复了江城附近的属于南郡的一些小县，委任县令，征收粮食赋税，以充军实。但到了十一月，他觉得拖久了于自己不利，这么多将士都陷在此处，其他处便吃紧了。料曹仁、徐晃也疲了，于是决定攻城。他先令驻在城北切断曹仁与襄阳联系的董袭之军撤了回来，以便让曹仁从北面溃逃。他不想曹仁死战，只需要夺得城池便可。

这日，周瑜在江陵城下誓师之后，便令攻城。他亲自抓起鼓槌，击鼓进军。一时，战鼓如雷，呐喊声声。在他的激励下，江东军如决堤的洪水，咆哮着朝城下冲去。城楼上，曹仁、徐晃指挥曹军奋力反击。曹军用石头滚木往下砸，用刀砍枪捅，用箭射。江东军很难爬上城头，纵使爬上去了，也被砍了下来。很多梯子刚搭到城墙上，就被推倒下去。更有很多士卒，来不及冲到城墙下，便被射倒在壕沟边。一时，江东军死伤惨重。在后边督战的众将怒火直烧。凌统忍耐不住，大喝一声，抢过一个士兵的盾牌，挽在手上，抓起一把短刀，领着几名亲随纵马就冒着箭雨冲上去。冲到城下，他一提马缰绳，战马飞过沟堑。然后他跳下马，扶起一个倒下的云梯，往城墙上一架，就奋力往上攀登。城上的士兵将乱石纷纷砸下，凌统的几名亲随尽被砸下去。凌统一手挽盾挡开乱石、乱箭，一手提刀往上爬。眼看快要爬上城头了，城上牛金举起长矛对准他的肩头捅下来。凌统猝不及防，被捅中肩头，大叫一声，栽了下来。周泰赶紧领一队江东军举着盾牌冲了过去，将凌统抢了回去。

周瑜见江东军死伤惨重，心如刀割。他猛地扔下鼓槌，跨上战马，对程普道："若我殒身沙场！请程公代我掌兵！"

程普惊道："公瑾莫非要亲冒矢石？"

鲁肃也一旁劝道："攀城爬墙，士卒所为！公瑾身为主帅，万万不可！"

周瑜道："主将不用命无以激励士卒！若公瑾因殒身而使士卒奋然踊跃，一鼓下城，也算死得其所！"

说完，拔出剑，对身边担任中军的四千亲兵喊道："众将士！随我上前！"说完纵马而出。左边李通、右边方夏紧紧护卫着他。身后四千士卒，呐喊着奋勇冲锋。掌旗官举着"周"字大旗，迎风摆动。后面程普、鲁肃含泪亲擂战鼓。黄盖、韩当、周泰、吕蒙见周瑜亲自冲锋，赶紧跃出阵来，领着后面人马往前冲去。正在前面攻得精疲力竭的士兵们见周瑜亲自领兵冲了上来，士气大振，重又爬城。一时，喊声如雷。一排排江东军的弓箭手也赶紧冲上前，站成一排，往城头上射箭。

城墙上，曹仁见周瑜亲自冲锋，数千铁骑势不可当，既吃惊，又紧张，赶紧令弓弩手准备好涂了毒药的箭张弓以待，只射周瑜一人。眼见得周瑜快冲到城墙脚下了，曹仁大喝一声："放箭！"牛金领数百弓弩手，对着周瑜，乱箭齐放。城下，周瑜挥剑拨开一阵急雨般的箭，不料，牛金射出的一支箭正中他右肋，将他射落马下。身边的李通、方夏赶紧下马来抢他。曹军继续放箭，方夏和随后跟上来的侍卫一边举着盾遮箭，一面抬着周瑜往回跑。吕蒙、黄盖等将也指挥江东军的弓弩手们往城上放箭掩护。周瑜的战马中了箭，倒在地上，又爬起，愤怒地长嘶一声，跳过深深的壕沟，就往城墙上扑，城上乱箭射下，战马身中数箭，倒在地上，痉挛着，再也没有爬起来了。李通见周瑜中箭，周瑜的坐骑又被射死，怒火中烧，举起剑，挽起盾就往前冲，终于踩着死尸，跨过了壕沟，扑到了城墙脚下。然后，与一同冲到城墙脚下的几名士卒扶起一架被掀倒的梯子就往上爬，刚爬到一半，被斜刺里一支箭射中咽喉，从梯子上栽了下来。举着盾牌冲在后面的周泰大腿也中了箭，跌倒在地。程普见状赶紧鸣金收兵，江东军见周瑜被射落马下，已经心慌了，又听见鸣金声，就潮水般退了回去。吕蒙、黄盖两将领军士抢起周泰，在江东军弓箭手的掩护下也无奈地退了下去。

周瑜被抬回到大营，一直昏迷不醒。军中医官用铁钳子给他拔出箭头，用金疮药敷了伤口。到晚上才醒来，却感到身上疼痛难忍。守候一旁的鲁肃告诉他：箭头有毒，毒气已在周围扩散，不要轻易动怒，也不可太劳累。又告诉他：强攻未能成功，李通被箭射中，阵亡。周瑜坐骑也被乱箭射死。尸体都在城墙脚下，没能抢回来。周瑜顿时泪如泉涌，叹道："李通与我居巢相识，随我已有十多年了，今日竟殒身异乡，实在令我心痛！李通之死，皆因周某无能！"说完流泪不已。程普、鲁肃赶紧安慰他。程普道："公瑾今日踔厉奋进，固非主帅所为，也并非过失！足使曹仁胆战心惊！"鲁肃也安慰周瑜："李通和诸将士阵亡，固然伤感，但大丈夫马革裹尸，也死得其所！"周瑜哭了一阵，要程普、鲁肃好生将伤者医治，抢回来的尸体都好生安葬。又请程普代他掌兵，自己则遵医嘱在帐中调养。

江陵城中，曹仁亲眼见周瑜被毒箭射落马下，心想周瑜不是死也是伤重不治，便派暗探混进周瑜军营打探，果然得到消息说周瑜卧床不起，军中大事皆交给程普处理。大喜，想正是击退对方之机。就令徐晃、牛金陈兵周瑜大营前，叫阵搦战。程普见军心不稳，几个斗将如凌统、周泰又都挂了彩，甘宁又在夷陵，便令众军士大寨内坚守不得出战。

周瑜在大帐中卧床不起，多在昏迷中，饮食俱废，隐隐听外面的叫骂声，知道是曹军搦战，却无力理睬。

徐晃等一连叫阵三天，均无回应，这天，令徐晃守城，自己亲领大军出城，在东吴军大营前叫阵，大声辱骂江东军。

周瑜正在大帐中昏睡，被叫骂声和呐喊声吵醒，听得这次呐喊和叫骂声非往日可比，就令人唤程普来问是怎回事。程普告诉他说是士卒在操练。周瑜不快道："程公欺我！我已听出是曹军出城叫骂！程公既与我同掌兵权，何以坐视不管？"

程普只好道明实情，称曹仁亲来骂战。又告诉周瑜：因周瑜伤重，将士军心不稳，他已与众将商议，准备暂且退兵，待周瑜伤势好后再做打算。

周瑜一听，脸色凛然一变，奋然掀开被褥，从床上跃了起来，慨然道："岂可为我一人而废国家大事？"说完，令方夏取盔甲过来。方夏见他神情凛然，不敢怠慢，赶忙取来。周瑜披挂好衣甲，出了大帐。侍卫给他牵来一匹放好了鞍的马，扶着他骑了上去，直往营门外走去。程普等众将也赶紧跟上。营门外，曹军主力正列了阵势大声叫骂江东军。曹仁也立马横刀，站在阵前，威风凛凛。他身旁的牛金大声喊道："周郎小子！料必横夭！为何不敢出战？"忽然，他愣住了，只见周瑜金盔金甲，领一队铁骑昂然从营中走出来。程普等众将簇拥着他。他瞪大了眼睛，两眼发直。曹仁看见周瑜出来，也惊呆了，坐骑不由自主后退两步。身后的曹军也惊骇不已，一齐噤了声。而营中严阵以待、闭门自守的江东军看见周瑜出现，并且神采奕奕，全无病态，都踊跃欢呼起来。

周瑜望着曹仁，稳稳一笑，喊道："曹子孝将军！识得周郎否？"声音洪亮，穿过春天的原野。随着这个声音，周瑜大营里的士兵都发出雷鸣般的欢呼声。原先中箭休养的凌统、周泰等将听说周瑜正意气风发地巡营，都一跃而起，骑着马赶了过来。

"今日出城，是否可与周郎一战？"周瑜又朗声笑道。这声音连同江东军呐喊声让曹兵胆战不已，好像声音从天空滚过来一般，势不可当。曹军都禁不住往后退了几步，好像周瑜手一挥，数千铁骑便会没头没脑地冲杀过来一般。曹仁见状，惊恐不已，连连下令撤退。于是，曹军哗地一窝蜂似地往城里奔去。就是骁勇的牛金也吓得一马当先，往城中奔去，生怕周瑜追上来报一箭之仇。

见曹兵退了，周瑜轻蔑地笑一笑，就领着程普、鲁肃在各营巡走。他没有令部队掩杀。他知道城墙上有徐晃领兵掩护曹军，他不想让士卒们再做无谓的牺牲。他所过之处，军士欢呼不已，低落的士气又振作起来了。

巡完营，周瑜回到大帐，卸了盔甲，忽然吐出一口鲜血，往地上倒去，众将赶紧扶住，抬到床上，人已昏迷。军中医官赶来，给他拿了脉，告诉众将并无大碍，只是不可动怒、气急和过多劳累。"方才周都督一定是强撑贵体巡营的！若是一般人，早撑不住了！"医官感动道。众将听了，感叹不已。

过了一日，周瑜正卧床养神，程普进来报告，说听城中百姓道，昨夜曹军已全部撤走，已令人去打探了。周瑜欣慰地舒了一口气，道："未必是诈！曹仁苦撑多日，已尽了全力！早无力支撑了！就是古之名将，也不过如此！必是撤了！"正说着，往城中打探的军士回来了，说曹军确已撤走，从北门直往襄阳去了。听说曹仁走时对徐晃、牛金等人道："非我等不为国家效命！实是周郎雄烈过人！如不撤，非但城破，就是数千将士性命也不保！"这时，鲁肃也进来了，听那军士说了，笑道："全因公瑾前些日身先士卒，昨日又案行军营，激扬吏士，两番吓坏了曹仁！"

周瑜笑道："曹仁哪里是惧我！分明是惧众将士浴血苦战！"然后他请程普代他调度众军入城，并嘱程普一定收殓好城墙下李通等众将士的尸骨。程普应了，与鲁肃告辞而去。两人走后，周瑜欣慰地长舒一口气！他想幸亏他前日提起精神抱病巡营，打击了曹军士气，也鼓舞了东吴军士气，还真把曹仁给哄过去了！

其实当时右肋处疼痛难忍，早撑不住了。现在曹军终于撤走了！西通巴蜀、东连吴越、南控交夷、北制中原的军事重镇江陵终于落入东吴之手！算一算，这场仗打了快一年！是自己有生以来打得最艰苦的一仗，也是打得最窝囊的一仗。

准确地说，这一仗只是打了个平手！以二万将士对付曹仁八千将士，还只打了个平手，想来实在让人心中不甘。但也只能打成这样。攻城之战向来是易守难攻，何况遇上的是曹仁、徐晃这样的名将和曹军的精锐。只是，想起此战损伤不少士卒，还有李通，他又难受了。如果能有来生，他一定选择刀枪入库，休养生息。

四十二　探夫君小乔情深，起纷争香儿含恨

曹仁确实撤了军。他是曹操从弟，从小喜好弓马弋猎，在曹操起兵讨董卓时，就领少年千余追随曹操，从此随曹操东征西讨、南征北战，战功显赫，也磨励了作战与治军经验，跻身曹操名将之列。徐晃与他也俱为智勇双全、能战能守的名将。两人联手镇守江陵，尽心竭力，抵抗周瑜近一年，也算对得住曹操了。原以为周瑜中箭，东吴军士气低落，于是列阵叫骂，以此吓退东吴军，没想到周瑜竟跃马而出，英气逼人，全无一些病态，而江东军由此士气大振。仗打到这一地步了，还打得下去吗？且不说原先忠心耿耿、豪气干云的壮士们已萎靡不振，就是骁将牛将也不敢言勇了。如果周瑜再亲冒矢石，引领士卒如上回那样冲锋一次，城必破无疑。于是，曹仁与徐晃、陈矫商议一下，趁夜悄悄撤出了江陵城，逃往襄阳。

曹仁撤走后，程普领大军依次入城。周瑜箭疮未愈，躺在马车中被护送入城。程普原将他安置在曹仁原先住的将军府内，被他婉拒了，令给众受伤将士住。自己则住原南郡太守府内。

入了江陵，周瑜即令程普、鲁肃收殓城下战死的将士，包括李通在内，都好生安葬。又强撑病体令大小三军身着素服祭奠了李通等众战死将士，立了碑，刻了祭文。之后，令鲁肃赍表往江东孙权处报捷，并带上众受重伤将士回江东治疗。又令人张贴安民告示，晓谕百姓。将江东军除军纪严明的吕蒙部及自己的四千亲兵驻扎城内，其余全部驻扎城外。请程普暂代掌军中事。又从原南郡郡府中找出素有的庞统协助处理大小政事。一时，江陵城内外，百姓安然，秩序井然，一如从前。

过了几日，孙权派使者随鲁肃前来慰劳众军，犒赏了受伤的周瑜及众将士。大小将士均赏赐多少不等的金银丝帛。仅周瑜一人就赏赐了黄金一千两，白银一千两，锦缎丝绸各五百匹。这些赏赐都由江东司管赏罚的官员送往江东各将士家中，并没有运到南郡来。周瑜当即请使者回去告诉司管赏罚的官员，将赏赐给

自己的金银丝帛锦缎全部分给李通等阵亡将士家眷，并拟了具体的名单请使者带回去。使者同时宣读了孙权调动将领的钧旨：因曹兵已退，着令将周瑜所领各将拆散调出，前往长江沿线各要塞把守，同时授以官职。以偏将军周瑜领南郡太守，屯江陵，防守最重要的襄阳、南阳的曹操重兵；以偏将军程普领江夏太守，屯沙羡；以横野中郎将吕蒙领寻阳令，守寻阳（今湖北武穴市）。以校尉甘宁为夷陵长，守夷陵。黄盖、凌统、韩当等仍在军营，领所部受周瑜督率，与襄阳的曹仁、乐进相对峙。赞军校尉鲁肃协助周瑜镇守江陵。其实，周瑜破了曹操，名震华夏，整个江东为之倾倒，张昭等人都建议给周瑜封侯，并授将军之职。但孙权未同意。比之孙策，他还是多了些心眼。毕竟，周瑜雄烈过人，文武双全，素有威望，不可授职太高。而周瑜对自己的职位似也并不在意。

鲁肃还给周瑜带来一个意外的惊喜，那便是：小乔随同来到。

原来，小乔听说周瑜受了箭伤且卧床不起，十分焦急。孙权体谅她的心情，令她随使者来江陵探望周瑜。见周瑜箭伤处又黑又肿，且体质虚弱，小乔难免又难受一番。

此后，周瑜就一面调拨军马镇守南郡各县，以防范北方曹军，一面做南郡太守，处理地方政务。南郡共有十七县，除襄阳、中卢、编县等三县由曹军占领，宜城、州陵为刘备拥有外，其余十多县如当阳、华容、夷陵、枝江等均由东吴占领。都是此前围攻曹仁时，周瑜派少量人马占据的，也分派了县令，掌管赋税，筹集军饷。现在，周瑜又给北方与曹军接壤的几个县增派了兵力，加强了守御。原南郡郡府功曹庞统，字士元，襄阳人，貌丑而多才，周瑜赏识他的才干，就任他为郡丞，协助自己处理政务。他将郡府事务多委托庞统，自己专务军营中事，同时在小乔照料下悉心调治箭伤。他白天处理公务，晚上则与小乔或漫步江陵城头，或剪烛西窗，或灯烛下弹琴吟唱，或一同赋诗，或小乔作画、周瑜在画上题诗。食则举案齐眉，寝则相拥而眠。厨人下厨时，小乔多在一旁督促指点，专做周瑜可口的菜羹，并亲口品尝，以周瑜合口为满意。又遍访城中高人，打听可以排毒的山珍、野味，只要打探得到，就请人弄来，做给周瑜吃。每逢周瑜出门，小乔必送至堂屋大门，相拥而别。待周瑜公务回来后，就又迎至堂屋大门，扑进周瑜怀中撒娇亲昵，相拥迎回。如此亲密甜蜜之态，羡煞众家奴、婢女及方夏等诸侍卫。在小乔的悉心调治下，周瑜伤势渐有好转。

这日晚，周瑜与小乔在城墙上漫步归来后，便在内室点起灯烛，坐在琴边的软席上弹琴。小乔为周瑜弹了一曲《庭中有奇树》。这是一支相思之曲，是一妇人在丈夫远行后倾诉的惆怅相思之情，曲调惆怅柔蔓，一唱三叹：

庭中有奇树，绿叶发华滋。

攀条折其荣，将以遗所思。

馨香盈怀袖，路远莫致之。

此物何足贵，但感别经时。

周瑜听了曲，知是小乔在江东思念他时常弹奏的曲子，又想起小乔此番来江陵对他无微不至的照料，不觉感慨万千，凝望小乔，叹道："昔日撒娇任性的小乔如今竟成为如此相夫教子、体恤夫君的贤妻良母！"

小乔听了，调皮又温婉地笑道："那夫君是喜欢妾从前的样子呢？还是现在的模样？"

周瑜神采飞扬地笑道："从前的小乔是娇艳秀丽、清新脱俗的百合、娇梅、紫荆、昙花一类，今日便是端庄绰约、风韵无限的芍药、牡丹、玉兰！"

小乔横他一眼道："那你到底喜欢哪一类？"

周瑜道："娇妻与我，天地之合，上天所赐！百合、娇梅、紫荆我所喜，芍药、牡丹同样爱不释手！"

小乔撇撇嘴道："油嘴滑舌！"跟着闷闷道："若是将来，我成一个白头老妪，你还会说爱不释手？"

周瑜轻轻吻一吻她的玉颈，笑道："到那时，风流倜傥的周郎也是一垂垂老翁了！你我或并肩而坐，笑看儿孙满堂、垂髫绕膝；或共往江畔，看花开花落，望云卷云舒，或于后花园里，沐浴春光，为娇妻拔去鬓间银丝，或在灯下弹琴、吟咏曾经的时光，这是否爱不释手？"

小乔听了，脸上飞起一抹淡红的云彩，含起感动又陶醉的微笑，但很快褪去笑容，撒娇的语气，嗔怒的模样道："哼！说得好听！阁下权高位重、万人之上，到那时定会择一些年轻貌美的女子做小妾以清耳目、娱声色，哪里还去看白发苍苍的结发之妻！"

周瑜脸上褪去了顽皮与轻松，漫上庄重与凝重之色。沉吟一刻，扳过她的身子，温情脉脉地凝望着她："我妻！山无陵，江水为竭，冬雷震震，夏雨雪，天地合，乃敢与君绝！昨日周郎如此说！今日明日依旧！"

小乔身子颤动了一下，方才顽皮嗔怒的表情消失了，浑身洋溢着柔情与感动，秀美的眼睛凝望着他，眼睛湿润了。跟着，眼泪流了出来，咬咬嘴唇，眨动一下睫毛，温柔地将脸朝他宽广的胸口靠去。周瑜紧紧地将她搂在怀里。宽阔的胸膛里滚动着一股神圣庄重的气息、一股情感的波涛，热乎乎的，有些发烫。然后，他轻轻、长长地呼出一口气，温存地将唇搁在小乔的云鬓上……

天地间只有灯烛滋滋燃烧的声音……

就在此时，忽然方夏来报，说吕蒙手下军士飞马过来禀报，凌统和甘宁在吕蒙舍中快要打起来了。周瑜大惊，赶紧起身，整好衣衫，上了马车，赶了过去。

原来，吕蒙被任命为寻阳令，镇守寻阳。行前，他大宴相处多日的将领。镇守夷陵的甘宁和当阳的凌统前来赴宴。酒至半酣，凌统见甘宁意气风发，想起父亲被其射死一事，怒从心头起，借着酒劲，道："席间无以为乐！我为诸君舞剑作乐！"起身舞剑，剑锋一次次指向甘宁。甘宁知道他意思，对众将道："我会舞双戟！给诸君献丑了！"也起身，令手下拿来两支短戟，在席间舞了起来。两人各舞兵器，怒目相对。众将目瞪口呆。吕蒙赶紧起身，道："你二人虽然善舞戟和剑，却比不上我善舞盾！"令手下取来一只盾，一把刀；一手拿盾，一手提刀，在甘宁与凌统中间舞起来，将两人隔开。同时示意手下速去禀告周瑜。

周瑜赶来，见此情景，大喝一声，令众人都放下兵器。三人都放了兵器，跪伏在地。凌统痛哭流涕。周瑜抚着凌统的背动情道："公绩！令尊之事，兴霸也是各为其主！此罪应算在黄祖身上！黄祖已死，令尊当含笑九泉了！而况，足下少年有为，破黄祖、战乌林、攻南郡，名震江东，足使令尊大人自豪！何苦为一时恩怨而置国家、个人前程于不顾？"

凌统不语，只是伏地痛哭不已。厚厚的双脊颤抖着。

周瑜又安慰了他几句，就令他的随从将他扶回去歇息。转头又责备甘宁："公绩有丧父之痛，郁闷在心，时有怨恨，在所难免，你理当体谅谦让！为何竟针锋相对？而况，令你镇守夷陵，为何又擅自离开？"

甘宁低头红脸，诺诺认错。周瑜令他连夜赶回夷陵，没有命令，不得擅自离开。甘宁应诺。吕蒙不等周瑜说话，就引咎自责，称不该使二人同席。周瑜见他知错，就没说什么。

第二天，吕蒙领兵去寻阳赴任，行前来向周瑜辞行。周瑜语重心长叮嘱他多读些书，道："足下聪明谨慎、果敢善战，如笃志读书，日后必会成为杰出将帅！"

吕蒙点头应诺，含泪拜别周瑜。此前，程普等人已辞别周瑜领本部军前往各要隘赴任去了。

　　转瞬一月过去。这天，周瑜正在府中与庞统议事，守门军史来报，称孙尚香姑娘来到江陵。周瑜大吃一惊，赶紧出府门相迎。还没走出去，只见孙尚香身披软甲、英姿飒爽，领着冬儿等几位侍婢，大步流星走了进来。

　　周瑜上前叙礼，问孙尚香怎到这里来了。孙尚香似笑非笑道："周大都督血染征袍，小妹自然来看望了！大都督不欢迎吗？"

　　周瑜谢道："香儿的盛情，公瑾谢了！只怕公瑾公务繁忙，不能相陪！"

　　孙尚香撇撇嘴冷笑道："只怕是陪小乔去了吧！"

　　周瑜默然。两人又叙了些闲话后，周瑜以孙尚香远来劳顿为由，令庞统带人将她及一百多女兵领到馆驿歇息。孙尚香或许确实劳累，也未推辞，就令冬儿等侍婢奉上她特意为周瑜带来的滋补身子的山珍、药材，其中还有吴国太捎来的一份。周瑜不敢不收，拜谢了。然后孙尚香随庞统去了馆驿。

　　孙尚香这次来江陵，自然是冲着周瑜来的。名义是探望，其实是来作最后一搏的。那日在赤壁，她被周瑜严词拒绝，羞愤而去。回到江东，又羞又恼，当着孙权与吴国太的面若无其事，背地里却恨周瑜竟然如此无情；也恨小乔竟有如此魅力，使周瑜如此痴情于她。周瑜刚娶小乔那阵，她还小，很喜欢小乔。两人一度很要好！但现在，这个温柔活泼、美丽可人的小乔成了她最恨的人！因为她公然要周瑜起誓：今生只娶她一人！只钟情她一人！真是霸道之极！她曾一度心灰意冷，想放弃周瑜，赶紧找个人嫁了；但又觉得自己太没有面子了！从小到大，她要得到的东西，没有得不到的！她听说周瑜在江陵之战中受了箭伤，饮食俱废。听这消息，她心里咯噔跳了一下，像被针扎了一下，疼痛难忍。那一刻，她好想飞到周瑜身边，看看他伤成什么样子。这时她才知道，尽管她恨周瑜，但心底里其实却割舍不下对他的爱恋。她才知道，她唯一爱着的男人便是他，舍此之外，再没有任何一个男人让她动心，让她折服，让她心甘情愿侍奉！既如此，何苦要嫁给那些心中并不喜的男人？她又听说小乔往南郡专程去看望周瑜了，就坐不住了。她的想法已经很明确：或者周瑜休了小乔娶她，或者她与小乔共同拥有周瑜！只要周瑜答应，哪怕做周瑜的妾也行！至于做妾令吴侯与吴国太反对，无所谓，自有她去说。她想，最大的障碍应是小乔！世上哪个男人不愿三妻四妾？但周瑜却不敢！因为有小乔管着他！于是，她决定到南郡再来当着周瑜与小乔的面最后一搏。孙权与吴国太见她要去探望受伤的周瑜，自然同意。吴国太还托她捎上一份礼。于是，她领了一百女兵并一百男兵，乘了数只大船，来到江陵城。没想到，周瑜果然还是那副冷面孔。尽管如此，看见周瑜并不是想象中的病恹恹的模样，而是如同平常一样英武秀丽、潇洒果敢，心里就落下一块石头。尽管遭受了冷遇，她心里仍然如沐春风。

周瑜回到府中，对小乔说了孙尚香代吴国太前来探望她的事。小乔一听孙尚香赶来，脸色顿变，阴云骤起，看着周瑜，愣了半晌，酸溜溜的语气道："哎哟！香儿也算情深意长啊！"小乔并未听说在赤壁孙尚香与周瑜间的事，但平日里，偶尔与孙尚香相遇时，从孙尚香的目光里，她可以看出些什么。那里面有对她的妒忌、愤恨。女人的直觉是很敏感的。她感觉得到孙尚香暗暗喜欢周瑜。但她并未太当回事。在江东达官望族的社交圈子里，这样的目光她见得太多了。那些豪门望族的女儿和夫人们，偷眼看她和周瑜时，莫不是这种目光。周瑜身为江东权高位重、风流倜傥的名流，为江东女子们倾慕，并不足为奇。所以她想孙尚香倾慕周瑜也不为过。她相信仅此而已，因她相信周瑜决不会抛下她去娶孙尚香的！而孙尚香也不会以吴侯之妹的地位来做周瑜的小妾的。即使她愿意，孙权、吴国太也未必会同意。所以，对孙尚香喜欢周瑜一事，她顶多只是心中有阴云，并未太当真。可是，现在，听周瑜说孙尚香专程来江陵探望，她心中的阴云不由自主膨胀了。不管怎样，一个喜欢自己丈夫的女人专门来探望自己受伤的丈夫，对于做妻子的女人而言，会不是滋味！

周瑜听了小乔说，坦然笑道："香儿自幼拿我当着兄长，我也视她为小妹，来看看我，也在情理之中啊！况且，她是奉了吴国太之命！"

小乔美丽的眼睛眨动了一下，盯着周瑜，含着警觉和询问："那此前香儿随夫君赴赤壁沙场也是探望你？"

"自然不是！"周瑜笑道，"你知道香儿素好兵器及军中事，故要往赤壁一睹战事！"

小乔撇撇嘴，不吭声了。过了半晌，她提议道："香儿不远千里来此，你我理当尽地主之谊！我俩在家中设宴为她接风？怎样？日后就请她住在家中！"

这正是周瑜要同小乔商议的事，也是周瑜最为难的事。依理，他理当宴请孙尚香，理当领小乔去馆中探望，也可邀她住在自己府上。但他担心两人见面，会将事情弄得复杂。可是，如不与小乔一同宴请孙尚香，又说不过去。总之，此事很为难。现在，见小乔主动提出为孙尚香接风，就顺势答应了。

当晚，两人备了礼，乘了马车，到馆驿来见孙尚香。寒暄一番后，小乔邀孙尚香来周瑜府上饮宴，并邀她搬到府上一起住。孙尚香用不屑的、忌恨的目光看着小乔，道："今日本姑娘未免劳累！明日再说！"又不加掩饰地冷笑道："也让你有个准备，以免你酒席上现丑！既要宴请本小姐，就须得与本小姐比酒！就你那身子，只怕经不住折腾！"

小乔被孙尚香迎头盖脑一阵抢白弄蒙了，难堪地愣在那里。周瑜赶紧对孙尚香道："你放心好了！你嫂嫂哪怕是一席三醉，也要陪好远来的小妹的！"

周瑜的圆场使小乔走出了窘迫与难堪，对孙尚香笑道："就是！就是！香儿不远千里来探望我家夫君！我做嫂嫂的就是不胜酒力，也在所不辞的！"

孙尚香鼻子里愤怒又轻视地哼了一声，扭过脸去。

小乔又道："今日香儿疲劳，我们就不多打搅了！明日再来接香儿去府上！嫂嫂我亲自下厨，为香儿做可口的饭菜！香儿日后就在寒舍住下好了！你我一家子人也好朝夕叙叙话！"

孙尚香冷笑道："住你家里？我怕你会心生妒意了！"

小乔脸红了，身子颤抖一下，仍然温婉地一笑，颤声道："香儿说哪里话！我和公瑾一样，自幼视你为小妹，怎会有妒意？"

周瑜怕孙尚香伤了小乔，赶紧道："香儿你既劳累，就早些歇息好了！明日我与小乔为你接风洗尘！"

说完，又叮嘱馆吏好生侍候孙尚香一行，又要方夏就在馆驿里陪着冬儿，就携小乔离去了。

上了马车，小乔心情难平，涨红了脸，身子仍在微微发抖。周瑜就怜爱地搂着她的肩安慰道："娇妻！香儿自小说话无所忌讳，个性又刚烈，你是知道的！今日胡言乱语，你不必与她计较！"

小乔依然默默流泪，不吭声。周瑜又劝："就算香儿对周郎有心，周郎也对她无意的！你该知我心意的！"

劝了半天，小乔终于破涕为笑，幸福地将头靠进他怀里。

吃完饭，周瑜想起小乔今日受了气，怕她心情不好，就说陪她往城墙上走走。小乔答应了。两人便出了门，走上江陵城墙。江陵是南郡的郡府所在地，一直少有战火侵袭，故民富而知礼。城墙原本高大结实，曹仁据江陵后，为抵抗周瑜攻打，又加固了城墙，使城墙更加高大宽阔，高约五六丈，并排可走四乘马车，一般的云梯很难伸到墙头。城墙下离墙根十多步是深二丈、宽二丈的沟堑。立在城墙上，南可望浩荡长江雪浪翻滚，烟波浩渺，刘备新筑的公安城，隐约可见。西望，则荆山逶迤、连绵起伏，没入云中。东望乌林、赤壁，烟云弥漫。此刻，日落西山、暮色苍茫，西天上挂一缕晚霞的残影，东西南北的苍茫大地俱已陷入苍茫暮色和渐至的夜色中。寒风卷动着远处的林涛，发出隐隐的喧哗声。几枚落叶在空中飘舞。周瑜与小乔相挽着在城墙上悠然缓行。周瑜不时将小乔披着的貂皮锦袍给她往肩上拉一拉。城墙上偶有执戟的军士见了周瑜便赶紧行礼。

"娇妻！又是一年寒风起！可还记得便是在建安四年深秋我和伯符大破刘勋，抱得美人归？"周瑜挽着小乔的胳膊笑道。

一直闷闷不语的小乔脸隐隐挂上笑意。

"韶华似水，转眼我俩成婚整十年了！依某看，需纪念一回才是！"周瑜看着小乔笑道。

小乔莞尔一笑。

周瑜见她笑了，喜上眉梢，道："娇妻嫣然一笑，令周郎大开心颜？"

小乔嗔怒地用手在他腰间拧了一下，目光含情地瞪了他一眼。

周瑜朗声大笑开来，然后，将她往怀里揽一揽。

两人偎依着缓缓行走。

忽然，前面传来马蹄声，还有女人打马的吆喝声。稀微的月光下，只见一队人马迎面奔过来。周瑜心里一紧，他知道，除了他与孙尚香外，尚无人敢如此放肆地跑马城墙。果不其然，待那队人马奔近，他看清领头的正是孙尚香。跟在后面的是她的侍婢女兵。

孙尚香奔到他们面前，看清他俩，脸色陡变，勒住马。她的披着金缕宝鞍的战马长嘶一声，前蹄凌空飞打一阵，在周瑜与小乔面前停下了。

周瑜下意识地护住小乔，对孙尚香招呼道："香儿！你也上城墙转悠？"

"只许你两个城墙上漫步，就不许我来城墙上跑马吗？"孙尚香冷笑道。下了马，将马缰绳扔给后面的女兵，又对小乔挑衅道："只是！城上风大，嫂子弱

365

不禁风，怕会冻坏嫂子的？"

小乔用聪慧睿智的目光冷静地看着她，不卑不亢地笑道："无妨！有公瑾宽厚的胸膛为你嫂嫂抵挡风寒，哪里会弱不禁风呢？何况，我俩心都热得很，自然不会为风寒所袭了！"

"你！"孙尚香被噎住了，气得脸发白，瞪着小乔，一时说不出话来。半晌，气恨恨道："好你个伶牙俐齿！告诉你！本姑娘今番到南郡，便正是要向周郎和你挑明的！本姑娘不要做周郎的小妹！本姑娘要做周夫人！就像我母亲太夫人和二夫人事我父孙破虏将军一样！你识相的话，就不要阻拦！"说完，她涨红了脸，将脸扭向一边，好像要掩饰羞涩，然后又扭转脸来，充满挑衅、充满怒气地瞪着小乔。

周瑜和小乔都愣住了。小乔愕然地看着孙尚香，目瞪口呆，好像不认识她一样，脸色苍白，身子微微颤抖，嘴唇哆嗦着。冷风吹在脸上的感觉都没有了。天地好像凝固了，只听见护城河水哗哗地拍打城墙角的声音。谁也没有想到孙尚香会当着两个人的面如此直接地说出这种话。周瑜见孙尚香身子微微颤抖着，感到她此刻似乎也承受着巨大的压力，不由得生出几分怜惜。可是，该讲的话都已对她讲明了，她却依然如此执着，一种蛮横无理的执着，一种对小乔构成伤害的执着，这又让他颇为恼火。

"香儿！"他叫了一声，竟不知说什么好了。

小乔咬了咬嘴唇，用颤抖的语调一字一句道："我早料到你有此心，果然不假！你对我冷语相向，原就是为此？但我实话告诉你，你要做周夫人，恐怕不成！公瑾也不会愿意的！"

"呸！"孙尚香怒道："若非你这个妒妇从中作梗，公瑾又如何不愿意？本姑娘自小便在周郎家中长大！他自小就喜欢我！自古英雄难过美人关！哪个男人不喜三妻四妾？独周郎因你这个自私的妒妇而不敢另娶他人！你独自霸占周郎，反过来却道是他不愿意！真是霸道之极！姑奶奶恨不得——"说完，她举起马鞭迎头就要朝小乔抽下来！……

"住手！"周瑜见孙尚香如此辱骂小乔，已然不快，又见她举鞭要抽打小乔，更是愤怒，他大喝一声，一把抓住孙尚香举着鞭子的手腕，另一只手抓过鞭子，夺了下来，朝地上一扔，又狠狠地将她往后一推。孙尚香被推得退后两步，悻悻地、恶狠狠地瞪着小乔。

小乔慢慢缓过神来，镇定地咬一咬嘴唇，迎着孙尚香愤怒的目光和扭曲的脸蛋道："香儿！你既将话挑明了，我也就直言开来！我不是你说的那般自私的人！我自小就想嫁一个忠贞不二的郎君！遇上，我幸，遇不上，我命！遇上周郎，正是我幸！我也今生只愿嫁周郎一人，周郎今生也只愿娶我一个！我俩所见略同、情意相投，实在是上天撮合的姻缘！并非我强迫周郎只娶一个！如果香儿喜欢周郎，而周郎也喜欢香儿，我情愿让出，成全你们！这全要看小妹你和周郎的缘分！"

"好你个狡猾的女人！你分明是在要挟周郎？"孙尚香恶狠狠道，"凭什么不愿与我共一个夫君？为什么就一定要让出？"

"我说过了！小乔今生只愿嫁一人，也要夫君只娶小乔一人为妻！如夫君愿娶其他女子，小乔情愿退出！"小乔平静道。

"啪！"孙尚香猛地冲上来，一巴掌打在小乔脸上。小乔美丽的脸蛋上留下五个鲜红的指印，她下意识地捂住了脸，呆呆地看着孙尚香，泪水潸然。嘴唇哆嗦着，想说话，又说不出话来。一阵寒风吹在她的身上，她打个寒颤。

"你这个自私的妒妇！我杀了你！"孙尚香跟着又拔出剑来，就要朝小乔砍来。

"放肆！"周瑜大喝一声，抓起孙尚香拿剑的手腕使劲一拧，孙尚香"哎哟"一声，剑落在地上，发出当啷的声响。

"我在旁边，你都无法无天，如我不在，你会骄横到何种地步！"周瑜抓住孙尚香的手，铁青着脸，怒道，"你知不知你动手打的是你的嫂嫂！你大哥孙伯符将军遗孀的亲妹！也是我周公瑾的夫人！你太过分了！"

停了一会，他咬着牙，一字一句道："你听清楚了！你休要自作多情！我周瑜终身只娶小乔一个人！其他任何女人都无法让我动心！今生如此，来生依然！我永远不会娶你！今生不会，来生也不会！"

说完，恨恨地甩开她的手，拉着小乔绕开她，往前走去。一直站在后面看着这一切的方夏赶紧跟上去。

半轮月牙从云缝中露出脸来，月光照见孙尚香沮丧的、扭曲的、愤怒的、吓人的脸，也照见前面周瑜铁青的怒气未歇的脸和小乔脸蛋上晶莹的泪珠。

"周瑜！小乔！你们等着！本姑娘一定要报复你们！"好半天后，孙尚香转过脸来，满面是泪，望着他们远去的背影歇斯底里地喊着。忽然又捡起落在地上的剑，大声喊叫着要追上去，身后的女兵和冬儿赶紧拉住她。

远处执戟站岗的军士呆呆地看着这一幕。

第二日，孙尚香怒气冲冲地领着女兵离开江陵，直往江东而去。等周瑜和小乔得到消息赶到江边时，船已扯了风帆驶向江中心。孙尚香站在船头，眼里含着泪水，回头看见岸边伫立远望的周瑜和小乔，恨恨地瞪了他俩一眼，又转过脸去。周瑜与小乔紧紧偎依在一处，默然无语……

四十三　刘玄德公安娶亲，孙尚香洞房含悲

　　过了十多日，小乔因惦记家中的三个孩子，周瑜也不愿小乔久待在军营里，营中将领均未有家眷在此，便将小乔送上去京口的船，与她依依惜别。

　　小乔走后没几日，从江东办事回来的鲁肃告诉周瑜：前些日，刘备使人往江东求亲，吴侯已答应将孙尚香嫁给刘备，年底前择日送往公安完婚。

　　周瑜大惊。愣了半晌，连问此事确切否。鲁肃告诉他：刘备自三个月前没了甘夫人后，常患无妻。因对孙尚香印象甚好，就使糜竹前往京口求亲。孙权征询吴国太和孙尚香本人主意后，就答应了。

　　"这正是吴侯的和亲之策，意在稳固孙刘之盟！而况，于公瑾言，不也少些麻烦？"鲁肃开心道。

　　周瑜脸色铁青，不发一语，半晌才缓缓开口道："子敬差矣！此是刘备人质之计！刘备之娶孙尚香，既要娶亲，更要以孙姑娘为人质，从此后便有了要挟我东吴的资本！"

　　"刘备要挟东吴，东吴也以此笼络刘备，岂不两全其美！"鲁肃高兴道。

　　"差矣！"周瑜叹道："刘备是众雄豪中最好弃妻的人，从前在北方与吕布、曹操诸人争战，但有险境便抛下妻女逃之夭夭！到如今，少说也丢过七八个妻！女人在他眼里只不过是衣服，丢了再换！他岂会在乎孙姑娘？吴侯又岂能以孙姑娘制约他？只是此番政治联姻，害了孙姑娘！"

　　鲁肃愣了一下，道："刘备如今年近半百，或有了怜香惜玉之情！而况，此门亲事，也是孙姑娘本人应承的！"

　　周瑜几分大惑不解的表情看着鲁肃，道："孙姑娘会喜欢刘备这个平庸自私狡诈的老贼？"

　　"此事吴国太和主公都不敢贸然应诺，都使人问了孙姑娘，孙姑娘却一口应允了！若不喜刘备，会如此？"鲁肃笑道。

　　周瑜愣住了。他不明白孙尚香为何会答应这门亲事。莫不是因为恨自己而要

有意要气一气自己？因她知道自己对刘备是不屑的！但这个念头只是一闪而过。

鲁肃又与周瑜谈了些公事，就告辞了。周瑜一个人在府中郁郁地坐了半天。他实在不明白为何孙尚香如此有主意又直率刚烈的年轻女子竟会嫁刘备这样一个奸诈之人！

其实，孙尚香正是为了气周瑜才答应这门亲事的。

刘备自没了甘夫人后，很是寂寞。他是个欲望很强烈的男人，岂能一日无妻？甘夫人身体不好，后又卧床，他已是忍受不了，只是一直东奔西窜、为曹军追杀、提心吊胆，故未有房事之欲。后来，他坐拥江南四郡、兵马数万，又以刘琦叔叔的名义自领荆州牧。一时间，江山如画、兵强马壮、舒适安逸，他进入自起事以来势力最强大、人马最多的时期。更令他欣喜的是：如今天下豪杰只剩下曹操、孙权、他及刘璋诸人了，而他势力又如此强大，真是前程似锦！饱暖则思淫，孙尚香那矫健的身影、俊美的脸蛋、富于弹性的曲线毕露的身材就浮上脑海了。况且，他很清楚：他现在拥有的一切皆是拜东吴之所赐，拜周瑜破曹操之所赐！他更清楚：脚下这四郡之地乃是向东吴"借"的！东吴有足够理由将这四郡拿过去！至少可以拿二郡去。可是，如果娶了孙尚香，与东吴联姻，这四郡便永远归自己所有！不仅如此，还可以吴侯妹婿的身份向东吴索取更多的土地！如此岂不是两全其美？世上还有比这更完美的婚姻吗？于是，他令诸葛亮往江东求亲。岂料诸葛亮直言以孙尚香来挟制东吴，不可取，又言甘夫人尸骨未寒不可另娶他人，不如等到出七之后。刘备听了如遭当头一棒，心里老大不快，脸沉了半天，嘴上只说再议，心里却直骂诸葛亮是个书呆子。后来又找孙乾、糜竹等谋士商议，这两人都赞同。糜竹说这门亲事既遂了刘备娶亲的心愿，又可以孙尚香为筹码要挟孙权，实在是大好事！一席话说得刘备心里发痒，当即就令糜竹备了礼物，往江东求亲去了。

孙权见糜竹前来求亲，颇有些动心。一来可以此与刘备交好。他知道今日刘备非昔日可比了，既有土地，更有兵马，且暂领有荆州牧的头衔。二来可斩断孙尚香对周瑜的情丝。孙尚香从南郡回来后，茶饭不思，脾气愈加暴躁，常为小事暴打身边侍婢。他莫明其妙。一日唤冬儿来问，冬儿不敢隐瞒，便将孙尚香喜欢周瑜又为周瑜所拒一事和盘托出。孙权大惊，终于明白为何孙尚香屡屡要往周瑜军营去的原因了。他知道以周瑜的侠骨柔情，断不会接纳孙尚香，而如不遂孙尚香的意，孙尚香便会更加暴躁，如之奈何？就在这当儿，刘备使人求亲，他大喜过望。他先去征询吴国太意见。吴国太自幼疼爱孙尚香，视为己出，自然要让孙尚香自己拿主意。孙尚香一听肥头大耳、年近五旬的刘备要娶她，怒火中烧，恨不得拔剑跑到公安一剑劈了他！但一想到周瑜和小乔对她的羞辱，想到周瑜与刘备誓不两立的关系，竟一口允诺了。她想周瑜若知道这个消息，一定会又气又急如五毒攻心！想到这里，她心里那种渴望报复的欲望似乎得到一点满足，心里似涌起一种快感！吴国太见孙尚香应允了，而刘备又为当世英雄，就同意了。于是两家订亲，择于年底前将孙尚香送往公安成亲。两家既订了亲，自然分外亲密。刘备立即上表献帝保举孙权领徐州牧，孙权又上表献帝保举刘备为荆州牧。虽然这些奏章都到不了献帝手中，而是被曹操扔进垃圾堆中，但无关紧要，只要双方彼此承认，各自的手下及各自占领地的百姓知道就可以了。上表只是一个形式与安慰而已，朝廷和曹操准不准都是次要的，双方从此都以荆州牧和徐州牧自称便可。

建安十四年十二月（公元 209 年），载着新娘孙尚香的东吴的船队浩浩荡荡来到了公安。船队抵达公安时，周瑜的巡江军士报告了周瑜。周瑜情不自禁领众将来到江边，朝对面凝望。只见对岸，数十只东吴的大船已经泊进渡口边，隐隐可以看见从船上走下上千人马往公安城内走去，想必是簇拥着一乘大红的花轿。

周瑜表情冷峻、一言不发地凝望着对岸，如一尊挺拔峭立的岩石。身后的众将也愤愤不平地望着对岸，唏嘘不已。

江流滔滔，寂然无语。几叶风帆，在远处的江面上如雪花一样飘动，直飘入铅灰色的天空。寒风瑟瑟，掀动着众人的衣襟，如冰冷的手掌拍打着众人的脸颊。江浪在寒风推动下，一阵一阵击打着江滩和停泊在江边的密密麻麻的战船。

"就算是娶亲，也应刘备往江东去接了来，为何竟自江东将孙姑娘送往公安？我江东竟屈辱至此乎？"周瑜身后的徐盛流涕道。

"刘备老贼欺我江东无人吗？"凌统也愤然道。

"刘备靠我大破曹操，不惟免去一死，而且坐拥荆州四郡，如今又领了荆州牧，做了吴侯妹婿，从此锦上添花，青云直上了！有道是双耳肥大者必是有福之人，斯言不假啊！"黄盖叹道。

周瑜听了众将议论，长吁一口气，对身边的鲁肃道："子敬与吴侯太抬举刘备的势力了！以为刘备与我为盟，便可防操，与我为敌，便可毁我！其实未必！以周郎观之，刘备至多与刘勋、刘繇同类！就算有数万之众，又怎可与曹操数十万虎狼之军相提并论？如与他攻战，周瑜只需一万兵便可擒他！如要他共御曹操，倒不如摆个泥人罢了！"

"刘备虽为庸才，但关羽、张飞，世之虎将！曹操不能不防。"鲁肃道。

周瑜叹道："战争胜负，乃天时、地利、人和、人谋所共定，非三五个武夫所掌控！刘备自起兵以来，关羽、张飞一直随侍左右，但哪一仗不是丢盔弃甲？就是关羽本人，也曾为曹操所虏！赤壁之战，江陵攻坚，虽与我联手，哪一仗不是我江东众将士浴血奋战，斩将立功？关羽、张飞又做过些什么？就是单论骁勇，我东吴的甘宁、凌统诸将也不逊色于他二人！"

说完他轻轻叹了口气，望着对岸："可惜，如今刘备拥有江南四郡，地广粮多，兵强马壮，又善笼络民心，倒是尾大不掉了！我东吴乃是养虎为患！我与孙伯符将军原先谋划的据长江而拥有江南的主意从此便多了些艰难！二分天下之说便成三分天下了！"

"都督说得是！"周瑜身后的凌统道："如不借荆州之地与刘备，则江南之地尽属我东吴！一面分兵把守各关隘，一面都督亲统大军去取益州，进，出汉中、荆襄而取天下，退，据长江之险而守江南，何乐不为？"

鲁肃默然无语。

半晌，周瑜望着对面的公安城道："只可惜孙姑娘一生就此误了！"

鲁肃瞭望前面，道："孙姑娘和刘使君两相恩爱、白头到老也未可知！"

"差矣！"周瑜叹道，"刘备小人，唯有功名之心，何曾有怜香惜玉之情？女人在其眼里，不过衣服而已！"

说完，勒转马头，一挥鞭，喝一声："驾！"往来路奔去。众将及护卫们也跟在后面，打马而回。

鲁肃虽然受了抢白，但并未生气。他和周瑜是好友，尽管在对待刘备一事上，两人甚有分歧，但并未影响两人交情，毕竟皆是为国事。他默默地勒转马头，跟在周瑜后面。

天空低垂，铅灰色的云在原野上空流动，衬出大地的苍凉。一片片树林如灰蒙蒙的寒烟孤独地弥漫在寒风之中。这行披甲顶盔纵马奔驰的人在这空旷的原野上显得落寞无比。

当日，刘备派使者来江陵拜会周瑜，称刘备与孙小姐今日成亲，请周瑜及众将前往赴宴。周瑜原不愿去，但经不住鲁肃的劝，只好令人抬着礼品，带了鲁肃、甘宁、凌统、韩当、黄盖、徐盛、丁奉等一班人及南郡郡丞庞统过了江。甘宁、凌统、韩当这班将领这两日均被周瑜从军营和南郡各镇守之地召来议事，正赶上此行。

周瑜一行入了公安城，直奔刘备的府衙。身披大红锦绣袍、肩系红绣团、一身新郎装束的刘备早领着诸葛亮等人站在府门前迎候了。这是两人自刘备从江陵撤兵南收江南四郡之后第一次相见。今日的刘备已非昔日流离失所之人，又是大喜之日，自然春风得意。虽有喜怒不形于色的涵养，并竭力做出谦恭之态，但得意的、沐猴而冠的表情仍不经意地从眼角眉梢穿透而出。偶尔也流露出偷偷抢占江南四郡的心虚。周瑜克制住内心的愤恨与鄙视，表达了祝贺之意，令人抬上礼品。鲁肃等众将也上前祝贺了。然后周瑜冷峻从容地随刘备入了将军府。

婚宴就设在刘备的豪华堂皇的将军府里。公安城为新筑的城，城内房屋均为新建。多住的是刘备大小将士的家眷，及南迁的百姓。新建的刘备的左将军府甚是气派堂皇。正厅高大又宽阔，从内往外摆满宴席。珍馐佳肴，美不胜收。宾客如云，笑语声喧。两旁置众多鼓乐。宾客除了刘军部分将领外，多是四郡之地德高望重的名士、闾里长者、大小官员。正厅之后有数间小厅，为刘备私密议事之处及临时寝所。穿过小厅间的走道，有一门，直入后院，后院里有山亭水榭，回廊庑房，及数间飞檐拱壁的琉璃瓦房。这自然是刘备的家眷及自己的寝食之处了。其实这构局与诸多府衙大体无异，只是面积更宽大、厅房更多、后花园更精致、房屋更为华丽而已。

刘备引周瑜在自己席边坐下。江东特使诸葛瑾已候在那里了。周瑜见自己与诸葛瑾一边一个坐在刘备一边，心里很憋闷。他豁达容人，尤能折节下人，向来不在意位置高低，但今日与诸葛瑾一边一个坐于他最看不起的刘备的身边，他心里实在有些郁闷。但看在吴侯及吴侯使者诸葛瑾面上，他隐忍不语。见刘备、周瑜、诸葛瑾入了席。司仪孙乾便请众宾客入席。众宾客在诸葛亮、糜竹等人引导下，分成两边放了佳肴的几案旁席地而坐。鲁肃及甘宁、庞统等人被诸葛亮安置在大厅中央的筵席上，由诸葛亮陪同。庞统是襄阳人，早先在襄阳与诸葛亮一样知名，且都与襄阳名士司马徽有深交，所以彼此致意，一见如故。席上的众宾客听说刘备迎着的那个领头的东吴客人便是周瑜，都情不自禁打量，纷纷惊叹不已。有的叹周瑜果然帅才风度，有的叹他雄姿英发，风流无双，有的叹闻名不如见面，见面胜似闻名。还有的叹江东将领个个威武雄壮，不愧为江东精英。惊叹声传入席间的关羽耳里，他不满地板起枣红色的脸膛，捋一捋引起为傲的美髯，冷眼看着众人。

众宾客入了席，刘备令奏乐，并起身举爵，答谢众人相贺，众人也起身祝贺。于是，鼓乐声中，众宾客轮番举杯，往来行酒，一时笑语声喧，贺喜之声不绝于耳。刘备满面喜色，不停地与贺喜之人回礼行酒，同时与周瑜、诸葛瑾及鲁肃等人行酒。周瑜代吴侯与刘备行过酒、道过贺，饮了两樽酒后，就绝少再饮酒了。饮过一巡，一位妇人从屏风后的小厅里走了出来，脸色红红地扫了周瑜一眼，赶紧跪拜在刘备面前，禀道："将军！夫人欲与将军及东吴客人一同饮酒！"周瑜听得声音耳熟，扭头定眼一看，原来竟是吴太夫人的婢女草儿。

刘备仍沉浸在喜悦中，想了想，笑吟吟对草儿道："宾客满座，夫人来此同饮，恐怕不妥！你去回报夫人，待我与众宾客饮毕后，在洞房花烛下与夫人再饮！"

草儿道："夫人就请将军即刻往内室同饮！并唤江东使者诸葛子瑜先生及周瑜将军同去！夫人称，如不遂意，就带婢女来大厅同乐！"

刘备脸上倏现惊慌，赶紧用征询的目光望着周瑜、诸葛瑾道："周都督、诸葛先生，我等到内屋陪夫人小酌数杯，如何？"

诸葛瑾连称无妨，周瑜沉吟一刻也答应了。

刘备赶紧吩咐旁边侍从在内室里摆上酒席。然后，三人一起离座往后面一间内室去了。周瑜问草儿为何也来了荆州。草儿回答：吴侯嫁孙尚香于刘备，吴国太怕孙尚香年幼不知事，加上孙尚香常领带甲婢兵数百，故老夫人令她做孙尚香的管家婆，管理孙尚香和数百女兵的开支费用。

说话间，进了内室，只见里面环列数十名身披软甲、腰中悬剑、威风凛凛的婢女。孙尚香身着红装短袄，正在屋里舞剑。见刘备等人进来，一个白鹤亮翅，收了剑，交给一边的婢女，怨恨地飞快地瞪了周瑜一眼，迎着刘备，笑道："夫君！今日大喜，微妾欲与夫君一醉方休，如何？"

"甚好！备也有此美意！"刘备满面堆笑，赶紧应诺。然后将周瑜、诸葛瑾引见。周瑜、诸葛瑾依礼节上前与孙尚香行礼。孙尚香像不认识周瑜一般与之行了礼。侍从们摆了酒席，双方分宾主坐下。四人各一案几，一同举樽相饮。酒过三巡，孙尚香脸色泛红，举着酒樽对着刘备故作亲密之态笑道："夫君！能嫁给夫君这般英雄，微妾三生有幸！哈哈！来，且同饮了此樽，为妾贺喜！"说完，举着樽对着刘备一饮而尽。刘备也赶紧举樽一饮而尽。然后，她将自己面前的几案搬到刘备的几案旁，与刘备的并在一处，一手搭在刘备肩上，一手频频与刘备举杯。一会搂着刘备喝交杯酒，一会靠近刘备怀里哈哈大笑，一会又亲一亲刘备脸颊，浪声浪气，直饮得脸上、颈上香汗淋漓，更显得娇羞可人。偶尔也与诸葛瑾行酒，独将周瑜冷落一边。周瑜知她要怨恨自己，并不计较。只是，看见年近五旬的刘备腆着肚子、身上肥肉堆积、脸上油光泛亮、眼里贮满陶醉与春风得意的模样，内心里但升起一种鄙视与不平，但他尽力掩饰这种鄙视，表情坦然自若，时不时微微一笑。

孙尚香见周瑜神色淡然，并无反应，便又靠在刘备肩上用娇憨语气道："夫君！听说周郎擅弹琴！就让周郎为你我弹一曲助兴如何？"

刘备怔了一下。他并没有胆量向周瑜提此要求。已经半醉的诸葛瑾则拊掌大声道："正是！周都督！此刻理当为新郎官、新娘子弹奏一曲，方可尽兴啊！"

刘备见诸葛瑾说了话，就赶紧接道："是啊！久闻周都督善音律，备若领教，实不枉此花烛之夜啊！"

孙尚香瞥了周瑜一眼，目光热烈如火，又很快掩饰住，靠在刘备肩上，似醉非醉，手指着周瑜，大大咧咧地嚷道："周郎啊！你就弹一曲为我夫妻二人助助兴如何？本夫人仍是吴侯之妹，你可不要抗命！"

周瑜表情凝重，微蹙眉头，不动声色地饮着酒，思考着对策。此刻为刘备弹曲助兴，对他而言，无疑有受辱之感。但若不弹，孙尚香定会不依，不仅如此，孙尚香会以为他忌妒刘备，对她有意，免不了又对自己念念不忘。

"嗯？周郎莫不是看不起我夫妻二人？"孙尚香见周瑜没有动静，嗔怒地半醉半醒的样子瞪起了眼睛。眼里却不经意地闪出一缕兴奋。周瑜的抗命让她以为周瑜在忌妒与愤懑，她要的便是这个效果。她此刻恨不得周瑜与刘备拔剑相向！周瑜愈生气，她便愈有一种报复心得到了满足的快感。

"哎呀！公瑾啊！有何不便？如今刘皇叔乃吴侯妹婿，与我东吴乃一之人了！"诸葛瑾大大咧咧地带着醉意嚷道。

周瑜微微一笑道："实在抱歉！周瑜因受箭伤，已不便弹琴，更兼这几日身体不适，更是难以操弄！请诸位海涵！日后周瑜伤愈，定为诸君献丑！"

孙尚香正要张口说什么，忽然，外面传来一阵喧哗声和桌椅的撞击声，跟着，一个小吏跑进来禀告刘备道："将军！外面关将军、张将军和东吴将领打起来了！"

"什么？"刘备一愣，看了看周瑜。

周瑜一听，赶紧站了起来，大步走出去。刘备、诸葛瑾等人也跟着出去了。

只见外面大厅，东吴将领以甘宁为首在一边，刘备的将领以关羽、张飞一边，双方各执宝剑对峙着，都怒目相向，两边的几案都已掀翻，酒菜佳肴撒了一地。不相关的宾客远远躲在角落里。诸葛亮、鲁肃、庞统拦在中间劝着两边。

"怎么回事？"周瑜大步走过来问。

"主公！周都督！"诸葛亮对刘备和周瑜禀道："只是双方多喝了些酒，生了些口角罢了！无关紧要的！"

"到底怎么回事？"周瑜问凌统等人。

"那个姓刘的狂徒喝得烂醉，口口声声道他义父有本事娶了吴侯之妹！还道吴侯乃是要巴结他义父才要嫁妹于刘备！我等忍受不下！"凌统指着对面张飞旁边一青年将领怒道。这个青年将领是刘备攻长沙时收的一个养子，本姓寇，其舅舅也是刘氏后人，与刘备同宗，故被刘备收为养子，改姓刘，名封。此人年纪不大，但性情刚猛，有武艺，气力过人，甚为刘备喜爱，现充任刘备贴身护卫司马之职。此时，他仗着酒劲，正对凌统怒目而视。

周瑜听了凌统所说，剑眉下的两道目光如剑一样直刺在刘封脸上，目光中有一种说不出的威严和凛然之气，更有一种蔑视与轻视。刘封虽然年少气盛，也禁不住后退一步，畏缩地躲过他的目光。

"还有姓关的目中无人、口出狂言，对旁人称江东众将都不在他眼里！"甘宁也怒道。

话音一落，关羽在对面一手提着剑，一手拈着胡须，傲慢道："关某就是说了，又如何？"

甘宁大怒，一摆手中剑喝道："狂徒！信不信我甘兴霸五合之内取你首级！"

关羽也大怒："某杀人无数！取你这个江东鼠辈首级只消一个来回！"

甘宁不答话，举剑就冲上去，关羽也挥剑来迎。两把剑砍在一处。周瑜与刘备同时大喝："住手！"

两边都住了手。鲁肃与诸葛亮赶紧各将二人拉开。

周瑜板着脸对甘宁等人喝道："今日乃刘使君大喜之日，不可无礼！"说完，转身对刘备拱手道："周瑜怕众将又生出是非，先领众将告辞了！"说完，对众将喝道："统统都跟我回去！"

众将悻悻地瞪了关羽等人一眼，将剑收入鞘中，然后，跟着周瑜悻悻地昂然离去。

刘备赶紧跟着周瑜一行后面送他们出门。诸葛亮也跟了出来。到了大门外，周瑜同刘备拱手道："刘将军！告辞了！"就领人上了马，径往城外江边而去。鲁肃也同刘备、诸葛亮施礼告别。诸葛亮叮嘱鲁肃道："子敬！今日宴请，于周都督及众将多有得罪！还望在周都督和众将面前好生转达孔明愧疚之情！"

鲁肃应道："孔明兄且放心！我江东诸将也有过失！周都督气度恢宏，断不会在意的！"说完了，也打马跟了上去。

周瑜一行出了城、离了岸，上了船，一路无语。其实，今天的事，周瑜不用问便可知原委。江东将领与刘备将领一直就不和，刘备的手下关羽等人仗着资历老、在中原一带有名气，时常看不起江东众将。而江东众将多是血气方刚、能征善战、忠烈不苟之士，也看不起刘备及其手下屡战屡败、四处投奔他人的经历，由此难免冲突。而此前，刘备趁周瑜领军大战曹仁之时私下里占了江南四郡，也令江东将领心底忿忿。今日吴侯嫁妹，刘家欢天喜地，难免不会激怒江东将领。正因为此，他便不想责备众将领。

船行江中，甘宁忽又忿忿道："若不是我等随周都督赤壁破曹，救刘备等人性命，哪有他今日气焰？"

其余众将也多附和。

周瑜眼望前方，缓缓叹口气道："今日之事，本督并不责怪诸君！诸君不要多说了！"

众人望着他，默然无语。

几只载着人与战马的风帆在青灰色的天空下和浅黄色的江流中缓缓移动……

刘备送了周瑜出门后，回到大厅，责备了关羽、刘封等人几句，又令奏乐，继续饮酒。回到内室，却不见孙尚香。问婢女，婢女答：孙尚香已回洞房。于是进了后院，直入洞房。在门口却被持刀的婢女拦住。婢女禀告刘备，说孙夫人有令，但有擅自闯入的，无论何人，格杀勿论。刘备只好悻悻地回到大厅与众宾客一同饮酒。酒宴罢，宾客散尽。刘备也喝得半醉，被人扶着喜孜孜往洞房走。这次，婢女们并没有拦他。进了洞房，只见灯烛之中，孙尚香似酩酊大醉一般和衣呈大字躺在卧榻之上。榻下烧着两盆炭火，将屋子烧得暖烘烘的。草儿和冬儿在卧榻旁劝说着孙尚香，要她宽衣入睡，以免中风寒，孙尚香半醒半醉地嚷着要她们出去。

刘备走了过来，挥挥手，绷着脸令草儿和冬儿退下。草儿于是大声道："夫人！刘将军来了！我们退下了！"说完，就和冬儿走了出去。身后两名执刀的婢女也一同退下。

刘备按捺不住内心的冲动，上前挨近孙尚香。朦胧烛光下，孙尚香潮红的脸蛋和被红妆勾勒出的丰挺的胸部更显动人，让他内心里涌起一阵一阵悸动。他俯下身子，挨近孙尚香的脸蛋，用发颤的声音温存道："夫人！身体不适吗？"

说完用手摸一摸孙尚香的脸。

孙尚香醉意朦胧地哼了一声，翻转身子，侧着背对着他。

"夫人！"刘备笑嘻嘻地带着几分醉意将她的身子扳过来，开始解她身上的衣裳。

孙尚香猛地一把推开他的手，微闭着醉眼，大声道："夫君！你今日去别的房间歇息！本姑娘饮酒甚多，实在不胜酒力！"

刘备一愣，脸沉了下来："夫人！新婚之夜，哪有分居之理？"

"我说不可，就是不可！"孙尚香猛地坐起，大吼一声，睁开眼瞪着刘备，杏眼圆睁，柳眉倒竖，一脸怒容。见刘备愕然地看着她，她忽然仰头哈哈大笑了，笑得前仰后倒，最后停了笑，跳下床榻，快步走到墙边兵器架上，"哗"地抽出一把宝剑，目光凛凛，用剑指着刘备道："夫君！我俩人比武如何？如要赢得我手中这把剑，我今日便与你同房！如赢不了，便分居！"

刘备酒也醒了，愣了半晌，道："夫人！你喝多了酒！我唤人来煮醒酒汤为你醒酒！"

"哈哈哈！本姑娘没有醉！"孙尚香放下剑，仰头疯了似地大笑，边笑边在屋里跟跟跄跄地走动，一不小心，差点被绊倒。刘备吓了一跳，赶紧上前扶她，孙尚香哗地又提起剑，指着他。刘备只好站住，愕然地看着她。

"你堂堂一个将军，却不敢与我比剑，真是枉称英雄！"孙尚香冷笑道。忽然一个跟跄，差一点又要摔倒，她赶紧扶住了墙。

"夫人！孤虽戎马半生，但多是指挥千军万马，并不曾阵前厮杀！再说，舞刀弄剑，怕伤了夫人！"刘备脸色阴沉，望着她手中的剑道。

"那就快给我离开！不许靠近我半步！"孙尚香杏眼一瞪，用剑指着他喝道。

"夫人既已酒醉，孤就去隔壁歇了！夫人也好生歇息！"刘备见孙尚香眼中含有杀气，知道今夜是圆不了房了，就用大度的宽厚的口气道。皮肉松弛的脸上绽满和蔼的笑容。拱拱手悻悻地退了出去。

　　刘备一走，草儿和冬儿就走了进来。孙尚香将手中剑一扔，剑在地上发出哐啷的响声，跟着，孙尚香感到一阵晕眩似的用手扶住头，身子顺着墙往下滑。草儿与冬儿赶紧上前，将她扶到卧榻上躺下，又给她解了衣裳。孙尚香任由她两人摆弄，好像睡着一般，眼角挂着几颗泪珠。等她们给她盖上被子，正要离去时，她嘴里忽然发出含混不清的吼叫声："给我看好门！谁敢闯入，格杀勿论！"草儿应诺一声，带着冬儿出去了。听见关门的声音后，孙尚香的泪水如断线的珍珠一样滚落下来了……

四十四　另筑城刘备含恨，望江东香儿伤情

　　孙尚香带到公安的随行人员有数百人，其中有一百女兵，三百男兵，再加上一些亲近的婢女。在屋里闷得慌，孙尚香时常带数百男女兵骑着马在公安城内外纵横驰骋，来去如风。偶有百姓和刘备的军士被撞翻在地的，孙尚香也不予理睬，带着马队扬长而去。刘军其他军士见是孙夫人的马队，也不敢拦。有时，手下男兵和女兵城内闲逛，也不把公安军士百姓放在眼里，时常辱骂公安军士、百姓。诸葛亮几次抓了孙尚香手下的军士，因虑及是孙夫人手下，都放了。此外，孙尚香住进将军府后院之后，令男兵在将军府四处把岗，遇有可疑人等就盘问。女兵则多带兵器，日夜环绕在她住宅四周，没有她的命令不得擅自进入。就是刘备本人，也需通报方可入内。那些把守在将军府四周的江东军士时常与刘备的军士发生争执，并打伤刘备许多军士，告到刘备那里，都不了了之。一时，公安城中，无论百姓、军士望见孙尚香的马队及其手下都避之不及。孙尚香骄横之名未几便在公安城传开。镇守各地的关羽、张飞等人的家眷多在公安城，从家书中闻说后，都捎书刘备，谏议刘备略加管束。刘备因畏惧孙尚香，一时没有什么对策。

　　这天，刘备按察所属数郡归来，带了两个侍卫径到将军府后院。一个侍卫怀里抱着一盒从桂阳带来的酥饼，是送给孙尚香的。到了孙尚香住处，守在门口的几名执剑婢女欲要拦他，被他一顿呵斥，赶紧将他放了进去。但在内室门口，却被守在门口的草儿和一执剑婢女拦住，称不经夫人允许不可擅入。刘备想起自成亲以来一直被拒之门外的耻辱和孙尚香手下男女兵骄横的传闻，怒从心头起，扬手打了草儿一巴掌并喝令推出斩首。一个侍卫立即上前，抓住草儿胳膊，扭住。孙尚香在屋内听得声音，赶紧提着剑出来，见此情景，大怒，举着剑喝住刘备的侍卫。刘备正要杀鸡儆猴，不予理睬，喝令侍卫将草儿快快推出斩首。孙尚香大怒，挥手一剑捅进这个侍卫的腹中，侍卫惨叫一声，捂着肚子，慢慢往地上蹲下去。孙尚香猛地拔出剑，一股鲜血喷出，溅了刘备、孙尚香、草儿一身。刘备沙场奔波半辈子，血流成河的场面见得太多了，也被这场面惊得愣住了。他看了孙尚香

半晌，恼羞成怒道："夫人！你太过分了！打狗也需看主人，你怎敢当着孤擅杀孤的侍卫！"

孙尚香冷笑道："我孙尚香在江东无人敢欺！就是擅杀吴侯的守门军士也任我所为，你一个小小侍卫我杀不得吗？"

刘备怒道："夫人！此地非吴地！你也非昔日东吴公主！"

孙尚香蛮横道："我孙尚香在东吴尚且横行霸道，何况你这区区公安之地？"

刘备愣住了，他没想到孙尚香是如此看待他引以为自豪的基业。他铁青着脸看着孙尚香。孙尚香也瞪着眼看着他。终于，刘备败下阵来，收回目光，含恨道："夫人既嫁孤为妻，却日夜将孤关在门外，又派女兵守护，是何道理？既嫌弃孤，为何又要嫁与孤？"

孙尚香冷笑道："本夫人自小个性刚烈，不受拘束，如受人管束，不惜刀枪相见！你既娶了我，也当遵从本夫人个性！"跟着对草儿和四周环侍的带剑女兵道："没有我的许可，任何人都不许入内，违者立斩！"

草儿与众婢女应诺了。孙尚香凛然地扫了刘备一眼，提着血淋淋的剑，进了内室，关上门。

刘备在门口呆呆地站着，一股恶气在心中挥之不去。他想发作，但一时又发作不了。暴跳如雷并非他的性格，可是，不发作又觉得心中恶气难忍。就在此时，诸葛亮匆匆进来，禀告刘备道："主公！夫人两名侍卫方才又砍杀张飞将军府上一名军士！"刘备问是何理由。诸葛亮道："张将军府上军士在城中撞上夫人的两名江东军士，两下发生争执，夫人手下军士拔剑砍伤张将军府上军士。糜芳将军领军士赶来，因见是孙夫人带来的人，未敢造次，就禀告了卑职！"

诸葛亮说完了，又用刚直恳切的语气道："主公！孙夫人手下多骄横无法度，长此以往，不仅乱我法度，而且损我军心、民心，乞主公严加管束才是！"诸葛亮此刻的职务是军师中郎将，在关羽、张飞、赵云之下，主要职责便是调节刘备江南四郡的赋税，以补充军队给养。有了地盘与军队，最要紧的就是钱粮供给，因诸葛亮为人公正忠厚，又有理财及行政之才，故刘备派了他做调节赋税之事。而军中及荆州府中大小事，众将吏在禀刘备前，也多先禀告他。

刘备听诸葛亮说完，呼出一口恶气道："孔明所说有理！传我口谕下去，将那两名军士抓了正法！以后凡有坏我法度、伤我军民者，无论是夫人手下，还是孤的手下，一律就地正法！"

诸葛亮一恭身："是！"跟着又道："亮以为，子龙将军公而无私，可请他回公安任掌内事，督管将军府及公安城内军人，就是夫人手下，也由他管束，如此，会使夫人有所收敛！"

他说的子龙即赵云，此刻领桂阳太守驻守桂阳。

刘备摇头道："桂阳离不开子龙！对夫人另想办法吧！"话音未落，孙尚香的门开了，孙尚香提着那把带血的剑气冲冲地出来了，一抬手，剑向诸葛亮道："你这个诸葛村夫！昔日你和刘备被曹操追得无立锥之地，去我江东求救，哭哭啼啼，低三下四，幸亏我哥可怜刘备，派周瑜击曹，才有了你们今日，又以本夫人年轻之躯，嫁与刘备五旬之身，你等不思图报，竟敢使心眼来整治我了！看我不杀了你！"

说完，举剑要砍诸葛亮。诸葛亮脸吓得惨白，赶紧后退。刘备慌忙上前，抱住孙尚香道："夫人！休得动怒！休得动怒！"

孙尚香因为刘备抱着，加上并无砍杀诸葛亮之意，于是不再追赶，只恨恨地看着诸葛亮。

"夫人！"有了刘备挡着孙尚香，诸葛亮镇定下来，他躬身行个礼，庄重道："夫人！吴侯和周郎大恩，在下均没齿难忘。东吴之恩绝非夫人骄纵枉法的资本。夫人既嫁我家主公，尊为堂堂大汉左将军、荆州牧的夫人，理当奉公守法，遵从妇德，为刘皇叔千万部曲家眷之楷模，怎可以枉法徇私？"

"呸！你这个诸葛村夫！本夫人出身名门世家，也轮得到你这山村野夫来管教？"孙尚香大怒，举剑又要朝诸葛亮砍来。

刘备将她拦住，猛地一推，恶狠狠道："夫人！你太过分了！孤发急了，也下得了手的！"

"哼！周郎就在对岸江陵城，你有本事下手，我东吴定会开仗！"孙尚香挑衅道。

"只怕孤与周郎开仗，吃亏的是周郎！北有曹操，南有我数万大军。曹操一直在思报赤壁之仇。我如与周郎相争，曹操大举南下，周郎哪里还有葬身之地？"刘备冷笑。

孙尚香说不出话了，凶巴巴地瞪着诸葛亮和刘备。双方对峙片刻，孙尚香气冲冲道："不与你们理论了！只是，若杀了我那两名江东军士，本夫人不会甘休！"说完，气冲冲地返身走进屋里。在屋里的冬儿赶紧将门关上。

刘备望着诸葛亮，耸耸肩，叹了口气，缓步走了出去。诸葛亮赶紧跟上。走到门外，刘备令跟在他后面的抱着酥饼的侍卫找人去收拾方才被孙尚香捅倒在地的侍卫的尸体。侍卫应诺了，又看着怀中的酥饼请示刘备道："主公！这——"

刘备没好气道："算了！送与孔明军师吧！"

孔明赶紧道："不可！主公！既已拿进夫人住处，还是送给夫人好！为区区小事又引得夫人动怒，实在不智！"

刘备看了看他，点头道："军师所说有理！做大事之人须重小节！勿以小善为不善，勿以小恶为不恶！一盒酥饼既可使孙尚香恨我之甚，也可使之心生感激！留给她吧！"

侍卫赶紧转回去将酥饼交给草儿。

"孤后悔没有听先生之言！原以为娶了夫人，会有资本要挟东吴，岂知是个掣肘！"刘备边走边后悔的语气对诸葛亮道。

"既已娶之，主公就不要后悔！况且，夫人对于保全我四郡之地，还是有用处的！"诸葛亮劝道。停了停，又道："至于夫人骄横一事，亮思得一计！"说完，他停下了脚步。

刘备眼神一亮，盯着他。

诸葛亮沉着道："不妨在公安城外为夫人再筑一小城，令夫人及其男女兵统住在其中！如此，公安城和主公将军府便清静了！主公如要见夫人，只需招唤夫人或往小城中去见就可！"

刘备听了大喜，拍着诸葛亮的肩膀高兴道："此计甚妙！她不是不愿与孤同房吗？那就打她入冷宫好了！实在太妙了！"说完，他看了看四周的回廊、亭子和角落里四处站立的孙尚香的男女士兵，得意地笑道："冷落长了，她自会来找我！我就不信她守得住！"

忽然，他眼珠不转动了，一缕隐隐的遗憾泛上脸孔，叹道："只可惜，孤暂时无法消受这个天生尤物了！"

"主公欲做大事，何需留恋一个骄横女子？"诸葛亮严肃道。

"正是！女人如衣服而已，孤岂会留恋！"刘备点头道，"只是，这孙尚香，孤第一回见她，便为之心动！那般身材，正合孤的口味！孤竟无法消受她，实在可悲！"

诸葛亮脸红了，似乎为他刘备这席话而难堪。

刘备意识到了诸葛亮的难堪，呵呵一笑道："对骄横之人，无需文雅之辞！"

跟着又以命令的口气对诸葛亮道："在城西筑一小城给夫人居住的事，就由卿去办理好了！翼德府上军士被砍伤一事，也劳先生去慰劳！就称孤已惩罚夫人，将她罚入冷宫，另行居住了！"

诸葛亮恭敬地欠欠身子，应诺了。刘备回头看了看孙尚香那个被众婢兵环护的住宅，眼里射出一道悻悻的目光，又厌恶地看了看四周站着的孙尚香从江东带来的男兵女兵，嘴里轻轻地哼了一声，挪动肥胖的身子，和诸葛亮往将军府大厅走去。

两人刚走进将军府，院中假山后的女兵便飞快进屋，将两人刚才的对话报给了孙尚香。孙尚香对身边的草儿和冬儿冷笑道："这个诸葛村夫！正中我计！"

"是啊！夫人以后再也不用见刘备这个老头了！"草儿高兴道。

"甚至可以过江去见周郎了！"冬儿话中有话道。

孙尚香脸红了，眼一瞪，几分慎怒、几分羞恼吼道："不要在我面前提那个周瑜！"

冬儿吐吐舌头，和草儿对看一眼，心知肚明地眨了眨眼。

两个月之后，建安十五年（公元 210 年）正二月，公安城西面一座新筑的小城拔地而起。孙尚香领着她的数百男兵女婢住了进去。城不大，南北东西均长三百余丈。城墙以砖石和土垒成。只有两个城门，外面有刘备派的五百军士把守，里面全是孙尚香带来的人马。里面的房屋都是新盖成的，既宽又新。街道宽大，足够她的马队纵横驰骋。当地百姓称之为"夫人城"。孙尚香在城中居住，鲜有人打搅。刘备也很少入得此城，偶尔来，也要吃闭门羹的。有时她在城中操练她的军马，有时就坐在屋里发呆。更多的时候是领数十骑在江边飞驰，或嬉戏。眼神常常望着对面的江陵城发呆，或凝望着滚滚东去的江水，一丝忧郁弥漫在脸上。特别喜欢夜深人静时领数名婢女，出得城来，在江边徘徊，听江涛吟唱，看江水东去，望对面夜色中的江陵城。泪水悄悄顺脸上流下。这一切，都被草儿和冬儿看在眼里。

这日黄昏，用过饭后，孙尚香心情烦闷，领数十个女兵骑着马，出了城，直往江滩而去。

此时已是盛春，夕阳坠入江中，夜色四合。天空挂起孤月冷星。月华如水，照得大地一片清亮如洗。长江如练，披着月华，宛如一个女人宁静妩媚的脸。江水无语，默默往江东流去。江滩素洁宽阔，流淌着江水清凉的气息。对岸隐约可见江陵城高大的城墙被月光勾勒着，显得坚挺、巍峨，如一只巨大无比的战舰。江风阵阵，卷起一阵阵涛声，也吹起她的衣襟，更像一只温暖的兄长般的手抚弄着她的脸。孙尚香伫立江边，凝望大江，一行清泪从她眼里滚出。往事如同这月华下的江滩、石头、林木，一一浮现：赤壁鏖战前夜那个大雾迷漫的江边；江陵城墙上那个星月凄凉的夜晚；与周郎吵架，离开赤壁和江陵，在茫茫大江中孤独地航往江东时的伤情之时；刘备使人求婚时一怒之下答应求婚后的不眠之夜……自然，想的更多的则是记忆中的儿时和少女时代，周瑜和孙策对她的关爱。那时的周瑜风流倜傥、英俊潇洒，又和蔼可亲，像一位温存多情的大哥哥，格外喜欢她，疼爱她。全不像今日这般严厉冷漠无情。也正是那份疼爱和呵护，才在她的心底悄悄埋下了爱的种子，使她自情窦初开之日起，就暗暗喜欢上了他。因是吴侯之妹，上门求亲的江东名门望族络绎不绝，吴侯和母亲也知她脾气，由她做主，而她一应回绝。她心里永远只有一个人，那就是玉树临风、风流倜傥、智勇双全又像她大哥的周郎。她知道男人是可以娶很多妻妾的，也知道亲戚间是可以通婚的，故她可以无所顾忌地去喜欢周郎。可是，她没有对母亲和兄长提出。她怕告诉了吴侯和吴国太后会为人耻笑。她也不喜人去做媒。她想让周郎明了她的心意，想让周郎真心喜欢她，然后亲自开口来娶她。可是，不知何时周郎待她越来越冷淡了，距离越来越远了，昔日那个和蔼可亲的哥哥只在记忆里才可找寻得到了！最后，当她开口说穿了自己的心事后，他竟然一次一次冷酷无情地拒绝了她，并和小乔一道羞辱她！这实在令她伤心透顶，也羞愤无比！一时间，她恨死了周郎！因为恨，因为伤心，她一气之下答应嫁了周瑜最厌恶的人——刘备。心头的气固然是出了一些，但接下来的是无尽的悔恨和痛苦，就如同这滔滔江水永远也流不尽。周郎的爱、美丽的江东、宽厚的兄长还有其他的兄弟，就像这江流滔滔一逝不返了！与周郎从此就隔江相望近在咫尺而不能相见了！原指望能气一气周郎，但从那回婚宴上看，似乎又并没有气到周郎。周郎并没有格外失意难过。这又让她伤感、失落，让她更加后悔这个轻率的婚姻、这场毫无意义的赌博。想到这里，她的泪水如溪流一样在俏丽的脸蛋上纵横开来。痛苦、难受、空虚、后悔，如奔腾的江水一样冲击着她、撞击着她、撕咬着她，让她难以承受。

"夫人！"草儿给她递上一块香帕。她是看着孙尚香长大的，知道她刚烈的个性内的一颗女儿心，知道那种爱而无望的滋味。她发自内心地同情她，怜惜她。

孙尚香没有理她，咬一咬唇，接了她的香帕，拭拭泪痕，头也不回，继续望着前面。

"夫人！与其折磨自己，不如过江去会会周郎？"草儿靠近她，俯在她的耳边小心又小声道。

孙尚香身子一颤，回头，定定地看着草儿，一缕兴奋的神色悄然从眼中闪过，但只是一闪而过。

"会会周郎，心情或会好些！也算了却一世情缘，从此不再为情所伤了！"草儿善解人意的目光直视着她，目光里充满着理解与同情，还有善意、忠诚。

孙尚香看着她，沉吟地、坚决地点点头。

就在这时，身后，冬儿喊："夫人！刘将军过来了！"跟着，一阵马蹄声从身后传来，在月光下显得格外清脆。

她没有回头，仍然挺立着，看着前面。

刘备纵马奔至孙尚香跟前，在一个侍从搀扶下挪动着肥胖的身躯动作迟缓地下了马，缓步走到孙尚香面前，脸上堆着笑道："夫人好有兴致！"

孙尚香猛地转身，瞪着他："你来做什么？"

刘备赔着笑道："孤正要进城陪夫人说说话，听守门军士讲夫人来了江边，便赶了过来！夫人！今日月光甚好，我俩就在江边走走……"忽然他愣住了。他看见孙尚香眼角的泪痕。

"夫人因何事伤心了？"刘备几分狐疑、几分关切道。

"我伤不伤心，关你何事？"孙尚香瞪他一眼道，又扭过脸去。

刘备在众人面前连遭抢白，脸上不经意地生出怒气与难堪的表情，凶狠地瞪了一眼孙尚香，又收了回去，跟着，脸色稍稍平静，轻轻咳嗽一下，用善解人意的口气道："夫人定是想家了？"

"是啊！是啊！"草儿赶紧站了出来，打着圆场，"将军！夫人自小就未出过远门，如今别家多日，难免思家！"

刘备瞪了草儿一眼，笑呵呵地对孙尚香道："既然夫人思家心切，待孤公务稍闲之际，陪夫人回江东探亲如何？"

孙尚香没有理他。

刘备脸上游动一片恼怒与阴云，他想，这么多天过去了，孙尚香也寂寞够了，该回心转意了，岂料她还如从前一样冷脸待他，这怎不叫他恼火？

"夫人！外面风大，孤陪夫人回屋里叙话，商议回江东探亲之事，如何？"刘备压抑火气，讨好道。

孙尚香后退一步，猛地拔出腰里的宝剑，一道寒光在月光下闪过，宝剑直指着刘备，瞪着眼道："你今日要胜了本夫人这口宝剑！本夫人就任你所为！"

"夫人！此是何意？何必如此？"刘备愕然道。

"夫人我素好舞刀弄枪！凡是赢得了本小姐的，方可使本小姐答应所做之事！你身为将军，身经百战，竟不明白凡事须靠手中兵器说话？"孙尚香冷笑道。她自称小姐，不再称夫人了！眼中泪光莹莹，瞪着刘备，心里充满厌恶与仇恨！就是这个卖屦的所谓汉室后裔毁了她的一生！让她至少从名义上由小姐变为夫人！让她和喜欢的人永无相见的机会了！让她成了望门之寡！

刘备脸上的肌肉在月光下不自在地扭动了。作为丈夫，被女流之辈如此欺凌，是从来没有过的！他的手下意识地伸向腰间剑柄，抓紧，眼睛直直地瞪着孙尚香，一股杀气慢慢在目光里闪现。但，最终，这股杀气消失了，他松开了剑柄。他从孙尚香眼里看到了愤怒之火，也看到了视死如归。他想和这样的人比剑，十有八九会输，何况，孙尚香原本就是练武之人，而他年近五旬，未必拼得过。就是拼过了，也不便向吴侯交差。于是他拼命地咽下一口气，粗大的喉咙里发出一声咕隆的响声，好像咽进一团十分难咽的狗屎一样，脸上也竭力挤匀肌肉，忽然仰头哈哈大笑道："哈哈哈！夫人自幼习武，孤哪里是夫人的对手！夫人要是心中郁闷，请自便好了！孤不打搅了！"说完挂着笑脸朝自己的坐骑走去。走到坐骑旁边，从侍从手中取过马鞭，忽然又转身，瞪着草儿，恶狠狠地吼道："管家婆！要是夫人出了事！我饶不了你！"待草儿恭敬地应诺后，就上了马，一挥马鞭，打在马屁股上。战马嘶叫一声，朝远处奔去。身后的一队骑兵也跟着他奔驰而去。

孙尚香将剑放入鞘中，望着他的背影，嘴角挂起一丝冷笑。

"夫人！没事吧？"草儿上前小声安慰道。

"夫人！刚才情景，我好担心！"冬儿也上前道。

"没事！"孙尚香对二人道。又望了望对岸，浓眉下的秀目闪烁着果敢与坚毅，果断道："给我准备一只船！随我过江！"

草儿和冬儿对视一下，脸上都不经意地闪过一缕欢欣，赶紧应诺了。

四十五　吐衷情孙尚香泣泪，相对坐周公瑾销魂

两炷香的工夫之后，一只小舸披着月光直往江北对岸驶去。草儿弄只船并不难。因为孙尚香有时喜在江上领兵演习，刘备专门为她拨了几只船。平日就泊在江边，与刘家军水军船只泊在一处，孙尚香随时可调用。此际带两个摇橹的男兵取船，看船的刘家军军士也没说什么，只当孙尚香心血来潮，夜游去了。

船到对岸，草儿与冬儿护着施了粉装的孙尚香上了岸。早有江防军士拿住，领头的听说是吴侯之妹要找周瑜，赶紧令人送往城中周瑜府衙。

周瑜此时已经卧床入眠，因为箭伤，他的精力大不如从前，很少深夜秉书了。听说孙尚香来访，他大吃一惊，揉揉眼，冷静想了一下，令方夏迎入大厅，上座上茶，一边侍候。然后翻身下床，整好衣冠。出了卧室，来见孙尚香。

到了大厅，孙尚香正坐在椅上候着。略施淡妆，脸上布满红晕，眉宇间现出几分淡淡的忧郁。见了周瑜，双眼倏地湿润了，迅速地转过脸去。

"香儿！深夜来访，有何贵干？"周瑜坐下问道。

孙尚香没有理他，转过脸，眼角隐隐渗出泪水。

"哼！你竟然可以安然而睡，一无所知！若不是你，夫人何至于此？"孙尚香身后的草儿打抱不平的语气道。

"我？此话怎讲？"周瑜似有预感，但仍镇定道。

"草儿！"孙尚香喝了一声。

"不！夫人！你莫非要憋在心中独自饮恨一生？草儿今儿为夫人打抱不平？"草儿抗争道。然后，她看一眼客厅里的方夏及两位周瑜府上的婢女，对周瑜道："可否入内室叙话？"

周瑜犹豫了一下，点了点头。

草儿对孙尚香道："夫人！事已至此，还有何顾忌？"又对冬儿道："你且在大厅里与你哥相聚吧！"然后扶起孙尚香。

进了内室，周瑜请孙尚香在案边席上坐下，又令婢女上来茶水，然后令她们

出去。草儿将门关上了。周瑜在孙尚香对面坐下。草儿在孙尚香一边坐下。

"周将军！你可知香儿在公安有'蛮横夫人'之称？"草儿问。

"知道！"周瑜道。

"可知香儿在公安另筑一城居住其中？"

"知道！"周瑜道。

"可知香儿这一切皆因了你！你害得香儿好苦！你毁了她的一生！"草儿含泪激动地斥责。

周瑜身子微微一颤，脸色倏变。

"香儿因恨你无情，才赌气嫁给深为你厌恶的刘备老贼！原是为了气你！岂料未曾气倒你，反误了终生！从此便以泪洗面、痛悔莫及！因不愿与刘备同居，便纵容手下在城内无法无天，终使刘备怨恨，在城外为她另筑一城！"草儿含泪道。

孙尚香泪如泉涌，对草儿喝道："草儿！不要说了！"然后掩面而泣。

草儿也含泪对孙尚香道："香儿！小姐！"

两人抱头痛哭。

周瑜愣了，呆呆地望着她们，心乱如麻，一股伤感与负疚之情如江水滔滔在心底涌动！孙尚香的做法，他有所猜测，但只是一闪之念。没想到果然如此。他没想到孙尚香竟性烈到如此地步，竟可以胡乱嫁人来气一个男人！也没想到自己对孙尚香的拒绝竟给她带来如此伤痛！看来香儿的一生便这样毁弃了。虽说婚姻大事，父母之命，嫁夫随夫，嫁狗随狗，但周瑜是主张彼此有情有意的人才可以结为夫妻的！若男子娶了不喜的女子倒还好说，可再娶其他。而女子嫁不喜的男子，则一生又有多少快乐？

想到这里，他眼眶湿润了，起身，伏地长拜，口中道："香儿！周郎处事不周，愧为兄长！周郎向你赔罪了！"

两人未睬他，相拥着越哭越厉害了。

好半天，孙尚香止住了哭泣，轻轻拭泪，令周瑜起身。

周瑜拭拭眼角，起身，回到座上，脸上几分愧疚之色。沉吟半晌，对孙尚香道："香儿！事已如此，不需太多伤感！若香儿确实不愿与刘备做夫妻，倒也不必忧虑！刘备在荆州势不长久！"

孙尚香瞪大了眼睛看着他。脸上泪痕依依。

周瑜道："如今我江东借刘备江南四郡，是子敬的主张！但此举甚为不妥！

只会养虎贻患！迟早我会说服吴侯与刘备攻战！届时刘备必为我所擒！而香儿从此可脱离刘备！江东俊杰如云，以香儿吴侯之妹的身份，岂不可和光武之姐湖阳公主一样，另择一称心如意的佳婿？"

"胡言乱语！若江东俊杰，都不如我意，怎么办？"孙尚香怒道。

"世事难料，或到那时，偏有一如意郎君在冥冥之中等候你！此人注定为你所生，注定今生等着你！正如周瑜之相遇小乔，伯符之遇大乔……"

"够了！"孙尚香脸蛋扭曲着，歇斯底里地喊："少在我面前提她……"

周瑜噤了口。

"周都督！就算你要攻杀刘备，但那要等到何时？为何香儿不可以现在就离开刘备？"草儿道。

周瑜道："香儿现在离开刘备，必为吴侯所不允！至于我擒刘备，只在今年内！香儿且忍耐些时！如果憋闷，或要躲开刘备，不妨以探亲为由，回江东住些时日！"

"我的事，我自有主张！不用你管！"孙尚香含泪喝道。跟着又命令的语气道："取酒来！本小姐要痛饮一回！"又用霸道的、挑衅的目光盯着周瑜："可否？"

"理当陪香儿一饮，权当谢罪！"周瑜躬身道。就唤来方夏找人置酒菜。不一会儿，酒菜端了上来。草儿怜爱地意味深长地看了孙尚香一眼，柔声道："夫人与都督慢饮！草儿出去了！"说完，起身，对周瑜行了一礼，出去了，轻轻带上门。

屋里就只剩了周瑜与香儿及一个斟酒的婢女。灯烛之中，两人对坐，面前共一案酒菜。

"香儿沦落到今日，全是为兄不是！为兄且向你赔酒谢罪！"周瑜举起爵，诚恳道。然后双手捧着，一饮而尽。

孙尚香眼中的泪又流了出来。

"你若诚心道歉，就满饮三爵！"她抬起梨花带雨的泪脸望着周瑜说。

周瑜凝重地点点头，毫不犹豫地连饮三爵。

孙尚香见他饮完，眼里露出热烈的火花，垂下眼睑，含泪端起酒爵，一饮而尽。似觉不过瘾，又连饮三爵。脸上的霸气少了许多。

酒过半巡，孙尚香似微有醉意了，被酒烧红的脸蛋在烛光映照下，红扑扑如红苹果一般，额上与玉颈间又沁出一些细密的汗珠。忽然，她一搁酒爵，带着几分醉意道："大哥！为我弹琴，我来舞剑，如何？"

周瑜答应了。他此刻只想让香儿开心一些。

孙尚香起身，摇晃着走向墙边挂着的宝剑，取下宝剑，拉剑出鞘。周瑜走到琴边，拉下盖在上面的布巾，调弄一下琴弦。

"就为我弹一曲《伤歌行》好了！"孙尚香立在灯影里道。

周瑜略带感伤地点点头，一抚琴弦，一曲哀怨的、忧伤迷离的汉乐府曲调缓缓地如泣如诉地在屋里弥漫开来——

"昭昭素明月，辉光烛我床。忧人不能寐，耿耿夜何长。微风吹闺闼，罗帷自飘扬。揽衣曳长带，屣履下高堂。东西安所之？徘徊以彷徨。……伫立吐高吟，舒愤诉穹苍。"

朦胧的灯影烛火中，凄迷如诉的琴声里，孙尚香借着醉劲，挥动宝剑，翩翩起舞。屋里洋溢着伤感与凄迷。人因酒醉而更娇媚动人，剑因人醉而多姿柔曼，琴因情而婉转动听。

一曲罢了，戛然而止，孙尚香也收了剑。眼神含着醉意与妩媚，脸蛋潮红，酥胸微张，似醉非醉地看着周瑜道："哥哥也来为我舞一曲罢？"

周瑜也多喝了几爵，加上内疚与伤感，便应了一声，起得身来，走过去，去接孙尚香手中的剑。刚接过剑，孙尚香一个踉跄，扑地倒进他的怀中，一阵扑鼻的带着孙尚香体香的香味淹没了他，只见孙尚香两腮鲜红，似醉非醉，陶醉地偎在他怀中，双目微闭似睁，红润美丽的嘴唇正对着周瑜的嘴唇，娇喘吁吁，芬芳的呼吸痒痒地直入周瑜的鼻翼。猛然，孙尚香一把张开双臂，勾住了他的脖子，红润丰满的嘴唇紧紧咬住他的嘴唇，舌头探入他嘴中，矫健的富于弹性的身躯颤抖地诱人地在他怀里蛇一样扭动着。周瑜被她吻得喘不过气来，身上血液不自禁如江河奔腾一般涌动了，并直往脑门上冲。心扑通乱跳，脸热得发烫。酒力使他有些乱性，有些无法掌控自己，女人的温情又使他有些迷乱。他挣扎了一下，竟挣脱不开，但最终，他扔下手中的宝剑，拼命将头摆开，然后用力将孙尚香推开，双手抓着她的双臂，既抓住，使之不倒下，又撑开她，使之不能靠近自己。脸涨得通红，一种惶恐的懊悔莫及的心情使他难为情地低下头，又摇摇头，似要驱散酒力一般。

孙尚香睁开双眼，神态陶醉而痴迷，潮红的脸上燃烧着如火的情欲，她挣扎了一下，欲往又周瑜怀里扑，但被周瑜紧紧控制着，动弹不了，她嗔怒道："放开我！"

周瑜坚决道："香儿！不要闹了！"

"放开！"孙尚香挣开周瑜的双手，后退一步，一把掀开胸口的衣裳，露出白玉一般的胸脯，目光迷离，情欲似火，含情脉脉。

周瑜惊道："香儿！"

"周郎！妾今夜愿委身于君！虽不能结为连理，仍心甘情愿！"孙尚香脸色红如晚霞，目光里有几分娇羞、几分柔情、几分痴迷、几分果敢。看了看他，赶紧含羞地移开。

周瑜不知所措，脸上涌现几分感动与羞怯，半晌，他轻柔又果断道："不可！发乎情，止乎礼！不可如此！"说完，扭过脸去。

一股羞愧与难堪涌上孙尚香的粉脸，眼泪也倏地涌出。她瞪着周瑜道："听着！姓周的！本姑娘尚是姑娘之身！刘备那老贼未能碰我一下！为的便是要将清白之身献于真心所喜的人！而你竟……"言毕，泪如泉涌。

周瑜扭过脸，愣了，他没有料到孙尚香与刘备竟未有过床第之欢！他眼眶又湿润了，内疚地凝望着孙尚香，温存道："香儿！"然后，后退一步，扑通跪拜在地，含泪道："香儿对为兄的情义，感天动地！为兄没齿难忘！纵使今生无以回报，来世也当结草衔环以报！只是，为兄与小乔肝胆相照、忠贞不二，如同为兄之与孙伯符！为兄实不愿做有负于小乔之事！也不愿违背兄妹人伦！香儿！对不起！"说完，泪水潸然，拜了三拜，匍匐不起。

孙尚香呆呆地看着周瑜，噙着眼泪，脸上交织着恼羞、悲哀、难过、愤怒甚至轻视的表情。猛然，她仰起头，张开双臂，发出声嘶力竭的歇斯底里的嚎叫，如山林中失去伴侣或孤独无助的野鹤的长鸣："啊……"

周瑜吃惊地、内疚地抬起头。刚一抬头，孙尚香梨花带雨，上前两步，暴怒地大喝一声："滚开！"一脚飞来，踢在他的胸口上，将他踢翻。然后噙着泪，转身，摇晃着身子，伤心又悲哀地往外走去。

与此同时，感觉不对劲的草儿赶紧推门而入，迎着孙尚香道："夫人！"

孙尚香不理她，眼里含着伤心与羞愤的泪水，推开她，径自往外走去。草儿看见被踢倒在地的周瑜，似乎明白了什么，瞪着周瑜，失望地、悲哀地摇了摇头，转身跟上孙尚香。

不一会儿，几个人的脚步声消失在大厅……

"香儿！对不起！"周瑜抚着疼痛难忍的胸口，含泪道。然后缓缓爬起来。

眉头微蹙，额上滚出豆大的汗珠。婢女见了，赶紧上前搀扶他。那一脚虽未踢到他的伤口，但也离伤处不远，令他疼痛难忍。当然，更痛的地方是心内。起得身来，他捂着胸口，对扶着他的婢女和刚刚进来的方夏道："今晚的事对谁也不许说！"婢女和方夏赶紧应诺。然后，他一挪脚步，忽然，右胁一阵巨痛，跟着延及全身，大脑和心口也针扎似地一样巨痛，他"哎哟"叫了一声，眼睛一黑，顿时一阵天旋地转，在婢女和方夏的惊叫声中，朝地上倒去……

四十六　施诡计刘备再索地，谋益州周瑜献丹心

　　周瑜醒来后，已躺在卧榻上了。鲁肃、庞统和一名营中医官及江陵城内一名医术高超的名医，还有方夏候在一边。鲁肃告诉周瑜：他因情绪不定、内气失调而致箭伤复发，多多调养就好了。旁边的医官向他禀告：他体内的毒气并未散去，需慢慢调理，使毒气渐渐排出体外。不可劳累过度，不可大喜大悲，或过量饮酒，不然，箭疮极易重新发作，毒气势必在体内躁动、散发，重者危及生命。原来，周瑜伤势虽有所好转，但因中的是毒箭，愈合甚为困难，脓肿尚未完全消退，仍是隔几日便需清洗、敷药、包裹。最要命的是，毒气早已浸入体内，如毒蛇一样盘伏在体内冬眠着，时不时便躁动、发作。周瑜对此并非不知，但不以为然。沙场征战十数年，中箭受伤也并非一次；而况，他想以自己自小便强身健体练成的体魄，加上小乔前些日精心调理，毒气会渐渐自体内逼出或消化在体内的。以他在军中多年的经验，中了毒箭，若一月内无事，毒气便无势力，就不需担忧了。像孙伯符将军，就是没有挺过一月。而他已挺了大半年了！所以他并不在意。他要鲁肃和庞统不必过于担心，并请鲁肃代他多多为军中及边防的事费些心神，请庞统代他多为南郡事务费心。鲁肃为人方严，寡于玩饰，内外节俭，不务俗好，治军整顿，禁令必行，虽在军阵，手不释卷，是周瑜在军中的得力助手。两人私交也好。虽在对待刘备及荆州之事上主张相左，但皆为国事，并不影响两人私交。庞统素有治国统兵之才，在南郡任上协助周瑜处理政事十分得力。将大事委托他二人，周瑜颇为放心。两人应允后，一起告辞了。营中医官及城中医者也离去了。周瑜躺在床上，心情仍是不平，昨夜发生的事情又重现在眼前，令他嗟叹不已，恍如在梦中一般。

　　一旬之后，周瑜可下床视事了。这日，边境急报，称曹仁、乐进守襄阳，闻听周瑜身体不适，便领兵南掠，直逼江陵北面的麦城。

　　周瑜闻知，令鲁肃守城，自领兵马，带上虎将甘宁、凌统前去解围。甘宁原

守夷陵，因无人约束，时常酗酒，周瑜怕他误事，就将他调回身边，令韩当替他守夷陵。甘宁虽与凌统不和，但在周瑜身边，两人也相安无事。

到了麦城城下，正攻打麦城的曹仁、乐进、牛金举兵来迎。双方列成阵势。周瑜出马戏谑道："子孝将军！前番撤离江陵何太匆忙，也不与公瑾招呼一声！"

曹仁难堪地笑道："哈哈！子孝知周都督箭伤在身、卧床不起，哪里敢打搅？便不辞而别了！"

"哈哈！子孝将军倒很急智！"周瑜哈哈大笑。内心里，他有些喜欢这个能征善战、有勇有谋、为人谨厚的曹军名将。若不是两军交战，他或会与他交朋友的。

"周郎！休得多言！上回没有射杀你，算你命大！今日某自与你斗三百合！"曹仁下首的牛金大喊道。

周瑜勃然大怒："某今番正要亲自取你首级，以雪吾恨！你竟自来送死！"说完，抓过身边方夏提着的枪就要亲自出阵。未及出马，周瑜身边的凌统怒喝道："无名小卒！有何资本与我大都督斗阵！看吾取你首级以报一箭之仇！"说完，纵马提刀飞奔而出。

曹军那边，牛金提刀纵马而出。两人就在阵前交起手来。都使长柄大砍刀，都一样少年勇武、血气方刚，一样怒气冲冲，一样武艺高强，故而杀得尘土飞扬、难分难解。两边军马都看呆了。对面曹仁、乐进，这边周瑜、甘宁都暗暗喝彩不已。两人连斗四十余合，不分胜负。忽然，对面阵上的乐进趁周瑜不备，闪在曹仁背后，开弓一箭，正射在凌统的坐骑上，坐骑负痛，腾空跳起，将凌统掀下马来。牛金纵马上前，举刀就砍。周瑜大惊，正要唤弓弩手放箭，只听一声弓弦响，一支箭飞出，正中牛金脸部，将牛金射落马下。原来是甘宁手疾眼快，开弓相救。周瑜见牛金落马，赶紧令擂鼓冲锋。鼓声响起，江东军呐喊着冲锋，甘宁一马当先，直取乐进。阵中间的凌统起身，挥剑割下尚未断气的牛金的首级，悬在腰间，抓起砍刀，翻身上了牛金的马，往曹军冲杀过去。正遇上曹仁，交起手来。此时，甘宁已敌住乐进。乐进善战，但以统率士卒、攻城拔寨见长，单骑斗阵并非他的强项，与甘宁斗了十多合，抵挡不住，又知道甘宁骁勇，于是赶紧退出，手下亲护士兵上前敌住甘宁。周瑜见凌统与曹仁不分胜负，从方夏手里取过长枪，直奔曹仁。曹仁见周瑜亲自杀来，大惊失色，赶紧拖刀退下。曹军大败，周瑜领众将士趁胜追击，一举踏破曹军大营，又追了数十里，直到将曹军追回襄阳，方才鸣金收兵，进了麦城。

进了麦城，周瑜大宴将士。凌统提着牛金首级献于周瑜，拜谢周瑜在阵上令人放箭救他性命之恩。周瑜指着甘宁笑道："是兴霸自放箭救的你，与本督无关！"

凌统看了看甘宁，拜到在地，顿首谢道："没料到公能如此垂恩！"

甘宁恳切道："犹恨不足以谢昔日之罪！"

凌统感动地将身边牛金的首级掷给甘宁道："此功算在兴霸身上！"

周瑜哈哈大笑道："本都督同录你二人之功！今日出征，最大的战绩并非取了牛金首级、打退曹仁，而是我江东两虎就此携手，了却了我一桩心事！"跟着又对甘宁、凌统道："你二人此时不结拜，要待何时？"

甘宁、凌统大悟，彼此对看一眼，当即结拜为生死之交。

翌日，周瑜留凌统守麦城，自领大军回到江陵。

过了数日，这天，周瑜忽然想往江夏探访程普及吕范等人。自江陵之战后，众将各往要隘把守，平时都难得相见，时间长了，难免想念。而且，周瑜也想与程普、吕范等人讨论一下目前局势，便收拾了两只大船，带上方夏等亲信护卫往沙羡而去。

船行一程，忽见前面行来数只豪华大船。船上甲士威武，旗帜如林。众多侍者红衣绿巾，衣着华丽。鼓乐声声，响彻大江，其阵势不亚于诸侯出行。最前面一艘大船上立着一排执戟的军士，都是刘备的荆州军装束，见周瑜船来，耀武扬威大喝道："让开！让刘将军船过！"

周瑜身边的方夏大怒道："放肆！知不知道这是周公瑾都督的船？"

对面军士中有认得周瑜的，不敢吭声了。几个新招募来的军士骂道："不就是东吴周郎？这荆州地界上我等只认得刘皇叔！快让开！"

这时，从对面船舱中醉醺醺走出一将，脸色通红，摇摇晃晃像方饮过酒的模样，原来是张飞，见手下军士在骂人，又见迎面来的是周瑜，脸色一变，凶神恶煞似地对船上众军士喝怒道："放肆！竟敢对周都督无礼？"说完，从一军士手上抓过一杆戟，用戟杆对着方才无礼的军士乱打一气，打得那几个军士满脸是血跪在甲板上连声讨饶，有一个军士当即晕了过去。此时，两船已靠近，周瑜赶紧道："张将军！不需动此大怒！"张飞方才扔了打断的戟杆，恨恨道："若在平日，定打死不饶！"然后，又喝令后舱划桨的军士将船闪开，又对周瑜躬身行礼道："我大哥就在后面，将军自与我大哥叙话好了！"

周瑜含笑回礼道："张将军！后会有期！"

就与张飞的船擦身而过。

后面一艘满载鼓乐手的船靠近了。刘备正坐在船前甲板之上的大紫檀雕木椅上，几名穿红戴绿的侍从或举着青罗伞、或捧着果盘、或拿着扇子、或端着痰盒侍候在一边，四周站满披挂齐整的甲士，前舱角落坐着一堆鼓乐手正奏着乐。刘备头戴紫金冠，身穿大黄薄纱绸官服、赤着肥大的脚搁在小竹几上。绣红朝天靴扔在一边。正细眯了眼、怡然自得地赏着乐，不时从侍卫捧上的果盘里抓取切好的瓜果放入嘴中。诸葛亮也含着微笑坐在一旁与之闲聊着。见周瑜的船过来了，诸葛亮赶紧起身，含笑相迎，行了个礼。刘备脸上露出雍容华贵的微笑，依然光着脚，并未起身。不一会儿，两船靠近，都停了桨橹。刘备穿上靴，起了身，立在甲板上，向周瑜行礼。周瑜还礼，笑问刘备从哪里归来，刘备笑道往夏口按察正归。原来驻守夏口的刘琦死后，他的夏口的军队及夏口就顺理成章地由"叔叔"刘备代领了。又问周瑜何往，周瑜笑答往沙羡去探望程普。诸葛亮就邀周瑜到刘备船上小聚片刻。周瑜想正好与他们谈谈荆州事，就上了刘备船。刘备、诸葛亮将周瑜迎进船舱，双方分宾主坐下，上了果茶。周瑜看着刘备一脸春风得意，嘲弄道："刘将军今日何其春风得意！就是手下，也趾高气扬！到底不是昔日被曹操追得丢盔弃甲、胆战心惊的刘豫州了！"

刘备并不窘迫，哈哈一笑道："哪里！哪里！全赖吴侯与公瑾鼎力相助！"

周瑜哈哈大笑道："难得刘将军还记得！"刘备也跟着哈哈大笑开来，全无愧羞之态。

闲聊数句，周瑜单刀直入道："刘使君今日兵强马壮，已非昔日，可否奉还我荆州江南四郡？"

刘备笑道："周将军应知道：刘备曾与吴侯有言，待取了益州之后，定当奉还！"

"那刘使君打算何时去取益州？"

刘备眼圈红了，叹了口气，眼泪从眼中滴落，低下头，以手拭泪道："实不相瞒！向吴侯借土地时，被逼得急，只好胡乱说取了益州再还荆州！后来懊悔不及！益州之主刘璋与刘备乃是同宗兄弟，孤安敢自相攻杀？如周都督硬要逼刘备攻杀同宗兄弟而令刘备失信于天下，刘备干脆被发入山好了！"说完呜呜大哭。

周瑜几分鄙视的眼神看了看刘备，冷笑道："原来刘将军如此仁慈！既刘将军不忍背上骂名，周郎便去取益州好了！待取了益州，再当作礼物送与刘将军！

刘将军则归还我荆州江南四郡，如何？"

刘备愣住了，拭泪的手也定定地搁在眼眶上拿不下来。眼睛不自觉地瞥了瞥诸葛亮。一直不动声色地坐在旁边的诸葛亮也一时愣住了，无言以对。

"这个……周都督！"诸葛亮想了想赶紧道，"世人皆知孙、刘两家为盟友，现在又结为亲家！就算是东吴军去取益州，我家主公也未必脱得了干系啊！"

"是啊！是啊！"刘备被解了围，又拭拭泪道，"刘备与刘璋同为汉室骨肉，就算是刘备袖手旁观，也脱不了为天下人所耻笑啊！"

"原来刘将军如此惧怕天下人耻笑？那先投吕布，后又随曹操伐吕布并在白门楼唆使曹操缢杀吕布之时，何曾想到为天下人所耻笑？"周瑜挖苦道。

刘备的脸红一阵，白一阵，极其窘迫。

"周都督！此时是谈荆州之事，何需谈起吕布？"诸葛亮也窘迫道。

周瑜莞尔一笑，道："只是戏言而已！哈哈哈！"跟着问诸葛亮道："孔明以为荆州之事当如何？"

诸葛亮想了想，正色道："周都督！这江南四郡原属荆州！我家主公与刘表同为汉室宗亲，现又为吴侯所保举的荆州牧，领取江南四郡想必不为过的！"

周瑜笑道："哦？依你所说，刘表病故之日，你家主公就理当去领取荆州之地了，何以竟在我等大破曹操之后呢？"

诸葛亮一时语塞，无言以对。

周瑜又哈哈一笑道："刘将军料必有难处，公瑾就不苦苦相逼了！刘将军如今兵马强壮，境内粮草丰足，足可去取益州！我等只静候佳音，待刘将军取了益州，我东吴再来讨要荆州吧！"

说完，起身告辞，出了舱，上了自己的大船，昂然而去。

周瑜走了，诸葛亮令开船。刘备伫立船头，望着滔滔江水，恨恨不已。闷了半天，对诸葛亮道："这个周瑜，至今依然盛气凌人！孤受够了！"

诸葛亮小心道："主公志存高远，何须与他计较？"

"哼！"刘备鼻翼里哼了一声，忽然，眼中发亮，似有灵感闪现，赶紧转过脸，看着诸葛亮道："如今，周瑜孤悬南郡，在孤与曹军包围之中，孤领军偷袭江陵，一举而擒周瑜！周瑜束手，东吴顿失擎天之柱，必不敢与我争战，则南郡、江夏、益州悉归我所有！如何？"

诸葛亮脸色倏变，肩膀颤抖一下，急呼道："主公！万万不可！"

"有何不可？"刘备不快道。

"周瑜虽在曹操与我军夹缝之中，但江陵城城高沟深，周瑜智勇过人，非一时可擒。昔周瑜攻曹仁尚且攻打一年！更兼程普又在江夏，韩当近在夷陵，凌统等驻军四周，互为掎角，随时可以接应，不要说我军，就是曹操举军南下，也未必可得。一招不慎，反为周瑜寻得借口，攻打我军！那时悔之晚矣！"诸葛亮急道。

"孤就与曹操南北夹攻，打下周瑜，再同伐东吴，如此南北对峙，兴复汉室大业，又如何？"刘备道。

"曹操恨主公尤甚，又志在一统中国，岂会与主公联手？就算联手灭了东吴，转头又来攻打主公，当如何？而况，以周郎胆略，就算主公与曹操联手，也未必可一举而擒之！主公欲成大事，必联东吴以抗曹操，舍此之外，别无他途！"诸葛亮道。

"你未免也太抬举周郎了！孤纵横天下之时，周郎还是孺子！而况孤还有卿为谋，有关、张、赵及新得的黄忠为将，有何惧哉！孤就不信不可一战而破之！"刘备不高兴道。

"主公定要慎重！"诸葛亮焦虑道，脸上浮现着忧虑与忠诚。"主公虽身经百战，兵精粮足，深孚荆州士民所望，但周瑜实在非同小可！想昔日，曹操百万大军压境，江东人人自危，他却力排众议，称曹操是自来送死，并称领三万精兵足可破曹，由此已可见此人胆略与才智！此后赤壁之战、江陵之役，其指挥若定，手下将士奋死用命，都是主公所亲见的！如此人物，岂是袁绍、袁术、吕布之流可一战可破之人？就算主公英明神勇，破了周瑜，然周瑜在江东深孚众望，其手下将士及吴侯孙权定抱必死之心与我争战，则我大祸不远矣！"

刘备愣住了，看了看诸葛亮，又举手摸了摸下巴，沉思了一刻，好像听进去了，忽然又抬头，阴沉着脸，盯着诸葛亮道："那依卿所见，孤只好等着周瑜来索要江南四郡了？"

"亮有一计，主公非但可守住这江南四郡，且可索要更多的土地，又可使周瑜不去取益州！"诸葛亮眉头一皱，道。

"请细细道来！"刘备道。

诸葛亮道："孙夫人回江东已数月，主公何不借着接孙夫人回荆州之名往江东索要土地？吴侯就算不答应再给南郡、江夏土地，却也不会催主公还江南四郡的！主公只管从容坐拥四郡，招兵买马，待时机一到，便去取益州！"

一席话说得刘备脸上阴郁之气散尽，眉梢上有了喜色，连称好计。

　　这年十月，刘备依诸葛亮之计，带着礼品，乘着数十只大船，浩浩荡荡往京口去了。他此行，既是接孙尚香回荆州，也是以女婿及妹婿身份探望丈母娘及吴侯，更是借机索要江陵、江夏等地，并力保江南四郡。孙尚香自那日相会周瑜后，便以探亲为由往东吴去了。刘备因与之不和，也乐得放行。

　　到了金口，孙权隆重接待了他。正巧鲁肃回京口探亲，一同招待刘备。刘备低三下四，极力讨好孙权，依诸葛亮之计涕泗横飞地诉说目前不便取益州，又趁机请求孙权将南郡及江夏全部给他。他称这两郡，东吴与他各占一半土地，不如都割给他算了，也好让他这个妹婿有些基业。孙权自然不会割南郡、江夏之地给他，但同样也不会索要荆州江南四郡了。没有割地给这位妹婿已是难为情了，怎好再强迫他奉还江南四郡？刘备虽未要得南郡、江夏之地，但保住了江南四郡，也不会逼他去攻打益州了，所以，表面上是故作委屈状，心里却乐不可支。诸葛亮之计成功了！而在孙权看来，也占了便宜：没有把江陵、江夏等地割给刘备。于是，双方各有让步，也各有所得，皆大欢喜。孙权与刘备便在京口日日饮宴、绸缪恩纪。

　　在江陵，周瑜听说刘备往京口见孙权，上疏孙权，请求趁机扣留软禁刘备，多置美女玩好，以娱其耳目，他则在荆州一举攻杀关羽、张飞，如此既收回江南四郡，又除却东吴大患。彭泽令吕范也上疏吴侯，请吴侯扣留刘备。孙权接书后，问鲁肃意见，鲁肃却不同意，称曹操在北方，时刻思南下报仇，不可与刘备交战。孙权认为鲁肃说的有理，又以为刘备所部恐难于一时制服，就未理周瑜主张。周瑜知孙权、鲁肃有顾虑，又上疏称：若江东扣留刘备，他这里制服刘备部众，只需数日可告成功。而曹操忙于与马超、韩遂等交战，短期内难于南顾。等曹操克定北方，南下荆州时，大事已定，整个江南四郡已为东吴所有，举全江南之力，抗击曹操南下之众，强似孙、刘联手抗曹。但孙权最终还是没有采纳周瑜、吕范的主张。而且，吴国太对刘备也有些喜欢，以为他长相异于常人，必成大业，不想使孙尚香成望门之寡。

　　待了多日后，刘备离开京口回荆州。临走自然要带上孙尚香。孙尚香原不肯随刘备回荆州，但拗不过吴国太与吴侯的劝，又想到公安离周瑜更近些，就答应同回公安。

　　周瑜上书吴侯对付刘备，刘备也没忘对付周瑜。临走时，孙权领张昭、鲁肃、秦松等人乘飞云大船送别刘备与孙尚香。双方船中饮宴话别。酒过三巡，刘备对孙权挑拨道："周公瑾文武筹略，有万人之英，非久居人下之人！如今远在荆州，手握重兵，若取了我江南四郡，保不准会自立为主了！"

孙策一愣，碧眼盯着刘备看了半天，忽然朗声大笑，道："公瑾与我兄伯符生死之交，又是忠义之人，断不会弃我而自立的！玄德只管放心！哈哈哈！"跟着，又喟然长叹道："公瑾有万人之英、帝王之才！如不是器量广大，又与吾兄有生死之交，也确不会久为人臣！"

刘备见状，自知挑拨不了，便岔开话题。又饮一阵后，双方话别。

江陵，周瑜知孙权没有采纳他的建议，颇为郁闷。他知道把江南四郡借给刘备是失误之举，没有扣留刘备，错过攻杀刘备机会，更是失误。如孙策在世，早就取了江南四郡并远定益州了！吴侯孙权虽有其英明之处，但远见卓识、胆略果敢确不及孙策！孙策临终前一席言着实将他兄弟二人的个性说透了，那便是：与天下争衡，孙权不如孙策，但举贤任能、各尽其心，以保江东，孙策不如孙权。其实，孙策是过谦了。孙策不惟善与天下争衡，也善举贤任能以保江东！在周瑜看来，孙权乃是坐天下的君主，而孙策是打天下的君主！问题是，目前正是打天下之际，而非坐天下之时！

转眼到了冬十二月，周瑜得知刘备正广招兵马、广积粮草，又在南郡及江夏他所控制的长江之上，大造战船、操练水军，便知刘备此举乃是欲取益州，同时想封住水路，不使东吴军借水路去攻益州。目前，曹操在关中已打败马超、韩遂等人，控制了关西、汉中。欲取益州，只有水路。周瑜有些焦急了。他知道，此前刘备取益州是自去找死，但时下取益州，倒是有些实力了。因刘备在江南四郡掌握的军队已达十万之众，远胜于东吴之兵。益州沃野千里，无论如何不可落在刘备手中！于是，他将军中及边防事交与鲁肃，亲往京口去见吴侯孙权了。

到了京口，周瑜直奔吴侯府上拜见吴侯。吴侯见周瑜回京口，大喜，赶紧设宴款待。但周瑜坚辞不受，称此番见吴侯，只是要陈述伐蜀之策，如此事不谈妥，决不就席。吴侯只得将他邀入内室，与他密谈。周瑜便告知刘备欲伐蜀意图，称，刘备如得了益州，势力更大，更不会归还江南四郡。故，东吴宜赶在刘备之前先去取益州！取了益州，便要刘备归还荆州；若不归还，就从东西两边压迫刘备，则制服刘备，易如反掌。退一步言，即使不索要荆州，也应取益州！定荆州、取益州原本就是孙讨逆遗愿，也是孙权成大业之根本！

孙权听了周瑜的话，甚为动心，却又犹豫。沉吟半晌，他道："公瑾若伐蜀，必过刘备控制的江面，如刘备使人来击，如何？"

周瑜冷笑："顺我者生，挡我者死！周瑜正要擒他，他要阻挡，是自来送死！"

孙权担忧道："孤只怕两相争战，必为曹操所趁！"

周瑜胸有成竹道："我只领大军过路，击溃拦截之敌便可！并非夺取土地、大动干戈！曹操不致乘隙而入！"

"若曹操趁公瑾西征益州，举兵南下江东，又如何？"孙权又道。

周瑜沉稳地笑道："曹操在赤壁为我所败，忧在腹心，一朝被蛇咬，十年怕井绳，必不敢举兵南下！就算南下，今日江东众将，沙场历练多年，足可抵挡！"

孙权仍犹豫不定，皱眉道："此事太急了！缓些时日再议如何？"

周瑜焦急道："兵贵神速！若拖延时日，必为刘备占先！就算刘备不占先，待其封锁西进之江面，则我必事倍功半了！"

停了一停，周瑜眼眶湿润了，噙泪道："取荆州、定益州，一统江南，进而取襄阳，成就帝业，此是伯符兄与周瑜所议之策，也是伯符兄之雄心壮志！周瑜自受伯符临终重托以来，宵衣旰食，未敢有所懈怠！先前借地刘备，瑜以为已是不妥；如今抢先夺益州，犹为亡羊补牢之策！愿将军看在孙讨逆将军创业艰难分上，勿再坐失良机！否则，周瑜九泉之下无颜见伯符了！"

说完，拜倒在地，涕泣不已。

孙权脸上溢出感动的表情，紫须微微颤动了，碧眼里也有了泪花，赶紧起身，将周瑜扶起，涕泣道："公瑾既如此恳切坚决，孤复有何言？公瑾但说良策，孤一应照办！"

周瑜重又坐下，道："某与奋威将军孙瑜俱进取蜀，事成后，留奋威将军固守蜀地，与马超结援。周瑜自回江陵，攻占襄阳，威逼曹操，如此，北方可图了！刘备局促一隅，便不足为道了！"他说的奋威将军是孙权的叔叔孙静之子孙瑜，官拜奋威将军。此前曾受随周瑜攻讨过麻屯、保屯。军旅多年，有计谋，与周瑜相友善。

孙权欣喜之色溢于眉梢，抚着周瑜的背，慨然道："就依公瑾所言！公瑾歇息几日后，便回江陵收拾军马行装！我令奋威领大军随后往江陵听从调遣。其他兵将，任由公瑾调用！"

周瑜听了大喜，拜倒道："将军英明！天下可定了！"

当下，孙权设宴款待周瑜。周瑜因孙权采纳了自己的主张，宏图大志有了眉目，极为开心，也顾不了医官曾嘱他少饮酒的禁令，直喝得酩酊大醉。然后，孙权令用自己的六马金根车、青罗伞盖将他送了回去。满街之人见是周瑜醉卧孙权车上，无不下拜。周瑜自破曹操、开拓荆州后，江东百姓多视之为神，远远看着他，皆下拜致意或祝福。前番几次回来，路上总为人观睹或下拜迎送，以至万人空巷，路途为之堵塞。

到了周府，小乔见周瑜忽然回来，又惊又喜，却见他已酩酊大醉，不省人事，又嗔怒心疼，方夏上前解释说是吴侯赐宴，小乔也没说什么了，赶紧服侍他上床睡了。次日醒来，两口子免不了欢天喜地恩爱缠绵，一家人也少不了和乐融融。

四十七　殒身巴丘天地垂泪，壮志未酬英雄含恨

　　周瑜回家，一连数日，尽享天伦之乐及小乔的恩爱。又探望了大乔及太史慈、李通等早逝和阵亡将士的家眷。过了七八日后，就辞别小乔及二幼子及幼女，启程回江陵了。

　　正是隆冬，天色惨淡，水色苍茫，天空地旷；大江两边落叶萧萧，一片凋零之色；寒风呼啸，冰凉刺骨。但周瑜的心情却极好。船行江中，他大多时是立在甲板之上，看江水浩荡、冬意萧索、鹰击长空。寒风吹起他的锦红棉袍，也吹起他的胡须，他丝毫不觉得寒冷，反有醍醐灌顶之感。也难怪，此番京口之行，与吴侯规划了巴蜀之策，确定了取益州大计，这可是不亚于赤壁之战的大业！他又将统大军浩荡征战了！自赤壁之战后，好久没有如此畅快之举了！这一路过关夺隘，当如昔日与孙伯符之平定江东！不仅如此，一旦平定益州，转身灭刘备，便易如反掌了。不需索要荆州而荆州已在囊中了！那时，就是鲁肃也不会担心曹操会乘隙而入了！还未等曹操回过神来，刘备便已被殄灭了。然后，再分别从汉中和荆州出兵，进可与曹操争天下；退便凭江自守！何乐不为？而孙尚香也从此脱离刘备了！他也可以弥补一下对孙尚香的愧疚之情了！如此宏伟蓝图即将付诸实施，如何不令人振奋？

　　翌日，船行至彭泽。周瑜下船，探望了彭泽令吕范。两人不仅是十多年老友，而且对待刘备的主张十分相近，此番相见，分外亲热。吕范设宴款待。因为兴奋，他不顾方夏劝阻，与吕范痛饮了一回。当晚，又夜宿彭泽，与吕范抵足而眠。说起取益州之事，吕范大喜，连道早该如此了，并自告奋勇愿随周瑜出征。周瑜笑道："你身当要冲，岂可轻易离开！江东还需有大将以防曹操的！"吕范只好作罢。

　　翌日辞别吕范，又继续西行。路过寻阳地界，远远看见身披盔甲的吕蒙领一队骑兵在岸边伫立。见他船到，均在马上行礼。周瑜赶紧令船往岸上靠去，军士放下木板，吕蒙一个人踩着木板上了周瑜的大船，跪拜在甲板上行大礼。周瑜上前扶起他，惊讶地问道："子明怎知我路过此处？"

吕蒙笑道："吕范将军早派人快马送信过来了！"

周瑜笑道："这个吕子衡！非要让我一路大张旗鼓不可！"

"那是自然！"吕蒙方正刚毅的脸上露出真诚的微笑："都有一年未见都督了！众将甚是想念！子衡太了解我等心意了！"

周瑜拍拍他的肩："替我多谢诸君！"

"伐益州之时不知用不用得着末将！"吕蒙调皮又精明地眨眨眼。

周瑜笑道："子衡连这也对你说了？"

吕蒙憨厚地笑了笑。

周瑜笑道："如此良将不用，更用何人？"当即要他做好准备，等孙瑜大军过来时，随同一道往江陵会合。

吕蒙克制内心的欢喜，稳重又果敢道："谢都督！末将回去即整装待发！"

周瑜笑了，又问他书读得怎样。吕蒙有几分自豪道："谈不上手不释卷，但也算是笃志不倦了！子明自以为大有开益！"

周瑜见他言谈已是文绉绉的了，满意地点点头，又说了些勉励的话，就与他告别。吕蒙下得船去，伫立岸边，目送他远去。

又行了一阵，周瑜在舱中隐隐听见岸上传过来一阵歌声。好像是司马相如的《凤求凰》："凤兮凤兮归故乡，遨游四海求其凰。时未遇兮无所将，何悟今兮升斯堂！有艳淑女在闺房，室迩人遐毒我肠。何缘交颈为鸳鸯，胡颉颃兮共翱翔……"

歌声随江风传过来，若隐若现，缥缥缈缈。周瑜觉得声音有几分熟悉，谛耳聆听了一下，惊讶道："蒋子翼！"赶紧起身往甲板上去。

到了甲板，举目四望，只见江北萧索的岸边，空旷的天地间，一位年近四旬、身材长壮、容貌异常、头戴纶巾、身披鹤氅，颇有仙风道骨之气的人坐在一块巨石上，手举一杆鱼杆在水中垂钓。一面望着水面，一面朗声高歌。身后，一个书童牵着一匹马一匹驴侍立。周瑜细看，果然是蒋干。他的脸上浮现一种亲切又欣喜的微笑，他知道蒋干定是有备而来守候在此。

"子翼！你要再装模作样，周瑜就开走了！"他手卷话筒喊道。

岸上蒋干将手中鱼杆一扔，停了歌，站起来，哈哈大笑开来，"公瑾！蒋干在此果然就钓到你了！哈哈哈！"

周瑜笑着令将船开过去。方夏指挥侍从放下木板，蒋干上了船。与周瑜相拥在一处。两人嘻嘻哈哈寒暄一阵后，周瑜问他如何会等候在这里的。蒋干笑道："我既是江淮间的名士，则天下闻名的周郎路过此地，我岂能不知？彭泽令吕范令人传书吕蒙，我便已知了！"原来他正访友至寻阳，吕范令人带信给吕蒙说周瑜将过此时，他就从吕蒙的宾客、他的朋友处得知了，便快马赶至江边，扮作钓鱼翁，等候着周瑜。

周瑜听了哈哈大笑，高兴地邀蒋干同行，到江陵做客。蒋干欣然答应。周瑜便要他的书童牵马及驴上了后面自己侍卫们乘坐的大船，然后令开拨。

船往前开了，周瑜挽着蒋干的胳膊进了舱中，令人上果盘并温酒，欲与蒋干畅饮。方夏在一旁急道："大人前日已饮了两番酒，这回再不可饮了！"

周瑜一听，愣住了，抿一抿嘴，咽了口唾沫，对方夏自我开脱地笑道："方夏啊！我和子翼多年好友，又两年未曾相见，今日得见，不饮一回，对不住老友啊！或许酒可攻毒，以毒治毒了！不碍事的！只此一次！最后一次！"

方夏拗不过周瑜，只好嘬着嘴由他去了，给他上了果盘，温了酒。于是，周瑜与蒋干在舱中就着果脯、酥饼，饮开来。边饮酒边说些少年时代的趣事。蒋干也说些独步江淮间的趣闻。

又行了一程，船过江夏太守程普所在的沙羡。早有军士见周瑜船来，向程普报告了。程普到岸边将周瑜一行迎下船，在太守府中设宴款待周瑜。周瑜已报吴侯，在他出征益州时，由程普代他领南郡太守，于是与程普谈了南郡的地理钱粮等事。饮宴毕，周瑜要赶路，就辞别程普。程普苦留不住，只好任他上了船，继续前行。行到夜半，周瑜令船队靠近岸边，下了碇，歇息了。

第二日，依旧是个阴天。蒋干起得身来，洗漱完毕，去周瑜舱中唤周瑜，却见周瑜仍未醒来，就用手拧周瑜的鼻孔，周瑜仍无动静。再看周瑜面色苍白，额头上全是虚汗，蒋干慌了，赶紧叫人。方夏赶来，见周瑜这样子，情知不妙，掀开周瑜右肋的箭伤处，只见碗口大的红肿的箭疮已经迸裂，乌黑的血水浸透了洁白的内衣衫。伤口周围一片皮肤已经发黑。他的眼泪呼地涌了出来，又是掐人中，又是要人拿湿热的毛巾捂周瑜的额头，又赶紧用热水清洗周瑜箭疮处的污迹。折腾了半天，周瑜终于睁开眼，抬头看见众人，赶紧坐起，却没有坐起来，身上一阵巨痛，他"哎哟"呻吟了一声，然后意识到箭伤迸发了，叹口气，笑道："又要歇息静养数日了！"

说完坚决要起身，方夏和蒋干赶紧上前将他扶下了床，他推开方夏和蒋干，往前走了两步，刚走两步，一阵剧烈的疼痛在全身蔓延开来，眼睛一黑，脑海一阵天旋地转，就往甲板上栽去，失去了知觉。

方夏和蒋干赶紧将他抱上床。方夏大哭不止。蒋干也跌足懊悔不该邀周瑜饮酒。两人商量一阵，方夏令两名侍从下船，找当地亭长要快马，沿乌林小道赶往江陵禀告鲁肃。两位侍从下船后，方夏令船队不分昼夜，拼命往江陵方向赶。

周瑜再醒来时，已是夜幕降临，船已过昔日鏖战的赤壁，到了洞庭湖边的巴丘（今湖南岳阳）。此巴丘和鄱阳湖边的周瑜练过兵的巴丘同名。周瑜听说船到了洞庭湖边的巴丘，与昔日练兵的巴丘同名，便令船就此歇息。方夏等护卫将周瑜抬往县城馆驿安歇。镇守巴丘的县令原是周瑜手下一名司马，听说周瑜身染重病，住进馆驿，赶紧带来城中医士来探视。医士称周瑜系劳累过度引起箭伤复发，开了几帖药要方夏为周瑜煎服。周瑜服了药后，吃了些粥，又昏昏睡去。

第二日午时，周瑜正在昏迷之中，鲁肃领军中的医官和江陵城的名医赶到，两名医士给周瑜拿了脉，又仔细检查了周瑜迸裂的箭伤，并向方夏、蒋干询问了这些日周瑜的行踪举止，方夏、蒋干一一作答。两名医士又细细检查一番，面面相觑，连连叹息不已。鲁肃见了，心里紧张，连问病情如何。两位医士叹道："恐不久于人世了！请都督交代后事罢！"话一出口，举座皆惊，方夏、蒋干泪如雨下。鲁肃也含泪喝道："胡言乱语！你两人若医不好都督！军法相待！"军中医士含泪泣道："我等何尝不愿都督贵体康复？只是都督体内原有毒气浸淫，近又连日劳累，及喜乐过甚、饮酒过甚，而致箭疮复发，体内毒气已浸入心腑内脏，纵是扁鹊在世，也难疗好了！"众人一听，呜咽不已。鲁肃含泪道："天妒英才！"跟着又命令两位医士道："你两人给我遍寻名药，无论如何都要救回都督！"正说着，周瑜呻吟一声，似要醒来。鲁肃赶紧令众人都揩了眼泪，不要做出难过状，又令医士不要告诉周瑜实情。一会儿，周瑜从昏迷中醒来，微微睁开眼，看见鲁肃，莞尔一笑，用力伸出手，吃力道："子敬怎赶了过来？"鲁肃赶紧双手紧紧握着周瑜的手，道："公瑾！此刻可好？"周瑜微笑道："疑是睡了一觉，清醒多了！"看见两个医士在卧榻边，就问自己病情如何？两位医士支支吾吾看着鲁肃。周瑜不快道："是周某患病，非子敬患病！你们只管以实告我！"民间医士犹豫了一下，含泪道："周都督连日劳累，遂使箭疮复发，深藏体内的毒气往内脏蔓延，故而昏迷、高烧、饮食俱废！"周瑜笑道："我料正是如此！此前已有经历，不足为奇，歇息几日便可！"这位医士愣了一下，又要开口，鲁肃使了个眼色，就又噤了口。周瑜不高兴了，撑着力气要坐起来，方夏赶紧上前将他扶起。周瑜靠在床头坐稳了，略微喘息一下，命令的语气对营中医官道："足下把病情如实告诉我好了！你既为军医，当服从军令！若不以实相告，本都督会以军法相待的！"医官眼泪一下涌出，含泪道："将军！此次发作非从前可比！今日毒气，已遍入肺腑和脑中，可谓病入膏肓！"

话音一落，鲁肃、蒋干频频拭泪，方夏又抽泣开来。

周瑜一愣，不相信似地看了看医官，跟着坦然一笑道："先生莫非是说周某将不久于人世？"

医官和医士一同拜伏在地，含泪道："我等一定尽全力为都督医治！但都督也需早安排后事，以防万一！"

蒋干含泪道："公瑾！都怪我劝你饮酒，害了你！"

周瑜愕然地看了看眼前众人，半晌，用尽气力哈哈大笑起来，道："诸位何需忧虑！我尚未做完伯符所托大事，吴侯又赋我新的军任，正展宏图，怎会遽然离世？而况，某自幼习武，区区毒气又岂能在我体内久存？你等放心好了！待我能起下地时，自会勤身健体，将体内毒气逼出！"

鲁肃一听，赶紧含泪赔笑道："是啊！以公瑾的体魄和性情，月旬之内，定可康复！公瑾勿忧便是！"

蒋干也揩揩眼泪道："鲁子敬说得有理！公瑾体魄非同凡人。记得年少时我与公瑾同在雨中奔跑，我受了风寒患病，公瑾赤身奔跑却依然如故！大雪纷飞之日，我身披貂衣，坐于炉边，尚觉得冷，而公瑾却于寒冰里沐浴！过些日，我去找相识的江淮名医、方士为公瑾去取些灵丹妙药，自会无事了！"

"多谢子翼了！还是子翼知我！想我周瑜习武之身，岂是弱不禁风之人？"周瑜微微笑道，同时轻轻喘息着。刚才说话耗去了他不少气力。忽然，他感到胸内一阵恶心，眉头一皱，身子猛地颤动了一下，一口鲜血吐出，跟着就栽倒在床边，昏迷过去了。两个医士赶紧急救。

公安城内，刘备的探马获知了周瑜病在巴丘，鲁肃已星夜带名医赶去的消息，赶紧向刘备报告。刘备一听大喜，对诸葛亮道："周瑜素来强壮，此次病在巴丘不能前行，鲁肃又连夜赶去，想必是病得不轻。保不准会如孙郎一样死于箭伤！果如此，我心腹大患可去了！哈哈！先生可与我饮酒庆贺！"说完，令手下设宴。

诸葛亮听说周瑜病重，很是震惊，也颇为难过。他想依周瑜的果敢，不会停在巴丘养病的，看来定是病重。虽然各为其主，但他对周瑜的文武兼备的才学及人品素来敬重。最重要的是，当初刘备兵败荆州，为曹操追逼，他奉命于危难，去东吴求救，并跪地哀求周瑜相助，正是周瑜毅然说服孙权出兵抗曹，这才有了刘备今日事业。如今，周瑜病重，于情于理他和刘备也当前往探视，怎可以摆宴庆贺？于是，他面带戚色对刘备道："主公！不可庆贺！主公能有今日，周郎功不可没！就是后来与我争夺荆州，也是各为其主！依亮所见，不妨派使者前去探视才是！"

"不！"刘备的脸沉了下来，"此人自恃才高，屡屡羞辱孤，又处心积虑要扼杀孤、消灭孤！就算此人从前有恩于孤，今日也是孤的敌人！孤与周郎誓不两立！"

"可是！"诸葛亮踌躇了一下，大胆地迎着刘备阴沉的脸色直言道："就算周郎与我誓不两立，但时下仍为主公盟友！周郎镇守一方，既为东吴守土，也做了我江南四郡的屏障。曹操不敢南下攻伐，正是畏惧周郎！"

"孔明未免太抬举他了！"刘备生气道，"孤今日拥有十万雄兵，加上江南四郡和南郡、江夏一部，足令曹操胆寒！岂是周郎之力？周郎一死，我即刻攻打江陵，令云长守之！再夺益州！孤倒要看曹操是惧孤，还是惧周郎？"

诸葛亮见刘备生了气，也不好说什么了，就起身告辞了。刘备也不挽留，自令人摆上酒菜，叫来糜竹等人相陪。

回到府中，诸葛亮徘徊后花园，叹息不已。既为刘备如此对待周瑜颇感不平，也为周瑜重病在身而伤感。他想，刘备素以"勿以善小而不为，勿以恶小而为之"昭示众人，没料到有时竟如此狭窄。说实话，当初受刘备之邀出山，他便有些犹豫。倒不是不求闻达于诸侯。作为自比为管仲、乐毅的读书人，他何尝不愿成就功名？只是他认为刘备在各路雄豪中智术偏短，实力也弱，既无曹操的文韬武略，又无袁绍、刘表等人的甲士如云、土地辽阔，更无孙权的天时地利人杰。但，曹操手底下谋士如云，多他一个，未必增辉；袁绍刚愎自用；刘表胸无大志又看重门第；孙权自有周瑜一帮英杰，且远在江东；唯一可选择的只有刘备了。并且，刘备也不无优势，一是虽志大才疏，但折而不挠，极有毅力；二是汉室之后，颇有号召力；三是善笼络民心，善于做出礼贤士人的姿态；四是身居高位，拜左将军、领豫州牧，有影响力；五是虽兵少将寡，但仍有关羽、张飞等世之虎将。基于以上，加上刘备思贤若渴、三顾其茅庐，令他感动不已，遂怀着报恩之情追随刘备驱驰于危难之中。其间，虽多年未被刘备授以官职，委以重任，也一度遇上刘备兵败荆州，岌岌可危，但依然不离不弃，与刘备同患共难。他是忠义之人，既追随刘备，就决不会半途而废，更不会叛主求荣。但刘备有时的作为，确令他心寒，比如，对周瑜的态度。嗟叹一阵后，他说服了自己：周瑜再优秀出色，也是敌人；刘备再无理，也是他的主人。既然扶持刘备，理应为主分忧。各为其主，亦敌亦友，想必周瑜也是可以理解的！于是，他拭了泪，继续一丝不苟地去做刘备吩咐他的差事去了。

这晚，在巴丘，周瑜从昏迷中醒来，服了药，就在方夏及侍从服侍下又昏昏入睡。睡到下半夜，约二更时分，他忽然被一阵脚步声和清风索索的声音惊动，睁眼一看，却见仙气弥漫，身着白色长袍、风神飘逸的孙策悄然走进来，周身被腾腾如烟的仙气笼罩。周瑜一惊，叫道："伯符兄！"正要翻身下床，孙策已飘然走到他面前，含笑搂着他的双肩，将他按在床上，笑道："公瑾！你我相会之日不远了！"

周瑜一惊，讷讷道："相会？伯符是说我俩将相会于九泉之下？"

"正是！公瑾所患的病正如同我昔日所受箭伤一样！你我皆因箭伤而殁，也算我俩兄弟一场！"说完，孙策泪水涌出。

"可是，我尚未完成伯符重托！"周瑜不甘道。

"公瑾！死生有命，富贵在天，由不得你我！我俩只管天上相聚好了！"孙策含泪微笑道，然后，拍拍周瑜的肩，转身飘然而去。

周瑜的泪水涌了出来，赶紧掀开被子，叫道："伯符兄！且等我一等！"然后要下床。但孙策已没了影，而周瑜却怎么也挣扎不起来。忽然，耳边听见方夏叫："大人！大人！"他睁开双眼一看，见方夏正守在床边，含着泪望着他。案上两个灯烛滋滋燃烧着。自己额上搭着热毛巾。被子被方夏捂得严严实实。而胸口一阵一阵闷痛，脑袋也似浸在火中烤一般，又涨又痛。他立刻明白了刚才又是做梦，不觉热泪潸然，叹道："吾将去矣！"然后令方夏扶他起来。方夏不敢违令，将他扶起来，靠在床后支架上，又给他披上棉袍。周瑜又令他取纸笔来，他要写书信。方夏赶紧将一张小几搁在他的双膝之上，又取来纸、笔和墨汁。周瑜握管铺纸，看了看窗外，凝听一刻窗外呼啸的寒风，然后蘸了蘸墨，给吴侯上书——

"瑜以凡才，昔受讨逆特殊之遇，委任腹心，遂荷荣任，统御兵马，敢不竭股肱之力，以图报效。规定巴蜀，次取襄阳，凭赖威灵，谓若在握。至以不谨，道遇暴疾。人生有死，修短命矣，诚不足惜，但恨微志未展，不复奉教命耳！方今曹公在北，疆场未静；刘备寄寓，有似养虎；天下之事，未知始终。此朝士盱食之秋，至尊垂虑之日也。鲁肃忠烈，临事不苟，可以代瑜。人之将死，其言也善，倘或可采，瑜死不朽矣！……"

写完了，又提笔给小乔写信。未及落笔，泪水已滴落纸上，以至方夏为他换了几张纸。最终含泪写道："小乔吾妻：汝接书之日，吾与汝已阴阳相隔矣！生死有命，诚不足惜！唯不能与汝白头偕老，痛之至矣！吾死之后，汝善自珍重，万不可悲苦自弃；吾之幼儿，也盼悉心教养，则吾九泉之下可瞑目矣！今生已矣！若有来生，你我再做夫妻！握管涕零，不知所云；万千言语，竟无所从……珍重！珍重！"

写完了，令方夏一一收了，装入信笺，连夜派人送往江东，然后长舒一口气。忽然，一阵头晕，一口鲜血吐出，晕倒在床上。方夏和几名侍卫赶紧撤了几子，将他扶进被衾之中。

次日食时，周瑜又醒来。鲁肃、蒋干等人均来探视。见周瑜脸上有些红光，精神甚好，就一齐祝贺。周瑜笑道："想必是回光返照吧！我已梦见伯符唤我了！与诸君相聚之时不多矣！"方夏又对鲁肃、蒋干称周瑜已写了遗书，已派人连夜送往江东了。鲁肃、蒋干听了，痛哭失声。周瑜劝慰他们道："生死有命，何足惜哉！"说完，要侍卫们将自己抬上座椅，抬到大船之上。鲁肃、蒋干含泪劝止，称外面风寒，不宜受凉。周瑜笑道："有道是，大丈夫当马革裹尸！周某一生有两样征驹，一是我胯下的战马，一是江中破浪的舟船！如今纵马奔驰已勉为其难，但乘舟破浪当不在话下！要死，便死在征驹之上吧！"

鲁肃、蒋干只好含泪同方夏等人一起为周瑜穿好衣衫、整好衣袍，将他扶上靠椅，抬往城外江中他一路行过来的那只战船上。

此时已是隅中，水天茫茫，江天一线之处，几只渔帆形单影只地没入云天之中。江鸥在寒风中振翅，发出迷离的孤独的叫声。两边的原野裸露着深黑色的冻土。一层层脱去了枝叶的树林如同淡淡的寒烟弥漫着。偶尔有乌鸦的叫声从岸边传过来。冷风嗖嗖，掠过大江，直钻人颈脖。浩荡的江水默默地奔流着，发出有节奏的奔流声，如同一支忧郁的歌。

周瑜坐在甲板中央，贪婪地、愉悦地打量着四周的景致。过了好一会，他缓缓舒一口气，命令开船。鲁肃等众人不敢违令，将船缓缓往江心开动。于是，

411

风帆升起，一阵桨橹击打江波的声音响起。江风骀荡，呼呼灌顶。两边的树林、孤独的老树、岩石、原野俱各往后移去。江鸥恋恋不舍地追着帆船翻飞。周瑜静静地体会着这最后一次乘船临风的感受，忽然，泪水悄然涌出。这雄浑的大江，这万里的河山，这金戈铁马的畅快，还有小乔和三个孩子……这一切，都将永别了。他即将如同这江水中的一朵浪花，归入永恒，成为后人的谈笑。他忽然想起少时与蒋干在历阳那个月夜之下初见大江时的感叹，便轻声问蒋干："子翼兄，还记得历阳大江边那个月夜否？"

蒋干含泪道："自然记得！其时，公瑾面对江水道：我周瑜生不在大江之上，但愿死在大江之上，更愿今生今世，渺小的人生如同惊涛拍岸，在历史长河留下些许微名与声响！公瑾如愿矣！大江奔流，断然流不走公瑾火烧乌林的英名！大河浩荡，公瑾便是大河里最粲然的浪花！"

周瑜笑了："我哪里有这般英雄？但总算死在大江之上了！且去做江中的浪花好了！多少英雄，皆随浪花淘尽，况且我辈？"

就在此时，数十只征帆从四面八方迎风破浪奔了过来。鲁肃看见了，手指前面、又指后面，道："公瑾！甘宁、吕蒙等人来探望你了！"原来，昨日医士说周瑜病危后，鲁肃就赶紧令人去唤镇守长江沿线的各路将领前来探视周瑜。这些将领是：程普、吕范、甘宁、吕蒙、凌统、蒋钦、韩当、周泰、徐盛等。又令人往京口去禀告孙权、小乔去了。

周瑜抬头四望，只见四面八方，征帆如云，都朝这里开来。恍惚间，他仿佛看见了昔日统领数千艘征帆乘风破浪时的情景。好久没有看见这样的情景了！对一个统兵千万的将领而言，最快乐的莫过于看见千军万马或万千征帆浩浩荡荡勇往直前的情景了。他开心地望着这一只只鼓满风帆的船，脸上溢开一片舒心的微笑。他很感激鲁肃的安排。他真的很希望在最后一刻与这些一同征战的战友见最后一面！忽然，一阵寒风吹过来，他下意识地缩了缩身子，大脑和胸口一阵剧痛，猛地吐出一口血，就又晕了过去。

与此同时，几只风帆从孙夫人城堡前的大江中升起，数只大船直往巴丘奔来。船头，站着泪痕依依的孙尚香和她的男兵、女兵们。原来，这些天，孙尚香一直在城堡中，对周瑜重病的事并不知情。早上，她的心腹厨人往公安城中去买菜，听得城中几名军士说东吴周瑜大都督病在巴丘，病得很重，鲁肃已令人往长江沿线唤众将探视，南郡的凌统、甘宁等将已连夜赶往巴丘。镇守江北的关羽得知后，劝说刘备，欲趁机袭占江陵，夺得南郡，被诸葛亮劝止，诸葛军师称，趁人之危，不仅为天下人耻笑，而且自毁长城。刘皇叔到底是听了诸葛亮的劝。那位厨师听得，大吃一惊，菜也顾不上买了，赶紧跑回向孙尚香禀告。孙尚香的泪水夺眶而出。自周郎去了京口后，她常常在城墙上凭墙而立，希望看见周瑜的帆船在天际出现，像云朵一样飘过来。而金盔金甲、风姿飘逸、玉树临风的周瑜则立在船首，含着莞尔动人的微笑。蓝天在上，白云悠悠。江风骀荡，波涛如絮。纵使她心里恨死周瑜了，但仍禁不自禁地希望看到他！仍然思念着他！仍然原谅着他！这是没有办法的事！没有想到，周郎竟病倒在了巴丘。她不相信这消息是真的，就令草儿赶往公安城中去找诸葛亮打听。诸葛亮告诉草儿：周瑜确实病危！草儿赶紧纵马跑回。孙尚香听了，眼珠一翻，就往地上倒去。草儿和冬儿赶紧抱住她，一面哭，一面给她掐人中，折腾好一会儿，孙尚香徐徐醒来，泪流满面。"夫人！此时并非哀痛之时，我们快些收拾，去探望周都督好了！"草儿含泪道。孙尚香咬咬牙，任草儿和冬儿扶了起来。然后令男兵女婢收拾好行装，以及细软珠宝，带了兵器，径往江边奔去。

到了江边，看守船只的刘备的一名军候上前问孙尚香要往哪里去，孙尚香不答话，拔出剑，手起一剑，将他砍翻。跟在后面的军士赶紧一哄而散。孙尚香令众人上了船，扯起风帆。男军士摇橹，直往江东行去。

行了一会儿，只见后面数十只小舸飞快追了上来。最前面一只船上站着身披银铠、眼露凶光、一脸凶狠的刘备在长沙收养的养子刘封，他身后一只船上站着身披细甲、脸色阴郁的刘备。原来，孙尚香斩杀守船的军候后，军候手下军士赶紧奔进公安城中去向刘备禀告。刘备便带上刘封，叫了几十只快船，追了上来。孙尚香见刘备追上来，就令身边婢女和男兵拔剑取刀，准备厮杀。

刘封赶近了，飞身一跃，跳上孙尚香的船，恶狠狠地瞪着孙尚香问："夫人要往哪里去？"

孙尚香冷笑道："我要往哪里去，须禀告你不成？"

刘封无言以对，狠狠地瞪着她。这时，刘备的船也靠近了，众护卫拥着刘备上了孙尚香的船。

"夫人！你收拾行装，莫不是要回东吴去？"刘备脸色阴沉道。

"奴妾听得周都督病危，欲要前往探视！可否？"孙尚香道。

刘备脸上的肌肉抽动了一下，看了看孙尚香，眼中闪过一阵嫉恨。他早已看出孙尚香对周瑜的好感，只是不以为然。毕竟周瑜年轻英俊才气横溢，有足够的理由讨女人喜欢。后来，听刘封说，孙尚香的船曾在一个春夜间划向对岸江陵城，或许里面坐着孙尚香。他为此大怒，令人明察暗访了好些日，只查出孙尚香夜行江北，却未查出与周瑜有何关联，只好悻悻作罢。此后，他就令人加强了对孙尚香城堡的看护，只要孙尚香到了江面，就报告他。现在看来，孙尚香对周瑜的好感绝非他所想象的那般简单。莫非孙尚香拼死不让他近身，都是因为这个周瑜？

"周郎病危，关夫人何事？也值得夫人不惜以女儿之身，斩杀我手下军人吗？"刘备压抑住怒火道。

"周郎是奴妾娘家重臣，奴妾有何理由不去探视？"孙尚香怒道。

"你是我刘玄德夫人，就是探视，也须你丈夫允许！而况，周瑜病危，乃是我孙、刘两家公事，与你女流之辈何关？"刘备冷笑道。

"周郎自小看着奴妾长大，与奴妾大哥伯符拜为兄弟，也是奴妾大哥！如今病危，奴妾自然要探望！"孙尚香针锋相对。

"也不须恁地急！如丈夫病危一般！"刘备冷笑。

草儿和冬儿一愣，紧张地看着孙尚香。

"哼！"孙尚香冷笑一声，将剑一横，不可阻挠的语气道，"周郎乃我心中最敬重之人，也是最心仪之人！今日病危，我定要去探视！你答应我也得去，不答应我也得去！"

刘备脸色骤变，一阵红，一阵白，一阵铁青，一股怒气从心底奔涌而出，让他的身子禁不住哆嗦，一股血流直冲脑海，让他脑袋几乎要爆裂！这个可恶的周瑜，这个不要脸的孙尚香！原来两人早就有私情，却一直瞒着自己！原来在她心中，果真只有周瑜一个人！这个该死的周瑜，不仅看不起自己，不仅要殄灭自己，而且连自己的女人也要哄过去！想到这里，他恨不得杀了眼前的孙尚香再去杀了周瑜！

"孤今日就偏不让你去！你要敢动半步，孤不管你是吴侯之妹，还是何人，一律格杀勿论！"刘备咬牙切齿道。

"姓刘的！今日我就与你拼个死活了！"孙尚香大怒，举剑指着刘备。

"大胆！你这个不要脸的女人！我早就看你不顺了！私通周瑜，还敢如此猖狂！"刘封骂道，拔出剑，面色凶恶，拦在刘备前面，指着孙尚香。

孙尚香大怒："放肆！刘备假子！这里哪有你说话的份？"

草儿赶紧将孙尚香往后拉一步，拦在孙尚香前面，对刘备道："将军！夫人方才只是一时气话！夫人与周瑜虽为义兄义妹，但亲如兄妹，如同将军之于关将军、张将军！此番探视，只是尽兄妹之情！请将军不要动怒！"

"你这个贱女人！休得花言巧语！夫人夜半往江陵去，不都是你穿针引线做的好事？如今还敢胡言！想昔日你领众婢女守护府中，让老子手下军士受够了鸟气！老子今日就一发了结了！"刘封说完，手起一剑，直捅入草儿胸膛。草儿惨叫一声，握住胸口的剑，眼睛直勾勾地瞪着刘封。刘封猛地又抽出剑，一股鲜血喷了出来，草儿抽搐着瘫倒在甲板上。

孙尚香大叫"草儿！"赶紧蹲下，抱住草儿，眼中含泪，连声唤："草儿！草儿！"草儿微睁着眼，看着孙尚香，身子无力地抽搐着，笑一笑，喘息道："夫人！我先走一步了！请夫人代我探视周郎好了！"

"草儿姐！你不要死啊！"冬儿哭着扑倒在她身边，和孙尚香一同抱住她。

草儿没有光彩的眼睛朝她俩看一下，嘴唇咧了咧，好像要笑，但没有笑出来，缓缓闭上眼，身子猛一抽搐，双手吊了下来，身子也不动了。鲜血却仍在甲板上流淌。

"草儿！草儿！"孙尚香含泪喊。

"草儿姐！草儿姐！"冬儿哭喊。

孙尚香猛地站起来，一揩眼中的泪，双眼含悲，柳眉倒竖，怒喝道："赔我草儿命来！"挥剑就朝刘封砍去。刘封以剑架住。两人就在船上打斗开来。

就在此时，只听一声喊："住手！都快住手！"喊声中，只见诸葛亮乘一只小船赶了过来。"住手！两边都住了手！"诸葛亮喊着，从小船爬上了大船，奋勇地冲到了孙尚香和刘封中间，拦住了他们。

"孔明先生！何须如此奋勇？"刘备挖苦道。

"主公！天下未定，万万不可自相残杀！"诸葛亮涨红了脸大声道。

"孤就任她回江东去不成？"刘备大声道。

"夫人只是要去探视周郎！两人兄妹一场，就让她去好了！就是回了江东，吴侯乃识大体之人，也定会将她送还的，主公无须担忧！若为此事而伤了夫人性命，定会引得孙、刘大动干戈！请主公三思！"诸葛亮恳切道。脸上纵横着忠直梗概之气。

"可是，夫人却不自检……"刘封道。话没说完，刘备使了个眼色止住了他。

"无根无据的话休得胡说！"诸葛亮看一看刘封手中沾血的剑，严正地直视他，厉声道："周郎心如铁石，与小乔有山盟海誓；夫人冰清玉洁，有主母风范，岂可任由你诽谤！"

刘封被他严厉的、充满怒火的目光瞪得发毛，赶紧躲开他的视线，将脸扭到一边。

"那依军师之意如何？"刘备冷冷道。

诸葛亮转头看着孙尚香，拱了拱手，恳切道："夫人！周郎染病，孔明等也伤感不已！只是军务在身，不由探视！夫人此行，烦请代我主公及诸葛亮等众人问候周都督！只是，夫人宜速去速回！孔明等众人将在此迎候夫人！"

然后，诸葛亮又劝刘备给孙尚香放行。刘备只好对孙尚香说了些速去速还一类话，便带刘封等人悻悻下了船，诸葛亮也随同下了船。孙尚香赶紧令起船，直往巴丘驶去。同时含泪令人收拾包裹了草儿尸体。

与此同时，从江东京口往巴丘的江面上，几只云帆顺流而下。船头上，眼睛红肿的小乔搂着三个孩子默默望着前面，泪流满面，任刺骨的寒风抽打着她的脸颊。昔日美丽动人的容貌一夜之间变得十分憔悴、苍白，仿佛受了多年的劳苦一般。大乔在一边抚着她的肩含泪安慰着她。她们也是接到鲁肃派人送来的周瑜病危的消息，连夜赶往巴丘。

"周郎！夫君！你不会离我而去的！不会的！"小乔呜咽着。

大乔抱着她的肩呜咽着，三个孩子也偎在她的怀里痛哭失声……

巴丘。江中大船上，周瑜醒来，只见吕蒙等众将已环绕在四周，而自己被抬进舱中，躺在床上。众将见周瑜醒来，纷纷上前问安。周瑜凝望着与自己一道多年征战的众将，一一点头致意，含泪笑道："遗憾我不能与诸君一道征战沙场了！愿诸君日后善事吴侯，勿负我望！"

众将都泣道："都督放心！我等定谨遵都督教诲，善事吴侯，保我江东平安！"

周瑜笑道："诸君皆江东英杰，有诸君辅助吴侯，公瑾九泉之下可瞑目了！"

"荆州之事，请公瑾放心！"鲁肃想起了什么，一旁安慰道，"日后鲁肃定为东吴讨回荆州！"

周瑜笑了笑，点点头。他相信子敬会与众江东健将取回荆州的，只是，他一撒手，在东吴，恐怕尚无人可替代他去远征益州。鲁肃可代他领兵守边防，却不善征战杀伐。吕蒙虽然智勇兼备，但未统领过大军，尚需历练。看来益州必为刘备所取了！这是天意！想到这里，他内心里微微叹了一口气。

感觉身体越来越沉，神智越来越不清醒了，他赶紧嘱托后事。他请鲁肃、程普、吕范代为安慰小乔，勿使小乔过于哀痛或有冲动之举；请鲁肃及众将有闲暇之时代他多管教其二子一女，勿使他们堕落懈怠。又告诉鲁肃若收回荆州后，定要给孙尚香一个好的安置与归宿，尽其所愿。鲁肃、程普、吕范及众将都含泪一一答应了。然后，他令方夏从舱中取来那把镶珠的宝剑，对方夏道："这把剑随我二十年，是我的贴身之物，随我杀敌无数，且留着你做纪念好了！"

方夏含泪拜接了。

做完这些事，他心里一阵轻松，忽然，他大脑又是一阵针扎似的痛，跟着身子一阵战栗，神智恍惚，似要昏昏欲睡。他知道大限将至了，就忍住痛，令众将将自己抬出去，依然安放椅上。众将都称外面江风太凉，周瑜使出力气用微弱的气息坚决道："某一生戎马，岂可安死于卧榻之上？"众人拗不过他，只好将他抬了出去，安置在椅上。他坐定了，充满留恋和安详地放眼四望，只见天空高远素洁，大地寥廓苍茫，一片天高地阔的景象。大江宽阔浩荡，以开天辟地的气势，划开原野广袤的胸膛，自天边奔来，又往天边奔去，如同一支势不可当的浩荡大军。默默奔流的江流里，蕴含着大气，蕴含着气势，仿佛在诉说着什么，在回忆着什么，又像是对着未来与历史的不息的歌吟。江涛拍击两岸，发出有节奏的鼓荡声，随风传来，在天地间与其他的天籁之声应和着，如从遥远处传来的千军万马的呼啸声。遇上乱石堆，则撞击在石堆上，发出雷鸣裂帛的声音，卷起一堆堆雪浪花。一座座肃穆的树林在两岸排列着，好像一个个军士的方阵。落叶萧萧，于寒风中做最后的最完美的舞蹈。阴郁的天空上，流云密布，默默地，无声地，一面凝望着大地，一面又像赴一场神圣的约会似的流动着。忽然，云层中间裂开一个巨大的口子，金光四射，灿烂夺目。一片祥光之中，金盔金甲身披锦袍的孙策如天神一般从那裂口处出现了。他骑在一匹高大威武的大红马上，一手握着缰绳，一手牵着周瑜的"白雪飞"，正从天空朝着他飞奔而来。"公瑾！"孙策在马上呼唤着他，果敢英武的面庞上挂着亲切的期待的微笑，炯炯有神的眼睛深情地凝望着他。"呵呵！伯符来接我来了！诸君！我们就此作别了！"周瑜微笑着对众人道，就势飞身一跃，跨上冲他奔过来的"白雪飞"，然后腾空而起，与孙策一道冉冉地朝空中飘去，如同升仙一般。云彩如雾一样在他四周弥漫着，灿烂金光，笼罩在俩人身上。两人并肩奔驰，俨然又回到了昔日驰骋江东之时。他扭头对孙策会意地一笑，腾云驾雾，豪情四溢。蓦然，透过云层，他隐隐看见前面下方，大江之上，一只鼓荡着风帆的大船正在江中漂荡。船首，端庄美丽、泪流满面的小乔搂着三个子女默默地凝望着远方。周瑜的眼泪流了出来。"小乔吾妻！来生我俩再做夫妻！"他含泪呢喃着。白云飘悠，金光四射，天空湛蓝，周瑜感到身子彻底地与这金光、白云和蔚蓝的色彩融为了一体……

在这同一时刻，小乔乘坐的那艘大船正鼓着风帆往巴丘紧赶。小乔脸上抹着泪痕，正默默地心事重重又神志恍惚地坐在舱中弹奏着《庭中有奇树》。三个孩子和大乔默默地围着她聆听着。舱中弥漫着忧郁感伤悲怆凄凉的气氛。忽然，只听"嘎吱"一声，一根琴弦断了，声音很脆，仿佛一声惊雷震在她的心上，又仿佛猛地飞来一支尖刀插在她的心上，她的心痉挛一下，一阵尖痛，一阵抽搐。"公瑾！"她惨然地呻吟一声，捂着心口，空洞无神、凄凉无助的眼睛呆呆地恍惚地看着前面，猛地站起来，奔出舱，呆呆地望着江面。

"妹妹！怎么了？"大乔赶紧跟上去，搂着她，抓住了她冰凉的颤抖的手。

小乔双肩颤抖着，痴痴地望着前面，泪如泉涌。半晌，她摇摇头，惨然道："公瑾去了……公瑾弃我而去了……"

说完，猛地发出撕心裂肺、凄厉无比的哭喊声："公瑾……"仿佛憋了很久的山洪在深夜里自高空跌落大江，在江中发出经久不息的鸣咽……跟着，声音戛然而止，身子一歪，瘫倒在甲板上，不省人事了……大乔哭泣着蹲下，搂着她，含泪喊："小乔！妹妹！妹妹啊……"三个孩子可怜巴巴地偎在她的身边，一起痛哭失声，嘴里喊着："阿妈！……阿妈……爹爹啊……"侍卫及婢女在一旁垂泪不已……

同一时刻，孙尚香正匆匆顺流而下，往巴丘方向赶路，她立在甲板上，焦急地凝望着前方。忽然，她好像听见遥远的空中传来一声呼唤，像是她大哥孙策的声音，仿佛在呼唤着周瑜。她愣住了，跟着，意识到了什么，眼泪夺眶而出，一阵心痛，身子摇了摇，歪倒在船舷上。一旁的冬儿和几个婢女赶紧上前扶住她。孙尚香推开她们，呆呆地望着前方，泪流满面，喃喃道："他去了！"咬紧嘴唇，泪如泉涌……

尾声　功烈昭昭后人长怀念，世事难料英雄蒙尘垢

　　建安十五年十二月（公元 210 年冬），汉末一代名将、东吴开国功臣周瑜因箭疮复发，病逝于巴丘，终年三十六岁。孙权接到他的遗书后，恸哭道："孤赖何哉？"当即从周瑜遗嘱令鲁肃接替周瑜执掌江东军事，并统领南郡边防事宜。然后，素服举哀，亲自将周瑜灵柩从芜湖迎至江东。

　　因为周瑜故去，东吴没有可统兵西征的帅才，孙权的取益州之计遂告搁浅。

　　周瑜故去，刘备大喜，称："孤无忧矣！"建安十六年（公元 211 年）冬，刘备万事俱备，以帮助益州牧刘璋讨张鲁为名进入益州，三年后在庞统、诸葛亮的协助下攻下益州，刘璋投降，从此拥有益州。孙权得知刘备去取益州，痛骂刘备："猾虏乃敢挟诈！"代周瑜领兵的鲁肃在刘备占领益州后，依约向刘备讨还荆州江南四郡，但镇守荆州的关羽却以赤壁之战中刘备也曾出过力为由，拒不奉还。鲁肃大怒，决定武力攻取荆州江南四郡。刘备闻讯，领数万兵从益州赶到荆州，孙权也急调吕蒙领二万兵赶往南郡协助鲁肃。吕蒙用计，一举夺得江南三郡。然后，双方对峙于益阳一带，准备决战。就在此时，曹操领兵袭汉中，刘备怕失益州，遣使求和。两家于是重又谈判，确定荆州之地，各得一半。刘备将长沙郡、零陵郡、桂阳郡三郡让给孙权。孙权则将南郡让给刘备。于是，关羽进驻江陵。至此，荆州八郡中，除曹操占领的襄阳、南阳二郡外，剩下的六郡，刘备得南郡、武陵二郡，孙权得长沙、桂阳、江夏、零陵四郡，双方言和。至此，东吴取回荆州大部，鲁肃兑现了在周瑜面前所发的讨回荆州的誓言。

　　建安二十五年（公元 220 年），曹操之子曹丕称帝，国号魏。魏黄初二年（公元 221 年），刘备在蜀称帝，国号汉，史称蜀汉。黄武八年（公元 229 年），孙权在建业（今南京）称帝，国号吴。三国鼎立局面遂告形成。称帝当日，坐在五色高坛之上的孙权透过头顶上挂下来的冕旒，看着拜倒在地的众公卿，及蓝天、白云、高坛、万千肃立的甲士，忽然泣道："若无公瑾，孤岂能有今日？"言毕而泣，不能自已。

周瑜爱将吕蒙后成为一代名将，足智多谋，多有战功。他从周瑜、孙权之言，读书不倦。一日鲁肃路过其防地，与其议事，见其学识英博，非儒生可及，不禁感叹："从前以为足下只有武略，现在始知足下学识渊博，非复吴下阿蒙矣！"吕蒙答："士别三日，即更刮目相待！"成语"非复吴下阿蒙"及"士别三日，刮目相待"便出自于此。

鲁肃故后，吕蒙代鲁肃执掌江东军事，并镇守荆州，与镇守南郡的关羽为邻，其足智多谋，令心高气傲的关羽甚为忌惮。一年后，关羽因辱骂孙权，致两家失和，吕蒙设计袭取荆州，擒杀关羽，收回荆州南郡、武陵，至此，荆州全部归东吴所有。周瑜遗愿得以实现。

吕蒙故后，后起之秀陆逊接替他执掌江东军事。陆逊儒雅多才，智谋可追周瑜，故在夷陵一战，大破刘备，深为孙权喜爱。夷陵之战后，陆逊得胜而归，孙权亲往迎接，赞叹他道："公瑾雄烈，胆略兼人，遂破孟德，开拓荆州，无人继之！足下如今可继周郎！"

嗣后，孙权与陆逊谈及陆逊之前的三任东吴都督周瑜、鲁肃、吕蒙。谈及周瑜，叹其雄烈过人、文武筹略，有万人之英。谈到鲁肃，孙权道："子敬为公瑾所荐，初一见面，便谈及帝王之业，此一快也。后孟德统数十万水步军俱下，子布等众人俱劝我降曹，独鲁子敬言不可，并劝孤召公瑾计议，遂有后来破曹之大业，此二快也！有此二快足矣！其后劝我借荆州之地给刘备，是其一短，但此一短不足以损其二长！孤忘其短而贵其长！"此时，孙权已将其荆州江南四郡给刘备定为错误之举了。

谈及吕蒙，孙权道："吕子明少时，只是果敢聪明，其后，学问开益，筹略奇至，可以次于公瑾，但言议英发犹不及公瑾！图取关羽，胜于子敬！"

言毕，孙权遥望远方，涕泗纵横，道："可叹公瑾不在矣！不能与孤共享富贵了！"

孙尚香在周瑜病故后赶到巴丘，哭倒在周瑜灵前。醒来后，向方夏索要了周瑜佩剑以为纪念。未几，诸葛亮奉刘备之命前来吊丧，仍将其带回公安。但已万念俱灰，终日望着周瑜的佩剑默然无语。翌年，刘备进军益州，吴侯孙权大怒，令孙尚香回吴。孙尚香终于脱离刘备。临走前，带上刘备唯一的儿子阿斗，欲要带到江东以为人质，以报复刘备，但为张飞及赵云拦截，将阿斗夺去。回东吴不久，孙尚香怀揣周瑜佩剑离家出走，吴侯遍寻不着。五年后，在神头岭一寺院里，已经出家的孙尚香将周瑜佩剑深埋于地，就地圆寂。

小乔自周瑜故后，一直未再嫁。因思念周瑜过甚，一直郁郁寡欢。在周瑜故后五年之际，她忽将两子一女唤至床边，噙泪道："阿母欲去见汝父了！汝等兄妹好自为之！勿负了汝父一世英名！"然后溘然而逝，时年三十六岁，恰与周瑜故去时同年。

周瑜与小乔生两子一女，女后嫁太子孙登。长子孙循娶孙权之女为妻，有周瑜之风，官拜骑都尉，惜英年早逝。次子周胤，初拜兴业都尉，屯公安，封都乡侯。因小乔故去，无人管束，众老将又都看在周瑜面上予以迁就，遂犯法获罪，被革去军职及爵位。诸葛瑾、步骘颇为伤悼，联名上疏孙权，称周瑜功震华夏，难以为继，如今将其子降为匹夫，令人悼伤，请孙权恕其罪过，还其兵复其爵。孙权怅然答："孤念公瑾，岂有已乎？周胤年少，孤便授兵于他，封侯拜将，正是念及公瑾之德而施恩于胤！岂料周胤恃此妄为。孤前后多次告谕，均无悛改。孤与公瑾，义犹兄弟，岂有不喜周胤有所成就？今其获罪，孤依法治之，正是使其知罪以有悔改！既然诸君乞请，并能使之改过，孤还有何担忧之处？"于是，免去周胤之罪，复其爵位。同时，周瑜侄子侄孙也因周瑜之功俱拜为将。此后，孙权常对人流涕道："孤念公瑾，岂有已乎？"

方夏自周瑜故后，并入鲁肃部下，后随吕蒙袭取荆州，立有大功，官拜偏将军。又三年，迁为将军。嘉禾三年卒。遗言葬于周瑜、小乔墓旁。

李柱子与草儿生有一子，草儿殉难后，伤悼不已。其与草儿所生之子后官至禁卫军校尉。

冬儿在孙尚香遁入空门后嫁与孙权禁卫军一校尉，夫妻和睦，其子后官至典军校尉。

甘宁、凌统、周泰、蒋钦、丁奉、徐盛、程普、潘璋、韩当、黄盖等将领在周瑜故后事奉吴侯孙权，各建功勋，大多官至将军，并多封侯。其中徐盛、丁奉先后官至东吴大将军、右大司马，位极人臣。董袭、陈武则随孙权在合肥大战曹操名将张辽、乐进等人时，殒身沙场，令孙权哀悼不已。其子孙均得以厚养。

蒋干在周瑜故后依然独步江淮，时常凭吊周瑜墓地，并探视小乔。年五十卒。

庞统随众人为周瑜送丧至东吴后，鲁肃等人将其推荐给吴侯孙权，因其貌丑而狂妄，为吴侯不喜，未见用。回荆州后，投奔刘备，也未见重用，只令做一小县县长。不理公务，不久为刘备免官。后经鲁肃、诸葛亮共向刘备推荐，方得以重用，与诸葛亮同为军师中郎将，随刘备入蜀，谋划伐蜀之事，立下战功。后进攻雒县时，中流矢身亡。

诸葛亮在周瑜死后，痛哭流涕，叹："天妒英才！"后往巴丘吊唁，哭祭于周瑜灵前，哀恸不已。刘备在蜀称帝后，他辅佐刘备之子阿斗，鞠躬尽瘁，尽显忠诚本色，成为一代名相。虽军事谋略不足，六出祁山，均无所获，但治理蜀地，示仪轨，约官职，开诚心，布公道，善无微而不赏，恶无纤而不贬，深得属地军民敬仰。后病殁军中，忠诚之心，感天动地，为后世景仰。

又若干年，宋人苏东坡拜谒黄冈赤壁，写下《念奴娇·赤壁怀古》一词。道："大江东去，浪淘尽，千古风流人物。故垒西边，人道是，三国周郎赤壁……遥想公瑾当年，小乔初嫁了，雄姿英发，羽扇纶巾，谈笑间，樯橹灰飞烟灭。……"虽然东坡所说赤壁非昔日周瑜战曹操之赤壁，但此诗犹道出昔日周郎英姿。

其后，南宋及元，戏曲盛行，三国故事遂入戏曲话本，时人因尊刘贬曹之故，多扬刘备、诸葛亮而贬曹操，无意间也抑周瑜等众人以抬高刘备、诸葛亮，并以虚构历史来塑造形象，终至元末明初出现《通俗三国演义》，将真实的周瑜贬损得面目全非，令熟知历史的人扼腕叹息不已。这是三国英雄们始料未及的。此是后话。

——完——